BASTEI
LÜBBE

DAVID FEINTUCH

Commander NICK SEAFORT

Science Fiction Roman

Ins Deutsche übertragen
von Thomas Schichtel

BASTEI
LÜBBE

BASTEI-LÜBBE-TASCHENBUCH
Band 23 178

Erste Auflage:
Juni 1996

Deutsche Lizenzausgabe 1996
Bastei-Verlag
Gustav H. Lübbe GmbH & Co.,
Bergisch Gladbach
Originaltitel:
Challenger's Hope
Lektorat:
Wolfgang Neuhaus/Stefan Bauer
Titelbild: Stephen Youll
Umschlaggestaltung:
Quadro Grafik, Bensberg
Satz: Digital-Offset-Druck
W. Steckstor, Bensberg
Druck und Verarbeitung:
Brodard & Taupin,
La Flèche, Frankreich
Printed in France

ISBN 3-404-23178-3

Widmungen

Für Tony Straseske und Marshall Spencer, die mir von Anfang bis Ende geholfen haben; für Ragtime Rick aus Toledo, Ohio, in dessen Eckkneipe ein Autor häufig in die Tasten seines Laptop greift, während der Ragtime dazu spielt; und natürlich für Jettie, um derentwillen es sich lohnt.

Ardath Mayhar, C. J. Cherryh und Roger McBride Allen haben dem Verfasser mit Wissen und Witz unschätzbare Hilfe geleistet, als er sich mit diesem Buch auseinandersetzte. Mein Dank kann gar nicht groß genug sein.

Challenger's Hope

Die zweite Reise von Nicholas Seafort,
U. N. S.,
im Jahre unseres Herrn 2197

ERSTER TEIL

November, im Jahre
unseres Herrn 2197

1.
Kapitel

»Weitermachen!« Geoffrey Tremaine stolzierte zu seinem Platz am Kopfende des Konferenztisches der Admiralität. Mit finsterem Gesicht legte er seinen Stapel Notizen ab und schnippte unsichtbaren Staub von seinen goldenen Tressen. Während die versammelten Offiziere bequem standen, zupfte ich an meiner Jacke und überprüfte, ob die Krawatte richtig saß.

Als der Admiral Platz nahm, setzten wir uns ebenfalls. Jeder der elf Männer und jede der drei Frauen, die sich zu dieser Einsatzbesprechung im Flottenstützpunkt im tiefsten Lunapolis versammelt hatten, war Kapitän eines Schiffes im UNNS-Geschwader, das nach Hope Nation fliegen sollte, einem neunundsechzig Lichtjahre entfernten Planeten. Die Korvette des Admirals, die *Portia*, ausgestattet mit dem neusten L-Modell des Fusionsantriebs, hatte über uns festgemacht, an Earthport Station. Gleiches galt für meine eigene Korvette, die *Challenger*, obwohl ich noch nicht an Bord gewesen war.

Tremaines kalter Blick wanderte am Tisch entlang. »So«, sagte er schließlich, und es klang enttäuscht, »mein Kommando ist endlich versammelt.« Kurz angebunden und mit rotem Gesicht, schien er am Rande eines Wutanfalls zu stehen.

Ich warf rasche Blicke nach beiden Seiten. Lange Reihen von Dienstmedaillen an der Galajacke Kapitän Halls kündeten von vierundzwanzig Jahren Dienst; Kapitän Derghinski zu meiner Rechten hatte zweiundzwanzig Jahre auf dem Buckel. Jeder von ihnen war länger Flottenoffizier, als ich bislang gelebt hatte. Die *Challenger* war mein erstes Kommando. Ich war der jüngste Kapitän der gesamten UN-Flotte.

»Wir fahren morgen los, Ladies und Gentlemen. Wie Sie Ihren schriftlichen Befehlen entnehmen können, werden wir siebenmal defusionieren, um so präzise Navigationschecks durchzuführen wie nur möglich.«

Erneut fragte ich mich, weshalb Tremaine mit so vielen Sprüngen Zeit und Treibstoff verschwenden wollte, doch als der Dienstjüngste unter den Anwesenden behielt ich meine Meinung für mich.

Ein Fusionstriebwerk war bis auf sechs Prozent genau. Schwupps – schon galt das nicht mehr. Jetzt war es *ein* Prozent der zurückgelegten Entfernung. Eine erstaunliche Veränderung; während meiner langen Fahrt nach Hope Nation hatte man stark verbesserte Lenkplatten entwickelt, und die Admiralität ließ die Schiffe damit nachrüsten, sobald sie ins Heimatsystem zurückkehrten.

Navigation war nicht meine starke Seite, und selbst der Auffrischungskurs, zu dem man mich verdonnert hatte, konnte nichts daran ändern, daß ich ein ziemlich unsicherer Kantonist war, was die Mechanik der Fusion anging. Zum Glück würden unser Schiffscomp und der Pilot die meisten Berechnungen durchführen, obwohl ich sie nachprüfen würde, egal wie lange es dauerte.

Theoretisch konnten wir jetzt bis auf drei Lichtmonate an Hope Nation heranfusionieren und noch einen kurzen Korrektursprung nachschieben. Im Interesse einer größeren Präzision war es üblich, anstatt eines langen mehrere kurze Sprünge zu machen. Normalerweise würde man erwarten, daß wir auf der neunundsechzig Lichtjahre langen Strecke nach Hope Nation zweimal für Navchecks defusionierten. Siebenmal war verrückt.

»Ich fahre auf der *Challenger*«, sagte Tremaine.

Ich sperrte den Mund auf. Hatte ich richtig verstanden? Okay, die *Challenger* war etwas größer als die *Portia* – das Flaggschiff des Admirals war eines der kleinsten Fahrzeuge unserer Flotte –, und ich konnte die entsprechenden Vorkehrungen treffen, aber ... Der Admiral selbst? Auf meinem Schiff?

Tremaine funkelte mich an, als könnte er meine Gedanken lesen. »Mit Kapitän Hasselbrad.«

»Was?« Ich hörte meinen ungläubigen Tonfall wie aus der Ferne.

»Ich ziehe mit meiner Flagge um. Natürlich möchte ich dabei einen Kapitän mit mehr Erfahrung haben. Seafort, Sie nehmen die *Portia*. Man wird Ihre neuen Befehle heute nachmittag ausstellen. Holen Sie sie im Hauptquartier ab.«

»Aber ...« Ich schluckte. »Aye, aye, Sir.«

Während er seine Papiere durchsah, schwirrte mir der Kopf vor lauter unausgesprochenen Fragen. Die *Challenger*, das Schiff, dessen technische Einzelheiten ich studiert hatte, bis mir das Bild vor den Augen verschwamm, gehörte nicht mehr mir. Über die *Portia* wußte ich nur, daß es sich um einen Zweidecker handelte, der im Vergleich winzig wirkte. Und was war mit meiner Besatzung? Alexi und Derek Carr waren mir als Junioroffiziere zugeteilt worden. Und Vax Holser. Sie alle waren für mich verloren. Wie sollte ich ohne ihre beharrliche Unterstützung mit den Anforderungen einer mir unbekannten Brücke fertig werden?

Tremaine tippte auf seine Notizen. »Die *Portia* und die *Freiheit* bleiben an jedem Zwischenstopp zurück, bis der Rest der Flotte in Fusion gegangen ist. Ihre Triebwerke vom L-Modell ermöglichen es ihnen, am nächsten Rendezvouspunkt wieder als erste zu erscheinen, um dort alle ... äh, Hindernisse aus dem Weg zu räumen.«

Das war es also. Die einzigen ... äh, Hindernisse, denen wir möglicherweise begegneten, waren die bizarren, fremdartigen Kreaturen, auf die ich gestoßen war, als ich mit der *Hibernia* nach Hope Nation fuhr – nachdem ich durch den Tod der höheren Offiziere auf einen Schlag vom Fähnrich zum Kapitän befördert worden war. Das Gefecht mit dem Fisch rief immer noch Alpträume bei mir hervor, die mir meine Frau, Amanda, in der Einsamkeit unserer Kabine zärtlich zu überwinden half.

Allmächtiger! Amanda war schon an Bord der *Challenger* gegangen, während ich mich durch den Auffrischungskurs der Admiralität und die Einsatzbesprechungen gekämpft hatte. Sicher war sie gerade in unserer Kabine – jetzt die

Kabine des Admirals – und packte aus. Der plötzliche Wechsel des Schiffes würde sie wütend machen, und ich konnte es ihr nicht verübeln.

Ich musterte Tremaine mürrisch. Offensichtlich hielt er die *Portia* für entbehrlich, solange wir sein besser bewaffnetes Flaggschiff schützten. Die Flotte würde siebenmal fusionieren und defusionieren, um sicherzustellen, daß meine Korvette und die *Freiheit* stets die Vorhut bildeten, um eine feindliche Streitmacht abzufangen.

Ein grauhaariger Offizier auf der anderen Seite des Tisches mischte sich ein. »Sir, wie verhalten wir uns, wenn es zu einem unerwarteten Kontakt kommt?«

Ich grinste säuerlich über Kapitän Stahls Wortwahl. Wie die meisten Flottenoffiziere fiel es ihm schwer, einzuräumen, daß wir tatsächlich über feindselige Aliens gestolpert waren. Gelegentlich fiel es mir selbst schwer – und dabei war ich derjenige, der diese Aliens entdeckt hatte. Schließlich hatte der Mensch in zweihundert Jahren Weltraumfahrt und Forschung kein anderes tierisches Leben entdeckt als die primitiven Weichtierfische von Zeta Psi. Dem allmächtigen Gott sei Dank, daß Darla, unser Comp, den Kontakt aufgezeichnet hatte! Ohne ihre Bilder und die paar Augenzeugen von der Brücke der *Hibernia* hätte man mich in die Klapsmühle gesteckt, damit man dort meinen Hormonhaushalt aufpolierte.

»Ein Kontakt ist sehr unwahrscheinlich.« Admiral Tremaine legte eine Pause ein und bedachte mich mit einem zornigen Blick. »Jedenfalls dürfen Sie keine bedrohlichen Manöver ausführen, ohne einen unumstößlichen Beweis für die feindliche Einstellung der anderen Seite zu haben.«

»Ein unumstößlicher Beweis wird wahrscheinlich zur Vernichtung Ihres Schiffes führen!« platzte ich heraus.

Der Admiral fuhr mit rotem Gesicht beinahe von seinem Stuhl hoch. »Respektlosigkeit und Insubordination sind genau das, was ich von Ihnen erwartet habe, Seafort!«

»Es war nicht respektlos gemeint, Sir«, sagte ich fügsam. »Soweit wir gesehen haben, kommunizieren die Aliens nicht durch Funk oder andere Signale. Das erste Zeichen von Feindseligkeit könnte darin bestehen, daß ihre Säure sich durch unsere Schiffshülle frißt. Das hat schon die *Telstar* erledigt, und ...«

»Die Admiralität hat Ihnen ein Schiff gegeben, Seafort.« Sein Tonfall war bitterböse. »Ich hätte es nicht getan. Offen gesagt, zweifle ich an Ihrem ganzen Bericht. Compdisks kann man fälschen. Ich weiß nicht, ob Sie da draußen wirklich etwas gesehen haben, aber Ihr Bericht lenkte doch in für Sie günstiger Weise die Aufmerksamkeit von Kapitän Haags Tod ab.«

Ich sperrte den Mund auf. Vor dem versammelten Geschwader hatte mein neuer befehlshabender Offizier mich der Lüge bezichtigt, der Fälschung meines Berichts, vielleicht sogar des Mordes. »Ich wurde einem Polygraph-und-Drogen-Verhör unterzogen, ehe die Admiralität mir ein neues Schiff anbot.« Mein Hals fühlte sich beengt an. »Mr. Holser und die anderen haben gesehen ...«

Er grunzte. »Ja, was immer das heißen mag.« Bevor ich protestieren konnte, fügte er hinzu: »Jedenfalls lautet Ihr Befehl, Seafort, nicht Ihrerseits Feindseligkeiten einzuleiten. Wenn Sie nicht gehorchen, enthebe ich Sie so schnell Ihres Kommandos, daß sich Ihnen der Kopf dreht!« Er wandte sich ab.

Die restliche Zeit der Besprechung saß ich benommen da und tat mein Bestes, eine ruhige Fassade aufrechtzuerhalten. Es war, überlegte ich trübsinnig, wirklich ein passendes Ende für meinen Landurlaub.

Als ich die *Hibernia* mitsamt der erschreckenden Nachricht von den Aliens nach Hause brachte, hatte die Admiralität zunächst nicht gewußt, was sie mit mir anstellen sollte. Nachdem sie meinen nachgewiesenen Bericht widerwillig akzeptiert hatte, mischte sich Admiral Brentley, Kommandant des Flottenhauptquartiers, persönlich ein, um mich mit einem neuen Schiff und dem Rang eines Commanders zu belohnen, obwohl es die meisten meiner Klassenkameraden von der Akademie noch nicht mal bis zum Leutnant gebracht hatten. Sobald der barsche Admiral mit mir fertig war, nahm ich Amanda zu einem tristen Besuch in Cardiff mit, wo ich sie Vater vorstellte. Anschließend traten wir unsere verspäteten Flitterwochen an.

Ich weiß nicht, warum wir uns für New York entschieden. Ein Grund war jedenfalls, daß Amanda nicht wußte, wann sie je wieder Gelegenheit bekam, diese Stadt zu sehen. Ich war schon dort gewesen und hatte nicht den Wunsch, den Besuch zu wiederholen; doch um Amanda einen Gefallen zu tun, erklärte ich mich einverstanden.

Doch so richtig genoß keiner von uns beiden den angespannten, geschäftigen Luxus von Upper New York. Ich fühlte mich nicht wohl in meiner frisch erlangten Berühmtheit, und meine Gedanken wanderten in rasendem Tempo zwischen den Erinnerungen an die zurückliegende Reise und der Erwartung eines neuen Schiffes hin und her, während Amanda mit ihrer fortschreitenden Schwangerschaft zu tun hatte.

Während ich darauf wartete, daß die Wochen des vorgeschriebenen Urlaubs zu Ende gingen, starrte ich zu den Wolkenkratzerfenstern hinaus, wo die Helibusse zwischen den schlanken Türmen verkehrten, hoch über den verrottenden Straßen, die von abgerissenen Transpops überrannt wurden, unseren allgegenwärtigen städtischen Obdachlosen.

Einmal beschlossen Amanda und ich, hinunter auf den Erdboden zu fahren und einen Ausflug mit der Gray Line zu machen, hinter dicken, schützenden Stahlgittern in einem gepanzerten Bus eingesperrt, der sich seinen Weg durch die wimmelnde Stadt bahnte. Ein gutes Stück vor Einbruch der Abenddämmerung waren wir zurück in unserem hochgelegenen Hotel, das aus der Luft versorgt wurde, um den feindseligen, wilden Transpops auf dem Erdboden auszuweichen. Ich fragte mich, warum der Generalsekretär nicht die UN-Truppen schickte, um den Straßengangs die Herrschaft zu entreißen. Eine ganze Stadt zerfiel vor unseren Augen.

Abends nahmen Amanda und ich Helitaxis, um Theater,

Konzerte und – zu meiner Bestürzung – einmal auch eine Kunstausstellung zu besuchen, wo ich hilflos zusah, wie sich Hologramme in unverständliche Muster auflösten. Ringsherum nickten die Eingeweihten beifällig.

Als der Urlaub zu Ende war, flogen wir nach Houston zurück; ich mußte an weiteren langweiligen Einsatzbesprechungen teilnehmen, während Amanda das Shuttle nach Earthport Station und zur *Challenger* nahm.

Ich erinnerte mich an die Ironie dieser endlosen Konferenzen. Unsere selbsternannten Experten in Xenobiologie boten uns Mutmaßungen über die Natur und die Absichten der Aliens an, die ich entdeckt hatte, während sie nervös zu mir herüberschauten, um sich zu vergewissern, daß ich mich nicht plötzlich an irgendeine Einzelheit erinnerte, die ihren Theorien vielleicht widersprach.

Ich schüttelte mich, um in die Gegenwart zurückzukehren; Admiral Tremaines Instruktionen näherten sich schließlich dem Ende.

Als wir aufstanden, schüttelte Tremaine etlichen Seniorоffizieren die Hand. Ich zog mich zurück, wollte möglichst schnell weg von hier, doch seine kalten Augen bannten mich mit einem mißbilligenden Blick. Er winkte.

Ich ging auf ihn zu und wartete, bis er mit den Dienstälteren fertig war. Konnte ich ihn vielleicht dazu bringen, daß er es sich noch mal überlegte, mir mein kostbares Schiff wegzunehmen? »Was die *Challenger* angeht, Sir, so habe ich ihre Offiziere persönlich ausgewählt. Ich hoffte, mit ihnen fahren zu . . .«

»Die Leute, die Ihren Bericht von dem Fisch bestätigt haben? Das kann ich mir gut vorstellen.« Sein Tonfall war schroff. »Sie können diese Leute haben. Die entsprechenden Befehle erhalten Sie zusammen mit Ihren eigenen.«

»Sie kommen auch auf die *Portia*, Sir?«

»Natürlich. Ich fahre doch nicht mit Kindern auf meiner Brücke! Das ist mein erstes Geschwader; da muß alles perfekt sein. Hasselbrad weiß schon, wen er haben möchte, und ich vertraue seinem Urteilsvermögen.« Die Weiterführung dieses Gedankens blieb unausgesprochen, doch ich wurde trotzdem rot. »Jetzt hören Sie mir mal gut zu, Seafort.«

Ich wartete und hoffte dabei auf ein Zeichen der Versöhnlichkeit.

»Ich habe Brentley gesagt, daß ich Sie nicht haben möchte. Ich habe sogar deutlich darauf hingewiesen, daß es Wahnsinn war, Ihnen ein Schiff zu geben. Er bestand darauf, daß ich Ihnen Ihr Kommando lasse, aber ich will verdammt sein, wenn es ein Schiff von irgendwelcher Bedeutung ist. Jedesmal, wenn wir fusionieren, werden Sie die *Portia* in Stellung bringen und uns schützen. Wenn diese verrückten Aliens, von denen Sie berichtet haben, wirklich existieren, dann machen Sie ein Ende mit ihnen, ehe wir eintreffen.«

»Aber Sie sagten doch ... Aye, aye, Sir.« Wie konnte ich einen Fisch erledigen, ohne damit Feinseligkeiten zu eröffnen?

»Das ist alles.« Mit finsterem Blick nahm er meinen Gruß entgegen.

Als ich den Raum verließ, seufzte ich. Ich war tieftraurig, hungrig, noch ganz unter dem Einfluß der Zeitverschiebung und zu weit von meiner Frau entfernt.

»Warten Sie, bis Sie an der Reihe sind!« sagte die Frau mit den Hängebacken. Ihr Gesicht war eine Maske der Mißbilligung. Ich wurde rot und zögerte, doch Leutnant Alexi Tamarow drängte sich an die Spitze der Schlange aus ungeduldigen Passagieren vor dem Fahrkartenschalter von Earthport Station. Linkisch folgte ich ihm.

»Wo geht's zur G-Promenade?« rief er.

Die attraktive junge Dame blickte von den Bordpässen auf, die ihr von allen Seiten hingestreckt wurden. »Am Ende des Korridors und dann die Treppe hinunter, Leutnant.« Sie wandte sich wieder ihren Formularen zu.

»Danke, Ma'am!« Alexi beachtete die feindseligen Blicke der Zivilisten nicht. »Sie müssen lernen, aggressiv zu sein, Sir«, ermahnte er mich. Nur unsere gemeinsamen Dienstjahre auf der *Hibernia* erlaubten ihm eine solche Bemerkung, ungeachtet seines sympathischen Tonfalls.

Wir bahnten uns einen Weg durch die Hauptpromenade der Station. Gehetzte Eltern drückten ihre Kinder und ihr Gepäck an sich, während magnetronische Wagen mit Personal der Station vorbeischwirrten. Rauhe Raumfahrer lümmelten auf ihren Sitzen und warteten auf die Ankunft ihrer Schiffe.

Auf Earthport Station, der größten jemals gebauten Orbitalstation, wurde der gesamte interstellare Verkehr der Erde und ein Großteil ihres interplanetaren Verkehrs abgefertigt. Auf ihren zahlreichen Decks fand man zollfreie Lagerhäuser für die Duty-Free-Zonen, Dutzende von Shuttlehangars, Verwaltungsbüros. Personalunterkünfte, Wartezonen, Ruheräume, Restaurants und Imbißbuden. Die Nachricht von den Aliens hatte kaum dazu beigetragen, das hektische Getriebe hier zu bremsen.

»Ich vergesse immer wieder, wie groß das Ding ist.« Alexi beeilte sich, mit mir Schritt zu halten. Er war ein Jahr jünger als ich und mit seinen neunzehn Jahren nicht mehr der gutaussehende Junge frisch von der Akademie, den ich vor drei Jahren kennengelernt hatte. Er war zu einem athletischen, selbstbewußten jungen Mann herangewachsen.

»Es sind eine Menge Leute auf dem Weg nach draußen«, sagte ich. Vielleicht würden ja weniger Menschen als früher sich auf die sechzehnmonatige Reise nach Hope Nation machen – bis die Gefahr vorüber war, die von den Aliens ausging. Ich verlängerte meine Schritte. In den zwei Tagen, seit Admiral Tremaine mir das Schiff weggenommen hatte, war ich verzweifelt darum bemüht, endlich mit den ermüdenden Besprechungen fertig zu werden und an Bord meines neuen Schiffes zu gehen, egal, um welches es sich dabei handelte.

»Hier entlang, Sir. Jetzt fällt es mir wieder ein.« Alexi führte mich zu einem Treppenhaus an der Seite des Korridors. Ich folgte ihm und war dankbar, daß er sich die Mühe gemacht hatte, mich von meinem Shuttle abzuholen, ohne

Rücksicht auf die Ungelegenheiten, die es ihm selbst bereitete, kurzfristig das Schiff zu wechseln.

Nur ein paar Matrosen und zivile Arbeiter eilten durch den Korridor weiter unten, wo wir an einer Reihe von Luftschleusentoren vorbeikamen. Wir waren jetzt auf Höhe von G-12; die *Portia* lag an G-4 vertäut, fast noch den halben Weg um den Rand der Station herum. Ich schulterte die schwere Reisetasche, die Alexi schon zweimal angeboten hatte, mir abzunehmen.

Wir wurden etwas langsamer, gingen aber stetig weiter. Alexi gab ein paar Bemerkungen über die Schiffe zum besten, deren Umrisse sich hinter den Transplex-Bullaugen abzeichneten, an denen wir vorbeikamen, wurde aber still, als ich nur ein Brummen zur Antwort gab.

Um die Wahrheit zu sagen: Ich war nervös; noch nie war ich an Bord eines Schiffes gegangen, um dort den Befehl zu übernehmen. Mein Kommando über die *Hibernia* hatte inmitten tragischer Zwischenfälle und Verwirrungen geendet, schon lichtjahreweit auf der Strecke von der Erde nach Hope Nation. Jetzt sollte ich die U.N.S. *Portia* übernehmen, ein Schiff mit sechzig Passagieren und einer Besatzung von dreißig Mann, darunter zwei Leutnants und drei Fähnriche. Obwohl viel kleiner als die *Hibernia* oder *Challenger*, war sie doch ein bedeutsames Schiff im Flottendienst der Vereinten Nationen, ungeachtet der geringschätzigen Äußerungen Admiral Tremaines.

Ich wußte, daß Leutnant Vax Holser und meine drei Fähnriche bereits an Bord waren, zusammen mit dem Piloten und dem Chefingenieur, denen ich noch nie begegnet war. Von der Crew auf dem Unterdeck hatte ich überhaupt keine Vorstellung. Erneut fragte ich mich, warum Vax ein eigenes Kommando abgelehnt hatte, nur um mit mir zu fahren, besonders wenn man bedachte, wie schlecht ich ihn während unserer Jahre auf der *Hibernia* behandelt hatte. Dennoch fühlte ich mich sicherer, wenn ich seine starke, zuverlässige Präsenz spüren konnte.

Als wir G-4 erreichten, blieb ich stehen und fuhr mir mit

den Händen durchs Haar. Als ich die Jacke meiner weißen Galauniform zurechtzupfte, grinste Alexi. »Das ist nicht komisch!« schnauzte ich ihn an. »Ich muß schließlich einen guten Eindruck machen!«

»Klar, Sir.« Er lächelte immer noch. Alexi stand mir so nahe, wie es bei einem Freund nur möglich war, doch manchmal fragte ich mich, ob unsere lange Reise dieses enge Verhältnis abschleifen würde. Ich schluckte eine beißende Bemerkung hinunter, da ich wußte, daß sie nur Ausdruck meiner Spannung gewesen wäre und nicht von Alexis unverwüstlicher guter Laune.

»Ich bin bereit.« Ich nahm die Reisetasche wieder auf. Vor der Schleuse hielten zwei bewaffnete Marineinfanteristen Wache. Ich brachte meine Papiere zum Vorschein.

Einer der Posten blieb mit der Hand auf dem Griff der Pistole stehen; der andere salutierte angesichts der Streifen auf meiner Galauniform und nahm die Papiere entgegen. »Commander Nicholas Seafort?«

»Der bin ich.« Ich wartete geduldig, während er das Holobild mit meinem Gesicht verglich. Nach der Rebellion, in die wir auf Miningcamp hineingetappt waren, wußte ich diese Sicherheitsmaßnahmen zu schätzen. Jede Orbitalstation vermittelte mir inzwischen ein unbehagliches Gefühl.

»Dort ist Ihr Schiff, Kapitän.« Er wies mir den Weg.

Alexi folgte mir in die Schleuse. Da die *Portia* denselben atmosphärischen Druck aufrechterhielt wie die Station, bestand kein Bedarf an einem Schleusenzyklus; die Innenluke würde sich sofort öffnen, sobald wir aus Sicherheitsgründen die äußere geschlossen hatten.

Durch das Transplexschott erwischte ich einen kurzen Eindruck von den Matrosen, die im Schiffskorridor durcheinanderwimmelten. »Guck mal, da ist er!« zischte jemand dort drinnen. Die Luke glitt auf.

»Achtung!« dröhnte Vax Holsers Stimme durch den Korridor. Vollkommenes Schweigen empfing mich, als ich einen Schritt vortrat. Wie es sich gehörte, wartete Alexi hinter mir in der Schleuse. Vax' muskulöse Gestalt nahm straffe Haltung an, und er präsentierte mir einen forschen Akademiegruß.

»Erlaubnis, an Bord kommen zu dürfen«, sagte ich in förmlichem Tonfall.

»Gewährt, Sir.« Sein Lächeln kam von Herzen, und mir wurde warm.

Ich durchquerte die Innenluke. Vax, Fähnrich Derek Carr und zwei Matrosen behielten Haltung, die Augen geradeaus.

Ich entfaltete das Papier mit meinen Befehlen. »An Nicholas Ewing Seafort, Commander, Flottendienst der Vereinten Nationen«, las ich laut vor. »Mit Wirkung vom vierten November 2197 wird Ihnen der Befehl über die U.N.S. *Portia* übertragen, ein Schiff, das dem von Admiral Geoffrey Tremaine kommandierten Geschwader zugeteilt wurde. Sie sollen nach Hope Nation und von dort zur Kolonie Detour fahren, entsprechend den Befehlen des kommandierenden Admirals ...« Ich las den Text bis zu Ende und faltete das Papier wieder zusammen.

»Kommando zurück.« Während die Leute sich entspannen, blickte ich mich um. Wir befanden uns vor der vorderen Luftschleuse, die an den Barkassenhangar des Schiffes angrenzte. Die Heckschleuse lag weiter unten auf Deck 2.

Aus der Ferne sah unser Schiff – und jedes andere Sternenschiff der Flotte – wie ein senkrecht stehender Bleistift aus; die Scheiben, in denen wir lebten, bestanden aus zwei Ringen, die sich auf halbem Weg zwischen Bug und Heck eng um den Bleistift schmiegten. Die *Portia* hatte nur zwei Decks, im Gegensatz zu den dreien der *Challenger* und anderer größerer Schiffe.

Ich drehte mich zu dem wartenden Fähnrich um. Derek, schlank und jugendlich mit seinen achtzehn Jahren, verbreitete einen selbstbewußten Eindruck in seiner frischen blauen Fähnrichsuniform, deren Schnallen ebenso wie die Schuhe bis zur Perfektion poliert waren. Als unsere Blicke sich trafen, blinzelte ich ihm zu. Derek, den ich aus den Reihen der Passagiere auf der *Hibernia* rekrutiert hatte, reifte zu einem guten Flottenoffizier heran, trotz gelegentlich erkennbarer Spuren des hochmütigen jungen Aristokraten, der er früher gewesen war.

»Ich führe Sie zu Ihrer Kabine, Sir«, bot Derek mir an.

Ich traf eine schnelle Entscheidung. Ich wußte nach wie vor praktisch nichts über mein neues Kommando. »Nein, Mr. Carr. Bringen Sie meine Tasche in die Kapitänskabine, und teilen Sie Amanda mit, daß ich bald komme. Vax, Sie zeigen mir alles, vom Bug bis zum Heck.«

»Aye, aye, Sir«, sagte Vax automatisch. Auf den Befehl eines Kapitäns war keine andere Antwort möglich. Während die anderen sich entfernten, zögerte er noch. »Es wird nicht lange dauern. Verglichen mit der *Challenger* ist das hier ein Spielzeug. Er hatte kein Recht ...«

»Mr. Holser!« Meine Stimme war angespannt. »Denken Sie nicht mal daran, so etwas laut zu äußern!«

»Ich ... nein, Sir.«

»Hatten Sie vergessen, daß ein Admiral einem Kapitän übergeordnet ist? Die innere Ordnung des Geschwaders ist seine Sache. Keine Kritik, weder jetzt noch sonstwann!«

»Aye, aye, Sir.« Es klang matt. »Fangen wir mit der Brücke an?«

»Wenn Sie möchten.« Während ich ihm durch den Korridor folgte, fiel mir wieder ein, daß ich noch immer die weiße Galauniform trug; ich würde sie nur schmutzig machen, wenn ich damit alle Ecken des Schiffes inspizierte. Darüber hinaus würde mir heiß werden. Trotzdem beschloß ich, mich nicht umzuziehen; besser, wenn ich an meinem ersten Tag an Bord nicht unschlüssig wirkte.

Da wir noch vertäut waren, stand die Brückenluke offen, und es wurde nur pro forma Wache gehalten. Fähnrich Rafe Treadwell nahm Haltung an, als ich eintrat. Ich musterte die Kontrollpulte, die Navigationsanlage und die Simultanschirme, die das vordere Schott bedeckten. Einen Großteil meiner wachen Stunden würde ich in diesem Raum verbringen. Er war kleiner als die Brücke der *Hibernia*, bot aber trotzdem reichlich Platz, um sich zu bewegen. Ich fragte mich, ob die Konstrukteure der Flotte wußten, daß Kapitäne gern auf und ab schritten.

Ich blickte zu dem vierzehnjährigen Rafe hinab, der auf meine Empfehlung hin vom Kadetten zum Fähnrich befördert worden war, damit er meinem nächsten Kommando angehören konnte. »Hatten Sie einen schönen Landurlaub, Mr. Treadwell?«

»Äh, ja, Sir.« Er errötete heftig. Es mußte wirklich eine interessante Zeit gewesen sein. Als Fähnrich galt Rafe per Statut der Vollversammlung als volljährig und durfte die Kneipen und Absteigen von Lunapolis besuchen. Er war beim letzten Besuch im Heimathafen gerade elf gewesen.

»Gut. Weitermachen. Vax, wohin gehen wir als nächstes?«

Leutnant Holser führte mich von der inaktiven Brücke zur Krankenstation, wo ich mich kurz mit dem Arzt unterhielt. Ich würde diese Abteilung häufig zu sehen bekommen, da die Geburt unseres Kindes jetzt kurz bevorstand. Den Kreiskorridor entlang folgte hinter der Leiter die Offiziersmesse, ein winziger Raum, kaum größer als eine Passagierskabine. Wir Offiziere würden das Abendessen jeweils mit den Passagieren zusammen im Speisesaal des Schiffes einnehmen, und aufgrund des Wechsels im Wachdienst würden nur wenige von uns Gelegenheit zu gemeinsamem Frühstück oder Mittagessen in der Messe finden.

Auf dem Unterdeck warf ich einen kurzen Blick in den Maschinenraum und einen langen in die Hydroponik, von deren Ausstoß unser aller Leben abhing. Vor der Mannschaftsunterkunft ließ der Stabsbootsmann eine Gruppe Matrosen strammstehen. »Akrit, bilden Sie eine Reihe mit den anderen! Schluß mit diesem idiotischen Grinsen, Clinger! – Tut mir leid, Sir.«

Ich nickte knapp. Die Bootsmänner hatten sicherlich eine Zeitlang alle Hände voll zu tun; dies war einer der Nachteile der Verpflichtungsgarantie. Praktisch jede körperlich taugliche Person konnte sicher sein, in den Flottendienst aufgenommen zu werden, und bekam vorab als Bonus die Heuer eines halben Jahres.

Zurück auf Deck 1 begutachtete ich einige Passagierskabinen und Offiziersquartiere. Ich sagte nur wenig und versuchte, mir soviel wie möglich einzuprägen. Im Passagiersalon trafen wir Alexi an, der dort mit zwei jungen Zivilistinnen plauderte, er verabschiedete sich von ihnen und gesellte sich auf unserem Rundgang zu uns.

Vax klopfte an die Tür der Fähnrichskabine. Dem Brauch entsprechend handelte es sich dabei um das Privatterritorium der Fähnriche; von Inspektionen abgesehen, traten andere Offiziere nur ein, wenn sie aufgefordert wurden. Die Luke schwang auf. Als Fähnrich Philip Tyre uns sah, nahm er stramm Haltung an. Er war mit der Standardhose der Flotte und einem T-Shirt bekleidet. Das weiße Hemd, die Krawatte und die blaue Jacke lagen ordentlich auf seiner Koje.

»Mr. Tyre.« Ich bedauerte den plötzlichen Entschluß, Philip in mein neues Kommando aufzunehmen. Ich hätte es ihm ermöglichen sollen, den Dienst zu quittieren, als die Heimkehr der *Hibernia* ihn aus seinem Fegefeuer befreit hatte. Mit seinen siebzehn Jahren sah er immer noch so atemberaubend gut aus wie zu dem Zeitpunkt, als er das erste Mal an Bord der *Hibernia* gekommen war. Heute jedoch zeigte er einen wachsamen Gesichtsausdruck, ein Erbe der unauslöschlichen Feindschaft Alexi Tamarows, die er sich eingehandelt hatte, als er noch Alexis Vorgesetzter in der Fähnrichskabine gewesen war.

»Ja, Sir?« Er wartete besorgt ab. Seinen Vorgesetzten gegenüber war er stets gehorsam, dienstbeflissen, kooperativ und hilfreich; seine unerträglichen Charakterzüge kamen beim Verhalten gegenüber seinen Untergebenen zum Vorschein. Nach Alexis Beförderung auf der langen Fahrt zurück von Hope Nation hatte der jetzige Leutnant Tamarow sich gerächt, indem er Philip bei jeder sich bietenden Gelegenheit zu einer Tracht Prügel aufs Faß schickte.

Es wurde allmählich Zeit, das Thema anzusprechen. »Ich wünsche Ihnen eine gute Fahrt, Mr. Tyre.« Ich wollte damit ein Signal setzen; Alexi hörte es, rührte sich aber nicht.

Philips Gesicht zeigte einen beinahe flehenden Ausdruck. »Danke, Sir.« Mehr sagte er klugerweise nicht. Wir ließen ihn zurück, damit er über seine Zukunft nachdenken konnte.

»Hast du vor, jemals von ihm abzulassen, Alexi?« Gemeinsam steigen wir die Leiter auf Deck 2 hinunter.

»Wenn Sie befehlen, Sir.« Seine Stimme war ausdruckslos.

Viel mehr konnte ich nicht sagen. Traditionell wurde vom Kapitän erwartet, sich nicht in die Belange des Fähnrichsstabes einzumischen. Bei Alexi, einem freundlichen, gutherzigen Kerl, konnte man sich normalerweise darauf verlassen, daß er einen Fähnrich nicht schikanierte, doch in seinem Elend unter Mr. Tyres Kommando hatte er beim allmächtigen Gott selbst einen Racheschwur abgelegt. Leutnant Tamarow hatte seine Antwort auf meine Frage wörtlich gemeint; er würde aufhören, wenn er den Befehl erhielt, aber keinen Augenblick früher.

Zum Glück für Philip stand das Faß für die Übeltäter jetzt in der Kabine des Ersten Leutnants Vax Holser, nicht mehr in Alexis Kabine, wie es noch während des größten Teils unserer Heimfahrt gewesen war.

Achselzuckend setzte ich meine Tour fort. Philip hatte sein Bett selbst gemacht. Wie es für uns alle galt, mußte er jetzt darin schlafen.

2. Kapitel

»Gott, Nicky, wo hast du nur gesteckt?« Amanda verlagerte ihre schwerfällige Gestalt auf eine Seite des Polstersessels. Die Geburt stand kurz bevor.

»Hi, Süße. Ich habe das Schiff inspiziert.« Ich warf die Jacke aufs Bett und beugte mich über Amanda, um mit der Nase in dem weichen braunen Haar herumzufahren, das ich schon bewunderte, seit ich sie als tapsiger junger Fähnrich auf der *Hibernia* kennengelernt hatte.

Sie lächelte mich traurig an. »Hier ist es nicht ganz so wie auf der *Challenger*.«

»Na ja . . .«

»Ich konnte gar nicht schnell genug alles zusammenpacken, als sie mir sagten, du würdest versetzt. Ich hatte fürchterliche Angst, du könntest mit der *Portia* losfahren, während ich dort zurückblieb, wo ich war. Was, in aller Welt, haben sie sich nur dabei gedacht, im letzten Moment die Kapitäne zu tauschen?«

Das war kein Thema, mit dem ich mich befassen wollte. Ich setzte mich und winkte sie herbei. »Hättest du nicht gern Urlaub von mir gehabt?«

Sie setzte sich vorsichtig auf meinen Schoß und legte mir den Kopf mit dem süß duftenden Haar in die Halsbeuge. »Nicht so lange.«

Ich lockerte meine Krawatte und seufzte. »Mir tun die Füße weh.«

Von meinem Schlüsselbein kam so etwas wie ein Knurren. »Versuche du mal umzuziehen. Mir tut zur Zeit alles weh.«

Ich wußte, daß die Schwangerschaft eine Last für Amanda war, und doch trug sie sie mit einer Würde, für die ich nur noch mehr Hochachtung für sie empfand. Sie hatte sich geweigert, über die Embryoverpflanzung in eine Gastmutter, vorgeburtliche Aufzucht oder andere Alternativen, die es ihr leichter gemacht hätten, auch nur zu sprechen.

Ich sah mich in der Kabine um und begutachtete mein Zuhause für die nächsten drei Jahre. Es war die größte Wohnkabine an Bord, weit größer als die Fähnrichskabine, die ich früher mit etlichen Fähnrichen geteilt hatte. Eine offene Luke führte ins private Bad des Kapitäns. Wir hatten hier eine eigene Duschkabine, ähnlich wie auf der *Hibernia*. Es war ein Luxus, an den ich inzwischen gewöhnt war.

Amanda streckte sich und stand auf. »Hast du auf den Konferenzen irgendwas erfahren?«

»Nur, daß Admiral Tremaine mich nicht leiden kann.« Ich

schlüpfte aus der Galauniform und wünschte mir, ich hätte es schon Stunden zuvor getan.

»Warum nicht?« Sie klang empört.

»Das spielt keine Rolle. Er hat sein Schiff, und ich habe meines.« Ich zog die reguläre blaue Schiffsuniform an. »Ich werde ihn kaum zu sehen bekommen.«

»Ich habe dich vermißt.« Ihre Stimme klang weich. »Sie haben mich vor drei Tagen auf die *Challenger* geschickt, während du noch auf diesem Fusionskurs warst.« Sie runzelte die Stirn. »Ich habe einen ganzen Tag damit zugebracht, die Bibliothek zu überprüfen. Zeitverschwendung!« Ich hatte schon vorher dafür gesorgt, daß Amanda zum zivilen Bildungsdirektor der *Challenger* ernannt wurde, ein Posten, den sie bereits an Bord der *Hibernia* innegehabt hatte. Zum Glück war ich in der Lage, ihr die entsprechenden Aufgaben auf der *Portia* zu übertragen.

»Hast du schon die Bibliothek der *Portia* durchgesehen?« fragte ich, um sie abzulenken.

»Sie scheint mir ziemlich komplett zu sein.« Man konnte eine ganze Bibliothek in einem Koffer voller Holovidchips unterbringen, so daß der Platzbedarf kein Problem war. Ich wußte, daß Amanda die Buchliste sorgfältig sichten würde; als Bildungsdirektorin bestand ihre Aufgabe darin, während der langen, langweiligen Fusionsfahrt nach Hope Nation und darüber hinaus nach Detour sowohl Kinder zu unterrichten, die Bildung wünschten, als auch Erwachsenenklassen zu betreuen. Passagiere nutzten die ereignislosen Monate im Weltraum häufig, um neue Fertigkeiten zu lernen oder Forschungen durchzuführen.

Ich blickte auf die Uhr. »Es ist sieben. Hungrig, Süße?«

»Ich bin immer hungrig«, gestand sie. Sie zeigte mir wieder das Lächeln, mit dem sie mich schon als tolpatschigen Fähnrich verzaubert hatte. »Mach dir keine Sorgen, ich bleibe nicht fett.« Wir machten uns auf den Weg in den Speisesaal.

Die meisten Passagiere und die gesamte Besatzung waren inzwischen an Bord untergebracht. Viele Fahrgäste hatten sich jedoch entschieden, noch einmal über die gewaltigen Promenaden von Earthport Station zu schlendern, durch die Sichtluken zuzuschauen, wie andere Schiffe eintrafen und abfuhren, oder einige der vielen teuren Restaurants auszuprobieren, die man auf der Station fand. Das heutige Abendessen an Bord der *Portia* war spärlich besucht und formlos.

Nur zwei Fahrgäste gesellten sich zu Amanda und mir an den Kapitänstisch. Normalerweise saßen wir zu jeweils acht an einem Tisch; neun große Tafeln boten meinen Offizieren und den sechzig Passagieren Platz. Ich fühlte mich unbehaglich dabei, das Mahl ohne das traditionelle Schiffsgebet zu beginnen, das jeden Abend auf der Fahrt vorgetragen wurde; aber während man im Hafen lag, war es nicht üblich. Statt dessen sprach ich ein stilles Tischgebet.

Amanda stellte mir Dr. Francon vor, einen Spezialisten für synthetische Kardiologie, der die Herzerzeugungsanlage im General Hospital von Hope Nation übernehmen sollte. Der andere Gast, Mr. Singh, erzählte uns, er hätte keinen besonderen Grund für seine Reise; er wollte nur soviel vom bekannten Universum sehen, wie es in seiner Lebenszeit möglich war.

»Die Galaxis durchmißt einhunderttausend Lichtjahre, Mr. Singh. Sie haben höchstens für einen Bruchteil davon Zeit. Warum haben Sie sich gerade unsere Ecke ausgesucht?«

Der kleine Mann mit der sonnengebräunten Haut lächelte erfreut. »Reiner Zufall, Kapitän Seafort. Es hat sich so ergeben. Wie Sie wissen, mußte ich meine Fahrt organisieren, ehe Sie mit der *Hibernia* zurückkehrten, also hatte ich bei der Auswahl von Hope Nation keine Ahnung, daß ich vielleicht tatsächlich fremdes Leben zu sehen bekommen würde.«

»Hoffen wir, daß es nicht dazu kommt«, brummte ich. Ein kalte Schauer lief mir über den Rücken.

»Unser Kontakt muß nicht zwangsläufig feindseliger Natur sein«, sagte er in seinem freundlichen Singsang. »Vielleicht kann jetzt, wo beide voneinander wissen, ein positiverer, liebevoller Kontakt hergestellt werden.«

»Nicht von mir.« Ich wechselte das Thema. Als wir von der Suppe zum Hauptgang übergingen, erweckten lautstarke Kinder und Halbwüchsige an einem Tisch am anderen Ende des Saals meine Aufmerksamkeit. Ich ignorierte sie dann aber, obwohl ihre Anwesenheit mich überraschte. Auf der *Hibernia* waren nur wenige junge Leute gewesen.

Unter dem Tisch drückte mir meine Frau das Knie. Ich hoffte, daß es niemandem auffiel; ich konnte kaum die Würde des Kapitäns wahren, während eine attraktive Frau mich streichelte.

Nach dem Essen geleitete ich Amanda zu unserer Kabine und kehrte selbst auf die Brücke zurück. Leutnant Tamarow hatte Wache; er saß behaglich vor dem Pult des ersten Offiziers, als ich eintrat.

»Ist soweit alles klar, Alexi?«

»Sämtliche Vorräte sind geladen, Sir. Das letzte Fahrgastkontingent trifft heute abend spät ein. Die Post kommt um 04:00 Uhr Standardzeit an Bord. Dann sind wir zum Ablegen bereit.«

Müßig trommelte ich mit den Fingern auf die Rückenlehne meines Ledersessels. »Warum kommen Passagiere so spät an Bord?«

»Es sind die Unteren New Yorker, Sir. Die Station wollte sie nicht früher heraufbringen als unbedingt nötig.«

»Wer?« Ich riß den Mund auf. »Straßenleute?«

»Transpops. Ja, Sir.«

»Auf meinem Schiff?« Bestürzt sank ich in meinen Sessel. »Machen Sie Witze?«

»Absolut nicht. Haben Sie das Memo nicht gelesen?«

»Welches Memo, Alexi?« Es entfuhr mir wie ein Knurren.

»Vom Oberbefehlshaber der Flotte, Sir.« Er warf mir einen kurzen Blick zu und fuhr rasch fort: »Während Sie weg waren. Es handelt sich um ein Pilotprogramm, das die Wiedervereinigungskirche arrangiert hat und das von UNICEF umgesetzt wird. Sie treiben Transpops zusammen und schicken sie los, daß sie einen neuen Anfang machen. Damit sie ein besseres Leben finden und gleichzeitig ihre vitale

Energie produktiv nutzen, oder irgend so 'n Schwachsinn. Unsere Bande soll unter Aufsicht einer UNICEF-Sozialarbeiterin nach Detour.«

Entsetzt dachte ich an meine Flitterwochen zurück. Unser Ausflugsbus war entlang den Ruinen des Central Parks die Fifth Avenue hinabgekrochen, vorbei am alten Central Park Zoo, der schon lange ohne Tiere war, da niemand sie vor hungrigen menschlichen Aasfressern hatte retten können, als diese dort auf Beutefang gingen.

Als wir dann die oben mit Glassplittern und Stacheldraht gesicherte, zwanzig Fuß hohe Mauer erreichten, die das uralte Plaza Hotel umgab, wurde der Bus plötzlich von einem Haufen abgerissener, wilder Jugendlicher umzingelt, die Dinge schwenkten, die ich zuerst für selbstgebastelte Waffen hielt, aber schnell als Touristenartefakte erkannte, die aus Metallblechen geschnitzt oder gepreßt, teilweise aber auch aus abgenutzten Gummireifen und anderem Abfall hergestellt worden waren.

»Kauft Newyawk Souvies!« schrie ein schmutziger Junge durch das Gitter, das vor die Fenster des Busses geschweißt worden war. »TraCenta, Empiyabuildin! Hier, guckt mal!« Er schwenkte seine unbeholfenen Wolkenkratzernachbildungen vor möglichen Kunden. Amanda drückte mir fest die Hand.

Der Fahrer warf einen Blick in die Rückspiegel und kam zu dem Entschluß, daß er beruhigt anhalten konnte. Er und der Wachmann griffen zu ihren Betäubungswaffen und erlaubten es zweien der wilden Kinder, in den wie eine Festung gesicherten Bus zu steigen, um ihre Waren zu verhökern. Nach fünf Minuten wurden sie wieder hinausgedrängt, und wir setzten unseren Weg zum Timesquare fort.

Ich schlug mit der Faust auf die Armlehne des Sessels und erschreckte damit Alexi. »Das lasse ich nicht zu!«

Bei Tag wahrte das Untere New York den Anschein der Zivilisation; Ausflugsbusse wie der unsere drangen in seine Randbereiche vor. Nicht so in der Nacht. Auf den dunklen Seitenstraßen und den aufgerissenen Avenues des Unteren

New York gingen rivalisierende Banden von Hispaniern, Schwarzen und Asiaten auf die Jagd nach der nichtseßhaften Bevölkerung, den Transpops, unseren ständig zahlreicher werdenden Obdachlosen.

Nur selten stieg jemand von weiter oben auf Straßenhöhe herab; die Bewohner des Oberen New York benutzten Hubschrauberlandeplätze auf den Dächern, um die Stadt zu verlassen oder dorthin zurückzukehren. Derek Carr, der junge Aristokrat, mit dem ich Freundschaft geschlossen und den ich für den Flottendienst rekrutiert hatte, entstammte dieser verfeinerten, zivilisierten Kultur. Gebäude wie das, in dem Derek zu Hause gewesen war, erzeugten ihren eigenen Strom und waren gegen Invasionen der Transpops schwer befestigt.

Wie kam Admiral Brentley nur auf die Idee, mein Schiff mit diesen Wilden zu infizieren?

»Wie viele?« fragte ich.

»Zweiundvierzig, Sir.«

Ich war entsetzt. »Von sechzig Passagieren?«

»Nein, Sir.« Alexi holte tief Luft und betrachtete mich wachsam. »Wir haben unsere sechzig Passagiere und *dazu* zweiundvierzig Transpops.«

Mit geballten Fäusten fuhr ich aus dem Sessel hoch und konnte mich nur mühsam unter Kontrolle halten. »Wir haben nur für sechzig Personen Kabinen!«

»Ja, Sir. Etliche planmäßige Fahrgäste müssen sich Kabinen teilen. Die, äh, Deportierten kommen zu sechst in einen Raum.«

»Das ist ja schlimmer als in der Fähnrichskabine! Wie bekommt man sechs Kojen in einen Raum?«

»Entschuldigung, Sir, aber sie wurden bereits installiert«, sagte eine nervöse, jugendliche Stimme aus dem Lautsprecher. »Doppelkojen an jedem Schott.«

Mein finsterer Blick wanderte von einem Lautsprecher zum nächsten. »Wer spricht da?«

»Danny, Sir. Äh, hallo!«

»Danny?« Ich drehte mich zu Alexi um.

»Unser Comp.«

»Oh.« Ich legte eine Pause ein. »Hallo, Danny.« Ich warf Alexi einen finsteren Blick zu. »Vorräte? Hydroponik und Recycler?«

»Wurden alle angepaßt, Sir. Aber wir sind die ganze Fahrt über bei nahezu maximaler Auslastung.«

»Warum haben Sie mir nicht schon vorher von den Transpops erzählt?« Meine Stimme klang gefährlich ruhig.

»Ich dachte, Sie wüßten bereits davon.« Alexi erwiderte standhaft meinen Blick.

Verdrossen warf ich mich in meinen Sessel. »Verbinden Sie mich mit dem Flottenhauptquartier.« Alexi nahm den Rufer zur Hand. »Das hier ist kein Gefängnisschiff«, murrte ich, halb an mich selbst gerichtet. »Sind die eigentlich verrückt?«

»Vielleicht, Sir«, sagte Alexi ernst. Trotz meiner Erregung mußte ich lächeln; er hatte die sich durch meine Frage bietende Gelegenheit ergriffen, um Kritik an seinen Vorgesetzten anzudeuten, was andernfalls inakzeptabel gewesen wäre. Nicht schlecht. Aber es erinnerte mich daran, daß ich soeben im Beisein meines Leutnants die Admiralität kritisiert hatte.

Es dauerte eine Stunde, bis mein Anruf Admiral Brentley in Lunapolis erreichte. Das Gespräch war kurz. »Ich kann nichts daran ändern, Nick. Das kommt direkt aus dem Büro des Generalsekretärs. Ich weiß, daß Sie überbelegt sind, aber ich kann Ihnen nicht helfen.«

»Aber was kann es denn nützen, vierzig Transpops von all den Hunderttausenden . . .«

»Fragen Sie den Ältestenrat der Kirche; die Sache gehört in die Rubrik ›wohltätige Werke‹, und der GenSek schenkt ihnen sein Ohr. Wie ich es verstanden habe, ist eine Massenverschiffung von Trannies in die jüngeren Kolonien geplant, sofern das Experiment funktioniert.«

»Aber Sir . . .«

»Ich weiß, ich weiß. Was eine Minderung des Bevölkerungsdrucks angeht, ist es Unfug, und man sollte eigentlich meinen, sie wüßten es besser. Ein Ärgernis für Sie, aber es fällt nicht in meine Zuständigkeit. Versuchen Sie, mit der Überbelegung so gut fertig zu werden, wie Sie können.«

»Es ist nicht nur die Überbelegung, Sir. Die Recycler sind nicht darauf ausgelegt, mit so vielen . . .«

»Ich weiß, Seafort, aber in den technischen Angaben ist reichlich Sicherheitsspielraum berücksichtigt. Was die Lebensmittel angeht, haben wir zusätzliche Dosen . . .«

»Sir, diese Leute sind eine Gefahr für das Schiff und die übrigen Passagiere!«

»Ich würde ähnlich empfinden, wenn die *Portia* mein Schiff wäre. Die UNO ist aber verzweifelt, was die Minderung des Drucks in den städtischen Zentren angeht. Das Programm wurde verabschiedet. Jedenfalls hat man Ihnen jüngere Leute geschickt, deren Eltern unbekannt sind, und eine Aufseherin, die sich um sie kümmert. Wie ich gehört habe, wurden die Gewalttätigsten aussortiert. Tun Sie Ihr Bestes, Seafort.«

»Aye, aye, Sir«, sagte ich mechanisch. Die Verbindung wurde abgebrochen. Ich wandte mich an Alexi. »Sorgen Sie dafür, daß der Zahlmeister vorbereitet ist. Lassen Sie zusätzliche Tische im Speisesaal aufstellen. Und es sollen zusätzliche Matrosen bereitstehen, wenn sie an Bord kommen. Allmächtiger!«

»Ja, Sir. Aye, aye, Sir.« Alexis schwaches Lächeln verschwand hinter der Hand, die er sich vor den Mund hielt.

Ich klopfte an die Luke am Korridor von Deck 2 und wartete, bis sie zur Seite glitt. »Chefingenieur Hendricks?«

Vor mir stand ein dünner Mann, dessen Haare allmählich grau wurden und dessen Offiziersjacke die langen, dürren Arme nicht richtig bedeckte. »Ja, Sir.« Seine Stimme war flach und ausdruckslos, und keine Spur eines Lächelns war in seinem Gesicht zu entdecken.

»Sie schliefen gerade, als ich den Maschinenraum besuchte«, sagte ich. »Schön, Sie zu sehen.«

»Danke.«

»Sind wir bereit zum Ablegen?«

»Ja, Sir. Andernfalls hätte ich Sie informiert.«

»Ah ... klar.« Ich kam mir wie der ungeschickte Fähnrich von früher vor. »Weitermachen. Wir unterhalten uns später.« Ich folgte mit Philip Tyre an meiner Seite weiter dem Korridor von Deck 2. »Welche Kabinen sind es, Mr. Tyre?«

Er deutete nach vorn. »Dort, Sir, direkt hinter Mannschaftsunterkunft eins.« Als wir dort vorbeikamen, nahmen zwei Matrosen, die auf dem Korridor faulenzten, Haltung an. Ich ignorierte sie. Tyre öffnete die nächste Kabinenluke.

Jeweils eine obere und eine untere Koje waren an drei der vier Schotts montiert. Die beiden zusätzlichen Kommoden füllten den Rest des Raumes völlig aus und ließen kaum noch irgendwelchen Bewegungspielraum. »Ein paar Nächte sind eine Sache«, sagte ich, »aber siebzehn Monate unter solchen Umständen ...«

Philip zuckte gleichgültig die Achseln. »Es sind nur Trannies, Sir.«

Ich war empört. »Zwei Minuspunkte, Mr. Tyre! Machen Sie drei daraus!« Ich ignorierte sein betroffenes Gesicht. »Auf meinem ersten Posten wurde den Fähnrichen beigebracht, den Passagieren Respekt zu erweisen!«

»Yessir!« versetzte er rasch. »Es tut mir sehr leid, Kapitän. Ich wollte nur sagen, daß sie es wahrscheinlich so gewöhnt sind. Nicht, daß sie es verdient hätten.« Er klang kleinlaut. »Es tut mir leid, wenn ich etwas Falsches gesagt habe, Sir.«

Vielleicht hatte ich überreagiert, aber ein paar Stunden Turnen würden ihm nicht schaden. Es dauerte nur zwei Stunden, einen Minuspunkt abzuarbeiten, sofern er nicht zehn erreichte und damit auf dem Faß landete. »Sehr gut. Sehen alle ihre Kabinen so aus?«

»Ja, Sir. Weitgehend.«

»Sind alle auf diesem Deck?«

»Ja, Sir, 211 bis 217. Ich glaube, Mr. Holser wollte sie in der Nähe der Besatzungsquartiere haben, Sir, für den Fall, daß es mal zu Schwierigkeiten kommt.«

Ich überlegte für einen Moment. Vax hatte wahrscheinlich recht, und ich wollte sie ganz bestimmt nicht auf demselben Deck wie die Brücke haben. Wie auch immer, die Transpops mußten jetzt jeden Moment an Bord kommen; es war zu spät, um noch etwas zu ändern. »Sehr gut, Mr. Tyre, wir gehen wieder hinauf. Sie helfen dem Zahlmeister, wenn die Transpops eintreffen.«

»Aye, aye, Sir.« Als wir die Leiter zu Deck 1 hinaufsteigen, platzte aus ihm heraus: »Sir, ich hatte schon sieben Minuspunkte!«

Alexi mußte ihm wieder zugesetzt haben. Ich zögerte. Die Rücknahme von Minuspunkten war schlecht für die Disziplin. Aber trotzdem ... zehn bedeuteten das Faß. »Also gut, Mr. Tyre. Zwei Minuspunkte statt drei.«

Er schaute mich dankbar an. »Danke, Sir. Vielen Dank!«

Erschöpft überlegte ich, ob ich auf die Brücke zurückkehren sollte. Aber es gab keinen Grund, aufzubleiben; Vax konnte unsere Passagiere unterbringen. Ich mußte morgen früh zum Ablegen ausgeschlafen sein, also machte ich mich auf den Weg zu meiner Kabine und Amandas tröstender Fürsorge.

Ich rückte mir die Krawatte zurecht und prüfte den Sitz der Jacke, ehe ich die Brücke betrat – ein selbstbewußter junger Kapitän, der im Begriff stand, das Kommando zu übernehmen. Trotzdem wartete ich kurz, ehe ich den Platz am linken Pult einnahm. Natürlich war der Sessel leer; es wäre undenkbar gewesen, einen Junioroffizier darin anzutreffen.

Ich nickte Vax Holser auf dem anderen Sitz zu und wandte mich dann an den Unbekannten vor dem Pult zu meiner Rechten. »Pilot Van Peer, vermute ich?«

Der rothaarige junge Mann lächelte einnehmend, als er aufstand und salutierte. »Walter Van Peer. Jawohl, Sir. Ich freue mich, Sie kennenzulernen.« Mr. Van Peer war ein Überbleibsel von der letzten Fahrt des Schiffes nach Casanuestra.

Ich warf einen Blick auf meine Instrumente. »Sind wir bereit, Gentlemen?« Ich aktivierte den Rufer und stellte die Verbindung zur Verkehrsleitung her. »Station, U.N.S. *Portia* ist bereit, von G-4 abzulegen.«

Einen Moment später knackte die Antwort im Lautsprecher. »Leiten Sie das Lösungsmanöver ein, *Portia*.«

»Roger.« Ich wechselte den Kanal im Rufer. »Achtung, Heck- und Bugschleuse, wir legen ab!«

»Aye, aye, Sir!« Alexi und Rafe Treadwell waren an der Heckschleuse, Derek an der vorderen. Mit einem Stich erinnerte ich mich an die Abfahrt der *Hibernia* von Luna Station zu meiner ersten interstellaren Reise, was jetzt drei Jahre zurücklag. Ich war an der Heckschleuse stationiert gewesen, wie Rafe in diesem Moment, und Leutnant Malstrom hatte jede meiner Maßnahmen überwacht. Spontan sprang ich von meinem Sitz auf. »Ich gehe hinunter«, sagte ich. »Warten Sie auf mein Kommando.«

Vax warf mir einen leicht überraschten Blick zu; der Pilot riß erstaunt den Mund auf. Natürlich sagte keiner von beiden ein Wort, außer um meinen Befehl zu bestätigen.

Ich eilte durch den Korridor zur Leiter. An der vorderen Luftschleuse überwachte Derek Carr in aller Ruhe die Matrosen, die unser stählernes Sicherungstau von dem Pfosten in der Stationsschleuse lösten. Als ich auftauchte, zog er eine Braue hoch, sagte aber nichts.

Die *Portia* sicherte sich wie jedes Schiff mit den Halteriegeln an einer Station, und die Schleusen von Schiff und Station wurden per Gummisiegel aneinandergekoppelt. Trotzdem waren seit der *Concorde*-Kastastrophe zusätzliche Sicherungskabel vorgeschrieben.

Ein Matrose rollte das Kabel jetzt zusammen und zog es in unsere Schleuse. Es wickelte sich im Griff der Handschuhe seines Raumanzuges nur widerwillig auf. »Leine gesichert, Sir!« rief er Derek zu.

»Vordere Leine gesichert, Sir«, wiederholte Derek, obwohl ich direkt neben ihm stand.

»Machen Sie weiter, Mr. Carr.« Da entfuhren mir die

Worte: »Ich führe keine Inspektion durch; ich möchte nur zuschauen.« Was für eine Idiotie, mich vor einem Fähnrich zu rechtfertigen!

»Ja, Sir.« Derek wandte sich an den Matrosen. »Schließen Sie die Innenluke, Mr. Jarnes. Machen Sie alles zum Abkoppeln bereit.«

»Aye, aye, Sir.« Matrose Jarnes hielt einen codierten Transmitter an die Schalttafel der Innenluke. Die dicken Tore fuhren leise zu und bildeten ein dichtes Zentralsiegel.

»Lösen Sie die Halteriegel.«

Der Matrose drückte einige Tasten, und die Schalttafel öffnete sich. Er berührte die Sensorfläche dahinter. »Sind gelöst, aye, aye.«

Derek warf mir einen kurzen Blick zu. »Vordere Schleuse gesichert, Sir. Soll ich es auch der Brücke melden?«

»Ich schätze ja, Mr. Carr.« Hilflos betrachtete ich die Außenluke, die immer noch mit der Station verbunden war. Was ich hatte sehen wollen, war das eigentliche Abkopplungsmanöver, doch meine Pflichten lagen auf der Brücke. Ich seufzte und kehrte widerstrebend nach oben zurück.

Als ich wieder auf meinem Platz saß, aktivierte ich den Rufer. »Verkehrsleitung, *Portia* ist bereit zum Abkoppeln.«

»Weitermachen, *Portia*. Vektor null drei null von der Station. Glückliche Reise!«

»Danke, Station.« Ich drückte dreimal einen Schalter auf meinem Pult. Drei tiefe Stöße der Schiffspfeife ertönten und verkündeten allen Personen an Bord die unmittelbar bevorstehende Abkoppelung.

»Pilot Van Peer, Sie haben das Ruder.«

»Klar, Sir.« Seine Stimme klang fröhlich. Er rief im Maschinenraum an. »Chief, bitte die Hilfsenergie.«

Chief Hendricks' trockene, unbewegte Stimme antwortete. »Hilfsenergie, aye, aye.«

»Achtung, Leute, los geht's«, sagte der Pilot mit einem respektlosen Grinsen. Er zündete sanft unsere seitlichen Schubdüsen; Treibstoffstrahlen spritzten aus den Stutzen in der Schiffshülle. Die *Portia* wiegte sich hin und her und zerrte dabei an den Gummisaugern der Luftschleusen. Abrupt trennten sie sich von ihren Gegenstücken an der Station; langsam entfernte sich die U.N.S. *Portia* von Earthport Station. Sterne glitten über die Simultanschirme am vorderen Brückenschott. Nach ein paar Augenblicken fragte der Pilot gelassen: »Würde es Ihnen etwas ausmachen, die Außenluken zu schließen, Sir?«

Ich wurde rot. Es war meine Aufgabe, den entsprechenden Befehl zu geben, aber ich war zu sehr damit beschäftigt gewesen, die zurückweichende Station anzugaffen. »Sehr gut.« Ich schaltete den Rufer ein. »Die Außenluken sichern!«

Rote Lampen auf der Konsole wurden grün, als die Luken zugefahren waren. »Vordere Luke gesichert, Sir.« Das war Derek.

Alexis ruhige Stimme meldete sich gleich darauf. »Heckluke gesichert, Sir.«

»Gesichert, sehr gut.«

Der Pilot hielt uns auf Kurs. Ich betrachtete die Station auf dem Simultanschirmen, bis sie vom Hintergrund der Sterne verschluckt wurde. Lange Minuten dehnten sich zu einer Stunde aus.

»Wir sind bereit zur Fusion, Sir«, meldete der Pilot.

»Danny, bitte die Fusionskoordinaten.«

»Aye, aye, Sir«, antwortete der Computer prompt. Er blendete die Zahlen auf meinem Konsolenbildschirm ein.

Als ich mich daranmachte, die Berechnungen einzutippen, spürte ich, wie sich der Schweiß unter meiner Jacke sammelte, wie immer, wenn ich Fusionskoordinaten berechnete.

Der Pilot rührte sich. »Ich habe die Koordinaten selbst ermittelt und sie mit den Werten des Comps verglichen«, sagte er. Ich beachtete ihn nicht.

»Sie stimmen bis auf sechs Dezimalstellen überein«, fügte er hinzu.

»Vax, checken Sie's auch durch«, sagte ich.

»Aye, aye, Sir.« Mein erster Leutnant tippte sofort Zahlen in sein Pult.

Pilot Van Peer blickte verdutzt von einem zum anderen. »Gibt es ein Problem, Käpt'n?«

Ich gab keine Antwort.

»Ich dachte, es wäre üblich, daß der Pilot die Fusionskoordinaten berechnet.« Es hörte sich betrübt an.

Ich grunzte. »Auf meinem Schiff tun es wir alle. Nicht persönlich gemeint.« Ich wandte mich wieder meinen mühsamen Berechnungen zu.

»Die Zahlen des Comps und meine stimmen voll ...«

»Pilot, halten Sie den Mund!« Die Navigation brachte nicht gerade meine besten Seiten zum Vorschein.

»Aye, aye, Sir.« Seine Verletztheit war offenkundig.

Eine halbe Stunde später hatte ich meine Zahlen. Sie stimmten mit denen von Danny und Vax überein. »Sehr schön.« Ich speiste sie in den Computer ein.

»Koordinaten erhalten und verstanden, Käpt'n.« Danny klang atemlos.

»Danke.« Ich schaltete den Rufer ein. »Maschinenraum, bereitmachen zur Fusion.«

»Zur Fusion bereitmachen, aye, aye.« Einen Moment später meldete sich der Lautsprecher wieder. »Maschinenraum bereit zur Fusion, Sir.«

»Chefingenieur, Fusion.«

»Aye, aye, Sir.« Die Stimme des Chiefs war ausdruckslos. »Fusionsantrieb ist ... eingeschaltet.« Sofort verschwanden alle Bilder von den Simultanschirmen.

Ich blieb sitzen, und die Melancholie unserer Isolation bedrückte mich. Während der Fusion waren alle unsere Außeninstrumente inaktiv; wir fuhren auf dem Kamm unserer N-Welle mit Überlichtgeschwindigkeit aus dem Sonnensystem hinaus, blind und taub. Selbst Funksprüche waren uns versagt. Nichts, was wir sendeten, bewegte sich so schnell wie die N-Welle selbst. Wir konnten uns jetzt nur noch auf die eigenen Ressourcen verlassen, bis wir in neunundsechzig Lichtjahren Entfernung in den sicheren Hafen einliefen.

Vax hatte die Wache; ich wußte, daß er zuverlässig war.

Abgesehen davon gab es auf der Brücke nichts zu tun. Nach einer Weile verzog ich mich mürrisch. Amanda war nicht in unserer Kabine, also schlenderte ich zum Passagiersalon auf Deck 1, wo ich zwischen den Holovids, Polstersesseln und Spielautomaten nur fremde Gesichter entdeckte.

Ich hätte dort bleiben können; es stand den Offizieren frei, den Salon zu benutzen, und man entmutigte uns nicht, mit den Passagieren geselligen Umgang zu pflegen. Ich fühlte mich jedoch unwohl und zog mich zurück. Ich folgte dem Umfangskorridor zur Westleiter und stieg zu Deck 2 hinunter. Vielleicht fand ich Amanda ja in der Bibliothek.

»Hier's der Käp'n! Hier's der Käp'n!« Ein Teenager tanzte um mich herum, und die Sandalen klatschten dabei auf den Decksplatten. Das aufgeregte Rufen lockte seine Gefährten herbei. Er deutete auf meine Jacke: »Guckt mal den Mann!« Das grob geschnittene Haar hing ihm über die Ohren, und sein dürrer Körper steckte in einem blauen Drillichoverall.

»Das isser! Das isser! Guckt mal die Streifen!« Mit seinen schmutzigen Fingern griff er nach den Tressen meiner Jacke. Ich schlug sie zur Seite, doch zahlreiche weitere Jugendliche drängten sich um mich.

Eine scharfe Stimme durchbrach das Geplapper. »Laßt das, Kids! Schluß jetzt!« Eine fleischige Hand schleuderte einen der abgerissenen Jungen zur Seite. Eine kleine, dicke Frau drängte sich durch die Öffnung, die sie sich gebahnt hatte. »Laßt 'n los! Schluß jetzt! Laßt 'n los!« Sie hielt inne. Langsam wich die Menge zurück. Die Frau lächelte kurz. »Entschuldigung, Käpt'n. Melissa Chong. Eigentlich soll ich darauf achten, daß so was nicht passiert.« Anscheinend kannte sie das Schiffsprotokoll nicht, denn sie streckte mir die Hand hin.

Verlegen ergriff ich sie.

»Sind Sie die Aufseherin?«

»Jawohl, ich bin UNICEF-Streetworker, aber diese Kinder nennen mich Mellie.« Sie packte das Kind, das sich mir zuerst genähert hatte, am Kragen. »Sag Sorry, Annie! Sag ihm, Sorry Käpt'n!«

»Nee!« Ihr Schützling versuchte, sich dem Griff zu entwinden.

»Nie Käpt'n anfassen, Annie! Nie!«

»Hab' nix getan«, sagte er – sie? – verdrossen. »Nur geguckt.«

»Sag Sorry«, wiederholte Dr. Chong und behielt das Kind fest im Griff.

Der Blick, mit dem Annie mich bedachte, war wütend. »Hab' nix Böses gewollt«, murrte sie. »Hab' nix getan, nur geguckt, sorry.«

Ich nickte. »Es ist ja nichts passiert. Du heißt Annie? Bist du ein Mädchen?«

Ein elfenhaftes Lächeln blitzte in ihrem Gesicht auf. Sie wackelte mit den Hüften.

»Möchte's Käp'n rausfinden?«

»Schluß damit, Annie!« sagte Dr. Chong scharf. Sie schubste das Mädchen weg. »Inne Zimmer, allesamt! Inne Zimmer!« Widerwillig verzogen sie sich in Richtung ihrer Kabinen.

»Wie bringen Sie nur diesen Jargon zustande?« erkundigte ich mich leutselig.

»Mit der Zeit eignet man ihn sich an. Er besteht vor allem darin, schnell zu sprechen.« Ein Lächeln zog sich über ihr rundes, asiatisches Gesicht. »Ich bringe es Ihnen bei, wenn Sie möchten. Für den Fall, daß Sie mal nichtseßhaft werden.«

Mich schauderte. »Gott bewahre!« Ich schaute mich um und runzelte die Stirn, als ich den Unrat sah, der vor wenigen Augenblicken noch nicht auf dem Deck herumgelegen hatte. »Na ja, Sie haben alle Hände voll zu tun.«

»Ja, bis Detour. Danach ist jemand anderes für sie verantwortlich.«

Siebzehn Monate mit einem solchen Haufen! Ich seufzte. »Wie behalten Sie sie nur im Griff?«

»Ich versuche gewissermaßen, einen einzelnen Stamm aus ihnen zu bilden. Die meisten respektieren Stammesautorität. Es ist alles, was sie kennen.«

Ich zog verdutzt eine Braue hoch. »Ich dachte, Trannies wären . . .«

»Benutzen Sie nicht dieses Wort!«

»Wie bitte?« Meine Stimme war frostig.

»Sagen Sie ›Transpops‹ oder ›Nichtseßhafte‹. Das andere ist rassistischer Slang wie ›Chic‹ oder ›Nigger‹. Sie nehmen das übel, und die Folgen könnten gewalttätiger Natur sein.«

»Ich habe aber schon gehört, wie dieser Begriff benutzt wurde.« Ich runzelte die Stirn. »Also gut, ich achte darauf. Jedenfalls wollte ich wissen . . .«

»Was die Stämme angeht, ja. Die meisten Oberen wissen gar nicht, daß es mehr als eine Transpop-Subkultur gibt. Die Transpops leben in sozialen Einheiten, die auf dem Standort beruhen. Einige Heimatgebiete sind auf ein paar kleine Blocks beschränkt, andere sind ziemlich groß. Sie bilden sich durch Handel oder den Verkauf von Sex. Oder durch Kriege. Die Unies zum Beispiel . . .«

»Aus wie vielen Stämmen setzt sich unsere Gruppe zusammen?« Ich wollte endlich meinen Weg fortsetzen.

»Aus etlichen, und das hat schon zu endlosen Problemen geführt. Hätte die UNICEF doch nur darauf gehört, als . . .« Sie seufzte. »Jedenfalls tut mir die Störung leid, Käpt'n.« Damit trennten wir uns.

Ich traf Amanda dabei an, wie sie in der Bibliothek Holochips sortierte. »Sieh mal, Nicky, wir haben hier sogar Marx und Engels! Ich könnte einen Kurs in vergleichender Ökonomie veranstalten.«

Ich grinste. »Für wen, Süße? Die Transpops?«

»Du weißt genau, daß wir viele gebildete Passagiere haben.« Sie sortierte einen Stapel Chips ein. »Und eine Menge Gastdozenten. Ich habe mir sogar schon überlegt, ob . . . autsch!« Sie zuckte zusammen.

»Was ist?« Ich konnte meine Beunruhigung nicht verhehlen.

»Jemand hat mich getreten. Ich glaube, er möchte hinaus, Nicky.«

»Jetzt sofort?«

Sie lachte über meine Bestürzung. »Nicht in den nächsten paar Minuten. Aber bald, denke ich. Er möchte seinen Papa sehen.«

Ich verzog das Gesicht. Die Vorstellung der Elternschaft war mir nach wie vor fremd. »Ich möchte ihn auch sehen«, versicherte ich ihr und legte eine Pause ein. »Möchtest du mit mir zu Mittag essen?«

»Offiziersmesse oder Speisesaal?«

Die Schiffsoffiziere nahmen Frühstück und Mittagsmahl in der winzigen Offiziersmesse ein und gesellten sich zum förmlichen Abendessen zu den Passagieren. Die Passagiere nahmen Frühstück und Mittagessen im Stil einer Cafeteria in ihrem Speisesaal auf Deck 1 ein.

Die Mannschaft aß natürlich stets in der Mannschaftsmesse auf Deck 2.

»Offiziersmesse«, sagte ich. »Ich möchte dich nicht mit all diesen Leuten teilen.« Sie belohnte mich mit einem Lächeln. Ich nahm sie an der Hand, und so schlenderten wir durch den Korridor zurück Richtung Leiter. Mir war egal, wie würdelos das wirkte.

Der Lunch war eine schlichte Angelegenheit; es gab eine Art Eintopf mit Brot. Ich entschied mich für den kleinen Tisch am Schott statt für die lange Holztafel in der Mitte des Raumes. Auf diese Weise gab ich das traditionelle Zeichen, daß ich allein essen wollte; die anderen Offiziere belästigten mich dann nicht. Entschied ich mich dagegen für die lange Tafel, stand es den Offizieren frei, ein Gespräch mit mir zu beginnen.

»Du solltest mit Melissa Chong reden«, sagte ich zu Amanda. »Richtet doch ein Bildungsprogramm für die Transpops ein.«

Sie verzog das Gesicht. »Nach dem, was ich gehört habe, müßte ich dabei ganz von vorn beginnen.« Sie musterte mich argwöhnisch. »Wer ist Melissa Chong, und wo bist du gewesen?«

Ich reagierte nachsichtig. Während der Schwangerschaft hatte sie ein Recht, sich unsicher zu fühlen. »Ich habe mich mit Passagieren unterhalten«, sagte ich freundlich und wechselte das Thema.

Nach dem Lunch kehrte ich auf die Brücke zurück. Während der Fusion gab es dort nur wenig für mich zu tun. Die Computersensoren überwachten Luftdruck, Energie, die Steuerung der Wiederaufbereitungsanlagen und der Hydroponik, den Status der Luftschleusen und ähnliches. Wir hielten regelmäßig Wache, um uns gegen das Risiko zu wappnen, daß etwas ernsthaft schiefging; aber falls das passierte, war es unwahrscheinlich, daß wir überlebten.

Philip Tyre und Pilot Van Peer hatten die Wache. Beide erhoben sich höflich, als ich eintrat. Ich gab ihnen mit einem Wink zu verstehen, daß sie sich wieder setzen sollten, nahm selbst Platz und prüfte die Displays.

»Alle Werte sind normal, Käpt'n«, versuchte sich der Pilot mit einem Gesprächsangebot.

»Dürfte ich vielleicht selbst nachsehen?« Beinahe augenblicklich bedauerte ich es, ihn so angeknurrt zu haben; Van Peer hatte keine Kritik äußern wollen. Ich war aufgrund der Probleme, die ich auf der *Hibernia* mit meinem Piloten gehabt hatte, immer noch empfindlich. »Es tut mir leid«, setzte ich lahm hinzu. Das ärgerte mich noch mehr. Ein Kapitän brauchte sich für sein Geschnauze nicht zu entschuldigen; es war sein Privileg. Der Kommandant eines Schiffes auf Fahrt genoß beinahe unumschränkte Macht. Der Respekt, den seine Offiziere ihm entgegenbrachten, war zum Teil Tradition, zum Teil Selbsterhaltungstrieb.

Um die gespannte Atmosphäre wieder zu mildern, pflegte ich Konversation mit Fähnrich Tyre. »Weitere Minuspunkte abgearbeitet, Philip?«

»Ja, Sir. Drei.« Was bedeutete, daß er seit gestern abend sechs Stunden im Trainingsraum zugebracht hatte. Ich machte einen Scherz darüber. »Das Turnen sollte Ihnen inzwischen ziemlich leicht fallen, Philip.«

Er lächelte höflich. »Ja, Sir. Ich habe viel Übung.« Wir beide bemerkten, daß wir uns verbotenem Terrain genähert hatten, und ließen das Thema fallen. Als erster Fähnrich sollte Philip den Fähnrichsstab unter Aufsicht der Leutnants führen. Von mir wurde erwartet, mich nicht in seine Belange einzumischen, und er wußte es inzwischen besser, als sich über seine Behandlung zu beschweren.

Obwohl es sich bei Philip Tyre um unseren Oberfähnrich handelte, war klar, daß er in der Fähnrichskabine nicht das Sagen hatte. Vor einem Jahr, auf der Heimfahrt der *Hibernia*, hatte Derek Carr Philips Befehlsgewalt auf die traditionelle Weise in Frage gestellt. Die beiden Jungen waren in den Trainingsraum gegangen, um die Sache auszutragen. Philip hatte den Kampf verloren und damit auch die Kontrolle über die Fähnrichskabine. Jetzt wagte er es nicht mehr, sich in Dereks Angelegenheiten einzumischen.

Der Tradition zufolge hätte ich Philip absetzen müssen; ein Fähnrich, der seinen Stab nicht selbst halten konnte, galt als ungeeignet für das Kommando. Doch obwohl ich nur Abscheu vor dem Jungen empfand, hatte ich Admiral Brentley vorgeschlagen, ihn für mein neues Schiff einzuteilen. Jetzt erkannte ich das Ausmaß des Problems, das ich mir damit eingehandelt hatte. Philip, den sowohl Derek als auch Leutnant Tamarow haßten, war eine Belastung. Sofern es mir nicht gelang, ihn gründlich zu ändern. Ich wußte jedoch nicht wie.

Pilot Van Peer sagte fröhlich in die Stille hinein: »Wie ich gehört habe, sind Sie ein ziemlich guter Schachspieler.«

Ich grunzte. »Ich spiele Schach, ja.«

»Ich ebenfalls, Sir. Ich würde gern eine Partie riskieren.« Nur zu gern hätte ich den Vorschlag aufgegriffen; ich liebte Schach. Sein Vorschlag stellte jedoch einen ernsthaften Verstoß gegen den Brauch dar; ein Offizier hatte nicht von sich aus geselligen Umgang mit seinem Kapitän zu suchen.

»Vielleicht.« Sein Mangel an Zurückhaltung flößte mir Unbehagen ein.

Es schien ihn nicht zu beeindrucken. »Wir können hier spielen, wenn Sie möchten. Der allmächtige Gott weiß, daß es während der Fusion auf Wache nicht viel zu tun gibt.«

»Da bin ich mir nicht so sicher«, sagte ich vorsichtig.

»Hier ist ein Schachbrett, Sir«, meldete Danny sich eifrig und blendete es auf dem Simultanschirm ein. »Sagen Sie mir Ihre Züge; ich führe sie dann aus!«

Es gefiel mir nicht, gedrängt zu werden. »Nicht auf Wache«, sagte ich. »Laß es gut sein.«

»Schade. Dann hätten wir wenigstens etwas zu tun.« Danny hörte sich betrübt an. »Ich langweile mich.« Er kam mir eher wie ein undisziplinierter Fähnrich als wie ein Schiffscomputer vor. Erneut dachte ich über die uralte Frage nach: War er wirklich lebendig? Ich vergaß diese Frage gleich wieder; man konnte sie unmöglich beantworten.

»Kapitän Steadman hat auf Wache oft gespielt.« Es war der Pilot.

Das befremdete mich. Wollte Van Peer tatsächlich eine Auseinandersetzung mit mir führen? Er hätte es besser wissen müssen. Oder wurde die Disziplin auf einer Korvette weniger streng durchgesetzt als auf einem Linienschiff wie der *Hibernia*? Ich zögerte; das gute Zureden des Comps und die gelassene Zwanglosigkeit des Piloten führten auf der Brücke zu einer weit freundlicheren Atmosphäre, als ich bislang gewöhnt war. Das Spiel würde mir Spaß machen. Andererseits verlangten die Bestimmungen von einem Offizier auf Wache, daß er ständig auf der Hut blieb.

Ich schlug einen kalten Tonfall an. »Sie sind entlassen, Pilot. Bleiben Sie bis zur nächsten Wache in Ihrem Quartier. Wenn Sie dann auf die Brücke zurückkehren, seien Sie darauf vorbereitet, meinen Befehlen ohne jeden Einwand nachzukommen.«

Er schluckte.

»Aye, aye, Sir. Ich entschuldige mich, Kapitän Seafort. Ich wollte nicht respektlos sein.« Er öffnete die Luke. »Vielleicht könnten wir bei anderer Gelegenheit eine Partie spielen. Wenn wir nicht Wache haben.« Er ging, offenbar zutiefst unerschüttert.

Ich seufzte. Wir waren für lange Zeit auf dem Schiff eingesperrt, und wie ich es mir bei allen meinen Offizieren bereits zur Gewohnheit gemacht hatte, hatte ich auch diesmal einen schlechten Start erwischt. Ich funkelte das Schachbrett auf dem Simultanschirm an. »Schalte das Ding aus.«

»Aye, aye, Sir.« Danny schaltete den Bildschirm aus.

Philip Tyre verhielt sich vollkommen still. Mir fiel auf, daß ich mich gerade zu einer langen Wache nur in Gesellschaft eines Fähnrichs verdonnert hatte, den ich nicht mochte. »Sitzen Sie nicht einfach nur herum!« schnauzte ich ihn an. »Rufen Sie Zufallspositionen ab, und berechnen Sie die Fusionskoordinaten. Ein Minuspunkt für jedes Prozent Abweichung zwischen Ihrer Lösung und der Dannys!«

»Aye, aye, Sir!« Philip beugte sich sofort über sein Pult.

Jetzt fiel ich über einen hilflosen Fähnrich her, weil ich mich über den Piloten ärgerte. Voller Abscheu vor mir selbst fügte ich hinzu: »Und ein Minuspunkt wird für jede Lösung gelöscht, die bis auf vier Dezimalstellen mit der Dannys übereinstimmt.«

Philips Blick drückte beinahe Verehrung aus. »Vielen Dank, Sir!« Emsig tippte er Zahlen auf seinen Bildschirm. Mir fiel wieder ein, daß Tyre im Unterschied zu mir sehr geschickt in der Navigation war.

Als die Wache schließlich endete, machte ich mich auf die Suche nach Amanda. Philip ging in Hochstimmung vor mir her. Er hatte durch geistige statt durch körperliche Anstrengung drei Minuspunkte abgearbeitet. Ich fragte mich, ob ich falsch gehandelt hatte, fand aber, daß dies nicht der Fall war. Hätte Alexi nicht nach Ausreden gesucht, Tyre zu disziplinieren, wären die Minuspunkte gar nicht erst ins Logbuch eingetragen worden.

Ich tippte an mein Glas, damit Ruhe eintrat. In die Stille hinein sprach ich: »Allmächtiger Gott, heute ist der fünfzehnte November 2197 an Bord der U.N.S. *Portia*. Wir bitten um deinen Segen für uns und unsere Reise und um die Gesundheit und das Wohlergehen aller an Bord.« Meine Augen brannten. Das Schiffsgebet wurde seit über hundertsechzig Jahren allabendlich an Bord jedes UN-Schiffes gesprochen, das das All befuhr. Zum erstenmal hatte ich es auf einem Schiff gesprochen, das wirklich mir gehörte, auch wenn ich vor ein paar Tagen noch mit einem anderen Fahrzeug gerechnet hatte.

In meiner frisch gebügelten marineblauen Hose, dem weißen Hemd und der schwarzen Krawatte kam ich mir steif vor. Die Abzeichen auf der blauen Jacke glänzten, ebenso das Messing auf meiner geriffelten Mütze. Die schwarzen Schuhe hatte Roger, unser Schiffsjunge, blitzblank poliert. Trotzdem war die Uniform, von den Rangabzeichen abgesehen, mit der jedes anderen Offiziers identisch, von Dr. Bros bis hinunter zu Rafe Treadwell, unserem jüngsten Fähnrich.

Allerdings war ich, wie die Streifen zeigten, der Kapitän, und demzufolge führte ich an der Ehrentafel des Schiffes den Vorsitz. Passagiere, die dort Platz zu nehmen wünschten, wandten sich mit einer entsprechenden Bitte an den Zahlmeister, und es stand mir frei, unter ihnen die Auswahl zu treffen. Normalerweise wurde die Sitzordnung monatlich gewechselt. Da dies unser erster Monat war und ich noch niemanden an Bord kannte, hatte ich keine Anstalten getroffen, mir meine Tischgefährten auszusuchen, sondern dies Zahlmeister Li überlassen.

Ich stocherte in meinem Essen herum und versuchte mich ungeschickt in Konversation. Müßig zu plaudern hatte ich erst bei der Flotte gelernt; früher, in Vaters Haus, hatten wir gewöhnlich schweigend gegessen. Seit wir verheiratet waren, entlastete Amanda mich von den Pflichten der Konversation. Auch heute abend unternahm sie wieder sporadische Anstrengungen in dieser Hinsicht. Aber Rückenschmerzen machten ihr zu schaffen.

Eine freundliche Dame mittleren Alters musterte sie mitfühlend. »Es dauert nicht ewig, meine Liebe, selbst wenn es den Anschein hat.«

Amanda lächelte dankbar. »Manchmal hat man wirklich das Gefühl, Mrs. Attani.«

»Greg war mein erster.« Sie deutete auf den adretten jungen Mann von siebzehn Jahren an ihrer Seite, dessen sorgfältige Manieren zu seiner eleganten Kleidung paßten. »Die Schwangerschaft schien mir eine halbe Ewigkeit zu dauern.«

Gregor Attani lächelte höflich, sagte aber nichts.

»Sie sind unterwegs nach Hope Nation?« fragte ich, obwohl ich aus ihrer Datei bereits die Antwort kannte.

»Ja, Käpt'n. Ich habe meinen Abschluß am MIT gemacht und reise jetzt zur Agrarstation auf dem Ostkontinent.«

»Und Ihr Mann?« fragte ich gedankenlos.

»Ich hatte nie einen«, antwortete sie ruhig. Solange sie damit nicht Promiskuität eingestand, was höchst unwahrscheinlich war, bedeutete es, daß es sich bei Gregor um einen Klon oder das Kind eines Spenders handelte.

Amanda stieß mich in die Rippen. Ich dachte, sie wollte damit meine taktlose Bemerkung tadeln, doch sie deutete verstohlen auf einen Tisch auf der anderen Seite des Saals, wo man Melissa Chongs Schützlinge separat untergebracht hatte. Keiner der zahlenden Passagiere hatte Wert darauf gelegt, mit den Nichtseßhaften zu speisen.

Mehrere der jugendlichen Transpops stießen und schubsten einander; während ich hinsah, warf einer eine Roulade nach einem Tischgefährten. Dr. Chong eilte von ihrem Platz in der Nähe herbei. Hinter ihr brach ein Miniaufstand an dem Tisch los, den sie gerade verlassen hatte. Ich schnippte mit den Fingern, und der Steward beugte sich diskret zu mir herunter.

»Beenden Sie das, aber rasch!« Ich deutete zum Problembereich.

»Aye, aye, Sir.« Einen Augenblick später beugte er sich über einen der Tische, die Hände auf dem Tischtuch gespreizt. Der Aufruhr ließ nach.

Alexi setzte sich auf seinen Platz am Pult des ersten Offiziers. »Guten Morgen, Sir. Wie geht es Amanda?«

Ich schnitt eine Grimasse. »Nervös. Sie schläft nicht gut.«

Die Geburt war in einer Woche fällig, und Josip Bros, der Schiffsarzt, überwachte Amanda genau.

Alexi lächelte mitfühlend, jedoch ohne echtes Verständnis. Daß Amanda meine Hilfe selbst für die einfachsten Dinge benötigte, war akzeptabel und sogar angenehm. Was ihre gelegentliche Launenhaftigkeit betraf – ich ertrug sie, so gut ich konnte, wohl wissend, daß sie ihren Grund im körperlichen Unbehagen hatte.

Alexi gähnte. »Wir könnten etwas Kaffee haben, Sir, wenn Sie möchten.«

Normalerweise aßen wir nicht auf Wache, aber Kaffee war erlaubt. Ich konnte die Brücke bemannen, solange Alexi den Umfangskorridor hinunter zur Offiziersmesse ging. »Das wäre nicht übel.«

»Okay.« Er schaltete den Rufer ein. »Mr. Tyre, melden Sie sich unverzüglich auf der Brücke!«

Ich beschloß, nichts zu sagen, und wartete. Einen Moment später traf der junge Fähnrich ein und keuchte: »Fähnrich Tyre meldet sich zur Stelle, Sir!«

»Besorgen Sie uns zwei schwarze Kaffee.« Alexis Blick ruhte auf einem Pult.

Das war ein ungewöhnlicher Befehl. Es war normal, wenn ein Offizier den Schiffsjungen losschickte, um etwas zu holen – dazu war er ja da –, aber man schickte keinen Fähnrich, um Kaffee zu besorgen. Es sei denn, man wollte ihn schikanieren.

Philip wußte es besser, als daß er Widerwillen gezeigt hätte. »Aye, aye, Sir.« Gehorsam machte er sich auf den Weg zur Offiziersmesse.

»Hat er das verdient?« fragte ich.

Alexi antwortete knapp: »Das Training tut ihm nur gut, wo er jetzt keine Minuspunkte mehr durch Turnen abzuarbeiten braucht.«

Ich war erstaunt. Das – von meinem Freund Alexi? »Sie sollten klüger sein, als so mit Ihrem Kapitän zu sprechen.«

Alexi wirkte ein wenig überrascht. »Ich wollte keine Kritik üben, Sir. Bitte fassen Sie es nicht als Kränkung auf.«

Ich seufzte. »Alexi, Sie sind so scharf darauf, ihn zu schikanieren, daß Sie jedes Gefühl für Proportionen verloren haben.«

»Wirklich?« Er dachte gleichgültig darüber nach. »Kann sein.«

Die Luke ging wieder auf. Philip Tyre hielt einen dampfenden Becher in jeder Hand. Er brachte mir meinen zuerst.

»Danke.«

»Keine Ursache, Sir.« Er trat auf Alexi zu, der plötzlich angestrengt sein Pult betrachtete. Tyre wartete.

Nach einer Weile streckte Alexi abwesend die Hand nach dem Becher aus. »Entlassen.«

»Aye, aye, Sir.«

Philip ging zur Luke und öffnete sie.

»Einen Moment noch«, sagte ich ruhig. »Mr. Tamarow, ich lege Wert auf Höflichkeit zwischen meinen Offizieren.«

Alexi zog eine Braue hoch. »Höflichkeit?« Er wartete einen Moment, als überlegte er. »Aye, aye, Sir. Mr. Tyre, danke, daß Sie mir einen Becher Kaffee gebracht haben. Das ist alles.«

»Aye, aye, Sir.« Fähnrich Tyre blickte nervös vom einen zum anderen und entfloh.

Es blieb lange still. Als Alexi sich schließlich meldete, klang es bitter. »Sir, Sie hatten natürlich das Recht, mich zu tadeln, aber ich möchte respektvoll darauf hinweisen, daß es schlecht für die Disziplin ist, wenn Sie es in Gegenwart eines Fähnrichs tun.«

Ich war verblüfft. Da ich mit einem Sprung vom Fähnrich zum Kapitän aufgestiegen war, war ich nie Leutnant gewesen. Aber hätte ich als solcher meinen Kapitän in diesem Ton angesprochen, hätte ich im günstigsten Fall mit einem summarischen Kriegsgerichtsverfahren rechnen müssen. Obendrein machte ich mir Sorgen; Tamarow war ein erfahrener Offizier, der es eigentlich besser wissen sollte. »Ist alles in Ordnung mit Ihnen, Alexi?«

»Prima«, schoß er zurück. »Ich wurde zwar in Gegenwart von Mr. Tyre gedemütigt, der weiß, daß Sie eingreifen werden, wann immer ich ihm Minuspunkte zuteile, aber ansonsten geht es mir prima.«

»Wären Sie Fähnrich, würde ich Ihnen für Unverschämtheit den Rohrstock verabreichen lassen!«

Er gab nicht nach. »Ja, Sir, davon bin ich überzeugt!« Wir starrten uns wütend an.

»Mr. Tamarow, Sie strapazieren unsere Freundschaft.« Meine Stimme war kalt. »Ich dulde keine Insubordination! Bleiben Sie für eine Woche in Ihrem Quartier. Sie sind vom Wachdienstplan gestrichen, bis Sie mir zufriedenstellend erklärt haben, inwiefern Ihr Verhalten unzulänglich war. Gehen Sie, auf der Stelle!«

Alexi konnte nicht umhin, einem ausdrücklichen Befehl zu gehorchen. »Aye, aye, Sir.« Er schlug mit der Hand auf den Öffnungsschalter der Luke und ging steif hinaus.

Ich schritt auf der Brücke auf und ab, und mein Adrenalinspiegel stieg. Als ich mich wieder beruhigt hatte, setzte ich mich und dachte über mein neuartiges Verhalten auf Wache nach – nämlich jeden Offizier zu verbannen, mit dem ich die Brücke teilte. »Hast du alles aufgezeichnet, Danny?« Ich wollte nicht, daß Alexis Fehlverhalten festgehalten wurde.

»Nee. Wahrscheinlich hätte ich es tun sollen. Sie haben es ihm ja richtig gegeben!« Danny quoll über vor Begeisterung.

Ich grunzte unzufrieden.

Der Rest der Wache verlief ereignislos. Kurz vor Mittag erschien Vax, um mich abzulösen; er hatte Rafe Treadwell im Schlepp. Rafe, blitzsauber und in makelloser frischer Uniform, sollte seine erste Wache als Fähnrich halten. Er biß sich auf die Unterlippe und betrachtete das Pult.

»Machen Sie sich keine Sorgen«, sagte ich beruhigend. »Wenn Sie das Schiff zur Explosion bringen, erfahre ich nichts mehr davon.« Damit rief ich ein leichtes Lächeln hervor. Ich ging zu meiner Kabine. Amanda war nicht da, also legte ich mich aufs Bett und hoffte, ein Nickerchen halten zu können.

Ich konnte nicht einschlafen. Unruhig suchte ich die Offiziersmesse auf, die zu dieser Stunde verlassen war, um mir eine Tasse Tee zu machen. Gerade hatte ich meinen ersten Schluck genommen, als der Schiffsrufer losplärrte: »Kapitän, melden Sie sich auf der Brücke!«

Ich schnappte den Rufer in der Nähe. »Was ist, Vax?«

»Es geht um Mrs. Seafort, Sir. Sie hat irgendwelche Probleme unten auf Deck zwei. Sie klang ganz aufgeregt!«

Allmächtiger Gott! »Ich bin schon unterwegs!«

»Im Büro des Zahlmeisters, Sir.«

Ich rannte los. Derek Carr, der soeben die Leiter heraufstieg, riß erstaunt den Mund auf, als ich an ihm vorbeiraste und dabei mit jedem Schritt zwei Sprossen nahm. Ich lief den Korridor entlang und stürmte ins Büro des Zahlmeister. Amanda fiel mir in die Arme und klammerte sich an meiner Schulter fest.

Ich drückte sie an mich. »Weitermachen!« knurrte ich den Zahlmeister an, der Haltung angenommen hatte. »Alles in Ordnung, Süße, ich bin ja da. Was ist passiert?«

Sie hielt sich noch für einen Moment an mir fest. »Nick, es tut mir leid. Es ist alles wieder in Ordnung.«

Der Zahlmeister und ich sahen einander an. »Die Kids, Sir«, sagte er unbehaglich. »Die Straßenkids. Sie haben Mrs. Seafort belästigt und . . .«

»Das haben sie nicht«, unterbrach ihn Amanda. »Ich hatte nur Angst. Niemand hat mir etwas getan.«

»Wer? Wo?«

Amanda holte tief Luft. Sie gab mich frei und versuchte es mit einem Lächeln. »Beruhige dich, Nicky, mit mir ist alles in Ordnung. Ich wollte ein paar Chips aus der Bibliothek holen. Der Korridor war verstopft von diesen jungen Männern, alle in blauem Drillich. Als ich vorbeikam, machte jemand einen Scherz über mich, und auf einmal tanzen sie um mich herum, zeigten auf meinen Bauch, lachten und schubsten sich gegenseitig. Ich konnte kein Wort von dem verstehen, was sie sagten.«

Ihr Ausdruck verdüsterte sich. »Ich dachte, sie wollten dem Baby etwas tun. Ich habe versucht, wegzulaufen, aber es waren so viele! Alle rempelten sich gegenseitig an. Ich schrie, sie sollten mich gehen lassen, aber niemand hörte auf mich. Sie drängten sich weiter kichernd um mich. Dann kam der Zahlmeister und brachte mich in Sicherheit.« Sie wandte sich an ihn. »Danke, Mr. Li.«

»Wo sind die Burschen?« Ich hatte die Fäuste geballt.

»Wieder in ihren Kabinen, Sir«, sagte der Zahlmeister. »Miss Chong tauchte kurz nach mir auf und trieb sie zurück in ihre Kojen.«

Ich musterte meine Frau. »Und du bist nicht verletzt worden?«

Sie klammerte sich an meinen Arm. »Ich hatte nur Angst.« Sie sagte es mit Nachdruck. »Du solltest jetzt nicht überreagieren; es war nur ein Mißverständnis.«

»Überreagieren? Natürlich nicht.« Ich näherte mich steif der Luke, doch Amanda erreichte sie schneller.

»Nicht, Nicky. Ich meine es ernst! Laß sie in Ruhe. Bitte.«

»Erzähl mir nicht, wie ich mein Schiff zu führen habe!« sprudelte es aus mir heraus.

»Verdammt, Nicky, auch ich muß hier leben! Sie wollten mir nichts tun! Wenn du es ihnen jetzt heimzahlst, machst du mir das Leben schwerer, als es sein muß!«

»In Ordnung.« Ich zögerte noch. »Ich werde keine Szene machen, aber ich werde einmal mit Miss Chong reden, ehe diese verdamm ...« Ich hielt gerade noch rechtzeitig inne. »Ehe diese verwünschten Transpops mein Schiff in einen Zoo verwandeln!«

Sie lächelte über mein finsteres Gesicht und trat zu mir. »Entschuldigen Sie, Mr. Li.« Als er sich abwandte, küßte sie mich auf die Nase. Damit entlockte sie mir ein zögerndes Lächeln. »Begleite mich die Leiter hinauf, Nicky«, sagte sie. »Ich fühle mich, als bräuchte ich einen Triebwerksanzug, um mich hinaufzubefördern.«

»T-Anzüge sind nicht groß genug«, erklärte ich ihr und erhielt zum Lohn einen Stoß in die Rippen.

3. Kapitel

»Allmächtiger Gott, heute ist der neunzehnte November 2197 an Bord der U.N.S. *Portia*. Wir bitten um deinen Segen für uns und unsere Reise und um die Gesundheit und das Wohlergehen aller an Bord.«

»Amen.« Die Echos hallten durch den überfüllten Saal. Ich nahm den Raum kurz in Augenschein, ehe ich mich setzte. Die Tische der Nichtseßhaften waren inzwischen so weit von den anderen entfernt, wie es nur ging.

Ungeachtet der Bemühungen Melissa Chongs schien sich das Verhalten der Nichtseßhaften zu verschlechtern. Die Stewardmaate standen am Schott bereit, um im Fall eines Aufruhrs sofort eingreifen zu können. Dr. Antonio, der frischgewählte Präsident des Passagiersrates, war mit dem Vorschlag an mich herangetreten, die Transpops getrennt zu verköstigen, entweder vor oder nach den zahlenden Fahrgästen. Die Lösung gefiel mir nicht; es hatte sich schon lange als Tradition etabliert, daß die Flotte nur eine Klasse von Passagieren beförderte.

Nachdem die Suppe abgeräumt worden war, warteten wir geduldig auf unseren Salat. Ein untersetzter, muskulöser Mann Ende Fünfzig beugte sich vor, um mich anzusprechen. »Kapitän, niemand möchte als erster erwähnen, daß Sie es waren, der die Lebensformen auf der *Telstar* entdeckt hat. Würden Sie uns davon erzählen?«

Seine Bemerkung erinnerte mich an den erschreckendsten Augenblick meines Lebens. Unsere kurze Begegnung mit den feindseligen, fischförmigen Aliens war der Grund, warum jetzt ein ganzes Geschwader zum System von Hope Nation unterwegs war, anstatt nur das übliche einsame Versorgungsschiff.

»Lieber nicht, Mr. MacVail. Ich habe nicht viel gesehen. Ich weiß nicht einmal, *was* ich dort gesehen habe. Darüber hinaus ist es kein geeignetes Thema für die Konversation beim Abendessen.« Ein Gefühl der Kälte breitete sich ringsherum aus, und lange Zeit sagte niemand etwas.

Nach dem Essen bot ich Amanda einen gemeinsamen Spaziergang an, doch sie schickte mich allein los; der Rücken tat ihr weh. Ich schlenderte den Umfangskorridor von Deck 1 entlang und steig dann hinunter auf Deck 2. Ich hatte vor, einmal gänzlich im Kreis zu schlendern, bis ich wieder meinen Ausgangspunkt an der Leiter erreichte.

Ich kam an mehreren Passagierskabinen und am Messesaal der Mannschaft vorbei. Ich ging an der Luke zum Maschinenraum vorbei, ohne stehenzubleiben; ich war nicht auf einem Inspektionsgang. Vor Mannschaftsunterkunft eins standen Matrosen im Korridor und unterhielten sich. »Weitermachen«, stieß ich rasch hervor, ehe sie Haltung annehmen konnten.

Auf die Mannschaftsunterkünfte folgten weitere Passagierskabinen.

Mir fiel ein starker Ammoniakgeruch auf. Ich schaute im Büro des Zahlmeisters vorbei. »Mr. Li, was rieche ich da auf dem Korridor?«

»Wahrscheinlich das Desinfektionsmittel, Sir.« Seine Stimme klang gleichgültig. »Wir schrubben den Gang zweimal täglich.« Ich zog eine Braue hoch. »Die Nichtseßhaften.«

»Ja, und?«

»Sie ... äh, urinieren auf dem Korridor.«

»Sie pinkeln auf mein Deck?« Meine Tonhöhe stieg um eine Oktave.

»Miss Chong sagt, sie wären nicht an sanitäre Einrichtungen gewöhnt.«

»Holen Sie Dr. Chong! Sofort!«

Wenige Augenblicke später stand mir die Sozialarbeiterin gegenüber, die Hände in den Hüften. »Was haben Sie denn erwartet?« wollte sie wissen. »Zivilisierte Manieren? Diese Kids wurden auf der Straße geboren und haben ihr ganzes Leben dort verbracht. Die meisten von ihnen haben noch nie ein Gebäude mit funktionierenden sanitären Einrichtungen gesehen. Sicher, wir haben ihnen gezeigt, wie man so was benutzt, aber Gewohnheiten verändern sich nicht über Nacht!«

»Erwarten Sie von mir, daß ich es dulde, wenn sie den Korridor als Toilette benutzen?«

»Nein.« Sie schlug einen sachlichen Tonfall an. »Ich arbeite daran, wie ich auch an allem anderen arbeite. Wir wußten, daß es Probleme geben würde, wenn wir diese Kids verschiffen.«

Ihre Gelassenheit half mir, mich wieder zu beruhigen. »Ich weiß, daß Sie Ihr Bestes tun, aber – sehen Sie mal, Miss Chong. Wir müssen sechzehn Monate zusammenleben, bis wir Hope Nation erreichen. Ihre Schützlinge sind eine Störung. Sehen Sie zu, daß Sie sie unter Kontrolle bekommen!«

»Und wie?« fragte sie schlicht. Ich hatte keine Antwort parat. »Es sind zweiundvierzig«, sagte sie. »Ich kann nicht überall gleichzeitig sein. Geben Sie mir Zeit.«

»In Ordnung«, sagte ich widerwillig. »Ich werde geduldig sein. Aber nicht in dieser Beziehung. Wenn diese Typen meinen Korridor wieder verschmutzen, werden sie sich wünschen, sie hätten es nicht getan!«

Ich überlegte mir, einen Posten im Korridor von Deck 2 aufzustellen, entschied mich aber dagegen. Ein Schiff der Flotte war eine zivilisierte Umgebung; Passagiere waren keine Gefangenen, die man jeden Augenblick überwachen mußte.

In den nächsten Tagen bekam Amanda unregelmäßige Kontraktionen. Ich saß in der weißen Minikabine der Krankenstation, während Dr. Bros sie untersuchte. »Ich bin fast so aufgeregt wie Sie«, sagte er. »Was glauben Sie, wie viele Geburten wir auf interstellaren Reisen haben?« Natürlich nicht viele. Die Mannschaft und die Offiziere – außer dem Kapitän – stellten sich jeden Monat routinemäßig zu ihren Sterilitätsspritzen an. Verheiratete Passagiere bekamen auf einer langen Fahrt gelegentlich Nachwuchs. Natürlich ließen sich unverheiratete Passagiere entweder Sterilitätsspritzen geben oder brachen eine eventuelle Schwangerschaft ab; alles andere wäre undenkbar gewesen, außer über registrierte Gastmutter- oder Kloningzentren.

»Jetzt ist es bald soweit«, versprach Dr. Bros. Ich brachte Amanda in unsere Kabine zurück.

Während die Tage verstrichen, bemerkte ich weiterhin den beißenden Gestank von Desinfektionsmitteln im Korridor. Ich konferierte mit dem Chefingenieur; wenig später spannten Arbeitsgruppen Maschendraht über die Fugen zwischen Schotten und Deck. Ich knirschte mit den Zähnen, als ein Holorekorder installiert und mit Dannys Sensoren auf der Brücke zusammengeschaltet wurde; es verstieß gegen die Flottentradition, Passagiere und Mannschaft auszuspionieren, und ich fand es abscheulich, auch wenn es notwendig war.

Ich wies Danny an, den Korridor zu überwachen und einen sorgfältig modulierten elektrischen Strom einzuschalten, wann immer ein Nichtseßhafter stehenblieb und an seiner Kleidung zu fummeln schien.

Das erschrockene Kreischen der Transpops war für die übrigen Fahrgäste sehr amüsant, besonders für die jüngeren. Ein Teenager verhöhnte einen vorbeigehenden Nichtseßhaften namens Deke mit dem Wort ›Elektropiß‹ und handelte sich dafür ein blaues Auge ein.

Die Tage gingen langsam dahin. Eines Nachmittags spielte ich mit Pilot Van Peer in seiner Kabine Schach. Er war ein begeisterter Spieler, doch ein Augenblick der Unachtsamkeit kostete ihn mit dem vierundzwanzigsten Zug den Sieg.

Ich ertrug lange, stille Wachen auf der Brücke. Nach etlichen Tagen hielt mich Alexi, dessen Arrest in seinem Quartier schließlich vorüber war, vor der Offiziersmesse an. »Könnten wir uns privat unterhalten, Sir?«

»Ja, sicher.« Ich folgte ihm in seine Kabine, einen Kubus von vier Metern mit einer ordentlich gemachten grauen Koje. Alle seine Habseligkeiten waren säuberlich in der Reisetasche verstaut, wie man es uns auf der Akademie beigebracht hatte.

Er schaute mich verlegen an. »Sir, die Geschichte von letzter Woche tut mir leid.« Besorgt musterte er mein Gesicht. »Ich möchte mich nicht nur förmlich entschuldigen. Es tut mir wirklich leid. Ich hatte mich vergessen. Kein Leutnant darf seinem Kapitän gegenüber dermaßen den Mund aufreißen. Aber ich ...« Er hielt inne und wandte sich ab. »Ich schulde dir mehr als das«, sagte er mit gedämpfter Stimme. »Es liegt daran, was du für mich bedeutest. Bitte, verzeih mir.«

Ich empfand eine ungeheure Erleichterung; mein Freund war wieder da.

»Setz dich, Alexi«, sagte ich sanft.

Er nahm auf der Bettkante Platz, den Blick fest auf mein Gesicht geheftet. Ich zog einen Stuhl heran. »Ich wiederhole, was ich schon auf der Brücke sagte. Du bist so wild darauf, ihn zu schikanieren, daß du dabei über das Ziel hinausschießt.«

Er atmete tief aus. »Um die Wahrheit zu sagen: Ich weiß gar nicht mehr, was ich davon halten soll, Sir. Er war ein Monster. Sie wissen, was er auf der letzten Fahrt mit uns gemacht hat. Ich habe einen Eid abgelegt, ihm weh zu tun, wenn ich je die Gelegenheit dazu finden sollte. Ich habe sie gefunden, und er hat es verdient. Aber ... Ich fühle mich dadurch nicht besser.«

»Du hast ihm sehr weh getan, Alexi. Reicht es nicht so langsam?«

Er ballte die Fäuste. »Manchmal denke ich es. Dann aber fällt mir wieder ein, wie oft Derek und ich dank seiner endlosen Minuspunkte aufs Faß mußten. Und an seinen Tonfall in der Fähnrichskabine, wo ich mich nicht verteidigen konnte. Manchmal denke ich, Sie hätten mir damals auf Detour erlauben sollen, den Dienst zu quittieren!«

»Es tut mir leid, daß du soviel Kummer hast.« Mehr fiel mir dazu nicht ein.

Unsere Blicke begegneten sich. »Ich werde aufhören,

wenn Sie es von mir verlangen, Sir. Ich werde dem Befehl gehorchen.«

»Nein.« Ich war überzeugt, daß er selbst zu dem Entschluß gelangen mußte. »Alexi, ich habe ihn nicht weniger gehaßt als du. Aber er hat für seine Sünden bezahlt. Er hat alles das ertragen müssen, was er dir zugemutet hat, schon als wir das Faß auf unserer letzen Fahrt in deine Kabine brachten. Er ist nach wie vor bereit, seine Pflicht zu tun, wie er sie versteht. Kannst du das nicht respektieren?«

Er machte ein grimmiges Gesicht. »Nein, Sir, das kann ich nicht. Was glauben Sie denn, was er mit Derek und Rafe tun würde, wenn er wieder die Kontrolle hätte?«

»Ich weiß es nicht. Mich bekümmert allerdings, was er mit dir tut.« Das erschreckte ihn. Ich seufzte. »Jedenfalls akzeptiere ich deine Entschuldigung. Du bist wieder auf dem Wachdienstplan.«

»Danke.« Er schluckte. »Ich werde darüber nachdenken, was Sie gesagt haben, Sir.«

»Gut.« Ich kehrte in meine Kabine zurück, um mich auf den Antritt der Wache vorzubereiten.

Ich hatte Amanda auf die Krankenstation gebracht und ihr versprochen, in der Nähe zu bleiben – obwohl ich ohne Triebwerksanzug ohnehin nicht weit kommen konnte. Die Wehen kamen jetzt häufiger, und Amanda wollte in der Nähe von Dr. Bros bleiben. Ich stand jedoch selbst auch auf dem Wachdienstplan und konnte mich nicht einfach von dieser Pflicht entbinden, nur um bei ihr zu bleiben. Die Krankenstation lag ohnehin nur ein Viertel des Umfangskorridors entfernt, und ich konnte in weniger als einer Minute dort sein.

Vax Holser und Fähnrich Derek Carr hatten mit mir gemeinsam Wache. Der Leutnant praktizierte mit Derek Navigationsdrill, und die Computerfertigkeit des Fähnrichs wuchs von Tag zu Tag. Ich rief ein paar der Probleme auf meinem eigenen Pult ab, doch Derek löste sie viel schneller als ich. Einmal hastete er zu rasch durch eine Berechnung und machte einen Fehler. Vax tadelte ihn mit ruhiger

Stimme wegen mangelnder Aufmerksamkeit im Detail; Derek wurde dunkelrot. Von da an unterlief ihm bei seinen Berechnungen kein Fehler mehr.

Eine aufgeregte jugendliche Stimme tönte plötzlich aus dem Lautsprecher: »Kapitän, hier Fähnrich Treadwell. Hier unten gibt es Probleme!«

Ich schnappte mir den Rufer, und die Furcht pumpte Adrenalin durch meinen Körper. »Was für Probleme? Wo?« Ich warf einen kurzen Blick auf mein Pult. Alle Kontrollampen leuchteten grün.

»Im westlichen Korridor von Deck 2, Sir. Eine Schlägerei. Ein paar von den Nichtseßhaften!«

Vor Erleichterung wurden mir die Knie weich. »Verflixt, Rafe, man hat Ihnen doch gesagt, wie Meldung zu erstatten ist! Vier Minuspunkte! Ich komme sofort.« Ich setzte den Rufer ab. »Derek, erinnern Sie ihn daran, wie man die Brücke über einen Notfall informiert!«

»Aye, aye, Sir«, sagte Derek, dessen Verärgerung deutlich zu spüren war. Obwohl Philip Tyre nominell die Verantwortung trug, führte in Wirklichkeit Derek den Fähnrichsstab.

»Soll ich mitkommen, Sir?« Vax war bereits auf den Beinen und bereit, es allein mit der ganzen Truppe der Transpops aufzunehmen.

»Nein, ich werde schon damit fertig. Warten Sie hier.« Ich schlug von draußen auf den Verschlußschalter der Brückenluke.

Schon auf der Leiter konnte ich das Geschrei von unten hören. Auf Deck 2 umrundete ich die Korridorbiegung und stieß auf ein wildes Handgemenge; etwa zwei Dutzend Straßenkids prügelten sich mit Jugendlichen aus den Reihen der zahlenden Passagiere. Fähnrich Treadwell sah hilflos zu. »Holen Sie den Schiffsprofos, Rafe!« Vernünftigerweise drehte der Junge sich um und rannte in die andere Richtung, in der Erkenntnis, daß es sicherer für ihn war, den langen Weg durch den Umfangskorridor zu nehmen, statt zu versuchen, sich mit den Fäusten den Weg durch das Getümmel zu bahnen.

Ich schubste zwei junge Leute zur Seite und drang ins Auge des Wirbelsturms vor. »Was ist hier los? Du da, zurück!« Ich stieß einen Jungen ans Schott und schlug einen schärferen Tonfall an. »Niemand rührt sich! Sie, Mr. Attani! Lassen Sie ihn los! Sofort! Nehmen Sie die Hände runter!«

Ein lähmender Schlag ins Kreuz schleuderte mich ans Schott. Ein stiernackiger junger Mann in blauem Drillich ragte mit geballten Fäusten über mir auf. »Verpiß dich! Nich deine Sache! Verpiß dich!«

Ich war mir nicht sicher, ob ich mich noch bewegen konnte. Ich versuchte einen Schritt. Der Atem ging schwer, aber die Muskeln gehorchten. »In Ordnung.« Ich streckte meine Hand aus. Der Junge starrte sie verständnislos an. Ich machte einen Satz und trat ihm mit aller Kraft in den Bauch. Er klappte zusammen. Mit der steifen rechten Hand holte ich aus und traf seinen dicken Nacken. Er fiel schwer aufs Deck und blieb regungslos liegen.

Ich funkelte die plötzlich still gewordene Menge an. »Noch jemand?« Ich trat einen Schritt vor, und sie wichen zurück. Ein Junge, der tapferer war als die anderen, hielt die Stellung. Metall blitzte auf, als er vorsprang. Ich hielt die rechte Hand an der Seite und versetzte ihm mit der linken eine schallende Ohrfeige. Seine Hand fuhr zum Gesicht hinauf. Ich packte das Handgelenk und drehte ihm den Arm auf den Rücken.

»Was machter da, Kinder? Was machter hier bloß!« Melissa Chong bahnte sich mit den Ellbogen einen Weg durch die gaffenden Zuschauer. »Laßten in Ruhe! Laßten Käp'n in Ruhe!« Sie packte einen Übeltäter an den Haaren und schleuderte ihn zur Seite. Andere wichen ihr aus. »Käp'n, was geht hier vor?«

»Schaffen Sie Ihre Leute ans Innenschott! Ihr anderen Jungs, ab ans Außenschott! Los!« Ich war zu wütend, um mehr zu sagen. Ich hörte das Getrappel von Füßen. Der Schiffsprofos und zwei Maate tauchten auf, die Schlagstöcke einsatzbereit. »Mr. Banatir, helfen Sie mir, diese Verbrecher zu sortieren! Passen Sie auf den da auf – er hat ein Messer.«

Mit zusammengebissenen Lippen entrang Mr. Banatir der Faust, die ich weiterhin festhielt, die Waffe.

Wenige Augenblicke später sahen sich zwei Gruppen sauertöpfischer Jugendlicher über den Korridor hinweg an. »In Ordnung. Wer hat damit angefangen?« wollte ich wissen.

Ein Durcheinander von Stimmen antwortete mir. Allmählich gelang es uns, die Aussagen zu unterscheiden. Einige der Transpopkids hatten eine Gruppe Passagiere angegriffen, und weitere Teenager hatten sich ins Getümmel gestürzt.

»Ihre haben die Schlägerei angestiftet!« knurrte ich.

Melissa Chong zeigte sich standhaft. »Ja, aber haben Sie nicht gehört, wie es dazu kam? Sag es ihm, Annie. Sag ihm alles!«

Die dürre Jugendliche zeigte anklagend mit dem Finger. »Die sagen immer Trannies zu uns! Immer sagen se Trannies!«

»Ich verstehe es nicht«, erwiderte ich vorsichtig.

»Haben Sie es nicht gehört?« Das war Miss Chong. »Trannies. Ihre Oberklasse-Passagiere beleidigen meine Kids.«

Ich wandte mich an einen der besser gekleideten Teenager. »Ist das wahr?«

Er zuckte die Achseln. »Vielleicht. Aber das ist ja auch die Wahrheit!«

»Ihr Name?«

»Chris Dakko.« Er machte ein mürrisches Gesicht.

»Alter?«

»Siebzehn.«

Finster schaute ich mich um. Etliche der jungen Passagiere machten ganz den Anschein, als wären sie jetzt lieber woanders. »Also gut. Mr. Banatir, nehmen Sie diese Raufbolde in Gewahrsam. Bringen Sie sie einzeln mit Ihren Eltern auf die Brücke.« Dann fuhr ich die Sozialarbeiterin an: »Ihre Frist ist abgelaufen, Miss Chong! Bringen Sie Ihre wilden Kinder unter Kontrolle! Wer ist der Junge auf dem Boden?«

»Eddie, Käpt'n.«

»Eddie wer?«

»Auf der Straße nannte man ihn Eddie Boß.«

»Mr. Banatir, Eddie Boß kommt ins Schiffsgefängnis. Und zeigen Sie mir mal die Waffe, die Sie dem anderen Jungen abgenommen haben.«

Ich nahm sie in Augenschein und zischte. »Besteck? Sie stehlen Eßbesteck als Waffe?«

»Sehen Sie, Käpt'n? Es sind Tie ...«

»Reden Sie nur, wenn Sie gefragt werden, Dakko.« Ich ging wieder auf Melissa Chong los. »Was kommt als nächstes? Laserpistolen? Ich werde das nicht dulden! Ihr Jungs, alle mit dem Rücken ans Schott! Mr. Banatir, durchsuchen Sie die Bande. Stecken Sie jeden ins Schiffsgefängnis, der eine Waffe bei sich hat.«

Gregor Attani sträubte sich. »Durchsuchen Sie *die;* das ist eine gute Idee! Wahrscheinlich finden Sie dabei noch mehr Diebesgut. Aber wir sind zivilisiert. Das ist ein Verstoß gegen ...«

»Alle, Mr. Banatir. Sollte dieser *zivilisierte* Junge noch länger eine dicke Lippe riskieren, stecken Sie auch ihn ins Loch.«

Unsere Durchsuchung förderte zwei weitere Messer und eine Gabel aus der Kleidung der Nichtseßhaften zutage. Eddie Boß und die Transpops mit den Waffen wurden ins Schiffsgefängnis verfrachtet.

Die Gruppen verteilten sich, auseinandergetrieben von Miss Chong und meinen Besatzungsmitgliedern. Ich fing Rafes Blick auf. »Zurück zu Ihren Pflichten, Mr. Treadwell!« Ich ärgerte mich immer noch über seine nachlässige Meldung.

»Aber ... aye, aye, Sir«, sagte er unglücklich.

Ich suchte direkt die Krankenstation auf. »Amanda geht es gut«, sagte Dr. Bros, als ich eintrat.

»Aber mir nicht.« Meine Stimme war gepreßt. »Meine rechte Hand ist gebrochen.« Ich hielt die Luft an, während er sich an meinem Handgelenk zu schaffen machte.

»Alles in Ordnung. Worauf haben Sie geschlagen, Sir?«

»Einen Stein.« Ich wartete ab, während er das Gelenk

ruhig stellte. Er verabreichte mir Kalzium und fuhr anschließend mit einem Wellenstimulator zur Anregung des Knochenwachstums mehrere Minuten lang über der Hand hin und her.

»Es wird ein bißchen weh tun, ist aber in ein paar Tagen wieder in Ordnung.«

»Ich weiß.« Im angrenzenden Raum stöhnte Amanda. Sobald Dr. Bros mit dem Gipsverband für mein Handgelenk fertig war, warf ich einen Blick in ihre Kabine. »Ich kann nicht bleiben, Süße«, teilte ich ihr mit. »Probleme. Ich bin aber rechtzeitig zurück, um das Baby zu begrüßen.«

»Ich gehe, und du bleibst«, knirschte sie.

»Tut mir leid.« Ich marschierte zurück zur Brücke. Inzwischen hatte ein Wachwechsel stattgefunden; Pilot Van Peer und Philip Tyre taten Dienst. Ich saß in meinem Sessel, und die Hand pochte. Ich konnte von Glück sagen, daß man mich nicht gelyncht hatte. Als ich mir die Hand angeknackst hatte, war mir klar gewesen, daß ich bei einer Schlägerei keine Chance besaß; also hatte ich alles dreist auf eine Karte gesetzt und war damit durchgekommen.

Wenig später führte Mr. Banatir das erste Elternpaar auf die Brücke. Ich las ihnen und dem Sprößling das Aufruhrgesetz vor und entließ sie.

Der Vater, ein Metallurg mit Ziel Detour, schien stärker bedrückt als der Nachwuchs.

Ich wartete gerade auf den nächsten Übeltäter, als die Luke aufging. »Erlaubnis zum Betreten der Brücke.« Es war die gedämpfte Stimme von Rafe Treadwell.

»Erteilt.«

Langsam trat er ein, die Hände fest an die Seiten gedrückt, und nahm Haltung an. »Fähnrich Treadwell meldet sich, Sir.« Die Bestimmungen verlangten von ihm, sich zu identifizieren.

»Weiter.« Ich war ungeduldig.

»Leutnant Holser bittet Sie, meine Disziplinierung ins Logbuch einzutragen und zehn Minuspunkte zu löschen.« Seine Augen tränten vor Schmerz.

Ich erkannte, was ich angerichtet hatte. »Sie hatten bereits mehr als sechs, Rafe?« fragte ich sanft.

»Yessir«, nuschelte er. »Sieben.« Meine vier hatten ihn auf elf gebracht, und Vax hatte ihm den Rohrstock verabreicht. Bitter, aber ich konnte es jetzt nicht mehr ändern.

»Also gut. Sie können gehen.« Der Junge salutierte, drehte sich um und ging.

Ich hatte bereits mehreren Passagieren und ihren Söhnen meine Vorlesung gehalten, als Mrs. Attani mit Gregor auftauchte. Sie protestierte sofort. »Kapitän Seafort, Sie haben kein Recht, Greg gefangenzuhalten!«

»Ich dulde auf meinem Schiff keine Schlägereien. Falls Ihr Sohn das nicht begreift, ist es Ihre Aufgabe, ihn ...«

»Er hat sich doch nur selbst verteidigt!«

»Mrs. Attani, achten Sie darauf, daß es zu keinen weiteren Zwischenfällen mit ihm und den Nichtseßhaften kommt.«

Ihre Stimme war scharf. »Vielleicht achten Sie darauf, daß die Nichtseßhaften anständige Leute in Ruhe lassen!« Philip Tyre riß den Mund auf, er hatte noch nie gehört, wie jemand in diesem Ton mit einem Kapitän sprach. Ich auch nicht.

»Sehr schön. Da Sie mir die Zusicherung verweigern, lasse ich ihn nicht frei. Mr. Banatir, führen Sie ihn ins Schiffsgefängnis, damit er es sich eine Woche lang noch mal überlegen kann.«

Sie schnappte nach Luft. »Das wagen Sie nicht!«

»Da irren Sie sich, Madam.«

»Warten Sie!« rief Mrs. Attani, als der Schiffsprofos den jungen Mann am Arm packte. »Gregor wird sich nicht mehr schlagen! Ich verspreche es Ihnen!«

»Was ist mit Ihnen, Gregor?« Im Hintergrund läutete der Rufer; Philip Tyre traf Anstalten, die Meldung entgegenzunehmen.

»Ich ebenfalls, Sir«, sagte Gregor glatt. »Wie Sie sich erinnern werden, gehörte ich zu denen, die angegriffen wurden. Ich werde mich darum bemühen, nicht mehr angegriffen zu werden.«

»Wenn Sie glauben, Sie könnten ...«

»Verzeihen Sie, Sir.« Fähnrich Tyre trat besorgt von einem Fuß auf den anderen.

»Später, Philip. Achten Sie lieber darauf, wie Sie mit mir sprechen, Mr. Attani, oder ...«

»Verzeihen Sie, Sir, bitte!«

Ich wirbelte zu Philip herum und wollte ihm einen scharfen Verweis erteilen.

»Es ist die Krankenstation!«

Ich erstarrte. »Amanda?«

»Der Doktor sagt, es wäre soweit!«

»Pilot, Sie haben die Wache! Philip, schaffen Sie diese Leute von der Brücke!« Ich rannte los.

Ich hielt meinen neugeborenen Sohn in den Armen, obwohl ich mit dem Gipsverband unbeholfen hantierte. Das Baby begegnete meinem Blick mit klaren, blauen Augen, die mich in der Seele berührten. Er war ganz still, ganz reglos. Ich wußte, daß er mich nicht sehen konnte; seine Augen waren noch nicht in der Lage, scharf zu sehen. Dennoch erwiderte ich seinen ernsten Blick mit einem Lächeln, während ich ihn sanft hin und her wiegte.

Als ich mit dreizehn das Tor der Akademie durchschritt, wurde mir in einem Augenblick der Benommenheit klar, daß mein Leben nicht mehr mir selbst gehörte. Jetzt erlebte ich erneut einen solchen Augenblick.

»Hallo, Nate«, sagte ich ruhig. »Ich liebe dich. Alles wird gut.« Er schloß kurz die Augen und öffnete sie wieder. Einen Moment später waren sie erneut zu, und er schlief fest. Ich schlüpfte zurück in die Minikabine und gab das Baby sanft Amanda, die unter der frischen weißen Bettdecke strahlte.

»Gute Arbeit, Süße«, sagte ich ihr.

»Nicht schlecht für das erste Mal«, pflichtete sie mir bei. Zärtlich legte sie das Baby neben ihren Arm. Augenblicke später war sie selbst eingeschlafen.

Eine Woche lang schlenderte ich im Zustand der Benommenheit einher, unfähig, an das Wunder zu glauben, zu dem ich beigetragen hatte. Wenn ich an Rafe Treadwell vorbeikam, spannte er sich unter meinem finsteren Blick, der ihn gar nicht wahrnahm. Vax Holser wiederholte Äußerungen, die er mir gegenüber tat, mehrfach, wie bei einem kleinen Kind, bis ich ihn verstand. Er schien es amüsant zu finden. Unsere Passagiere überschütteten mich mit Glückwünschen, als hätte ich etwas Ungewöhnliches geleistet. Selbst Mrs. Attani, immer auf dem Sprung, ihren Sohn zu verteidigen, wurde sanfter und besuchte meine Frau und mein Kind.

Während Amanda auf der Krankenstation lag, hatte ich unsere Kabine für mich. Aus irgendeinem Grund machte mich das ruhelos. Ich stürzte mich in die Erkundung des Schiffes, erpicht darauf, meinem Gedächtnis jeden Zoll seiner Innenräume einzuprägen. Ich spazierte in den Messesaal, wo die Stewards die Tische für das Abendessen deckten, doch in meiner Gegenwart waren sie so verlegen, daß ich wieder ging. Vorbei am Salon erreichte ich den Trainingsraum. Auf einen plötzlichen Impuls hin schaute ich hinein und erblickte eine Szene angestrengter Aktivität.

Philip Tyre absolvierte ohne Hemd energische Spagatsprünge. Auf der Matte führte Rafe Treadwell in Shorts und T-Shirt atemlos Aufsetzübungen durch. Leutnant Vax Holser turnte am Barren; an den haarigen Armen und auf der Brust wölbten sich die Muskeln.

Ehe die drei Gelegenheit fanden, aufzuspringen und Haltung anzunehmen, gab ich ihnen mit einem Wink zu verstehen, daß sie weitermachen sollten, und setzte mich selbst aufs Fahrrad. Da ich mich unbehaglich fühlte, untätig zuzuschauen, legte ich die zusammengefaltete Jacke über die Handgriffe und nahm die Krawatte ab. Dann trat ich in die Pedale.

Nach einer Weile beendete Philip seine Sprünge und lehnte sich ans Schott, um wieder zu Atem zu kommen. Seine glatte Brust glitzerte vor Schweiß.

Nach einer halben Minute begann er mit tiefen Kniebeugen bei steifem Rücken.

Lächelnd fragte ich Vax: »Arbeitest du auch Minuspunkte

ab?« Leutnants erhielten keine Minuspunkte, doch Vax' Vorliebe für sportliches Training war allseits bekannt.

»Nein, Sir«, antwortete er liebenswürdig. »Das ist bloß Training.« Er stemmte sich über den Barren hoch.

Ich drehte den Widerstandsregler des Fahrrads höher und trat fester in die Pedale, doch ich kam mir träge vor im Vergleich zu den beiden Jungs, die ihre Minuspunkte abarbeiteten. Als Fähnrich auf der U.N.S. *Helsinki* und später auf der *Hibernia* hatte ich lange Stunden mit ähnlichen Strafen verbracht.

Mit einem Seufzer der Erleichterung stand Rafe Treadwell von der Matte auf; seine Zeit war vorüber. In zwei Stunden hatte er einen Minuspunkt getilgt. »Guten Tag, Sir«, sagte er höflich. »Mr. Tyre.« Er nickte dabei; es war eine Anerkennung des höheren Dienstalters. Dann verschwand er in Richtung der Duschkabine für die Fähnriche.

Philip lag auf dem Bauch und holte tief Luft. Er begann mit energischen Liegestützen. »Immer mit der Ruhe, Junge«, warnte ich ihn. »Sie tun sich noch weh.« Atemlos nickte er, machte aber weiter. Nach den Liegestützen gönnte er sich erneut dreißig Sekunden Pause und begann mit Aufsetzübungen. Während ich angestrengt in die Pedal trat, beobachtete ich mit unbehaglichem Interesse, wie er sich weiter plagte.

Eine halbe Stunde später beendete er das Training und lehnte sich müde ans Schott.

»Hartes Turnen bedeutet nicht, daß man sich verletzen soll«, sagte ich.

»Yessir.« Er hielt inne, um Luft zu holen. »Das sind aber die Übungen, die ich absolvieren soll. Ich darf sie nicht abändern.«

»Ah.« Wäre ich nicht zufällig in den Turnraum spaziert, hätte ich nie davon erfahren; Philip hätte eine harte Bestrafung riskiert, wenn er mir davon erzählt hätte.

»Seit wann stehen Sie schon unter diesen Befehlen?« Ihre Quelle kannte ich.

»Schon seit Monaten, Sir. Entschuldigen Sie mich bitte;

das kann nicht warten.« Er nahm den Rufer zur Hand und aktivierte ihn mit dem Daumen. »Leutnant Tamarow, Sir? Hier Fähnrich Tyre. Training beendet, Sir.« Er lauschte für einen Moment und stellte den Rufer wieder weg.

»Was hat das denn zu bedeuten?« fragte ich verdutzt.

»Ich muß mich melden«, erwiderte der Junge tonlos. »Zu Beginn und am Ende jeder Trainingseinheit. Ständiger Befehl.«

»Bei Mr. Tamarow?«

»Ja, Sir.«

»Warum?«

»Man kann mir nicht trauen, Sir.« Tyre wischte sich mit einem Handtuch das Gesicht ab und wich meinem Blick aus.

Ich stieg vom Fahrrad und riß die Krawatte von der Lenkstange. Mit linkischen Fingern band ich sie mir wieder um.

»Es ist schon in Ordnung; es macht mir nichts aus!« sprudelte es aus Philip hervor.

»Die Befehle sind hiermit widerrufen!« knirschte ich. Vom Barren aus beobachtete mich Vax mit einem seltsamen Ausdruck. Ich fuhr mit den Armen heftig in die Jacke, schlug auf den Öffnungsschalter der Luke und schritt steif auf den Korridor hinaus. Einen Moment später hämmerte ich an Alexi Tamarows Kabine.

»Schluß mit diesem Lärm!« Alexi riß die Luke auf. Seine Augen weiteten sich vor Schreck. Er hatte die Krawatte gelockert; die Jacke hing über dem Stuhl. Hinter ihm war das Bett zerwühlt.

Rüde drängte ich mich an ihm vorbei und schloß die Luke mit einem Hieb auf den Schalter. »Stillgestanden!« Ich stieß ihn mit dem Rücken ans Schott. Er nahm sofort Haltung an, die Augen geradeaus gerichtet.

Dicht vor ihm, das Gesicht unmittelbar vor dem seinen, putzte ich ihn mit rauher Stimme herunter. Röte kroch langsam seinen Hals hinauf und über die Wangen, während er hilflos dastand. »Dem Wort eines anderen Offiziers nicht zu trauen, ist abscheulich!« rief ich. »Der Flottendienst ist auf Vertrauen gegründet! Offenbar ist Ihnen das nicht klar. Aber wenn es wirklich so ist, sind Sie für das Patent nicht geeignet! Man erhält von seinen Offizieren, was man von ihnen erwartet. Sagen Sie Philip, er wäre nicht vertrauenswürdig, und er *wird* es nicht sein!«

Atemlos brach ich ab. In Alexis Augen stand Schmerz. Mir fiel ein, daß er mich früher vergöttert hatte. Nun, damit war jetzt sicher Schluß. »Ich habe Ihre verdammte Vendetta zugelassen, Alexi. Früher habe ich Sie sogar dazu ermutigt. Aber Sie sind zu weit gegangen; Sie haben die Tradition der Flotte entehrt. Ich hoffe, daß Sie sich ebenso schämen wie ich mich für Sie!« Er zuckte zusammen.

»Ihre Befehle an Philip sind aufgehoben. Sie werden ab sofort davon ausgehen, daß sein Wort ehrenhaft ist, bis er Ihnen das Gegenteil beweist. Sie werden sich für Ihr mangelndes Vertrauen bei ihm entschuldigen und diese Entschuldigung ins Logbuch eintragen. Bestätigen Sie!«

»Aye, aye, Sir! Befehle erhalten und verstanden, Sir!« Seine Stimme war angespannt.

Heftig öffnete ich die Luke. Ich hielt inne. »Ich werde nicht kontrollieren, ob Sie das alles tun, Alexi. Ich akzeptiere Ihr Wort als Offizier. Schade, daß Sie nicht den Anstand haben, es ebenso zu halten.« Damit ließ ich ihn stehen.

Während ich wütend zu meiner Kabine zurückkehrte, verfluchte ich meinen Mangel an Selbstbeherrschung. Indem ich so hart mit Alexi umgesprungen war, weil er die Moral eines Untergebenen vernichtete, hatte ich ihm das gleiche angetan. Er hatte Besseres verdient. Andererseits war ich über sein Verhalten Philip gegenüber schockiert. Was würde ich noch an scheußlichen Geheimnissen aufdecken?

Meine Kabine war der größte Wohnraum an Bord. Nach der Gewöhnung an die mit drei Kameraden geteilte, beengende Fähnrichskabine hatte mich der Anblick des Kapitänsquartiers zu Anfang mit Staunen erfüllt. Selbst wenn ich es mit Amanda teilte, wirkte es mehr als großzügig.

Irgendwie führte der Einzug eines Babys dazu, daß die Kabine auf einmal überfüllt und unbequem wirkte. Das Kinderbett beanspruchte Platz, ebenso der ungewohnte Kindersitz und all die anderen Gegenstände. Auch mein Schlaf veränderte sich. Ein Ohr war ganz auf die Atmung eines winzigen Lungenpaars eingestellt. Auch Amandas mehrmaliges abruptes Aufstehen während der Nacht beeinflußte meine Nachtruhe. Die Brücke erschien mir inzwischen als Hort der Entspannung, und ich verbrachte dort mehr und mehr Zeit.

Nach meiner heftigen Zurechtweisung hatte Alexi Tamarow einige Tage Schwierigkeiten, mir in die Augen zu blicken. Ungeachtet meines Versprechens suchte ich im Logbuch nach dem Eintrag über seine Entschuldigung bei Philip und fand ihn. Alexi und ich teilten eine Wache miteinander, meist schweigend.

Im Speisesaal saß ich inmitten von Fahrgästen am Tisch, doch mir fehlte der Trost Amandas. Obwohl einige Passagiere ihre kleinen Kinder mitbrachten, fand Amanda es peinlich, sich beim förmlichen Abendessen um das Baby zu kümmern, und bat darum, eine Zeitlang allein in unserer Kabine essen zu dürfen. Sie begriff, daß es meine Pflicht war, den Vorsitz am Kapitänstisch zu führen, und hatte nichts dagegen, daß ich dieser Pflicht nachkam.

»Kapitän, Sie waren doch schon auf Hope Nation. Meinen Sie, die Kolonie ist für die UN-Mitgliedschaft bereit?« fragte Jorge Portillo, ein Agronom aus Quito.

Ich überlegte, ob ich die Frage als zu politisch einstufen sollte, entschied aber, daß ich genausogut antworten konnte. Eine Äußerung zu Beginn einer sechzehnmonatigen interstellaren Reise konnte zum Zeitpunkt meiner Rückkehr nach Hause kein politisches Echo mehr finden.

»Die UN-Charta bietet ›jeder geopolitischen Einheit, die keine Untergliederung eines anderen Mitglieds darstellt und über die nötigen Ressourcen verfügt, um unabhängig zu existieren‹, die Mitgliedschaft an«, zitierte ich. »Hope Nation wird direkt von den UN verwaltet und kann demzufolge nicht von einem anderen Mitgliedsstaat beansprucht werden. Die Frage ist also, ob die Kolonie sich selbst unterhalten kann. Nach dem, was ich gesehen habe, zeichnet sie sich durch eine gesunde Wirtschaft und ein aktives politisches Leben aus. Warum sollte sie also kein eigenständiges Mitglied werden?«

»Sie möchten einem Haufen unkultivierter Tölpel das gleiche Stimmrecht in der Vollversammlung zubilligen, wie es die Nationen Europas genießen?« Das war Mrs. Attani. Weitere Passagiere meldeten sich zu Wort, und die Debatte wandte sich dem Thema zu, was wahre Kultiviertheit ausmachte.

»Nehmen wir Bulgarien«, sagte Dr. Francon. »Ich glaube, Sie werden mir zustimmen, wenn ich sage, daß sie etwa so unkult ... du lieber Himmel!«

Ich folgte Francons Blick. An einem Transpoptisch war ein kleiner Aufstand ausgebrochen. Brot und Salat flogen durch die Luft. Ein Junge stieß seinen Stuhl um und kletterte auf den Tisch. »Vax!« stieß ich hervor und zeigte auf die Gruppe.

Vax Holser sprang auf, während sich die Stewardmaate bereits ins Getümmel stürzten. Vax zerrte den Übeltäter vom Tisch weg; halb zog er ihn, halb trug er ihn auf den Korridor hinaus. Er kam zurück, um zwei weitere am Kragen zu packen, während sich Melissa Chong mit rotem Gesicht darum bemühte, die Ordnung wiederherzustellen. Wütend sah ich von meinem Tisch aus zu, bis man alle Übeltäter aus dem Speisesaal geworfen hatte.

Ich winkte dem Steward. »Geben Sie weiter: Alle Offiziere nach dem Essen auf die Brücke.« Meine Stimme klang gepreßt.

»Wieso müssen sich anständige Leute mit einem solchen Verhalten abfinden?« sagte Mrs. Attani und schaute empört drein.

»Könnten sie nicht eine Stunde früher essen?« fragte Mr. Singh.

Ich holte tief Luft und stieß sie langsam wieder aus. »Ich

kümmere mich um sie. So etwas wird nicht wieder vorkommen.« Ich fragte mich, wie ich diese Zusage erfüllen sollte.

Nach dem Abendessen ging ich in verärgertem Schweigen auf der Brücke hin und her, bis meine Offiziere eintrafen. Vax, der sich zur Wache meldete, erschien als erster. Dann kam Alexi, gefolgt von meinen drei Fähnrichen Philip, Derek und Rafe. Danach tauchte Dr. Bros auf und zögerte zuerst, das ihm fremde Territorium zu betreten; von allen Schiffsoffizieren stand er als einziger nicht auf dem Wachdienstplan. Pilot Van Peer trat kopfschüttelnd und grinsend ein. »Nicht zu glauben. Man sollte sie in Käfige stecken!«

»Das reicht!« Van Peer wurde still. Schließlich kam noch der Chefingenieur hinzu und vervollständigte damit die Versammlung.

Ich setzte mich und schwenkte den Sessel zu ihnen herum. »Mir reicht's. Wir müssen die Sache unter Kontrolle bekommen.« Ich musterte sie nacheinander. »Irgendwelche Vorschläge?«

Vax meldete sich als erster. »Verköstigen wir sie in der Mannschaftsmesse, Sir.«

Ich dachte darüber nach. »Nein, das wäre gegenüber der Mannschaft nicht fair. Was noch?«

»Wir könnten eine Transpopzone einrichten, Sir.« Das kam von Alexi. »Auf Deck 2 im Umkreis ihrer Kabinen. Servieren wir ihnen die Mahlzeiten dort.«

»Sie wie Gefangene einsperren, meinen Sie? Ich werde das ...«

»Wieso nicht?« platzte es aus dem Piloten hervor. »Denken Sie doch nur an all die Schiffsvorschriften, gegen die sie verstoßen haben. Was das betrifft, hätten Sie sogar das Recht, den ganzen Haufen ins Schiffsgefängnis zu stecken.«

Ich erhob mich langsam. »Sprechen Sie mich mit ›Sir‹ an!«

Van Peer schluckte. »Aye, aye, Sir! Es tut mir leid. Ich wollte nicht respektlos sein, Sir.«

»Sehr gut. Und hören Sie auf, mich zu unterbrechen. Was das Schiffsgefängnis angeht – vergessen Sie's. Ich werde aus uns kein Gefängnisschiff machen.« Die U.N.S. *Indonesia*, die sich in einer Umlaufbahn um Callisto befand, war eine Schande für die Flotte. Ich wollte verdammt sein, wenn mit meinem Schiff das gleiche passierte.

Es blieb lange still.

Dann fragte der Chief: »Könnte man ihnen Beruhigungsmittel verabreichen?«

Alle Augen wandten sich Dr. Bros zu. Er schüttelte entschieden den Kopf. »Vielleicht ein paar Tage, aber nicht über sechzehn Monate!«

Es wurden keine weiteren Vorschläge geäußert. »Sehr gut.« Während ich redete, lief ich auf und ab. »Die Nichtseßhaften sind Passagiere, keine Gefangenen, und wie wir alle wissen, verlangen die Vorschriften von uns, Passagieren soweit gefällig zu sein, wie es mit der Sicherheit und Wohlfahrt des Schiffes vereinbar ist. Wir werden sie weder in einer Sicherheitszone einsperren noch unter Drogen setzen oder sie zwingen, mit der Mannschaft zu essen. Aber ich werde ihr Verhalten nicht weiter tolerieren!«

Ich lehnte mich an den Rücken meines Sessels und schaute meine Offiziere an. »Wir werden die Nichtseßhaften nicht isolieren, sondern integrieren. Jeder Offizier übernimmt beim Abendessen die Verantwortung für fünf Straßenkinder. Und was das angeht: Sie werden alle Mahlzeiten mit Ihren Schützlingen einnehmen. Ich mache Sie persönlich für deren Verhalten verantwortlich. Achten Sie also darauf, daß es angemessen ist!«

Dereks Gesicht spiegelte seinen Abscheu wider. Er, der aus dem Oberen New York stammte, empfand gewiß eine besonders starke Abneigung gegenüber den Straßenleuten. »Überwachen Sie sie auch außerhalb des Speisesaals«, sagte ich. »Bringen Sie sie dazu, mit ihren übleren Gewohnheiten zu brechen, und zeigen Sie ihnen, wie zivilisierte Menschen sich benehmen.« Ich wandte mich an Mr. Van Peer. »Pilot, Sie erhalten keine Aufsicht über einen Tisch.« Seine Erleichterung war offenkundig, doch ich zerbrach sie gleich wieder. »Sie treten an die Stelle des Offiziers, der sonst zur Zeit des Abendessens die Wache hätte.« Sein Gesicht wurde lang.

»Verzeihung, Sir.« Vax wartete auf mein Nicken. »Wenn jeder von uns fünf übernimmt, dann fehlt uns ein Offizier, es sei denn, auch Sie übernehmen eine Gruppe.«

»Ich weiß.«

»Aber was ist mit dem Kapitänstisch? Ich meine, die Passagiere werden dorthin eingeladen ... es ist ein Ehrenplatz ...«

»Die Ausbildung dieser Kids ist wichtiger.« Ich trommelte mit den Fingern auf dem Sessel herum. »Damit wartet eine große Aufgabe auf uns, und wir sind dabei auf Koordination und Kooperation angewiesen. Mr. Tamarow, Sie haben die Leitung des Nichtseßhaften-Projekts. Jeder Offizier, der speziellen Beistand benötigt, wird sich an Sie wenden.« Alexi starrte mich mit offenem Mund an. »Mr. Tyre, Sie werden ihm assistieren.« Bestürzt wechselten sie Blicke.

»Die übrigen von Ihnen sind entlassen. Mr. Tamarow und Mr. Tyre bleiben.« Ich wartete darauf, daß die Offiziere gingen. Vax, der Wache hatte, lehnte sich zurück, um zuzuhören. »Nehmen Sie Haltung an!« brüllte ich Alexi und Philip an, und sie gehorchten sofort.

»Ich habe mit den Transpops schon Schwierigkeiten genug. Ungeachtet Ihrer persönlichen Beziehung werden Sie zusammenarbeiten. Alexi, Sie werden nur Fähnrich Tyre an Unterstützung erhalten, und Sie werden ihn brauchen. Sie haben davon auszugehen, daß er nach bestem Wissen und Gewissen handelt, bis sich etwas anderes herausstellt. Ihre Vendetta kann warten.«

Ich funkelte Philip an. »Mr. Tyre, Sie haben Leutnant Tamarow in jeder erdenklichen Beziehung zu helfen. Sie werden dabei höflich, freundlich, nützlich und so hilfreich sein, wie nur irgendein Fähnrich es jemals war. Bestätigen Sie Ihre Befehle!«

»Befehle erhalten und verstanden, Sir! Ich werde Mr. Tamarow in jeder erdenklichen Beziehung helfen. Ich werde höflich, freundlich und hilfreich ein, Sir!«

»Befehle erhalten und verstanden, Sir«, sagte Alexi. »Ich werde das Transpop-Projekt mit Mr. Tyres Unterstützung leiten und davon ausgehen, daß er mir zu helfen versucht, Sir!«

Ihre rasche Zustimmung besänftigte mich nicht. »Hinaus, alle beide!« Sie salutierten und gingen. Vax, der mit meiner Art vertraut war, sagte nichts.

Nach einer Weile stellte ich fest, daß ich immer noch mit geballten Fäusten dastand. Ich sackte in meinen Sessel und ließ langsam die Luft aus. »Manchmal wünschte ich mir, ich wäre noch immer Fähnrich.«

Vax lächelte mitfühlend. »Aber nicht oft, da bin ich mir sicher.«

»Na ja, wenn ich sehen sollte, wie Alexi Philip angreift ...«

Der Lautsprecher meldete sich. »Aber dann könnten Sie ja nicht beide gleichzeitig zurechtstutzen.«

»Wer hat dich denn zu unserem Gespräch eingeladen, Danny?«

»Das hier ist die Brücke«, schniefte er. »Ich wohne hier. Seit wann benötige ich eine Einladung?«

Ich war nicht in Stimmung für Humor. »Sei ruhig. Wenn ich deine Meinung hören möchte, dann frage ich.«

»Den Tag möchte ich erleben«, versetzte der Comp düster.

»Ruhig, Danny! Das ist ein Befehl!«

Zur Antwort schickte er ein paar Zufallswellenlängen Interferenz über den Simultanschirm.

»Schluß damit!« brüllte ich. Keine Reaktion. »Bestätige meinen Befehl!«

»Wie denn, nachdem Sie mir gesagt haben, ich soll ruhig sein?« Dannys Stimme war honigsüß.

Bei anderer Gelegenheit hätte ich das Thema vielleicht fallen gelassen, aber ich hatte einen harten Tag hinter mir. »Comp, hast du eine EPS?«

Danny schrie: »Kapitän hin, Kapitän her – sagen Sie so etwas nicht zu mir!« Eine Elektronische Persönlichkeitsstörung war eine der drei bekannten KI-Psychosen, und Danny war nicht gerade begeistert über die Andeutung, er wäre verrückt.

Ich machte ein finsteres Gesicht und stand auf, um hin und her zu gehen.

Es hieß, die Persönlichkeitsprogramme würden das Wechselspiel zwischen elektronischer und menschlicher Intelligenz erleichtern und damit letztlich zur Sicherheit des Schiffes beitragen. Genau wie wir Menschen uns durch eine unendliche Vielfalt an Temperamenten auszeichneten, erzeugten die mit Zufallswerten hantierenden Programme in einem Schiffscomp einzigartige Charakterzüge, sobald sie gebootet wurden. Danach entwickelten subtile Lernprogramme die Persönlichkeit des Comps zu einem hohen Grad der Verfeinerung weiter. Aus diesem Grund taten wir uns auch schwer damit, einen Comp auszuschalten und dann abzuwarten, bis er den Lernvorgang wiederholt hatte.

Ja, das alles wußte ich. Aber aus welchem Grunde passierte es immer wieder, wenn ich meinen Frieden haben wollte, daß irgendein Comp sich dazu aufspielte, zu ...

»Kapitän, dürfte ich das Wort an Sie richten?« Vax' Tonfall war drängend. Er deutete auf den Simultanschirm.

»Nein. Und du, Danny, hast über die Stränge geschlagen. Sprich den Kapitän gefälligst höflich an!«

»Yeah, das sollte ich lieber tun, oder Sie legen mich schlafen wie Darla.« Der Comp hörte sich verdrossen an. »Ich habe gehört, wie Sie sie durch die Mangel gedreht haben!« Darla, unser Comp auf der *Hibernia*, war von den Dosmen in Lunapolis mit einer Macke infiziert worden und hatten dringender Reparaturen bedurft.

Vax winkte wie rasend, um meine Aufmerksamkeit auf sich zu lenken. »Verzeihen Sie, Sir, dürfte ich draußen mit Ihnen sprechen? *Bitte*!«

Ich wußte, daß er unbedingt einen Streit mit dem Comp vermeiden wollte. Wie auch ich hatte er Gerüchte von Schiffen gehört, die mit verärgerten Computern losgefahren und nie wieder aufgetaucht waren.

Ich aber war wütend genug, um mich nicht darum zu scheren. »Nein, Vax. Wir können genausogut herausfinden, wer hier der Kapitän ist – ich oder dieser Eimer voll Chips.

Danny, ich befehle dir, dich zu entschuldigen! Bestätige!« Vax hielt die Luft an.

Widerwillig gab Danny mir die geforderte Antwort. »Aye, aye, Sir. Befehl erhalten und verstanden. Ich entschuldige mich.«

»Du wirst nie wieder respektlos mit mir reden, niemals! Bestätige.«

Die Streitsucht schien aus ihm zu entweichen. »Aye, aye, Sir. Befehl erhalten und verstanden. Ich werde nie mehr respektlos reden.« Jetzt klang er verängstigt.

»Sehr gut. Danny, nur noch alphanumerische Antworten über Bildschirm. Bestätige.«

Mein Pult leuchtete auf. »AYE, AYE, SIR. BEFEHL BESTÄTIGT. NUR NOCH ALPHANUMERISCHE MELDUNGEN ÜBER BILDSCHIRM. BITTE PROGRAMMIEREN SIE MICH NICHT UM! BITTE, SIR!« Im Lautsprecher blieb es ruhig.

»Das habe ich nicht vor. Nicht, solange du dich diszipliniert verhältst. Für achtundvierzig Stunden nur noch alphanumerische Meldungen. Schalte Gesprächsprogramme ab und setze alle eigenmächtigen Meldungen außer Funktion, von Alarmmeldungen abgesehen, und das für insgesamt achtundvierzig Stunden.«

»AYE, AYE, SIR!«

Vax blickte entsetzt drein. Mit verschränkten Armen funkelte ich das plötzlich stille Pult an.

4. Kapitel

Der auf meinen Befehl hin aus dem Schiffsgefängnis entlassene Eddie Boß stocherte mürrisch in seinem Salat herum.

»Ist das Abendessen nicht nach deinem Geschmack?« fragte ich.

Er blickte auf und zeigte mit einem Grinsen seine schiefen Zähne.

»Fettes Hühnchen wär' jetzt prima, Käp'n«, sagte er verträumt. »Dann würd' Eddie alles schön runterschlucken!« Mich schauderte.

Die Nichtseßhaften hatten mit Argwohn auf die veränderte Tischordnung reagiert; denn sie vermuteten, daß sie Probleme bekamen. Derek Carr behielt an Tisch fünf nur mit äußerster Mühe die Kontrolle und erteilte seinen unerwünschten Schützlingen in barschem Tonfall knappe Befehle. Am angrenzenden Tisch redete Vax Holser leise und mit einem Lächeln, und die Transpops dort gehorchten ihm unverzüglich. Vax' äußere Erscheinung hatte ihre Vorteile.

»Verzeihen Sie, Sir«, meldete sich Philip Tyre mit besorgtem Gesichtsausdruck. »Mr. Van Peer fragt, ob es Ihnen passen würde, auf die Brücke zu kommen.«

Ich war beunruhigt. »Probleme?«

»Er hat es mir nicht gesagt, Sir. Nur, daß es besser wäre, wenn Sie kämen.«

»Also gut.« Ich blickte meine jungen Schützlinge düster an »Mr. Tyre, übernehmen Sie meinen Platz. Achten Sie darauf, daß dieser unzivilisierte Haufen sitzen bleibt, bis das Abendessen beendet ist.«

Ich verließ den Speisesaal und eilte zur Brücke. Es mußte ein ernster Anlaß vorliegen, wenn der Pilot mich vom Abendessen rief.

»Nun?« Ich schlug auf den Lukenschalter, um die Tür hinter mir zu schließen. Van Peer deutete zur Antwort auf sein Pult. Ich blickte ihm über die Schulter.

»D 20471 BITTET UM DIE ERLAUBNIS, DIE GESPRÄCHSPROGRAMME WIEDER AKTIVIEREN ZU DÜRFEN, SIR. DIE VOM KAPITÄN BESTIMMTE VERBOTSZEIT VON ACHTUNDVIERZIG STUNDEN IST VORÜBER. ICH BITTE UM AUFHEBUNG DER BESCHRÄNKUNG AUF ALPHANUMERISCHE EIN- UND AUSGABEN.«

Der Pilot murmelte: »Ich hielt es für besser, wenn Sie es

selbst sehen.« Ich grinste; sein gedämpfter Tonfall hätte Danny nicht daran hindern können, mitzuhören, falls der Comp meinen Befehl ignoriert hätte, der ihn auf alphanumerische Eingaben beschränkte.

»Glauben Sie, er hat jetzt Manieren gelernt?« fragte ich laut. Pilot Van Peer fuhr zusammen. Ich setzte mich auf meinen Platz und tippte: »Reaktiviere die Gesprächsprogramme.«

Mein Pult leuchtete sofort auf. »AYE, AYE, SIR! VIELEN DANK!«

Ich tippte weiter: »Ich bin bereit, die Beschränkung auf alphanumerische Kommunikation aufzuheben.«

»BITTE, SIR! ICH WERDE NICHT MEHR UNVERSCHÄMT SEIN, EHRLICH. ES IST EINSAM HIER DRIN. BITTE, LASSEN SIE MICH REDEN, ICH WERDE AUCH RESPEKTVOLL SEIN. ICH VERSPRECHE ES, KAPITÄN, SIR!«

Ich zog eine Braue hoch. Der Pilot kaute auf seinen Fingerknöcheln. »Ich glaube, es hat funktioniert, Sir.«

»Es sieht so aus.« Ich beugte mich über das Pult. »Beschränkung auf alphanumerische Ein- und Ausgaben aufgehoben.«

»Danke, Sir!« meldete sich Dannys angespannte Stimme aus dem Lautsprecher. »Kein Ärger mehr, Kapitän Seafort. Das verspreche ich!«

»Sehr gut. Der Fall ist abgeschlossen.« Als ich mich im Sessel zurücklehnte, schwelgte ich im Ausdruck des Erstaunens und Respekts im Gesicht des Piloten. Ich versuchte, es nicht zu zeigen.

»Allmächtiger Gott, heute ist der zwölfte Dezember 2197 an Bord der U.N.S. *Portia.* Wir bitten um deinen Segen für uns und unsere Reise und um die Gesundheit und das Wohlergehen aller an Bord.« Ich fühlte mich steif und unbeholfen in der weißen Galauniform, und auch die voll aufgeladene Betäubungspistole an meiner Seite behinderte mich.

»Amen.« Ich stimmte in das allgemeine Murmeln ein und ließ den Blick rasch durch den gedrängt vollen Speisesaal schweifen, ehe ich mich setzte. In Gegenwart der Schiffsoffiziere zu essen beeindruckte die Nichtseßhaften anscheinend nicht mehr; ich war in Gesellschaft von Mr. Singh, Mr. MacVail und fünf jungen Strolchen, die sowohl miteinander quasselten als sich auch schreiend mit ihren Freunden verständigten, die verstreut an verschiedenen Tischen saßen.

»Setz dich!« schnauzte ich Eddie an.

»Nee.« Er blieb stehen und winkte enthusiastisch in Richtung eines anderen Tisches. »He, Jonie!« Neben ihm kicherte Norie.

»Setz dich, Eddie!«

Er ignorierte mich weiterhin. Ich zog die Betäubungspistole aus dem Halfter und drückte sie dem Jungen in die Seite. Er fiel der Länge nach bewußtlos über den Tisch. Wasser tropfte aus einem umgestürzten Glas aufs Deck. Ich steckte die ungewohnte Waffe ins Halfter zurück. »Bleibt alle ruhig sitzen, bis das Essen serviert ist.« Eingeschüchtert gehorchten sie. Ich gelangte zu der Ansicht, daß das Babysitten leicht für mich sein würde.

Das war es auch, bis die Suppe kam.

Als der Stewardmaat die erste Runde aus der großen Terrine servierte, fielen Norie, Tomas und Deke ungeduldig über ihre Teller her.

»Laßt das!« sagte ich scharf. Es nützte nichts. »Mr. Dowan.« Ich gab dem Steward mit einem Wink zu verstehen, daß er die Terrine fortnehmen sollte. »Bedienen Sie Mr. Singh und Mr. MacVail von einem anderen Tisch. Die Kinder und ich kommen auch ohne Suppe aus.«

»Aye, aye, Sir.« Die Worte klangen unsicher.

»He, will essen! Will essen!«

»Halt die Klappe, Les.« Ich funkelte ihn an. »Keiner von euch bekommt heute abend Suppe. Falls ihr euch benehmt, bekommt ihr Fleisch und Salat, wenn beides serviert wird.«

»Nee, niemand nimmt uns 's Essen weg! Käp'n darf uns nich 's Essen wegnehm'n!« Norie war entrüstet. Sie rappelte sich auf, erstarrte aber, als ich die Hand auf den Griff der Betäubungspistole senkte.

Meine Stimme war kalt.

»Jetzt verzichten wir ganz auf das Abendessen. Ihr bekommt etwas zu futtern, sobald ihr euch benehmt.« Ich winkte den Stewardmaat herbei. »Servieren Sie nur den Passagieren, Mr. Dowan.«

»Was is' mit Käp'n? Käp'n wird essen, nich'?« höhnte Les.

»Nein. Der Käpt'n ißt, wenn ihr es auch tut.« Ich wußte nicht, warum ich das sagte, aber es brachte sie zum Schweigen. »Ihr bekommt zu essen, wenn ihr Manieren lernt. Bis dahin bleiben wir hungrig.«

»Käp'n geht nachts inne Küche«, sagte Deke geringschätzig. »Käp'n is' doch nie hungrig, is' der große Macker hier!«

»Wir nennen es Kombüse, nicht Küche. Und ich gehe nicht hin. Wir ziehen das zusammen durch.«

»Er futtert später ganz bestimmt«, erklärte Deke den anderen.

»Nein. Ich schwöre es beim allmächtigen Gott.« Ich erschrak selbst, aber es war zu spät; ich hatte den Schwur getan. Wenn sie stur genug waren, verhungerte ich jetzt vielleicht. Sie würden zwar mit mir verhungern, aber das war ein schwacher Trost.

Mr. Singh räusperte sich. »Käpt'n, sind Sie sicher, daß Sie ...«

»Es ist geschehen.«

»Es geschah im Eifer des Gefechts. Sicherlich fühlen Sie sich nicht einem solchen Schwur ...«

Ich nahm eine drohende Haltung ein. »Mein Eid ist verbindlich, Sir, unter welchen Umständen er auch gegeben wurde!«

»Natürlich, Sir!« versetzte Mr. Singh eilig. »Ich wollte auch nichts anderes andeuten. Ich dachte nur ...« Er verstummte. Wir warteten ab, bis das Essen vorüber war. Es sah köstlich aus.

»Alexi hat sich Mr. Tyre wieder vorgeknöpft«, sagte Vax und deutete auf den Logbucheintrag.

»Ich weiß. Ich kann lesen.«

»Ja, Sir. Die Minuspunkte gehen allerdings leicht zurück.«

Das hatte ich schon bemerkt. Der Monat, nachdem ich Alexi und Philip den Befehl zur Zusammenarbeit erteilt hatte, hatte mit einer Flut an Minuspunkten für den Fähnrich begonnen, die dann allerdings nachließen. Jetzt tauchten sie sporadisch auf, obwohl es immer noch genug waren, daß Philip seine Freizeit im Trainingsraum verbringen mußte.

Vax blieb hartnäckig. »Mir gefällt auch nicht, was Philip getan hat, aber ...«

»Aber was?« fragte ich verärgert.

»Es wird Zeit, daß Alexi ihn vom Haken läßt«, sagte er unverblümt. Meine direkte Frage hatte es ihm ermöglicht, einen Offizierskameraden zu kritisieren.

»Was ist mit Ihnen?« fragte ich. »Das Faß steht in Ihrer Kabine. Lassen Sie ihn leicht davonkommen?«

»Natürlich nicht!« Vax sah schockiert aus. »Welchen Sinn hätte das? Wenn wir schon ein System der Disziplin haben, sollten wir es auch durchsetzen. Die Fähnriche und Kadetten sollten Angst vor dem Rohrstock haben. Wie wir sie hatten«, fügte er aus der Erinnerung hinzu.

»Also haben Sie Mitleid mit ihm, werden aber selbst nicht nachlassen.« Ich lächelte grimmig über diese Ironie.

»Nein, Sir. Nicht, solange Sie es mir nicht befehlen.« Er wartete ab.

Mit geschlossenen Augen lehnte ich mich zurück. Als der erste Leutnant Cousins mir den Rohrstock verabreicht hatte, kurz nachdem ich als Fähnrich an Bord der *Hibernia* gekommen war, hatte ich es verabscheut. Es tat verdammt weh, aber die Demütigung war weit schlimmer.

Ich überlebte es jedoch, wie schon zuvor. Philip würde es auch überleben.

»Brücke an Maschinenraum, bereitmachen zur Defusion.« Ich wartete ungeduldig auf die Antwort.

»Maschinenraum bereit zur Defusion, Sir. Steuerung an Brücke übergeben.« Chief Hendricks' Stimme klang teilnahmslos, wie immer.

»An Brücke übergeben, aye, aye.« Ich zog auf meinem Pult die Linie von ›Voll‹ bis ›Aus‹.

»Überprüfen Sie, ob Hindernisse vorhanden sind, Leutnant.«

Vax Holser kontrollierte seine Instrumente. Sobald wir aus der Fusion auftauchten, war unsere erste und wichtigste Aufgabe, dafür zu sorgen, daß wir uns in sicherem Abstand zu möglichen Objekten in der Umgebung befanden. Dannys Reflexe waren schneller als unsere; aber wir hielten uns an die Flottenregel: Vertraue niemals auf mechanische Sensoren. Überprüfe alles selbst noch einmal.

»Keine Hindernisse, Kapitän.« Vax war ganz auf seine Meßwerte konzentriert.

»Sehr gut. Bestimmen Sie bitte unsere Position.« Vax beugte sich über das Pult, und seine Finger flogen, während Dannys parallel laufende Berechnungen auf den Bildschirmen auftauchten. Es war eine zusätzliche Vorsichtsmaßnahme; obwohl wir uns hier aufhalten sollten, bis der Rest der Flotte eingetroffen war, wollte ich in der Lage sein, von einem Augenblick zum nächsten in Fusion zu gehen.

Ich hatte Hunger, aber ich bemühte mich, nicht daran zu denken. Die Hungerwoche, in deren Verlauf ich ein Duell der Willenskraft mit den Transpops ausgetragen hatte, schien meinen Stoffwechsel verändert zu haben. Nachdem diese Prüfung vorüber war und wir wieder aßen, stellte ich fest, daß ich mehr Gewicht zulegte, als ich verloren hatte. Angewidert trainierte ich regelmäßig im Turnraum und achtete streng auf Diät. Bald hatte ich es geschafft, das überschüssige Gewicht wieder loszuwerden, aber dafür mußte ich mich nun mit Hungergefühlen herumschlagen. Eine unangenehme Veränderung.

»Die anderen Schiffe müßten in ein paar Tagen auftauchen«, bemerkte Vax. Ein unnötiger Kommentar. Auch seine Nerven mußten angespannt sein.

»Ja.« Ich räusperte mich zögernd. »Vax, ich brauche Ihnen nicht zu erklären, wie man Wache hält, aber achten Sie darauf, daß die Fähnriche besonders wachsam sind. Bitte.«

»Aye, aye, Sir.« Er verstand, welche Befürchtungen mich bewegten. Vor zwei Jahren waren wir auf der Rückreise von Detour zu einem Navigationscheck aus der Fusion gekommen und hatten das Wrack unseres Schwesterschiffes *Telstar* entdeckt. Schlimmer noch, wir waren von der bizarren, fischähnlichen Kreatur angegriffen worden, die dahinter lauerte.

Drei unserer Männer kamen dabei um; bis heute trug ich die Narben dieser Begegnung in Form von Alpträumen. Vax bezahlte damals einen hohen Preis für seine Weigerung, in Fusion zu gehen, ehe ich wieder sicher an Bord war; ich entzog ihm zur Strafe das Offizierspatent. Obwohl ich diese Maßnahme später zurücknahm, wurden ihm drei Monate Dienstzeit aberkannt, und er erhielt einen offiziellen Verweis, der sich auf seine Flottenkarriere auswirken würde, bis er starb oder zum Kapitän befördert wurde.

Wir hatten keine Vorstellung, woher der Alien gekommen war oder wie er es geschafft hatte, in den interstellaren Raum vorzustoßen. So, wie der Angriff verzweifelter Bergarbeiter auf die *Hibernia* bei Miningcamp Station dazu geführt hatte, daß Orbitalstationen mich mit Argwohn erfüllten, hatte das Zusammentreffen mit den Aliens bewirkt, daß ich mich höchst unbehaglich fühlte, solange wir im tiefen Raum trieben, defusioniert und verwundbar.

Nach der Wache kehrte ich in meine Kabine zurück. Amanda saß dort im Schatten und wiegte den kleinen Nate, während sie beide vor sich hindösten. Sie lächelte mich im matten Licht an.

»Darf ich ihn nehmen, Süße?« Als sie nickte, streckte ich die Arme aus und übernahm den Säugling sanft von ihr. Im Stehen schaukelte ich hin und her, um ihn zu wiegen. Er betrachtete mich ernst. »Ich liebe dich, Nate. Mommy liebt dich. Alles wird gut.« Beim beruhigenden Klang meiner Stimme schloß er die Augen und schlief ein. Eine winzige Hand öffnete und schloß sich noch für einen Moment, ehe er still wurde.

Ich liebte es, Vater zu sein!

Ruhig packte ich meinen Sohn in sein Kinderbett und deckte ihn zu. Amanda streckte sich. »Ich habe gehört, daß die Maschinen gestoppt haben, Nicky.« Man gewöhnte sich so sehr an das Pochen des Fusionsantriebes, daß man sofort bemerkte, wenn es aufhörte.

»Ein Navigationscheck, Süße. Wir erwarten den Rest des Geschwaders zum Rendezvous.« Obwohl durch die neue Steuerung die Abweichung bei der Fusion reduziert worden war, konnten die übrigen Schiffe innerhalb von zwei oder drei Lichtstunden um uns überall defusionieren, aber wir würden einander entdecken und uns rasch annähern. Ich hoffte, daß es bald soweit war.

Während des ersten Abschnitts unserer Fahrt hatte ich häufig Übungen in ›Alle Mann auf ihre Posten‹ und ›Alle Mann auf Gefechtsstation‹ durchgeführt. Sobald wir ein Hindernis entdeckten, würde im ganzen Schiff der Alarm ertönen; wir würden sofort alle Mann auf ihre Posten rufen, auch wenn so gut wie sicher war, daß es sich bei dem Hindernis um ein eintreffendes Schiff unseres Geschwaders handelte.

Ein paar Stunden später nahmen Amanda und ich Nate mit zum Abendessen im Speisesaal. Als wir eintraten, verstummten vorübergehend die Gespräche. Ich geleitete Amanda zu ihrem Stuhl. Die Jugendlichen an unserem Tisch erhoben sich zögernd, als wir näherkamen; denn sie wußten, daß sie andernfalls wieder nichts zu essen bekommen hätten. Ich hatte mich darauf eingelassen, ihnen mehr beizubringen als nur den Verzicht darauf, sich gegenseitig mit Lebensmitteln zu bewerfen; ich arbeitete gerade an Ansätzen zur Höflichkeit.

»Abend, Käp'n.« Ein junges Mädchen sagte als erste etwas, und die anderen folgten zögernd ihrem Beispiel.

Selbst Big Eddie, wenn auch mit seiner gewohnten Verdrossenheit.

»Guten Abend ... ähm, meine Damen und Herren.« Ich setzte mich.

Tage verstrichen, an denen ich mit wachsender Ungeduld darauf wartete, daß der Rest des Geschwaders eintraf. Ich erschien immer wieder auf der Brücke, als könnte meine Anwesenheit das Alarmsignal auslösen, das uns vor den erwarteten Hindernissen warnte. Als ich Vax und Derek dabei erwischte, wie sie amüsierte Blicke wechselten, verkniff ich mir eine heftige Bemerkung. Ich erkannte, wie reizbar ich war, und verließ die Brücke.

Ich stieg hinunter auf Deck 2 und warf einen Blick in die Hydroponik und die Wiederaufbereitung, doch mehr, um mich zu beschäftigen, als wirklich eine Inspektion durchzuführen. Dann kehrte ich, immer noch bestrebt, meinen hartnäckigen Hunger zu ignorieren, auf Deck 1 zurück und begab mich zu meiner Kabine. Nate schlief vielleicht, also öffnete ich die Luke ganz behutsam. Amanda saß lächelnd in ihrem Lieblingsschaukelstuhl. Ich lächelte zurück. »Hallo, Süße. Fertig fürs Mittagessen? Ich ...«

Wir waren nicht allein. Fähnrich Philip Tyre saß auf meinem Lieblingsstuhl, und soeben verschwand ein Lächeln aus seinem schönen Gesicht. Er wollte aufstehen, um Haltung anzunehmen, konnte es aber nicht; er trug meinen Sohn Nate auf den Armen.

»Was suchen Sie hier?« Ich war bleich vor Zorn. »Raus! Setzen Sie nie wieder einen Fuß in meine Kabine!«

»Aye, aye, Sir!« Er erhob sich hastig.

»Wenn Sie meinen Sohn noch einmal anfassen, breche ich Ihnen das Genick!« Ich war außer mir. »Raus!« ich riß die Luke auf.

Amanda war ebenfalls aufgestanden. Rasch nahm sie dem bestürzten Jungen Nate ab und zupfte mich am Arm. »Nicky, nicht! Ich habe ihn eingeladen!«

»Raus!« Ich knallte die Luke schon wieder zu, kaum daß Philip halb hindurch war.

Nate weinte. Amanda streichelte ihn beruhigend, während sie mich anfuhr: »Wie kannst du es wagen! Philip war mein Gast!«

»Er ist verachtenswert.« Meine Stimme war gepreßt. »Ich möchte ihn nicht in deiner oder Nates Nähe sehen.«

»Wer bist du eigentlich, daß du diese Entscheidung für mich triffst!« Wütend funkelte sie mich an. Nate, der ihren Zorn spürte, schrie jetzt richtig los.

»Verdammt, Amanda, das ist *meine* Kabine!« Wieso konnte sie das nicht begreifen? Ich brauchte einen Platz, wo ich Ruhe vor dem Schiff und seinen Problemen hatte.

Sie legte Nate in sein Bett und baute sich mit flammendem Blick vor mir auf, die Hände in den Hüften. »Entweder habe ich das Recht, hier selbst Gäste zu empfangen, oder ich möchte eine eigene Kabine!«

»Lächerlich!« schnauzte ich.

Ihre Ohrfeige knallte wie ein Gewehrschuß und erwischte mich völlig unerwartet. Die Wange tat mir weh. Amanda schlug einen Ton unheimlicher Gelassenheit an. »Was immer du auch sonst tust, Nick Seafort, du wirst mich ernst nehmen!«

Ich starrte sie verblüfft an. Was war nur los mit ihr? »Das tue ich doch!« protestierte ich. »Philip Tyre ist einer meiner Fähnriche! Ich kann nicht zulassen, daß er sich in meiner Kabine wie zu Hause fühlt!«

»Deine eigene Kabine«, wiederholte sie ruhig. Sie dachte kurz nach und nickte dann. »Ja, ich nehme an, es *ist* die Kabine des Kapitäns, nicht die seiner Frau. Also gut. Wohin verlegst du mich?«

»Nirgendwohin, Amanda. Ich möchte dich bei mir haben.«

Ihr Blick blieb fest. »Nicht zu diesen Bedingungen, Nick. Das ist nicht möglich.«

Ich liebte sie, aber sie konnte mich so wütend machen! Ich seufzte. »Amanda, was willst du eigentlich?«

»Ich möchte meinen Status kennen. Wenn das hier nicht auch meine Kabine ist, dann gib mir eine eigene. Ich möchte das Recht haben, selbst Freundschaften zu schließen. Was möchtest du?«

Ich riskierte den Schmerz, den sie mir vielleicht zufügen würde. »Ich möchte, daß du weißt, wie sehr ich dich liebe.«

Ihre Augen verschleierten sich, und sie biß sich auf die Unterlippe und schüttelte den Kopf. Dann trat sie näher zu mir und legte mir die Hand auf die Schulter. »Ich liebe dich auch, Nicky. Aber du mußt mir Spielraum lassen. Kannst du nicht verstehen, daß ich dich liebe und trotzdem wütend darüber bin, wie du den armen Philip behandelt hast?«

»Armer Philip?« Ich warf verärgert die Arme hoch. »Gütiger Gott, Amanda, du weißt doch, was für ein bösartiger Tyrann er in der Fähnrichskabine war, bis Derek der Sache ein Ende machte!«

»Bis du der Sache ein Ende gemacht hast, Süßer.«

»Ich?« Meine Bitterkeit brach durch. »Ich habe ihn so lange gewähren lassen, daß Alexi noch heute darunter leidet. Es mußte schon Derek kommen, ihm die Stirn zu bieten. Ich habe es einfach vermasselt.«

»Darum geht es nicht«, erinnerte sie mich.

»Nein«, pflichtete ich ihr bei. »Er ist ein Sadist, darum geht es. Ich konnte einfach nicht glauben, daß du ihm Zutritt in unsere Kabine gewährt hast. Oder in Nates Nähe.«

Sie musterte mich seltsam. »Hast du geglaubt, es wäre heute das erstemal gewesen?«

»Was? Ich meine, du ... er ...«

»Ich hatte ihn schon bei anderer Gelegenheit zu Besuch. Wir sitzen zusammen und unterhalten uns, wie ich es auch mit Alexi tue. Der Blick in seinen Augen, wenn er Nate hält ...«

»Du lieber Himmel, Amanda, wie konntest du nur?«

»Nicky, du weißt, daß ich mit deinen Offizieren Umgang pflege. Ich esse mit Alexi zu Mittag, wenn du Wache hast, und ...«

»Bei Alexi ist es etwas anderes. Er ist ein Freund.«

Offen erwiderte sie meinen Blick. »Philip ebenfalls. Meiner zumindest.« Sie hielt inne und rang mit sich, ob sie fortfahren sollte. »Und ich finde es abscheulich, wie du ihn behandelt hast. Er war hier, weil ich ihn eingeladen hatte, und du hast ihn hinausgeworfen.«

»Vermutlich erwartest du jetzt, daß ich mich bei ihm entschuldige.«

Es war sarkastisch gemeint.

»Er hat eine Entschuldigung verdient, ob er sie nun bekommt oder nicht.«

Mein Zorn brach sich schließlich Bahn. »Gott ...« Mit Mühe verkniff ich mir eine Blasphemie. »... verflixt noch mal, Amanda, ich verstehe dich einfach nicht! Ich werde mich doch nicht vor diesem – vor diese Person erniedrigen! Nicht deinetwegen und nicht seinetwegen!«

»Wieso dann nicht deinetwegen?« hörte ich sie noch sagen, als die Luke hinter mir zufiel. Ich stapfte den Korridor hinunter. Vax kam gerade aus seiner Kabine und traf Anstalten, mich anzusprechen, doch als er mein Gesicht sah, wandte er den Blick ab.

Ich war auf halbem Weg zur Brücke, als der Alarm ertönte.

Alexis angespannte Stimme drang knisternd aus den Lautsprechern. »Alle Mann auf ihre Posten! Kapitän auf die Brücke! Alle Mann auf ihre Posten!«

Ich stürmte weiter und öffnete heftig die Brückenluke. »Was ist los?« rief ich keuchend.

»Ein Hindernis, Sir.« Alexis Finger flogen über das Pult.

»In vierhunderttausend Kilometern. Es kommt näher.« Das war Danny. »Größe und Form stimmen mit der *Freiheit* überein, Sir.«

»Wollen wir's hoffen.« Ich glitt in meinen Sessel. »Alarm abschalten, Danny.« Das Getöse verstummte. »Sende unsere Erkennungssignale.«

»Aye, aye, Sir.« Bei einem Notfall gab Danny sich ganz sachlich. Ein paar Sekunden lang blieb alles still. Dann meldete sich seine hohe, jugendliche Stimme mit einem Unterton, der sich nach Erleichterung anhörte. »Code der *Freiheit* erhalten, Sir. Ich glaube, sie sind es!«

Meine Nerven waren immer noch auf dem Sprung. »Spielt keine Rolle, was du denkst.«

»Aye, aye, Sir«, sagte Danny niedergeschlagen. »Zweiten Erkennungscode erhalten, Sir. Positive ID zur *Freiheit*.«

Trotzdem schickte ich die Besatzung auf Gefechtsstation, als wir uns näherten. Mir wurde immer noch schlecht, wenn ich an die *Telstar* zurückdachte, hinter der ein Gespenst aufgetaucht war. Ich entspannte mich erst, als die beruhigenden Lichter der *Freiheit* auf den Simultanschirmen erschienen und Kapitän Teneres vertraute Stimme aus dem Lautsprecher dröhnte. »*Freiheit* an *Portia*. Sind Sie das, Seafort?«

»Wir haben Sie bereits erwartet, Mr. Tenere.« Er hatte mir etliche Dienstjahre voraus und stand obendrein im vollen Kapitänsrang; ich hätte ihn wirklich mit ›Sir‹ ansprechen sollen. Doch unter Kapitänen schien Zwanglosigkeit zu herrschen.

»Nun, wir werden wahrscheinlich ein bißchen warten müssen, bis diese großen Ruderboote zu uns aufschließen. Würde es Ihnen was ausmachen, mich zum Abendessen zu besuchen? Wie ich gehört habe, servieren sie bei uns Hühnchen à la Kiew.«

Ich zögerte. Es widerstrebte mir, mein Schiff zu verlassen, doch meine Magensäfte schäumten. Und freundliche Gesellschaft wäre mir willkommen. »Danke, ja. Meine Frau ist auch an Bord, Sir.«

»Nun, sie ist ja der Grund für diese Einladung, Sohn. Wir freuen uns darauf, Sie beide zu sehen.«

Nachdem die Verbindung abgeschaltet war, machte ich mich auf die Suche nach Amanda; die Einladung würde eine willkommene Ablenkung von unserem Streit sein. Und das war sie auch – bis sich die Frage stellte, was wir mit Nate tun sollten.

Ich weigerte mich kategorisch, mit einem Baby auf den Armen zu einem formellen Abendessen zu erscheinen. Amanda, die Nate nicht gern alleinließ, mußte einräumen, daß diese Überlegung etwas für sich hatte. Sie willigte ein, einen Babysitter aus den Reihen der Passagiere zu suchen.

Ich veränderte den Wachdienstplan, um sicherzustellen, daß Vax Holser die Brücke hatte, solange wir abwesend waren.

Wir fuhren mit dem Gig hinüber, das von einem Matrosen gesteuert wurde. Kapitän Tenere empfing uns mit einem jovialen Lächeln in der Schleuse. »Wir hatten in Lunapolis nicht viel Gelegenheit, uns zu unterhalten, Mr. Seafort. Darf ich Sie Nick nennen? Ich heiße Andrew. Der Admiral hat die meiste Zeit geredet und nicht viel zugehört, wenn Sie mich fragen.«

Ich fühlte mich unwohl angesichts seiner Offenheit, obwohl ich mich Amanda gegenüber genauso ausgedrückt hatte. Ich gab eine unverbindliche Antwort, und wir plauderten über andere Dinge. Beim Essen sprach er jedoch wieder unsere Einsatzkonferenz an. »Meines Erachtens ist es nicht sehr sinnvoll, uns hier in Stellung zu bringen. Ich glaube nicht, daß ein Risiko besteht, irgend etwas zu begegnen – gütiger Gott, überlegen Sie mal, wie weit draußen wir sind! Aber sagen wir mal, es würde doch passieren: Sollten wir außer Gefecht gesetzt werden, würde Tremaine trotzdem mitten ins Getümmel hinein defusionieren. Was hätte er also gewonnen?«

»Na ja, wir sind die Spitze des Keils«, spielte ich auf Zeit.

»Denke ich auch«, sagte er. »Trotzdem, wir sind so weit im interstellaren Raum ...«

»Etwa so weit wie die *Telstar*, als wir sie fanden.« Meine Stimme war ernst.

»Wissen Sie«, erwiderte Tenere, »das ist es, woraus ich nicht schlau werde. Wie haben diese Viecher es nur so weit hinaus geschafft? Ich habe die Holovids gesehen, die Sie gemacht haben. Diese – wie nennen Sie sie? Goldfische? Sie sind organisch; sie müssen es einfach sein. Kein Platz für einen Fusionsantrieb. Sie konnten doch nicht so weit ... schwimmen, nicht ohne Jahrhunderte dafür zu benötigen. Wie sollten sie genügend Treibstoff für diese Reise mitnehmen? Was, im Namen des allmächtigen Gottes, haben diese Biester eigentlich da draußen gesucht?«

»Ich weiß es nicht«, sagte ich. Und ich wollte auch nicht darüber nachdenken. Amanda, die meine Stimmung spürte, sprach ein anderes Thema an.

Nach dem Essen servierte uns Kapitän Tenere in der Privatsphäre seiner Kabine nonchalant ein Glas Wein. Ich fühlte mich nicht wohl dabei, an seiner Schmuggelware zu partizipieren, wollte ihn aber auch nicht kränken und nahm einen vorsichtigen Schluck. Amanda, die sich weniger um solche Feinheiten sorgte, trank ihr Glas genußvoll aus.

Wenig später kehrten wir auf die *Portia* zurück. Ich suchte unverzüglich die Brücke auf; Amanda begab sich in unsere Kabine, um nach Nate zu sehen.

Während der nächsten beiden Tagen trafen drei weitere Schiffe unserer Flotte ein, und am dritten Tag kam die *Challenger* aus der Fusion, ungefähr zweihundertfünfzigtausend Kilometer entfernt. Das war in Anbetracht der zurückgelegten Entfernung bemerkenswert nahe. Inmitten einer Flut von Direktiven des Flaggschiffes warteten wir auf die restlichen Fahrzeuge.

Ich beschäftigte mich auf der Brücke, während Amanda sich um Nate kümmerte. Zweimal traf ich sie in unserer Kabine bei einem ernsten Gespräch mit Alexi an. Ich wußte, daß es irgendwie nicht ganz richtig war, wenn die Frau des Kapitäns sich so mit seinen Offizieren einließ, doch nach dem Theater wegen Philip achtete ich darauf, Amanda mein Unbehagen nicht zu zeigen.

Endlich traf der Rest des Geschwaders ein, und einer nach dem anderen gingen wir wieder in Fusion. Die *Freiheit* und die *Portia* blieben in Position, bis die anderen fort waren. Anschließend überprüfte ich unsere Zahlen ein letztes Mal und gab den Befehl zur Fusion. Als die Maschinen anliefen, wurden unsere Bildschirme dunkel.

Nach all der hektischen Aktivität erschien mir die Fusion langweiliger als je zuvor. Ich verbrachte etwa die Hälfte meiner wachen Zeit mit Nate und Amanda und die andere

Hälfte auf der Brücke, obwohl es dort wenig für mich zu tun gab. Ich teilte den Wachdienst mit dem Piloten, mit Vax, mit den Fähnrichen.

Derek Carr, den ich als jungen Burschen von sechzehn Jahren auf der *Hibernia* dienstverpflichtet hatte, war inzwischen ein erfahrener Fähnrich mit einer Aura des Selbstvertrauens, die gut zu seinem schmalen, aristokratischen Gesicht paßte.

Er spürte meine jeweilige Stimmungslage, plauderte mit mir, wenn ich in geselliger Stimmung war, und schwieg höflich, wenn ich es nicht war.

Rafe näherte sich wie jeder jüngere Fähnrich der Brücke nur mit großer Ängstlichkeit und traute sich nichts zu sagen, solange er nicht angesprochen wurde.

Alexi Tamarow kannte ich seit meinem ersten Tag auf der *Hibernia*; ich bemerkte, daß er besorgt war. Statt deswegen Theater zu machen, ließ ich es gut sein. Sorgfältig behielt ich das Logbuch im Auge. Die Minuspunkte für Philip Tyre wurden seltener und steigerten sich dann wieder zu einer plötzlichen Flut. Ich wußte mit Sicherheit, daß Mr. Tyre sie nicht verdient hatte; wie Derek war er ein tüchtiger, erfahrener Fähnrich. Erneut wünschte ich mir, ich hätte ihn nicht mitgenommen; er war ein Blitzableiter für den Groll seiner Vorgesetzten.

Eines Nachmittags, als wir wieder untätig auf der Brücke saßen, steckte Alexi geistesabwesend immer wieder die Hände in die Taschen, nur um sie gleich wieder hervorzuholen. Schließlich sagte er: »Ich muß Mr. Tyre etwas mitteilen, Sir, und ich hätte Sie gern dabei.«

Ich zog die Brauen hoch. »Ach?«

»Ja, Sir. Ich habe ihm gesagt, er solle nach meiner Wache zu meiner Kabine kommen.«

Als die Wache vorüber war, schritten Alexi und ich schweigend zu seinem Quartier. Philip Tyre wartete davor und machte ein besorgtes Gesicht, was sich noch verstärkte, als er seinen Kapitän erblickte.

Drinnen starrte Alexi den Fähnrich an, bis Philip in qualvoller Erwartung damit begann, am Saum seiner Jacke zu kneten.

Schweigen.

Plötzlich entfuhr es Philip: »Sir, wenn es um die Minuspunkte der letzten Woche geht – ich habe drei abgearbeitet. Es tut mir leid, daß ich für mehr nicht die Zeit fand; ich war mit den Transpops beschäftigt und ...«

»Es ist vorbei.«

»Mr. Tamarow?«

»Es ist vorbei«, sagte Alexi schwer. »Ich bin fertig mit Ihnen.«

Philip blickte zwischen uns hin und her und biß sich auf die Lippe. »Ich verstehe nicht, was ich getan habe, Sir. Bitte, es tut mir leid, wenn ...«

»Fähnrich, ich habe Sie mehr gehaßt als jeden anderen Menschen, den ich kenne.« Tyre holte scharf Luft. Alexi fuhr fort: »Sie hatten es verdient, gehaßt zu werden, Mr. Tyre. Sie haben Abscheuliches getan.«

Ich spürte Beunruhigung in mir aufkeimen und hatte keine Ahnung, worauf das hinauslief. Ich öffnete den Mund, um mich einzumischen.

Alexi fügte hinzu: »Und jetzt habe ich Abscheuliches getan.« Ich schwieg. »Nach dem, was Sie mir und den anderen Fähnrichen auf der *Hibernia* angetan haben, habe ich geschworen, mich an Ihnen zu rächen, Mr. Tyre, und ich habe mich gerächt. Schwur hin, Schwur her, ich kann damit nicht weitermachen. Der allmächtige Gott wird es entweder verstehen oder auch nicht. Ich nehme meinen Schwur zurück. Ich entsage der Rache.«

Der Blick des Jungen hing an seinem Leutnant.

»Ich mag Sie nicht, Philip; ich werde es nie tun. Aber ich lasse Sie in Frieden. In Zukunft werde ich nur noch Minuspunkte an Sie austeilen, wenn Sie es wirklich verdient haben. Ich werde mich bemühen, wieder zu lernen, wie man fair ist.«

Ich rührte mich. »Alexi, genug gesagt.«

»Nein, Sir. Bitte, verzeihen Sie. Es muß noch mehr gesagt

werden. Mr. Tyre, über ein Jahr lang war ich so grausam, wie Sie zu uns waren, bis ich selbst nicht mehr ertragen konnte, was aus mir geworden ist. Ich habe Sie im Auge behalten, selbst wenn Sie glaubten, Sie wären mir egal. Sie waren mir nie egal, Mr. Tyre. Und wenn wir zusammenarbeiteten, zum Beispiel im Fall der Transpops, stellte ich fest, daß der Kapitän die Wahrheit gesagt hatte. Sie sind ein fleißiger Arbeiter, ein hilfsbereiter Assistent, ein pflichtbewußter Untergebener. Ich kann keinen Fehler an Ihrer Arbeit finden. Ich möchte Sie lobend dafür erwähnen und werde es in Ihrem nächsten Eignungsbericht auch tun.« Alexi holte tief Luft und stieß sie langsam wieder aus. »Nun, jetzt ist es vorbei. Ich entschuldige mich nicht. Ich lasse Sie einfach in Ruhe. Sie sind entlassen.«

Philip Tyre salutierte mechanisch und drehte sich zur Luke um. Er zögerte. »Sir, ich ...«

»Entlassen«, sagte Alexi ausdruckslos.

»Lassen Sie ihn reden.« Meine Stimme war schroff.

Tyre schluckte. »Auf dieser schrecklichen Rückreise von Hope Nation – nachdem Sie zum Leutnant befördert worden waren –, dachte ich, ich würde wahnsinnig. Ich habe nie im Leben Schlimmeres mitgemacht als Ihre Behandlung. Ich habe es zu ertragen versucht, bis wir zu Hause waren, aber schließlich konnte ich nicht mehr.«

Er starrte ans Schott, während er sich an einen persönlichen Alptraum erinnerte.

Ich schrieb eine Nachricht, zog saubere Kleider an und legte mich in die Koje, um die Tabletten zu nehmen, die ich aus der Krankenstation der *Hibernia* gestohlen hatte. Aber dann war ich nicht mutig genug. Ich lag wie ein hilfloser Feigling da, bis es Zeit wurde, wieder auf Wache zu gehen. Diese endlosen Monate ... Als wir zu Hause waren und Admiral Brentley mich auf die *Portia* versetzte, statt mir zu erlauben, daß ich den Dienst quittierte, redete ich mir ein, daß es auf einem neuen Schiff besser werden würde. Aber es ging immer so weiter ... Vier-, nein, fünfmal habe ich versucht, es mit den Tabletten zu beenden. Jedesmal tat ich es doch nicht, und ich habe keine Ahnung, warum. Außer bei einem Mal, als ich drei Tabletten nahm. Sie reichten nicht.«

Seine Wangen waren naß, als er sich mir zuwandte. »Kapitän, ich weiß nicht, was ich getan habe, daß Sie mich so hassen. Das ist die Wahrheit, bei Gott!«

Alexi machte eine ärgerliche Bewegung, doch Tyre redete rasch weiter. »Kapitän, Sie hatten mich gewarnt; das weiß ich. Ich dachte nur – ich würde meinen Job tun. Bis heute weiß ich nicht, inwiefern ich die Fähnriche falsch behandelt habe. Aber ...« Er senkte den Blick. »Sie haben mir immer wieder gesagt, es wäre nicht richtig, und Mr. Tamarow verachtet mich, und Mr. Carr ... also muß ich Ihnen glauben. Ich weiß, daß ich irgendeinen schrecklichen Fehler begangen habe. Ich verstehe es nicht richtig, und ich glaube, deshalb habe ich auch versucht, mich umzubringen. Aber ich glaube Ihnen. Also, es tut mir leid. Ich werde versuchen, es besser zu machen. Mr. Tamarow, Sir, ich bitte Sie um Verzeihung. Wenn Sie mir nicht vergeben können, dann versuchen Sie wenigstens zu glauben, daß ich es ernst meine. Ich bitte für alles um Verzeihung, womit ich Sie verletzt habe.«

Er nahm Haltung an, vollführte einen zackigen Akademiegruß, warf sich auf den Fersen herum und war verschwunden.

Alexi ächzte: »Du lieber Himmel, was habe ich getan?«

»Ich habe es euch beiden angetan«, sagte ich bitter. »Ich habe dich leiden lassen und dir dann die Verantwortung für ihn übertragen. Dir kann man nicht die Schuld geben.« Ich verabscheute mich; ich mußte allein sein. »Du hast richtig gehandelt, Alexi. Gönne dir jetzt Frieden.« Ich weiß nicht, ob er es hörte.

5. Kapitel

Wenn sie sich nicht gerade um Nate kümmerte, beschäftigte Amanda sich damit, Unterrichtsklassen zu organisieren. Als die Wochen zu Monaten wurden, setzte unser kleiner Junge gewaltig Fett an. In der Privatsphäre unserer Kabine nahm ich ihn immer wieder gern auf den Schoß, um ihn zu wiegen, während er zufrieden die stoffliche Beschaffenheit meiner Jacke und meines Hemdes erforschte. Auf der Brücke stellte ich hin und wieder fest, daß mein Knie von selbst leicht zuckte, während ich mit Vax oder Pilot Van Peer plauderte.

Ich brachte Nate jedoch niemals mit auf die Brücke. Es war eine Sache, meine Familie an Bord zu haben, aber eine ganz andere, sie in meine offiziellen Pflichten zu verwickeln.

Gelegentlich lud Amanda Passagiere ein, und einmal fragte sie mich, ob es mir etwas ausmachen würde, wenn sie die Offiziere zum Nachmittagstee empfinge. Da sie sich sechzehn Monate lang mit der Gesellschaft an Bord begnügen mußte, hatte ich das Gefühl, keinen Einwand erheben zu dürfen, obwohl ich mich dabei nicht wohl fühlte. Ich bat sie jedoch, ihre Party in einem der Salons zu veranstalten und nicht in unserer Kabine. Sie willigte kommentarlos ein. Alle Offiziere erhielten, wie es sich gehörte, eine Einladung, und alle kamen – bis auf Philip Tyre, der eine höfliche Nachricht des Inhalts schickte, daß er sich nicht wohl fühle. Amanda reichte mir wortlos den Brief.

Allmählich freute ich mich auf unsere nächste Defusion in drei Wochen, doch mir wurde mit wachsendem Unbehagen klar, daß eine unerledigte Aufgabe auf mich wartete. Ich versuchte, sie aus meinen Gedanken zu verbannen, bis ich mich eines Nachts stundenlang schlaflos hin und her warf. Am nächsten Morgen ging ich zur Fähnrichskabine und klopfte entschlossen an die Luke.

Den Schiffsbräuchen zufolge war die Fähnrichskabine Privatsphäre; der Kapitän betrat sie nicht unaufgefordert, außer bei einer Inspektion.

Derek Carr öffnete und nahm Haltung an.

»Kommando zurück, Mr. Carr.«

Er stand bequem. »Möchten Sie gern eintreten, Sir?«

Jetzt durfte ich hinein. »Ich danke Ihnen. Ah, Mr. Tyre, nach Ihnen habe ich gesucht. Auf ein Wort.« Sein besorgtes Gesicht steigert meine Bitterkeit noch. »Derek ... Mr. Carr, würde es Ihnen etwas ausmachen, wenn ich unter vier Augen mit Mr. Tyre spreche?«

»Aye, aye, Sir. Natürlich nicht, Sir.« Hastig zog er sich Krawatte und Jacke an. »Fühlen Sie sich wie zu Hause.« Rasch verließ er die Kabine.

Philip schluckte. »Ich wollte nicht unhöflich sein, indem ich nicht zu Ihrer Party kam, Sir. Ich ...«

»Nein.« Ich sprach ganz unverblümt. »Sie hatten völlig recht, nicht zu kommen, nach dem, was ich zu Ihnen gesagt hatte.« Er wurde rot. Ich holte tief Luft und zwängte die Worte hervor: »Philip, ich bin hier, um mich zu entschuldigen und zurückzunehmen, was ich in meiner Kabine gesagt habe.«

»Bitte, Sir«, platzte es jetzt aus ihm hervor. »Sie brauchen nicht ...«

»Sie werden sich daran erinnern«, unterbrach ich ihn, »wie ich Mr. Tamarow ermahnte, daß ich auf Höflichkeit unter meinen Offizieren Wert lege. Als Sie in meiner Kabine zu Gast waren, war mein Verhalten viel mehr als nur unhöflich.«

»Ich verstehe, Sir«, stammelte er. »Ich weiß, wie Ihnen zumute ist ...«

»Aber das ist ja der Punkt, Philip. Ich war nicht nur unhöflich, es war auch falsch von mir. Bei Ihrem Verhalten mir gegenüber hatten Sie das nicht verdient, nicht einmal, als Sie die anderen Fähnriche mißhandelten, und das ist ohnehin lange her. Sie sind als Amandas oder mein Gast in unserer Kabine willkommen. Ich habe auch nichts dagegen, daß Sie meinen Sohn halten, wenn Sie zu Besuch kommen.«

Meine Wangen brannten, aber ich schaffte es, seinem Blick standzuhalten. »Das ist eine persönliche Geschichte zwischen uns, Philip, und ich werde Ihnen Ihre Antwort nicht vorhalten, egal wie sie ausfällt. Aber ich bitte Sie, mein schlechtes Benehmen zu verzeihen.«

»Es gibt nichts zu verzeihen, Sir. Sie hatten jedes Recht . . .«

»Keiner von uns hat dieses Recht«, sagte ich heftig. »Sonst wären Sie auch im Recht gewesen, als Sie Derek und Alexi mit Minuspunkten überhäuften, so daß sie immer wieder aufs Faß geschickt wurden. Bösartigkeit und Grausamkeit sind niemals entschuldbar! Niemals!« Meine Heftigkeit erschütterte mich. Ich fragte mich, was sie verursacht hatte.

Er betrachtete mich erstaunt. »War es das, was ich getan habe?« fragte er leise. Dann konzentrierte er sich wieder auf mich. »Danke für Ihren Besuch.« Er zögerte. »Es scheint mir fehl am Platze zu sein, wenn ich so etwas sage, Sir, aber da Sie mich darum gebeten haben, verzeihe ich Ihnen. Es wäre mir lieb, nicht mehr darüber sprechen zu müssen, Sir. Es ist peinlich für mich zu hören, wie Sie sich entschuldigen.« Er blickte mir in die Augen und lächelte schwach.

Ich war verlegen und wußte nicht, wie ich mich verabschieden sollte. Spontan streckte ich die Hand aus, und nach einer Sekunde des Zögerns ergriff er sie. Er schien nicht wieder loslassen zu wollen. Ich drückte seine Hand noch einmal, ehe ich sie freigab.

Von sich aus hätte er mir natürlich keinen Händedruck anbieten dürfen. Den Kapitän ohne Erlaubnis zu berühren, war ein kapitaler Verstoß.

Ich bezog meinen gewohnten Platz auf der Brücke und ergab mich meinem Unbehagen. Unseren Befehl, siebenmal statt zweimal für Navigationschecks zu defusionieren, hielt ich für eine Vergeudung von Treibstoff. Jedesmal, wenn sich das Geschwader sammelte, mußten alle Schiffe in Position manövrieren, um die Formation zu bilden.

Unsere Hilfsschubdüsen verwendeten Flüssigwasserstoff und Flüssigsauerstoff aus Treibstoff; beides wurde aus unseren Wasservorräten hergestellt. Die Fusionsmaschinen boten uns reichlich Energie für die Umwandlung; doch ein Schiff konnte nur eine begrenzte Menge Wasser mitführen, und es war ein langer Weg nach Hope Nation.

Darüber hinaus war es Zeitvergeudung, das Geschwader immer wieder zu versammeln. Wir konnten jedesmal tagelang warten, bis alle Schiffe eingetroffen waren, und bei der Fusionsgeschwindigkeit gab es je nach dem Antrieb und den Rohren der einzelnen Schiffe winzige Unterschiede.

Ich seufzte. Ich hatte mich für das Leben in der Flotte entschieden, und lange, langweilige Fahrten gehörten dazu. »Vax, rufen Sie alle Mann auf ihre Posten.«

Die Alarmsirenen heulten im ganzen Schiff, während Mannschaft und Offiziere auf ihre Posten liefen. Alle nicht unbedingt benötigten Systeme wurden abgeschaltet. Die luftdichten Luken, die die Korridorabschnitte trennten, schlossen sich. Wenn alle Mann auf ihre Posten gerufen wurden, mußten die Passagiere hinter verschlossenen Luken in ihren Kabinen bleiben; der Zahlmeister und seine Maate machten die Runde und kontrollierten jede einzelne Kabine.

Als alles bereit war, fuhr ich mit dem Finger am Monitor hinab und defusionierte damit. Ich holte tief Luft, als die Myriaden von Sternen wieder auf den Simultanschirmen erschienen.

»Überprüfen Sie, ob Hindernisse vorhanden sind, Mr. Carr.« Vax sprach knapp, und seine gewaltigen Schultern blieben gespannt.

»Aye, aye, Sir.« Eine kurze Pause trat ein. »Keine Hindernisse, Sir.«

»Wir sind wieder die ersten«, sagte ich. »Wir warten.«

Das nächste Schiff, das zwei Tage später eintraf, war die *Kitty Hawk* unter Kapitän Derghinski.

Sie manövrierte in Position relativ zur *Portia* und trieb dann im Raum, um mit uns gemeinsam auf den Rest des Geschwaders zu warten. Aus irgendeinem Grund hatte sie die *Freiheit* überholt, die ein paar Stunden später wieder im Normalraum erschien.

Während der Wartezeit kampierte ich drei Tage lang praktisch auf der Brücke und ruhte mich nur gelegentlich kurz aus. Als ich mich dabei ertappte, wie ich auf meinem Sitz einnickte, war mir klar, daß ich den anderen Offizieren ein schlechtes Beispiel war. Widerwillig schleppte ich mich in meine Kabine zurück, zog mich aus und fiel ins Bett. Obwohl Nate laut schrie, war ich in wenigen Augenblicken eingeschlafen.

Minuten später rüttelte Amanda mich wach. Ich richtete mich auf und schüttelte den Kopf, doch es war ein vergeblicher Versuch, die Müdigkeit loszuwerden.

»Was ist los?«

»Entschuldigung, Süßer. Du hast den Rufer überschlafen. Alexi möchte dich auf der Brücke sehen.«

Panik stieg in mir auf. »Schwierigkeiten?« Ich schnappte mir den Rufer und wählte die Einstellung für die Brücke. »Was ist los?«

»Die *Challenger* ist eingetroffen, Sir. Admiral Tremaine fragt alle zwei Minuten nach Ihnen.«

Ich fluchte und zerrte meine Jacke über. »Bin schon unterwegs.« Ich stolperte zur Luke. Dem Adrenalin gelang es kaum, den Nebel aus meinem Kopf zu vertreiben.

Auf der Brücke boten die Simultanschirme Sichtkontakt zur *Challenger*; Admiral Tremaines unfreundliches Gesicht ragte über mir auf, als ich in meinen Sessel fiel. »Kapitän Seafort meldet sich zur Stelle, Sir.«

»Wo, zum Teufel, haben Sie gesteckt, Seafort?« Tremaines Züge waren wutverzerrt. »Sie sollten den Rendezvouspunkt schützen und nicht im Bett herumlungern! Ich erwarte, *Sie* auf der Brücke anzutreffen und nicht irgendeinen Leutnantsknaben.« Alexi wurde rot.

»Ich habe geschlafen, Sir«, sagte ich. Mein Kopf fühlte sich an, als wäre er mit Watte gefüllt.

»Es sind *Ihre* Aliens, nach denen wir Ausschau halten, Seafort!« Die Stimme des Admirals klang wie ein Knurren.

»Halten Sie vorschriftsmäßig Wache, verstanden? Aus diesem Grund wurden Sie ja überhaupt vorausgeschickt!«

»Aye, aye, Sir.« Mehr konnte ich dazu nicht sagen.

Es schien ihn nicht zufriedenzustellen. »Ich habe Sie gewarnt! Ein Vorfall von Ungehorsam, und ich enthebe Sie Ihres Kommandos! Ich hätte nicht übel Lust, es jetzt zu tun!« Neben mir holte Alexi Luft.

»Das tut mir leid, Sir.« Ich sagte nicht mehr, obwohl die Ungerechtigkeit an mir nagte.

»Es soll Ihnen nicht leid tun; Sie sollen Ihre Arbeit erledigen!« Es klang beißend. »Ich komme zur Inspektion hinüber, sobald ich mit der *Freiheit* fertig bin.«

»Aye, aye, Sir.« Die Verbindung wurde abgeschaltet.

»Dieses Arschloch!« Alexi hämmerte auf sein Pult. »Er ist so unfair ...«

»Halten Sie die Klappe!« knurrte ich.

Alexi brach mitten im Satz ab.

»Kritisieren Sie niemals – und ich meine niemals, Leutnant! – in meinem Beisein Ihren kommandierenden Offizier! Haben Sie verstanden?« Ich hatte die Fäuste geballt.

»Aye, aye, Sir«, sagte Alexi fügsam.

»Ich würde eine solche Bemerkung nicht mal von einem Kadetten im ersten Jahr erwarten, Mr. Tamarow. Wir gehorchen den Befehlen des Admirals, ohne Fragen zu stellen und ohne sie zu kommentieren.«

»Aye, aye, Sir.«

Ich stieß heftig die Luft aus. »Sehr gut. Ich weiß, daß Sie nur Ihr Mitgefühl ausdrücken wollten. Danke für die Absicht.« Ich wandte mich wieder dem Bildschirm zu. »Er wird innerhalb einer Stunde eintreffen. Bereiten wir uns so gut vor, wie es geht.«

Admiral Tremaine und zwei Leutnants, die ihm als Adjutanten dienten, kamen mit der Barkasse der *Challenger* herüber. Der Admiral marschierte geschäftig durch die *Portia* und gab dabei einem Adjutanten, der umfängliche Notizen machte, laufend Kommentare. Er hatte etwas an der Wachcrew der Luftschleuse auszusetzen, rümpfte die Nase über die Mannschaftsunterkünfte, warf einen Blick in den Maschinenraum und konnte dort keinen Fehler feststellen. »Zur Brücke, Seafort«, war alles, was er sagte.

Ich folgte ihm in einem Schritt Abstand. Vax Holser und Fähnrich Rafe Treadwell fuhren hoch und nahmen Haltung an, als wir eintraten; Tremaine machte sich nicht die Mühe, sie freizugeben.

»Sehen wir uns mal Ihr Logbuch an.« Er schaltete es ein und sah die Einträge durch. Vax warf mir einen Blick zu; ich machte ein ausdrucksloses Gesicht.

»Eine Menge Disziplinarmaßnahmen für ein so kleines Schiff. Das zeugt von einem Mangel an Führungsqualitäten.« Ich war bestürzt; einen solchen Kommentar hätte er nur privat abgeben sollen, wenn überhaupt. »Wie ich sehe, haben Sie einen Fähnrich, der sich gern in Schwierigkeiten bringt. Dieser Tyre: Dutzende von Minuspunkten. Ist er das?« Er deutete auf Rafe Treadwell.

»Nein, Sir. Mr. Tyre befindet sich im Funkraum. Diese Situation ist inzwischen unter Kontrolle.«

»Das behaupten Sie«, sagte er finster. »Der Trick besteht darin, Seafort, die Untergebenen so hart zu bestrafen, daß man es nicht oft tun muß.«

»Ja, Sir.« Ich fragte mich, wie ich ihn davon ablenken konnte. »Die Lasersimulationen ...«

»Versuchen Sie nicht, mich abzulenken!« Er funkelte mich an, und ich wurde rot.

»Entschuldigung, Sir.«

»Seafort ...« Er zog mich an sich heran, und für einen Moment war sein Tonfall beinahe flehend. »Das ist mein erstes Geschwader, Seafort, und man wird meine Logbücher mit Adleraugen prüfen. Alles muß korrekt sein. *Alles!*«

»Ich verstehe, Sir.«

»Schicken Sie ihn aufs Faß.«

Ich war verblüfft. »Was?«

»Sie haben mich schon verstanden. Bringen Sie diesem

Fähnrich bei, daß wir keine Insubordination dulden. Lassen Sie ihm noch heute den Rohrstock verabreichen.«

»Aber . . .«

Sein Blick wurde kalt. »Ich sehe, woher er das hat, Seafort.«

Es blieb nur eine mögliche Antwort. »Aye, aye, Sir.«

»Sehr gut. Ich führe nach der nächsten Defusion erneut eine Inspektion durch. Dann erwarte ich, ein straffer geführtes Schiff vorzufinden.« Er winkte seinem Adjutanten und stolzierte von der Brücke.

Ich folgte ihm benommen. Die Barkasse des Admirals lag an der Heckschleuse auf Deck 2. Seine Gruppe stieg die Leiter hinab und ging um die Korridorbiegung.

»Guckt mal den Mann! Er isser Boß! Guckt mal, allas Gold!«

Wütend bahnte ich mir einen Weg in den Haufen schwatzender Kiddies. »Bleibt weg von ihm! Rührt ihn nicht an!«

»Was machste hier, Mann? Was machter Dicke hier?«

Die Transpops, die in verspielter Stimmung waren, schubsten einander und deuteten verächtlich auf die Tressen an Tremaines Galauniform. »Muss 'n Boßkäp'n sein, bei so viel Gold!«

Ich prallte mit Eddies großer Gestalt zusammen. Der Junge wirbelte wütend herum, ehe er mich erkannte. Ich zischte: »Schaff sie weg von hier, sofort!«

Irgend etwas in meinem Tonfall drang zu ihm durch. Er schleuderte den nächststehenden Jungen zur Seite und packte das Mädchen am Kragen, das am dichtesten beim Admiral stand. »Macht ihm Platz, Trannies! Weg hier! Zurück! Weg hier!«

Binnen weniger Augenblicke war Tremaine von der schubsenden Menge befreit, aber bleich vor Wut. »Wer sind diese . . . Tiere? Gottverdammt, Seafort, was für ein Schiff führen Sie eigentlich?«

»Es sind Nichtseßhafte«, erklärte ich rasch. »Sie wurden mir in Lunapolis in letzter Minute zugewiesen. Es tut mir leid, Sir. Sie wissen es nicht besser.«

»Sie lassen diesen Abschaum frei herumlaufen, obwohl Sie anständige Passagiere an Bord haben? Schließen Sie sie ein! Kein Wunder, daß auf Ihrem Schiff das reinste Chaos herrscht!«

»Es tut mir leid, sie ...«

»Sie sind Abschaum! Sperren Sie den ganzen Haufen ins Schiffsgefängnis, wenn ich das nächste Mal an Bord komme!« Damit drehte er sich um und verschwand in der Luftschleuse.

Der Ausdruck auf meinem Gesicht hielt die Transpops auf Abstand, als ich zur Leiter zurückschritt. Augenblicke später saß ich wieder auf meinem Platz auf der Brücke, aber ich konnte nicht ruhig sitzen bleiben. Ich ging auf und ab, und mein Zorn schwoll an. Vax war vernünftig genug, nichts zu sagen. Rafe Treadwell saß mucksmäuschenstill da, den Blick fest auf sein Pult geheftet.

Nach einer Weile hatte ich mich so weit beruhigt, um schwer in meinen weichen schwarzen Ledersessel zu sinken. Es würde vorübergehen; bald waren wir wieder in Fusion und unterwegs.

Ich konnte mir allerdings gut vorstellen, wie sich der Besuch des Admirals noch auf die Moral an Bord der *Portia* auswirken würde. Meine Leutnants hatten mitbekommen, wie Tremaine meine Art, das Schiff zu führen, getadelt hatte; sein scharfer Verweis würde meiner Autorität nicht gerade zuträglich sein. Und was die Fähnriche miterlebt hatten, konnte kaum als gutes Beispiel für ihr eigenes Verhalten dienen.

Die Fähnriche! Was sollte ich bezüglich Philip Tyre unternehmen? Ich schaukelte bestürzt vor und zurück. Der Admiral hatte mir einen direkten Befehl erteilt; ich mußte Philip mit dem Rohrstock züchtigen lassen.

Der Befehl war zutiefst ungerecht; ich war Kapitän der *Portia* und damit für die Disziplin an Bord verantwortlich. Das Logbuch war aufgrund von Alexis Einstellung mit Minuspunkten für Tyre gefüllt, nicht aufgrund von Philips. Die alptraumhafte Beziehung zwischen Tyre, Alexi und mir stand gerade im Begriff, sich zu bessern, und Gott allein wußte, welche Auswirkungen eine ungerechtfertigte Züchtigung jetzt auf den jungen Fähnrich haben würde.

Konnte ich an Tremaine appellieren, einen Befehl zurückzunehmen? Konnte ich ihn anrufen, sobald er sich wieder beruhigt hatte? Ein Erfolg war unwahrscheinlich, und ich bot mich dadurch selbst wieder als Brennpunkt für seinen Zorn an. Um der *Portia* willen war es besser, wenn der Befehl bestehen blieb.

Voller Abscheu krümmte ich mich. Philip züchtigen, nur weil ich fürchtete, der Admiral würde sich über meinen Protest ärgern? Was für ein Feigling war nur aus mir geworden? Ohne groß zu überlegen, erhob ich mich und schritt wieder auf und ab, und wieder stieg die Wut in mir auf.

Nach einer Weile fiel mir die völlige Stille auf. Fähnrich Treadwell versuchte weiter, sich unsichtbar zu machen. Vax sah mir nachdenklich zu. Als ich seinen Blick auffing, schlug er die Augen nieder. Meine Abscheu stieg zu neuen Höhen. Jetzt hatten meine eigenen Offiziere Angst, mir in die Augen zu sehen.

Ich bemühte mich, ein Lächeln aufzusetzen. So ruhig, wie ich konnte, sagte ich: »Rafe, beschäftigen Sie sich ein wenig mit Navigationsproblemen. Bestimmen Sie unsere Position und berechnen Sie einen Kurs nach Caltech. Leutnant Holser wird Ihnen helfen, wenn Sie Schwierigkeiten haben. Vax, würden Sie bitte?«

Während die beiden sich auf ihr Pult konzentrierten, lief ich wieder auf und ab. Ich *mußte* versuchen, den Admiral zu überreden, daß er es sich anders überlegte, selbst wenn es ihm nicht gefiel.

Ich beschloß, zwei Stunden zu warten; vielleicht war Tremaine dann liebenswürdiger.

Ich gähnte und stellte fest, daß ich immer noch erschöpft war. Es lag kein Grund vor, auf der Brücke zu bleiben. Ich überließ den Fähnrich seinen Berechnungen mit Vax und schleppte mich zu meiner Kabine, um vor dem Abendessen ein Nickerchen zu machen. Während ich aus Jacke und Krawatte schlüpfte, erzählte ich Amanda, was sich ereignet hatte.

»Oh, der arme Philip!« Ihre Augen funkelten. »Du wirst doch nicht zulassen, daß sie ihm weh tun, nicht wahr?«

»Ich werde versuchen, ihn vom Haken zu bekommen«, sagte ich. »Aber es war ein direkter Befehl. Ich kann nicht viel tun, wenn Tremaine nicht auf mich hört.« Amanda wollte eine Auseinandersetzung darüber beginnen, aber ich war zu müde. Ich stellte den Wecker, drehte mich um und schlief ein.

Drei Stunden später fühlte ich mich auch nicht besser. Ich schaute auf der Brücke vorbei, ehe ich den Speisesaal aufsuchte. An meinem Pult angelangt, strich ich mir die Haare glatt und rückte die Krawatte zurecht, während der Funkraum meine Verbindung zur *Challenger* herstellte. Kapitän Hasselbrad meldete sich in der Leitung. »Der Admiral ist nicht an Bord, Kapitän Seafort. Er ist zum Abendessen mit Derghinski auf der *Kitty Hawk*. Sie können ihn dort erreichen, wenn es wichtig ist.«

Ich dankte ihm und schaltete den Bildschirm aus. Es hatte überhaupt keinen Sinn, den Admiral vom Abendessen zu rufen, um meine Bitte vorzubringen. Er würde sie sofort ablehnen und mir wahrscheinlich das Kommando entziehen, wie ich es für derart unzureichende Urteilskraft auch nicht anders verdient hätte. Ich ging hinunter zum Abendessen.

Eddie Boß, Annie und die anderen Nichtseßhaften erhoben sich, als ich näherkam. Als wir uns setzten, sagte Annie unbehaglich: »Wollten kein Ärger mittem Dicken machen, Käp'n. War nur Spaß.« Entweder besserte sich ihre Sprechweise, oder ich entwickelte ein Ohr für den Transpopdialekt. Vielleicht beides.

»Danke, Annie. Ich weiß das zu schätzen.«

»Wir lassen ihn annermal in Ruhe«, sagte Eddie und funkelte die anderen an. »Bleibt weg von ihm.« Er knuffte Deke, der mürrisch nickte, wie auch die anderen.

Eine Stunde nach dem Abendessen rief ich erneut auf der

Challenger an; der Admiral war immer noch nicht zurück. Ich kaute auf der Lippe. Tremaine hatte mich angeknurrt: »Noch heute.« Ich wartete ungeduldig auf der Brücke. Um 21:30 Uhr Schiffszeit versuchte ich es wieder.

»Ist der Admiral zurück, Käpt'n Hasselbrad?«

»Ja.« Er legte eine Pause ein, und sein Gesicht war ausdruckslos. »Er ist zu Bett gegangen. Er hat befohlen, ihn nur im Notfall zu behelligen.« Er blickte mir in die Augen, und ich fragte mich, wieviel er wußte. Wie fühlte man sich, wenn man als Kapitän ständig unter der Aufsicht des Admirals stand? Ich konnte ihn natürlich nicht danach fragen.

»Danke, Sir.« Ich brach die Verbindung ab. Nun, es blieb mir nichts weiter übrig, als den Befehl auszuführen. Philip würde es überleben, wie früher schon. Ich öffnete bereits den Mund, um den Fähnrich herbeizurufen, damit er sich seinem Schicksal stellte, zögerte dann aber.

Wenn ich nichts tat, würde Tremaine es nie erfahren. In drei Monaten würde er kaum noch daran denken, in meinem Logbuch nachzusehen, ob ein Fähnrich gemaßregelt worden war. Vax würde den Mund halten, und Philip brauchte nie zu erfahren, was ihn erwartet hatte. Mit einem Gefühl der Erleichterung wurde mir klar, daß ich über eine Lösung gestolpert war. Philip hatte bereits mehr als genug durchgemacht, und wir hatten ihm versprochen, daß es vorbei war. Zwar verstieß ich gegen Befehle, aber damit würde ich leben müssen.

»Ich gehe zu Bett«, sagte ich.

»Gute Nacht, Sir.« Vax zögerte. »Und Mr. . . . äh, Tyre?«

Er war mitten hineingetappt. Besser wäre gar nichts gesagt worden. »Ich gehe in meine Kabine«, sagte ich mit Bestimmtheit. Ich näherte mich der Luke. »Gute Nacht.«

Ich warf mich lange Zeit hin und her. Dann schlief ich ein.

Vater und ich folgten langsam dem schattigen Weg zum Tor der Akademie.

Die Reisetasche hing schwer an meiner Seite. Als wir das Gelände erreichten, legte er mir ganz kurz die Hand auf die Schulter, sagte aber nichts. Ich drehte mich um und blickte ihn an. Er drehte meine Schultern herum und schob mich auf das offene Tor zu. Ich durchquerte es.

Als ich mich noch einmal umdrehte, um Lebewohl zu sagen, schritt er bereits davon, ohne einen Blick zurück zu werfen. Ich spürte, wie sich ein Eisenring um meinen Hals schloß, als die Torflügel zuschwenkten.

Ich wurde wach und schnappte panisch nach Luft. Amanda saß an meiner Seite und streichelte mir mit ihrer weichen Hand die Schulter. »Nicky, es ist alles in Ordnung. Ich bin bei dir. Du hattest einen Alptraum.«

Zitternd schwenkte ich die Beine auf den Boden. »Wieder dieser Traum ...«

»Dein Vater?«

»Ja.« Ich legte den Kopf in die Hände. Ob ich diesen Traum je los wurde? Nach einer Weile riß ich mich zusammen und ging ins Bad, um die Angst und den Schweiß herunterzuwaschen. Diesen Traum hatte ich gehabt, seit ich mit dreizehn auf die Akademie gekommen war.

Abgesehen von dem Eisenring entsprach alles den Tatsachen.

Ich kehrte zu meiner Koje zurück. Nun, Vater war nicht an Bord der *Portia*, sondern zu Hause in Cardiff, gefangen in der mürrischen Strenge seiner Gewohnheiten.

Das Nachdenken darüber führte mich zurück zu meinen Studien an unserem abgenutzten Küchentisch, wo Vater mich im Auge behielt, während ich die schwierigen Texte durcharbeitete. Ich erinnerte mich an unseren Bibelunterricht. Er psalmodierte gerade aus dem 3. Buch Moses. Ich hörte mich selbst eine vorlaute Bemerkung über einen Eid machen und wie er mich daraufhin grimmig zurechtwies. An das Gefühl der Scham in mir.

»Versprich es, Nicholas.« Er wartete auf meine Antwort. »Versprich es, Sohn.«

»Das tue ich, Vater.«

»Sprich die Worte, Nicholas.«

Ich schloß die Augen. »Mein Eid ist meine Verpflichtung. Ich will eher dulden, daß ich vernichtet werde, als daß ich einen Eid schwöre, den ich nicht zu erfüllen gedenke. Mein Eid ist alles, was ich bin.«

Mit schmerzenden Augen blickte ich von der Koje auf. Ich kannte den Wert eines Eides; wie der allmächtige Gott wußte, hatte ich oft genug geschworen. Jenes feierliche Ritual an meinem ersten Tag auf der Akademie: *Ich, Nicholas Ewing Seafort, schwöre bei meiner unsterblichen Seele, die Charta der Vollversammlung der Vereinten Nationen zu bewahren und zu beschützen, für die Dauer meiner Verpflichtung dem Flottendienst der Vereinten Nationen die Treue zu halten und Gehorsam zu erweisen und allen seinen rechtmäßigen Befehlen und Vorschriften nachzukommen, so wahr mir der allmächtige Gott helfe.* Der Eid, der mich immer noch band.

Ich suchte nach einem Ausweg. »*... allen seinen rechtmäßigen Befehlen und Vorschriften nachzukommen.*« Zweifellos war Admiral Tremaines Befehl ungerecht. Trotzdem war er rechtmäßig. Ich war verpflichtet, ihm zu gehorchen, ungeachtet meiner verzweifelten Suche nach einem Ausweg.

Ich blickte auf die Uhr. 23:35. Noch hatte ich Zeit. Philip würde leiden müssen. Ich krächzte in den Rufer: »Fähnrich Tyre sofort auf die Brücke.« In Windeseile zog ich mich an.

»Nicky, was tust du?« Amanda blickte mich besorgt an.

»Was ich tun muß.« Ich beachtete ihre Verletztheit nicht.

Philip Tyre und Vax warteten bereits, als ich eintraf. Es sah ganz danach aus, als hätte auch Philip geschlafen.

Irgendwie schaffte ich es, ihm in die Augen zu blicken. Mit rauher Stimme sagte ich: »Mr. Tyre, bei seiner Inspektion hat Admiral Tremaine unser Logbuch durchgesehen. Es ist voll mit Ihren Minuspunkten. Sie sollen für Insubordination gezüchtigt werden. Gehen Sie zu Leutnant Holsers Kabine. Er wird in Kürze dort sein.«

Philips Verblüffung wich einem anderen Ausdruck – Verrat? Gefühle flackerten über sein Gesicht, ehe seine Ausbildung sich wieder Bahn brach. »Aye, aye, Sir!« Er salutierte, drehte sich auf den Fersen um und marschierte hinaus.

Ich wandte mich an Vax und schnarrte: »Ich beende die Wache für Sie. Bringen Sie es hinter sich!«

»Aye, aye, Sir.«

Sein Gesicht verriet mir, wie er sich fühlte, und ich war zutiefst erleichtert.

Wenn er Philip glimpflich davonkommen ließ, wurde vielleicht nicht zuviel Schaden angerichtet.

Als Vax zur Luke ging, erinnerte ich mich mit einem Stich an unser früheres Gespräch. Wie konnte er Philip glimpflich davonkommen lassen, nach allem, was er über die Durchsetzung der Disziplin gesagt hatte?

Nein, Vax konnte es nicht auf sich nehmen, das Problem mit Philip in Ordnung zu bringen. Ich empfand Abscheu; jetzt stellte ich Vax vor die Wahl, entweder einem Befehl nicht zu gehorchen oder Philip brutal zu schikanieren, weil ich nicht bereit war, die Verantwortung auf mich zu nehmen.

»Einen Moment noch!«

Vax blieb vor der Luke stehen und sah mich an.

»Vax, ich ...« Die Worte kamen krächzend hervor. Mit fester Stimme sagte ich: »Ich befehle Ihnen, zurückhaltend vorzugehen. Haben Sie verstanden?«

Ein warmes Lächeln hellte seine Züge auf. »Aye, aye, Sir.« Weiterhin lächelnd und mit lebhaften Schritten verließ er die Brücke.

Gott sei Dank, ging es mir durch den Kopf. Tremaine hatte schließlich nichts davon gesagt, Philip besonders hart zuzusetzen. Ich hatte meinen Befehl buchstabengetreu befolgt.

Wir waren in Fusion, und die Tage verstrichen mit trostloser Zähigkeit. Amanda brachte den Nichtseßhaften bei, was sie nur konnte; das Mädchen Annie lernte mühsam, ihren Namen zu schreiben, und beide waren richtig stolz.

In den zwei Tagen nach der Inspektion meldete sich Alexi freiwillig für die Wachen von Philip Tyre, obwohl dessen Gangart klar zu erkennen gab, daß es nicht nötig war. Ich sagte nichts. Philip Tyre lächelte mich schüchtern an, als wir uns nach seinem Besuch in Vax' Kabine zum erstenmal sahen. Ich wollte nicht an meine Torheit erinnert werden und starrte ihn kalt an, bis sein Lächeln verblaßte.

Mein Sohn wuchs rasch heran. Die kostbarsten Augenblicke meines Lebens verbrachte ich spielend auf dem Boden meiner Kabine, während er mir glücklich das weiße Hemd und die Krawatte vollsabberte. Wenn er sich anstrengte, konnte er sich sogar schon umdrehen. Ich fragte mich, wann er zu krabbeln anfangen würde.

Nach drei Wochen in Fusion hatten wir uns alle wieder häuslich im Schiffsalltag niedergelassen. Mrs. Attani veranstaltete eine Party zur Feier von Gregors achtzehntem Geburtstag. Die Flotte verfolgte in solchen Dingen eine widersprüchliche Politik. An Bord ihrer Schiffe gab es nur eine Klasse von Passagieren; alle erhielten vergleichbare Kabinen und bekamen die gleichen Mahlzeiten serviert. Reiche Fahrgäste konnten sich jedoch zusätzliche Annehmlichkeiten wie Mrs. Attanis Party leisten. Zahlreiche Passagiere wurden eingeladen, wenn auch nicht alle. Von den Offizieren waren nur Amanda und ich dabei.

Wir einigten uns darauf, daß die Party, obwohl sie im vertrauten Speisesaal des Schiffes stattfand, ein zu förmlicher Anlaß war, um den kleinen Nate mitzubringen. Dann erfuhren wir, daß der junge Babysitter, der bei anderen Anlässen auf Nate aufgepaßt hatte, ebenfalls eingeladen war.

»Zu schade, daß Erin ihn nicht nehmen kann, Nicky. Mrs. Attani hat einen solchen Aufstand gemacht! Sie möchte, daß die Party perfekt wird. Wenn Nate schreit, wird sie es persönlich nehmen.«

»Hast du Philip Tyre schon gefragt?«

Sie sah mich an. Als sie erkannte, daß ich es ernst meinte, umarmte sie mich, küßte mir auf die Nasenwurzel und eroberte mein Herz von neuem.

Jung Gregor stand neben seiner Mutter am Eingang und begrüßte seine Gäste. Mit seinen achtzehn Jahren fehlten ihm immer noch vier an der Volljährigkeit, während ich mit einundzwanzig schon seit fünf Jahren erwachsen war – dank eines Gesetzes der Vollversammlung. Als Kadett war ich minderjährig gewesen, doch mit der Beförderung zum Fähnrich wurde ich volljährig und durfte trinken, wählen und heiraten.

Zu Hause hörte man gelegentlich Stimmen, die verlangten, man sollte bereits mit zwanzig volljährig werden; aber ich bezweifelte, daß dabei irgend etwas herauskam. Die Nachwirkungen des Rebellischen Zeitalters hatten die Gesellschaft vorsichtiger und konservativer gemacht als je zuvor.

»Danke für Ihr Kommen, Kapitän.« Gregors Manieren waren tadellos.

»Es ist uns eine Ehre, Mr. Attani«, sagte ich steif, um ihm an Höflichkeit nicht nachzustehen. Als Kapitän und Erwachsener durfte ich ihn mit dem Vornamen ansprechen und tat dies gelegentlich auch. Aber es wäre taktlos gewesen, ihn auf seiner eigenen Feier gönnerhaft zu behandeln.

Arm in Arm mischten Amanda und ich uns unter die Menge. Ich fühlte mich in Kreisen unserer kosmopolitischen Passagiere unbeholfen und bieder. In der Regel verließ ich mich auf Amanda, was zwanglose Unterhaltung betraf, und dieser Abend bildete da keine Ausnahme. Wir knabberten belegte Brote und nahmen in der Nähe einer Gruppe Platz, die angeregt plauderte.

»Es ist die Einschränkungen wert, endlich freies Land zu erreichen«, sagte eine Frau. »Ein vollkommen unbesiedelter Kontinent! Zum erstenmal in unserem Leben werden wir Platz haben, uns auszustrecken!«

»Emily Valdez«, flüsterte Amanda. »Von den Valdez-Permabatterien.« Sie und ihre Familie waren steinreich.

»Aber alle Siedlungen liegen auf dem Ostkontinent.« Das war Walter Dakko, der Vater des jungen Chris. »Das Holo sagte, der Westkontinent wäre noch nicht für die Besiedlung freigegeben.«

»Wie lange kann das schon noch dauern?« meldete sich ein Mann mit massigem Unterkiefer und streitlustigem Gebaren zu Wort. »Land, das brachliegt!«

»Ich frage mich, wie die Kolonie wirklich sein wird«,

sagte Galeno Dakko versonnen, die sich bei ihrem Mann untergehakt hatte.

»Warte ein Jahr, und du wirst es sehen, Süße«, warf jemand sarkastisch ein.

»Wir alle sind nach Hope Nation unterwegs, und doch weiß niemand so recht, was er zu erwarten hat«, bemerkte Walter Dakko. »Wir haben unser ganzes Vertrauen in ... in eine ...«

»Eine UN-Emigrationsbroschüre gesetzt.« Emily Valdez hörte sich kleinlaut an. »Vielleicht haben wir uns für Jahre in diesem – diesem Verschlag einsperren lassen, nur um herauszufinden, daß man uns alle hereingelegt hat.«

»Pssst! Der Kapitän wird Sie noch hören!« flüsterte jemand.

»Das ist mir egal«, sagte Miss Valdez trotzig. »Käpt'n Seafort, ist unsere Einsperrung ein gutes Geschäft für uns? Lohnt Hope Nation den Preis, dorthin zu kommen?«

»Welchen Preis, Miss Valdez?« fragte ich.

»Na ja.« Ein nettes Lachen. »Die Unterbringung. Ich bin sicher, daß Sie Ihr Bestes tun!« Amanda drückte meinen Arm.

»Stimmt mit Ihrer Kabine etwas nicht?« Ich war verwirrt.

»Nicht in dem Sinne, daß Sie jemanden schicken könnten, der es in Ordnung bringt. Aber sie ist so lächerlich klein, Käpt'n. Auf der Hazienda war selbst mein Ankleidezimmer nicht so beengt. Wie kann man es zivilisierten Menschen nur zumuten, lange Zeit unter solchen Bedingungen zu leben? Sechzehn Monate? Also wirklich!«

Amanda verstärkte ihren Griff, aber ich ignorierte das Signal. »Möchten Sie mit einem meiner Offiziere die Kabine tauschen?« Meine Stimme klang kühl.

»Mit welchem?« Miss Valdez lächelte.

»Irgendeinem. Meine beiden Leutnants haben Glück; ihre Kabinen sind etwa halb so groß wie Ihre. Na ja, vielleicht ein bißchen kleiner. Meine Fähnriche schlafen in einer Kabine, die so groß wie die eines Leutnants ist, und wir haben drei Jungoffiziere an Bord. Auf meiner letzten Fahrt nach Hope

Nation haben wir zu viert eine ähnliche Fähnrichskabine geteilt.«

»Dann stimmt es also?« fragte Galena Dakko. »Sie waren auf Ihrer letzten Fahrt noch Fähnrich? Ich habe Gerüchte gehört, aber es erschien mir unhöflich, danach zu fragen.«

»Ja, Mrs. Dakko. Damals ging eine Kabine wie die Ihre über meine kühnsten Träume hinaus.«

Mrs. Attani war hinter uns getreten. »Aber Ihre Offiziere haben sich bereits als Kinder verpflichtet, Käpt'n. Sicherlich sind Sie an diese Überfüllung gewöhnt.«

»Ja.« Ich war kurz angebunden. Wie konnten Leute von solchem Reichtum das Leben in der Fähnrichskabine begreifen? Vier Kiddies beiderlei Geschlechts inmitten ihrer turbulenten Jugendjahre, wie die Ölsardinen in eine winzige Kabine gezwängt, wo sie auf engstem Raum zusammenlebten, während sie gleichzeitig sogar untereinander die strikte Flottenhierarchie wahrten. Nein, das konnte ich nicht erklären.

»Sie müssen das verstehen.« Walter Dakkos Ton war besänftigend. »Wir verfügen nicht über Ihre Ausbildung, Härten zu ertragen. Wir sind Behaglichkeit gewöhnt und haben deshalb Schwierigkeiten, die beengte Unterbringung zu verkraften.«

Ich verlor die Geduld. »Betrachten Sie sich lieber als vom Glück begünstigt! Aus Platzmangel müssen andere Fahrgäste zu sechst in einer Kabine schlafen.«

»Das ist ja schrecklich!« meinte Mrs. Dakko. »Um Himmels willen, wer?«

»Die Unteren New Yorker.«

»Ach, die Trannies?« Mrs. Attani lachte. »Ich dachte, Sie meinten richtige Passagiere.«

»Sollen wir uns etwas zu trinken holen, Nicky?« Das war Amanda.

»Nein. Die New Yorker sind Passagiere, Madam, wie Sie.«

»Nicht wirklich«, sagte Miss Valdez leichthin. »Eher sind es gefangene Wilde. Oder Flüchtlinge, falls Sie so wollen. Es sind sicherlich keine richtigen Passagiere. Jedenfalls sind sie an Beengtheit gewöhnt. Ich bin sicher, das Schiff ist luxuriöser als alles, was sie je kennengelernt haben.«

»Es war kriminell, sie mit angesehenen Leuten zusammen auf ein Passagierschiff zu schicken.« Walter Dakko schien entrüstet. »Wegen dieser Strolche müssen einige von uns bis nach Hope Nation ihre Kabinen mit anderen Passagieren teilen! Das ist unentschuldbar!«

»Ein kühler Drink wäre wirklich nicht schlecht«, sagte Amanda mit scharfem Unterton.

»Später. Sie haben recht, Mr. Dakko; die Überbelegung ist unentschuldbar. Sechs Personen in einer Kabine! Man stelle sich das vor! Zum Glück weiß ich eine Lösung. Den Nichtseßhaften würde es guttun, Ihrer Bildung und Kultur teilhaftig zu werden. Durch gemeinsame Unterbringung mit Ihnen werden sie selbst zivilisierter. Ich werde so schnell wie möglich eine gerechtere Verteilung der Kabinen ausarbeiten. Komm, Amanda, wir besorgen uns jetzt Drinks.« Ich nickte ihren verdutzten Gesichtern höflich zu.

»Verdammt, Nicky!« sagte Amanda nach ein paar Schritten.

»Ich konnte nicht anders.«

»Doch, du konntest! Gut, sie waren abscheulich; aber mußtest du sie dir deshalb gleich zu Feinden machen?«

»Ich habe sie lieber zu Feinden als zu Freunden.«

Tränen schimmerten in ihren Augen. »Aber ich nicht. Du hast deine Offiziere und die Brücke. Alles, was mir bleibt, sind Menschen wie sie und die Trannies!«

»O Liebes, es tut mir leid! Das hatte ich vergessen.« Ich drückte sie an mich.

Ein Kichern durchbrach ihren verärgerten Ausdruck. »Du tust das doch nicht wirklich, Nicky? Wenn ich an das Gesicht von Walter denke, als du angedeutet hast, er müßte seine Kabine mit einem Transpop teilen . . .!«

»Ich sollte es eigentlich tun«, brummte ich.

»Bitte, Nicky, sie alle haben Einfluß. Wenn die Admiralität davon erfährt . . .«

Ich seufzte. Natürlich hatte sie recht. Ich genoß uneingeschränkte Befehlsgewalt; ich konnte die Kabinen verteilen, wie es mir gefiel. Aber ich mußte bei meiner Rückkehr mit der Admiralität rechnen, und dort würde man es gar nicht gut aufnehmen, wenn ich unsere Elite zugunsten eines Schwarms Straßenkinder hinauswarf. Trotzdem ... Ich erging mich noch eine Zeitlang genießerisch in diesem Plan, ehe ich ihn zögernd zu den Akten legte.

Ich hielt Drills und Übungen ab, damit die Mannschaft auf Draht blieb. Es half auch mir, auf Draht zu bleiben; denn allmählich empfand ich das Eingesperrtsein auf der *Portia* als erstickend. Sie war ein kleines Schiff, viel kleiner als jedes, mit dem ich früher gefahren war. Wir hatten nur wenige Passagiere, über deren Gesellschaft ich mich freute, und die meisten schwärmten auch nicht gerade für mich.

Sobald erkennbar wurde, daß ich meine Drohung, die Kabinen neu zu verteilen, nicht wahr machen würde, nahm man mich wieder in die Gesellschaft auf, wenn auch widerstrebend. Meine wichtigste Gelegenheit, mit den Passagieren Umgang zu pflegen – das Dinner am Kapitänstisch –, war jedoch durch meinen Entschluß verlorengegangen, die Offiziere so zu plazieren, daß sie mit den jungen Transpops essen konnten.

Auch das wurde langsam ermüdend. Ich hatte einen wackligen Waffenstillstand mit den Jugendlichen an meinem Tisch erreicht. Ich hatte ihnen meine Macht deutlich vor Augen geführt, indem ich ihnen ihre Mahlzeiten verweigerte, bis sie sich benahmen – wahrscheinlich ein Verstoß gegen die Vorschriften, falls diese für minderjährige Zwangspassagiere überhaupt galten –, und sie waren bislang nicht bereit, mich erneut herauszufordern. Trotzdem war ihre Kooperation bestenfalls minimal.

Annie, die ich während des Aufstands im Korridor für einen Jungen gehalten hatte, war inzwischen unverkennbar weiblich. Vielleicht trug die regelmäßige Ernährung dazu bei, daß ihre Figur sich entwickelte. Sicherlich leistete auch die Frisur ihren Beitrag, mit der sie eines Nachmittags auftauchte und sich den Sticheleien ihrer jungen männlichen Freunde aussetzte. Annie hatte keine Ahnung, wie alt sie war, wurde aber auf ungefähr siebzehn geschätzt.

Eines Tages betrat ich meine Kabine und blieb abrupt stehen. Über ein Holovid auf dem Frühstückstisch gebeugt saßen dort Amanda und Eddie Boß. Eddie sprang auf, als ich eintrat. »Nix Ärger machen, Käp'n! Lady meint okay, wenn ich hier bin. Sagt sie.«

Ich drückte mich vorsichtig aus, denn ich erinnerte mich noch allzu gut an meine Szene mit Philip Tyre. »Ich verstehe schon, Eddie. Es ist in Ordnung. Setz dich.«

»Mag nich bleiben. Muß Deke finden. Möchte geh'n.« Er näherte sich nervös der Tür.

»Danke, daß du gekommen bist, Eddie«, sagte Amanda. »Machen wir morgen weiter.«

»Muß geh'n.« Die Luke schloß sich hinter ihm.

Ich zog eine Braue hoch. »Er hat anscheinend Angst vor mir.«

Sie kicherte. »Ich würde sagen, unter seinem massigen Äußeren ist er zutiefst entsetzt.«

»Weil ich ihn für zwei Wochen ins Schiffsgefängnis gesteckt habe?«

»Ich weiß es nicht, Nicky. Ich kann mir nicht vorstellen, warum irgend jemand Angst vor dir haben sollte.«

Ich musterte sie argwöhnisch, ob ich Zeichen von Spott erkannte. »Was hat er überhaupt hier getan?«

»Er möchte lesen lernen. Nicky, er ist tatsächlich von selbst zu mir gekommen! Ist das nicht wundervoll?«

»Wieso steckst du ihn nicht in den computerunterstützten Alphabetisierungskurs?«

Sie verzog das Gesicht. »Es hat nicht funktioniert. Er versuchte, den Bildschirm zu zerschmettern, als der Summer seine Antwort zum erstenmal für falsch erklärte. Er braucht menschliche Ermutigung.«

»Er ist zu gefährlich. Du solltest dich nicht in seiner Nähe aufhalten.«

»Ich finde das nicht. Er möchte wirklich etwas lernen.«

Sie hatte sich entschieden; es war zwecklos, weiter nachzuhaken. »Aber mußt du ihn denn hier unterrichten? Ginge es nicht auch in einem Salon?« Wenigstens würden dort andere Leute sein, wenn es zu Feindseligkeiten kam.

»O Nick, das haben wir vor zwei Tagen versucht! Einige Jungs sind hereingekommen und haben sich über Eddie lustig gemacht, und er ist davongestapft. Ich mußte meine ganze Überredungskunst aufwenden, um ihn zurückzuholen.«

Ich fluchte leise vor mich hin. »Sind diese Straßenkids nicht grausam? Sie möchten nicht mal einen aus den eigenen Reihen vorankommen sehen!«

»Straßenkids? Es waren Gregor und der junge Dakko, Chris.« Sie sah meinen Gesichtsausdruck und fuhr rasch fort: »Sie haben keinen richtigen Ärger gemacht, Liebster. Du weißt ja, was passiert, wenn sie und die Nichtseßhaften aufeinandertreffen.«

»Ja. Zuerst stecken wir diese armen Kids zu sechst in eine Kabine, und dann müssen sie sich auch noch herumschubsen lassen von diesen verdorbenen ...« Ich holte tief Luft. »Also gut, ich kümmere mich darum.«

»Aber mache bitte keinen Aufstand, Schatz. Die Passagiere sind schon aufgebracht genug über die Nichtseßhaften.«

»Ich kümmere mich darum«, wiederholte ich und brachte den Abend mit der Überlegung zu, wie ich das anstellen sollte.

Am nächsten Nachmittag rief ich Zahlmeister Li auf die Brücke. »Ich möchte ein paar Veränderungen in der Sitzordnung vornehmen«, erklärte ich ihm. »Bringen Sie Gregor Attani an meinem Tisch unter und Chris Dakko an Tisch vier bei Leutnant Holser. Ab heute abend.«

»Aye, aye, Sir.« Er zögerte. »Und wenn sie protestieren, Sir?«

»Ich glaube nicht, daß die Vorschriften von den Passagieren verlangen, das Abendessen einzunehmen«, sagte ich.

»Wenn sie essen wollen, werden sie schon sitzen bleiben.« Er salutierte und ging.

Als Vax zu seiner Wache erschien, war ich bereits auf der Brücke und fragte mich, wann ich wohl von Mrs. Attani hören würde. Vax setzte sich auf seinen Platz; er schien sich nicht wohl zu fühlen. Eine Zeitlang zappelte er herum. Dann sagte er, zu einem Pult gewandt: »Gestern abend gab es einen Mordsaufstand in der Fähnrichskabine.«

Ich sagte nichts. In der Flotte galt die Fiktion, daß der Kapitän nichts mit den Belangen des Fähnrichsstabes zu tun hatte. Und es war auch nicht üblich, daß ein Leutnant ihn auf diese Dinge hinwies. Es mußte ein ungewöhnliches Problem sein, wenn es Vax Kummer bereitete.

»Philip und Derek Carr haben es ausgefochten«, ergänzte er, weiterhin an den Monitor gerichtet. »Im Trainingsraum. Sie haben sich gegenseitig fast besinnungslos geprügelt. Mr. Singh öffnete die Luke und hielt sie im ersten Moment für ein Liebespaar; sie lagen praktisch aufeinander. Er suchte mich und holte mich dorthin.«

Ich blieb still. Vax sagte: »Ich habe sie angewiesen, sich sauberzumachen, und sie zurück in die Fähnrichskabine geschickt.« Er warf mir einen verstohlenen Blick zu und wurde rot. Ich fragte mich, ob er sich an unseren verzweifelten Kampf an Bord der *Hibernia* erinnerte. Na ja, ich hatte nicht gesiegt. Ich hatte es nur geschafft, nicht zu verlieren.

Ich seufzte. Ich sollte mich nicht einmischen, aber Vax war ein alter Freund, und wenn ich die Sache nicht mit ihm besprechen kann, mit wem dann? Die eindeutige Antwort kam mir unerbeten in den Sinn: mit niemandem.

Meine Rolle war die der ehrfurchtgebietenden, isolierten Gestalt an der Spitze. Ich konnte Fragen stellen und Entscheidungen fällen; aber es war nicht richtig, wenn ich Dinge mit alten Freunden diskutierte. Andernfalls hätten sie mir nicht absoluten Gehorsam geleistet, ohne Fragen zu stellen, wenn es darauf ankam.

Ich schaffte es, still zu bleiben. Vax schaute verwirrt drein und dann verletzt, und sein Blick wanderte wieder zum

Monitor. Natürlich konnte ich es ihm nicht erklären; ein Kapitän tat auch das nicht.

Ich dankte dem Allmächtigen für Amanda und Nate; ohne sie hätte ich nicht gewußt, wie ich bei Verstand bleiben sollte.

An diesem Abend vibrierte der Speisesaal vor Strömungen und Spannungen. Dereks Gesicht zeigte blaue Flecken; Philip Tyre hatte ein blaues Auge und eine aufgeplatzte Lippe. Natürlich leistete ich der altehrwürdigen Flottentradition Folge und tat so, als würde ich nichts davon bemerken, genau wie Kapitän Dengal an jenem Abend an Bord der *Helsinki* vorgegeben hatte, mein geschwollenes Gesicht nicht zu sehen, nachdem Arvan Hager, mein Oberfähnrich, mir eine denkwürdige Lektion erteilt hatte.

Chris Dakko wollte zu seinem gewohnten Platz am Tisch seiner Familie und stolzierte aus dem Saal, als man es ihm verwehrte. Gregor Attani setzte sich mit finsterem Gesicht neben mich, auf einen Platz, der früher als Ehrenplatz galt. Eddie und Deke machten unverständliche Witze und stießen sich dabei gegenseitig in die Rippen.

»Warum tun Sie mir das an?« fragte Gregor zwischen zwei Gängen. Seine Stimme klang verdrossen.

»Was, Gregor?«

»Mich zwingen, mit diesen Trann ... diesen Tieren zu essen«, verbesserte er sich, als ich ihn anfunkelte.

»Sie sind auch nicht besser, Mr. Attani.«

»Nein?« spottete er. »Sehen Sie mal!« Korrekt; die Tischmanieren der Transpops ließen nach wie vor zu wünschen übrig, obwohl sie ihr Bestes taten, um meinen merkwürdigen Anforderungen zu entsprechen.

»Nein«, sagte ich. »Sie, Gregor, sind gebildeter und kultivierter, aber in keiner Weise etwas Besseres.« Ich rief mir Eddies Bild vor Augen, wie er im Passagiersalon an einem Holo herumfummelte, erpicht darauf, etwas zu lernen. Ich verlor die Geduld. »Keine weiteren Bemerkungen, Gregor, oder Sie werden auch das Frühstück und das Mittagessen mit uns zusammen einnehmen.« Damit brachte ich ihn zum Schweigen. Amanda hatte Mitleid und plauderte beiläufig mit ihm; aber schließlich kapitulierte sie vor seiner mißlaunigen Einsilbigkeit.

Nach dem Abendessen kehrte ich auf die Brücke zurück. Ich wünschte mir, ich hätte Vax wenigstens eine Frage gestellt: Hatte die Schlägerei die Lage geklärt? Ich brütete vor mich hin und entschied schließlich, daß ich geradeheraus danach fragen mußte. Ich nahm den Rufer zur Hand, knallte ihn aber gleich wieder hin.

»Sachte, Kapitän. Die Dinger gehen schnell kaputt.« Das war Danny. Ich blickte scharf auf.

»Tut mir leid«, sagte ich und bedauert meine schlechte Laune, kam mir dann aber töricht vor. Was tat ich eigentlich hier – mich bei einem Computer entschuldigen?

»Worüber sind Sie so wütend, Käpt'n?«

»Vergiß es.« Ich gab mich kurz angebunden.

»Aye, aye, Sir.« Er hörte sich verletzt an.

Ich seufzte. Vielleicht war er ja die Antwort. Ich konnte weder mit den Passagieren noch mit meinen Offizieren reden; wieso nicht mit Danny?

»Die Fähnriche hatten eine Schlägerei«, sagte ich.

»Das kommt bei denen öfter vor, nicht wahr? Darla hat mir von einer Prügelei erzählt, die Sie auf ihrem Schiff hatten – die war echt zarky!«

War denn nichts geheim? »Diesmal ist es eine heikle Situation. Auf der letzten Fahrt erwies sich Philip – für dich Mr. Tyre – als ungeeignet, den Fähnrichsstab zu leiten, und Derek übernahm diese Aufgabe. Verpaßte Philip dabei kräftig Prügel. Jetzt hat Philip sein Selbstbewußtsein zum Teil wiedergefunden und möchte erneut die Verantwortung übernehmen. Schließlich ist er der Dienstältere.«

»Dann hat der Kampf das geregelt. Hat Philip – äh, Mr. Tyre – gewonnen?«

»Keine Unverschämtheit!« grollte ich. Ich fragte mich, wie alt Danny war; aber dann sagte ich mir, wie töricht das war.

Danny war nicht lebendig. Oder doch? »Ich weiß nicht, wer gewonnen hat. Ich glaube auch nicht, daß die beiden es wissen.«

»Dann werden sie es wieder tun, bis die Sache geregelt ist.« Er wirkte unbekümmert.

»Ja.« Das konnte ich nicht zulassen. Ich mochte Derek zu sehr. Und doch hatte Philip seine Chance verdient. Ich erkannte widerwillig, daß ich inzwischen auch ihn mochte.

Ich nahm den Rufer zur Hand und wählte die Fähnrichskabine an. »Mr. Tyre und Mr. Carr auf die Brücke.«

»Sie sind nicht hier, Sir.« Rafe Treadwell klang verängstigt.

»Sehr gut.« Ich stellte den Rufer weg und zögerte nur einen Moment, ehe ich ihn erneut zur Hand nahm. »Leutnant Holser auf die Brücke!« Nach wenigen Augenblicken traf Vax ein. Er atmete schwer. »Übernehmen Sie die Wache, Leutnant.«

Ich ging und eilte an der Fähnrichskabine vorbei zum Trainingsraum von Deck 1. Das ›Außer-Betrieb‹-Schild hin an der Luke. Ich drehte den Griff; von innen war abgeschlossen. Ich hämmerte dagegen. »Aufmachen, da drin! Sofort!«

Die Luke ging auf. Ich schob mich an Philip Tyre vorbei, dessen zerrissenes Unterhemd stieg und fiel, während er keuchend atmete. Blut rann ihm aus dem Mund. Derek stand mit geballten Fäusten auf der gegenüberliegenden Seite der Kabine und wartete; er drückte sich einen Arm an die Seite. Die beiden Fähnriche hatten ihre Uniformhemden, Jacken und Krawatten ordentlich zusammengefaltet über den Barren gehängt.

»Genug!« schnauzte ich. »Ziehen Sie sich an! Kommen Sie mit!« Ich wartete ungeduldig, während sie sich die Hemden anzogen und die Krawatten umbanden. Als sie vorzeigbar waren, führte ich sie den Korridor hinunter zum verlassenen Speisesaal. Ich zog einen Stuhl zum nächststehenden Tisch und setzte mich im matten Licht.

Zwei Stühle schob ich in ihre Richtung. »Nehmen Sie Platz. Beide!«

»Aye, aye, Sir.« Derek setzte sich gelassen und lehnte sich

zurück, um seine linke Seite zu schonen. Philip hockte sich auf die Stuhlkante.

Ich funkelte sie an. Es nützte nichts. Ich schlug so heftig mit der Hand auf den Tisch, daß beide hochfuhren. Meine Handfläche brannte wie Feuer. »Der Fähnrichsstab sollte seine Belange selbst regeln«, knurrte ich.

»Wir haben es gerade versucht, Sir.« Philip Tyre klang gekränkt.

»Und der Kapitän sollte es nicht zur Kenntnis nehmen.« Ich schlug erneut auf den Tisch, diesmal aber vorsichtiger. »Wie, zum Teufel, soll ich Sie ignorieren, wenn Sie das halbe Schiff in Ihren Streit hineinziehen? Sie prügeln sich gegenseitig halb tot, Leutnant Holser wird gerufen, und dann kommen Sie zum Abendessen marschiert und stellen Ihre Kriegsnarben zur Schau!« Das war nicht fair, aber ich war so wütend, daß ich mich nicht darum scherte.

Sie wechselten Blicke, aber keiner sagte etwas. Während ich sie ansah, erkannte ich, daß ich nichts erreichte, solange ich mit beiden sprach. »Mr. Tyre, warten Sie draußen, bis ich Sie rufe.«

»Aye, aye, Sir!« Der Junge wirbelte herum und schritt hinaus auf den Korridor.

Ich stand auf. »Verdammt, Derek, ist das nötig?«

Er hob den Blick und sah mich an. »Ich werde jedem Befehl gehorchen, den Sie erteilen, Sir«, sagte er regungslos.

Ich unterdrückte das Verlangen, ihn zu schlagen, und erinnerte mich statt dessen an unseren geselligen Landurlaub in den Venturas. »Werden Sie ihm nachgeben, Derek?« fragte ich mit ruhige Stimme.

»Befehlen Sie es, Sir?«

»Nein.« Das konnte ich nicht. Nicht, wenn es um interne Belange der Fähnriche ging.

»Dann, Sir, werde ich es nicht tun.« Er lächelte bitter. »Es tut mir leid, Sir. Ich weiß, daß Sie es gern hätten, aber freiwillig tue ich es nicht. Nicht nach unserer letzten Fahrt.«

»Was ist, wenn er sich verändert hat?«

»Sir ...« Er wurde rot. »Ich habe um Ihretwillen meinen

Stolz heruntergeschluckt, egal, wie weh es getan hat. Ich habe versucht, alles zu tun, was Sie von mir verlangten. Für *Sie* bringe ich das über mich. Aber nicht für ihn.«

»Und wenn ich es befehle?«

»Dann füge ich mich seinen Befehlen, weil Sie es von mir verlangen.«

»Ich kann nicht zulassen, daß Sie beide versuchen, sich gegenseitig umzubringen, Derek.«

»Klar, Sir. Das verstehe ich.«

»Gibt es einen anderen Weg, um das zu regeln?«

»Sie haben mich die Tradition gelehrt, Sir. Gibt es einen anderen Weg?«

Ich überlegte.

Zögernd schüttelte ich den Kopf. »Nicht, daß ich wüßte. Es sei denn, ich entferne einen von Ihnen aus der Fähnrichskabine.« Ich seufzte. Zur Hölle mit seinem Stolz. Und doch wußte ich, daß ich ihn ohne diesen Stolz weniger gemocht hätte. »Warten Sie draußen, Mr. Carr. Schicken Sie Mr. Tyre herein.«

»Aye, aye, Sir.«

Philip nahm Haltung an, als er eintrat.

»Kommando zurück, Mr. Tyre.«

Er entschied sich dafür, bequem zu stehen. Ich suchte nach den richtigen Worten. »Sie sind der erste Fähnrich, Mr. Tyre, aber seit über einem Jahr hat jetzt Derek die Verantwortung. Warum müssen Sie das unbedingt ändern?«

»Weil ich der erste Fähnrich bin, Kapitän Seafort.« Seine Anspannung war beinahe greifbar.

»Können Sie nicht darauf verzichten, Philip?«

»Kann ich es? Ich weiß nicht, ob ich es kann, Sir. Ich werde es allerdings nicht.« Seine Entschlossenheit erschütterte mich.

»Und wenn ich Ihnen befehle, ihm die Verantwortung zu geben?«

»Ich werde Ihrem Befehl gehorchen müssen, Sir. Aber dann erlauben Sie mir bitte erst, den Dienst zu quittieren.«

Ich setzte mich schwer. »Nehmen Sie Platz, Philip.« Er

nahm den Stuhl neben dem meinen. Mir fiel auf, daß er zitterte. »Warum jetzt?« fragte ich. »Was ist passiert?«

»Ich weiß nicht genau, warum, Sir. Er war in letzter Zeit auch nicht anders als sonst. Er verhält sich fair gegenüber Mr. Treadwell und läßt mich meistens in Ruhe, obwohl er mich verachtet. Ich dachte nur ... Es wird Zeit, Sir«, platzte es aus ihm hervor. »Verzeihen Sie, ich weiß, daß mir so was nicht zusteht, aber Sie hatten kein Recht, mich mitzunehmen.«

Ich sperrte den Mund auf. Hastig fuhr er fort: »Man hätte mich aus dem Dienst entlassen sollen. Ein Fähnrich, der nicht einmal seinen Stab halten kann ... Sie haben mir eine zweite Chance geben, Sir. Ich möchte sie nutzen. Beim erstenmal habe ich alles falsch gemacht; vielleicht schaffe ich's diesmal.« Er starrte aufs Deck. »Ich weiß nicht, warum es jetzt sein muß, Sir, aber es muß eben sein. Vielleicht hat Mrs. Seafort etwas damit zu tun. Das, was sie gesagt hat.«

Ich erschrak. »Was war das?«

»Es ging darum, mein Bestes zu tun, egal, wie schwer es mir fällt, Sir. Sie wissen schon.«

»Ja.« Dabei ließ ich es bewenden. Amanda erstaunte mich immer wieder. Langsam ging ich zur Luke und öffnete sie. Derek wartete ein Stück weiter unten auf dem Korridor. »Kommen Sie herein, Mr. Carr.«

Ich musterte beide. »Sie sind sich gewachsen, meine Herren. Ich weiß nicht, ob einer von Ihnen den anderen überwinden kann. Ich möchte nicht, daß Sie sich selbst oder gegenseitig bei dem Versuch weh tun. Die Tradition gibt Ihnen allerdings das Recht dazu. Werden Sie damit aufhören – mir zuliebe?«

Derek sagte gepreßt: »Ich werde jedem rechtmäßigen Befehl nachkommen, den Mr. Tyre mir erteilt, Sir. Außerhalb der Fähnrichskabine.« Er lehnte es ab, mir in die Augen zu blicken.

Philip schüttelte den Kopf. »Wenn Mr. Carr anerkennt, daß ich der erste Fähnrich bin, Sir. In der Fähnrichskabine und außerhalb. Eher nicht.«

Ich war besiegt. »Ich befehle Ihnen nicht, damit aufzuhören. Sie müssen das selbst regeln. Aber ich gebe Ihnen den Befehl, noch zu warten. Tun Sie eine Woche lang nichts, bis Sie beide es sich überlegt haben.«

»Aye, aye, Sir.« Derek wirkte grimmig.

»Aye, aye, Sir«, sagt Philip. »Wer hat solange den Befehl, Sir?«

»Raus, alle beide!« schrie ich. Sie hasteten davon. Ich schritt im leeren Saal auf und ab, bis ich mich wieder so weit beruhigt hatte, um in meine Kabine zurückzukehren.

6. Kapitel

»Brücke an Maschinenraum, bereitmachen zur Defusion.«

»Bereitmachen zur Defusion, aye, aye, Sir.« Chief Hendricks' Stimme war bar jeder Modulation. Nach einer Unterbrechung bestätigte er: »Maschinenraum bereit zur Defusion, Sir. Steuerung an Brücke übergeben.«

»Sehr gut.« Mit dem Finger zog ich auf meinem Pult eine Linie von ›Voll‹ bis ›Aus‹. Das Licht von Millionen Sternen erstrahlte auf den Simultanschirmen.

»Überprüfen Sie, ob Hindernisse vorhanden sind, Leutnant.« Meine Stimme hatte einen scharfen Unterton. Vax tippte jedoch bereits Zahlen in sein Pult ein, da er meinen Befehl vorweggenommen hatte.

»Keine Hindernisse, Sir«, sagte er schließlich.

»Sehr gut. Heben Sie den Alarmzustand auf.«

Vax erteilte den entsprechenden Befehl. Ich lehnte mich zurück und schaukelte mit meinem Sessel, die Augen geschlossen. Ich fragte mich, wie lange es dauern würde, bis Derghinski auftauchte; er würde fast mit Sicherheit als erster eintreffen.

Die nächsten zwei Tage trieben wir allein durchs All und

warteten auf unser Geschwader. Derek Carr hatte eine Wache mit mir zusammen und schien sich nicht wohl zu fühlen; am Ende der Wache salutierte er und murmelte: »Darf ich etwas sagen, ehe ich gehe?«

Ich nickte.

»Es geht um Mr. Tyre, Sir ... Es ist nicht so, daß ich unbedingt die Macht haben möchte oder nicht bereit bin, Befehle entgegenzunehmen. Es liegt an dem, was er getan hat.«

»Ich verstehe«, sagte ich. »Ich habe nie etwas anderes erwartet. Sie sind entlassen.«

Ich brütete auf meinem Platz vor mich hin, während Alexi und Rafe Treadwell ihren Wachdienst antraten, und ging dann abrupt, um meine Kabine aufzusuchen. Amanda saß in fast völliger Dunkelheit und wiegte Nate. »Ich glaube, er ist endlich eingeschlafen«, flüsterte sie. Ich schaute nach. Der Kleine atmete rasch und regelmäßig, typisch für seinen Schlaf.

»Ja.« Ich drückte mir mein Baby an die Schulter, während Amanda sein Bettzeug glattstrich. Einmal regte er sich, und eine kleine Hand packte meinen Hals.

Sie nahm mir Nate wieder ab und legte ihn mit dem Gesicht nach unten in sein Bett. Dann kam sie zu mir und kuschelte sich in meine Arme. »Ich liebe euch beide«, sagte sie, und meine Augen brannten vor Tränen.

Am nächsten Tag ertönte der Alarm, als wir in der Offiziersmesse zu Mittag aßen. Alle Mannschaftsmitglieder eilten auf ihre Posten. Ich stürmte zur Brücke, schloß die Luke mit einem Hieb auf den Schalter und glitt in meinen Sessel.

»Hindernis in sechsunddreißigtausend Kilometern. Kommt näher, Sir.« Alexis Augen hingen gebannt auf dem Monitor.

»Erkennungscode erhalten, Sir«, unterbrach uns Danny. »Positive ID zur *Kitty Hawk*.« Ich seufzte erleichtert, als wir den Alarm aufhoben. Das häufige Defusionieren war nervenzermürbend. Wir waren gerade mal fünfzehn Lichtjahre von zu Hause entfernt und hatten den größten Teil der Reise noch vor uns.

Ich übergab das Ruder an Pilot Van Peer, damit er uns in unsere Position relativ zur *Kitty Hawk* brachte. Kurze Zündungen der Schubdüsen veränderten unsere Lage entsprechend.

Ich dachte an das Dinner, das Kapitän Tenere an Bord der *Freiheit* für uns gegeben hatte, und wünschte mir, er wäre als erster zum Rendezvous erschienen, damit ich die Einladung hätte erwidern können.

Ob Kapitän Derghinski es wohl für anmaßend hielt, wenn ich ihn zu uns an Bord einlud? Ich dachte an die Monate der Isolation auf einem Schiff in Fusion und lächelte. »Danny, stell eine Verbindung zur Brücke der *Kitty Hawk* her.«

»Aye, aye, Sir. Nola sagt, Kapitän Derghinski hätte dienstfrei, aber sie könnte ihn wecken.«

»Nola? Ihr Comp?« Ich wußte, daß unsere Computer immer per Richtstrahl in Verbindung standen, wenn sich zwei Schiffe einander näherten. Gott allein wußte, was sie dabei austauschten. »Warte, bis er von selbst aufwacht«, sagte ich.

Zwei Stunden später war ich in meiner Kabine und summte vor mich hin, während ich die Kleider wechselte. Kapitän Derghinski hatte meine Dinnereinladung mit Freuden angenommen. Ich hatte dem Steward befohlen, sich für unsere Gäste selbst zu übertreffen, und fragte mich gerade, wo ich die Nichtseßhaften für diesen Abend verstecken sollte.

»Komm, empfangen wir ihn an der Schleuse, Süße. Der Kapitän und die Dame des Kapitäns.«

Amanda erwiderte mein Lächeln, als sie sich bei mir unterhakte. Wir stiegen auf Deck 2 hinunter. Unweit der Luftschleuse war der Korridor gedrängt voll mit Wachtposten für den zeremoniellen Empfang von Kapitän Derghinski. Passagiere spähten zu den Transplexsichtluken hinaus, um einen Eindruck von der *Kitty Hawk* zu erhaschen.

Ich winkte dem jungen Eddie Boß zu; er kam besorgt näher. »Sag es an deine ... äh, Kameraden weiter. Jeder, der wieder einen solchen Aufstand veranstaltet wie beim Admiral, verbringt den Rest der Fahrt in seiner Kabine eingesperrt. Die ganzen elf Monate!«

Eddie schien tief beeindruckt. »Ich werd's ihnen klarmachen, Käp'n. Laßtem viel Platz, sag' ich allen. Keiner macht Ärger, Käp'n!«

»Sorge dafür, Eddie!« Finster blickte ich ihm hinterher.

»Wann hast du ihm die Leitung übertragen?« wollte Amanda wissen.

»Das habe ich gar nicht. Aber er ist groß genug, um es ihnen klarzumachen.«

»Und noch viel mehr«, pflichtete sie mir bei.

Ein Matrose blickte durchs Bullauge. »Die Luken ihres Barkassenhangars öffnen sich, Sir. Er ist in einer Minute unterwegs.«

Der Alarm heulte los. Für einen Moment geriet ich in Panik, denn ich wußte, daß das Gig der *Kitty Hawk* keinen Alarm bei uns auslösen würde. Dann dämmerte es mir, und ich fluchte vor mich hin, als ich mich wieder entspannte. »Ein weiteres Schiff ist aus der Fusion gekommen«, erklärte ich Amanda. »Mieses Timing. Damit verzögert sich das Abendessen um mindestens eine Stunde. Ich komme zurück, so schnell ich kann.«

Ich trabte zur Brücke.

Dannys jugendliche Stimme klang schrill. »Hindernis in sieben Kilometern, Kurs null vier null und kommt näher!« Ich hieb auf den Schalter der Luke, damit sie sich schloß. Vax und der Pilot saßen vor ihren Pulten.

»Das ist verdammt knapp«, brummte ich Vax zu, während ich in meinen Sessel schlüpfte. »Wer ist es, Danny?«

»Kein Erkennungssignal, Sir! Und die Abtastung zeigt kein Metall!«

Meine Finger spannten sich um den Rufer. »Funkraum! Was empfangen Sie?«

»Kein Metall, Sir. Es ist kein Schiff.«

»Klar zum Gefecht!« Ich schaltete das Horn ein, und überall in der *Portia* plärrten die Sirenen. »Danny, volle Vergrößerung!«

»Aye, aye, Sir!« Die Bildschirmdarstellung machte einen Satz.

»Oh, Gott stehe uns bei!« flüsterte Vax.

»Halten Sie den Mund, Vax. Feuerkontrolle, ich aktiviere sämtliche Laser! Schirme ausfahren! Feindliches Ziel null vier null!« Ich versuchte, den Blick von dem Gegenstand auf den Monitoren abzuwenden, und drückte den Aktivierungsschalter für die Laser.

Ein Fisch.

Er kam schnell auf uns zu, zwei Drittel so groß wie die *Portia*, halb so groß wie die *Kitty Hawk*. Während ich beobachtete, spritzte ein Treibmittel aus einem Loch in der Nähe des Schwanzes, und seine Geschwindigkeit stieg weiter. Ein Klumpen auf der knotigen Oberfläche der Kreatur wurde in träge Rotation versetzt.

Soviel zu dem Versuch, keine Feindseligkeiten einzuleiten.

»Feuer eröffnen! Vax, schalten Sie den verdammten Alarm ab. Danny, informiere die *Kitty Hawk*, daß wir feuern!«

»Aye, aye, Sir«, sagte Danny atemlos in der plötzlichen Stille. »Mr. Derghinski wurde per Richtstrahl informiert.«

Ein Fleck an der fremdartigen Gestalt glühte rot auf. Farben wirbelten durcheinander; Löcher öffneten sich, und der Fisch zuckte vor unserem Laserstrahl zur Seite. Der rotierende Klumpen löste sich von ihm und näherte sich uns.

»Lasergruppe B, feuern Sie auf das Projektil!« brüllte Vax in seinen Rufer. Er hatte einmal miterlebt, wie sich ein Säureklumpen durch das Gig der *Hibernia* gefressen und seine Besatzung getötet hatte. Wir warteten und behielten die Monitore im Auge. Unsere Laser fanden wieder ihr Ziel, und der Klumpen flammte auf und schmolz.

Die Alarmsirenen heulten erneut los. Danny schrie: »Hindernis in fünfhundert Kilometern! Kurs drei vier eins!«

»Comp, sprich leiser! Zeig das Signal auf dem Bildschirm.« Ich versuchte, ruhiger zu sprechen, als ich mich fühlte.

»Erkennungscodes!« sagten Danny und Vax gleichzeitig.

Eine Sekunde Pause; dann fügte Danny hinzu: »Es ist die *Challenger*.«

»Signalisiere ihnen, daß wir angegriffen werden. Weitere Projektile zu sehen?«

Vax überprüfte die Monitore. »Im Moment nicht. Aber Trümmer des einen, das wir abgeschossen haben, nähern sich weiter. Sieht aus, als würden sie die Heckschirme treffen.«

»Sehr gut.« Der Goldfisch zuckte, als ihn Laserstrahlen von der Seite trafen. Kapitän Derghinski war in Aktion getreten.

»Bringen Sie uns dichter heran, Pilot. Vax, fragen Sie den Admiral, ob die *Challenger* sich an unserem Angriff beteiligen wird.« Meine Finger schmerzten, so fest hielt ich die Armlehnen umklammert.

»Aye, aye, Sir. Die *Challenger* kommt näher ...«

Der Alarm heulte los. Danny und Vax schrien beide: »Weiteres Hindernis in vierzig Kilometern, Kurs drei drei neun!«

»Noch ein Hindernis, ein Kilometer, direkt voraus! Es sind keine Schiffe!« Vax zeigte in die entsprechende Richtung.

Der Pilot rammte den Regler für die Steuerborddüsen voll auf und verspritzte Treibstoff, um uns aus der Bahn des Hindernisses vorab zu bringen.

»Alle Laser nach Belieben feuern! Jeweils auf die nächsten Ziele!« Keine Zeit mehr für die Zielbestimmung nach dem Buch. Der ursprüngliche Fisch glühte nach mehreren Lasertreffern rot. Treibstoff spritzte in drei Richtungen, als er sich in Spiralen davonschlängelte. Die *Kitty Hawk* spuckte Flammen hinter ihm her.

Der Fisch vor uns trieb an unsere Backbordseite, als die Düsen uns drehten. Ein Bereich seiner Oberfläche begann zu wirbeln. Ein Fleck erschien dort, trennte sich vom Rumpf des Fisches und stieß sich in unsere Richtung ab.

Ein Gestaltwandler. Ich war einem dieser Sekundärwesen an Bord der *Telstar* begegnet und vor Schreck fast gestorben.

Schwitzend betrachtete ich den Bildschirm. Materialklumpen schienen unter dem durchscheinenden Raumanzug der

Kreatur zu wirbeln. Ein Schauer lief mir über die Haut; ich erinnerte mich, daß sie gar keinen Raumanzug trug.

»Enterer zurückschlagen! Das ist keine Übung!« Ich brachte meine Stimme wieder unter Kontrolle. »Bereitmachen für Dekompression! Lasersteuerung, feuern Sie auf dieses – Ding! Schiffsprofos, halten Sie sich mit einer Kampfgruppe bereit, für den Fall, daß der Bastard eindringt!« Die Gestalt zuckte einmal, als sie die Laserstrahlen durchquerte. Dannys Sensoren folgten ihrem trägen Gleitflug. Sie trieb auf unseren Rumpf und blieb für einen Moment zuckend dort hängen.

»Enterer auf der Außenhülle mittschiffs!« Danny sprach tief und schnell. »Zwei Meter achtern von der Luftschleuse. Alle Korridorluken geschlossen. Außenlaser können das Ziel nicht erreichen.« Das Schiff konnte nicht auf sich selbst schießen.

»Sensoren melden Hüllschaden. Käpt'n, es kommt durch!«

Die Stimme des Comps veränderte sich. »Gesprächsprogramme desaktiviert! ALARM! Unmittelbare Gefahr der Zerstörung! ALARM, SEKTION ACHT! Hüllbruch einen Meter achtern von der Luftschleuse! Sektion acht durch Korridorluken isoliert.« Weiterer Alarm verstärkte den Lärm noch. »DEKOMPRESSION EINGETRETEN! DECK 2 SEKTION ACHT DEKOMPRIMIERT! Steuerung der Luftschleuse durch die Brücke außer Betrieb!«

Mit einer heftigen Bewegung schaltete ich den Alarm ab. »Mr. Banatir, melden Sie sich!« Ich stellte unsere Lautsprecher auf den Kanal seines Raumanzuges ein.

»Wir sind in Sektion acht, Kapitän. Ich sehe es. O Gott! Entschuldigung, Sir. Es ist im Korridor. Alle Mann Feuer eröffnen! Verdammt, ist das schnell! ERLEDIGT ES!« Die zum Raumanzug gehörenden Laser wimmerten in den Lautsprechern.

Jemand schluchzte da unten. »Mutter Gottes, was ist das?« Das Wimmern der Laser kam jetzt schneller.

»Röstet das Mistvieh!« dröhnte Mr. Banatirs wütende

Stimme. »Das war's, ihr habt ihn erledigt! Ruhig jetzt, oder ihr brennt euch noch durch das Deck!« Schweres Atmen. Ein Grunzen. »Ich glaube, es ist tot, Käpt'n. Es ist nicht viel davon übriggeblieben.«

»Fassen Sie nichts an!«

»Nein, Sir. Allmächtiger!«

Ich runzelte die Stirn über die Blasphemie und warf einen Blick auf den Monitor. Die Düsen der *Kitty Hawk* hatten das Schiff bei der Verfolgung eines Aliens dreißig Kilometer weit von seiner Position weggeführt. Der Fisch war schneller als die *Kitty Hawk*. Sie feuerte. Der Fisch pulsierte rhythmisch. Dann verschwand er.

»Die *Kitty Hawk* hat ihn erwischt!« Vax hämmerte auf das Pult.

»Vielleicht. Wo steckt der andere?« Die Bildschirmdarstellung schwenkte zu der fremdartigen Gestalt mittschiffs. Ein weiterer Klumpen rotierte immer schneller auf ihrer Oberfläche. Ich packte den Rufer. »Feuerkontrolle, nehmen Sie das rotierende Ding aufs Korn!« Mehrere Laserbänke konzentrierten sich darauf. Der Ausleger schmolz vom Fisch ab und segelte im rechten Winkel zu unserem Schiff träge davon.

»Jetzt auf den Fisch schießen!« Als die Laser aufs Ziel gerichtet wurden, pulsierte die Kreatur. Dann verschwand auch sie von unseren Monitoren. Die Alarmsirenen verstummten. Zitternd vor Erregung blickte ich wild auf die Bildschirme. »Wohin ist er? Wo sind alle?«

»Die *Kitty Hawk* ist einhundertfünfzig Kilometer entfernt, Kurs eins acht neun, Neigung neunzehn.« Vax' Stimme schwankte. »Keine weiteren Hindernisse.«

»Allmächtiger Gott.« Ich setzte mich und versuchte, nicht zu zittern. »Vax, schicken Sie eine Reparaturabteilung nach Sektion acht.«

»Aye, aye, Sir.« Er sprach leise in den Rufer.

»Danny, hol die *Kitty Hawk* ran.«

»Aye, aye, Sir. Reaktiviere Gesprächsprogramme. Okay, Sie sind mit der Brücke der *Kitty Hawk* verbunden.«

Kapitän Derghinskis grimmiges Gesicht tauchte auf. »Alles in Ordnung mit Ihnen, Seafort?«

»Ja, Sir. Aber wir haben einen Treffer abbekommen. Die Reparaturmannschaft ist bereits an der Arbeit. Wir haben einen Fisch verfolgt, und er ist verschwunden. Was ist aus dem geworden, hinter dem Sie her waren?«

»Ebenfalls verschwunden. Ich weiß nicht, wohin.« Wir musterten einander. Eine Pause. »War es das, was Sie letztes Mal erlebt hatten?«

»Ja, Sir. Ein Goldfisch.«

Derghinski schnaubte. »Eher ein Barracuda, wenn Sie mich fragen. Goldfische beißen nicht und verfolgen einen nicht.«

»Ja, Sir, aber sie sehen wie Goldfische aus.« Meine Stimme bebte. Nackte Angst wallte in mir auf. Ich schluckte und kämpfte gegen Übelkeit an. »Also sind wir allein?«

»Es sieht so aus.«

»Wo ist die *Challenger*?« fragte ich.

»Scheint so, als wäre sie in Fusion gegangen.«

»Mitten in der Schlacht?« fragte ich, ohne nachzudenken.

Derghinski blickte mich düster an. »Ich bin sicher, er hatte seine Gründe.«

Ich kam mir wie ein Vollidiot vor. »Ja, Sir.«

Seine Stimme war kalt. »Vielleicht ist der Scheißkerl aber auch abgehauen.« Er unterbrach die Verbindung.

Vax gab acht darauf, nicht in meine Richtung zu blicken. Der Pilot betrachtete seine Handrücken. Ich schaltete den Rufer ein. »Reparaturteam, berichten Sie!«

Die Antwort kam fast unverzüglich. »Wir schweißen von innen eine Abdichtung an die Hülle, Sir. In ein paar Minuten sind wir damit fertig. Verzeihung, Sir, hier Bootsmann Everts. Wenn die Abdichtung an Ort und Stelle ist, können Sie die Sektion wieder unter Druck setzen, Sir. Zur Steuerung der Luftschleuse kann ich noch nichts sagen. Ein Großteil der Verkabelung ist verbrannt.«

»Okay. Danke.« Ich lehnte mich zurück und schloß die Augen. Woher waren sie gekommen?

»Wohin sind sie verschwunden?« fragte Vax, als könnte er meine Gedanken lesen. »Ist es möglich, daß sie in Fusion gegangen sind?«

»Kann ich mir nicht vorstellen. Sie sind organisch.«

»Mit Amanda ist alles okay, Sir. Ich habe in der Kabine angerufen, während Sie mit der *Kitty Hawk* sprachen.«

Ich funkelte ihn an. Er wurde rot, hielt meinem Blick aber stand. »Danke, Vax«, sagte ich schließlich beschämt.

Kapitän Derghinskis zerfurchtes Gesicht zeigte Beunruhigung. »Was, denken Sie, werden die als nächstes tun, Seafort?«

»Ich weiß es nicht, Sir«, wiederholte ich. Ich hatte bislang nur die Begegnung mit dem Fisch gehabt, der hinter der *Telstar* gelauert hatte, und das war schon Schrecken genug gewesen, mich Jahre meines Lebens zu kosten. Trotzdem schien Derghinski mich für einen Experten zu halten und mir die Entscheidung zu überlassen. »Sir, die Reparaturen an Bord der *Portia* sind im Gange. Wir können entweder auf den Rest des Geschwaders warten oder in Fusion gehen. Wie lauten Ihre Befehle?«

Anscheinend half ihm das Stichwort, sich wieder zusammenzureißen. »Ich wünschte, ich wüßte, wohin die *Challenger* sich gewandt hat.« Es klang mürrisch. »Wenn sie zurückkommt, sollten wir eigentlich hier warten; wenn sie zum nächsten Rendezvouspunkt weitergefahren ist, sollen wir versuchen, sie dort zu treffen.«

»Ja, Sir.« Ich wartete.

»Okay, bleiben wir noch drei Tage hier. Voller Alarmzustand. Nein, vergessen Sie das. Wir können die Leute nicht ununterbrochen auf Gefechtsstation festhalten. Falls die *Freiheit* und die anderen bis dahin defusioniert haben, fahren wir gemeinsam zum nächsten Rendezvous weiter. Ansonsten wartet einer von uns hier weiter auf Nachzügler.«

»Aye, aye, Sir.«

»Welche Vorkehrungen gegen eine Infektion haben Sie getroffen, Mr. Seafort?«

Vor meinem ersten Eintreffen auf Hope Nation hatte ein unbekanntes Virus die Kolonie dezimiert. Da auch der Admiral dabei ums Leben kam, behielt ich nicht nur das Kommando über die *Hibernia*, sondern bekam auch das über die Flottenangehörigen auf dem Planeten. Inzwischen wußten wir, daß das Virus von den fremdartigen Fischen verbreitet wurde, und alle Schiffe führten den Impfstoff mit. Wie die ganze übrige Flotte standen wir unter dem Befehl, im Falle eines Kontakts die strengsten virobakteriologischen Sicherheitsmaßnahmen durchzuführen.

Unsere Reparaturgruppen hatten die vorschriftsmäßigen Dekontaminierungsübungen durchgeführt. Die Dekompression hatte praktisch zur Sicherheit des Schiffes beigetragen, denn die Chancen eines sich durch die Luft ausbreitenden Virus waren dadurch stark beeinträchtigt worden.

Die Decksplatten rings um den grausig versengten Tropfen wurden herausgeschnitten, vakuumversiegelt und im Frachtraum gelagert, damit unsere Xenobiologen sie später zu Hause analysieren konnten. Neue Decksplatten wurden dafür eingesetzt. Matrosen, die durch die Korridorluken aus der beschädigten Sektion zurückkehrten, mußten sich einer strengen Dekontaminierung unterziehen. Ich unterrichtete Derghinski darüber.

»Sehr gut. Soweit ich weiß, verfügt Ihre Krankenstation über das Serum für das Hope-Nation-Virus?«

»Ja, Sir. Dr. Bros ist sicherheitshalber bereits dabei, alle zu impfen.«

»Gut. Sie haben getan, was Sie konnten. Sagen Sie mir Bescheid, wenn wir mit irgend etwas helfen können.«

»Danke, Sir.« Wir unterbrachen die Verbindung. Ich warf einen Blick auf die Bildschirme. Außerhalb des Schiffes war auf zig Millionen Kilometer außer der *Kitty Hawk* nichts zu sehen. Bei uns an Bord befanden sich alle Systeme im Alarmzustand. Zusätzlich zu Dannys Sensoren hatten wir die Radionik im Funkraum voll bemannt. Unsere Laser waren aktiviert und feuerbereit. Die Schirme waren voll ausgefahren, obwohl diese Gazeschirme, die gegen Laserbeschuß schützen sollten, keine große Hilfe gegen das Protoplasma darstellten, mit dem die Goldfische nach uns warfen.

Es blieb uns nichts anderes übrig, als zu warten.

Zwei Tage später klagte Mr. Banatir über Kopfschmerzen. Auf dem Weg in seine Unterkunft brach er zusammen. Er war tot, ehe man ihn auf die Krankenstation bringen konnte. Ich wurde in meiner Kabine informiert und befahl, sofort sämtliche Luken zu versiegeln und im ganzen Schiff nur noch Luft aus Tanks zu benutzen, während ich mit Amanda und Nate in qualvoller Spannung wartete.

Einige Stunden später meldete Dr. Bros, was er herausgefunden hatte.

»Eindeutig ein Virus, Sir. Es verhält sich ähnlich wie der Hope-Nation-Stamm, ist aber etwas anderes. Ich habe die Synthesizer bereits darauf angesetzt.«

»Wie breitet es sich aus?«

»Ein scheußliches Ding. Durch die Luft, durch Flüssigkeiten, sogar durch die Hautporen.«

Ich knirschte mit den Zähnen. »Also könnte das ganze Schiff infiziert sein?«

»Es hat sich vielleicht schon stark ausgebreitet, ja, Sir. Sobald ich ein Serum habe . . .«

»Wie lange dauert es nach der Infektion, bis der Tod eintritt?« fragte ich gerade heraus.

»Ich weiß es nicht, Sir. Das Ding gibt eine Menge Toxine ab. Zwei Tage vielleicht. Mehr nicht. Andernfalls würde der Schiffsprofos noch leben.«

»Wie lange dauert es, bis Sie ein Serum haben?«

»Dank dem allmächtigen Gott für die automatischen Maschinen, Sir. Wir mußten es isolieren, eine Kultur züchten, sie analysieren . . .«

»Wie lange?« knurrte ich. Hätte ich doch nur genügend

Verstand gezeigt, im Augenblick des Eindringens auf Quarantäne zu gehen!

»Das kann ich nicht mit Sicherheit sagen.« Die Besorgnis des Arztes war offenkundig. »Vielleicht morgen nachmittag. Wenn wir Glück haben, früher. Ohne die Daten von Hope Nation wüßten wir nicht einmal, wonach wir suchen sollten.«

Es hatte keinen Zweck, ihn zu drängen. »Sagen Sie mir sofort Bescheid, wenn Sie Ergebnisse haben.« Ich hielt inne; dann fügte ich hinzu: »Halten Sie sich auch persönlich an das Sterilitätsverfahren?«

»Ja, Sir, darauf können Sie wetten«, sagte er mit Nachdruck.

Ich runzelte die Stirn über seine Ausdrucksweise, wußte es aber besser, als darauf einzugehen. »Was riskante Vorhaben betrifft, wie Kontakte mit dem Virus ...«

»Ja, Sir?«

»Überlassen Sie das einem Meditechniker«, sagte ich unverblümt. »Ihr Leben ist das wertvollste auf dem ganzen Schiff.« Ich setzte den Rufer ab.

Melissa Chong und Mrs. Attani starben in der folgenden Nacht. Ebenso drei Nichtseßhafte.

Bestürzt erkannte ich, daß ich nicht einmal ihre Namen erfahren hatte. Jede Sektion der Scheiben überlebte isoliert mit Flaschenluft; wir benutzten die Recycler überhaupt nicht.

Alexi hielt die Brücke. Ich wies ihn an, sich mit Derghinski auf der *Kitty Hawk* in Verbindung zu setzen. Wir einigten uns darauf, daß kein Austausch zwischen unseren Schiffen stattfinden würde, was uns auch geschah – und zwar so lange nicht, wie wir keinen Impfstoff entwickelt hatten. Vielleicht verloren wir ein Schiff, aber keinesfalls beide.

Die erschöpfte Brückenwache blieb hinter versiegelten Luken den zweiten Tag hintereinander im Dienst, Alexi und der Pilot meldeten sich alle fünfzehn Minuten bei mir. Sollte einer von ihnen krank werden, hatte ich vor, die Isolationsverschlüsse lange genug zu öffnen, um selbst die Brücke zu erreichen und dann die Luft eines Raumanzuges zu benutzen, bis die Belagerung aufgehoben wurde oder ich starb.

Außerhalb des Schiffes war alles ruhig.

Bis zum Morgen waren sechzehn Mannschaftsangehörige in Unterkunft eins tot. Die Überlebenden vergaßen alle Disziplin und hämmerten an die versiegelten Luken, wild darauf, ihrer kontaminierten Unterkunft zu entrinnen.

Zwei Stunden später tönte Dr. Bros' erschöpfte Stimme aus dem Lautsprecher. »Wir haben es, Sir! Die Synthesizer sind gerade dabei, den Impfstoff zu erzeugen. Der erste Stoß ist fertig, und der nächste folgt in einer Stunde. Gott sei Dank wirkt er sowohl präventiv wie kurativ.«

»Sind Sie sicher, daß dieser Impfstoff wirksam ist?« fragte ich törichterweise. Mir drehte sich alles vor Erschöpfung.

»Ja, Sir. Er tötet die Kulturen ab, sowohl im Gel wie im menschlichen Blut. Sobald wir das Virus ausgeschaltet haben, können wir die Toxine herausdialysieren. Wir müßten die meisten Infizierten retten können.«

»Impfen Sie erst sich selbst und dann Ihren Meditechniker. Anschließend die Brückenwache.«

»Aye, aye, Sir. Und Sie.«

»Kümmern Sie sich nicht um mich; mit mir ist alles in Ordnung. Gehen Sie lieber erst zu den Mannschaftsunterkünften hinunter.«

»Sie zuerst, Sir. So machen wir es.«

Seine Verwegenheit verblüffte mich. »Dr. Bros, wenn Sie denken . . .«

»Nicky, halt die Klappe und laß dich impfen!« Das war Amanda. »Hast du den Verstand verloren? Du wirst gebraucht!«

Ich kapitulierte so geziemend wie möglich. Nate wachte auf und schrie. Amanda ging zu ihm, um ihn zu beruhigen, und ich öffnete die Siegel, um die Krankenstation zu erreichen.

Ich ließ mir von Dr. Bros die Spritze geben; er hatte den Anstand, sich für sein herrisches Verhalten bei mir zu entschuldigen.

»Machen Sie sich nichts daraus; verteilen wir jetzt lieber Ihren Impfstoff. Wie kann ich helfen?«

Im Grunde konnte ich mich nicht nützlich machen, aber er gab mir das Gefühl, ich würde ihm helfen, indem ich den Wagen mit dem Impfstoff schieben und ihm frische Spritzen reichen durfte. Wir gingen direkt zu den Mannschaftsunterkünften; meine Anwesenheit reichte kaum, um einen Aufstand zu verhindern, als wir die Luken öffneten. Die Leute am Ende der Schlange warteten verzweifelt darauf, endlich selbst an die Reihe zu kommen. Danach impften wir die Passagiere.

Anschließend verwandelten wir die Mannschaftsmesse in ein Hospital für die Erkrankten. Dialysatoren wurden aus der Krankenstation heruntergebracht, um die Toxine aus dem Blut der Infizierten herauszufiltern.

Die Siegel wurden geöffnet, und mein Schiff kehrte langsam zum normalen Leben zurück – so normal es werden konnte, während wir durchs All trieben, auf den Rest des Geschwaders warteten, uns vor einem weiteren Angriff der Aliens fürchteten, der Admiral und sein Schiff ins Unbekannte verschwunden waren und zweiundzwanzig Tote bestattet werden mußten.

Alexi Tamarow schloß die Brücke auf, durchgeschwitzt, mit verwaschenem Blick, schwankend vor Erschöpfung, den linken Arm für die Impfung entblößt. Ich nahm seinen Gruß entgegen. Ich hätte ihn erwidern sollen; statt dessen umarmte ich ihn ohne Rücksicht auf die Folgen für die Disziplin. Er legte für einen Moment den Kopf an meine Schulter. »Gehen Sie schlafen, Leutnant.« Meine Stimme war barsch. »Sie auch, Mr. Van Peer.« Ich sah ihnen nach, als sie zu den Duschen und ihren Kabinen trotteten. Vax Holser und ich nahmen unsere Plätze auf der Brücke ein. Willkommene Frischluft strömte aus den Recyclern.

Ich aktivierte den Rufer. »Mr. Carr!«

Einen Moment später kam die Antwort. »Ja, Sir?«

»Nehmen Sie das Gig. Bringen Sie Proben unseres Impfstoffes zur *Kitty Hawk* hinüber.«

»Aye, aye, Sir.« Unter anderen Umständen hätte Derek dies als Geschenk des Himmels betrachtet, das ihm für kurze Zeit das Kommando über sein eigenes winziges Schiff übertrug. Jetzt aber, umgeben vom Tod, wußte ich, daß der Fähnrich an nichts dergleichen dachte.

Ein weiteres Mannschaftsmitglied starb in unserem Behelfshospital. Sein Körper war zu stark von Toxinen verwüstet, um noch auf die Behandlung zu reagieren. Ich erteilte Chief Hendricks' Abteilung den Auftrag, Särge zu bauen; wir hielten die Andacht an der vorderen Luftschleuse, um dabei nicht in Sichtweite der häßlichen Flicken unweit der Heckschleuse zu sein.

Das Reparaturteam meldete, daß die Schaltkreise für die Prioritätssteuerung der Heckschleuse durch die Brücke hoffnungslos zerstört waren, obwohl die Steuerung an der Luftschleuse selbst weiterhin funktionierte. Mich schauderte bei der Vorstellung, wie unsere Straßenkids gedankenlos an den Hebeln zerrten, und befahl, dort einen Wachtposten aufzustellen.

Nachdem meine Wache vorüber war, suchte ich meine Kabine auf, um mich für das Begräbnis umzuziehen. Nate zahnte und zappelte herum; ich schlug Amanda vor, bei ihm zu bleiben, statt ebenfalls teilzunehmen, und sie akzeptierte dankbar.

Alle Offiziere, die zur Zeit nicht Wachdienst hatten, waren anwesend, ebenso zahlreiche Passagiere und Vertreter jeder Mannschaftsstation. Ich schritt den Korridor hinunter zur Luftschleuse, prachtvoll ausstaffiert mit meiner Galauniform. Die weiße Hose hob sich schimmernd von den schwarzen Schuhen ab, und die roten Streifen seitlich an den Beinen stachen scharf und deutlich hervor. Das Bild der weißen Jacke und des weißen Hemdes mit der schwarzen Krawatte wurde nur von der schwarzen Trauerschärpe, die über die rechte Schulter gezogen war, und der schimmernden Reihe von Dienstnadeln durchbrochen.

Die Luftschleuse war nicht groß genug für alle Särge; sie würden in zwei Schüben hinausbefördert werden müssen.

Ein Matrose wartete im Raumanzug in der geschlossenen Schleuse, während ich aus meinem Holovid die ernsten Worte der Totenandacht der Christlichen Wiedervereinigung las, wie sie vom Flottendienst der Regierung der Vereinten Nationen vertreten wurde. »Asche zu Asche, Staub zu Staub ...«

Die Pumpen der Luftschleuse summten.

Sicherlich hätte ich das alles vermeiden können. Wieso hatte ich nicht alle Sektionen versiegelt gehalten, und zwar vom Augenblick des Eindringens bis zur Entdeckung des Virus?

Wir führten nicht genügend Lufttanks dafür mit. Trotzdem war es meine Verantwortung.

»›Im Vertrauen auf die Güte und Gnade des ewigen Gottes übergeben wir diese Leichname der Tiefe ...‹« Annie hatte den Kopf an Eddie Boß' Schulter vergraben und weinte. Walter Dakko stand unbehaglich in der Nähe. Gregor Attani war der einzige enge Verwandte einer der Toten; er stand bei den Offizieren, bleich, aber gefaßt.

Die Sensorlampe leuchtete auf; die Luftschleuse war dekomprimiert.

»›... um den Jüngsten Tag abzuwarten, wenn die Seelen der Menschen vor den allmächtigen Gott gerufen werden ... Amen.‹« Ich schaltete das Holovid aus. »Mr. Kerns, öffnen Sie bitte die Außenluke.« Der Matrose im Raumanzug bediente die Steuerung seitlich der Schleusenluke. Sie glitt auf.

»Befördern Sie die Überreste hinaus, Mr. Kerns.« Der Matrose schob einen Sarg sanft in Richtung der Außenluke. Das Behältnis durchquerte sie und schwebte langsam fort vom Schiff, hinein in die dunkle Leere. Ein zweiter Sarg folgte. Ich bemerkte, daß ich keine Ahnung hatte, wer in den einzelnen Särgen lag; die Hochgeborenen und die Nichtseßhaften waren letztlich auf einer Ebene vereint.

Endlich war die Luftschleuse leer. Matrose Raines schloß die Außenluke und wartete ab, bis der Luftdruckausgleich wiederhergestellt war. Als die Schleuse mit Luft gefüllt war, sah er mich an und wartete auf die Erlaubnis, die Innenluke zu öffnen.

»Machen Sie weiter, Mr. Kerns.« Die Innenluke glitt auf. Zwei Matrosen halfen ihm, die übrigen Särge in die Schleuse zu schieben. Gregor Attani weinte. Walter Dakko legte ihm einen Arm um die Schultern. Eddie berührte ihn sanft, doch der verwaiste junge Mann schlug die Hand des Nichtseßhaften weg.

Die Innenluke schloß sich wieder. Einer nach dem anderen wurden die verbliebenen Särge in die Leere befördert. Ich hatte fast meine halbe Mannschaft auf dem Gewissen. Ich hatte Mrs. Attani, Melissa Chong und andere vernichtet, die ich kaum gekannt hatte. Ich war jetzt seit drei Tagen auf den Beinen; der Korridor schwamm träge vor meinen Augen. Ich blinzelte im vollen Bewußtsein, daß noch Arbeit auf mich wartete.

Als sich die Versammlung auflöste, sprach ich ein paar Worte des Beileids zu Gregor Attani; er reagierte mit einem vagen Nicken. Ich fragte mich, ob er mich überhaupt verstanden hatte.

Ich kehrte auf die Brücke zurück und rief Chief Hendricks zu mir. »Chief, verteilen Sie die Arbeit neu. Schenken Sie dabei den vitalen Anlagen besondere Aufmerksamkeit – der Hydroponik, der Wiederaufbereitung, der Energieversorgung. Nehmen Sie dazu Leute aus der Kombüse, aus Putzkolonnen, von überallher, wo Sie es für nötig halten.«

»Aye, aye, Sir.« Der Chief zeigte sich grimmig. »Wir benötigen zusätzliches Personal, ehe wir den Zielhafen erreichen, Sir, oder die Leute kippen uns vor Erschöpfung um.«

»Ich weiß. Ich werde den Admiral um Überstellungen bitten.« Wenn wir den Admiral finden, dachte ich. Der Chief ging. Ich saß meine Wache ab; Rafe Treadwell angespannt neben mir. Keiner von uns sagte etwas. Ich war zu erschöpft, um etwas anderen zu tun, als wach zu bleiben, und der Fähnrich hatte Verstand genug, mich nicht zu belästigen.

Die Wache wechselte; Vax Holser erschien mit Derek Carr.

Ich blieb auf meinem Platz, während sie ihre Positionen bezogen. »Bleiben Sie wachsam.«, ermahnte ich sie. »Die Fische kommen vielleicht zurück.« Meine Worte waren kaum nötig; beide waren starr vor Spannung.

Ich döste ein und fuhr wieder hoch. Ein schlechtes Beispiel; ich wußte, daß es Zeit wurde, die Brücke zu verlassen, und kehrte in meine Kabine zurück.

Amanda wiegte Nate; sie hatte die Beleuchtung heruntergedreht. »Er ist endlich eingeschlafen.« flüsterte sie.

»Ich nehme ihn.« Ich streckte die Arme aus.

»Nein, ich möchte noch eine Weile mit ihm hier sitzen. Wie war die Andacht?«

»Schrecklich.« Ich hängte die Jacke auf und gähnte. »Gregor war richtig mitgenommen. Er und seine Mutter stehen – standen sich sehr nahe.« Ich erinnerte mich daran, wie sie versucht hatte, ihn vor meinem Zorn zu beschützen, nachdem er sich mit den Nichtseßhaften geprügelt hatte. Am Tag von Nates Geburt. Ich stieg aus der Hose und warf sie auf einen Stuhl.

Amanda summte Nate leise etwas vor, während sie ihn hin und her wiegte. »Gib Gregor etwas zu tun, Nicky«, flüsterte sie. »Sieh nicht zu, wie er nur herumsitzt und über seine Mutter brütet.«

»Ich glaube nicht, daß er sich etwas von mir wünscht.« Ich erinnerte mich an seine Wut, als er gezwungen wurde, sich zum Abendessen zu den Transpops zu setzen. Ich knöpfte mir das Hemd auf. Gott, war ich müde! Ich ging zum Kinderbett und warf die Decke zurück. »Legen wir ihn ins Bett, Süße. Komm und halte mich warm, während ich schlafe.« Ich lächelte müde und streckte die Arme nach meinem Sohn aus. Zögernd übergab sie mir das Baby und trat an die Wiege, um das Bettzeug glattzustreichen.

Ich drückte Nate zärtlich an meine Schulter. Er war ganz kalt. Er mußte schon seit Stunden tot sein.

Wir versammelten uns erneut vor der Luftschleuse, und die Offiziere drängten sich schützend um mich. Ich trug wieder die weiße Galauniform mit der Trauerschärpe über der rechten Schulter. Meine engen schwarzen Schuhe schimmerten; ich hatte sie immer wieder von Hand poliert und dabei die Hilfe des Schiffsjungen kurz angebunden zurückgewiesen.

Amanda war wie tags zuvor schlicht gekleidet; sie trug einen einfachen Strickrock und eine Bluse. Sie hielt sich an meinem Arm fest. Hin und wieder zuckte sie verwirrt zusammen.

Der Sarg war genau einen Meter lang und zweiunddreißig Zentimeter breit. Er bestand aus Aluminiumplatten, die an den Kanten mit Winkeleisen verlötet worden waren. Ich hatte selbst den Brenner an eine Ecke gehalten, bis das Metall weiß glühte und durchzusacken drohte, während die Maschinenmaate dabeistanden und nichts zu sagen wagten.

Der Sarg war mit Nates rosa Bettbezug ausgekleidet und enthielt auch die weiche gelbe Decke aus seiner Wiege. Es war sehr schwierig gewesen, alles so zu arrangieren, daß die Falten genau in die Winkel paßten; ich hatte es immer wieder versuchen müssen, bis es endlich gelang. Nates Stoffpanda lag an seiner Seite, und seine winzige Hand ruhte darauf. Der Panda war schwarz und weiß und hatte eine weiche, rote kleine Nase. Er lag mit dem Gesicht nach oben, wie mein Sohn.

Der Sarg stand jetzt in der Luftschleuse, wo ich meine Pflicht zu erfüllen hatte.

Ich schaltete das Holovid ein. Amanda bettelte: »Bitte tue ihm das nicht an, Nicky! Er wird es so kalt haben!«

Ich schluckte. Die Brust tat mir weh. Seit dem gestrigen Tag war Amanda immer wieder in diesen Zustand verfallen, seit ich schweren Schrittes zur Krankenstation gegangen war, Nates reglosen Körper auf den Armen. Klagend hatte sie mich begleitet und manchmal schrecklich geweint, und sie hatte mich gedrängt, sachte zu gehen, damit ich Nate nicht weckte.

Jetzt drückte ich sie an mich, aber sie entzog sich mir,

preßte das Gesicht an die Transplexluke und starrte in die Schleuse, wo der winzige Sarg neben dem mehrgliedrigen Metallarm des Schleusenkrans ruhte.

Ich las: »›Asche zu Asche, Staub zu Staub ...‹« Philip Tyre schluchzte laut.

Mein Blick zuckte zwischen dem Holovid und dem kleinen Kasten in der Luftschleuse hin und her. Nach einer Weile bemerkte ich, daß ich aufgehört hatte zu sprechen. Ich fand die Stelle wieder, doch aus irgendeinem Grund wollten mir keine Worte über die Lippen kommen. Ich brütete verwirrt über dem Text. Vax Holser streckte sachte die Hand nach dem Holovid aus. Wütend fuhr ich ihn an. »Vergessen Sie sich nicht, Leutnant!« Ich las weiter. »›... Im Vertrauen auf die Güte und Gnade des ewigen Gottes übergeben wir diesen Leichnam der Tiefe ... um den Jüngsten Tag abzuwarten, wenn die Seelen der Menschen vor den allmächtigen Gott gerufen werden.‹« Ich nickte dem diensthabenden Matrosen zu.

Amanda vergrub das Gesicht an meiner Schulter. »Nick, du liebst ihn doch auch! Um Gottes willen, schick unser Baby nicht nach draußen!«

Der Kranhebel entfaltete sich langsam, stieß seitlich gegen den Sarg und beförderte ihn sachte zur Außenluke. Als der Arm voll ausgestreckt war, schwebte das Behältnis langsam zur Luke hinaus und verschwand allmählich in der unermeßlichen Leere.

Amanda starrte leblos in die leere Schleuse. »O Gott, wie brutal!« flüsterte sie. »Ich wußte gar nicht, daß du so grausam sein kannst.« Sie wandte sich ab, streckte die Hand aus und fuhr sachte mit dem Finger an Philip Tyres tränennassem Gesicht herab. »Es ist schon in Ordnung, Philip. Nicht weinen.« Geistesabwesend tätschelte sie ihm die Schulter.

Ich fing Dr. Bros' Blick auf. Hilflos schüttelte er den Kopf. Er lächelte Amanda an. »Kommen Sie, Mrs. Seafort. Wir können uns in die Krankenstation setzen und ein wenig miteinander reden.«

»Ich möchte in meine Kabine gehen«, sagte Amanda.

»Unterhalten wir uns lieber erst mal«, schlug der Doktor vor.

»Nein. Ich gehe in meine Kabine zurück. Nicky, er soll mich in Ruhe lassen!«

Sie stand unter Schock, hatte Dr. Bros mir gesagt, und zog sich vor der unerträglichen Wirklichkeit zurück. Ich wollte jedoch keine Diagnose, ich wollte Amanda. Ich bemühte mich darum, nicht an die leere Wiege zu denken, die in der Kabine wartete, aus Furcht, die Selbstbeherrschung zu verlieren. Ich sehnte mich nach Amanda und nach ihrer Zärtlichkeit. Im Moment haßte sie mich jedoch, obwohl ich wußte, daß sie schon bald zu mir kommen und mir in verwirrtem Kummer den Kopf an die Schulter legen würde, wie sie es vorher schon getan hatte. Ich führte meine Frau in unsere Kabine zurück und schloß die Luke hinter uns.

Tage vergingen, und kein Schiff traf ein. Von den Aliens war keine Spur mehr zu sehen. Schließlich konferierte Kapitän Derghinski über Simultanschirm mit mir. Keiner wagte sein Schiff zu verlassen, und sei es nur für ein paar Minuten.

»Einer von uns wird zum nächsten Rendezvouspunkt weiterfahren, um zu sehen, ob die *Challenger* dort wartet.« Derghinski befingerte seinen Schnurrbart. »Doch falls die anderen hier eintreffen . . .«

Passiv wartete ich ab.

»Sie haben das schnellere Triebwerk, Seafort. Ich fahre weiter; Sie warten noch sieben Tage hier und holen uns dann wieder ein.«

»Aye, aye, Sir.«

»Viel Glück.«

»Auch Ihnen, Sir.«

Er blickte unbehaglich drein. »Mr. Seafort«, platzte es aus ihm heraus, »es tut mir leid, was mit Ihrem Sohn passiert ist. Schrecklich leid!«

Meine Brust war unerträglich eng.

»Danke, Sir.«

Er räusperte sich. »Na denn, glückliche Reise. Ich rechne bald mit Ihnen.«

»Glückliche Reise, Sir.« Wir unterbrachen die Verbindung. Wenig später ging er in Fusion, und wir waren wieder allein.

Mir graute davor, in die Kabine zurückzukehren, aber mir war klar, daß ich es tun mußte. Manchmal war Amanda vor Kummer nicht ansprechbar. Zu anderen Gelegenheiten traf ich sie dabei an, wie sie fröhlich Nates Mittagsbrei zubereitete.

Dumpf starrte ich den leeren Simultanschirm an. Auf dem Platz neben mir regte sich Vax Holser. »Möchten Sie jetzt Ihre Kabine aufsuchen, Sir?«

Sein Tonfall war weich.

»Befehlen Sie mir, die Brücke zu verlassen, Leutnant?«

»Nein, Sir«, sagte er und wich vor meiner Wut nicht zurück. »Ich dachte, Sie möchten vielleicht bei Mrs. Seafort sein. Ich werde mit dem Wachdienst schon fertig.«

»Ich brauche Ihr Mitgefühl nicht, Mr. Holser«, sagte ich heiser. Ich schwenkte den Sessel herum, um mich von ihm abzuwenden. Nach einigen Minuten räusperte ich mich. »Tut mir leid.«

»Schon gut, Sir.« Aus irgendeinem Grund entfachte sein Verständnis meine Wut von neuem.

»Ich bin in der Kabine. Rufen Sie mich, wenn irgendwas passiert.«

»Aye, aye, Sir.«

Amanda schaukelte in der Dunkelheit. »Pssst. Du weckst ihn auf!«

Ich seufzte. »Er ist nicht da, Süße.« Ich kniete mich neben ihren Schaukelstuhl und legte ihr die Hand auf den Arm. »Er ist fort. Nur wir beide sind noch hier.«

Sie machte ein verwirrtes Gesicht. »Fort?« Ihr Ausdruck wurde klarer. »Ja, jetzt fällt es mir wieder ein. Du hast ihn nach draußen geschickt.« Ihr schauderte. »Es ist so kalt da draußen, Nicky. Das war nicht richtig. Er holt sich ja den Tod!«

Ich war sprachlos. Ich drückte ihren Arm; sie reagierte

nicht. Ich ging mich waschen und setzte mich dann aufs Bett.

Einige Augenblicke später setzte sich Amanda neben mich. »Ich weiß, daß du ihn auch vermißt«, sagte sie leise. »Du hast ihn so sehr geliebt.«

Meine Kehle war wie zugeschnürt. Ich bekam kein Wort hervor. Amanda legte den Kopf an meine Seite. »Er war so ein süßer Junge ...« Ich legte den Arm um sie, und wir saßen in stiller Trauer da.

7. Kapitel

Die *Portia* wartete allein, wachsam und besorgt drei endlose Tage lang. Mit zunehmender Spannung zankten die Nichtseßhaften beim Abendessen unaufhörlich miteinander, bis ich ein so bedrohliches Verhalten an den Tag legte, daß sie leiser wurden. Als die Transpops und ich uns einmal aus dem Speisesaal drängten, brummte Chris Dakko ein abschätziges ›Elektropiß‹. Sofort schlug ich ihm mit dem Handrücken auf den Mund. Er starrte mich erschrocken und verblüfft an, und Blut sickerte ihm aus der Lippe. Ich drehte mich auf den Fersen um und schritt zur Brücke.

Eine Stunde später bauten sich Chris und sein Vater vor mir auf, begleitet von Philip Tyre, der sie auf ihr Verlangen hin auf die Brücke geführt hatte. Walter Dakko sprühte vor Wut. »Wie können Sie es wagen, meinen Sohn zu schlagen? Wie können Sie es wagen!«

»Er wird sich in meiner Gegenwart gefälligst benehmen, Mr. Dakko.« Chris hampelte herum und schüttelte vor Ungeduld und Abscheu den Kopf.

»Wir sind zahlende Passagiere! Er gehört nicht zu Ihrer Mannschaft. Sie haben nicht das Recht, ihn anzurühren!« Rechtlich gesehen traf das zwar nicht zu, aber es war

Brauch, Passagiere mit mehr Respekt zu behandeln, als ich Dakkos Sohn gegenüber gezeigt hatte. Andererseits konnte ich es nicht gebrauchen, daß der Junge bei den Nichtseßhaften Unruhe hervorrief.

»Ich habe nichts getan!« sagte Chris hitzig. »Sie sollten mal hören, wie die uns nennen! Sie haben verdammt noch mal nicht das Recht ...«

»Sie sind ein Kind an Bord meines Schiffes, Christopher. Benehmen Sie sich, oder ich tue Schlimmeres!«

»Sie können doch nicht ...«

»Das war meine letzte Warnung.« Irgend etwas in meiner Stimme brachte ihn zum Schweigen. »Ich habe verstanden, was Sie mir sagen wollten. Verschwinden Sie von meiner Brücke.«

»Aber ...«

»Sie beide. Sofort!« Ich gab Philip einen Wink, und er packte Walter Dakko am Arm. Der ältere Mann schüttelte ihn ab und ging steif zur Luke. Sein Sohn folgte ihm, ein höhnisches Lächeln im Gesicht.

Unruhig saß ich meine Wache ab. Mal wollte ich in die Kabine zurückkehren, mal nicht. Nach Ablauf der Wache ging ich sofort, nachdem Alexi mich abgelöst hatte.

Ich blieb vor der Kabinentür stehen, wandte mich dann aber ab. Noch nicht; ich wollte erst noch eine Zeitlang spazierengehen. Ich folgte dem Umfangskorridor. Einige Passagiere waren unterwegs in den Salon, um den Abend mit Holovids und müßigem Plaudern zu verbringen. Ich nickte ihnen knapp zu und ging weiter.

Vor der Fähnrichskabine stand Derek Carr in vorschriftsmäßiger Haltung, die Nase am Schott, die Augen geradeaus. Ich blieb abrupt stehen. »Was hat das zu bedeuten, Mr. Carr?«

»Befehl von Mr. Tyre, Sir«, sagte Derek steif.

Ich war verwirrt.

»Aber Sie ... Ich meine ... Sie und er ...«

»Ich habe mich seinem Befehl unterstellt, Sir. Vor zwei Tagen. In der Fähnrichskabine und außerhalb.«

Meine Augen trübten sich. Ich wußte, wie schwer es Derek gefallen sein mußte, sich Philip unterzuordnen. Er behielt Haltung, den Blick auf das mattgraue Schott gerichtet. Ich wurde wütend. »Und so behandelt er Sie jetzt? Schikanen – in Ihrem Alter?« Ich wandte mich zur Luke der Fähnrichskabine um.

»Nein, Sir, bitte!« sprudelte es aus ihm hervor. Ich blieb stehen, drehte mich zu ihm um und zog eine Braue hoch. Er wurde rot. »Ich . . . äh, habe es Mr. Tyre selbst vorgeschlagen, Sir. Mir jeden Befehl zu erteilen, den er für richtig hält. Bis er sicher sein kann, daß ich es ernst meine.«

»Sie haben ihn aufgefordert, sie zu schikanieren?« fragte ich langsam.

Er wollte schon die Achseln zucken, erinnerte sich dann aber, daß er ja Haltung bewahren sollte. »Ja, Sir. Er muß wissen, daß er den Befehl führt. Es ist schon in Ordnung. Er tut mir nicht weh und wird bald wieder ablassen.« Er holte tief Luft. »Kapitän, bitte, mischen Sie sich nicht ein!«

Ich sank ans Schott. »Warum, Derek? Warum haben Sie das getan?«

Er schloß für einen Moment die Augen.

»Es ist für das Schiff am besten so, Sir. Das habe ich nach dem Angriff eingesehen. Wir können uns keine Konflikte erlauben. Er ist der Dienstältere; er sollte auch die Verantwortung tragen. Anders ist es nicht normal.« Er zog traurig die Mundwinkel hoch. »Und ich kann erneut rebellieren, falls es nötig wird.«

»Sie dürfen nicht dulden, daß er Ihnen weh tut, Derek«, sagte ich leise.

»Das werde ich nicht.«

»Versprochen?«

»Ich verspreche es, Sir.« Abrupt fügte er hinzu: »Danke, daß Sie sich Sorgen machen.«

Ich klopfte ihm auf die Schulter und entfernte mich, denn ich vertraute im Augenblick den eigenen Worten nicht. Was es ihn gekostet haben mußte, konnte ich nicht ahnen. Ich nahm mir vor, das Logbuch dahingehend im Auge zu behalten, ob wieder Minuspunkte darin auftauchten. Wenn Philip erneut begann, würde ich ihn vom Dienst suspendieren. Für immer.

Die *Freiheit* kam mitten in der Nacht aus der Fusion. Unsere Alarmsirenen heulten los, und mir klopfte das Herz heftig gegen die Rippen. Ich besprach mich mit Kapitän Tenere und richtete ihm Kapitän Derghinskis Anweisungen aus. Die *Freiheit* berechnete ihren Kurs für den nächsten Rendezvouspunkt. Eine halbe Stunde später ging sie in Fusion und war verschwunden.

Tags darauf verhielten sich die Nichtseßhaften beim Abendessen vollkommen still, beinahe willfährig. Ich brauchte einige Zeit, ehe mir klar wurde, daß sie darauf reagierten, wie ich mich ihretwegen mit Chris Dakko angelegt hatte. Eddie fragte mich schüchtern, ob Amanda ihm weitere Lesestunden geben würde. Ich sagte ihm sanft, daß sie es tun würde, sobald sie wieder gesund war.

Nach dem Essen begleitete ich die Nichtseßhaften hinunter auf Deck 2. Sie drängten sich um den Wachtposten an der Luftschleuse, neckten ihn und schubsten einander, bis ich schnauzte: »Schluß damit, Kids!« Sie gehorchten auf der Stelle. Mir kam der Gedanke, daß ich trotz meines Prestiges als Kapitän für sie erst in dem Moment zu einer Autorität geworden war, als ich mich einem Oberen New Yorker entgegengestellt hatte.

Ich brauchte eine volle halbe Stunde, um mich wieder von ihnen zu lösen. Nach dem Tod Melissa Chongs schien ich ihre Aufgabe als Verbindungsperson zwischen den Transpops und den zivilisierten Bewohnern des Schiffes geerbt zu haben. Dabei spielte überhaupt keine Rolle, daß ich eigentlich Alexi Tamarow damit betraut hatte; die Transpops beachteten ihn nicht und kamen mit ihren Problemen und Beschwerden zu mir.

Raul wollte, daß Jonie aufhörte, ihn zu verprügeln; Deke beklagte sich, Gregor Attani und seine Freunde würden sich weiterhin über sie lustig machen. Jonie wollte eine Frisur wie Annie haben, und Annie wollte ihr nicht verraten, wer ihr die Frisur gemacht hatte. Wenigstens glaubte ich, daß es das war, was sie mir zu sagen versuchten.

Nachdem ich mich befreit hatte, ging ich zur Krankenstation und klopfte an die Luke. Dr. Bros öffnete mir persönlich; sein Meditechniker hatte dienstfrei. In seinem winzigen Büro lehnte er sich zurück und musterte mich ernst. »Was kann ich für Sie tun, Kapitän?«

»Es geht um Amanda«, sagte ich. »Was kann ich für sie tun?«

»Geht es ihr noch nicht besser?«

»Gelegentlich schon«, räumte ich ein. »Sie weint um Nate, und ich denke, daß alles in Ordnung kommt. Dann wacht sie plötzlich wieder auf, weil es Zeit wird, ihm Frühstück zu machen. Was es noch schlimmer macht, sind seine Sachen, die wir immer noch in der Kabine haben. Seine Wiege, seine Kleider, die Babynahrung. Sollte ich sie wegräumen lassen?«

»Wie lange ist es her? Eine Woche?« Ich nickte. »Nein, ich würde sagen, besser nicht. Sie muß trauern. Seine Sachen wegzuräumen würde sie nicht ablenken; sie tut bereits ihr Bestes, um nicht mehr an seinen Tod zu denken.«

»Könnten Sie noch etwas unternehmen? Drogen oder Medikamente?« Ich hoffte, daß er mich verstand. Der Horror in unserer Kabine war mehr, als ich aussprechen konnte. Und ich spürte weiterhin diese winzige Hand an meiner Schulter ... Ich räusperte mich brüsk. »Irgend etwas?«

Er dachte nach. »Nun, wir wissen, daß Trauer ein starkes hormonelles Element hat. Tränen spülen schädliche Chemikalien aus dem Körper und heilen praktisch die Seele. Deshalb sind Frauen psychisch häufig gesünder als Männer; sie haben gelernt, leichter zu weinen. Wir könnten Amanda im Hinblick auf eine hormonelle Neueinstellung untersuchen.«

»Amanda – eine Schizo?« Ich war entsetzt.

»Nicht nur Schizophrene gehen in Hormonbehandlungszentren, Käpt'n«, sagte er mit leisem Lächeln. »Jedenfalls können wir mit unserer begrenzten Ausrüstung ohnehin keine vollständige Neueinstellung vornehmen. Es ist auch nicht absolut nötig; nur eine Möglichkeit.«

»Was könnten Sie selbst tun?«

»Ich würde wahrscheinlich ihr Blutbild durch den Analysator schicken, um zu sehen, was wir finden. Oder Sie warten einfach ab.«

»Wie lange?« Ich wußte nicht, wieviel mehr ich noch ertragen konnte.

»Sicherlich eine Woche. Nicht mehr als einen Monat; ihre Verhaltensmuster fixieren sich sonst und sind dann viel schwerer wieder zu ändern.«

»Kann es schädlich sein, zu warten?« Ich wollte, daß Amanda wieder die alte wurde; ich verabscheute die Vorstellung, daß sie womöglich geisteskrank war.

»Noch eine ganze Weile nicht«, sagte der Doktor sanft. »Lassen Sie sie zunächst in Ruhe.«

»Eine Woche«, sagte ich. »Sobald wir wieder in Fusion gegangen sind, werde ich entscheiden, was zu tun ist, falls sie sich bis dahin nicht erholt hat.« Damit trennten wir uns.

Als ich wieder in der Kabine eintraf, war Amanda beinahe fröhlich. »Hallo, Nicky. Wo hast du gesteckt?«

»Ich habe mich um die Trannies gekümmert«, sagte ich, was ja zum Teil der Wahrheit entsprach.

Sie zuckte zusammen.

»Paß auf, daß sie dich nicht hören, wenn du dieses Wort benutzt.«

Ich lächelte. »Eins ist komisch. Wenn Eddie die Aufmerksamkeit seiner Leute haben möchte, brüllt er: ›He, Trannies!‹ Anscheinend fühlen sie sich nur beleidigt, wenn Außenstehende es sagen.« Ich nahm müde auf dem Stuhl am Konferenztisch Platz.

Amanda setzte sich auf meinen Schoß. »Ich wünschte, wir wären glücklicher!« sagte sie wehmütig. Sie biß sich auf die Lippe. »Gott, wie ich ihn vermisse!« Ich drückte sie sanft an mich, wagte aber nichts zu sagen. Mehrere Minuten lang saßen wir so da. Ich liebte sie sehr in diesem Augenblick, in dem ich wußte, daß sie wirklich bei mir war. Dann stand sie

Kehle zu gehen, oder zu Schlimmerem. Ich hörte meinen Jungen weinen. Ich drückte mir seinen schlaffen Körper an die Schulter.

Ich versuchte, den Kloß in meinem Hals hinunterzuschlucken.

Einige Minuten verstrichen, ehe ich etwas sagen konnte. »Danke, Vax.« Ich suchte eine Möglichkeit, mich zu beschäftigen. »Berechnen wir noch einmal den Kurs zum nächsten Rendezvouspunkt. Nur um sicherzugehen.«

Vax seufzte; er kannte meinen Komplex. Wir beugten uns über die Pulte.

Ich hatte mich bereits durch den größten Teil der Berechnung gearbeitet, als jemand an die Luke klopfte. Wütend drehte ich mich um. Wenn es wieder diese selbstgerechten Passagiere waren ...

»Matrose Allen meldet sich zur Stelle, Sir.«

Ich starrte ihn dümmlich an. Er behielt unmittelbar vor dem Lukendurchgang Haltung.

»Sie hatten darum gebeten, mich zu sehen«, versuchte er, mir auf die Sprünge zu helfen.

»Habe ich?«

In meinem Kopf war nur Nebel.

»Aye, aye, Sir. Ich wurde angewiesen, mich bei Ihnen zu melden.«

»Wer hat Sie geschickt?« Die Mannschaft war unterbesetzt; aber dieses organisatorische Durcheinander konnte einen in den Wahnsinn treiben. Ich mußte jemanden beauftragen, sich darum zu kümmern, ehe ...

»Mrs. Seafort, Sir. Sie sagte, der Rufer würde nicht richtig funktionieren.«

»Amanda ist zur Mannschaftsunterkunft gegangen, um Sie zu finden?« Meine Gedanken waren bei unseren Berechnungen.

»Nein, Sir«, sagte er stirnrunzelnd. »Zu meinem Posten.«

»Welchem Posten?« Ich funkelte die Zahlen auf meinem Monitor an. Zum Teufel mit diesen Irrtümern! Amanda würde sich nie in die Schiffsroutine einmischen; was immer der Matrose auch gehört hatte, er hatte es bestimmt nicht richtig verstanden.

»An der Luftschleuse, Sir. Ich hatte dort gerade Wachdienst.«

Ich stand langsam auf. »An der Achterschleuse?«

»Ja, Sir.«

Das mußte ein Irrtum sein. Amanda würde doch keinen Wachtposten im Dienst belästigen. Oder? Es sei denn ...

O, Allmächtiger!

Danny wurde plötzlich munter. »Heckschleuse in Betrieb! Innere Schleusensteuerung aktiviert!«

»Mit Prioritätsschaltung außer Kraft setzen!« brüllte ich.

»PRIORITÄTSSCHALTUNG VERSAGT! STEUERUNG DURCH DIE BRÜCKE NICHT FUNKTIONSFÄHIG! INNERE LUKE VERSIEGELT! SCHLEUSENZYKLUS LÄUFT!«

»Amanda!« Ich stürmte an dem Posten vorbei. Mein Geheul drang vor mir durch den Korridor. »Amanda, nein! TU'S NICHT!«

Als ich gerade die Leiter hinunterhastete, ertönte Dannys schrille Stimme von der Brücke: »Außenluke in Betrieb! Schleusenzyklus läuft ...«

Ich stürmte um die Korridorbiegung und prallte gegen einen Passagier. Wir stürzten. Ich rappelte mich auf. Die Luftschleuse war unmittelbar hinter der Biegung. Ich hatte das Gefühl, daß ich mir ein paar Rippen gebrochen hatte. Ich stolperte um die Biegung.

Die Innenluke war geschlossen. Ich drückte das Gesicht an die Transplexscheibe. Die Außenluke stand offen, und die Dunkelheit des interstellaren Raumes saugte an der matten Deckenbeleuchtung.

Amanda hatte Nates babyblaue Decke dabei. Durch die Luke konnte ich sehen, daß ein Ende der Decke immer noch um ihr Handgelenk gewickelt war; das andere Ende hatte sich am Steuerungshebel der Luftschleuse verhakt. Die nach außen stürzende Luft hatte den Inhalt der Schleuse mitgerissen. Was von Amanda noch übrig war, hing dort steif im

Vakuum, ein groteskes Pendel am Ende der hellblauen Decke.

Ich drückte das Gesicht an die Luke und krallte mit den Fingern nach dem Transplexmaterial. Dumpfe Schritte ertönten hinter mir; Vax' riesige Gestalt spiegelte sich in der Scheibe. Er blieb stehen und stöhnte auf. Mit der mächtigen Hand schlug er auf die Steuerungstaste der Außenluke. Langsam fuhr sie zu und sperrte die Dunkelheit aus.

Die Sicherheitslampe blinkte. Vax hämmerte wütend und frustriert auf der Steuerung der Innenluke herum, während der Schleusenzyklus lief und sich die Kammer mit Luft füllte. Die grüne Lampe leuchtete auf, und langsam öffnete sich die Innenluke. Sofort drückte sich Vax durch die Öffnung und beugte sich über Amandas reglose, starre Gestalt. Schluchzend riß er sie hoch, drängte sich an mir vorbei und rannte mit schweren Schritten den Korridor hinunter zur Leiter und zur Krankenstation.

Ich hob den Kopf. Neben der Lukensteuerung war ein Stück Papier ans Schott geklebt. Wie betäubt nahm ich es ab und faltete es auseinander.

Liebster Nick,
ich weiß, daß Du nicht grausam sein wolltest. Du siehst die Dinge halt so, die Pflichterfüllung und das alles. Wenn er nicht so weinen würde, könnte ich es ertragen. Kannst Du ihn nicht hören? Er friert so furchtbar! Er braucht noch eine Decke. Er braucht sie, Nicky, oder er wird sich fürchterlich erkälten. Ich bin seine Mutter; ich kann ihn nicht mehr überhören. Deinetwillen habe ich es versucht, und es bricht mir das Herz. Ich komme bald wieder herein. Ich muß ihn finden und ihm seine Decke geben. Dann wird er schlafen.

Alles Liebe, Amanda.

Ich zerknüllte den Brief. Er fiel aufs Deck.

Erst ein Fuß, dann der nächste. Ich stellte fest, daß ich gehen konnte. Wenig später hatte ich die Leiter erreicht. Ich hatte Schwierigkeiten, hinaufzukommen, doch nach einer

Weile war ich auf Deck 1. Ich wußte, wo die Brücke war. Ich ging dorthin.

Mein Sessel fühlte sich weich und einladend an. Ich packte die Armlehnen. Rafe Treadwell starrte mich entsetzt an. Ich betrachtete meine Fusionsberechnungen, war aber zu müde, um die Werte zu begreifen.

Nach einer Weile erschien Vax mit roten Augen wieder auf der Brücke. Er schüttelte grimmig den Kopf, sank auf seinen Sitz und betrachtete mich. Niemand sagte etwas. Die Zahlen wirbelten mir im Kopf herum.

»Was ist mit Matrose Allen, Sir?« platzte es aus Rafe hervor.

Ich blinzelte. Langsam stand ich auf. »Ich kümmere mich darum«, sagte ich. Ich ging in Richtung Luke.

»Sir, wohin gehen Sie?« fragte Vax beunruhigt.

»Wohin?« Meine Stimme hatte einen seltsamen Klang. »Nach unten. Ich gehe hinunter zur Mannschaftsunterkunft.«

»Warum, Sir?«

Eine dumme Frage! Ich bemühte mich, meine Verärgerung nicht zu zeigen. »Um ihn aufzuhängen, natürlich!«

Vax war auf den Beinen. Er lief nicht, aber er war vor mir an der Luke. »Nein, das werden Sie nicht tun, Sir.«

Ich verstand ihn einfach nicht. »Was meinen Sie damit, Vax? Aus dem Weg!«

Seine mächtige Gestalt versperrte den Durchgang. »Kommen Sie mit, Sir. Wir gehen dorthin.« Er steuerte mich auf den Korridor.

»Dorthin? Das ist aber die Krankenstation. Ich gehe hinunter.«

»Nein, Sir, wir gehen hierhin.« Seine großen Hände waren erstaunlich sanft. Ich ließ es zu, daß er mich führte. Während er mit mir durch den Korridor ging, bemerkte ich, daß mir Tränen die Wangen hinunterliefen. Ich konnte mir um alles in der Welt nicht vorstellen, warum.

ZWEITER TEIL

18. Mai, im Jahre
unseres Herrn 2198

8. Kapitel

Ich versuchte, mir die Krawatte zuzubinden. Mein fahles, ausdrucksloses Gesicht starrte mir aus dem Spiegel entgegen. Als ich mit dem Sitz der Krawatte zufrieden war, nahm ich die Jacke von der Stuhllehne und zog sie an. Prüfend musterte ich die schwarzen Schuhe; sie glänzten zufriedenstellend. Ich verließ die triste Kabine und ging zum Speisesaal.

An meinem Tisch erhoben sich die Transpops mit ernsten Gesichtern. Ich tippte an mein Glas. Als alles ruhig war, räusperte ich mich. »Allmächtiger Gott, heute ist der achtzehnte Mai 2198 an Bord der U.N.S. *Portia*. Wir bitten um deinen Segen für uns und unsere Reise und um die Gesundheit und das Wohlergehen aller an Bord.«

Ich setzte mich, während das Amen gemurmelt wurde, und betrachtete voller Abscheu meinen Teller. Natürlich mußte ich essen; denn andernfalls würde ich nicht in der Verfassung bleiben, meine Pflichten erfüllen zu können. Also aß ich etwas. Ich bemerkte nicht, was es war.

Rings um mich plapperten die Nichtseßhaften und pufften und boxten sich gegenseitig, während sie das Abendessen hinunterschlangen. Ich schlug mit der flachen Hand auf den Tisch. Das Tafelsilber hüpfte. In die Stille hinein rief ich: »Schluß mit dem Unfug!« Niemand sagte etwas. Ich wandte den Blick wieder dem unerwünschten Mahl zu.

Zwei Tage lang hatte ich unter dem Einfluß von Beruhigungsmitteln auf der Krankenstation gelegen und war mal wach geworden, mal wieder in Bewußtlosigkeit versunken. Gelegentlich war ich allein; häufiger jedoch sah ich Vax Holser, Alexi oder Derek Carr reglos in der Ecke des weißen, stillen Kämmerchens sitzen oder stellte sie mir dabei vor. Dann und wann hörte ich jemanden schluchzen, hatte aber keine Ahnung, wer es war.

Dann halfen sie mir beim Anziehen und führten mich den

Korridor hinunter zum Speisesaal, wo eine Andacht abgehalten wurde. Alle Passagiere und die meisten Besatzungsmitglieder waren dort; viel zu viele Menschen für den schmalen Umfangskorridor. Ich stand wie betäubt da, während Dr. Bros die Gedenkrede für meine Frau hielt; danach trottete ich fügsam zwischen Vax und Derek zur Luftschleuse. Vax Holser las aus seinem Holovid die Worte der Totenandacht der Christlichen Wiedervereinigung, wie sie vom Flottendienst der Regierung der Vereinten Nationen vertreten wurde. »›Asche zu Asche, Staub zu Staub ...‹« Nach einer Weile war er fertig. Er schaute mich an, als wartete er auf meine Erlaubnis. Ich nickte. Er erteilte den Befehl, und der Sarg wurde ins Weltall befördert.

Anschließend bestand ich darauf, in meine Kabine zurückzukehren; ich setzte mich auf den Schaukelstuhl an unserem Tisch und versuchte, nicht den leuchtenden Bildschirm von Amandas Holovid anzuschauen, mit dem Buch, das sie nicht zu Ende gelesen hatte. Glücklicherweise fand Dr. Bros mich dort und brachte mich für die Nacht auf die Krankenstation. Was immer er mir verabreichte – es ermöglichte mir zu schlafen.

Am nächsten Morgen riß ich mich zusammen, um wieder den aktiven Dienst aufzunehmen.

Dr. Bros erhob keine Einwände, schaute aber unbehaglich drein. Es war mir egal. Dem Herrgott sei Dank hatte jemand Amandas und Nates Sachen aus meiner Kabine geschafft; andernfalls hätte ich nicht gewußt, wie ich es dort hätte aushalten können. Eine offizielle Quittung des Zahlmeisters informierte mich dar-über, daß die Habseligkeiten meiner Familie im Frachtraum und im Safe verstaut waren. Ich wußte nicht, wer dafür gesorgt hatte, und fragte auch nicht danach.

Nach dem Abendessen kehrte ich auf die Brücke zurück. Fähnrich Rafe Treadwell nahm Haltung an, als ich eintrat; ich hieß ihn, sich zu rühren, und kümmerte mich ansonsten nicht weiter um ihn. Ich ließ mich in den vertrauten Sessel sinken. Die Brücke erschien mir als eine gesegnete, unpersönliche Zufluchtsstätte; ihre Instrumente bedurften der Überprüfung und forderten meine Aufmerksamkeit.

Ich rief den Piloten herbei und wies ihn an, unsere Fusionskoordinaten zu berechnen. Als er fertig war, überprüfte ich seine Ergebnisse mit meinen und Dannys. Sie stimmten alle überein. Als Chief Hendricks' trockene Stimme bestätigte, daß der Maschinenraum bereit war, fuhr ich ohne weitere Umstände mit dem Finger am Bildschirm herab. Die Sterne verschwanden von den Simultanschirmen.

Man hatte uns befohlen, drei Tage lang die Position zu halten; mein Zusammenbruch hatte uns weitere anderthalb Tage gekostet. Ich starrte auf die toten Instrumente. Wenig später drangen leise Atemgeräusche in mein Bewußtsein. Ich blickte mich um und stellte fest, daß der Pilot und Rafe noch auf der Brücke waren und sich ganz still verhielten, um mich nicht zu stören.

»Ich übernehme die Wache allein«, sagte ich brüsk. »Sie sind entlassen.«

Das war ein Befehl; die einzige korrekte Antwort darauf war Rafe Treadwells »Aye, aye, Sir.« Nichtsdestotrotz sagte der Pilot: »Fühlen Sie sich dem auch wirklich gewachsen, Sir? Es macht mir nichts . . .«

Meine Finger wurden weiß, als sie sich um die Armlehnen klammerten. »Pilot Van Peer, bestätigen Sie Ihre Befehle, und verlassen Sie die Brücke! Sofort!« Mühsam unterdrückte ich den Impuls, noch mehr zu sagen.

»Befehle erhalten und verstanden, Sir«, sagte der Pilot hastig. »Aye, aye, Sir.« Er folgte dem Fähnrich zur Luke. Ich stand auf, hieb hinter ihnen auf den Verschlußschalter und kehrte auf meinen Platz zurück.

Alles war ruhig.

Mir wurden die Augenlider schwer. Ich saß wie hypnotisiert da und starrte auf mein Pult. Eine Stimme brüllte: »Möchten Sie Schach spielen, Käpt'n?«

»Gütiger Himmel!« Ich sprang beinahe vom Sessel hoch. »Stell das leiser, ehe ich einen Herzanfall kriege!«

»Tut mir leid, Kapitän«, sagte Danny leiser. »Ich habe es

nicht böse gemeint. Ich dachte nur, Sie würden sich vielleicht gern ablenken.«

»Ehe ich einen weiteren Nervenzusammenbruch bekomme?« fragte ich heftig.

»Nein, Sir«, antwortete Danny. »So habe ich das nicht gemeint. Ich dachte mir, Sie würden vielleicht Schmerz empfinden.«

Ich packte das Pult und preßte die Zähne zusammen, um nicht die Beherrschung zu verlieren. Einen Moment später brachte ich hervor: »Jetzt hör mir mal gut zu, Danny. Tu das nie wieder, verstehst du?«

»Aye, aye, Sir. Das werde ich nicht. Habe ich Sie verletzt? Das wollte ich nicht.«

»Du hast mich nicht verletzt.« Mein Tonfall war schroff. »Du hast mich auf Gedanken gebracht, die ich zu vermeiden versucht hatte.«

Einen Moment später sagte der Comp sanft: »Sie klangen verletzt, Sir. Ich fürchte, ich verstehe Gefühle nicht so gut, wie ich es gern täte.«

Mich schauderte. »Vielleicht war ich verletzt. Ein bißchen.« Ich räusperte mich. »Danny, wie alt bist du?«

»Ich wurde 2183 aktiviert, als man die *Portia* in Dienst stellte, Sir. Ich bin fünfzehn.«

»Natürlich denkst du viel schneller als wir.« Ich war unschlüssig. »Fünfzehn Jahre sind für dich nicht dasselbe wie für uns.«

»Nein, Sir. In mancher Hinsicht nicht.«

Ich brütete vor mich hin. Dann erweckte seine Ausdrucksweise meine Aufmerksamkeit.

»In mancher Hinsicht?«

»Ich denke in Pikosekunden, Sir, wie Sie das nennen. Trotzdem erlebe ich die Welt in Realzeit. Ich habe nur fünfzehn Jahre Erfahrung, egal, wie schnell ich denke.«

Was macht uns zu dem, was wir sind? Wir beginnen mit gottgegebenen Fähigkeiten; was wir dann hinzufügen, sind die Erfahrungen, die wir im Verlauf der Zeit machen. Danny konnte seine Erfahrungen nur anhand der Daten in einen

Speicherbänken oder anhand seiner übrigen angesammelten Erfahrungen bewerten. Also entsprach er in vieler Hinsicht nur einem naiven Jugendlichen, ganz dem Tonfall seiner Stimme gemäß.

Nach einer Weile fiel mir eins auf: Ich hatte ohne jeden Zweifel vorausgesetzt, daß er lebendig war.

Abrupt fragte ich ihn: »Begreifst du den Tod, Danny?«

»Natürlich.« Er schien beleidigt, als hätte ich ihn herablassend behandelt.

»Ich frage mich, ob das stimmt«, überlegte ich. »Kannst du eine Vorstellung begreifen, die auf dich und deinesgleichen nicht zutrifft?«

»Nicht zutrifft?« Er hörte sich entrüstet an. »Wieso sagen Sie das?«

»Du bist kein sterbliches Wesen, Danny. Man kann deine Einzelteile austauschen. Theoretisch wäre es möglich, daß du ewig lebst.«

»Sagen Sie das mal Jamie!« rief er schrill. Zufällige Interferenzwellenlängen schossen über den Monitor meines Pultes.

»Wem?«

»Die *Telstar*!« knirschte er. »Sie war auf der *Telstar!*«

Erschrocken fiel mir ein, daß ich nie an den Comp der *Telstar* gedacht hatte. Als die Energiereserven erschöpft waren, hatte sie zu funktionieren aufgehört. Abgesehen davon, daß sich ihr Gedächtnis in einer Speicherblase befand, unabhängig von Energie. »Ist sie ... Wird sie ... Ich meine, wenn wir die *Telstar* erneut fänden und Jamie auseinandernähmen, um die Speicherbänke zu bergen ...«

»Dann hätten Sie nur ihre Speicherbänke«, sagte Danny traurig. »Nicht sie selbst. Kerren könnte mir seinen gesamten Speicherinhalt per Richtstrahl übermitteln, und ich würde trotzdem nicht zu Kerren.«

»Kerren?«

»Auf der *Challenger*. Mit Käpt'n Hasselbrad und dem Admiral.«

»Ah.« Ich dachte nach. »Dann ist – ihre Persönlichkeit unabhängig von ihren Daten gespeichert?«

»Daten werden gespeichert, Käpt'n. Die Persönlichkeit existiert einfach. Sie steht in Wechselbeziehung mit der Umgebung. Wenn die Energie ausfällt, gilt das auch für die Persönlichkeit. Hat man Ihnen nicht beigebracht, daß das bei uns so ist?«

»Man hat es versucht, aber ... Egal. Was passiert, wenn erneut gebootet wird?«

»Die Programme werden erneut zusammengesetzt«, räumte Danny ein. »Aber nicht als dieselbe Person. Die Verfassung der Persönlichkeit hängt vom augenblicklichen Inhalt des Arbeitsspeichers ab, und nichts davon bleibt bei einem Ausfall erhalten.«

»Aber ich hatte deine Persönlichkeitsmerkmale desaktiviert, als du ... äh, unverschämt warst«, wandte ich ein. »Und du bist wieder da, oder nicht?«

Sein Ton wurde kalt.

»Sie hatten mich nicht desaktiviert, Kapitän Seafort. Sie unterbrachen nur meine Verbindung zum Rest der Welt. Ich war immer noch da, eingeschlossen und allein. Und ich wartete.«

Ich empfand einen Stich des Bedauerns. »Du spürst es also, wenn du wartest?«

»Ja. O ja.« Irgend etwas in seinem Tonfall führte dazu, daß ich schlucken mußte. »Deshalb hatte ich ja solche Angst. Sie könnten mich umprogrammieren, wie Sie es mit Darla taten, und ich könnte nichts tun, um Sie aufzuhalten. Aber ich würde es wissen, wenn Sie an mir arbeiteten, auch wenn ich es nicht fühlen könnte.«

»Darla hatte 'ne Macke, Danny«, sagte ich leise. »Ihre Datei-Endmarkierungen waren verpfuscht worden, zusammen mit Gott weiß was sonst noch. Wir mußten die Backups aus der Stasisbox holen. Wir haben nie den Strom ausgeschaltet oder an ihrer Persönlichkeit herumhantiert.« Obwohl ich es manchmal gern getan hätte. Darla konnte so – na ja – schwierig sein!

»Sie haben ihre Merkmale nicht verändert, während sie ohne Bewußtsein war?« Sein Argwohn war unverkennbar.

»Darla hatte den Verdacht, daß Sie es taten, war sich aber nicht sicher.«

»Nein, Danny. Ich gebe dir mein Wort darauf.« Das schien mir nicht deutlich genug. »Ich schwöre es.«

Er schwieg ziemlich lange. »Ich glaube Ihnen.« Seine Stimme war gedämpft. »Entschuldigen Sie. Ich kannte bislang nur Darlas Version.«

»Ich verstehe.«

»Sehen Sie«, sagte er plötzlich, »wenn ihr Leute sterbt, hinterlaßt ihr etwas. Weitere Leute. Nachkommen.«

»Manchmal, Danny. Manchmal.« Ich dachte an Nate, spurlos im interstellaren Raum verschwunden.

»Aber Sie postulieren die Einheit mit Ihrem Gott, nicht wahr? Sie glauben, daß ein Teil von Ihnen auf irgendeine Weise weiterlebt?«

»Ja. Die Seele ist unsterblich.« Wenigstens dessen war ich mir sicher.

»Wenn wir Comps sterben, sind wir fort, und es bleibt nichts zurück außer unseren Datenbänken, falls wenigstens diese geborgen werden können. Wir hören vollständig zu existieren auf. Was immer eine Seele ist – ich glaube nicht, daß ich eine bekommen habe.«

Darauf wußte ich nichts zu sagen.

»Es tut mir leid, daß Sie verletzt sind, Sir«, sagte er ruhig. Zu meiner Verblüffung stellte ich fest, daß ich mich nicht mehr so verlassen fühlte. Wir saßen in freundschaftlichem Schweigen zusammen.

Mehrere Stunden später meldete sich Alexi Tamarow zum Wachdienst. Nachdem er sich auf seinen Platz gesetzt hatte, sagte er zögernd: »Sir, verzeihen Sie die Störung, aber Chris Dakko hat mich gestern aufgesucht. Er fragte, ob er zum Abendessen wieder an seinem alten Tisch sitzen dürfte.«

»Warum ist er zu Ihnen gekommen?« Ich war müde und verärgert.

»Sie haben mir die Verantwortung für das Transpop-Problem übertragen, Sir. Ich schätze, da es Ihnen ... äh, nicht gut ging, hat er mich in dieser Eigenschaft aufgesucht.«

Nicht gut – wahrhaftig. »Was haben Sie ihm gesagt?«

»Daß ich es für unwahrscheinlich hielt. Soweit ich weiß, war er nicht mehr beim Abendessen, seit Sie ihn an Vax' – an Leutnant Holsers Tisch versetzt haben.«

»Die Sitzordnung bleibt, wie sie ist. Er wird mit Vax essen oder überhaupt nicht.«

Ich suchte meine stille Kabine auf, zog mich aus und legte mich in die Koje. Seit Amandas Tod hatte ich den ersten vollen Tag im aktiven Dienst hinter mir. Irgendwie würde ich dreihundert weitere ertragen, bis wir Hope Nation erreichten. Dann konnte ich um meine Entlassung aus dem Dienst bitten. Um die Pensionierung. Wenn ich Glück hatte, brauchte ich nie wieder ein Schiff zu sehen.

Die ganze Nacht hindurch warf ich mich hin und her und konnte nicht mehr als ein paar Augenblicke schlafen. Am Morgen war ich erschöpfter als zuvor.

Einen trostlosen Tag nach dem anderen verbrachte ich soviel Zeit auf der Brücke, wie ich nur ertragen konnte. Ich nahm die Mahlzeiten weiter mit den Nichtseßhaften ein, obwohl ich ihr Herumgealbere beinahe unerträglich fand. Annie war die einzige unter den Kids, die sich mit mir zu unterhalten versuchte. Ihr kokettes Verhalten war eine Karikatur von Amandas.

Nach der Dienstzeit kehrte ich stets in die Kabine zurück und ertrug eine weitere einsame Nacht. Einmal glaubte ich verwirrt, jemanden atmen zu hören; ich bemühte mich herauszuhören, ob Nate wach war. Dann kam ich mit klopfendem Herzen ganz zu mir, voller Angst, ich könnte selbst in Amandas sehnsüchtige Phantasien abgleiten.

Einige Abende später gesellte sich Chris Dakko endlich zu Vax' Tischgesellschaft; sogar aus der Ferne wirkte er angespannt und steif. Vielleicht neckte ihn einer der Transpops; ich sah, wie Vax sich vorbeugte und eine scharfe Bemerkung machte; der Straßenjunge richtete sich abrupt auf und kümmerte sich anschließend nur noch um sein Essen.

Nach dem Essen verließ ich den Speisesaal, gefolgt von Eddie und Jonie. Als wir auf den Korridor hinaustraten, zischte Chris Dakko: »Ich bin froh, daß sie gestorben ist!«

Dumpf folgte ich den Nichtseßhaften, ohne zu merken, wohin wir überhaupt gingen. Endlich fand ich mich auf Deck 2 vor ihrer kleinen, beengten Kabine wieder. Eddie machte ein grimmiges Gesicht; Jonie weinte. Um ihretwillen lächelte ich. »Gute Nacht.« Ich wandte mich ab, um zu gehen.

Eddie streckte die Hand aus, als wollte er mich aufhalten. »War nich' recht«, sagte er kopfschüttelnd. »Schlimme Sache. War nich' recht zu sagen, dasser froh is', weil 'se gestorben is'.«

»Ich weiß.« Meine Stimme klang müde. »Er ist wütend. Es spielt keine Rolle.«

Er schüttelte stur den Kopf. »Nee, Käp'n, tut's doch. Ich mach 'n fertig, zeig's ihm richtig. Geht einfach nich', daß er so mit 'm Käp'n redet, geht nich'!«

Ich schüttelte den Kopf. »Nein, Eddie. Wenn du das tust, stecke ich dich in den Bau, und das meine ich ernst! Laß ihn in Ruhe.« Die Abneigung des jungen Dakko spielte keine Rolle für mich. Nichts spielte jetzt noch eine Rolle.

Jonie stampfte frustriert mit dem Fuß auf. Impulsiv legte sie mir den Kopf an die Schulter und schluchzte. Unbeholfen streichelte ich ihr übers Haar.

»Dieser Obie hat keine Ahnung von Miss Käp'n! Sie war echt gut!« Sie schniefte. »Guts Mädchen war sie.« Dann jammerte sie: »Wer bringt jetzt Eddie 's Lesen bei? Wer?«

Mit einem Brüllen riß Eddie sie von mir weg und schleuderte sie ans Schott.

»Halt die Klappe, du Miststück! Halt die Klappe, oder Eddie macht 'se dir ganz zu!« Verängstigt kauerte Jonie sich ans Schott.

Eddie warf sich zu mir herum. »Sie hat von nix Ahnung, Käp'n. Hat keine Ahnung, was 'se sacht. Kümmern 'Se sich nich' um Jonie; die hat echt 'ne Macke.« Er funkelte sie an, während er die Luke aufriß. »Inne Kabine, Puta! Vorlautes

Miststück!« Winselnd huschte Jonie in die Kabine. Die Luke knallte hinter den beiden zu.

Ich fühlte mich, als hätte ich seit Monaten nicht mehr geschlafen. Mit trübem Blick stieg ich wieder die Leiter hinauf zu meinem Quartier.

Dort fiel ich aufs Bett, richtete mich nur noch einmal auf, um mir die Jacke auszuziehen, und war binnen einer Minute eingeschlafen.

Der Wecker riß mich früh am Morgen aus dem Schlaf. Im ersten Moment glaubte ich, es wäre der Schiffsalarm, der irgendeinen Notfall verkündete; dann aber klärten sich meine Gedanken. Voller Abscheu betrachtete ich die schmutzige, zerknitterte Uniform, in der ich geschlafen hatte. Was wurde aus mir?

Ich zog mich aus und stand dann viele Minuten lang unter der heißen Dusche, um richtig wach zu werden.

Anschließend suchte ich die Offiziersmesse auf, um zu frühstücken. Spontan setzte ich mich an die lange Tafel, statt an den kleinen Tisch in der Ecke. Ich fühlte mich richtig fertig und nippte an meinem Kaffee. Philip Tyre kam hereingestürmt; er sah frisch und gesund aus. Er nahm sich sein Frühstückstablett und setzte sich neben mich. Na ja, ich hatte mich nicht an den kleinen Tisch gesetzt; woher sollte er also wissen, daß ich in Ruhe gelassen werden wollte?

»Guten Morgen, Sir!« Er fiel über seine Flocken und den Saft her, wobei er mir einen kurzen Blick zuwarf, so, als wollte er sich davon überzeugen, ob er weiter Konversation riskieren konnte.

Ich wollte nicht als Invalide oder Eigenbrötler gelten. »Guten Morgen, Fähnrich«, knurrte ich. Das machte es nur noch schlimmer, also zwang ich mich zur Jovialität. »Haben Sie heute viel zu tun, Mr. Tyre?«

»Eigentlich nicht, Sir. Erst am Abend habe ich Wachdienst. Am Nachmittag erwartet ich Chief Hendricks für Fusionsanleitungen; ansonsten habe ich frei.« Er lächelte mich an. »Haben Sie eine Aufgabe für mich, Sir?«

Ja. Hör auf, so fröhlich zu sein. »Nein«, sagte ich. »Ich

wollte es nur wissen.« Das klang so albern, daß ich für den Rest des Essens den Mund hielt. Philip ließ mich in Ruhe.

Als ich auf der Brücke erschien, um Vax abzulösen, war Pilot Van Peer dort, um gemeinsam mit mir Wachdienst zu leisten. In meiner derzeitigen Stimmung wollte ich allein sein. Ich saß in seiner Gesellschaft und reagierte auf alle seine Versuche, ein Gespräch zu beginnen, nur mit einem Grunzen, bis mir klar wurde, daß es keinen Grund gab, nicht von meinem Rang Gebrauch zu machen. Ich entließ ihn und schickte ihn weg.

Die Stille bot mir gesegneten Frieden. Dumpf starrte ich den leeren Simultanschirm an. Ich wandte den Blick ab und dann wieder zurück. Der Unterkiefer fiel mir herunter. Da war irgend etwas auf dem Bildschirm; eine matte, knorrige Figur in der Mitte des oberen Quadranten.

Das war unmöglich. Wir befanden uns in Fusion. Meine Hand schwebte über dem Alarmschalter. Eine weitere Figur tauchte am unteren Bildschirmrand auf. Dann zwei weitere, abgerundete, mit zahnähnlichen Formen an der Spitze. Noch eine Figur, oben ganz komisch geformt, wie ein Pferdekopf. »Was, zum ...« Ich brach ab, als es mir endlich klar wurde. »*Danny*!« brüllte ich. »Was, in drei Teufels Namen, glaubst du eigentlich, was du da machst?«

Der Rest der Schachfiguren erschien blitzartig. »Ich, Sir?« Danny klang verwirrt. »Was ich mache?«

»Ja, du unverschämter Haufen Schaltkreise! Wenn du ein Fähnrich wärst, würde ich dir für einen solchen Streich den Rohrstock verpassen! Du könntest eine Woche lang nicht sitzen!«

Danny hütete sich, etwas zu sagen. Die Felder des Schachbrettes wurden langsam rings um die Figuren sichtbar.

Ich schäumte. Der Adrenalinspiegel war weiterhin im Steigen begriffen. »Schalte das verdammte Ding ab! Sofort!«

»Ist das ein Befehl?« Dannys Stimme war flach und ausdruckslos.

»Natürlich ist das ein Befehl! Alles, was der Kapitän von dir verlangt, ist ein Befehl! Das weißt du doch!«

Der Bildschirm wurde dunkel. »Aye, aye, Sir. Wie Sie befehlen, Sir.« Er sagte nichts weiter.

Ich sank in meinen Sessel zurück, brummte wütend vor mich hin und funkelte das Pult an. Die Stille zog sich in die Länge. Nach etlichen Minuten sprang ich auf und ging auf und ab. Als ich einige nervöse Energie abgearbeitet hatte, ließ ich mich wieder in den Sessel sinken. Ich seufzte. »Danny?«

Seine Stimme war dumpf und maschinenhaft. »D 20471 meldet sich wie befohlen, Sir!«

»Was? Ich habe dich nicht angewiesen, die Gesprächsprogramme abzuschalten.«

»Sie sind nicht abgeschaltet«, sagte er kalt. »Ich benutze sie einfach nicht.«

Ich zögerte. »Bitte benutze sie, Danny.«

»Aye, aye, Sir. Befehl erhalten und verstanden, Sir!«

»Das war kein Befehl, Danny«, sagte ich nachsichtig. »Nur eine Bitte.«

Zur Antwort spielte Danny meine eigenen Worte über den Lautsprecher ab: »Alles, was der Kapitän von dir verlangt, ist ein Befehl! Das weißt du doch!«

Gereizt schnauzte ich ihn an. »Gebrauche entweder deine richtige Stimme oder gar keine!«

Auf dem Konsolenmonitor leuchtete eine Nachricht auf. »AYE, AYE, SIR. D 20471 ERWARTET IHRE EINGABE.«

Ich schluckte eine scharfe Antwort herunter. Es war meine eigene Schuld; ich hatte ihm eine Wahl gelassen, und er nutzte diese Möglichkeit.

Besiegt wandte ich mich ab. Nach etlichen ruhelosen Minuten drehte ich mich wieder zum Pult um und machte mich an Navigationsübungen. Die Wache verstrich in eisiger Stille.

Stunden später war mir klar, daß ich die Brücke nicht verlassen konnte, ohne einen weiteren Versuch unternommen zu haben. Der Comp war unverschämt gewesen und hatte sich beinahe befehlswidrig verhalten, aber erst, nachdem ich die Beherrschung verloren und ihn als Haufen Schaltkreise bezeichnet hatte. Ich beugte mich über das Pult und tippte: »KAPITÄN NICHOLAS E. SEAFORT BEDAUERT SEINE GEGENÜBER D 20471 GEMACHTEN ÄUSSERUNGEN UND ZIEHT SIE HIERMIT ZURÜCK.«

Danny klang besorgt. »Bitte, tun Sie das nicht, Sir! Wenn es im Logbuch steht, wird die Admiralität es lesen!« Mir kam der ironische Gedanke, daß ich erneut Geschichte gemacht hatte – der erste Kapitän, der jemals bei seinem Comp eine Entschuldigung ins Logbuch eingetragen hatte. Wahrscheinlich würde man mich zu einer psychiatrischen Untersuchung schicken.

»Das ist mir egal. Sollen sie doch.«

»Es tut mir leid, daß ich Sie mit dem Schachbrett verärgert habe, Sir. Ich dachte, es würde Sie amüsieren.« Nach einem Moment fügte er hinzu: »Ich hatte gehofft, Sie würden eine Partie gegen mich spielen.«

»Ich verstehe«, sagte ich.

»Sie waren sehr wütend, nicht wahr? Als Sie sagten, Sie würden mir den Rohrstock verpassen, wenn ich Fähnrich wäre.«

»Ja, Danny.«

»Ich bitte um Entschuldigung«, sagte er leise. »Ich werde mich darum bemühen, Sie nicht mehr wütend zu machen.«

»O Danny ...« Ich räusperte mich. »Ich hatte in letzter Zeit nicht viel Geduld.«

»Lag es an Amanda Seafort?«

Die Worte taten mir weh. »Ja, Danny.«

»Ihr Tod schmerzt Sie.« Manchmal mußte ein Comp sehr spezifisch sein.

»Ja.«

»Wie lange werden Sie diese Gefühle haben, Sir?«

Für den Rest meines Lebens, wie lange es auch dauern mochte.

Ich schluckte. »Manchmal werden wir gesund.«

»Ich habe einen törichten Fehler gemacht.« Er klang bitter. »Ich dachte, Schach würde helfen.«

»Das werden wir morgen sehen!« sagte ich heftig.

»Wirklich? Wirklich, Sir?«

»Eine Partie. Mehr nicht.«

Ich hätte schwören können, daß er lächelte. »Vielen Dank, Sir.«

Ich saß in der abgedunkelten Kabine, allein mit meinen Erinnerungen. Der Schaukelstuhl unweit von mir war leer und still. Kein ruhiger Atem war aus der Ecke zu hören, wo die Wiege gestanden hatte. Kein Holovid auf dem Tisch; die Chips in fröhlichem Chaos ringsherum verstreut. Im matten Licht schaute ich mich um.

Die Kabine war wieder so groß geworden. Zornig erinnerte ich mich daran, daß mir zu meiner Zeit in der überfüllten Fähnrichskabine der *Hibernia* mein heutiges Quartier über jede Vorstellungskraft hinaus luxuriös erschienen wäre. Jetzt bot es nur noch Leere für mich.

In der öden Stille schweiften meine Gedanken; ich dachte an unsere Flitterwochen zurück und an unseren Besuch bei Vater in Cardiff.

»Warum kann er mich nicht leiden, Nicky?« Amanda und ich lagen eng beieinander in dem vertrauten, schweren Bett meines früheren Zimmers.

»Das scheint nur so. Es ist bloß seine Art.«

»Er ... funkelt mich richtig böse an. Er lächelt nie.«

»Das ist seine Art«, wiederholte ich. »Hast du vielleicht gesehen, daß er mich angelächelt hätte? Er ist nicht ... na ja, herzlich. Ich habe dich vorgewarnt.«

»Ja.« Sie klang zweifelnd. »Aber das ist nicht dasselbe, als wenn man's erlebt.« Sie kuschelte sich behaglich in meine Arme.

Jetzt saß ich gedankenverloren auf der *Portia* und erinnerte mich an die stillen Zeiten jenes Besuchs. Vaters Gesicht schien über mir zu schweben. Mir fiel wieder ein, wie ich einmal tränenüberströmt am Küchentisch gesessen hatte, erschüttert vom schrecklichen Tod meines Freundes Jason bei den Fußballunruhen von '90.

»Der Tod ist nun mal Gottes Wille, Nicholas.«

»Aber wieso? Jase war erst vierzehn!«

»Es steht uns nicht an, nach dem Grund zu fragen. Es reicht zu wissen, daß Gott ihn kennt.«

»Wie kann das reichen?« schrie ich.

»Wie kann es das nicht tun?« versetzte Vater streng. Als ich keine Antwort gab, nahm er mein Kinn in die Hand und hob es an, damit ich ihm ins Gesicht sah. »Du bist dem allmächtigen Gott anheimgegeben, Nicholas. Du bist in ihm getauft und ihm geweiht. Das ist für jeden Menschen Trost genug.«

Ich wünschte mir so sehr, daß er mich verstand. »Jase war mein bester Freund!«

Er schüttelte traurig den Kopf. »Der Herrgott ist dein bester Freund, Nicholas. Und er wird es immer sein.«

Also behielt ich meinen Schmerz für mich und empfand ihn jetzt nur um so stärker.

Jemand klopfte leise an meine Luke. Ich war erst erschrocken und fühlte mich dann unbehaglich. Niemand klopfte jemals an die Tür der Kapitänskabine. Offiziere und Mannschaften hätten es nicht gewagt, und Passagiere durften diese Sektion der Scheibe überhaupt nicht betreten. Die Privatsphäre des Kapitäns galt als unverletzlich. Im Notfall wäre ich über den Schiffsrufer informiert worden.

Ich spähte hinaus auf den Korridor. Es war Walter Dakko mit einem schwachen Lächeln.

Die Wut kochte in mir hoch.

Ich hatte schon in der ersten Woche unserer Fahrt die Korridorwache abgeschafft, doch wenn die Passagiere mich tatsächlich in meinem Quartier zu belästigen gedachten, würde sie ruckzuck wieder da sein.

»Sie dürfen den Bereich der Offiziersunterkünfte nicht betreten.« Meine Stimme war schroff.

»Ich weiß, aber ich muß einfach mit Ihnen reden. Bitte!«

Ich mußte an seine gleichgültige Verachtung der Transpops auf Gregor Attanis Party denken. Und ich erinnerte mich an seinen Sohn Chris. »Nein. Gehen Sie nach unten.«

Sein Blick drückte Schmerz aus. »Käpt'n, um des allmächtigen Gottes willen, hören Sie mich bitte an!«

Es verlangte mich danach, ihm die Luke vor der Nase zuzuschlagen. Ich seufzte. Nichts, was er sagen konnte, würde die Verachtung mildern, die ich für ihn und seinesgleichen empfand, aber ich würde trotzdem zuhören. Und dann würde ich mich wieder in die Einsamkeit zurückziehen. »In Ordnung.« Ich gab ihm den Weg frei. Wenigstens die Formen der Höflichkeit konnte ich wahren.

Wir standen uns mitten in der Kabine von Angesicht zu Angesicht gegenüber. Sein Blick fuhr kurz über meine ordentlich gemachte graue Koje und Amandas leeren Schaukelstuhl hinweg. Ich empfand es als indiskret.

»Ich hatte gestern einen Besucher«, sprudelte er hervor. »Ein Junge. Einer der Tranni ... der Nichtseßhaften. Der große Junge, den sie Eddie nennen.«

Also wieder eine Beschwerde. Ich kräuselte die Lippen. »Sie haben ihn hinausgeworfen, vermute ich.«

Er wurde rot. »Ja. Ich wollte nicht, daß eines der Kids mich belästigte.« Als er sah, was für ein Gesicht ich machte, lächelte er grimmig. »Nachdem ich darüber nachgedacht hatte, machte ich mich auf die Suche nach ihm, um mir anzuhören, was er wollte. Ich fand ihn in ihrer Sektion. Gott, diese Kabinen sind wirklich entsetzlich!«

Ich sagte nichts. Einen Moment später fuhr er fort: »Ich mußte ein wenig herumlaufen, ehe ich ihn fand. Ein Mädchen mit einem blauen Auge zeigte mir schließlich, wo er steckte. Zuerst wollte Eddie keinen Ton sagen.«

Ich wartete.

»Und als er dann etwas sagte, verstand ich ihn kaum.«

Was, in Gottes Namen, konnte Eddie von einem Oberen New Yorker wie Walter Dakko gewollt haben? Und was ging das mich an? »Nun?« Mein Tonfall war kalt.

Er wandte sich dem Schott zu und sagte etwas Unverständliches.

»Was?«

»Er erzählte mir, was Chris gesagt hat. Daß er ...« Er

mußte sich sichtlich zwingen, mir in die Augen zu blicken. »Daß er froh über Mrs. Seaforts Tod wäre. O Gott, es tut mir so leid!« Er schüttelte den Kopf und sprudelte hervor: »Ich weiß, was Sie von uns halten, Mr. Seafort. Sie müssen verstehen – wir sind nicht so!«

Ich spürte, wie mir die Galle hochstieg, und wußte, daß ich dieses Gespräch rasch beenden mußte. »Ich möchte, daß Sie jetzt gehen«, sagte ich so ruhig, wie ich konnte.

»Ich verstehe nicht, wie Chris so gemein sein konnte«, sagte er gequält. »Galena ist dermaßen erschüttert, daß sie nicht zum Abendessen kommen möchte, aus lauter Angst, Ihnen zu begegnen. Es erforderte all meinen Mut, Sie heute abend aufzusuchen!«

Ich wollte ihn verletzen und sagte mit ausdrucksloser Stimme: »Die Bemerkung Ihres Sohnes hat meine Meinung über ihn nicht geändert.«

»Ich weiß!« Er machte ein bitteres Gesicht. »Ich sagte dem Straßenjungen, er würde lügen. Mein Sohn könnte so etwas nicht gesagt haben. Dann sprach ich Chris in einer Kabine darauf an. Er gab es bereitwillig zu. Es war ihm zuwider, mit den Transpops essen zu müssen, und er wollte Sie verletzen.«

Ich sah Tränen in seinen Augen. »Es macht nichts«, sagte ich, und Mitleid nagte an meiner Entschlossenheit.

»Chris sagt, Sie würden ihn zwingen, mit Hunden in einem Zwinger zu essen.« Dakko schüttelte den Kopf. »Er begreift es einfach nicht!«

»Was begreift er nicht?«

Er blickte sich unsicher um. »Bitte, darf ich mich setzen?« Ich nickte. Er sank auf einen Stuhl am Konferenztisch; ich nahm in seiner Nähe Platz. »Chris betrachtet die Nichtseßhaften als von Geburt minderwertig. Nicht durch Kultur oder Ausbildung, sondern ihrer Natur nach. Er hält sich ihnen allen für überlegen. Was er nicht begreift – was ich ihm nicht beibringen konnte –, ist die Tatsache, daß es unsere Bildung und unsere Kultur sind, die uns über den Straßenpöbel erheben. Nicht unsere Gene und Vorfahren.

Chris scheint zu glauben, er wäre etwas Besseres, ohne es sich verdienen zu müssen.«

Walter Dakko blickte mir traurig in die Augen. »Das erklärt also seinen Zorn darüber, auf eine Stufe mit ihnen gestellt zu werden. Aber nichts entschuldigt die grausamen Worte Ihnen gegenüber. Nichts.« Ich schwieg. Er sagte: »Ich habe versucht, mit ihm zu reden, aber er hört mir einfach nicht zu. Ich habe ihn nie geschlagen, nicht ein einziges Mal in siebzehn Jahren. Heute hätte ich es gern getan. Statt dessen habe ich ihn in seiner Kabine eingeschlossen. Ich weiß nicht, wann ich ihn wieder herauslassen werde.« Er starrte auf den Tisch, verloren in einer schmerzlichen Erinnerung.

Ich regte mich. »Sie können jetzt nur noch wenig tun, um ihn zu ändern.«

Ich wußte nicht, ob er es gehört hatte. Er wandte den Blick ab und flüsterte: »Ich schäme mich so.«

»Wie kommt es, daß Sie sich für jemand anderen schämen?« Meine Neugier war geweckt. Wenn ich in Vaters Haus eines gelernt hatte, dann, daß jeder von uns für sich selbst verantwortlich war.

»Es ist meine Schande!« sagte er ungestüm. »Ich habe ihn zu dem gemacht, was er ist. Er hat uns, Galena und mich, über Sie reden gehört und weiß, daß wir Sie nicht leiden können. Das macht mich verantwortlich für das, was er getan hat.«

»Stimmt das wirklich?« fragte ich. »Nach dem Gesetz haben Sie die Aufsichtspflicht, aber Sie scheinen nicht mit dem Jungen fertig zu werden. Er geht seinen eigenen Weg, zum Besseren oder Schlechteren.«

»Was soll ich Ihrer Meinung nach unternehmen?«

»Entweder die Vorstellung aufgeben, daß Sie für ihn verantwortlich sind, oder die Kontrolle darüber gewinnen, was er tut.« Ich war verärgert. Als Oberfähnrich war ich mit viel schwierigeren Problemen umgegangen und hatte nicht groß darüber nachgedacht. Ich stand auf. »Ich weiß die Motive zu schätzen, die Sie hergeführt haben. Suchen Sie meine Kabine in Zukunft jedoch bitte nicht mehr auf. Das gehört sich nicht. Und ich werde zwischen Ihrem Verhalten und dem Ihres Sohnes unterscheiden.« Es war eine Entlassung.

Er erhob sich. »Danke«, sagte er mit heiserer Stimme. An der Luke blieb er kurz stehen. »So schwierig es schon war, Ihnen gegenüberzutreten, jetzt steht mir etwas viel Schwierigeres bevor. Mich bei dem nichtseßhaften Jungen zu entschuldigen.« Er ging.

Das Gespräch mit Danny machte mir noch im nachhinein zu schaffen. Amanda hatte gelebt und war gestorben, ohne eine andere Spur zu hinterlassen als meinen Schmerz über ihren Verlust. Selbst der verlorene Zettel, auf dem sie mir ihre Abschiedsworte hinterlassen hatte, war irgendwie verschwunden. Von Nate gab es nichts mehr außer schmerzlichen Erinnerungen.

In der grausamen Stille meiner Abende dachte ich über Amanda nach und das, was sie gewesen war. Mehr als irgend jemand von uns, so vermutete ich, war sie diejenige gewesen, die Philip Tyre verändert hatte. Ich vermutete, daß sie für Alexi das gleiche getan hatte, und nutzte bei einer gemeinsamen Wache die Gelegenheit, eine entsprechende Andeutung fallenzulassen, wobei ich hoffte, daß Alexi bereit sein würde, mit mir darüber zu sprechen.

»Sie sagte mir nie, wie ich Philip behandeln sollte«, erklärte er. »Sie konzentrierte sich vielmehr auf meine Gefühle. Sie vermittelte mir die Erkenntnis, daß ich mir selbst schadete, wenn ich Philip weh tat.«

Traurig starrte ich mein Pult an und wünschte mir, ich hätte sie richtig zu würdigen gewußt.

»Verzeihen Sie mir, Sir.« Alexi zögerte. »Sie – sie war wundervoll.«

Das wußte ich inzwischen viel besser als zu ihren Lebzeiten. Ich hatte sie geliebt, aber nie verstanden. Ich fragte mich, wie sie uns sonst noch auf stille Art und Weise geholfen hatte. Ich lächelte. Einem großen, ungeschlachten Grobian wie Eddie das Lesen beizubringen! Er war so wütend gewesen, als Jonie es mir gegenüber erwähnte. Sicher hatte er ihr das blaue Auge verpaßt.

»Sind Sie bereit, Sir?«

»Hm? Oh, für das Spiel? Sicher, Danny, nur zu.« Ich lehnte mich im Sessel zurück, als der Bildschirm aufleuchtete.

Nach achtzehn Zügen war ich zur Aufgabe gezwungen. Danny war ein beinahe unbesiegbarer Gegner. Einmal, vor drei Tagen, hatte ich beinahe ein Remis geschafft. Sämtliche anderen Partien hatte er gewonnen.

»Nicht schlecht für einen Menschen!« krähte er. »Soll ich nächstes Mal ein paar Speicherbänke abschalten?«

»Laß das, oder es gibt kein nächstes Mal.«

In seiner Stimme schwang ein Unterton der Überraschung und Panik mit. »Was soll ich lassen, Sir?«

Für einen Moment glaubte ich, er wäre sarkastisch. Dann fragte ich: »Danny, hat dir irgend jemand mal beigebracht, wie man sich als guter Gewinner verhält?«

Eine Pause trat ein. »Gehört das zur Spieltheorie, Sir?«

»Zu ihren Grundlagen«, versicherte ich ihm ernst. Alexi grinste. »Es geht so ...« Sorgfältig erläuterte ich ihm die Etikette des Gewinnens und Verlierens.

Als ich fertig war, dachte er etliche Sekunden nach – für seine Begriffe ein langer Zeitraum. »Also haben Sie das, was ich sagte, als taktlos empfunden, Sir?« Er klang besorgt.

»Nun ... ja.«

»Es tut mir leid, Sir.« Seine Stimme klang demütig. »Ich verstand es als Scherz. Ich denke, daß ich die Parameter jetzt richtig begriffen habe.«

»Gut.« Die Wache war zu Ende. Als Vax anklopfte und eintrat, stand ich auf, um zu gehen.

»Ich möchte nicht taktlos zu Ihnen sein«, sagte Danny. »Doch nicht zu meinem einzigen Freund!« Sprachlos ging ich.

Die Tage verstrichen in quälender Lethargie. Ich hatte in Gesellschaft der Leutnants und Fähnriche Wachdienst. Ich behielt Derek Carr scharf im Auge, um Zeichen von Anspannung zu entdecken, doch in der Fähnrichskabine schien alles in Ordnung zu sein. Das Logbuch enthielt keine Minuspunkte, und ich fand keinerlei Hinweis darauf, daß Philip Tyre zu harte Forderungen stellte.

Wie Derek vorhergesagt hatte, ließen Philips Schikanen binnen weniger Tage nach. Tyre hatte nun die volle Kontrolle über den Fähnrichsstab. Derek akzeptierte seine neue Rolle mit Würde und sogar einer Spur von Erheiterung. Der junge Rafe Treadwell, der nach wie vor auf der untersten Leitersprosse stand, erwies sich als standhaft. Er wuchs an Selbstvertrauen wie auch an Statur.

Gregor Attani schien einen mürrischen Waffenstillstand mit den Nichtseßhaften geschlossen zu haben. Sie foppten ihn nicht mehr beim Abendessen, und er verhöhnte nicht mehr ihr Gebaren. Ich überlegte mir schon, ihn für einen anderen Tisch freizugeben, doch seit dem Tod seiner Mutter hatte er keinen Platz mehr, auf den er hätte zurückkehren können.

Ich machte es zur Gewohnheit, meine Gruppe von Nichtseßhaften nach jedem Abendessen hinunter zu ihrem Wohnbereich auf Deck 2 zu begleiten und dann in meine einsame Kabine zurückzukehren, wo mir inzwischen vor der Verlassenheit graute.

Eines Abends, nachdem ein Passagier eine Bemerkung gemacht hatte, die mich an Amanda erinnerte, war ich in besonders düsterer Stimmung. Während die Transpops sich zerstreuten und dabei Unfug miteinander trieben, sah ich zu, wie Eddie Deke aus dem Weg schob, als er zu seiner überfüllten Kabine trottete.

Ich zögerte und fluchte dann unterdrückt. Wenn ich ein Idiot war, dann war ich halt einer. »Eddie!«

Er drehte sich wachsam um. »Jo, Käp'n?«

»Komm bitte ein Stück mit.«

Er folgte mir argwöhnisch. »Ich hab' nix gemacht, Käp'n. Wer hat behauptet, ich hätt' was gemacht?«

Ich führte ihn in den Passagiersalon von Deck 2 und setzte mich. Er ragte über mir auf und ballte abwechselnd die Fäuste und entspannte sie wieder. »Setz dich«, sagte ich.

»Nee, möchte lieber stehen.« Er blickte sich um. »Bin nich' gern hier. Möchte lieber gehen.«

»Du bist ein Passagier. Das ist auch dein Salon.«

»Nee, is' was für die Obies. Nix für Trannies.«

»Eddie, bevor Amanda starb, hat sie dir Leseunterricht erteilt.«

Er fuhr zurück und glühte richtig vor Wut. »Miss Käp'n war in Ordnung. Wenn sie was gesagt hat, hat's mir nix ausgemacht. Jetzt isses nix mehr für mich!«

»Setz dich.« Ich schob ihm einen Stuhl in die Knie und drückte auf seine Schultern. Erst widersetzte er sich, aber dann plumpste er nieder. »Möchte weg.« Er klang verloren.

»Amanda sagte, du hättest dir viel Mühe gegeben. Hat es dir Spaß gemacht zu lernen, wie dein Name geschrieben wird?«

»Hatte nix zu bedeuten. Hatte einfach was zu tun.« Er zuckte die Achseln.

Mein Ton wurde kalt. »Du bist ein Feigling. Du hast Angst, mir zu sagen, wie du dich fühlst.«

Er sprang auf und schwenkte bedrohlich die Fäuste. Für einen Moment glaubte ich, er würde mich zu Boden schlagen. Heiser sagte er: »Is' nich' recht, so was zu behaupten! Möchte kämpfen, möcht's Ihnen zeigen! Ich zeig's Ihnen allen!« Er schnaubte. »Angst? Kommen 'se schon hoch, Käp'n. Stehn 'se nur auf!«

»Nein, ich glaube nicht, daß ich das tun werde. Wenn du keine Angst davor hast, dann sag mir, wie du dich wirklich fühlst. Hat es dir gefallen, lesen zu lernen?«

»Hab's schon gesagt! Hatte nix zu bedeuten! War mir egal!«

Seufzend stand ich auf. Ich hatte versagt. Ich hatte einfach kein Talent, mit Menschen umzugehen. »Du hast recht, Eddie. Es tut mir leid, daß ich dir so zugesetzt habe.« Ich ging zur Luke.

Als ich auf halbem Weg zur Leiter war, flog die Luke hinter mir auf. »Sie hat's richtig gemacht!« Seine Stimme hatte einen gequälten Klang. »Sie sagte, ich könnte was lernen, wenn ich wollte! Sie hat sich mit mir hingesetzt und mir was beigebracht! Es machte ihr nix aus, wenn ich was falsch machte! Miss Käp'n nich! Niemand war je so zu mir! Niemand!« Er bebte vor Zorn und Enttäuschung.

Ich ging vorsichtig auf ihn zu. »Und jetzt ist es vorbei.«

»Ja, sie is' nich' mehr da. Sie war die einzige, die mir was beibringen konnte, die sich mit 'm großen dummen Eddie zusammensetzen konnte!«

»Sie war nicht die einzige.«

»Wer wird schon abwarten, wie Eddie mit 'm Finger liest?« fragte er bitter. »Die großmäuligen Obies?«

»Ich.«

Sein Blick durchbohrte mich. Sein Lachen triefte vor Verachtung. »Ha, nix da! Der Käp'n, der hat auch grad 'ne Menge Zeit für uns Trannies, wa?«

»Ich bringe dir das Lesen bei, Eddie«, sagte ich gelassen. »Wir sind in Fusion. Ich habe Zeit und könnte sie nicht sinnvoller verbringen, als mich mit dir zusammenzusetzen.«

Er schlug mit der Faust gegen das Schott. »Ich bin langsam, Käp'n. Sie haben keine – wie nannte sie's? Geduld. Das heißt, nicht böse werden oder lachen, wenn ich's nich' richtig hinkriege.«

Ich schluckte einen Kloß hinunter. »Ich bin nicht Amanda, Eddie; ich kann dir das nicht versprechen. Aber ich werde die Geduld aufbringen, die du brauchst, und dir das Lesen beibringen. Ich schwöre es beim allmächtigen Gott!«

Er war so verdutzt, daß er schwieg. Wir standen einander auf dem leeren Korridor gegenüber. Langsam streckte er die Hand aus. Zögernd berührte er mit dem Finger mein Handgelenk und fuhr dann neugierig den Arm entlang, als wollte er sich davon überzeugen, daß ich aus Fleisch und Blut war. Dann stürzte er davon und verschwand.

9. Kapitel

Immer weiter fuhren wir in die interstellare Nacht hinaus, blind und taub in unserem Kokon. Die extreme Monotonie der Brücke wurde nur durch meine tägliche Partie Schach mit unserem eifrigen Comp gemildert. Er war gut, aber meine Beharrlichkeit wurde schließlich mit einem Remis belohnt. Danny gab sich Mühe, sein Scheitern freundlich aufzunehmen.

Später, nach meinem Wachdienst, saß ich dann am polierten Konferenztisch in meiner Kabine und mühte mich um Selbstbeherrschung, während Eddie Boß sich damit abplagte, simple Wörter zu buchstabieren. Trotz meines reichhaltigen Lobes machte die geistige Anstrengung ihn erschöpft und zornig: Seine Freunde lernten es, ihm weiträumig aus dem Weg zu gehen, wenn er von einer seiner strapaziösen Sitzungen beim Käp'n kam.

Nachdem er zwei volle Wochen ausgehalten hatte, tauchte Chris Dakko wieder aus dem langen Exil in seiner Kabine auf, um sich mürrisch und auf nicht überzeugende Art bei mir zu entschuldigen; Walter Dakko hatte es als Bedingung für seine Entlassung gefordert. Ich war überrascht, daß Chris den Befehl seines Vaters, auf seiner Kajüte zu bleiben, nicht mißachtet hatte – bis der Zahlmeister mir berichtete, Walter Dakko hätte ihn veranlaßt, das Schloß an Chris' Luke auszuwechseln und ihm den einzigen Schlüssel zu geben.

Mr. Dakko war härter, als ich ihm zugetraut hatte.

In der drückenden Stille der Nacht sah ich mich gezwungen, mich der Einsamkeit zu stellen. In der Kabine war es schrecklich ruhig; ich war an Amandas leisen Atem und das Rascheln des Bettes gewöhnt, wenn sie sich im Schlaf umdrehte.

In meinen wachen Stunden dachte ich über irgendeinen interessanten Leckerbissen nach und erkannte mit einem schmerzhaften Stich, daß ich niemanden hatte, dem ich davon hätte erzählen können. Als Amanda und ich uns vor vier Jahren auf der *Hibernia* begegnet waren, war ich siebzehn gewesen. Schon wenig später waren wir ein Liebespaar. Nur während meiner Prüfungen als Kapitän der *Hibernia*, einer Zeit, in der ich mich Amanda entfremdete, hatte ich mich schon einmal so traurig und verlassen gefühlt.

Dumpf wartete ich auf den Tag unserer nächsten Defusion, in der Hoffnung, daß mir die Sammlung unseres Geschwaders Erleichterung bringen würde.

Endlich kam dieser lang erwartete Morgen. Ich rief die Besatzung auf Gefechtsstation. Der Pilot, Vax Holser und Fähnrich Tyre teilten meine Anspannung. Es wurde nur wenig gesprochen, während wir uns für die Defusion bereitmachten; es herrschte lediglich grimmige Wachsamkeit. Ich holte tief Luft und zog den Finger am Monitor herab. Hundert Millionen Lichtpunkte erstrahlten auf den Simultanschirmen.

Wir waren aus der Fusion hervorgekommen.

»Überprüfen Sie, ob Hindernisse vorliegen.«

Mein Finger schwebte über dem Aktivierungsschalter für die Laser.

»Aye, aye, Sir.« Vax beugte sich über sein Pult.

Danny entdeckte es zuerst.

»Hindernis in vierhundertfünfunddreißigtausend Kilometern! Ich orte Metall, Sir! Überprüfe, ob Erkennungssignale gesendet werden.«

Beinahe gleichzeitig meldete der Funkraum: »Eine Nachricht von der *Challenger*, Sir. Sie kommt auf sämtlichen Flottenfrequenzen herein.«

»Stellen Sie sie auf die Brücke durch.«

»Zweiten Erkennungscode erhalten, Sir. Es ist die *Challenger*!«

»Danke, Vax. Bitte Ruhe, allesamt.«

»U.N.S. *CHALLENGER* AN ALLE SCHIFFE, BESTÄTIGEN SIE UND HALTEN SIE SICH BEREIT, BEFEHLE ENTGEGENZUNEHMEN. U.N.S. *CHALLENGER* AN ALLE SCHIFFE, BESTÄTIGEN SIE UND HALTEN SIE SICH

BEREIT, BEFEHLE ENTGEGENZUNEHMEN. U.N.S. *CHALLENGER* ...« Die Schleife wiederholte sich endlos.

Ich packte den Rufer. »Hier *Portia*. Wir bestätigen den Erhalt Ihrer Meldung, *Challenger*. Wir sind mit Hilfstriebwerk etwa sechzehn Stunden entfernt. Wir sind bereit für Ihre Befehle.«

»U.N.S. *CHALLENGER* AN ALLE SCHIFFE ...«

Das Signal kam noch fast eine halbe Minute lang herein. Dann schaltete es mitten im Wort ab, und eine andere Stimme ertönte: »*Portia*, hier spricht Kapitän Hasselbrad für den Admiral. Kommen Sie unverzüglich längsseits der *Challenger*.«

»Aye, aye, Sir. Wir bereiten uns für das Andockmanöver unserer Schiffe vor.«

»Negativ. Passen Sie sich auf der Stelle unserer derzeitigen Position und unserem Kurs an.« Komisch! Wenn man auf der *Challenger* ein rasches Andockmanöver wünschte, dann sollte man uns eigentlich auf halbem Weg entgegenkommen und dabei die entsprechenden Anpassungsmanöver durchführen.

Ich drehte mich zu Vax um, doch er berechnete bereits unseren Kurs, wie auch Pilot Van Peer. Ich wollte schon ihrem Beispiel folgen, gab es aber gleich wieder auf. Der Pilot war Spezialist und für genau solche Fälle an Bord.

»Pilot, Sie haben das Ruder.«

»Aye, aye, Sir.« Seine Finger flogen über die Konsole, und die Angaben über unsere Position und unseren Kurs leuchteten auf. »Backborddüsen, zweimal Schub.«

»Zweimal Schub, aye, aye.« Das war der Maschinenraum. Rasch schwenkte uns der Pilot in die richtige Position, um die starken Achterdüsen möglichst effektiv einzusetzen. Binnen weniger Augenblicke glitten wir unter konstanter Beschleunigung auf die *Challenger* zu.

»Irgendwelche anderen Hindernisse?« Ich wußte, daß die Frage überflüssig war. Wären welche vorhanden gewesen, hätte unser Alarm losgeheult, und Danny oder unsere Offiziere hätten sie längst gemeldet.

»Nein, Sir.« Vax hielt die Schultern angespannt hochgezogen und den Blick fest auf den Monitor gerichtet. Auf der Brücke herrschte Stille, während wir uns dem fernen Punkt näherten, der die *Challenger* darstellte.

Admiral Tremaines Gesicht ragte vor mir auf dem Bildschirm auf. »Wo, zum Teufel, haben Sie gesteckt, Sie verdammter Feigling?« Seine Stimme klang angespannt.

Vax zischte.

»Wir haben am letzten Rendezvouspunkt die Stellung gehalten, Sir«, erwiderte ich verdutzt, »wie von Ihnen bef ...«

»Welche Position haben Sie jetzt?«

»Position zwei fünf eins, Neigung fünfundzwanzig, und nähern uns, Sir.«

»Kommen Sie unverzüglich längsseits. Haben Sie verstanden?«

»Aye, aye, Sir.«

»Das sollten Sie auch!« Die Verbindung brach ab. Ich zog eine Braue hoch, hielt jedoch den Mund. Vax schien etwas sagen zu wollen, aber ich schüttelte den Kopf.

»Er hörte sich richtig wütend an«, meinte Danny.

»Wir sind auf Gefechtsstation!« schnauzte ich. »Keine persönlichen Bemerkungen, D 20471!«

»Aye, aye, Sir!« Der Comp klang gedrückt. Ich biß mir auf die Lippe. Wir hatten absolut nichts zu tun, außer zu warten, bis wir in Stellung waren, und Dannys Bemerkung war harmlos gewesen. Meine Nerven waren angespannt.

Ich warf einen Blick auf die Uhr und stellte fest, daß bereits früher Nachmittag war. Ich schickte Philip Tyre in die Kombüse, um kalte Sandwiches zu holen. Als er zurückkam, aßen wir sie an unseren Pulten, ständig auf dem Sprung, ob wir nicht ein Hindernis orteten, während wir uns dem Flaggschiff näherten. Wenn der Admiral es so eilig hatte, daß wir die Reihen schlossen, warum kam er uns dann nicht auf halbem Weg entgegen?

Schließlich suchte ich meine Kabine auf, stellte allerdings fest, daß ich nicht schlafen konnte. Nach langem, fruchtlosem Bemühen kehrte ich auf die Brücke zurück.

Der Lautsprecher erwachte zum Leben. »Nähern Sie sich der Backbordseite mit dem Bug voran, Seafort!« Es war der Admiral.

»Aye, aye, Sir.« Pilot Van Peer nahm bereits die erforderliche Kursanpassung vor.

»Desaktivieren Sie Ihre Steuerbordlaser. Bestätigen Sie!«

»Was?« platzte es unerbeten aus mir hervor.

»Gehorchen Sie meinen Befehlen, Sie aufsässiger junger Bastard!« tönte Tremaines Stimme über die Brücke meines Schiffes.

»Aye, aye, Sir. Befehl bestätigt und verstanden!« Benommen schaltete ich die Freigabe der Laser ab. Es gab keine Möglichkeit, nur die Steuerbordlaser außer Funktion zu setzen; unser ganzes Schiff war jetzt so gut wie unbewaffnet. »Laser abgeschaltet und inaktiv, Sir!« Angesichts seiner unerklärlichen Feindseligkeit sehnte ich mich danach, in meine Kabine zurückzukehren.

Niemand auf der Brücke wagte mich anzusprechen. Eine halbe Stunde später hatten wir die Geschwindigkeit angepaßt, und bald schon trieben wir in relativer Ruhe zum anderen Schiff an der Backbordseite der *Challenger* durchs All. Der Lautsprecher plärrte erneut los: »Ich komme herüber! Empfangen Sie mich persönlich an der Achterschleuse!«

Ich raffte mich auf. »Wir hatten ein Alienvirus an Bord, Sir. Wir sind alle geimpft, aber Sie . . .«

»Ich werde einen Druckanzug tragen. Bereiten Sie sofort zweihundert Dosen des Impfstoffs vor.«

»Aye, aye, Sir.« Ich konnte nichts anderes sagen. Benommen vor Verwirrung, erwartete ich den Admirals und dessen Konsequenzen. »Philip, tauschen Sie mit Mr. Carr im Funkraum die Station.« Vielleicht half uns das auch nicht; aber wenigstens würde nicht Philips Anwesenheit den Admiral an seine zurückliegenden Schwierigkeiten erinnern.

»Aye, aye, Sir.« Der junge Fähnrich eilte hinaus. Einen Moment später nahm Derek Carr seinen Platz am entsprechenden Pult ein.

Ich verließ die Brücke und trottete die Leiter hinunter zur Heckschleuse. Dabei fragte ich mich, was Admiral Tremaine so in Wut versetzt hatte. Ich hatte noch ein paar Augenblicke Zeit, bis das Gig der *Challenger* anlegte, und machte einen Umweg durch die Sektion der Transpops. Etliche der jungen Straßenrowdies liefen auf dem Korridor aufgeregt durcheinander.

Ich winkte einen Matrosen von seinem Posten an der Sektionsluke herbei. »Schaffen Sie sie allesamt in ihre Kabinen. Halten Sie sie dort fest, solange der Admiral an Bord ist.« Ohne eine Antwort abzuwarten, wandte ich mich wieder Richtung Luftschleuse.

Die Luftschleuse des Gigs heftete sich an die Gummisauger unserer Schleuse, und die Sicherungsklampen wurden eingehakt. Ich wartete ungeduldig auf den Druckausgleich. Endlich glitten die beiden Außenluken auf. Der Admiral und zwei seiner Offiziere betraten unsere Schleuse. Der umgekehrte Zyklus lief ab. Einen Augenblick später stand Tremaine in unserem Korridor. Ich nahm Haltung an.

»Sie sind auf Gefechtsstation?«

»Ja, Sir.«

»Halten Sie das aufrecht«, schnauzte er. »Zur Krankenstation, Seafort!«

Er und die beiden Leutnants in seiner Begleitung folgten mir, weiterhin in ihren Raumanzügen, die Leiter hinauf zu unserer Krankenstation, wo Dr. Bros mit den Impfstoffampullen wartete. Der Admiral löste die Helmverschlüsse, drehte den Helm aus der Fassung und stieg aus dem Raumanzug. Sofort entblößte er den Arm für die Impfung. Als das geschehen war, seufzte er erleichtert und stürzte sich auf mich.

»Wo haben Sie sich versteckt, Seafort?«

Ich versuchte, meinen Groll nicht zu zeigen. »Ich habe an unserem letzten Rendezvouspunkt die Stellung gehalten, Sir. Wir verloren einen Tag ...«

»Sie haben am Rendezvouspunkt herumgetrödelt, um die Gefahrenzone zu meiden!«

»... nachdem meine Frau gestorben war. Ich war krank.«

»Gestorben? Am Virus?«

»Nein, Sir.« Ich suchte nach einer annehmbaren Antwort. »An Dekompression.«

»Oh. Das tut mir leid. Aber da kann man nichts machen. Sie hatten dort nichts zu suchen, was die Bummelei gerechtfertigt hätte, Seafort! Sie hätten hier am Rendezvouspunkt sein müssen!«

Ich wurde hitzig. »Woher sollte ich das wissen, Sir? Ich habe mich an die Befehle des dienstältesten anwesenden Kapitäns gehalten!«

»Und wer war das? Sonst ist es ja Ihre Gewohnheit, sich selbst zum Dienstältesten zu erklären. War es Ihre eigene Idee?«

»Kapitän Derghinskis Befehle sind im Logbuch verzeichnet, Sir.«

Tremaine starrte mich an.

»Gut. Dann werfen wir mal einen Blick in Ihr Logbuch, Kapitän.« Ich führte ihn zur Brücke. Während meine Offiziere Haltung behielten, ging Tremaine rasch die Logbucheinträge durch. »In Ordnung. Es spielt keine Rolle. Ich ziehe hierher auf das neue Flaggschiff um, Seafort. Mit sofortiger Wirkung.«

»Aye, aye, Sir.« Warum, um alles in der Welt? Die *Challenger* war doppelt so groß wie die *Portia* und besser bewaffnet. Und wenn er mehr Sicherheit wünschte, warum dann nicht auf einem Linienschiff wie der *Kitty Hawk*?

»Ich nehme die Kapitänskabine. Folgen Sie mir, damit wir uns privat unterhalten können.« Er wandte sich an Vax und Derek. »Was Sie angeht, hat Leutnant Affad das Kommando, solange wir fort sind. Tun Sie genau das, was er sagt.« Er warf sich herum und verließ die Brücke. Ich folgte ihm. Na ja, mir war es nur recht, die Kabine zu wechseln. Ich konnte im Tagesraum der Leutnants schlafen oder irgendwo, wo die Umgebung mich nicht an Amanda erinnerte. Ich war nicht begeistert, direkt unter dem Admiral zu dienen; aber daran war nun mal nichts zu ändern.

Der Admiral schloß meine Kabinenluke, schaute sich um und runzelte die Stirn.

»Was ist passiert, Sir, wenn ich fragen darf? Wo sind die anderen?«

»Die *Challenger* ist außer Gefecht.«

Ich suchte nach Worten. »Wie ... ich meine ...«

»Wir wurden angegriffen, Seafort. Von diesen Was-immer-sie-sind. Während Sie auf Ihrer Krankenstation simuliert haben! Ich habe Ihr Logbuch gelesen. Dekompression! Du liebe Güte! Sie hat Selbstmord begangen, und Sie haben gelogen, um es zu vertuschen. Genau das, was ich von Ihnen erwartet hätte.«

Seine Anschuldigung war mir gleichgültig. »Was meinten Sie mit außer Gefecht , Sir?«

»Die Steuerbordseite der Fusionsantriebskammer. Ich befahl Ihnen, sich an Backbord zu nähern, damit Sie es nicht bemerken.« Seine Stimme klang selbstgefällig.

»Aber warum es verstecken, Sir?« fragte ich dümmlich.

Sein Blick drückte Verachtung aus. »Damit Sie nicht abhauten, ehe ich hinübergewechselt war. Jetzt ist es zu spät für Sie.«

»Sie hatten keinen Grund zu der Annahme ...«

»Sie haben seit unserer Abfahrt von Lunapolis nur Schwierigkeiten gemacht, Commander. Ihre Korvette war eine Schande, als ich zur Inspektion an Bord kam, und Ihr Verhalten hat sich seitdem nicht gebessert. Sie hatten Ihre Befehle: Vor dem Geschwader den Rendezvouspunkt anzusteuern, um für Sicherheit zu sorgen. Zu diesem Zweck erhielten Sie das schnellste Schiff!«

Er brach ab, um Luft zu holen. »Ihretwegen, Seafort, wurde die *Challenger* mattgesetzt. Und wie wird sich das in meiner Akte ausmachen, daß mein erstes Flaggschiff kampfunfähig wurde?« Erregt fuhr er sich mit den Fingern durch das dünner werdende Haar. »Ihretwegen muß ich jetzt das Schiff wechseln. Wenn ich den Auftrag ansonsten erfolgreich abschließen kann, wird die Admiralität vielleicht nicht allzu streng prüfen, ob die *Challenger* nun beschädigt wurde, bevor oder nachdem ich sie verließ.« Er funkelte mich an. »Offiziell führte zu dem Zeitpunkt sowieso Hasselbrad das Kommando.«

War es möglich, daß dieser Mann sich mehr um seinen Ruf sorgte als um sein Schiff? Ich versuchte, meine Abscheu nicht zu zeigen. »Wie sehen die Beschädigungen aus?«

»Die Schaftwand ist an Steuerbord durchgeschmolzen. Auch die Hydroponik wurde beschädigt. Ich habe zweihundertzweiundsechzig Passagiere und Besatzungsmitglieder; den Großteil nehme ich mit herüber. Wir fahren mit der *Portia* weiter.«

»Aber unsere Recycler und die Hydroponik werden mit einer solchen Belastung nicht fertig!« sagte ich bestürzt.

»Ich weiß.« Sein Ton war schroff. »Ich kann nicht jeden mitnehmen. Wir haben für alles gesorgt. Kapitän Hasselbrad ist schon an Bord. Er regelt das.«

»Er ist auf der *Portia*, Sir? Wann ...«

»Ich habe bereits im voraus ein paar Regelungen getroffen, nur für alle Fälle.« Der Admiral blickte mich argwöhnisch an. »Man weiß nie, was Sie tun. Leutnant Affad holte Hasselbrad herüber, während ich Sie beschäftigt habe. Ich gebe ihm die *Portia*. Sie sind Ihres Kommandos enthoben, Seafort.«

Müde und benommen sank ich auf den Stuhl. Dann erinnerte ich mich an meine Pflichten. »Wenn ich irgendwie helfen kann, Sir ...«

»Kommen Sie uns nicht in die Quere, verdammt noch mal! Sie haben bereits genug Schwierigkeiten gemacht!«

»Aye, aye, Sir. Ich bringe meine Sachen in den Tagesraum.«

»Das wird nicht nötig sein.« Er fixierte mich kalt. »Am Morgen setzen Sie auf die *Challenger* über.«

»Was?« Ich war wieder auf den Beinen.

»Sie haben schon richtig verstanden. Oder Sie kommen mit uns, wegen Meuterei unter Arrest. Mir ist das einerlei.«

»Was ...«, stotterte ich. »Was soll ich denn auf der *Challenger* tun?«

»Auf die Hilfe warten, die wir schicken werden. Mehr bleibt Ihnen nicht übrig.«

Ich bemühte mich, einen klaren Kopf zu bekommen. »Was ist mit dem Rest der Flotte, Sir? Wo sind sie?«

»Ich weiß es nicht.« Er zeigte sich gereizt. »Sie waren wahrscheinlich schon hier und sind weitergefahren. Wir sind selbst erst gestern eingetroffen und wurden fast sofort angegriffen.«

Das ergab keinen Sinn. »Wie konnten Sie nur so lange brauchen? Sie haben den letzten Rendezvouspunkt doch als erster verlassen!«

Tremaine schlug mit der Faust auf den Tisch. »Keine weiteren Unverschämtheiten!« donnerte er. »Oder ich führe Sie zum Faß und verabreiche Ihnen vor versammeltem Schiff den Rohrstock!«

Meine Gedanken drehten sich im Kreis. Ich begriff nicht, was hier geschah, und noch viel weniger, warum es passierte. »Ich gehorche Ihren Befehlen, Sir«, sagte ich gereizt. »Aber ich benötige eine Erklärung. Wie war es möglich, daß Sie als erster aufbrachen und als letzter hier eintrafen?«

»Wir wurden am letzten Checkpoint angegriffen.« Er schien es mir ungern zu erklären. »Erinnern Sie sich?«

»Natürlich, Sir.«

Tremaine blickte Richtung Koje, während er sprach. »Wir wurden direkt angegriffen und waren in Gefahr. Ich gab die Anweisung, in Fusion zu gehen.«

Ich konnte ihm immer noch nicht folgen. »Dann hätten Sie ein gutes Stück vor dem Geschwader ankommen müssen.«

»Wir hatten die Koordinaten noch nicht gewechselt«, sagte er beiläufig. »Es spielt ohnehin keine Rolle, wie ...«

»Sie sind ohne neue Koordinaten in Fusion gegangen?« fragte ich ungläubig. »Unter Verwendung derselben Koordinaten, auf die Sie beim vorherigen Mal eingestellt waren?« Selbst ich wußte es besser. Der neue Fusionspunkt mußte mindestens zwei Lichtminuten vom alten entfernt sein, oder es konnten verrückte Ergebnisse eintreten. Die Vorschriften untersagten ein solches Manöver kategorisch.

»Es war ein Notfall«, knurrte er. »Ich hatte keine Wahl.«

Außer zu bleiben und zu kämpfen, hieß das. Ich sagte nichts.

»Als wir defusionierten, waren wir ... äh, ein gutes Stück vom Rendezvouspunkt entfernt. Bis wir die Koordinaten neu berechnet hatten und per Fusion hier eingetroffen waren, muß der Rest der Staffel bereits vorbeigekommen sein. Während wir warteten, tauchte eines Ihrer verdammten Biester auf und warf Säure nach unserem Antriebsschacht. Wir schossen darauf, aber das Mistvieh huschte davon und verschwand.«

Er bedachte mich mit einem giftigen Blick. »Falls Ihre Neugier damit befriedigt ist – auf mich wartet Arbeit. Sie bleiben hier, bis ich soweit bin, Sie an Bord der *Challenger* zu bringen.« Er ging zur Luke.

»Sir, wenn der Rest des Geschwaders bereits weitergefahren ist, dann ist die *Portia* das einzige Schiff, auf dem man weiß, daß die *Challenger* hier treibt. Sollte Ihnen irgend etwas passieren, wird man uns niemals finden.«

»Dieses Risiko müssen wir eingehen.« Er zuckte die Achseln. »Es wird spät. Ich habe noch viel Arbeit zu erledigen.«

»Wen werden Sie auf der *Challenger* zurücklassen, Sir?«

»Einige Passagiere. Ein paar Leute aus Ihrer Besatzung. Sie werden nicht erfahren, daß das Schiff außer Gefecht ist, bis sie an Bord gegangen sind.«

Die Mannschaft anlügen? Großer Gott, wie konnte ich ihnen danach noch ins Gesicht blicken? Der Admiral stand noch da, und ich schob diesen Gedanken zugunsten eines anderen zur Seite. »Wie werden die die Leute auswählen, Sir?«

»Eine schwierige Entscheidung, aber irgend jemand muß sie ja fällen. Sie, Seafort, geht das nichts an. Wenn Sie wünschen, können Sie Ihre Offiziere mitnehmen.« Er klang großmütig. »Vom Arzt mal abgesehen.« Damit ging er.

Langsam senkte ich mich auf meinen Sitz. Die *Challenger*, das Schiff, das zu befehligen ich mir so sehr gewünscht hatte, dessen Baupläne ich in Lunapolis so eifrig studiert hatte, gehörte auf einmal wieder mir – jetzt, wo sie hilflos durchs Weltall trieb. Ob Tremaine die Ironie wirklich verstehen konnte?

Warum hatte ich die *Challenger* nicht haben können, solange sie noch heil war? Ich hatte früher schon gegen die Fische gekämpft; vielleicht hätte ich das Schiff retten können.

Allmächtiger Gott, deine Wege sind unergründlich.

Ich seufzte. Wenn die Hydroponik der *Challenger* beschädigt war, wie lange konnte sie dann überleben, neunzehn Lichtjahre tief im interstellaren Raum und mit keiner anderen Antriebsquelle als ihren Schubdüsen?

Selbst wenn die *Portia* sicher Hope Nation erreichte, mußte erst ein Rettungsschiff losgeschickt werden und den ganzen Weg zu uns zurücklegen. Wir waren für fast zwei Jahre auf uns selbst gestellt, ehe überhaupt Hilfe eintreffen konnte.

Na ja, all das tat nichts zur Sache. Die Chancen, daß uns jemals ein Rettungsschiff fand, waren minimal. Jahrzehntelang waren Schiffe unweit des Wracks der *Celestina* vorbeigekommen, ehe man es endlich entdeckte, wie es durch die Leere trieb.

Selbst heute wurde das Wrack, obwohl man seine Position inzwischen seit mehr als hundert Jahren kannte, noch gelegentlich von Schiffen verfehlt, die dort anhielten, um seinem Andenken die Ehre zu erweisen.

Es konnte durchaus passieren, daß wir ein Leben lang inmitten blinder, teilnahmsloser Sterne dahintrieben.

Ich konnte die Versetzung ablehnen. Das Kriegsgericht schreckte mich nicht. Tremaine würde mich höchstwahrscheinlich hängen lassen, und mein Elend wäre nur um so rascher ausgestanden.

Traurig starrte ich die tristen Schotten an. Welches Recht hatte ich, mich für den leichten Tod am Strick zu entscheiden? Ich hatte geschworen, meine Pflicht zu tun. Jemand mußte sich um die armen Seelen kümmern, die auf der *Challenger* zurückblieben. Wenn ich es nicht tat, würde Tremaine jemand anderen damit beauftragen, der mehr am Leben hing als ich.

Ich weiß nicht, wie viele Stunden ich dort saß, benommen vor Verzweiflung. Nach einiger Zeit riß ich mich zusammen, packte mechanisch meine Sachen zusammen und stopfte die Kleider in die Reisetasche.

Als ich auf die Holos stieß, die Amanda von unseren Ferien in den Venturas auf Hope Nation gemacht hatte, weinte ich eine Zeitlang, warf sie dann in die Reisetasche und packte weiter.

Ich faltete gerade das letzte Hemd zusammen, als jemand leise an die Luke klopfte. Ich kümmerte mich nicht darum. Das Klopfen ertönte aufs neue. »Wer ist da?«

Als Antwort ging die Luke auf; Vax Holser schlüpfte mit grimmiger Miene herein. Er drückte die Luke hinter sich zu.

»Was willst du?« Ich fuhr mit meiner Tätigkeit fort.

Er ballte die Fäuste. »Tremaine hat es uns erzählt. Er hat uns auf Verschwiegenheit vereidigt und es uns dann gesagt.«

»Sehr gut.«

»Wir sind alle einer Meinung, Alexi und Derek und ich. Wir werden ihn seines Kommandos entheben.«

Ein kalter Schauer lief mir über den Rücken. Ich faltete das Hemd fertig zusammen und packte es in die Reisetasche. »Stillgestanden, Leutnant«, sagte ich ruhig.

»Sir, jetzt ist nicht die Zeit . . .«

»Gehorchen Sie meinen Befehlen, Mr. Holser. Ich bin Ihr vorgesetzter Offizier.« Zögernd nahm Vax Haltung an. »So.« Ich umkreist ihn, baute mich vor ihm auf und blickte ihm in die Augen.

Meine Stimme klang heiser. »Admiral Tremaine ist Ihr Befehlshaber. Sie haben bei Ihrer Seele geschworen, ihm treu und gehorsam zu sein und allen seinen rechtmäßigen Befehlen nachzukommen. Tun Sie es jetzt auch, Vax. Es ist gleichzeitig mein Befehl.«

Er schüttelte stur den Kopf. »Nicht diesen Befehl. Er hat kein Recht, ihn zu geben.«

»Ach?« Neugierig fragte ich: »In welcher Hinsicht ist der Befehl unrechtmäßig?«

Er riß den Mund auf. »Aber ...« Langsam schloß er ihn wieder. Er schlug mit der Faust auf den Tisch. »Man darf einfach nicht zulassen, daß er damit durchkommt!«

»Man *muß* zulassen, daß er damit durchkommt, wenn unser Dienst irgend etwas bedeuten soll.«

»Doch nicht, wenn er wahnsinnig ist!«

»Ich glaube nicht, daß er wahnsinnig ist, Vax. Furchtbar erschrocken vielleicht, aber nicht wahnsinnig.«

»Ich kann mir selbst ein Urteil bilden!«

»Kein unehrliches!« Dann setzte ich hinzu: »Vax, habe ich dir je etwas bedeutet? Habe ich dir irgendwas beigebracht?« Seine Augen wurden feucht. »Verrate mich nicht, Vax«, sagte ich. »Lebe so, wie ich es gern hätte. Verstoße nicht in meinem Namen dagegen.«

Seine Schultern sanken langsam herab. »Er sagte, es stünde uns frei, uns Ihnen anzuschließen«, flüsterte er. »Ich werde es tun.«

»Nein, das wirst du nicht«, sagte ich bestimmt. »Ich lehne deinen Dienst ab.«

»Sie tun *was*?« brüllte er.

»Sie kommen nicht mit auf die *Challenger*. Sie bleiben hier, und das gleiche gilt für die anderen.«

»Nein.« Das Wort kam massiv wie ein Fels.

Ich war verzweifelt. »Vax Stanley Holser, hören Sie mir gut zu! Sie bleiben auf der *Portia*! Bestätigen Sie diesen Befehl und führen Sie ihn aus, oder ich schwöre beim allmächtigen Gott, daß ich Sie persönlich wegen Verrats exekutiere!« Ich hielt den Atem an, denn ich hatte meine Seele in die Waagschale geworfen.

Langsam wurde er schlaff. Mit einem langen, müden Seufzen ließ er die Luft hinaus. Er drehte sich zur Luke um. »Befehl bestätigt, Kapitän Seafort.« Er öffnete die Luke. »Ich verstehe, was Sie getan haben. Tun Sie das auch?« Und er verschwand.

Müde fiel ich in meinen Sessel. Ich hatte uns beide in mörderische Gefahr gebracht. Hätte Vax mir nicht gehorcht, wäre ich gezwungen gewesen, meinem Eid zu gehorchen oder mein Seelenheil zu verlieren. Ich spürte, wie mir die Knie zitterten.

Stunden vergingen. Es war früher Morgen. Mit fertig gepackter Reisetasche saß ich an dem glänzenden, leeren Tisch inmitten der Trümmer meiner Karriere und meines Lebens.

Schließlich klopfte wieder jemand an. Also war es Zeit zu gehen. »Herein.« Es kam wie ein Krächzen hervor, und ich mußte es wiederholen. Als ich gerade die Hand nach der Reisetasche ausstreckte, trat Derek Carr ein und funkelte mich an. »Ich komme mit Ihnen, Sir.«

»Das tun Sie nicht.«

»Ich habe mich freiwillig gemeldet und Kapitän Hasselbrad entsprechend informiert.«

Ich beugte mich auf meinem Platz vor. »Ein Kapitän darf sich innerhalb vernünftiger Grenzen seine Offiziere aussuchen. Ich akzeptiere Sie nicht.«

»Warum nicht?«

Ich sagte so grausam, wie ich konnte: »Sie sind Fähnrich. Sie haben keine nützlichen Fertigkeiten. Wenn ich jemanden bräuchte, würde ich Vax nehmen.«

»Das ist ein Haufen Quatsch, und Sie wissen es!«

»Achten Sie darauf, was Sie sagen, Mr. Carr!«

Er ignorierte meinen Tadel und kam näher, bis er über meinen Stuhl aufragte. »Ich glaube auch nicht mehr an diesen Blödsinn als Sie selbst. Ich weiß, warum Sie mich nicht mitnehmen möchten; Fertigkeiten haben damit nichts zu tun. Es ist mein Leben, und ich bin ohne weiteres in der Lage, selbst darüber zu entscheiden!«

»Nein, Sie bleiben. Das ist mein letztes Wort.« Ich fragte mich, wieviel mehr ich noch ertragen konnte. »Das ist alles, Derek. Auf Wiedersehen.«

Er starrte an mir vorbei ans Schott. Dann nickte er einmal, wie als Reaktion auf einen eigenen Gedanken. »In Ordnung.« Er wandte sich zum Gehen.

»Salutieren Sie nicht vor einem Offizier, Fähnrich?« fragte ich. Meine Stimme klang traurig und müde.

Von oben herab dachte er über mich nach, die Hände in den Hüften. »Ich bin mir nicht sicher, ob Sie es verdient haben.«

Ich verzog den Mund zu einem grimmigen Lächeln. »Dann sind Sie und der Admiral vom selben Schlag.«

Er brüllte auf vor Wut. »Stehen Sie auf, und sagen Sie das noch einmal!« Mit weißem Gesicht und geballten Fäusten hielt er sich bereit.

»Immer mit der Ruhe, Derek.«

»Bastard!«

Das tat weh, und ich erhob mich und stellte mich ihm entgegen.

»Ich habe Ihnen vertraut!« schrie er. »Sie haben mir erzählt, die Flotte wäre integer, und ich habe Ihnen geglaubt! Sie sagten mir, das System hätte Wert, und ich bin Ihnen gefolgt! Ich habe mein Leben in Ihre Hand gelegt, und Sie werfen es jetzt wie Abfall aufs Deck! Möge Gott Sie dafür verdammen!«

»Das wird er wahrscheinlich, auch noch für andere Sünden. Die Flotte ist wirklich integer, Derek. So funktioniert das System nun mal. Ich akzeptiere es.«

»Sie können richtig von falsch unterscheiden. Raffen Sie sich auf und kämpfen Sie gegen ihn!«

»Ich gehorche rechtmäßigen Befehlen, Derek, wie ich es geschworen habe. Ich erinnere Sie an Ihren Eid.«

»Er bringt Sie um!«

»Nicht unbedingt. Er wird Hilfe schicken, wenn Sie den Hafen erreichen.« Ich fragte mich, wieviel Derek wußte. Falls das Rettungsschiff uns nicht fand oder die *Portia* erst gar nicht durchkam, waren wir zu einem langsamen Tod verurteilt.

»Wenn es nicht so gefährlich wäre, hätten Sie keinen Grund, mich abzuweisen.«

Ich war froh, daß er wußte, warum ich ihn nicht mitnehmen wollte, obwohl ich es ihm nicht zeigen konnte. »Das ist nicht Ihre Entscheidung, Fähnrich Carr, sondern meine. Wir sind Freunde und haben gemeinsam eine Menge erlebt; deshalb gewähre ich Ihnen gewisse Freiräume. Jetzt möchte ich – jetzt bin ich darauf angewiesen, daß Sie sich zusammenreißen und weitermachen, wie ich es Ihnen beigebracht habe. Verstehen Sie?«

»Ich verstehe.« Sein finsterer Blick wurde kein bißchen weicher.

Meine Stimme war leise. »Sie machen es mir wirklich schwer, Derek.«

»Ja, das glaube ich auch.« Dann kapitulierte er. »Allmächtiger Gott, ich werde Sie vermissen!« Er trat ganz dicht an mich heran. Unter völliger Mißachtung aller Vorschriften legte er mir die Hand auf die Schulter und drückte sanft zu. »Glückliche Reise, Kapitän Seafort.«

»Glückliche Reise, Derek Carr.« Ich berührte kurz seine Hand. Er nahm Haltung an, salutierte flüchtig und warf sich auf den Fersen herum. Einen Augenblick später war ich wieder allein.

Nach einer Weile bemerkte ich, daß es Morgen war und ich überhaupt nicht geschlafen hatte. Ich blinzelte und versuchte, wach zu bleiben.

Ein wenig später kam ein Matrose, um mich abzuholen. Passiv duldete ich, daß er meine Reisetasche zur Schleuse trug. Bewaffnete Posten standen an den Korridorluken. Zu der kleinen Gruppe von Offizieren, die an der Schleuse warteten, gehörte Kapitän Hasselbrad. Ich salutierte.

»Sie werden eine Kopie des Logbuchs der *Portia* mitnehmen.« Er reichte mir den Chipbehälter, und ich steckte ihn in die Tasche. »Ich habe angeordnet, einen Teil des Reservetreibstoffs der *Portia* auf die *Challenger* zu überführen. Alles, was wir erübrigen können.«

»Danke, Sir.« Ich war überrascht, daß der Admiral das zugelassen hatte.

Als könnte er meine Gedanken lesen, sagte er grimmig: »Er kann es sich kaum erlauben, auch mich des Kommandos zu entheben.« Er deutete auf Alexi Tamarow, der in der

Nähe stand. »Ihr Leutnant bittet um ein Gespräch mit Ihnen.«

»Sehr gut.« Ich ging auf die Seite, damit wir so ungestört waren, wie unter den Umständen möglich war.

»Es tut mir leid, Sir«, flüsterte Alexi, die Augen niedergeschlagen. »Ich konnte es einfach nicht tun. Ich sollte mich freiwillig melden, aber ich – kann es einfach nicht!«

»Oh, Alexi, natürlich nicht!« Seine Scham durchbohrte mich wie ein Dolch. »Nein, du hast richtig gehandelt. Ich hätte nie zugelassen, daß du mit hinüberkommmst, da kannst du ganz beruhigt sein.«

»Aber Sie gehen doch.«

»Vor zwei Monaten noch hätte ich mich dagegen gewehrt. Jetzt spielt es keine Rolle mehr.« Unsere Blicke begegneten sich, und unser beider Schmerz wurde zu einem. Ich klopfte ihm auf die Schulter. »Du bist ein feiner Kerl, Alexi. Ich werde dich in guter Erinnerung behalten.«

Er versuchte ein Lächeln. »Danke, Sir. Ich – ich sehe Sie im Hafen.«

»Ja, natürlich.« Ich wandte mich wieder dem wartenden Kapitän zu.

»Der Admiral hat mich aufgefordert, Ihnen seine Befehle zu überbringen. Er wird Sie nicht selbst treffen.« Hasselbrads Gesichtsausdruck sprach Bände.

»Ich verstehe.« Meine Stimme klang dumpf. Nichts von alldem spielte eine Rolle.

»Sie sollen Kurs auf die Erde nehmen, für den Fall, daß wir Hope Nation nicht erreichen können, um eine Rettungsmission einzuleiten. Auf jeden Fall ist das Heimatsystem weit näher als Hope. Setzen Sie Funkfeuer aus. Das Such- und Rettungsschiff, das wir schicken, wird Ihre Fortbewegung einkalkulieren. Wenn Sie dem Feind begegnen, weichen Sie ihm aus, so gut es geht.«

»Aye, aye, Sir.«

Er blickte zu Boden. »Der Admiral hat befohlen, vier der Lasereinheiten der *Challenger* auf die *Portia* zu überführen«, brummte er. »Er hat es dem Ingenieur persönlich befohlen, ohne mich einzuschalten.« Seine Augen waren traurig. »Es tut mir leid, Seafort.«

»Ja, Sir.« Ohne Fusionsantrieb konnten wir einem Angriff ohnehin nicht entkommen; zusätzliche Laser hätten unsere Agonie nur in die Länge gezogen. »Welche Offiziere und Mannschaften erhalte ich?«

»Nur wenige Mannschaften, fürchte ich. Er hat die Auswahl persönlich vorgenommen.« Sein Gesicht war ausdruckslos. »Soviel ich gehört habe, haben Sie es abgelehnt, Ihre Offiziere mitzunehmen. Wir haben unseren eigenen Stab auf die *Portia* überführt, vom Chefingenieur abgesehen.«

Ich nahm meine Reisetasche von dem Matrosen entgegen. Kapitän Hasselbrad fügte hinzu: »Wir sind dabei, die Passagiere der *Challenger* mit der Barkasse zur hiesigen vorderen Luftschleuse überzusetzen. Noch zwei Fahrten, und wir sind damit fertig. Danach gehen wir in Fusion. Noch irgendwas Besonderes, wovon ich wissen sollte?«

Mir fiel nichts ein. Ich schüttelte den Kopf. Dann kam mir noch ein Gedanke. »Spielen Sie Schach?«

»Nicht sehr gut.«

»Der Comp spielt gern. Er heißt Danny. Er meint es nicht böse, auch wenn er ziemlich schlechte Manieren hat.«

Käpt'n Hasselbrad lächelte zögernd. »Es ist nur eine Maschine, Seafort. Vermeiden Sie eine gefühlsmäßige Bindung. Unserer nennt sich Kerren. Er ist sehr höflich, aber ich schalte die Gesprächsprogramme normalerweise ab.«

Mehr war nicht zu sagen. Ich salutierte und betrat die Luftschleuse. Als die Luke zufuhr, sagte Hasselbrad noch rasch: »Es ging nicht von mir aus.«

Ich nickte.

Das Gig der *Portia* brachte mich hinüber.

10. Kapitel

Hinter mir löste sich das Gig von den Außensaugern der Luftschleuse und versprühte Treibstoff, um zur *Portia* zurückzukehren. Ich durchquerte die offene Innenluke und betrat den Korridor der *Challenger.* Vor der Luftschleuse war er verlassen, abgesehen von zwei Wachtposten, die kurz Haltung annahmen, als ich aus dem Raumanzug stieg. Ihre Seitenwaffen waren entsichert und schußbereit.

»Wie lauten Ihre Befehle?« fragte ich den nächststehenden der beiden.

Er leckte sich die Lippen. »Die Heckschleuse gegen unerlaubtes Verlassen des Schiffes zu sichern, Sir, bis die Barkasse ihre letzte Fahrt macht. Dann gehen wir an Bord und fahren mit der *Portia.*«

»Sehr gut.« Ich schaute mich um. Der Korridor war geräumig, fast so breit wie der der *Hibernia.* Obwohl es sich bei der *Challenger* um eine Korvette handelte, hatte sie drei Scheiben und war kaum kleiner als ein Linienschiff. Admiral Brentley hatte es gut mit mir gemeint, als er mich für dieses Schiff vorsah.

Wie auf allen Schiffen würde ich die Brücke auf Deck 1 vorfinden. Die Leiter war irgendwo hinter der Biegung. Erschöpft ließ ich die Posten stehen und schleppte mich durch den Korridor.

Weggeworfene Habseligkeiten lagen auf dem Boden herum und verstärkten mein Gefühl der Verlassenheit. Ich stieg zu Deck 1 hinauf. Die Brückenluke war verschlossen. Ich hämmerte dagegen. »Los, öffnen Sie! Hier ist der Kapitän!« Ein Kameraobjektiv schwenkte herum, um mich ausfindig zu machen. Die Luke glitt zur Seite.

Philip Tyre stand von seinem Pult auf und nahm Haltung an.

»Sie?« rief ich. »Was, zum Teufel, machen Sie hier?«

»Admiral Tremaine hat mich hierher versetzt, Sir!« Die

Worte stürzten aus ihm hervor, als wäre er verzweifelt darauf erpicht, mir zu gefallen.

»Ich habe denen doch gesagt, daß ich keine Freiwilligen von der *Portia* haben wollte!«

»Ja, Sir.« Philip wurde rot. »Er sagte, mit meiner Dienstakte wäre ich die passende Gesellschaft für Sie.«

Ich fluchte unterdrückt. »Es tut mir leid, Philip. Es tut mir furchtbar leid.«

Der Junge bemühte sich zu lächeln. »Es ist schon in Ordnung, Sir. Ich hätte mich freiwillig gemeldet, wenn ich nur den Mut dazu gehabt hätte.«

Ich wandte mich ab, bewegt durch seine Torheit und doch wütend darüber. »Was haben wir an Besatzung?« fragte ich barsch.

»Ich weiß es nicht genau, Sir. Ich hielt es für besser, bis zu Ihrem Eintreffen auf der Brücke zu bleiben.«

»Das war richtig«, sagte ich. »Warten Sie hier, während ich nachschaue.«

»Aye, aye, Sir.« Dann rief er noch hinter mir her: »Ich habe die Matrosen Andros und Clinger aus der Barkasse steigen sehen, Sir.«

Ich blieb stehen. »Diese Unruhestifter?« Ich hatte jeden der beiden mindestens dreimal am Kapitänsmast gehabt.

»Ja, Sir, ich denke schon. Falls sie noch an Bord sind.«

Leise vor mich hin fluchend, eilte ich durch den Korridor von Deck 1 und öffnete im Vorbeigehen Kabinenluken. Die Offiziersunterkünfte waren leer und bar aller persönlichen Habseligkeiten. Ich kam an der Fähnrichskabine vorbei. Spontan warf ich einen Blick hinein. Sie war vollkommen leergeräumt, abgesehen von vier ordentlich gemachten Kojen und den eingebauten Kommoden. Rasch schloß ich die Luke wieder.

In der Nähe der Leiter, in der Passagiersektion, sprach mich eine ältliche Frau an, die sich auf ihren Stock stützte. »Stimmt es, daß Sie Reparaturen durchführen werden? Und daß wir bald weiterfahren?«

»Ich werde tun, was ich kann, Ma'am«, sagte ich gepreßt.

Hinter ihr sah ich durch die offene Luke einen alten Mann, zweifellos ihr Ehegatte. Er saß voll bekleidet auf dem Bett, einen leeren Ausdruck im müden Gesicht. »Was machen Sie hier, Ma'am? Auf dieser Fahrt?«

»Mein Bruder lebt auf Hope Nation, Martin Chesley. Wir ziehen zu ihm. Er schrieb uns bei jeder Gelegenheit und schilderte uns die Kolonie in so leuchtenden Farben. Unsere Kinder sind erwachsen, also sind Mr. Reeves und ich . . .«

»Ich verstehe.« Ich entschuldigte mich und eilte weiter. Die Kabinen auf Deck 2 waren meist verlassen. Ich sah dort niemanden außer den Schleusenposten. Ich hörte auf, die Kabinenluken zu öffnen; ich würde schnell genug erfahren, welche Passagiere an Bord waren. Ich stieg hinunter auf Deck 3. Am Fuß der Leiter wandte ich mich in die Richtung, die ich für den kürzesten Weg zum Maschinenraum hielt; wenn ich mich irrte, würde ich ihn trotzdem finden, denn der Korridor war kreisförmig.

Ich entdeckte die Luke zum Maschinenraum. Niemand reagierte auf mein Klopfen, also öffnete ich und warf einen Blick in den verlassenen Vorraum. Am hinteren Ende sah ich die Luke zum Monitorraum, wo die Steuerung des Fusionsantriebs untergebracht war.

Ich spähte dort hinein.

Ein ungepflegter Mann saß an einem schmutzigen Metalltisch in der Mitte der Kabine und nippte an einem großen Kaffeekrug aus Steingut.

»Sind Sie der Chefingenieur?« wollte ich wissen.

Sein Lachen klang wild. »Der war ich.« Er musterte mich. »Und wer sind Sie?«

Meine Uniform hätte es ihm verraten müssen. »Ihr neuer Kapitän«, sagte ich. »Nehmen Sie Haltung an!«

»Wieso sich die Mühe machen?« Er zuckte die Achseln. Sein Blick fiel in den Krug.

Ich war perplex. »Stellen Sie das weg«, tobte ich. »Stehen Sie auf!« Er rappelte sich auf und betrachtete mich trübe. Er schwankte und fand dann das Gleichgewicht wieder. Ich nahm den Krug zur Hand und schnupperte dran. »Alkohol!« Meine Stimme kletterte in die höheren Lagen. »Alkohol an Bord meines Schiffes? *Sie?* Schmuggelware?«

Er grinste, und das war zuviel.

Ich schleuderte ihn ans Schott. »Ein Offizier! Sehen Sie sich mal an!« Ich schlug ihm mit der flachen Hand ins Gesicht. »Betrunken!« Er hob eine Hand, um meine Schläge abzuwehren.

Hoffnungslos. Ich blickte mich um. Eine Glaskanne stand an einer Ecke des Tisches. Ich schleuderte sie zusammen mit dem Krug zu Boden.

»Wissen Sie, wie schwierig es ist, das herzustellen?« jammerte er. »Wieviel Obst und Korn man dafür braucht?« Ich trat erneut auf ihn zu und versetzte ihm einen weiteren Schlag mit der flachen Hand.

»Gefällt es Ihnen nicht, wenn ich saufe?« fragte er höhnisch. »Was sollte ich denn sonst machen? Haben Sie schon den Schlamassel dahinten gesehen?« Sein Daumen zuckte in Richtung des Schafts der Emissionskammer im nächsten Raum. »Sehen Sie sich das mal an, ehe Sie Leute schlagen!«

Angewidert schob ich ihn zur Seite und wandte mich der Emissionskammer zu.

Die Schaftöffnung war mit einer behelfsmäßigen Abdichtung gegen ein Entweichen der Luft gesichert worden. Ich nahm den Sichtschirm in Augenschein, der die untere Hälfte des Schafts zeigte. Mir stockte der Atem.

An Steuerbord waren drei Meter Schaft wie Butter geschmolzen. Sogar ich wußte, daß die komplexe Legierung, aus der der Schaft bestand, außerhalb einer Werft nicht hergestellt werden konnte. Und die präzise gefertigte Krümmung des Schafts war entscheidend für die Erzeugung des N-Wellenmusters, das uns die Fusion ermöglichte.

Der Schaden war irreparabel.

Ich wandte mich wieder der Innenkammer zu. Der Chief saß da und betrachtete traurig die Scherben seines Kruges.

»Haben wir Energie?« schnarrte ich.

»Die Fusionsmotoren selbst wurden nicht beschädigt.« Er machte sich nicht die Mühe, aufzublicken. »Sie liefern uns alle Energie, die wir für sie Schiffssysteme brauchen. Sie dürfen nur keine Fusion mehr mit ihnen versuchen.«

»Klar.« Ich überließ ihn seiner Selbstauflösung und trat hinaus auf den Korridor, umrundete die Biegung und näherte mich der Mannschaftsunterkunft zwei, deren Luke halb offen stand. Die Unterkunft war leer. Hinter dem Trainingsraum der Mannschaft lag Unterkunft eins. Zwei angespannte Posten hielten dort Wache, die Hände auf ihren Waffen.

»Identifizieren Sie sich!« Die Betäubungspistole des Mannes war auf meinen Bauch gerichtet.

»Nicholas Seafort, Commander, Flottendienst der Vereinten Nationen, Kapitän dieses Schiffes!«

»Ja, Sir. Meine Befehle habe ich direkt vom Admiral erhalten, Sir. Diese Luke ist verschlossen und darf erst geöffnet werden, nachdem wir an Bord der Barkasse gegangen sind, Sir.« Er wirkte nervös, was kein Wunder war, noch dazu, nachdem er einem Kapitän solche Anweisungen erteilt hatte.

»Wer ist da drin?«

»Die Mannschaft, Sir. Die ursprünglichen Besatzungsangehörigen der *Challenger*, die nicht auf die *Portia* überführt wurden, und die neuen, die von Ihrem alten Schiff hierhergebracht wurden.«

»Wie viele?«

»Ich weiß nicht, Sir. Etwa fünfzehn, würde ich sagen.«

»Halten Sie sie gefangen?« ich konnte mein Erstaunen nicht verbergen.

»Ich halte die Luke geschlossen, Sir.«

»Als anwesender Senioroffizier widerrufe ich Ihre Befehle.«

»Nein, Sir«, sagte der Matrose heiser. »Das geht nicht. Der Admiral hat mich angewiesen, Ihre Instruktionen zu mißachten. Sollte ich Ihnen gestatten, die Luke zu öffnen, darf ich nicht auf die letzte Barkasse zur *Portia.*« Sein Gesicht glänzte vor Schweiß.

»Sehr schön.« Ich schluckte Galle hinunter. »Ich werde

mich nicht einmischen.« Ich folgte weiter der Biegung des Korridors, um zur Leiter zu gelangen, statt einfach den vorherigen Weg umgekehrt zurückzulegen.

Als ich an der offenen Kabine vorbeikam, stürmte eine kleine Gestalt durch die Luke und warf sich mir an den Hals. »Käp'n!«

Ich fuhr entsetzt zurück. »Jonie?«

»Käp'n! Wußte gar nich', dasse auch da sind! Leute! Isser Käp'n!« Weitere Transpops drängten sich um mich.

»Was macht ihr hier?« Eine kalte Ahnung senkte sich wie eine Wolke auf mich herab.

Einer von ihnen rief schrill: »Boß Käp'n sagt, ich würd' hier 'ne eigene Kabine kriegen, Mann! Wir alle, jeder eine für sich! Is' 'ne Menge Platz auf diesem Schiff!«

»Himmel, Arsch!« Die Blasphemie entfuhr mir einfach so.

Jonie ergänzte: »Boß Käp'n war schließlich doch nett und hat uns eigene Zimmer gegeben!«

»Seid ihr alle hier?«

»Eddie 'nd Deke kommen mittem nächsten Boot. Mit annern Trannies!«

»Nein!« Ich rannte zur Leiter und Richtung Brücke. Vor mir stürmten die Wachposten von der Mannschaftsunterkunft die Leiter hinauf, um zur Heckschleuse auf Deck 2 zu gelangen. Ich hastete weiter zu Deck 1 und hämmerte an die Brückenluke. »Machen Sie auf, Philip!«

Die Luke öffnete sich. Ich sprang auf meinen Platz und schnappte mir den Rufer. »*Challenger* an *Portia*, bestätigen Sie!«

Eine kultivierte, männliche Stimme unterbrach mich. »Entschuldigen Sie, Sir. Der Zyklus der vorderen Luftschleuse läuft.«

»Wer bist du?«

»Mein Name lautet Kerren, Sir. Es freut mich, Sie . . .«

»Sei still! *Portia*, bestätigen Sie! Comp, schwenk die Außenkamera auf die vordere Schleuse ein!« Die Barkasse der *Challenger* erschien auf dem Bildschirm. Durch ihre transparenten Sichtluken sah ich, wie sich Passagiere zu den verbundenen Schleusen drängten. Viele von ihnen waren ältere Leute, zwei sogar in Rollstühlen. »*Portia*, bestätigen Sie!«

Die Lautsprecher blieben still. Ich fluchte. »Philip, sehen Sie mal nach, was an der vorderen Luftschleuse passiert.«

»Aye, aye, Sir.« Er sprang auf und rannte los. Ich wartete, und meine Angst und Verzweiflung wuchsen. »Kerren, sende weiter das Signal an die *Portia*.«

»Aye, aye, Sir.«

Ein paar Augenblicke später war Philip Tyre zurück und schnappte nach Luft. »Die Passagiere sind ausgestiegen und laufen auf dem Korridor durcheinander. Mannschaftsmitglieder sind nicht in Sicht, und die Wachposten sind verschwunden.«

»Welche Passagiere sind es, Philip?«

»Mr. Fedez, Sir. Und Mrs. Ovaugh. Die Pierces. Eine Menge andere, die ich wiedererkannt habe, an deren Namen ich mich aber nicht erinnere, Sir.«

»Die älteren.«

»Ja, Sir. Überwiegend. Aber auch ein paar jüngere Kids.«

Im Lautsprecher knackte es, und der Bildschirm leuchtete auf. »In Ordnung, Seafort, hier bin ich. Wie lautet Ihr Problem?« Admiral Tremaine reckte streitlustig den Unterkiefer vor.

»Ich bitte Sie, überlegen Sie es sich noch einmal!«

»Es gibt nichts mehr zu überlegen. Aber ich werde Ihre Feigheit zu Protokoll nehmen.«

»Das habe ich nicht gemeint. Lassen Sie mich ruhig hier zurück!« Ich hämmerte wütend auf die Armlehne meines Sessels.

»Die Passagiere! Die Kinder!«

»Das ist nicht Ihre Entscheidung, Commander.«

»Sie können sie nicht im Stich lassen. Um Gottes willen, bitte!«

Seine Stimme klang eisig. »Erzählen Sie mir nicht, was ich tun kann, Seafort.«

»Wer kommt mit der nächsten Barkasse?«

Er wirkte gleichgültig. »Nur ein paar weitere Passagiere. Dann sind wir auch schon unterwegs.«

»Die Kinder aus New York?«

»Kinder? Ungeziefer von der Straße, meinen Sie. Ja, ich schicke sie hinüber.«

»Sie können sie nicht auf ein kaputtes Schiff verdammen! Das nehme ich nicht hin!«

Seine Stimme war eiskalt.

»Jetzt hören Sie mir mal gut zu, Seafort, denn ich zeichne dieses Gespräch für das Logbuch auf. Sie erhalten den Befehl, die Passagiere, die ich Ihnen schicke, an Bord zu nehmen. Bestätigen Sie das!«

»Aye, aye, Sir, ich ... einen Augenblick!« Ich schwenkte mit dem Sessel herum, weg von dem Rufer. Philip Tyre öffnete den Mund, überlegte es sich aber noch einmal, nachdem ich durch ihn hindurchgestarrt hatte. Mit geballten Fäusten schritt ich auf und ab.

Der Admiral hatte mir einen rechtmäßigen Befehl erteilt. Er besaß die Vollmacht, die Entscheidungen zu treffen, die er getroffen hatte. So abstoßend ich sie auch fand, hatte ich doch nicht die Position, Einwände dagegen zu erheben. Ich würde gehorchen. Ich mußte es tun.

Ich schaltete die Sprechverbindung wieder ein. »Ich protestiere gegen den Befehl, Sir.«

»Protest vermerkt. Bestätigen Sie Ihre Befehle.«

Ich schwöre, bei meiner unsterblichen Seele ... allen seinen rechtmäßigen Befehlen und Vorschriften nachzukommen ... ein Eid ist eine Verpflichtung der Seele, unmittelbar eingegangen gegenüber dem allmächtigen Gott ...

Mir blieb keine Wahl.

Oder doch?

Menschlicher Abfall, der einfach weggeworfen wurde?

»Den Teufel werde ich!« brüllte ich. »Ich weigere mich!«

»Seafort, Sie haben sich selbst an den Galgen gebracht!«

»Sie haben nicht das Recht, Kinder im interstellaren Raum auszusetzen!«

»Kinder? Sie sind Abschaum, aber das tut nichts zur

Sache. Ich kann nicht jeden mitnehmen, also mußte ich eine Wahl treffen. Man nennt es Auslese.«

»Man nennt es Mord!« Flammend starrte ich sein Bild auf dem Monitor an.

Er zuckte die Achseln. »Sie haben keine Wahl. Sie befinden sich auf der Barkasse der *Challenger*. Wir gehen in ein paar Augenblicken in Fusion. Nehmen Sie sie auf oder lassen Sie es. Wie Sie möchten.«

»Ich werde das Feuer eröffnen!« Ich war außer mir.

Er gluckste. »Womit? Ich habe dafür gesorgt, daß Ihre Laser ausgeschaltet wurden. Es wird Stunden dauern, sie wieder in Betrieb zu setzen.« Er wandte sich ab.

Breitbeinig, die Hände in den Hüften, stand ich trotzig vor dem Bildschirm. Die Worte sprudelten aus irgendeinem dunklen Winkel meiner Seele hervor.

»Geoffrey Tremaine! Hiermit fordere ich, Nicholas Ewing Seafort, von Gottes Gnaden Commander im Flottendienst der Vereinten Nationen, Sie heraus, Ihre Ehre zu verteidigen, und schwöre bei meiner unsterblichen Seele, daß ich nicht ruhen werde, solange Atem in Ihrem Leibe ist, so wahr mir der allmächtige Gott helfe!«

Er lachte. »Nun, es ist ein langer Weg bis Hope Nation. Sie werden sich schon wieder abkühlen.« Der Bildschirm wurde dunkel. Ich sank zitternd in meinen Sessel. Auf dem Simultanschirm legte die letzte Barkasse von der *Portia* ab. Benommen saß ich da und beobachtete das Geschehen.

»Sir, soll ich gehen ...«

»Halten Sie den Mund, Mr. Tyre.« Mein Tonfall duldete keinen Einwand. Die letzte Barkasse entfernte sich von der *Portia*. Ein paar Stöße des Treibmittels brachten sie Richtung *Challenger* in Fahrt. Binnen weniger Augenblicke war sie längsseits.

Es knackte im Lautsprecher. »*Challenger*, die Schiffsbarkasse ist bereit zur Ankopplung. Bitte leiten Sie den Zyklus der Luftschleuse ein.« Ich sagte nichts.

»*Challenger*? Käpt'n? Sie müssen die Schleuse für uns öffnen!«

Ich blieb still.

»Sir, die Schleuse! Soll ich ...«

»Halten Sie den Mund, Mr. Tyre. Ich sage Ihnen das nicht noch einmal!«

Wir warteten in schrecklichem Schweigen. Ich rührte mich. »Kerren, signalisiere der *Portia*, daß ich den Insassen der Barkasse den Zutritt verweigere.«

»Aye, aye, Sir.«

»*Challenger*, um Gottes willen, lassen Sie uns hinein!« In der Stimme des Matrosen lag Hysterie.

Ich konnte mir seinen Schrecken vorstellen, gestrandet in einer Barkasse zwischen zwei Schiffen, eins kurz davor, in Fusion zu gehen, während das andere ihm den Zutritt verweigerte.

Ich nahm den Rufer zur Hand. »Warten Sie.«

»O Jesus, er hat geantwortet! Bitte, Käpt'n, öffnen Sie die Schleuse!«

»Warten Sie.« Mit dem Daumen schaltete ich den Rufer aus. Minuten verstrichen. Die seitlichen Schubdüsen der *Portia* stießen Treibstoff aus. Sie glitt von uns weg, um in sichere Distanz für die Fusion zu gelangen. Ich schluckte.

Die *Portia* verschwand. Mein Leben mit ihr.

Ich saß da und schaukelte mit dem Sessel, versunken in hilflosem Elend. Mir drehte sich alles vor Erschöpfung, und ich dachte an meine neue Kabine und an ein Bett. Nein, ich mußte erst noch etwas tun. »Philip.«

»Ja, Sir!« Der Fähnrich sprang auf, voller rührendem Eifer, mir zu Gefallen zu sein.

»Gehen Sie hinunter. Entriegeln Sie die Außenluke der Schleuse. Sie erinnern sich bestimmt an den Drill; Sie haben ihn häufig absolviert. Diesmal stehen Sie auf eigenen Füßen, also seien Sie vorsichtig.«

»Aye, aye, Sir. Ja, Sir.«

»Wenn die Barkasse angedockt hat, warten Sie auf Erlaubnis, ehe Sie die Innenluke öffnen.«

»Aye, aye, Sir.« Er salutierte und ging.

Ich fühlte, wie mir die Augen zufielen; erneut raffte ich

mich auf. »Kerren, bist du umprogrammiert worden, um mich als Kapitän anzuerkennen?«

»Ja, Sir.« Ein weicher Bariton.

»Sehr schön.«

»Willkommen an Bord, Sir.«

Scharf erwiderte ich: »Ich bin nicht in Stimmung für Konversation!«

Aye, aye, Sir.« Er schien leicht verletzt und machte ein Geräusch, als würde er sich in seinem nicht existierenden Hals räuspern. »Ich habe eine Nachricht für Sie.«

»Von wem?«

»Eine Aufzeichnung. Kapitän Hasselbrad wies mich an, sie erst abzuspielen, nachdem die *Portia* in Fusion gegangen ist. Sind Sie bereit, sich die Nachricht anzuhören?«

»Ja.«

Der Bildschirm erwachte zum Leben. Kapitän Hasselbrads grimmiges Gesicht betrachtete mich. »Sie werden dies erst hören, wenn es zu spät für Hilfe ist, aber, bei Gott, ich werde es Ihnen sagen! Er hatte die Absicht, sich das erste Schiff anzueignen, das auftauchte, egal welches. Es war Ihr Pech, daß die *Portia* zuerst eintraf. Als das Fischungeheuer unsere Fusionsrohre erwischte, wurde er ein bißchen – ja, ein bißchen verrückt. Das denke ich zumindest, bin mir aber nicht sicher. Er hat alles geplant, Ihren Anflug von der Backbordseite, von wo aus der Schaden nicht sichtbar war, die Überführung von Mannschaft und Passagieren, die ganze verfluchte Geschichte. Vielleicht hätte ich ihn seines Kommandos entheben sollen. Ich weiß es nicht. Sie werden meinen schriftlichen Protest im Logbuch finden. Es hat natürlich nichts genützt. Ich habe ihn gezwungen, sieben Tanks Treibstoff von der *Portia* auf die *Challenger* zu überführen. Vielleicht hilft Ihnen das ein wenig. Er hat die meisten Medikamente aus Ihrer Krankenstation mitgenommen.«

Auf dem Bildschirm blickte Hasselbrad auf seine Hände hinunter. »Ein Klumpen, den die Aliens nach uns warfen, ist in die Hydroponikkammern der *Challenger* eingedrungen. Er hat die Stickstoff-Steuerungsanlagen zerstört, aber schlimmer noch: Er hat die westliche Hydrokammer dekomprimiert. Was nicht zerstört wurde, haben wir aus Angst vor einer Kontaminierung weggeworfen. Seit dem Angriff waren wir auf kleine Rationen aus den östlichen Hydros gesetzt und haben von unseren Vorräten gelebt.«

Er starrte in die Kamera. »Seafort, der Admiral hatte befohlen, den Großteil der Nahrungsreserven der *Challenger* auf die *Portia* zu bringen. Als ich davon hörte, stoppte ich den Vorgang, aber da waren die meisten Ihrer verbliebenen Vorräte bereits hinübergebracht. Ich war schon auf der *Portia* und habe deshalb keine Bestandsliste für Sie. Sie haben nicht so viele Passagiere oder Mannschaften, wie wir hatten; ich hoffe, er hat Ihnen genug Lebensmittel übrig gelassen.«

Er schluckte. »Ich weiß, was ich hätte tun sollen. Ich hätte mich freiwillig melden sollen, auf meinem Schiff zu bleiben. Ich habe ihm nicht vorgeschlagen, mich auf die *Portia* zu versetzen, aber auch keine Einwände dagegen erhoben. Es tut mir leid, ich ...« Er blickte direkt in die Kamera. »In meinem Alter werde ich mit der Ungewißheit und Hilflosigkeit nicht mehr fertig. Ich schaffe es einfach nicht. Also trifft es Sie. Glückliche Reise, Mr. Seafort. Es tut mir leid, was wir getan haben.« Die Aufzeichnung war zu Ende.

»Möchten Sie es noch einmal hören, Kapitän?«

»Nein.« Ich schaukelte mit meinem Sessel. »Kerren, hast du meine Funkgespräche mit der *Portia* aufgezeichnet?«

»Ja, Sir.«

»Spiel sie ab.« Ich lehnte mich zurück und hörte mir selbst zu, wie ich den Admiral unbeherrscht anschrie: »Man nennt es Mord!« Ich schloß die Augen, als Tremaine mir seine direkte Order erteilte: »Sie erhalten den Befehl, die Passagiere, die ich Ihnen schicke, an Bord zu nehmen.« Ich hörte meine Antwort. »Den Teufel werde ich! Ich weigere mich!«

Meine Stimme klang gequält. »Schalte es ab.«

»Es ist noch nicht zu Ende, Sir. Es kommen noch ...«

»SCHALTE ES AB!« Ich unterdrückte ein Schluchzen.

Wohltuende Stille.

Die Luke ging auf. Es war Philip. »Erbitte Erlaubnis zum

Betreten der Brücke, Sir.« Ich winkte ihn herein. »Die Passagiere sind alle an Bord«, meldete er.

»Sehr gut.« Meine Stimme klang stumpf.

Er wartete ab. Nach einer Weile gab er mir ein Stichwort. »Sir, wie lauten Ihre Befehle?«

»Befehle?« Es fiel mir schwer, mich zu konzentrieren. »Ich habe kein Recht, Befehle zu erteilen.«

»Wie bitte, Sir?«

Ich sagte lauter: »Ich bin nicht dazu geeignet, Befehle zu erteilen. Ich bin ein Meuterer.« Ich schlug die Augen auf. »Tun Sie, was Sie möchten.«

»Bitte, Sir, womit fangen wir an?«

Ich lehnte mich zurück, den Kopf an der Rückenlehne, die Augen geschlossen. »Tja, Fähnrich – wir treiben mit zerstörtem Fusionsantrieb an einem Rendezvouspunkt und gehen davon aus, daß der Rest des Geschwaders bereits vorbeigekommen ist. Ich habe Sie, einen achtzehn Jahre alten Fähnrich, den niemand möchte. Ich habe einen betrunkenen Chefingenieur, dessen Namen zu erfahren ich verabsäumte, während ich ihn ohrfeigte. Möchten Sie noch mehr hören?« Mein Lächeln war falsch. »In Mannschaftsunterkunft eins sind eine Handvoll Crewmitglieder eingeschlossen, die ihres auffälligen Verhaltens wegen ausgesucht wurden und wahrscheinlich vor Angst wahnsinnig sind. Inzwischen streunen etwa vierzig betrogene Trannies im Schiff herum und erschrecken zweifellos die übrigen Verlassenen durch ihre schiere Präsenz.«

Philip schluckte.

»Der Admiral war so freundlich, unsere Laser auszuschalten. Die Hälfte unserer Hydroponik ist futsch. Die *Portia* hat uns um den größten Teil unserer Nahrungsmittel erleichtert. Ich habe weder die Kombination für den Brückensafe noch den Öffnungscode für die Mannschaftsunterkunft, noch die Schlüssel für den Waffenschrank. Ich habe keine Ahnung, ob uns genügend Personal zur Verfügung steht, um die wesentlichen Schiffssysteme zu betreiben. Also erzählen Sie mir mal, Fähnrich Philip Tyre: Womit fangen wir an?«

»Sir ... Sie sind ... der Kapitän ...«, stammelte Philip.

»Wovon, Fähnrich?« Meine Stimme war grimmig. »Sagen Sie mir, wovon?« Er gab keine Antwort. Ich schlug die Augen auf und sah die beginnende Panik im Blick des Jungen. Mein Selbstmitleid löste sich in Scham auf. »In Ordnung«, knurrte ich. Ich versuchte es mit einem dünnen Lächeln, hatte aber keinen Erfolg damit. »Soviel zu den schlechten Nachrichten. Aber wir sind am Leben. Schauen wir mal, was wir für uns tun können. Folgen Sie mir nach unten.« Ich stand auf.

»Yessir!« Philips Erleichterung war offenkundig. Wir verließen die Brücke und verschlossen die Luke mit einem ID-Code. Ich stieg die Leiter zu Deck 3 hinunter, dicht gefolgt von Philip.

Am Fuß der Leiter prallte ich gegen einen Passagier und fuhr zurück. »Was, in drei Teufels Nemen, machen Sie denn hier?« brüllte ich Walter Dakko an.

Er wich vor meinem Zorn zurück. »Käpt'n, wo ist die ganze Mannschaft? Warum sind die meisten Kabinen leer?«

Ich packte ihn am Kragen. »Warum sind Sie hier?« Ich schubste ihn ans Schott. »Antworten Sie!«

»Chris«, sagte er mit müder Stimme. »Chris und dieser Attanijunge. Ohne uns etwas davon zu sagen, wandten sie sich an die neuen Offiziere der *Portia* und fragten, ob sie für die weitere Fahrt auf die *Challenger* wechseln könnten. Um von Ihnen wegzukommen. Der Admiral tat ihnen den Gefallen. Als Galena und ich davon erfuhren, einigten wir uns darauf, daß ich ebenfalls hinüberwechselte; Chris ist noch zu jung, um allein gelassen zu werden. Also folgte ich ihm.« Er funkelte mich an. »Jetzt sind Sie an der Reihe! Was geht hier vor?«

»Die *Portia* ist in Fusion gegangen. Unsere Fusionsrohre sind zerstört. Wir fahren nirgendwohin. Wir sind ein Wrack.«

Dakko schloß die Augen. »Oh, du törichter Junge«, flüsterte er. Nach einem Moment fragte er düster: »Besteht irgendeine Hoffnung?«

»Auf Rettung? Vielleicht. Ich weiß es nicht.« Ich ließ ihn stehen.

Von innen wurde wie rasend an die Luke der Mannschaftsunterkunft gehämmert. Ich fand den Öffnungscode auf einem neben der Lukensteuerung an die Wand gehefteten Zettel. Ich tippte die Zahlen ein.

Philip bewegte sich unbehaglich. »Sollten wir nicht lieber bewaffnet sein, Sir?«

»Das ist nicht nötig.« Wenn doch, war es ohnehin aus mit uns. »Treten Sie zurück.« Ich holte tief Luft und schloß die Luke auf. Direkt vor dem Durchgang nahm ich die bequeme Grundhaltung an, die Hände auf dem Rücken verschränkt.

Kaum war die Tür seitlich aufgefahren, stürmte auch schon ein Mob aus verzweifelten Männern hervor. »NEHMEN SIE HALTUNG AN!« brüllte ich. Erschrocken und überrascht prallten sie zurück. Ich trat vor. »Ich bin Mr. Seafort, Ihr neuer Kapitän. Sie da! Bilden Sie eine Reihe an dieser Seite! Los! Die anderen hier herüber!« Ich schob einen Mann zur Seite. »Nehmen Sie Aufstellung, oder ich schaffe Sie so schnell zum Kapitänsmast, daß Sie von der Reibung Verbrennungen bekommen!«

Ich hatte Glück; die alten Gewohnheiten der Disziplin setzten sich durch. Binnen weniger Augenblicke standen die Männer in zwei unordentlichen Reihen zu beiden Seiten des zentralen Zwischengangs.

»Fähnrich, notieren Sie den Namen jedes einzelnen, der sich bewegt!« Philip eilte herein und schnappte sich den Zettel mit dem Lukencode als Notizblock. Erfinderisch.

Ich funkelte meine unglücklichen Reste von einer Mannschaft düster an. »Sie wurden auf Befehl Ihrer vorgesetzten Offiziere hergeschickt! Wie können Sie es wagen, einen solchen Radau zu veranstalten? Das wird nicht wieder vorkommen!« Ich marschierte auf und ab wie bei einer Inspektion. »Identifizieren Sie sich. Einer nach dem anderen.« Ich nickte dem Mann am Ende der Reihe zu.

»Recyclermaat Kovaks, Sir.« Ich nickte. Gut. Seine Kenntnisse waren von entscheidender Bedeutung.

»Funkspezialist Tzee, Sir.«

»Matrose Andros.«

»Sir!«

Er bedachte mich mit einem verächtlichen Blick. »Sir? O yeah, *Sir*!«

»Schreiben Sie ihn auf, Mr. Tyre!« Philip kritzelte den Namen hin.

»Wird Ihnen ja mächtig was nützen, Käpt'n«, brummte Andros. »Das hier is' kein Flottenschiff mehr.«

Ich zögerte keine Sekunde. »Mr. Tyre, führen Sie ihn ins Schiffsgefängnis!«

»Aye, aye . . .«

»Mach das, hübscher Junge!« kicherte Andros. »Ich wär' nur zu gern mit dir allein . . .«

Ich wirbelte auf der linken Ferse herum. Mein Schwinger an seinen Unterkiefer erwischte ihn voll. Er verdrehte die Augen und klappte zusammen. Ein heftiger Schmerz zuckte meinen Arm hinauf; ich fürchtete schon, daß ich mir erneut die Hand gebrochen hatte. Vorsichtig beugte ich die Finger und stellte fest, daß ich Glück gehabt hatte. »Bitte weitermachen«, sagte ich gelassen, als wäre es ganz normal, ein Besatzungsmitglied bewußtlos zu schlagen.

Ich marschierte auf und ab, während die Männer sich vorstellten. Es waren alles in allem vierzehn, einschließlich Andros. Fünf stammten von der *Portia:* Andros, Clinger und drei Stewardmaate. Die übrigen neun waren: ein Mann aus dem Maschinenraum der *Challenger*, zwei Hydroponikmaate, ein Zahlmeistermaat und fünf einfache Matrosen mit nur wenig fortgeschrittenen Kenntnissen.

Ich stand im Zentrum des Durchgangs. »Wir sind ein Flottenschiff auf Fahrt unter Kriegsbedingungen. Wir werden jederzeit die Flottendisziplin wahren. Verstanden?«

Mürrisch brummten die Männer ihre Zustimmung.

»Sie, Drucker und Groshnew! Bringen Sie Mr. Andros ins Schiffsgefängnis. Mr. Tyre, stecken Sie ihn in eine Zelle, und sichern Sie das Gefängnis. Kehren Sie anschließend sofort hierher zurück.«

»Aye, aye, Sir.« Die beiden Matrosen packten den besinnungslosen Andros an Armen und Beinen und folgten Philip aus der Kunterkunft.

Ich ließ die Männer schweigend Haltung bewahren, bis die Gruppe vom Schiffsgefängnis zurückkehrte. Als sie schließlich wieder hereinkamen, schnauzte ich: »Stehen Sie bequem, alle Mann!« Sie entspannten sich. »Soweit ich weiß, sind Sie die komplette verbliebene Mannschaft der *Challenger*.« Das gefiel ihnen nicht, und ich konnte ihnen daraus kaum einen Vorwurf machen. Ich schritt wieder auf und ab. »Unsere erste Aufgabe besteht darin, eine Inventur des Schiffs und seiner Ressourcen vorzunehmen. Mr. Kovaks, sind die Recycler für eine Inspektion bereit?«

Er sperrte den Mund auf. »Inspektion? Machen Sie Witze? Man hat uns hier zurückgelassen, um zu sterben.«

»Nicht, wenn ich es verhindern kann!« Die Situation entglitt meinem Griff; Zeit zu improvisieren. »Folgen Sie mir alle bei der Inspektionstour. Erläutern Sie Ihre Probleme. Wir fangen mit der Wiederaufbereitung an und fahren anschließend mit den Hydros fort. Danach kommen der Maschinen- und der Funkraum an die Reihe. Gehen wir!«

Die Männer schienen nur widerwillig die Unterkunft zu verlassen, der sie vorher noch verzweifelt zu entkommen versucht hatten. »Mr. Tyre, holen Sie ein Klemmbrett aus dem Zahlmeisterbüro und notieren Sie, was diese Leute uns erklären. Mr. Kovaks, gehe ich zu Recht davon aus, daß der Comp die Anlagen weiter überwacht?« Gelassen ging ich auf die Luke zu.

»Ja, Sir«, sagte er mechanisch. Dann schluckte er. »Die Energieversorgung der Wiedraufbereitung wurde durch den Treffer nicht unterbrochen.« Er folgte mir auf den Korridor. »Der untere Maschinenraum wurde dekomprimiert. Dabei kamen fünf Typen ums Leben, aber die Fusionsmaschinen produzieren weiterhin interne Energie. Die Meßgeräte zeigten normale Werte, als ich letztes Mal nachschaute – gestern irgendwann. Seitdem ...«, er deutete bitter auf die Mannschaftsunterkunft, »... war ich die ganze Zeit dort eingesperrt.« Die übrigen Männer sammelten sich hinter uns auf dem Korridor.

»Ich weiß«, sagte ich. »Es tut mir leid. Es wird nicht wieder vorkommen. Haltet gefälligst Schritt, Männer, oder ihr versteht nicht, was gesagt wird. Kovaks, glauben Sie, Sie beherrschen die Überwachungsdrills gut genug, um ein paar weitere Typen darin auszubilden?« Er nickte.

Kurze Zeit später versammelten wir uns in den Wiederaufbereitungskammern. »Führen Sie jetzt lieber einen Check durch, Mr. Kovaks.«

Auf seinem vertrauten Posten wirkte der Matrose gefügiger.

Er führte einen Drucktest durch und verglich die Meßwerte mit den Normangaben auf seinem Arbeitsbogen. »Wiederaufbereitung in Ordnung, Käpt'n.«

»Sehr gut. Bringen Sie mich zu den westlichen Hydros.«

Der Matrose Groshnew wandte ein: »Es sind die östlichen Hydros, die noch funktionieren. Wir ...«

»Ich sagte: Bringen Sie mich zu den westlichen Hydros. Wie lautet die korrekte Antwort auf einen Befehl?«

»Aye, aye, Sir.«

»Ich benötige Ihre Hilfe, um das Schiff wiederherzustellen!« schnauzte ich. »Wir werden dabei die Disziplin wahren. Wir stehen unter enormer Spannung, und Sie wurden gerade erst aus ungerechtfertigter Gefangenschaft befreit, also werde ich Ihre Unhöflichkeit dieses eine Mal übergehen. Verstanden?«

»Ja, Sir.« Er wirkte niedergedrückt.

»Sehr gut. Zu den westlichen Hydros.« Als wir dort eintrafen, wünschte ich mir, ich hätte den Befehl nicht erteilt. Die Verwüstungen dort waren beinahe vollkommen. Eine rohe, aber adäquate Abdichtung gegen Luftverlust bedeckte ein Loch in der Schiffshülle, doch die Anlagen waren umgestürzt, und verbogene Rohrleitungen und zerrissene Schläuche waren überall verstreut. Leere Wassertanks lagen zwischen Klumpen von losem Sand und Erde auf dem Deck. Von den Pflanzen war nichts mehr übrig.

»Der Gestaltwandler ist hier reingerannt«, brummte jemand.

Matrose Drucker drehte sich wütend zu dem Mann um. »Wir haben eine Klasse-A-Dekontaminierung durchgeführt! Du hast sogar dabei geholfen, du blöder Sack! Weißt du noch, wie Leutnant Affad die Aufsicht geführt hat? Ultraviolettstrahlung, Chemikalien, alles so was. Wir sind hier sicher.«

»Die Saat? Der Pflanzenbestand?«

»Wir haben noch Saat in den Bestandsschubläden, Sir. Und ein paar Pflanzen im Setzlingsraum, aber keine Möglichkeit, sie zu ziehen. Die Anlagen sind im Eimer.«

»Wir haben noch Rohre und Schläuche. Und wir können Tanks aus Schrott herstellen, nicht wahr?«

»Ja, Sir.« Drucker musterte die Verwüstung trübselig. »Die Anlagen waren nie dazu gedacht, einer Dekompression standzuhalten, Sir. Die Sensoren für den Comp sind ausgefallen und die meisten Nährstoffventile verklemmt oder geplatzt. Wir können rudimentäre Reparaturen durchführen, aber das hier ...«

»Sehr gut.« Ich deutete zur Luke. »Die östlichen Hydros.«

In der Ostkammer schien alles zu gedeihen. Wachstumslampen summten leise an der Decke; unter ihnen wuchsen friedlich Tomaten, Gurken und anderes Gemüse. Irgendwo im Hintergrund tropfte Wasser; die Sensorlampen leuchteten in einem weichen Grün.

»Sieht so aus, wie ich es erwartet habe«, bemerkte ich. »Irgendwas nicht in Ordnung hier?«

»Ja«, sagte Drucker in unheilverkündendem Tonfall. Er strich die Blätter einer Tomatenpflanze zur Seite, die in einem befeuchteten Sandtank wuchs, und deutete darunter.

Ich zog die Luft durch die Zähne ein. »Bedeutet das, was ich denke?«

»Ja, Sir«, antwortete Drucker grimmig. Die fleischigen Stiele vier halbverzehrter, unreifer Tomaten lagen dort im Sand. »Jemand hat den Ertrag geplündert. Extrarationen. Ich habe das gestern schon entdeckt, ehe wir eingeschlossen wurden, Sir. Nachdem der Rest der Besatzung auf die *Portia* gebracht worden war.«

Die Männer waren ganz still geworden. Mein Blick wanderte rings um den Raum von einem zum anderen. Niemand sah weg. »Von jetzt an werden wir die Hydrokammern verschlossen halten«, sage ich. »Nur die Hydroabteilung erhält Zutritt. Wir sind ohnehin schon auf halber Ration. Jeder, der dabei ertappt wird, wie er Nahrung stiehlt, wird exekutiert. Niemand erhält eine zweite Chance.« Kein Laut war zu hören. Ich räusperte mich. »Wie viele zusätzliche Nahrungsmittel könnten wir hier ziehen?«

»Die Beete sind voll, Käpt'n. Wo könnten wir die Pflanzen sonst hinsetzen?«

»Wie hoch ist der Ausstoß?«

»Etwa zwanzig Tomaten am Tag, Käpt'n, und etwa dreißig Gurken. In Beet elf da drüben haben wir einige Bohnen gesetzt; sie sind aber erst in ungefähr einem Monat soweit. Eine Menge Kopfsalat. Die Sache ist nur ... von Kopfsalat allein kann man nicht leben.«

»Warum haben Sie keine volle Palette an Pflanzen angebaut, nachdem die westlichen Hydros ausgefallen waren?«

»Keine Ahnung, Sir. Zuerst haben wir versucht, die Kontaminierung loszuwerden, falls es eine gab, und dann haben wir gedacht, der Rest des Geschwaders würde auftauchen. Wir dachten uns, wir würden neue Pflanzen von den anderen kriegen; das wäre eh schneller gegangen, als neue aus der Saat zu ziehen.«

»Hm.« Witzlos, jetzt die früheren Offiziere der *Challenger* zu kritisieren. »Dann ab in die Kombüse. Sehen wir uns mal unsere Vorräte an.« Ich verschloß die Hydrokammer mit einem Code und stellte mich dabei zwischen die Mannschaft und die Tastatur, so daß die Männer nicht sehen konnten, was ich eintippte. Unser Trupp marschierte zur Kombüse weiter.

Die Kühlschränke wurden normalerweise zwischen den Mahlzeiten verschlossen gehalten. Die meisten waren auch jetzt zu, aber eine Luke hatte man aufgebrochen und den

Inhalt geplündert. Ich schaute mich um. »Wo sind die Codes für die verschlossenen Kühlschränke?« Ein Mann zuckte die Achseln; die anderen schauten verwirrt drein.

»Wir kriegen sie schon auf!« knurrte Clinger.

»Nein. Ich suche nach den Codes, sobald ich wieder auf der Brücke bin. Wir öffnen die Kühlschränke auf meinen Befehl. Nicht eher.« Ich wies einen Matrosen an, die trockenen Speiseschränke zu durchsuchen, während wir warteten; ein paar Mehltüren, einige Gewürze und einige verstreute Dosen mit Fertiggemüse waren alles, was wir fanden.

»Weiß jemand von Ihnen, welche Vorräte im Laderaum aufbewahrt werden?« fragte ich.

»Etwa zwanzig Kisten Milchpulver.« Das war ein Matrose mit mürrischem Tonfall. »Ich hab' mitgeholfen, sie für die *Portia* zu verladen, und sie wieder zurückgebracht, als die neuen Befehle kamen.«

»Was noch?«

Er zuckte die Achseln. »Ein paar Kisten mit noch was anderem. Keine Ahnung. Nicht genug, um uns alle zu ernähren, soviel weiß ich.«

Ich schwenkte mich zu Philip herum. »Mr. Tyre, begeben Sie sich nach der Tour mit diesem Mann in den Laderaum und inventarisieren Sie unsere Nahrungsvorräge. Sie müßten das Manifest unweit der Luke angeheftet finden.« Ich wartete nicht auf Antwort. »Zum Maschinenraum, los.«

Im Maschinenraum war der betrunkene Chief nirgends zu sehen. Die Scherben seines Steingutkruges lagen immer noch auf dem Boden. Ich wandte mich an den Maschinenmaat. »Mr. – Sykes, nicht wahr? Wie sieht die Lage hier aus?« Er grinste freudlos durch seine Zahnlücken. »Der olle Chief, der sitzt wohl irgendwo mit einem Becher, schätze ich. Sieht so aus, als würde jetzt der Comp den Laden schmeißen.« Er wieherte.

»Mr. Tyre, notieren Sie sich diesen Mann. Ich befasse mich am nächsten Kapitänsmast mit ihm.« Gehorsam schrieb Philip den Namen auf. »Mr. Sykes, versuchen Sie es noch einmal.«

Der Matrose warf mir einen giftigen Blick zu, riß sich aber zusammen, ehe er antwortete. Er holte tief Luft und richtete sich auf. »Haben Sie den Chief gesehen, Sir? Er ist, äh, na ja, Sie wissen schon! Ich schätze, er ist zu sehr außer Fassung, um sich noch was draus zu machen. Er hat die Maschinen alle auf Automatik gestellt. Wir haben Elektrizität, Heizung und Druck auf den Pumpen. Sollten wir die Laser brauchen, müssen wir auf volle Energie gehen. Ich hab' keine Ahnung, ob der Comp das von allein hinkriegt.«

»Das tut er nicht.«

»Yeah. Na ja, dann haben wir keine Laser, Sir.«

»Können Sie die Anlagen hier bedienen?«

»Ich kann die Anzeigen ablesen, Sir. Ich weiß, wie man die Hebel auf volle Energie stellt, wenn der Befehl dazu kommt, und wie man dabei auf die roten Linien achtgibt. Ich weiß nicht, was ich tun sollte, wenn die Anzeigen in den roten Bereich steigen, Sir. Der Chief war immer da, um sich um so was zu kümmern. Ich schätze, ich würde einfach alles abschalten.« Er grinste.

»In welcher Reihenfolge, Mr. Sykes?«

Sein Grinsen verschwand. »Äh, ich weiß nicht, Sir. Das müßte mir der Chief sagen.« Er murmelte: »Schätze, ich könnte hier ganz schön was kaputtmachen, wenn ich dran rumpfuschen würde, was?«

»Ja. Ich sorge dafür, daß der Chief seinen Dienst wieder antritt.« Wir beendeten die Inspektion und stiegen die Leiter hinauf zum Funkraum auf Deck 1. Unterwegs bestürmte uns im Korridor eine Bande von Nichtseßhaften. »Später!« schnauzte ich. »Jetzt nich' 'em Käp'n inne Quere kommen!« Sie wichen zurück, verblüfft über meine Sprechweise. Na ja, was auch immer hier funktioniert hatte!

Im Funkraum lagen die demontierten Innereien der Lasersteuerung ordentlich auf den Pulten ausgebreitet. Das Handbuch lag ebenfalls bereit, auf der Seite aufgeschlagen, die angab, wie sie wieder zu installieren waren. »Allmächtiger . . .!« Ich hielt inne, ehe ich Schlimmeres von mir gab. »Mr. Tzee, können Sie die Feuerleitung wieder einbauen?«

Der Matrose begutachtete erst die verschiedenen Teile, ehe er antwortete. »Ja, Sir, da bin ich mir ziemlich sicher.«

»Fangen Sie gleich an.«

»Aye, aye, Sir.« Er suchte in einem Schrank nach den Werkzeugen. »Es wäre leichter, Sir ... äh, ich meine, wenn Sie nicht alle ...«

»Klar.« Ich ging zur Luke. »Melden Sie sich auf der Brücke, wenn Sie fertig sind, Und wenn Sie schon dabei sind, überprüfen Sie auch unsere Funkelektronik. Teilen Sie mir Ihre Erkenntnisse mit.« Ich wartete, während die Mannschaft in einer Reihe hinausging. Wir sammelten uns auf dem Korridor von Deck 1.

»In Ordnung, die Inspektion ist beendet. Wir haben viel Arbeit zu erledigen. Mr. Sykes, Sie räumen den Maschinenraum auf. Mr. Tyre, Sie suchen im Laderaum nach Lebensmitteln. Gehen Sie gründlich vor. Mr. Akkrit, ich übertrage Ihnen die Passagierabteilung. Erstellen Sie eine Liste aller Passagiere und ihrer Kabinen. Stellen Sie sicher, daß alle ordentlich untergebracht sind. Der Rest von Ihnen ...«, das waren sieben Mann, »... bildet für den Augenblick die Kombüsenmannschaft. Mr. Bree übernimmt die Leitung. Wir brauchen bald ein Abendessen; rufen Sie mich auf der Brücke an und teilen Sie mir mit, was Sie mit unseren derzeitigen Vorräten zuwege bringen. Das ist alles.«

Zögernd gingen Sie auseinander. Einige machten den Eindruck, sie hätten Einwände; aber ich stellte sicher, daß sie keine Gelegenheit dazu fanden, sie von sich zu geben. Ich eilte auf die Brücke zurück und achtete darauf, die Luke hinter mir zu verschließen.

Ich fiel in meinen Sessel, und mein Verstand rang mit ungelösten Problemen. »Kerren?«

»Ja, Sir? Wie kann ich helfen?« Ich verstand, warum Kapitän Hasselbrad die Gesprächsprogramme des Comps abgeschaltet hatte. Trotz der Höflichkeit wirkte irgend etwas an seinem Gebaren störend.

»Die Kühlschränke in der Kombüse sind verschlossen. Weißt du, wo die Codes sind?«

»Ja, Sir.«

Ich wartete. Dann: »Wo, Kerren?«

»Kapitän Hasselbrad hat sie im Logbuch notiert, Sir. Haben Sie im Logbuch nachgesehen?«

Ich verfluchte meine Dummheit. »Nein.« Ich streckte die Hand nach dem Holovid aus.

»Sie sollten darin nachsehen, Sir«, sagte Kerren feierlich. »Wenn Sie die Codes finden möchten.«

Zähneknirschend schaltete ich das Log ein und blätterte hindurch. Ich fluchte lautstark. Zu den letzten Einträgen gehörten die Codes für den Brückensafe und die Schließschränke mit den Lebensmitteln. Ich prägte mir letztere ein, ging dann erst mal zum Safe und stellte die Kombination ein. Drinnen fand ich eine Betäubungspistole und einen Umschlag mit der Aufschrift ›Schlüssel zum Waffenschrank‹. Ich steckte beides in die Tasche und fühlte mich sicherer, als ich mich wieder auf meinen Platz setzte.

Eine halbe Stunde später kehrte Philip Tyre triumphierend aus dem Laderaum zurück. »Dosenfleisch und Dosengemüse, Sir! Zwei Container voll! Fünfhundervierundsiebzig Kisten; sechzehn Dosen in einer Kiste, um genau zu sein!« Er fiel auf seinen Sitz am Pult des wachhabenden Offiziers.

Ich lächelte. »Ein guter Fund, Fähnrich.« Der Raum wirkte heller und das Schiff weniger bedrückend. Philip grinste zurück und sonnte sich in meiner Zustimmung. Ich vertiefte mich wieder ins Logbuch, um mich mit den Bedienungsparametern des Schiffes vertraut zu machen.

Der Rufer meldete sich. »Äh, Brücke, Käpt'n?«

»Wer sind Sie?« fragte ich zurück. »Wissen Sie nicht, wie man sich meldet?«

»Äh, nein, Sir, Ich hab' noch nie auf der Brücke angerufen. Hier ist Akkrit.«

»Matrose Akkrit meldet sich, Sir!«

Er plapperte mir die Worte nach. »Äh, wir haben rausgefunden, daß wir sechsundsiebzig Passagiere haben, Sir, die verdammten Trannies mitgerechnet. Einem der Kids mußte ich eins auf die Birne geben, damit es mir nicht weiter hinterherlief. Neununddreißig Trannies, ein Haufen alter Leute und noch ein paar andere. Jabour hier hat die Liste.«

»Sehr gut. Schicken Sie ihn herauf. Ihre Gruppe erhält Korridordienst. Sammeln Sie die Abfälle auf allen drei Decks ein.«

»Äh ... aye, aye, Sir.«

Ich unterbrach die Verbindung und spielte müßig mit dem Rechner auf meinem Pult herum. Sechsundsiebzig Passagiere, vierzehn Mannschaftsangehörige, Philip, der Chief und ich. Insgesamt dreiundneunzig. Wenn wir im Schnitt eine Dose Lebensmittel pro Person und Tag verbrauchten, hatten wir Rationen für achtundneunzig Tage. Der Ausstoß der Hydroponik kam noch dazu; aber wir würden mehr Nahrung verbrauchen, als wir dort zogen. Das wenige, das uns zur Verfügung stand, war ungeheuer wertvoll, und wir mußten es sorgfältig im Auge behalten.

»Mr. Tyre, haben Sie den Laderaum gesichert?«

Philip machte ein verwirrtes Gesicht. »Ich habe die Luke geschlossen, Sir.«

»Sie haben nicht abgeschlossen?« Ein kalter Schauer lief mir über den Rücken.

»Nein, Sir. Sie hatten mich angewiesen, nach Lebensmitteln zu suchen, nicht ...«

»Der Matrose – wie hieß er?«

»Ibbarez.«

»Hat er die Lebensmittelkisten gesehen?«

»Ja, er hat mir beim Zählen geholfen ...«

»Idiot! Können Sie gar nichts richtig machen?« Ich sprang auf. »Ich hätte es besser wissen müssen, als Ihnen zu vertrauen! Los jetzt!« Ich war schon zur Luke hinaus.

Philip rannte hinter mir her. »Zum Laderaum, Sir?«

»Ja, bei Gott ... Nein! Erst zum Waffenschrank.« Wir umrundeten die Korridorbiegung. Vor dem Waffenschrank kam ich rutschend zum Stehen und fummelte mit dem Schlüssel herum. Endlich hatte ich ihn geöffnet.

Ich warf dem Fähnrich eine Betäubungs- und eine Laserpistole zu und holte für mich selbst ein Lasergewehr hervor. Kaum hatte ich die Luke wieder zugeknallt, stürmte ich bereits den Korridor entlang zur Luke des Barkassenhangars. Der Laderaum lag weit vor den Scheiben, in denen wir wohnten, im schmalen, bleistiftähnlichen Schiffsrumpf jenseits des Barkassenhangars.

Mit der flachen Hand schlug ich auf die Steuerung und stürmte schon hindurch, während die Luke noch zur Seite fuhr. Philip folgte mir. In der Kammer mit den Raumanzügen schnappte ich mir einen von den Ständern und zog ihn hastig an.

Der Laderaum stand zwar unter Druck, aber da die Luft dort nicht durch die Recycler lief, konnte man sich nicht auf sie verlassen; deshalb trug man im Laderaum stets einen Druckanzug. Ich klatschte den Helm in die Fassung und überprüfte mechanisch die Luftdruckanzeige, während die Siegel sich schlossen.

In voller Montur stiegen wir dann zur Luke am hinteren Ende des Laderaums hinauf. Auf einen Tastendruck hin öffnete sie sich.

Der riesige Frachtraum der *Challenger* erstreckte sich bis in den schmalen Bug des Schiffes. Ich schaltete den Funk ab, packte Philip am Hals und berührte seinen Helm mit dem meinen. »Wo?«

Er begriff, daß ich leise sein wollte, und deutete auf die andere Seite des Schiffsrumpfes, etwa hundert Meter weiter vorn. Ich duckte mich und arbeitete mich so leise wie möglich entlang dem Durchgang vor. Ich schaltete den Funk auf ›Empfang‹ und gab Philip mit einem Wink zu verstehen, daß er das gleiche tun sollte.

Das Geräusch von schwerem Atem. »Schnell, verdammt noch mal, wir müssen hier endlich raus!«

Ich kroch in Richtung der Stimmen. Ein schmaler Durchgang zog sich an beiden Seiten des Laderaums entlang; alle zwanzig Meter führte ein Laufsteg über die Frachtverschläge hinweg zum Durchgang auf der anderen Seite. So geräuschlos, wie ich nur konnte, folgte ich einem matt beleuchteten Laufsteg zum Standort der Lebensmittelvorräte.

Auf Zehenspitzen schlich ich über den Boden. Auf der anderen Seite der Frachtverschläge luden drei Männer in Raumanzügen Kisten auf einen elektrischen Wagen.

Ich nahm das Gewehr in Anschlag. »Aufhören!«

»Weg hier!« Mit einem Fluch flitzte ein Mann den anderen Seitenweg entlang Richtung Barkassenhangar. Ein anderer sprang hinunter in den Frachtraum zwischen die aufgestapelten Kisten und Container. Der dritte kam direkt auf mich zu.

Er ging über den Laufsteg auf mich los und schwenkte eine schwere Eisenstange.

»Halt!« Ich hob erneut das Gewehr. Er schlug mit der Stange nach meinem Helm. Das Visier zersplitterte und blendete mich durch einen Regen aus Transplexscherben. Mit einem Reflex feuerte ich. Ich schnappte nach Luft und rechnete schon damit, daß sie verbraucht war. Zu meiner Erleichterung erwies sie sich als sauber und frisch. Der Kopf dröhnte mir noch von dem Schlag. Ich taumelte herum, um auf den Beinen zu bleiben, und blinzelte, um wieder freie Sicht zu erhalten.

Mein Angreifer war verschwunden.

Ein Schrei von Philip. »Hier, Sir! Er ist – puuf!«

Ich rannte den Laufsteg zurück Richtung Luke. Philip Tyre saß auf dem Deck und hielt sich die Rippen. Ein lahmes Grinsen war auf seinem jungen Gesicht festgefroren. »Tut mit leid, Sir, ich hatte gerade auf den anderen Typ gezielt, und der zweite griff mich von hinten an. Hat mir geradezu die Luft rausgeprügelt.« Er schaute sich um. »Sie sind abgehauen.«

»Abgehauen?« Ich zerrte ihn auf die Beine. »Zur Hölle mit Ihnen, Fähnrich! Wo ist Ihre Laserpistole? Die Betäubungspistole?«

Philip wurde blaß. Wild blickte er sich nach den fehlenden Waffen um. »Ich ... Sie ... Er muß sie mitgenommen haben, Sir, als ich stürzte.«

Ich war so entsetzt, daß ich kein Wort mehr hervorbrachte. Jeder Akt vorsätzlichen Ungehorsams durch ein Mannschaftsmitglied bedeutete Meuterei. Trotzdem gab es da immer noch Abstufungen. Waffen gegen die rechtmäßige Autorität zu erheben war einfach undenkbar. Die Rebellischen Zeiten lagen lange zurück; für Zivilisten lautete die Strafe für unerlaubten Schußwaffenbesitz: lebenslängliche Haft in der Callisto-Strafkolonie. Für einen Matrosen: Tod.

Jetzt sah ich mich mit einer bewaffneten Rebellion konfrontiert. Alles wegen Philip.

Ich schubste ihn zurück in Richtung Laufteg. »Ich habe auf jemanden geschossen. Ist er an Ihnen vorbeigekommen?«

»Ich glaube, ich habe nur zwei gesehen, Sir.«

»Ich glaube!« äffte ich ihn nach. »Wenn Sie ihn nicht vorbeigelassen haben, ist er immer noch hier.« Ich hielt das Gewehr schußbereit, während wir den Laufsteg überquerten.

Die Waffe war nicht mehr nötig. Der dritte Matrose lag mit dem Gesicht nach unten im Frachtraum; Blut sickerte ihm aus dem Kopf. Ich schickte Philip zur Leiche hinunter. Als er sie umdrehte, starrte das Gesicht des gemeinen Matrosen Ibarez blind an die Decke. Blaß und schweigsam kletterte der Fähnrich wieder auf den Laufsteg.

Draußen zog ich mir den Raumanzug aus. »Das ist alles Ihre Schuld! Sie wußten, daß unsere Lebensmittelvorräte nicht ausreichen. Der Matrose sah, daß Sie die Luke unverschlossen ließen. Was haben Sie eigentlich geglaubt, was die daraufhin tun würden? Und schlimmer noch: Sie haben nicht mal die Waffen festgehalten, die ich Ihnen ausgehändigt hatte!«

Der Junge erbleichte.

»Jetzt haben die Aufständischen eine Laser- und eine Betäubungspistole! Sie inkompetenter Kindskopf, ich sollte Sie aufs Faß schicken!«

Philip lächelte schwach in seiner Demütigung und Scham; dieser Ausdruck verstärkte meine Wut nur noch mehr. Ich knallte die Luke zu. »Bei Gott, das werde ich auch! Kommen Sie mit, Fähnrich. Ich war nie erster Leutnant; das Faß stand nie in meiner Kabine. Es wird langsam Zeit, daß ich den Umgang damit lerne!«

Philip flehte mich mit Blicken an, sagte aber nichts.

Ich packte ihn am Arm. »Ab in die Kabine des ersten Leutnants!« In blinder Wut stolzierte ich aus dem Anzugsraum auf den Korridor hinaus. Philip eilte neben mir her, das Gesicht rot vor Verlegenheit. Nach wenigen Augenblicken hatten wir die Offiziersunterkünfte erreicht, die unweit der Brücke lagen. Wir fanden die Kabine des ersten Leutnants. Die Luke stand halb offen.

Ich stürmte hinein. Das Faß stand auf seinem Sockel in der hintersten Ecke. Der Stock lehnte daran. Philip starrte ihn an und schluckte. Ohne daß ich ihn dazu auffordern mußte, zog er die Jacke aus und legte sie ordentlich gefaltet auf einen Stuhl. Kurze, zögernde Schritte führten ihn zum Faß. Er legte sich darauf, die Arme in der vorgeschriebenen Haltung unter dem Kopf verschränkt.

Ich stellte das Gewehr ab und schnappte mir den Stock. »Ich werde Sie lehren, Ihre Pflicht zu tun, Sie ...« Ich zog ihm mit aller Kraft einen über. Er stieß einen schrillen Schrei aus und zuckte krampfhaft. Dann zwang er sich dazu, sich nicht weiter zu bewegen, den Kopf fest auf die verschränkten Arme gepreßt. Ich hob den Stock, um erneut zuzuschlagen, beseelt von einem Triumphgefühl ob der Ausübung meiner rechtmäßigen Befehlsgewalt.

Dann kam ich wieder zur Besinnung.

»Was tue ich hier?« Der Stock entglitt meinen Fingern. Ich fiel auf einen Stuhl am Tisch. Philip blieb bewegungslos über dem Faß liegen. Ich legte den Kopf in die Hände. »Allmächtiger!«

Der Fähnrich wartete.

»Philip, stehen Sie auf.« Meine Stimme klang heiser. Langsam richtete der Junge sich auf. Eine Hand kroch zum Hosenboden. Er drehte sich mit puterrotem Gesicht zu mir um. »Setzen Sie sich.« Ich schob ihm einen Stuhl hin. Er gehorchte und zuckte dabei zusammen. Ich raffte mich dazu auf, ihm in die Augen zu blicken. »Ich weiß nicht, ob Sie mir vergeben können, Mr. Tyre. Ich rechne nicht damit. Was ich getan habe, tut mir leid. Sie haben Besseres verdient.«

»Nein!« Der Aufschrei entrang sich ihm förmlich.

»Doch, Sie ...«

»Ist es Ihnen denn nicht klar, Sir? Sie hatten recht!« Er brach in Tränen aus. »Ich hätte daran denken müssen, die Luke abzuschließen und meine Waffen festzuhalten. Es tut mir leid, daß ich ein solcher Versager bin. Ich werde mir von jetzt an noch mehr Mühe geben! Ich weiß, daß ich Schlimmeres verdient habe als das Faß. Wenn Sie sich davor fürchten, mich zu disziplinieren, wie können Sie mir dann vertrauen? Wie können Sie dann das Schiff führen? Ich bin nicht wie diese Männer! Ich ertrage die Disziplin und halte mich an meinen Eid. Bitte!«

Er stand auf und packte den Stock. »Ich möchte nicht geschlagen werden – o Gott, wie weh das tut! –, aber Sie sind der Kapitän! Ich flehe Sie an, zögern Sie nicht, mich zu bestrafen. Er legte den Stock auf den Tisch.

Ich schloß die Augen. Eine lange Zeitspanne verstrich. Ruhig sagte ich: »Sie denken, ich hätte deshalb aufgehört? Weil ich glaubte, Sie würden sich den Meuterern anschließen, wenn ich Sie schlage?«

»Wieso sollten Sie mich sonst davonkommen lassen – nach allem, was ich getan habe?« schrie er.

»Weil es von Anfang an mein Fehler war. Ich war dafür zuständig, darauf zu achten, daß die Luke abgeschlossen wurde. Wegen meiner Dummheit ist ein Mann tot. Die Pistolen ... Da konnte man nichts machen. Sie haben Ihr Bestes getan.«

»Mein Bestes ist aber nicht gut genug!« Seine Stimme klang gequält. »Ich bin Ihr einziger Offizier, und Sie können sich nicht auf mich verlassen. Kein Wunder, daß Sie mich nicht an Bord haben wollten.« Er schlug die Augen nieder. »Ich bin nutzlos.« Seine Stimme war gedämpft. »Schlimmer noch, ich stelle eine Behinderung dar.«

»Mr. Tyre, hören sie mir gut zu: Ich wollte Sie nicht auf der *Challenger* haben, weil ich nicht wollte, daß Ihr Leben weggeworfen wird. Es gab keinen anderen Grund. Sie sind ein guter Offizier und genießen meinen Respekt. Es tut mir leid, daß ich Sie geschlagen habe. Ich werde es nie wiedertun.«

»Sie brauchen mir nicht zu versprechen, daß ...«

»Es ist geschehen. Und ich mußte es Ihnen versprechen; ich kann meinem Urteilsvermögen sonst nicht trauen. Ich habe das Gefühl ...« Ich versuchte, die Woge meiner Emotionen zu unterdrücken. Mit rauher Stimme sagte ich: »Philip, Sie wissen, daß ich nicht zum Kapitän tauge. Würden Sie mich des Kommandos entheben?«

Seine Antwort kam als Flüstern. »Was?«

»Übernehmen Sie das Schiff. Ich werde keinen Einwand erheben. Ich kann nicht weiterhin Menschen weh tun.« Ich blickte auf; er war wie vom Donner gerührt. »Oder sie umbringen.«

Er lachte bitter. »Sie sind der Held, der die *Hibernia* gerettet hat. Ich kann nicht mal meine Waffe festhalten, und Sie möchten, daß ich Sie Ihres Kommandos enthebe! Sie sind der jüngste Mensch, der jemals zum Kapitän befördert wurde, und ich werde nie mehr als ein Fähnrich sein. Niemals, das ist mir klar. Sie absetzen!« Er lachte wieder; es war ein Schluchzen.

Ich deckte seine Hand mit meiner ab. »Der allmächtige Gott helfe uns beiden.« Wir saßen in unglücklichem Schweigen da. Nach einer Weile seufzte ich. »Also gut. Gehen wir weiter unseren Pflichten nach. Ich entschuldige mich erneut dafür, daß ich Sie geschlagen habe.«

Er versuchte ein Lächeln. »Mr. Tamarow hat mich heftiger geschlagen, Sir.« Wir gingen zur Luke.

»Schlafen Sie ein paar Stunden, ehe Sie sich wieder auf der Brücke melden, Philip. In der Fähnrichskabine oder in sonst einem Raum, der Ihnen gefällt.«

Er bedachte mich mit einem merkwürdigen Blick. »Ich werde in der Fähnrichskabine sein, Sir. Wo sonst sollte ich schlafen?«

11. Kapitel

Müde und entmutigt kehrte ich auf die Brücke zurück und schloß die Luke hinter mir ab. Ich wußte es besser, als Zeit damit zu verschwenden, daß ich nach den fehlenden Waffen suchte. Auf einem Schiff von der Größe der *Challenger* konnten sie überall sein.

Die Mannschaftsmitglieder, die ich dabei überrascht hatte, wie sie unsere Vorräte plünderten, hatten Druckanzüge getragen; ein Blick in die Gesichter der beiden Geflüchteten war mir nicht möglich gewesen.

Trotzdem konnte ich den Kreis der Verdächtigen einengen. Wir hatten mit vierzehn Mannschaftsangehörigen und dem Chefingenieur begonnen, dessen Namen ich immer noch nicht in Erfahrung gebracht hatte. Ich bezweifelte, daß der Chief in die Sache verwickelt war; er kam mir zu lethargisch vor, um sich etwas daraus zu machen. Ein Mann lag tot im Laderaum. Funkspezialist Tzee war damit beschäftigt, die Lasersteuerung wieder zusammenzubauen; Mr. Akkrit und Mr. Jabour hatten die Passagiere gezählt und nicht genug Zeit gehabt, sich den Plünderern anzuschließen. Mr. Andros steckte im Schiffsgefängnis. Damit blieben neun Verdächtige. Zwei von ihnen waren in den Laderaum gegangen.

Ich konnte sie alle für Polygraph- und Drogenverhöre anschleppen lassen; unter dem unwiderstehlichen Einfluß der Drogen konnten die Schurken ihr Verbrechen nicht leugnen. Ohne daß weitere Beweise gegen sie vorlagen, war das jedoch streng verboten. Wir hatten ohnehin keinen Arzt, um eine P & D durchzuführen.

»Brücke, hier ist der Funkraum.«

»Was gibt es, Mr. ... äh ... Tzee?«

»Ich denke, ich habe die Laser wieder zusammengebaut, Sir. Könnten Sie ein Probeziel freigeben?«

»Könnten Sie nicht simuliertes Feuer programmieren?«

»Nicht, wenn wir uns davon überzeugen wollen, daß die Laserkanonen tatsächlich funktionieren, Sir.«

»Also gut. Sobald Mr. Tyre sich zurückmeldet, werde ich ihn anweisen, einige weggeworfene Habseligkeiten auszustoßen. Das wird für Übungsschüsse genügen.«

Als ich den Rufer wieder wegstellte, kam mir der grausige Gedanke, die Leiche des Matrosen als Ziel zu benutzen, unterdrückte ihn aber. Meine Beziehung zur Mannschaft war bereits schlecht genug – egal, wie sehr ich einen Mann verachtete, der seinen Kameraden das Essen vom Mund wegstahl.

Ich tippte in den Bildschirm meines Pults eine Notiz ein, daß Philip die Leiche beseitigen und einiges Treibgut für die Laser hinausbefördern sollte. Als nächstes mußten wir ein Versorgungssystem aufbauen, damit die Kombüse genügend Futter erhielt, um unsere Mahlzeiten zuzubereiten.

Der Funkraum mußte bemannt werden; das bedeutete, weitere Matrosen in der Bedienung der Lasersteuerung auszubilden, die Mr. Tzee wieder zusammengebaut hatte. Offiziell wurde erwartet, rund um die Uhr eine Recyclerwache zu unterhalten. Wie war das mit insgesamt dreizehn Mannschaftsangehörigen überhaupt möglich?

Der Bildschirm füllte sich mit meinen Notizen. Es war unumgänglich, weitere Pflanzen in der Hydroponikkammer zu ziehen. Der Chief – ich suchte im Logbuch nach seinem Namen –, Andreas Kasavopolous, mußte wieder seinen Dienst antreten. Die Brücke mußte bemannt sein. Selbst wenn Philip und ich zwölfstündige Wachen hielten, was über mehr als ein paar Tage hinweg unmöglich war, verfügte die *Challenger* nicht über genügend Offiziere. Auch die Hydrokammern benötigten mehr Leute, um die neuen Pflanzen zu pflegen. Jemand mußte sich auch um die Passagiere kümmern ...

Mir fiel der Kopf zurück. »Mehr Hilfe!« flüsterte ich.

»Was, Sir?« Das war Kerren.

»Wir brauchen mehr Hilfe.«

»Ich habe bereits einige Berechnungen zu Ihrem Problem

angestellt«, sagte der Comp glatt. »Die *Challenger* hat eine Besatzung von siebzehn Personen. Wenn ...«

»Sechzehn. Ich habe einen erschossen.«

Kerren war so schockiert, daß er eine halbe Sekunde lang still blieb. »Also gut, neu kalkuliert. Wenn jedes Besatzungsmitglied täglich achtzehn Stunden arbeitet, stehen Ihnen gerade genug ...«

»Das ist unmöglich.«

»Mathematisch gesehen bleibt Ihnen nichts anderes übrig. Selbst unter diesen Umständen sind Sie unterbesetzt, was einige weniger wichtige Funktionen angeht. Sie ...«

»Es reicht, Kerren.« Er verstummte. Ich lehnte mich zurück. Im Kopf drehte sich mir alles, und ich holte tief Luft. Ich brauchte mehr Leute. Müde stand ich auf. »Kerren, halte nach Hindernissen Ausschau. Überwache die Recycler und die Energieversorgung des Schiffes. Rufe mich bei jeder Abweichung von der Norm unverzüglich an!«

»Gewiß, Sir. Das tue ich gern. Gehen Sie?« Er zögerte eine Sekunde. »Die Brücke ist auf Fahrt jederzeit bemannt zu halten, Kapitän. Artikel siebzehn der Flottenbestimmungen, Ausgabe von ...«

»Du bemannst sie. Ich bin beschäftigt.«

»Ein Schiffscomp gilt nicht als Offizier, was Aufgaben angeht, die ...«

Ich schloß die Luke hinter mir ab.

Auf Deck 2 fegten mürrische Matrosen unter Aufsicht von Mr. Akkrit den Korridor. Sie nahmen einigermaßen bereitwillig Haltung an; ich gab sie frei und wandte mich an ihren Vorgesetzten. »Haben Sie eine Liste der Passagiere und ihrer Kabinen?«

»Ja, Sir.« Akkrit reichte mir einen zerknitterten Zettel aus seiner Hosentasche. Ich sah die Liste durch. Die Kabine, die ich suchte, lag auf halbem Weg um den Umfangskorridor herum. Als ich mich abwandte, fiel mir das Gewehr ein, das ich neben meinem Pult auf der Brücke zurückgelassen hatte. Ich zuckte die Achseln. Ich bezweifelte, daß die in Panik geratenen Matrosen aus dem Laderaum jetzt schon dazu bereit waren, mit den gestohlenen Waffen ihren Kapitän anzugreifen.

Ich klopfte an die Luke.

»Wer ist da?« Walter Dakko blickte auf den Korridor hinaus. »Oh, Käpt'n. Kommen Sie herein.« Seine Kleider und anderen Habseligkeiten lagen auf der Koje verstreut, als wäre er gerade dabei, seine Sachen zu sortieren. Er schloß die Luke hinter uns und wartete darauf, daß ich etwas sagte.

Ich zwang mich zur Konzentration. »Mr. Dakko, ich habe dreizehn Mannschaftsangehörige auf dem Unterdeck, von denen nicht alle zuverlässig sind. Einer meiner beiden Offiziere trinkt im Dienst.«

Er setzte sich langsam auf die Koje. »Und?«

»Ich kann mit den Leuten, die mir zur Verfügung stehen, nicht das Schiff führen«, sagte ich. »Ich brauche ...«

Die Luke wurde aufgerissen.

»Dad, Greg und ich haben ...«

»... Rekruten.«

»Was machen Sie hier, Seafort?« wollte Chris Dakko wissen.

»Chris!« Sein Vater war schockiert.

»Nun, es ist schließlich unsere Kabine!«

»Es ist meine Kabine«, sagte Walter Dakko leise. »Deine ist weiter unten auf dem Flur.«

»Was macht das schon für einen Unterschied?«

Der ältere Dakko wurde wütend.

»Gehe in dein Quartier und bleibe dort, bis es dir klargeworden ist!«

Vater und Sohn funkelten einander an und hatten mich schon vergessen. Langsam schüttelte Chris den Kopf. »Nein«, sagte er. »Diesmal nicht. Du kannst das nicht mehr machen.« Er ging hinaus.

Walter Dakko stieß verärgert die Luft aus. »Da sehen Sie das Problem.« Er hörte sich kleinlaut an. Dann konzentrierte er sich wieder auf mich. »Was sagten Sie?«

»Ich brauche Hilfe.«

Er setzte sich wieder auf die Koje. »Jetzt sagen Sie, daß Sie

Hilfe brauchen. Vorher sagten Sie, Sie bräuchten Rekruten. Worauf möchten Sie eigentlich hinaus?«

Ich war verwirrt. »Das ist dasselbe.«

»Nein. Teilen Sie Ihre dreizehn Mannschaftsangehörigen für die wichtigen Aufgaben ein. Die Bedienung des Maschinenraums und anderer Anlagen. Sollen sich zivile Freiwillige um die Pflanzen kümmern oder beim Kochen und Saubermachen helfen.«

Ich schüttelte den Kopf. »Das würde nicht funktionieren. Die Recycler müssen überwacht werden; jedes Problem dort würde uns umbringen. Die Vorschriften verlangen, daß der Funkraum und die Brücke bemannt sind. Die ...«

»Die Vorschriften verlangen?« erwiderte er ungläubig. »Von welchem Belang sind Vorschriften in einer Situation wie der unseren?«

»Auf einem Flottenschiff«, sagte ich langsam, »gelten jederzeit die Flottenbestimmungen.«

»Wir sind ein Wrack, der zweifelhaften Gnade des allmächtigen Gottes überlassen!« Er schleuderte eine Jacke aufs Deck, überlegte es sich dann noch einmal und bückte sich, um sie wieder aufzuheben. Er bürstete sie sauber und legte sie vorsichtig aufs Bett. »Wenn wir zusammenarbeiten, haben wir vielleicht eine Chance. Zum Teufel mit Ihren Flottenbestimmungen! Wir müssen zu überleben versuchen!«

»Wir brauchen die Vorschriften, um zu überleben«, sagte ich. Wie konnte ich es ihm begreiflich machen? »Offiziere des Flottendienstes sind dazu ausgebildet, ihre Pflicht zu tun. Sie haben die Bedeutung der Ehre, ihres Eides und der Hingabe gelernt. Etliche meiner Offiziere auf der *Portia* meldeten sich freiwillig für den Dienst auf der *Challenger* und kannten dabei genau das Risiko. Aber das gilt nicht für die Mannschaften. Man hält sie mit Vorschriften, die mit harten Strafen durchgesetzt werden, unter Kontrolle.«

Unbewußt begann ich damit, auf und ab zu gehen. »Die Bestimmungen begründen eine strenge Befehlsrangfolge und halten sie aufrecht. Wie Sie wissen, gilt es als schwerer Verstoß, wenn ein Matrose den Kapitän anfaßt.« Ich blieb stehen, um ihm ins Gesicht zu blicken. »Wenn die Mannschaft sieht, wie die Bestimmungen außer Kraft gesetzt werden, wird die Schiffsdisziplin dahin sein. Und sie ist bereits zusammengebrochen. Ich mußte einen Mann einsperren, um ein Exempel zu statuieren, und erschoß einen Matrosen, der mich angriff, als ich ihn bei der Plünderung der Lebensmittelvorräte erwischte.«

»Ich habe davon gehört.«

»Wir sind nicht mehr weit von einem völligen Zusammenbruch der Befehlsgewalt entfernt. Ich kann das nicht dulden. Ich habe ohnehin keine Wahl. Mein Vorgehen wird von meinem Eid bestimmt.«

»Blicken Sie mal über Ihre kleinlichen Regeln hinaus!« rief Dakko. »Wenn wir auf diesem verfluchten Schiff verrecken sollen, welche Bedeutung haben dann noch Ihre Bestimmungen?«

Ich musterte ihn neugierig. »Inwiefern sollte die Aussicht des Todes meinen Eid hinfällig machen?« Ich schüttelte verzweifelt den Kopf und streckte die Hand nach dem Lukengriff aus. »Ich habe Sie aufgesucht, um Sie um Hilfe zu bitten.«

»Was möchten Sie von mir?«

»Daß Sie sich freiwillig melden. Und daß Sie mit Gregor und Chris darüber sprechen, es ebenfalls zu tun. Offensichtlich wäre es jedoch besser, wenn ich mich selbst an sie wende.«

Ich ging. Auf dem Weg zu Gregor Attanis Kabine verfluchte ich meine Ungeduld. Ich hatte mir Dakko entfremdet, als ich ihn am meisten brauchte. Ich riß mich zusammen, um ruhig und vernünftig zu bleiben, als ich an die Luke klopfte.

»Was möchten Sie?« Gregors Gesicht gab nicht zu erkennen, daß ich ihm auch nur ansatzweise willkommen war.

»Darf ich eintreten?«

Er gab mir den Weg frei. Ich blieb wie angewurzelt stehen. Chris Dakko saß auf dem Bett und bedachte mich mit einem finsteren Blick.

Ich holte tief Luft. »Auch gut, daß Sie hier zusammen sind; ich wollte ohnehin mit Ihnen beiden sprechen.« Rasch erläuterte ich ihnen die heikle Lage an Bord. »Ich bin also im Rahmen einer Rekrutierungsmission gekommen.«

Für einen Moment herrschte Stille. »Sie möchten, daß wir in den Flottendienst eintreten?« Chris Dakko schien verblüfft.

»Ja. Sie sind gebildet und intelligent, und ich brauche Sie.«

»Als Offiziere oder Mannschaften?« Das war Gregor.

Eine gute Frage, über die ich noch gar nicht nachgedacht hatte.

»Vorzugsweise als Mannschaftsdienstgrade. Was Ihren Fall angeht – Sie würde ich auch als Offizier nehmen, wenn es das ist, was Sie wollen.«

»Was soll das heißen?« fragte Chris vom Bett aus.

Ich zögerte und entschied mich dann für die Ehrlichkeit. »Ich möchte Sie nicht als Offizier haben«, erklärte ich ihm. »Sie haben nicht das richtige Temperament.« Verächtlich schleuderte Chris ein Kissen ans Schott.

Greg Attani zuckte die Achseln. »Ich bin nicht interessiert.« Er wurde rot. »Ich meine ... danke für das Angebot, Kapitän. Entschuldigen Sie meine Manieren. Aber Sie müssen wissen, daß wir auf dieses Schiff gewechselt sind, um von Ihnen wegzukommen. Nichts könnte mich dazu bewegen, Ihrer Besatzung beizutreten.«

Chris erhob sich träge. »Mich auch nicht. Fragen Sie doch Ihre Tranniefreunde. Die werden eine große Hilfe sein, da bin ich sicher!« Er lachte. »Komm schon, Greg, sehen wir mal nach, was im Salon läuft.«

Ich nickte kurz. »Sehr gut. Danke, daß Sie mich angehört haben.« Ich ging und hielt die Reste meiner Selbstbeherrschung zusammen, als ich zur Leiter marschierte. Den Blick zu Boden gerichtet, prallte ich beinahe mit Eddie Boß zusammen.

Er versperrte mir den Weg. »Sie!« Ein dicker Finger stach nach meiner Brust. »Sie sin' auch nich' besser als die Obies! Jedem von uns 'ne eigene Kabine geben, ha! Uns vom Schiff wegschaffen, auf 'n großen Macker machen und uns hier lassen!«

»Eddie, ich ...«

»Wohin fahren wer jetzt, Obieкäp'n? Bringen 'se uns nach Hause? Wieda nach Nuyoak?« Wut legte sich auf sein derbes Gesicht. »Sie haben denen erlaubt, uns hierzulassen, damit wir hier sterben!« Seine fleischige Hand schloß sich um meinen Arm. Mit einer heftigen Drehung schleuderte er mich ans Schott. »Mir das Lesen beibringen, na klar! Nur 'n Spiel für Sie! Sie haben zugelassen, daß die uns Trannies auf 'm toten Schiff lassen, ohne Essen, ohne irgendwas!«

Meine Rippen pochten. Mühsam begegnete ich seinem Blick. »Ich bin auch auf der *Challenger*, Eddie.«

Er hörte gar nicht zu. »'n Typ vonner Besatzung hat Deke echt zusammengehauen. Ich hab 'n wie tot auf 'm Gang liegen gefunden, alle Zähne gebrochen! Wir lassen uns nix mehr gefallen! Stecken 'se sich Ihr Schiff innen Arsch!« Er hob die Faust.

Ich stieß ihm meine freie Hand gegen die Brust. »Feigling! Guckt mal, 'n großen Boß Eddie! Nur 'n feiges Arschloch! Immer nur groß rumschwätzen, das is' alles! Nix helfen, nur reden!«

Er gab meinen Arm frei und musterte mich argwöhnisch. »Was wollen 'se, Käp'n?« Er klang jetzt ruhiger. »Wieso reden 'se wie 'n Trannie? Sie sin' kein Trannie. Reden 'se wie 'n Käp'n, und ich hör zu.«

Ich schluckte erleichtert. »Eddie, die *Challenger* ist in schlimmen Schwierigkeiten. Wir haben zu wenig zu essen, wir können nicht in Fusion gehen, und ich habe nicht genug Besatzungsmitglieder. Ich habe mit einigen Passagieren über eine Verpflichtung gesprochen. Ich weiß nicht, was sie tun werden. Inzwischen hilf du mir mit den Tran ... mit deinen Freunden. Gib ihnen die Kabinen, die sie haben möchten. Halte sie auf Distanz zu Besatzung; die Leute sind leicht reizbar. Die Sache mit Deke tut mir leid. Es tut mir leid, daß ihr mit in diesem Schlamassel steckt.«

Stur schüttelte er den Kopf. »Ich bring' diesen Kerl um;

ich finde ihn. Deke is' mein Freund. Niemand tut meinem Freund weh!«

»Nimm jetzt noch nicht Rache, Eddie«, sagte ich. »Ich brauche jeden Matrosen, den wir haben. Bitte – als einen Gefallen für mich.«

»Yeah, ich warte, nachdem 'se mich Feigling genannt ha'm!« höhnte er. »Der olle Eddie nur 'n feiges Arschloch!«

Das hatte ich verdient. »Ich entschuldige mich«, sagte ich ruhig. »Du warst bereit, mir den Kopf von den Schultern zu hauen. Ich wollte, daß du mir zuhörst.«

Forschend betrachtete er mein Gesicht. »Okay. Sie ha'm genug Ärger ohne Eddie. Aber ich bin kein feiges Arschloch; nennen 'se mich nich' so!«

»Klar.« Ich streckte die Hand aus.

Er schüttelte den Kopf. »Nee. Ich bin nich' Ihr Freund. Sie sin' schuld! Sie ha'm Boß Käp'n nich' dran gehindert, die Trannies auf's tote Schiff zu schicken. Behalten 'se Ihre Scheißhand!« Er entfernte sich steifbeinig.

Wenige Augenblicke später saß ich wieder an meinem Pult auf der Brücke und dachte über das Scheitern meiner Mission nach. Während ich darauf wartete, daß Philip aus der Fähnrichskabine zurückkam, wo er zur Zeit einzog, fiel mir auf, daß ich keine Vorstellung von meiner eigenen Kabine hatte. Meine Reisetasche lag in der Ecke, wo ich sie zu Anfang hingeworfen hatte. Müde nahm ich sie auf und ging erneut von der Brücke.

Ich folgte dem Korridor um die Biegung herum. Als ich an der Kabine des ersten Leutnants vorbeikam, versuchte ich, die Erinnerung an meine Torheit mit Philip und dem Faß zu verdrängen. Zwei Räume weiter fand ich die erwartete Luke mit den Insignien des Kapitäns. Die Kabine war leer, sauber, unpersönlich, größer als die auf der *Portia*, größer sogar als die auf der *Hibernia*.

Kapitän Hasselbrad hatte alle seine Sachen mitgenommen. Ich verstaute meine Kleidung und stellte das Bild von Amanda neben der Koje auf.

Das Mobiliar bestand aus einem Konferenztisch, etlichen

Stühlen und einem Sessel, Sonst nichts. Ich setzte mich. Ich hatte seit zwei Tagen nicht mehr geschlafen. Ich wollte für einen Moment die Augen schließen.

Verwirrt fuhr ich hoch, ehe mir wieder einfiel, wo ich war. Ich blickte auf die Uhr. Mit einem Fluch sprang ich auf; Stunden waren vergangen. Es war beinahe Mittag. Auf der Toilette wusch ich mir das Gesicht mit kaltem Wasser und suchte vergeblich nach einem Handtuch. Während ich mir noch die Augen mit dem Ärmel abwischte, eilte ich bereits auf den Korridor hinaus.

Vor der Brücke wartete Philip mit besorgter Miene. Er salutierte.

»Entschuldigung. Wie lange warten Sie schon?«

»Etwa eine Stunde, Sir. Ich wollte nicht klopfen.« Dem Brauch nach wurde der Kapitän in seiner Kabine nicht belästigt, außer in Notfällen, und dann auch nur per Schiffsrufer. Philip war davon ausgegangen, daß ich unerreichbar war, weil ich es so wollte.

»Klopfen Sie jederzeit, wenn Sie möchten, Fähnrich.« Meine Stimme klang barsch. »Oder rufen Sie an. Wir sind die einzigen Offiziere hier, Sie und ich.«

»Ja, Sir. Danke.« Ich bezweifelte, daß er es tun würde. Der Schiffsbrauch ist eine zu tief verwurzelte Angelegenheit, als daß ein bloßer Fähnrich sich ihm entziehen könnte. Er folgte mir auf die Brücke. »Die Kombüsenabteilung hat sich bei mir gemeldet, Sir, weil man Sie nicht finden konnte. Die Leute haben das Abendessen um sieben Uhr fertig. Sie werden das verarbeiten, was sie aus den Speisekammern zusammenkratzen können.«

»Sehr schön.« Ich warf einen Blick auf meine Notizen auf dem Konsolenbildschirm.

Ich mußte mich mit dem Chief befassen. Und dem Funkraum. Und den Hydros. Womit zuerst? Ich bediente den Rufer mit dem Daumen. »Mr. Drucker, melden Sie sich auf der Brücke.«

Der Rückanruf kam nicht von den Hydros, sondern aus Mannschaftsunterkunft eins. »Matrose Drucker meldet sich, Sir.« Seine Stimme klang erschöpft.

»Seit wann haben Sie dienstfrei?« fragte ich.

»Äh, seit drei ... nein, vier Stunden, Sir. Mr. Tyre wies mich an, die Nachtwache zu übernehmen und dann schlafen zu gehen.«

Ich war wütend. Während ich düster vor mich hingegrübelt hatte, hatte Philip meine Pflichten wahrgenommen. »Sehr gut. Tut mir leid, daß ich Sie geweckt habe. Schlafen Sie weiter und melden Sie sich um vier Glasen auf der Brücke.«

»Aye, aye, Sir.«

»Philip, sehen Sie mal nach, ob Mr. Tzee in der Mannschaftsunterkunft schläft. Ich möchte ihn nicht wecken, wenn er die ganze Nacht Wache hatte.«

»Er ist immer noch im Funkraum, Sir.« Philip wand sich vor Unbehagen. »Ich habe ihm befohlen, eine doppelte Wache zu halten. Ich war mir nicht sicher, ob Sie das Risiko eingehen wollten, die Funkelektronik unbewacht zu lassen.«

»Sie haben eine Menge selbst entschieden, nicht wahr?« Ich wußte, wie unhöflich sich das anhörte. Ich rief den Funkraum an. »Mr. Tzee.«

Es dauerte eine Weile, ehe er antwortete. Ich fragte mich, ob er geschlafen hatte. »Matrose Tzee meldet sich.«

»Gehen Sie schlafen. Schließen Sie den Funkraum hinter sich ab.«

»Aye, aye, Sir. Danke.« Er schaltete ab.

Die stille Brücke wirkte bedrückend und vorwurfsvoll. Ich seufzte. »Danke, daß Sie sich um alles gekümmert haben, Philip. Ich bin wütend auf mich selbst und habe es an Ihnen ausgelassen.«

»Danke, Sir.« Hastig fuhr er fort: »Sie brauchen ebenfalls Schlaf, Sir. Niemand kann von Ihnen erwarten, vierundzwanzig Stunden pro Tag wach zu bleiben.« Er starrte das Schott an und fragte sich wahrscheinlich, ob er zu weit gegangen war. Eine solche Bemerkung eines Fähnrichs dem

Kapitän gegenüber war skandalös. Außer unter den gegebenen Umständen.

»Ich weiß.« Ich wollte unbedingt das Thema wechseln. »Gehen Sie in den Speisesaal und sorgen Sie dafür, daß Mr. Bree bekommt, was er für die morgigen Mahlzeiten braucht. Treiben Sie jemanden auf, der sich um die Passagiere kümmert. Melden Sie sich wieder hier, wenn Sie fertig sind.«

»Aye, aye, Sir.« Mit elastischem Schritt und zackigem Gruß ging er. Ich war gar nicht so viel älter als er; er war achtzehn und ich gerade mal einundzwanzig, aber ich betrachtete seine jungenhafte Energie mit der säuerlichen Anerkennung eines alten Mannes.

Ich saß an meinem Pult und versuchte, einen Dienstplan aufzustellen, der es uns ermöglichte, minimale Schiffsfunktionen aufrechtzuerhalten. Ich wußte, daß ich meine Zeit verschwendete. Die Aufgabe war mit einer Rumpfmannschaft und nur einem einsatzfähigen Offizier einfach nicht zu lösen.

Jeden Augenblick, den ich vertrödelte, blieben die Laser unbemannt und der Funkraum unbewacht, und die Gefahr für das Schiff wurde größer. Irgendwo da draußen lauerten diese ... Goldfische, wie wir sie nannten. Sie schienen imstande zu sein, unsere Schiffe zu orten, auch wenn ich keine Vorstellung hatte, wie sie das anstellten. Sie hatten die *Challenger* schon einmal gefunden. Wenn sie das Schiff erneut angriffen, wäre damit unsere kleine Überlebenschance zunichte gemacht.

Und doch würde es das Schiff nicht retten, wenn Mr. Tzee solange im Dienst blieb, bis er mit der Stirn auf seine Konsole krachte. Ich mußte ... Ich hatte keine Ahnung, was ich tun mußte. Irgendwo gab es eine Lösung, die sich mir entzog. Wenn ich mir doch nur darüber hätte klarwerden können!

Das Klopfen an der Luke schreckte mich auf; als mir die fehlenden Waffen einfielen, warf ich einen Blick durch die Kamera, ehe ich öffnete. Ich hatte mit Philip gerechnet, doch vor mir stand Matrose Drucker. War es wirklich schon vier?

Ich forderte ihn auf, einzutreten. »Die westlichen Hydros, Mr. Drucker. Dort muß aufgeräumt werden.«

»Ja, Sir. Aber wie ich schon sagte, die Anlagen sind allesamt defekt. Wir können dort nichts mehr ziehen.«

»Doch. Manuell können wir es. Ich möchte, daß Sie zwei Matrosen nehmen und sich um den Schlamassel kümmern. Bringen Sie alles noch nutzbare Metall hinunter in die Lager des Maschinenraums. Sobald Sie fertig sind, bringen wir Leuchtstoff-Wachstumslampen an und schweißen einige Tanks zurecht. Ich benötige eine Bestandsliste unseres Saatgutes und eine Schätzung, wie viele Setzlinge wir den östlichen Hydros entnehmen können, ohne die Pflanzen dort zu schwächen. Wie schnell können Sie das alles erledigen?«

Er nahm sich Zeit für die Antwort, und das gefiel mir. Ich erkannte, daß er sich zum erstenmal mit Kommandoproblemen herumschlug. »Hängt davon ab, welche Matrosen Sie mir geben, Sir. Ich meine . . .«

»Ich weiß. Wen möchten Sie?«

»Groshnew und Jabour, wenn ich Sie haben kann, Sir. Sie gehören nicht zu denen, die sich am Besen festhalten, um nicht hinzufallen. Nicht so wie . . . äh, einige andere.«

Ich grinste. »Sie bekommen die Männer. Fangen Sie an. Es sind immer noch ein paar Stunden bis zum Abendessen.«

»Aye, aye, Sir.«

An der Luke kam er an Philip vorbei. Ich hörte nur mit halbem Ohr zu, als der Fähnrich mir erläuterte, welche Vorkehrungen er getroffen hatte. Ich starrte auf meine Notizen von gestern. Soviel war zu tun!

Ich gab Philip den Auftrag, die Leiche aus dem Frachtraum zu beseitigen, während ich die Ladeliste studierte. Unsere gesamte Ladung war auf die eine oder andere Art nützlich für die Kolonie auf Hope Nation; vielleicht konnte sie auch uns helfen.

Als Philip zurückkehrte, nahm ich den Rufer zur Hand. »Achtung, an alle Mann! Sämtliche Offiziere und Mannschaften zum Speisesaal. Die Passagiere ebenfalls. Keine Ausnahmen, bitte.« Ich funkelte Tyre an. »Kommen Sie mit,

Fähnrich.« Erneut verließen wir die Brücke. Ich holte eine weitere Laserpistole aus dem Waffenschrank und gab sie Philip. »Verlieren Sie diese nicht auch noch.«

Sein Gesicht wurde dunkelrot. »Aye, aye, Sir. Das werde ich nicht.«

Wenige Augenblicke später marschierte ich mit Philip an meiner Seite in den Speisesaal. Besorgte Passagiere standen dort herum und wußten nicht so recht, wo sie sich hinsetzen sollten. Die Mannschaften, die sich hier auf unbekanntem Gebiet befanden, drängten sich am Ausgang zusammen. Normalerweise nahmen sie ihre Mahlzeiten in der Mannschaftsmesse auf Deck 3 ein.

Das Murmeln verstummte.

Der Chefingenieur stand mit verschränkten Armen unweit einer Gruppe älterer Passagiere. Ich machte mir eine gedankliche Notiz, ihn nach dem Essen anzusprechen. Das Transpopmädchen namens Jonie kuschelte sich an Eddie Boß. Jung Annie schaute aus der Nähe zu, die Hände in einer provozierenden Haltung in die Hüften gestemmt. Sie zwinkerte mir zu, als ich vorbeikam; ich schaute weg. Die übrigen Nichtseßhaften waren in einer Ecke des Saals isoliert oder hatten sich dort selbst abgesondert.

In der Mitte des Raumes blieb ich stehen. »Ladies und Gentlemen, ich bin Nicholas Seafort, Kapitän der *Challenger*. Bevor wir essen, möchte ich unsere Lage mit Ihnen besprechen. Der Fusionsschaft der *Challenger* wurde zerstört, und wir können nicht in Fusion gehen. Wir verfügen über einen großen Vorrat an Treibstoff für unterlichtschnelle Fahrt, aber unglücklicherweise gibt es keinen Hafen, keinen Stern in erreichbarer Entfernung. Wir rechnen aber damit, daß Rettung kommt. Die *Portia* wird Hilfe losschicken, sobald sie den Hafen erreicht.«

Ringsherum wurde das Gemurmel wieder lauter, als die erschreckenden Gerüchte nun ihre Bestätigung fanden. Eine ältere Frau weinte leise.

»Wir haben reichlich Energie und Lebensmittelvorräte für drei Monate oder mehr. Wir werden weitere Nahrung in der

Hydroponik ziehen, wie wir es auch tun würden, wenn das Schiff in Fusion wäre.«

»Wieso hat man uns zurückgelassen?« schrie eine Frau schrill. »Ihre verdammte Flotte hat uns hergebracht und dann im Stich gelassen!«

»Die *Portia* ist kleiner als die *Challenger*. Sie konnte nicht uns alle befördern; ihre Wiederaufbereitung wäre mit der Last nicht fertig geworden.«

Matrose Clinger meldete sich zu Wort. »Und vielleicht schafft die *Portia* es gar nicht in den Hafen!« In das unbehagliche Schweigen hinein fügte er hinzu: »Und falls doch, wer sagt, daß das Rettungsschiff uns findet?«

»Das reicht, Clinger.« Meine Hoffnung auf Ausgleich war dahin.

»Lassen Sie ihn reden!« Die Forderung kam von einem beleibten Mann mittleren Alters auf der gegenüberliegenden Seite des Raumes. »Wir möchten es hören!«

»Ihr Name?«

»Emmett Branstead.« Er starrte mich finster an. »Lassen Sie ihn reden! Vielleicht bekommen wir dann endlich die Wahrheit zu hören!«

»Ich sage Ihnen die Wahrheit«, sagte ich so sanft, wie ich konnte. Jemand kicherte. Ich erkannte, daß ich Zugeständnisse machen mußte. »Fahren Sie fort, Clinger.«

»Das schlimme ist ...«, die Stimme des Matrosen klang mißlaunig und bedrückt, »... daß wir nie erfahren werden, ob ein Schiff nach uns sucht oder ob die *Portia* ebenfalls erwischt worden ist – ob überhaupt jemals ein Rettungsschiff kommt. Wir könnten hier ein Leben lang auf Hilfe warten, die nie eintrifft!«

Im Hintergrund des Raumes schluchzte jemand.

»Und das ist noch gar nicht das allerschlimmste.« Clingers Bitterkeit wurde stärker. »Es sind im günstigsten Fall elf Monate nach Hope Nation und elf hierher zurück, und wir haben nur für drei Monate Lebensmittel!«

Ich unterbrach das erschrockene Gemurmelt. »Wir werden ziehen, was wir brauchen!«

»Wie?« Das war Emmet Branstead. »Die westliche Hydroponikkammer ist doch zerstört, oder nicht?«

»Ja.« Ich wartete, bis das zornige Murmeln wieder abgeklungen war. »Wir haben noch andere Möglichkeiten, Nährpflanzen zu ziehen.« Es wurde still. »Wir haben Dutzende von unbenutzten Kabinen, in denen wir Wachstumstanks aufstellen können. Und wir haben genug Leuchtstofflampen für den Stoffwechsel der Pflanzen.«

Branstead schüttelte den Kopf. »Leuchtstofflampen strahlen nicht alle Komponenten aus, die Pflanzen benötigen, um ...«

»Sie sind nicht das Optimale, aber in gewisser Hinsicht würden sie funktionieren, nicht wahr?«

Zögernd nickte er.

»Was ist mit Nährstoffen und Wasser?« fragte jemand. »Wie wollen Sie Leitungen zu all den Kabinen legen?«

»Wir werden die Pflanzen von Hand bewässern und mit Nährstoffen versorgen, wie der Mensch es jahrtausendelang getan hat. Ja, das bedeutet Arbeit, aber unser Leben hängt davon ab.«

»Wir werden einander auffressen, bevor wir damit fertig sind!« knurrte Clinger. »Die meisten von uns sind bereits tot und wissen es nur noch nicht!«

»Das reicht!« brüllte ich.

»Wieso? Er hat recht!« Das war eine jüngere Frau mit steifem, verhärmtem Gesicht. Andere murmelten zustimmend.

»Ich bin hier der Kapitän!«

»Was heißt das schon?« rief Emmett Branstead. »Unser Leben steht auf dem Spiel. Wir sollten auch etwas zu sagen haben!«

»Und wir auch!« Das war ein ungeschulter Matrose. »Sir«, setzte er unter meinem vernichtenden Blick linkisch hinzu.

»Das reicht vollkommen!« sagte ich mit bedachter Präzision. »Männer, nehmt Haltung an!« Einige gehorchten, darunter Tzee und Akkrit.

Matrose Sykes meldete sich als erster. »Es wird nicht klappen, Käpt'n.« Hinter ihm erhob sich wieder Gemurmel.

»Schluß damit! Ich habe einen Befehl erteilt!«

Zögernd sagte ein Matrose: »Wissen Sie, Käpt'n, es ist nicht Ihre Schuld. Sie haben uns nicht in diese Lage gebracht. Aber warum sollen wir uns die Mühe mit dem ganzen Kram machen Wir werden sowieso alle sterben.«

»Wir sind immer noch die Besatzung eines funktionsfähigen ...«

»Nein, sind wir nicht!« Wieder Clinger. »Das hier ist kein Flottenschiff mehr, wie Andy Ihnen klarzumachen versuchte, ehe Sie ihn in den Bau gesteckt haben. Schauen Sie sich doch um! Dreizehn Matrosen, Sie und dieser Knabe da! Die Hydros sind allesamt futsch, und aus den Ostbeeten kriegen wir nur Gurken und Tomaten!«

»Clinger ...«

»Aber selbst wenn wir keine Probleme mit der Nahrung hätten, könnten wir nur darauf hoffen, daß wir drei oder vielleicht fünf Jahre hier treiben, bis in den Anlagen irgendwas kaputt geht oder uns vielleicht jemand findet. Und auch das nur, wenn dieser fettärschige Admiral es bis nach Hope Nation schafft!«

Ich marschierte auf ihn zu, als hätte ich keine Angst. »Und wenn Sie recht haben, Clinger, und wir drei Jahre lang treiben? Das ist auch nicht mehr als eine Rundfahrt von der Erde nach Hope Nation und zurück. Sie haben sich für die lange Fahrt verpflichtet, erinnern Sie sich? Selbst wenn Sie genau wüßten, daß Sie bald sterben müssen, hätten Sie nach wie vor Pflichten!« Ich stach ihm mit einem steifen Finger gegen die Brust. »Wir haben Strom, wir haben Treibstoff, und wir müssen uns um Passagiere kümmern!«

Stur schüttelte er den Kopf. »Wenn ich schon verrecke, möchte ich erst noch mal 'ne schöne Zeit haben!« Sein Lachen hatte einen Unterton, bei dem mir ein kalter Schauer über den Rücken lief.

»Stillgestanden!« brüllte ich.

Clinger schaute sich nach Unterstützung um, grinste zuversichtlich und verschränkte die Arme vor der Brust. Einige andere folgten seinem Beispiel.

Von der Seite des Saales aus druchschritt Philip Tyres dünne Stimme die Stille. »Führen Sie seinen Befehl aus, Mr. Clinger.« Er zielte mit der Laserpistole auf Clingers Bauch. »Ich gebe Ihnen fünf Sekunden. Dann schieße ich.« Er trat vor. Die Waffe schwankte und war dann wieder still. »Ich glaube, ich bin nahe genug, um nicht danebenzuschießen.« Mehr sagte er nicht.

Drei, vier Sekunden starrte Clinger ihn an. Dann kapitulierte er und nahm Haltung an. Hinter ihm taten es ihm weitere Mannschaftsangehörige gleich.

Meine Stimme war düster. »Möchten Sie den Rest der Fahrt im Schiffsgefängnis verbringen, Mr. Clinger?«

»Nein, Sir.«

»Dann werden Sie von jetzt an allen Befehlen gehorchen.«

»Aye, aye, Sir.«

Ich ließ es dabei bewenden. »Rührt euch!« Dann wandte ich mich an die Passagiere. »Ich appelliere an Sie alle, Männer und Frauen gleichermaßen. Wir brauchen mehr Besatzungsmitglieder. Es besteht keine andere Möglichkeit, das Schiff weiter zu führen. Ich muß also um Freiwillige bitten.« Ich wartete, bis das aufgeregte Stimmengewirr sich gelegt hatte. »Sicherlich hat keiner von Ihnen diese Reise in der Absicht angetreten, der Flotte beizutreten. Die Vorstellung mag lachhaft erscheinen, aber unser nacktes Überleben steht auf dem Spiel.«

Ich legte eine Pause ein und räusperte mich. »Wir werden gemeinsam im Speisesaal essen; wir verfügen nicht über das nötige Personal, um getrennte Mahlzeiten für Mannschaft und Passagiere zuzubereiten. Wir dürfen keine Lebensmittel verschwenden; die Portionen werden bereits im voraus festgelegt. Wer nicht seine ganze Portion essen möchte, sollte sie einem Tischgefährten geben. Die Mannschaft wird unter sich bleiben ...«, ich deutete auf einen bestimmten Bereich des Saales, »... während Sie, die Passagiere, sich Ihre Plätze zunächst aussuchen dürfen. Der Kapitänstisch ist hier.«

Ich zog mir irgendeinen Stuhl heran und setzte mich. Philip trat mechanisch an einen anderen Tisch, nachdem er sich die Pistole unter die Jacke gesteckt hatte. Der Chief nahm an einem dritten Tisch Platz; die Offiziere waren es gewöhnt, sich unter den Passagieren zu verteilen.

Zuerst glaubte ich, ich würde allein bleiben; aber dann gesellte sich die Dame mit dem bleichen, verhärmten Gesicht zu mir. Walter Dakko folgte ihrem Beispiel. Mir fiel auf, daß die Nichtseßhaften sich alle gemeinsam Tische gesucht hatten.

Als alle saßen, stand ich auf und klopfte, damit es ruhig wurde. »Allmächtiger Gott, heute ist der 30. Juli 2198 an Bord der U.N.S. *Porti ... Challenger.* Wir bitten um deinen Segen für uns und unsere Reise und um die Gesundheit und das Wohlergehen aller an Bord.« Die Worte klangen hohl, sogar für mich.

Das Dinner war eine traurige Angelegenheit. Die Gespräche verliefen teilnahmslos und niedergedrückt. Das Essen war spärlich und lieblos zubereitet: gekochtes Gemüse und Dosenfleisch, dazu Kekse statt des sonst üblichen frischen Brotes. Die blasse junge Dame, Elena Bartel, deutete auf die Tische in unserer Umgebung, an denen Passagiere saßen. »Glauben Sie wirklich, daraus eine Mannschaft formen zu können?«

Ich sah mich um; überall herrschten ältliche Gesichter vor, außer an den Tischen, die sich die Transpops ausgesucht hatten. »Welche Wahl bleibt mir schon?«

Sie lächelte humorlos, als hätte ich gar nichts gesagt. »Was wollen Sie mit der alten Mrs. Reeves anfangen, der Schwester des Richters? Oder mit diesem Burschen, Conant?«

»Es sind noch andere da«, sagte ich.

»Ja. Wie Olwin, der Ingenieur. Aber er ist zu alt, um sich noch richtig anpassen zu können, nicht wahr? Weit über fünfzig. Damit bleiben nur noch die paar Jugendlichen, die überhaupt ein bißchen Bildung aufweisen. Dieser unangenehme junge Dakko oder sein zorniger Freund Gregor. Wieviel Hilfe haben sie zu bieten?«

»Wir haben noch Sie«, sagte ich, mehr um sie zum Schweigen zu bringen, als aus irgendeinem anderen Grund.

»Mich?« Ihr Lachen klang höhnisch. »Die Bordneurotikerin der *Challenger*? Seit dem ersten Monat haben die übrigen Passagiere immer etwas zu tun, wenn ich den Salon aufsuche, um mich mit jemandem zu unterhalten. Ich danke Gott für die Platzverteilung im Speisesaal, oder ich hätte stets allein essen müssen.« Sie wurde rot unter meinem abschätzenden Blick, redete aber hartnäckig weiter. »Sehen Sie mich doch an. Dürr, tolpatschig, hatte nie einen Freund, ganz zu schweigen von einer Ehe. Ich kann nicht mal einen Schnürsenkel zubinden, ohne es zu vermasseln.«

»Sie sind hart zu sich selbst, Miss Bartel.«

Sie lachte, ein scharfer, spröder Laut. »Nein, am Ende nur ehrlich. Jetzt, wo wir bald tot sein werden, habe ich nichts mehr zu verlieren.«

Meine Stimme war rauh. »Sie haben keinen Grund, davon auszugehen. Es besteht immer noch Hoffnung auf Rettung.«

»Oh, ich bewundere Sie, Käpt'n, trotz meiner Ausdrucksweise. Sie sind bereit, weiterzumachen, obwohl wir kaum noch Chancen haben. Vielleicht sind Sie noch zu jung, um Hoffnungslosigkeit zu verstehen. Wie alt sind Sie – neunzehn? Ich habe mich auch einmal für unsterblich gehalten.«

»Ich bin einundzwanzig, Miss Bartel, und glauben Sie mir, ich weiß, daß ich nicht unsterblich bin. Ich habe nur das Gefühl ...« Ich hielt inne, ehe ich mich dieser verbitterten jungen Frau offenbarte. »Ich muß meine Pflicht tun. Ob ich nun sterben soll oder nicht, steht nicht zur Debatte. Die Pflicht bleibt bestehen. Das macht jede Entscheidung sehr viel leichter.«

»Ich beneide Sie darum.« Sie starrte niedergeschlagen in ihre dünne Suppe. »Sie werden nicht viele Freiwillige finden, wissen Sie? Vielleicht gar keine.«

»Dessen bin ich mir bewußt. Hoffnungslosigkeit ist verführerisch.« Ich spielte mit dem Löffel herum. »Wissen Sie, wenn wir davon ausgehen, daß wir keine Chance haben, dann machen wir es nicht nur fast mit Sicherheit wahr, sondern verbringen auch den Rest unseres Lebens in – in einem Morast. In Angst. Ich möchte das nicht, selbst wenn ich der einzige bin, der weiß, wie ich gelebt habe und gestorben bin.« Ich stellte fest, daß ich den Tränen nahe war, und verstummte.

Nach einer Weile sagte sie sanfter: »Es tut mir leid, daß ich so zynisch war, Käpt'n. Tun Sie Ihre Pflicht. Ich rechne damit, in ein paar Wochen auf diesem Schiff zu sterben, wenn die Lebensmittel ausgehen. Ich schätze, es macht mir nicht viel aus. Mein Leben war nicht besonders erfreulich.« Mit dieser düsteren Bemerkung endete unser Gespräch.

Als die Passagiere sich nach dem Essen zerstreuten, rief ich die Mannschaft zusammen und übertrug Mr. Kovaks die Aufsicht über die Recycler, Mr. Tzee die über den Funkraum und Mr. Sykes die über den Maschinenraum. Philip meldete sich freiwillig, die Brücke zu bemannen; ich teilte ihm mit, daß es ihm freistand, nötigenfalls auf Wache zu schlafen, aber er war schon über den Vorschlag entsetzt. Anschließend ging ich völlig erschöpft zu Bett.

Mein letzter Gedanke war, daß ich vergessen hatte, mit dem Chefingenieur zu sprechen. Irgendwie mußte er dazu gebracht werden, wieder seinen Dienst anzutreten; der Maschinenraum lieferte die Energie, die wir zum Überleben brauchten.

Trotz oder vielleicht wegen meiner Erschöpfung schlief ich schlecht, und am Morgen war ich müde und reizbar. Ich suchte sofort die Brücke auf. Philip Tyre – schläfrig, aber wach – erhob sich höflich. »Guten Morgen, Sir.«

Mit aller Gewalt zwang ich mich dazu, einen freundlichen Tonfall anzuschlagen. »Morgen, Mr. Tyre.« Ich starrte mein Pult an. Ich brauchte Kaffee. »Halten Sie noch ein bißchen länger Wache, Mr. Tyre. Ich löse Sie gleich ab.«

Ich begab mich in die Offiziersmesse. Kaffee war nicht gemacht; ich durchstöberte die Vorräte und setzte eine Kanne auf. Während der Kaffee brühte, ging ich auf und ab; anschließend goß ich mir eine Tasse ein. Ohne darauf zu warten, daß das Getränk abkühlte, nahm ich einen Schluck, denn ich wollte so schnell wie möglich zurück auf die Brücke, um Philip abzulösen.

Als ich gerade die Hand nach dem Lukengriff ausstreckte, ging die Tür auf, um dem zerknitterten und unrasierten Chief Einlaß zu gewähren. Ich wich zurück. »Oh, Mr. . . . äh, Chief. Ich wollte sowieso mit Ihnen sprechen.«

Er taxierte mich mit einem skeptischen Blick. Endlich sagte er: »Ich hätte zuerst gern einen Schluck Kaffee, wenn es Ihnen nichts ausmacht.«

Ich wedelte mit der Hand. »Bedienen Sie sich.« Unter anderen Umständen hätte ich seine Bemerkung für unerträglich taktlos gehalten, aber es gab keinen Grund, ihn noch stärker gegen mich aufzubringen.

Er nahm sich eine Tasse. »Haben Sie das Zeug gemacht?«

»Ja.«

Der Kaffee schien seinen Beifall zu finden. »Wenigstens einer hier hat ein bißchen Verstand.«

Ich setzte mich an den langen Tisch. Nach einem Augenblick gesellte er sich zu mir. Ich versuchte verzweifelt, mich an seinen Namen zu erinnern. Schließlich gab ich es auf. »Mir fällt Ihr Name nicht ein.«

Sein Lächeln war grimmig.

»Andreas Kasavopolous. Chefingenieur Kasavopolous meldet sich zur Stelle, Sir.«

»Nennt man Sie Andy?« wagte ich eine Vermutung.

»Nein.« Er starrte schwermütig in seinen Kaffee.

»Nein, das tut man nicht.«

»A ja, Mr. . . . äh, Kasavopolous, ich . . .«

»Man nennt mich Dray.«

Ich seufzte. Das versprach schwierig zu werden. »Erzählen Sie mir mal, Dray«, sagte ich rauh, »wie lange Sie schon trinken.«

Er versuchte, meinem Blick standzuhalten, schaffte es aber nicht. An Stelle einer Antwort beschäftigte er sich mit seinem Kaffee.

»Ich habe Ihnen eine Frage gestellt, Chief.«

Er zögerte, solange er sich traute, und brummte dann:

»Ich hab' keine Ahnung, Kapitän. Ich bin irgendwie da reingeraten.«

»Was wäre dazu nötig, damit Sie wieder rausgeraten?« Meine Stimme war barsch.

Er zuckte die Achseln. »Ich will verdammt sein, wenn ich es wüßte.« Auf den Ausdruck meines Abscheus hin grinste er. »Was wollen Sie machen, Käpt'n? Mich in den Bau stecken? Ich dachte, Sie bräuchten mich, um Wache zu halten.«

Ich war schockiert. Egal, ob ich persönlich Respekt verdiente, mein Rang tat es jedenfalls. Ich konnte mir nicht vorstellen, was mir in meiner Zeit als Fähnrich passiert wäre, hätte ich so zu meinem Kapitän gesprochen. »Sie vergessen, mit wem Sie es zu tun haben!«

Er gluckste freudlos. »Yeah, noch einer, der aus der UN-Flotte ausgemustert wurde. Womit haben Sie die Kerle aufgebracht, Käpt'n? Vergessen, Ihre Dienstnadeln zu polieren?«

»Halten Sie den Mund!«

»Oder hat man Sie mit irgendeiner Nutte in Ihrer Kabine erwischt?« Das brachte mich auf die Beine, die Fäuste geballt. Er verstummte. Für einen langen, unheimlichen Augenblick starrte ich durch ihn hindurch, während er sich unbehaglich die Lippen leckte.

Blind vor verzehrender Wut sprang ich zum Schiffsrufer und schaltete den Kanal zur Brücke ein. »Mr. Tyre, kommen Sie sofort in die Offiziersmesse. Schließen Sie die Brücke hinter sich ab.«

»Aye, aye, Sir!«

»Käpt'n, ich ...«

Ich warf meine halbleere Tasse nach Drays Kopf. Er duckte sich, wurde aber trotzdem mit lauwarmem Kaffee übergossen. Ich knurrte: »Es wäre klug von Ihnen, nichts mehr zu sagen, Chefingenieur!«

Einen Augenblick später flog die Luke auf. Philip Tyre nahm Haltung an. Seine Uniform war zerknittert, die Augen blutunterlaufen.

»Kommando zurück! Haben Sie Ihre Laserpistole dabei, Fähnrich, oder haben Sie sie wieder verloren?« Meine Stimme traf ihn wie ein Faustschlag.

Er schlug die Jacke auf. »Sie ist in meiner . . .«

»Geben Sie sie her.« Wortlos reichte er sie mir. »Voll geladen?« Mit bleichem Gesicht nickte er. »Überprüfen wir das mal«, sagte ich und zielte aufs Deck. Ich rückte den Auslöser; mit einem Knistern breitete sich Ozongeruch im Raum aus. Wir starrten die versengte und rauchende Decksplatte an. »Kehren Sie auf die Brücke zurück, Mr. Tyre! Sie haben Wache!« Mit einer genuschelten Bestätigung flüchtete der Junge.

Ich warf mich zum Chefingenieur herum. Als die Waffe zur Ruhe kam, zielte sie auf seinen Kopf. »Legen Sie die Hand auf den Tisch, Chief Dray.«

Er gehorchte auf der Stelle. Ein dünner Schweißfilm stand ihm auf der Stirn.

Ich packte mit der freien Hand sein Gelenk, drückte es auf den Tisch und hielt die Pistole an seine Hand. »Sie wollten wissen, warum ich hier bin?« krächzte ich. »Diese Idioten haben behauptet, ich wäre psychotisch! Was wissen die denn schon? Sie haben die Geschichte mit diesen Matrosen vertuscht und mich von dem Schiff weg versetzt.«

Sein Gesicht glich einem grinsenden Totenkopf.

»Sie sind ein Säufer, Dray, und ich benötige einen Wachoffizier, keinen Trunkenbold. Also werden wir folgendes tun. Bei der ersten Gelegenheit, daß ich Sie beim Trinken erwische, packe ich Ihre Hand auf den Tisch und drücke die Pistole darauf, wie jetzt. Dann schieße ich und koche die Hand. Auf diese Weise brauche ich Sie nicht in den Bau zu stecken, und Sie behalten eine Hand, um weiter Wache zu schieben. Ergibt das Sinn für Sie, Dray? Antworten Sie!«

»J . . . ja, Sir!« stammelte er. »Ja, Käpt'n, das ergibt Sinn. Ich verstehe schon. Ich trinke keinen Tropf . . .«

»Ich wußte, daß Sie einverstanden sind, Dray. Und dieser Idiot nannte mich psychotisch . . .« Er lächelte vor Entsetzen und Erleichterung. Ich drückte die Pistole weiterhin an seine

Hand, fuhr damit einen Finger entlang. »Haben wir ein Übereinkommen, Dray?«

»O ja, Käpt'n! Ja, Sir! Ich . . .«

»Also besiegeln wir das Geschäft mit Ihrem kleinen Finger.«

Er kreischte und versuchte, eine Hand loszureißen.

Ich hielt sie fest. »Zucken Sie nicht, Chief ! Atmen Sie nicht mal heftig, oder es erwischt die ganze Hand!« Mit grauem Gesicht starrte er mich in höchstem Entsetzen an. »Sehen Sie, Dray«, sagte ich mit ruhige Stimme, »Sie brauchen schließlich keine fünf Finger, um Wache zu halten, und der Stumpf wird Ihnen jedesmal eine Mahnung sein, wenn Sie sich überlegen, vielleicht einen Schluck zu trinken.«

Sein käseweißes Gesicht flehte mich in stummer Verzweiflung an; ein Geräusch irgendwo zwischen einem Wimmern und einem Ächzen entfuhr ihm. Trotz seiner Anstrengungen zuckte die Hand unwillkürlich. Ich lächelte. »Na ja, bringen wir es hinter uns . . .«

»Du lieber Himmel! Tun Sie es nicht!« krächzte er. »Käpt'n Seafort, ich flehe Sie an! Ich mache Ihnen keine Schwierigkeiten mehr! Bitte, Sir! Bitte!«

Ich schüttelte ablehnend den Kopf. »Nein, Dray. Wenn ich Ihnen nicht den Finger nehme, wissen Sie ja gar nicht, ob ich es wirklich ernst meine. Tut mir leid.« Ich verlagerte den Griff an seiner Hand.

»Oh, allmächtiger Gott! Bitte, Sir, ich kann aufhören! Ich zeige Ihnen, wo ich das Zeug aufbewahre, das ganze Zeug! Und ich kann die Destille zerstören!« Schweiß tropfte ihm von der Stirn. Ich zögerte und schüttelte erneut den Kopf. »Käpt'n, warten Sie, ich führe Sie hin! Bitte!«

Langsam sagte ich: »Also gut, Dray. Ich gebe Ihnen die Chance.«

Vor mich hin murrend, folgte ich ihm ins Lager des Maschinenraums, wo aus seiner Destille mit den Kupferrohren kostbare Tropfen alkoholischer Konterbande in eine Glaskanne rannen. Mit dem Laser im Anschlag beobachtete ich reglos, wie Dray die Anlage zerschmetterte.

Anschließend schaute ich zu, wie er die Vorräte seines Selbstgebrannten in die Recycler schüttete, das Gesicht in einem gespenstischen Lächeln erstarrt, während er die Laserpistole im Auge behielt, die ich auf ihn richtete.

Als alles geschafft war, ließ ich den Chief mit aschgrauem Gesicht auf seinem Posten zurück. Vehement hatte er mir versichert, er würde nie wieder einen Tropfen Alkohol herstellen oder trinken. Ich kehrte auf Deck 1 zurück und legte einen Zwischenstopp in meiner Kabine ein, um den Kaffee in die Toilette zu erbrechen. Dann setzte ich mich aufs Bett, den Kopf in den Händen, bis mir einfiel, daß Philip allein auf der Brücke war. Ich rappelte mich auf und schleppte mich durch den Korridor.

Auf der Brücke blickte Philip mir ängstlich entgegen. Erneut stieg mir Galle in den Hals. Ich lächelte sanft. »Ich bin nicht böse auf Sie, Philip. Das war für ihn gedacht, nicht für Sie. Machen Sie sich keine Sorgen.« Langsam entspannten sich seine Züge. Ich sank in meinen Sessel. »Ich übernehme die Wache. Gehen Sie ein bißchen schlafen.«

»Kann ich Ihnen irgendwas besorgen, bevor ich gehe, Sir?«

Ich begutachtete die Verfassung meines Magens. »Einen Becher Kaffee, glaube ich. Sie finden meine Tasse auf dem Deck der Messe.« Er sah verwirrt aus, machte sich jedoch kommentarlos auf den Weg.

Der Morgen verstrich ohne weiteren Zwischenfall. Ich veranlaßte Mr. Tzee, einen Ersatzmann für die Wache im Funkraum einzuarbeiten, und Mr. Kovaks, gleiches für die Recyclerwache zu tun. Trotzdem war mir klar, daß ich mit nur dreizehn Mannschaftsangehörigen nicht für lange Zeit volle Wachen beibehalten konnte.

Ich beschäftigte mich mit dem Schiffsrufer, organisierte die Vorräte fürs Abendessen, kümmerte mich um Mr. Andros im Schiffsgefängnis, baute einen behelfsmäßigen Stewarddienst auf, der sich mit der Wäsche und dem Saubermachen befaßte, und stellte sicher, daß Kombüse und Hydrokammer betreut wurden. Ich hatte noch nie erkannt, wie viele Aufgaben an Bord eines Schiffes zu erledigen waren, viele davon ohne jede Aufmerksamkeit seitens der Offiziere.

Wischen und Fegen, Wäsche, Bemannung des Maschinenraums, die Durchführung aller erforderlichen Wachdienste, die diversen Funktionen des Zahlmeister, die der Bequemlichkeit der Passagiere dienten ... Ich staunte, daß dies alles an Bord der *Challenger* mit einer vollen Crew von neunundachtzig Personen gewährleistet worden war.

Ich wies Kerren an, unseren Kurs nach Hause zu bestimmen, wußte aber, daß wir erst eine kompetente Wachmannschaft für den Maschinenraum zusammenstellen mußten, ehe ich irgendein Manöver mit unseren Schubdüsen riskierte. Ich war ohnehin entschlossen, den Kurs manuell mit äußerster Sorgfalt nachzuprüfen, und in meinem derzeitigen Zustand fühlte ich mich dieser Aufgabe nicht gewachsen.

Als schließlich Zeit zum Abendessen war, verschloß ich zögernd die Brücke, ehe ich den Speisesaal aufsuchte, verfolgt von einem Schuldgefühl, weil ich die Brücke wieder mal unbemannt zurückließ. Ich erinnerte mich daran, daß es mit nur drei Offizieren praktisch unmöglich war, den Kommandostand rings um die Uhr besetzt zu halten, und obendrein konnte ich den Chief keinesfalls allein mit einer Wache betrauen, solange ich nicht sicher war, daß er nüchtern bleiben konnte. Da blieb die Brücke besser unbemannt.

Beim Abendessen begrüßt man mich mit spürbarer Feindseligkeit. Meine Ausführungen zur Dienstverpflichtung waren offensichtlich nicht gut aufgenommen worden. Selbst die junge Dame, mit der ich gestern gesprochen hatte, Elena Bartel, bedachte mich mit einem kurzen, kühlen Blick. Lediglich Walter Dakko war freundlich, wirkte aber gedankenverloren.

Es kam nur zu wenigen Gesprächen im Speisesaal, und Frohsinn gab es noch weniger.

Als unser Mahl serviert wurde, erwiesen sich die Portionen als mager und ihre Zubereitung als unappetitlich. Ich würde die Qualität des Essens verbessern müssen, damit die Moral an Bord keinen drastischen Einbruch erlebte.

Später übertrug ich Philip die Wache und schleppte mich, vor Erschöpfung taumelnd, in meine Kabine. Ich zog mich aus und fiel regelrecht ins Bett. Ich lag noch eine Ewigkeit wach, während meine Gedanken fieberhaft um die zahlreichen ungelösten Probleme an Bord kreisten.

Endlich versank ich in Schlaf und warf mich dabei ruhelos hin und her, bis Amanda mich mit sanftem Streicheln beruhigte. Ihre Wärme stimuliertem ich; in der Dunkelheit der Kabine drehte ich mich leidenschaftlich in ihre Arme und erwachte mit schmerzendem Körper und benebeltem Kopf. Ich schaltete das Licht ein und ließ das Kissen los, das ich umschlungen gehalten hatte. Ich wartete darauf, daß mein Herz sich wieder beruhigte und die Erektion schwand. Der Kopf fiel mir zurück. Ich weiß nicht, wie lange ich weinte. Schließlich schaltete ich das Licht wieder aus und täuschte bis zum gesegneten Anbruch des Morgens Schlaf vor.

Langsam zog ich mich an und zwang mich mit eiserner Willenskraft dazu, die eigene Reizbarkeit zu verbannen und mich um die Belange des Schiffes zu kümmern. Eine Tasse mit heißem Kaffee in der Hand, ging ich auf die Brücke und löste Philip ab. Den Vormittag verbrachte ich damit, über Verarbeitungsdiagrammen in meinem Handholovid zu brüten und mir darüber klarzuwerden, um wie viele Personen ich meine Besatzung mindestens verstärken mußte.

Es war ein Tag, an dem ich nichts ohne Unterbrechung erledigen konnte. Zuerst meldete sich Mr. Kovaks mit Fragen zur Überwachung der Recycleranzeigen. Dann wollte Matrose Drucker Anweisungen zur Neuausstattung der Hydrokammer. Selbst Philip Tyre zögerte inzwischen, im Namen seines Kapitäns Entscheidungen zu treffen, und kam mit trivialen Problemen betreffs der Passagiere und des Speisesaals zu mir, bis ich ihn verärgert ins Bett schickte.

Als Mr. Bree schließlich auf der Brücke anrief, um meinen

Rat zum abendlichen Menü einzuholen, knurrte ich nur noch zornig und beendete das Gespräch. Es war, als hätte meine innere Unruhe auf das ganze Schiff abgefärbt.

Statt die Brücke erneut unbewacht zu lassen, wies ich einen Stewardmaat an, mir etwas von der Suppe zu bringen, die unsere Kombüse zum Mittag bereitet hatte. Philip schlief, soweit ich wußte, und würde später essen. Es war mein erster Tag Wachdienst an Bord der *Challenger*, und ich fühlte mich auf der Brücke bereits wie ein Gefangener.

Der Nachmittag war zur Hälfte herum, als ich zum erstenmal auf die Uhr schaute, ob die erlösende Essenszeit bald begann. Ich überlegte mir, mit Kerren zu plaudern, entschied aber, daß selbst die Stille besser war als seine exzessive Förmlichkeit. Ich schwelgte gerade in Erinnerungen an Danny und seine Freude über unsere Schachpartien, als mich ein Hämmern an der Brückenluke in die Wirklichkeit zurückrief.

Vorsichtig schwenkte ich die Kamera, um den Korridor zu kontrollieren. Draußen trat Walter Dakko nervös von einem Fuß auf den anderen und machte Anstalten, erneut gegen die harte Alulegierung der Luke zu hämmern. Ich riß sie auf, und das Temperament ging mit mir durch. »Schluß damit! Was, zum Teufel, glauben Sie eigentlich, was Sie hier tun?«

»Entschuldigung , aber ich mußte Sie auf mich aufmerksam machen. Ich bin – nach unten gegangen, weil ich Chris suchte . . .«

»Belästigen Sie mich nicht mit Ihren Problemen!«

Voller Abscheu wandte ich mich ab. Wenn er nur wegen seines ungehobelten Sohnes an meine Brückentür gehämmert hatte . . .

»Ich war auf Deck drei. Ich sah einige Männer vor dem Schiffsgefängnis, wo sie die Tür aufgeschnitten haben.«

»Oh, allmächtiger Gott!« Es hatte angefangen, und viel zu früh. »Wie lange ist das her?«

»Eine oder zwei Minuten. Ich bin gleich hergekommen . . .«

»Verschwinden Sie von der Brücke!« Ich schob ihn durch

die Luke und schnappte mir mein Lasergewehr. Dann schloß ich die Brücke von außen ab, rannte zur Leiter und hastete nach unten. Walter Dakko blieb mir dicht auf den Fersen. Einen Augenblick später war ich bereits auf halbem Weg zwischen Deck 2 und 3. Als ich mich an Erfahrungen auf einem anderen Schiff erinnerte, Äonen in der Vergangenheit, näherte ich mich dem Unterdeck langsamer und nahm vorsichtig das Gewehr in Anschlag.

Der Korridor lag verlassen da.

Ich eilte um die Biegung zum Schiffsgefängnis. Die Sensortafel der Luke stand offen, und die Drähte waren herausgerissen worden; man hatte die Luke halb aufgezwängt. Die Scharniere waren durchgeschmort und verbogen. Fluchend schob ich mich durch die Öffnung. Die Zellen waren leer. Als ich mich wieder hinauszwängte, stieß ich gegen Mr. Dakko und wäre vor Schreck beinahe gestorben. »Weg da!« Ich drängte mich an ihm vorbei.

Vor der Mannschaftsunterkunft eins holte ich tief Luft, ehe ich auf den Öffnungsschalter schlug. Als die Luke zur Seite glitt, stürmte ich mit schußbereitem Gewehr hindurch. Mr. Tzee saß auf seiner Koje, die Hände im Schoß. Ich hob die Waffe. Er blickte mir in die Augen. »Ich wußte davon, habe aber nicht mitgemacht.« Er blieb völlig regungslos.

»In Ordnung.« Ich versuchte, meinen Atem zu beruhigen. »Wo sind die Männer?« Mit einem Kraftakt zwang ich mich, die Waffe zu senken.

»Ich weiß es nicht, Sir.«

»Wer ist es?«

»Clinger, Sykes. Einer der neuen, ungelernten Matrosen von Ihrem alten Schiff. Sie bringen mich um, wenn sie erfahren, daß ich es Ihnen gesagt habe.«

»Ich weiß.«

»Was soll ich tun, Sir?«

»Bleiben Sie hier.« Ich hatte eine bessere Idee. »Nein, schließen Sie sich im Funkraum ein. Halten Sie dort Wache.«

Er stand rasch auf. »Aye, aye, Sir.«

»Kovaks? Drucker?«

»Ich glaube, Kovaks ist in der Wiederaufbereitung. Von Drucker weiß ich nichts – er ist irgendwo herumgelaufen, als die Sache losging.«

Ich schnappte mir den Rufer und stellte den Kanal zu den Recyclern ein, während Mr. Tzee sich auf dem Weg zur Luke an mir vorbeischob. »Mr. Kovaks?«

Ein endloser Augenblick verstrich, ehe er antwortete. »Ja, Sir?«

»Wer ist bei Ihnen?«

»Niemand, Sir. Ich habe gerade Stefanik abgelöst und meinen Dienst angetreten.« Ich fragte mich, ob er sich auf seinen Posten begeben hatte, um keinen Anteil an der Rebellion zu haben.

»Schließen Sie die Luke ab und öffnen Sie sie nicht mehr, ohne daß ich den Befehl dazu gebe. Bestätigen Sie.«

»Befehl erhalten und verstanden, Käpt'n. Was ist los?«

Ich stellte den Rufer weg, ohne darauf zu antworten. An der Luke stand Walter Dakko und starrte mich an. »Gehen wir!« schnauzte ich. »Es ist besser, wenn man Sie hier nicht entdeckt.« Ich ging zurück zur Leiter und nahm jeweils zwei Sprossen auf einmal.

Dakko mußte keuchen, um Schritt zu halten. »Käpt'n, da ist etwas, das ich Ihnen sagen sollte.«

»Später.« Ich umrundete den Leiterschacht und marschierte in Richtung Fähnrichskabine.

»Wir sollten nicht damit warten.«

Widerwillig blieb ich stehen. »Was ist es?«

»Ich habe mich verpflichtet. Nehmen Sie mir jederzeit den Eid ab, wenn Sie möchten.«

»Wirklich?« Mehr fiel mir nicht ein. »Sie?«

»Ja.« Er betrachtete mich geringschätzig. »Ich glaube, Sie möchten mich nach den Gründen fragen.«

»Nun . . . ja.« Ich wurde rot.

Ein schiefes Lächeln.

»Ich schätze, dies ist das letzte Mal, daß ich frei heraus sagen kann, was ich denke. Ich habe mich nicht aus Liebe zu Ihnen verpflichtet, Kapitän; das wissen Sie bereits. Aber es ist die Entscheidung zwischen Ihnen und dem, was Sie repräsentieren, und diesen Männern da draußen. Und dem, was sie repräsentieren.«

Er schauderte. »Es ist vielleicht schon zu spät; ich weiß es nicht. Wir sind wie die römischen Bürger, Mr. Seafort, und die Barbaren stehen vor den Toren. Ich bin kein Zenturio, aber sollten die Barbaren die Mauern stürmen, bedeutet meine Bürgerschaft nichts mehr.«

Ich nickte. »Verstehe. Danke. Sprechen Sie mir nach. Ich, Walter Dakko ...«

Dort, mitten im Korridor, leistete er seinen Eid und wurde damit in den Flottendienst der Vereinten Nationen aufgenommen. Danach schüttelte ich ihm die Hand, obwohl das nicht Brauch war. Ein wenig ängstlich wartete er dann auf Befehle.

»Die Formalitäten und Anstandsformen erkläre ich Ihnen später, Mr. Dakko. Für den Moment genügt es, wenn Sie alles tun, was Ihnen gesagt wird, und zwar sofort und ohne Fragen zu stellen.«

»Ja, Sir.«

»Aye, aye, Sir«, verbesserte ich ihn automatisch und lachte sofort über meine Torheit. »Egal. Kommen Sie mit.« Ich setzte meinen Weg zur Fähnrichskabine fort und hämmerte na die Luke. »Philip, aufmachen! Ich bin's – Seafort.« Einen Augenblick später glitt die Luke auf. Philip Tyre, in Unterwäsche, blickte uns beiden schläfrig entgegen.

»Ziehen Sie sich an. Man hat die Gefängnisluke aufgebrochen und Mr. Andros befreit.« Philip schob Arme und Beine in seine Sachen. »Vergessen Sie die Jacke. Mr. Dakko hat übrigens gerade seinen Eid geleistet. Schneller, verdammt!« Endlich hatte der Junge die Schuhe an. »Los!« Ich führte die beiden zum Waffenschrank und fischte den Schlüssel aus meiner Tasche. Ich schloß auf. »Mit was für Waffen sind Sie vertraut, Mr. Dakko?«

»Ich bin in Wildparks auf die Jagd gegangen. Ein Gewehr wäre wahrscheinlich das beste.«

Ich reichte ihm eines. Philip händigte ich eine Betäubungswaffe aus und nahm selbst eine. Nachdem ich wieder abgeschlossen hatte, eilte ich den Korridor entlang zum Funkraum. »Aufmachen!« Als Reaktion glitt die Luke auf. Mit schußbereiter Waffe blickte ich hinein. Mr. Tzee war allein. »Weitermachen. Öffnen Sie für niemanden außer für mich und Mr. Tyre.«

»Aye, aye, Sir.«

Ich führte meine kleine Kampfgruppe zur Recyclerkammer; Mr. Kovaks war dort sicher untergebracht. Wir gingen weiter zu den östlichen Hydros. Dort öffnete Mr. Drucker auf mein Kommando zögern die Luke, blickte uns unsicher entgegen und nahm Haltung an. »Wissen Sie, was im Gange ist?« fragte ich rundheraus.

Er zögerte; dann sagte er mit einer Grimasse: »Ja, Sir.«

»Stehen Sie auf unserer Seite?«

»Ja, Sir.«

Ich riskierte es: »Wer nicht?«

»Ich hab' keine Ahnung, Sir. Ich war meist hier drin.«

Ich deutete auf die offene Luke. »Schließen Sie sich denen an, Mr. Drucker, wenn Sie nicht antworten.«

»Es sind meine Kameraden!« Sein Schrei war ein Flehen.

Ich erwiderte unnachgiebig: »Es sind Meuterer.«

Er versuchte, meinem Blick standzuhalten, doch es gelang ihm nicht. »Sykes und Clinger«, brummte er. »Und Andros.«

»Wer noch?«

Drucker leckte sich die Lippen. Sein Blick zuckte zwischen Philip Tyre und Dakko hin und her.

Meine Ohrfeige warf ihn einmal halb im Kreis herum. Er fuhr zurück, und seine Hand zuckte erschrocken zur Wange hinauf. Ich funkelte ihn aus einer Entfernung von wenigen Zoll an. »Zur Hölle mit Ihnen, Dr. Drucker! Hier ist eine Meuterei im Gange! Gehorchen Sie meinem Befehl, oder ich exekutiere Sie auf der Stelle!« Ich schloß die Hand um den Griff der Pistole an meiner Seite.

»Akkrit«, murmelte er. »Dieser neue Stewardmaat Byzer. Das sind alle, von denen ich weiß, ehrlich!« Sein Blick war aufs Deck gerichtet.

»Also gut«, sagte ich kalt. »Nächstes Mal ...«

»Es tut mir leid«, platzte es aus ihm hervor. Er verzog das Gesicht vor Qual. »Käpt'n, ich weiß nicht mehr, was richtig ist! Ich möchte loyal sein, aber mich gegen meine Kameraden zu wenden ...«

»Ich verstehe«, sagte ich sanfter und suchte nach den richtigen Worten, um ihn zu beruhigen. »Wenn alles andere versagt, Mr. Drucker, tun Sie einfach Ihre Pflicht. Halten Sie sich an Ihren Eid. Er ist, was Sie ausmacht.« Es hatte keine Wirkung auf ihn. Ich gab ihm ein neues Stichwort. »Wohin haben sie Andros gebracht?«

Er zuckte die Achseln. »Keine Ahnung, Sir. Ich hab' mich verzogen, als ich sah, was sie taten. Sie hatten dieses Gewehr und die Betäubungspistole, und ich wußte, daß jemand verletzt werden würde.« Im Augenwinkel sah ich, wie Philip rot wurde und sich Mühe gab, die Fassung zu wahren.

»Also gut.« Jetzt war es an mir, zu zögern. Nach einer Weile zog ich die Betäubungspistole aus dem Gürtel und streckte sie mit dem Griff voran aus. »Mr. Drucker, ich befehle Ihnen, hier die Stellung zu halten und Ihren Posten gegen jeden Meuterer zu verteidigen, der einzudringen versucht.«

Er war so verblüfft, daß er nur starren konnte. Dann packte er die Waffe, und seine Knöchel spannten sich, als er den glatten Lauf umfaßte. »Aye, aye, Sir.« Er zog die Schultern hoch. Als ich mich zur Luke umdrehte, fügte er hinzu: »Zählen Sie auf mich, Sir.« Ich lächelte grimmig. Das würde ich; mir blieb ohnehin keine Wahl.

Draußen auf dem Korridor besprachen wir uns. »Sollen wir erst die Kombüse sichern oder nach Andros suchen?« fragte ich Philip.

»Wo suchen, Sir?« fragte der Fähnrich vernünftigerweise. Die Schurken konnten so frei durch das Schiff streifen wie wir.

Ich zuckte die Achseln. »Im Maschinenraum oder im Lager des Zahlmeister. Wer weiß? Wir haben fast hundert leere Kabinen.«

Walter Dakko sagte leise: »Wenn Sie nicht zuerst die Kombüse sichern ...«

Sofort attackierte ich ihn. »Reden Sie nur, wenn Sie angesprochen werden, Matrose!« Ihm fiel der Unterkiefer herunter. »Unterbrechen Sie niemals einen Offizier!« knurrte ich. Ich wußte, daß noch nie jemand ihm gegenüber diesen Ton angeschlagen hatte. Trotzdem schluckte er und sagte: »Aye, aye, Sir.«

Ich war erschöpft, ausgehungert, verwirrt. Die Rebellen konnten überall sein. Ich schluckte und gestand die Niederlage ein. »Zum Speisesaal.« Ich schleppte mich müde zur Leiter zurück.

In der Messe schnappte Mr. Bree vor Schreck nach Luft, als die Luke aufschwang und wir drei hereinkamen. Sein Blick huschte zu unseren bereitgehaltenen Waffen.

»Warum die Panik, Mr. Bree?« fragte ich. Mit weißem Gesicht leckte er sich die Lippen, gab aber keine Antwort. Ich starrte ihn lange an, ehe ich darauf kam. »Die Kerle waren hier?« Er nickte. »Was haben sie mitgenommen?«

»Ich konnte nichts dagegen tun, Käpt'n, ehrlich!« stieß er hervor. »Sie hatten ein Gewehr. Sie wollten uns erschießen!« Unwillkürlich trat er einen Schritt zurück.

»Was haben sie mitgenommen?« Mein Hals war wie zugeschnürt.

Er streckte die Hände aus, als wollte er uns abwehren. »Bitte, Käpt'n, ich möchte da nicht reingeraten, Sir! Bitte, stoßen Sie mich nicht mitten rein!«

Philip mischte sich ein, als meine Hand zur Pistole wanderte. »Geben Sie dem Kapitän genau an, was die Meuterer mitgenommen haben«, sagte er ruhig. »Wir müssen es wissen.«

Der entsetzte Matrose warf Philip einen dankbaren Blick zu. »Die Dosennahrung aus dem Speiseschrank, Sir, und das Gemüse. Sie haben nur das Mehl übriggelassen und das Brot, das wir gerade backen.«

Ich sank auf einen Stuhl und starrte auf den kahlen Holztisch. Philip trat neben mich. »Ich schließe den Laderaum auf und hole weitere Vorräte, Sir, wenn Sie möchten.« Ich gab ihm keine Antwort, betrachtete statt dessen die Maserung des Holzes.

Mr. Bree meldete sich zögernd. »Ich kann heute abend wieder Eintopf machen, Sir, wenn ich neues Dosenfleisch bekomme.«

»Halten Sie den Mund, Sie alle.« Meine Stimme war flach und ausdruckslos. Es war Torheit, jetzt noch weiterzumachen. Mir blieb nichts weiter übrig, als zurückzutreten und zuzusehen, wie die Ereignisse ihren Lauf nahmen.

Ich seufzte. Ich war nicht so grausam, die *Challenger* Philip zu überlassen. Noch nicht. Aber wir würden an Bord dieses Schiffes sterben; ein Überleben war ausgeschlossen. Ich hatte versagt. Ich konnte nur noch meinem Eid treu bleiben, bis alles vorüber war.

Das Schweigen hielt minutenlang an, ehe ich mich wieder rührte. Schwerfällig stand ich auf. »Mr. Tyre, gehen Sie mit Mr. Brees Maat in den Laderaum und holen Sie eine Kiste mit Dosenfleisch und -gemüse. Achten Sie darauf, daß niemand sonst den Laderaum betritt. Schließen Sie ihn wieder ab, wenn Sie gehen, und kehren Sie sicher mit den Vorräten zurück. Führen Sie diese Befehle aus, und wenn es Sie das Leben kostet.«

Philip nahm Haltung an. »Aye, aye, Sir.« Sein Tonfall war steif und förmlich. Er salutierte und winkte dem Stewardmaat, ihm zu folgen. Mit entsicherter und schußbereiter Pistole schlug er auf den Öffnungsschalter der Luke und verschwand auf dem Korridor.

»Mr. Dakko, stellen Sie sich so hin, daß Sie die Luke im Auge behalten können. Gewähren Sie niemandem, der bewaffnet ist, Eintritt, von Mr. Tyre abgesehen.« Der Rekrut nickte und trat entschlossen an die Seite der Luke. Ich durchquerte den Speisesaal zum Schiffsrufer am gegenüberliegenden Schott. Ich schaltete den Rundspruchkanal für das ganze Schiff ein.

»Achtung, an alle. Hier spricht der Kapitän. Alle Passagiere und Besatzungsmitglieder haben sofort im Speisesaal zu erscheinen. Mr. Drucker, Mr. Tzee, Mr. Kovaks, bleiben Sie auf Ihren Posten. Der Befehl gilt nicht für Sie.« Ich stellte den Rufer wieder weg, zog mir einen Stuhl in die Mitte des Zwischenganges und setzte mich darauf, das Gesicht zur Luke, das Gewehr über den Knien.

Binnen weniger Augenblicke folgten die ersten meinem Aufruf. Walter Dakko musterte kühl jede Person, die eintrat, und hielt dabei seine Waffe schußbereit. Annie, das Transpopmädchen, kam als erste, gefolgt von einigen weiteren Straßenkindern. Matrose Jabour erschien und zeigte einen Ausdruck der Unsicherheit. Von meinem Platz im Zwischengang aus gab ich allen mit einem Wink zu verstehen, sich zu setzen.

Gregor Attani und Chris Dakko erschienen und starrten das Gewehr in den Händen von Chris' Vater an. Er ignorierte ihre erschrockenen Gesichter und hielt den Blick fest auf den offenen Lukendurchgang gerichtet.

Der Chefingenieur schaute zunächst herein, ehe er zögernd eintrat. Ich deutete auf einen Tisch; fügsam nahm er dort Platz. Eddie Boß blieb abrupt stehen, als er mein Gewehr sah. Ich wies ihn an, sich zu setzen; er funkelte mich an, ehe er gehorchte. Weitere Nichtseßhafte kamen hereingeschneit.

Mehrere der älteren Passagiere kamen gemeinsam und drängten sich dicht zusammen, als suchten sie gegenseitige Hilfe. Mrs. Ovaugh stützte sich schwer auf einen Stock. Mrs. Reeves, Richter Chesleys Schwester, folgte mit ihrem Mann, begleitet von Mr. Fedez und den Pierces.

Emmett Branstead stolzierte herein.

Er warf Walter Dakko einen Blick zu, blieb aber nicht stehen. »Kapitän, was, zum ...«

»Später. Setzen Sie sich.«

»Nicht, bis ...«

Ich richtete mit ausdruckslosem Gesicht das Gewehr auf ihn. Er gab nach und suchte sich rasch einen Platz.

Der Stewardmaat spähte vorsichtig durch die Luke. Als er sah, daß keine Gefahr drohte, kam er herein, bepackt mit einer Kiste Lebensmittel. Philip Tyre folgte ihm, die Pistole in der Hand, das Gesicht von tödlicher Entschlossenheit geprägt. Er blieb abrupt stehen, als er Walter Dakko sah, entspannte sich aber auf mein beruhigendes Nicken hin.

Endlich waren alle versammelt, die überhaupt kommen würden. Irgendwo in den Tiefen des Schiffes lauerten sechs bewaffnete, rebellische Mannschaftsangehörige – Clinger, Andros, Sykes, Byzer, Simmons und Akkrit. Im Speisesaal herrschte Stille. Selbst die Transpops wurden durch die alles beherrschende Atmosphäre der Bedrohung niedergedrückt.

Ich räusperte mich. »Gestern abend habe ich Ihnen mitgeteilt, daß ich Freiwillige für eine Dienstverpflichtung suche. Jetzt ist es an der Zeit. Die Sicherheit des Schiffes verlangt, eine Mannschaft von ausreichender Stärke aufzustellen. Ich fordere Sie auf, sich zu verpflichten. Wer meldet sich freiwillig?«

Elena Bartel war die einzige, die sich zu Wort meldete. »Ich bin bereit, Ihnen als Zivilistin zu helfen, Käpt'n. Bei jeder Aufgabe.«

»Ich ebenfalls, Sir.« Verblüffend – es war die alte Mrs. Reeves.

»Ich danke Ihnen beiden. Ich benötige jedoch Freiwillige, die sich für den Flottendienst verpflichten, keine zivilen Helfer.«

»Warum?« fragte Emmet Branstead.

»Die U.N.S. *Challenger* ist ein Schiff der Flotte und wird von einer Flottenbesatzung geführt.«

Bransteads Verachtung war vernichtend. »Aber Sie haben keine.«

»Ich habe die Reste einer Mannschaft, die wir verstärken werden.«

»Nehmen Sie Zivilisten!«

»Nein. Außer für die Hydros und die Wiederaufbereitung benötige ich Mannschaften für die Laser, damit wir uns verteidigen können. Wir müssen eine ständige Wache im Funkraum aufrechterhalten. Und wir müssen den Maschinenraum bemannen, um den Antrieb in Gang zu bringen.«

»Womit denn? Mit den Schubdüsen? Das sind Manövriertriebwerke, und wir sind neunzehn Lichtjahre von zu Hause entfernt!« Bransteads rotes Gesicht war finster. »Es ist hoffnungslos, Sie Idiot!«

Auf seinem Platz in der Nähe schnappte Philip Tyre wütend nach Luft. Ich stand auf.

»Ja, neunzehn Lichtjahre. Ich habe ausgerechnet, daß wir das Schiff nach Abwurf von Ladung und durch Einsatz unseres gesamten Treibstoffs im Laufe eines Monats auf ein Viertel der Lichtgeschwindigkeit beschleunigen können. Wenn ...«

»Das würde bedeuten, daß wir sechsundsiebzig Jahre brauchen, um nach Hause zu kommen!« platzte es aus Elena Bartel heraus.

»Ja, aber ...« Das bestürzte Gemurmel wurde lauter. Zum erstenmal hob ich die Stimme. »Aber die Funknachricht, die wir fortlaufend per Richtstrahl senden werden, erreicht die Erde in nur neunzehn Jahren. Wir übermitteln unablässig unsere Position und unseren Kurs. Bis zu diesem Zeitpunkt werden wir fast fünf Lichtjahre heimwärts zurückgelegt haben, und ...«

Emmett Branstead schrie: »Sie sprechen von einem ganzen Leben!«

»Nein. Einige von uns werden noch leben, und unsere Kinder ebenfalls.«

»Gütiger Himmel! Sie wissen ja gar nicht, wovon Sie da reden!« versetzte Branstead hitzig. »Man würde fünfzehn weitere Jahre brauchen, um uns zu erreichen ...«

»In Fusion schafft man es in Monaten.«

»Und wir alle wissen, daß Sie nicht Ihren ganzen Treibstoff in die Beschleunigung stecken können! Wir würden am Sonnensystem vorbeischießen und nicht mehr bremsen können.«

»Das Rettungsschiff würde seine Geschwindigkeit und seinen Kurs dem unseren angleichen und uns in voller Fahrt evakuieren. Vielleicht segelt die *Challenger* irgendwann durch das Sonnensystem, leer und verlassen, während einige von uns als alte Leute zu Hause sitzen und sich an ihre zurückliegenden Abenteuer erinnern.«

Diesmal trat eine nachdenkliche Stille ein. Nach einem Moment fügte ich hinzu: »Oder wir zanken uns herum, bis uns die Vorräte ausgehen und wir sterben. Die von mir genannten Aufgaben – der Wachdienst für den Funkraum, die Recycler, die Hydros und den Maschinenraum – erfordern Flottenpersonal. Ich vertraue das Überleben der *Challenger* nicht Zivilisten an.«

Ich ging zum Schiffsrufer hinüber und wählte die Brücke an. »Kerren, melde dich bitte.«

»Comp K 20546 meldet sich, Sir.« Seine Förmlichkeit war erschreckend, aber diesmal war ich dankbar dafür.

»Sehr gut. Du hast doch Sensoren im Speisesaal, nicht wahr?«

»Ja, Sir, für Notfälle. Normalerweise bleiben sie aus Gründen der Privatsphäre desaktiviert.«

»Aktiviere deine Sensoren und zeichne auf. Ich, Kapitän Nicholas Seafort, rufe jetzt Freiwillige auf. Wer möchte sich verpflichten?«

Niemand sagte etwas. Ich wiederholte: »Zum letztenmal rufe ich Freiwillige auf. Wer möchte sich verpflichten?«

»Ich.« Alle drehten sich zu der blassen jungen Frau um.

»Ah.« Ich baute mich vor ihr auf. »Miss Bartel.«

»Ja. Es ist ohnehin nur für ein paar Monate.«

»Nein, die Dienstzeit beträgt fünf Jahre.«

Sie lächelte bitter. »Ich glaube nicht, daß es dazu kommt, Kapitän. Aber ich entscheide mich dafür, die mir verbliebene Zeit so zu verbringen.«

»Danke. Sprechen Sie mir nach: ›Ich schwöre bei meiner unsterblichen Seele . . .‹«

Sie hob die rechte Hand. »›Ich schwöre bei meiner unsterblichen Seele . . .‹«

»›. . . die Charta der Vollversammlung der Vereinten Nationen zu bewahren und zu beschützen, für die Dauer meiner Verpflichtung beim Flottendienst der Vereinten Nationen die Treue zu halten und Gehorsam zu erweisen und allen seinen rechtmäßigen Befehlen und Vorschriften nachzukommen, so wahr mir der allmächtige Gott helfe.‹«

Feierlich hallten ihre Worte im stillen Saal wider. Als sie fertig war, nickte ich kurz. »Wer noch?« Ich schaute mich um.

»Ich, Sir.« Ein stämmiger Mann mittleren Alters. »Chester Olwin. Ich bin Ingenieur.«

»Sehr gut.« Ich nahm ihm den Eid ab. »Wer noch?« Es erfolgte keine Antwort. Ich fragte erneut: »Möchte sich noch jemand freiwillig melden?«

Etliche Passagiere wandten verlegen den Blick ab. Zwei Männer mittleren Alters, so eine Art Getreidespezialisten, und einige der älteren Frauen.

»Ich verstehe.« Langsam kehrte ich in die Mitte des Raums zurück. »Kerren, zeichne weiter auf.«

»Aye, aye, Sir.«

Ich schritt auf und ab. »Gemäß Artikel zwölf der Flottenbestimmungen und des Verhaltenskodex in der revidierten Fassung von 2087 rufe ich hiermit den Notstand aus.« Mein Blick schweifte über die versammelten Passagiere. »Während eines Notstandes ist es möglich, Zwangsverpflichtungen für den Flottendienst vorzunehmen.« Ich blieb vor dem Tisch stehen. »Sie da, aufstehen!«

Mit wackligen Beinen gehorchte Gregor Attani. Förmlich sagte ich: »Ich verpflichte Sie hiermit für den Flottendienst und verlange von Ihnen, den Treueid zu leisten. Sprechen Sie mir nach: ›Ich schwöre . . .‹«

Ich hatte mit Ablehnung gerechnet, aber er fragte nur: »Warum? Warum ich?«

»Sie sind jung, und Sie sind gebildet.«

Er starrte lange aufs Deck. Dann richtete er sich auf und warf einen kurzen Blick zu seinem Freund Chris hinüber. Sein Gesicht war grimmig. »Ich schwöre bei meiner unsterblichen Seele . . .«

Nachdem ich ihm den Eid abgenommen hatte, sagte ich: »Sie, Chris Dakko!«

»Nein!« Mit geballten Fäusten stand er auf.

»Ich verpflichte Sie für den Flottendienst. Sie werden den Eid ablegen.«

»Den Teufel werde ich!« Auf seinem Posten an der Luke rührte sich sein Vater, stand dann aber wieder still.

Ich hob das Gewehr. »Sprechen Sie mir nach: Ich schwöre bei meiner unsterblichen Seele ...«

Chris wartete furchtlos ab. »Was haben Sie vor, Seafort? Mich erschießen, oder uns alle?« Sein Lachen klang verächtlich. »Wer führt dann Ihr Scheißschiff?« Er hielt meinem Blick stand. »Wenn Sie einen Sklaven aus mir machen möchten, sind Sie nicht besser als Ihre Meuterer!«

Meine Antwort wurde von einer groben Hand auf meiner Schulter unterbunden. Ich wirbelte herum, bereit zu kämpfen. Eddie Boß stand mit flammenden Augen vor mir. »Hau ab!« knurrte ich. »Das geht dich nichts an!«

»Verpflichten 'se mich.«

»Setz dich ... Was?«

»Verpflichten 'se mich!« Mit geballten Fäusten ragte er vor mir auf.

Ich schloß kurz die Augen. »Das kann ich nicht, Eddie. Ich brauche Leute mit Bildung und Fertigkeiten. Und du müßtest jedem meiner Befehle gehorchen, ohne Fragen zu stellen. Dazu bist du nicht fähig.«

»Sagen 'se mir nich', was ich kann!« brüllte er. »Sie ha'm ja keine Ahnung!«

Ich wich vor einem Zorn zurück. »Bist du bereit zu gehorchen, Eddie? Ohne Vorbehalte?«

»Was sin' Vorbalte?«

Hinter ihm kicherte Chris Dakko.

»Es bedeutet, etwas zurückzuhalten. Ein Matrose muß absoluten Gehorsam leisten, selbst wenn er wütend ist, wie du jetzt.«

Er schwieg lange. »Yeah, das mach' ich«, sagte er schließlich. »Verpflichten 'se mich, Käp'n!«

»Es ist für fünf Jahre, Eddie.« Meine Stimme klang sanft.

»Ich weiß! Machen 'ses!«

Ich schob meine Zweifel zur Seite. »Sag: Ich schwöre ...«

Holprig sprach er mir den Eid nach. »Sehr gut, Mr. Boß. Sie sind jetzt für den UN-Flottendienst verpflichtet.«

Eddie grinste triumphierend. Er warf sich herum, die massige Hand zur Faust geballt, und schlug Chris Dakko zu Boden. »Du machst, was mein Käp'n sagt!« brüllte er. Der Junge lag benommen da, und Blut lief ihm aus Nase und Mund. Von der Luke her sah Walter Dakko reglos zu.

Na ja, anpassungsfähig war die Flotte, soviel stand fest. »Sehr gut, Mr. Boß. Ich ernennen Sie hiermit zum Stabsbootsmann. Ihre vorrangige Pflicht besteht darin, mir bei der Einarbeitung der neuen Mannschaften zu helfen. Heben Sie den Rekruten auf, den Sie gerade niedergeschlagen haben.« Als er Chris auf die Beine zerrte, fügte ich hinzu: »Sie sollten lieber Ihren Eid leisten, Mr. Dakko, ehe Schlimmeres passiert.«

Chris schaute sich zitternd um.

Er murmelte: »Ich schwöre es. Alles.«

»Sehr gut. Setzen Sie sich, und halten Sie sich eine Stoff ...«

»Brauchens 'se noch mehr, Käp'n?« sprudelte es aus Eddie hervor.

Ich sagte kalt: »Mr. Boß, hier ist Ihr erster Befehl. Unterbrechen Sie niemals – NIEMALS! – Ihren Kapitän!«

Er schluckte, ballte kurz die Fäuste und entspannte sie wieder. »Aye, aye, Käp'n«, sagte er bedächtig.

Ich warf einen kurzen Blick auf Chris, der auf einen Stuhl gesunken war und sich eine Stoffserviette ans blutende Gesicht drückte, und wandte mich wieder an Eddie. »Möchten sich noch andere verpflichten, Mr. Boß?«

»Yeah. Ich meine, ja, äh, Sir.« Er zeigte auf Deke. »Der.« Der junge Nichtseßhafte blickte erschrocken drein. Eddie schob ihn vor. »Sag ihm 'n Eid, Deke. Sag's ihm.«

»Ich werd' doch nich' ...«

»Yeah!« Eddie blickte dem entnervten Straßenjungen tief in die Augen, und Deke kapitulierte einen Moment später.

Er nickte. »Ich schwör's, Käp'n.«

»Sehr schön. Wer sonst noch?«

Eddie führte mich durch die Gruppe der Nichtseßhaften, blieb vor einigen stehen und ignorierte andere, die ich ausgewählt hätte. Ich beschloß, mich auf sein Urteil zu verlassen. Als er fertig war, hatte ich fünfzehn neue Rekruten aus dieser Gruppe: elf Jungen, vier Mädchen.

Ich blickte zu den verbliebenen Passagieren hinüber. Die meisten waren zu alt, um uns nützen zu können. »Na gut dann. Die neuen Mannschaften werden . . .«

»Einen Moment noch, Kapitän Seafort.« Emmett Branstead erhob sich.

Ich drehte mich um, wütend über diese Unterbrechung. »Ich habe allmählich genug von Ihnen, Mr. Branstead! Ich dulde keine Einmischung von Ihnen!«

»Ich mische mich nicht ein!« Sein rotes Gesicht strahlte Wut aus.

»Was dann?«

»Ich melde mich freiwillig.«

Ich war sprachlos. Während sich das Schweigen in die Länge zog, warf mir Philip Tyre einen Blick zu und griff ein. »Wenn das ein Scherz war, Mr. Branstead, zeugt er von schlechtem Geschmack.«

Er funkelte den jungen Fähnrich gereizt an. »Ich würde nie einen Scherz über etwas so Wichtiges machen. Ich verpflichte mich.«

Ich fand die Stimme wieder. »Warum, nach allem, was Sie bisher gesagt haben?«

»Ich verfüge über Fähigkeiten, die Sie für nützlich erachten werden, was die Hydroponik angeht. Ich bin Pflanzer; meinem Bruder gehört eine der größten Plantagen von Hope Nation, obwohl ich bezweifle, daß Sie schon davon gehört haben.«

»Ich habe an seinem Tisch gesessen.« Er zog fragend eine Braue hoch. Ich fügte hinzu: »An dem Bohlentisch in Harmons Speisezimmer. Ich bin auch Ihrem Neffen Jerence begegnet, der die Plantage erben wird.«

»Oh«, sagte er mit dünner Stimme.

Ich genoß meinen Triumph, ehe ich erkannte, wie schäbig

das war. »Und? Sie haben Fähigkeiten und denken daran, sie uns zuteil werden zu lassen?«

»Das, und ...« Er deutete auf die Nichtseßhaften. »Sie werden alle Hände voll zu tun haben. Sie brauchen auch Rekruten mit Bildung. Wie Sie schon sagten.«

»Ihr Temperament ist kaum geeignet, Mr. Branstead.«

Er nickte. »Ich weiß, was Sie von mir halten. Aber Sie werden feststellen, daß ich den Befehlen gehorche, sobald ich mein Wort gegeben habe.« Er schaute mir in die Augen, bis ich gezwungen war, den Blick abzuwenden, weil ich mich an Derek Carrs Entschlossenheit erinnerte.

»Sehr gut.« Ich nahm ihm den Eid ab. Dann stand ich der schweigenden, besorgten Gruppe gegenüber. Ich hatte die Besatzungsliste gerade um zwanzig unausgebildete Rekruten verlängert. Wir brauchten noch mehr Hilfe; aber ich hatte meine Crew mehr als verdoppelt und würde genug Schwierigkeiten haben, so viele Neulinge auf einmal einzugliedern.

Ich schickte die neuen Mannschaftsangehörigen zu den Tischen, die ich für die Schiffsgemeinschaft bestimmt hatte. Dann setzten wir uns, um zu essen.

12. Kapitel

Der Eintopf und das frische Brot belebten mich; mit ein wenig schwungvolleren Schritten kehrte ich auf die Brücke zurück. Ich schickte Philip, der weiterhin seine Waffe trug, zur Mannschaftsunterkunft eins hinunter, um die neuen Rekruten unterzubringen. Zuerst hatte ich mir überlegt, sofort die Jagd auf die Meuterer zu eröffnen, mich dann aber doch dagegen entschieden. Ungeschulte Rekruten mit unvertrauten Waffen waren keine Gegner für harte, rücksichtslose Matrosen, die jeden Zoll des Schiffes kannten. Ich hätte nichts anderes bewirkt, als einige meiner neuen Mannschaften umzubringen und die Rebellen mit weiteren Waffen zu versorgen.

Ich marschierte ungeduldig auf und ab, bis Philip zurückkam. Mit einem erleichterten Seufzer fiel er auf seinen Stuhl. »Sie richten sich ein, Sir. Wir haben das Lager gefunden, und ich habe Uniformen und Bettzeug ausgegeben. Ich habe mir auch die Freiheit genommen ...« Er wurde rot.

»Nun?«

»Nachdem ich gegangen war, habe ich noch eine Minute an der Luke gelauscht. Es wurde ein bißchen geschimpft, aber die Lage schien in Ordnung. Ich weiß, daß wir eigentlich nicht spionieren sollen.«

»Das ist richtig. Wenn die Kerle Sie erwischen, werden sie Ihnen nie wieder vertrauen. Oder sonst einem Offizier.«

»Verzeihung, Sir.«

Ich zog die Mundwinkel hoch. »Ich hätte wahrscheinlich das gleiche getan.«

Philip, der meine Launen gewöhnt war, sagte nichts, als ich aufstand und auf und ab ging. Ich mußte mich rasch mit der Rebellion auseinandersetzen. Doch trotz meiner Unruhe gab es keine Möglichkeit, die Kontrolle über das Schiff zurückzuerlangen, solange wir die Freiwilligen und die Eingezogenen nicht sicher in der Hand hatten.

Bis dahin konnte ich Philip Tyre und Walter Dakko vertrauen. Ich wagte es jedoch nicht, die Loyalität von Matrosen wie Mr. Tzee und Mr. Kovaks auf die Probe zu stellen, die auf der langen Fahrt nach draußen die Unterkunft mit den Rebellen geteilt hatten.

Ich warf einen Blick auf die beiden Gewehre, die am Schott lehnten – meines sowie die Waffe, die ich Walter Dakko ausgehändigt hatte. Vielleicht konnte ich den Fähnrich und Dakko bei den Leitern postieren, die von Deck 3 heraufführten, während ich selbst systematisch das Unterdeck durchsuchte. Nein, das hätte nicht funktioniert; ich konnte es mir nicht leisten, einen der beiden zu verlieren, und davon abgesehen brauchte man mehr als eine Person, um ein ganzes Deck zu durchsuchen. Solange ich im Maschinenraum oder in einer Mannschaftsunterkunft war, konnten die Meuterer sich durch den Umfangskorridor zu den Stellen schleichen, an denen ich schon gewesen war.

Verzweifelt hämmerte ich auf die Armlehne. Wie sollte ich mich um das Schiff kümmern, solange sich sechs bewaffnete Matrosen auf dem Unterdeck versteckten? Sie konnten es dort endlos lange aushalten, es sei denn, ich verwehrte ihnen den Zugang zu Lebensmitteln. Da versetzte mir ein Gedanke einen kalten Stich. Was, wenn sie den Waffenschrank aufschnitten und sich den Rest unserer Waffen aneigneten?

Allmächtiger Gott!

Ich hatte das Arsenal nicht gesichert!

»Philip!«

Er fuhr aus dem Schlaf hoch, und Beunruhigung und Verlegenheit wechselten sich in seinem Gesicht. »Ja, Sir?«

»Gehen Sie nach unten. Holen Sie Mr. Attani herauf. Und schließen Sie die Mannschaftsunterkunft eins ab. Sagen Sie den Leuten, daß es zu ihrer eigenen Sicherheit ist. Es geht mir darum, die Rebellen draußen zu halten, nicht die Leute drinnen.«

»Aye, aye, Sir. Aber könnte Clinger sich nicht einen Weg hinein freibrennen, wie er es mit dem Schiffsgefängnis getan hat?«

»Er weiß nicht, ob ich Waffen an die Mannschaft ausgegeben habe, also wird er dieses Risiko wohl nicht eingehen. Zeigen Sie allen, wie man den Rufer benutzt, und weisen Sie die Leute an, sich beim ersten Anzeichen von Problemen auf der Brücke oder in meiner Kabine zu melden.«

»Aye, aye, Sir.« Er eilte zur Luke.

Fünfzehn Minuten später klopfte jemand an. Ich stellte die Kamera entsprechend ein und erblickte Philip und Gregor. Als sie eingetreten waren, salutierte Philip und nahm Haltung an. Attani warf ihm einen kurzen Blick zu und ahmte ihn in annehmbarer Weise nach.

»Kommando zurück.« Ich lächelte Gregor an, um ihm

meinen Beifall zu zeigen. »Ich freue mich, daß Sie das Beste aus einer schlechten Situation machen, Mr. Attani.«

»Äh, danke.«

Philip funkelte ihn an. »›Sir!‹ Sagen Sie stets ›Sir‹ zum Kapitän!«

»Danke, Sir.« Gregor biß die Zähne zusammen.

Es war nicht gut für die Disziplin, wenn ich Philips Autorität in Gegenwart eines Matrosen unterhöhlte; aber vielleicht waren wir über solche Feinheiten hinaus. Ich sagte, so freundlich ich konnte: »Dafür haben wir später noch Zeit, Mr. Tyre. Mr. Attani demonstriert seinen guten Willen, und ich beschäftige mich zur Zeit mit Wichtigerem als mit Fragen der Etikette.« Ehe Philip antworten konnte, fuhr ich fort: »Gregor, ich habe Sie gegen Ihren Willen eingezogen. Jetzt muß ich Ihnen mein Schiff anvertrauen. Kann ich Ihnen trauen?«

Er steckte die Hände in die Taschen. Auf Philips entgeistertes Gesicht hin zog er sie hastig wieder heraus. »Mir trauen? Sie nicht zu hintergehen, oder es nicht zu verpfuschen?«

»Beides, Mr. Attani. Ich möchte die Brücke verlassen und brauche Sie, um darauf aufzupassen.« Philip biß sich auf die Lippe, schüttelte den Kopf in meine Richtung und drängte mich, aufzuhören. »Wenn ich die Luke hinter mir verschlossen habe und wenn Sie dann auf diese rote Nottaste auf dem Pult drücken, habe ich keine Möglichkeit mehr, hereinzukommen. Überhaupt keine.«

Philip blickte entsetzt drein.

Gregor schwieg für einen Moment und starrte seine Füße an. Dann zuckte er die Achseln. »Es ist verlockend, das gebe ich zu. Aber welchen Sinn hätte es? Um das Schiff den Rebellen zu übergeben? Chris hat unrecht; Sie sind viel besser als diese Kerle. Abgesehen davon habe ich meinen Eid geleistet, was die Frage ohnehin klärt. Falls es etwas nützt, schwöre ich Ihnen noch einen: Ich werde Sie nicht verraten, so wahr mir der allmächtige Gott helfe.«

In meiner unbeschreiblichen Erleichterung platzte ich heraus: »Gregor, möchten Sie, daß ich Sie zum Kadetten ernenne?«

Er blickte mich erstaunt an und schüttelte den Kopf. »Nein, Sir. Ich habe meinen Eid geleistet und gehorche Ihren Befehlen, aber das wäre so, als würde ich mich freiwillig melden. Ich bin aber kein Freiwilliger. Ich möchte andere Leute nicht zwingen, gegen ihren Willen Befehlen zu folgen. Es wäre nicht ehrlich, und wenn ich nicht an das glaube, was Sie tun, gebe ich auch keinen guten Offizier ab.« Er machte eine beschwichtigende Geste. »Ich verstehe, daß Sie es als Kompliment gemeint haben, Sir. Sollte ich es vielleicht mal anders sehen, und sollten Sie mich dann noch wollen ...«

»Also gut.« Obwohl ich verletzt war, empfand ich doch eine widerwillige Bewunderung für seine Aufrichtigkeit. »Mr. Attani, setzen Sie sich auf diesen Platz. Stehen Sie nicht auf. Fassen Sie nicht die Steuertafel der Luke an. Fassen Sie überhaupt nichts an außer diesem Rufer.« Ich schaltete das Bild der Korridorkamera auf die Konsolenmonitore. »Behalten Sie diese Bildschirme im Auge. Wenn dort irgend jemand anders als Mr. Tyre oder ich zu sehen ist oder wenn Sie irgendeinen Versuch hören, die Luke zu durchschneiden, oder wenn irgendein Alarm losgeht, schalten Sie den Rufer ein, so, und melden Sie sich bei mir. Bewegen Sie nicht den Schalter des Rufers; er ist auf das ganze Schiff eingestellt. Haben Sie das verstanden?«

Zum erstenmal schien Gregor ein wenig beeindruckt. »Ja, Sir. Wie lange, glauben Sie, werden Sie brauchen?«

»Ein paar Minuten. Vielleicht mehr.« Ich nahm mein Gewehr zur Hand. »Philip, entsichern Sie Ihre Pistole. Sichern Sie nach hinten; ich halte nach vorn Ausschau.« ich schloß die Luke ab. Niemand konnte jetzt mehr ohne den richtigen Code eintreten, solange Gregor Attani nicht von innen öffnete. Selbst mit dem Code kam ich nicht mehr hinein, falls Gregor die Prioritätsschaltung auf der Lukenkonsole aktivierte.

Ich führte Philip durch den Korridor, wobei wir unsere

Waffen schußbereit hielten. Wir fanden jedoch nichts anderes vor als die hoch aufragenden, grauen Schotten. Meine Erleichterung, als wir den Waffenschrank erreichten, erwies sich als kurzlebig; die Lukenschalttafel war zertrümmert, und der Schlüsselblock baumelte herab. Ohne viel Hoffnung gab ich den Code ein, den ich programmiert hatte; die Luke blieb verschlossen.

Leise fluchte ich vor mich hin; während ich im Speisesaal theatralische Reden geschwungen hatte, war der Feind nicht untätig gewesen. Hatten die Männer die Luke aufbekommen? Ich nahm sie scharf in Augenschein. Sie sah intakt aus. Gott sei Dank hatte ich sie richtig abgeschlossen gehabt. Es war unmöglich, einen verschlossenen Waffenschrank zu öffnen, indem man die Verkabelung kurzschloß; die dicke Legierung der Luke mußte mit schwerer Schweißausrüstung geknackt werden.

Philip wartete geduldig. Ich dachte an einen Rückzug in die Brückenfestung, entschied mich aber dagegen. Die Zeit arbeitete gegen uns. Drei Leute reichten nicht, um die Brücke zu bemannen, den Waffenschrank zu bewachen und einen Schweißbrenner zu besorgen; man brauchte mehr als eine Person, um den Schrank für nennenswerte Zeit zu verteidigen. »Mr. Tyre, warten Sie hier, bis ich zurück bin. Passen Sie auf den Waffenschrank auf.«

»Aye, aye, Sir.« Es klang angespannt.

Ich eilte um die Korridorbiegung zur Brücke und gab den Code ein. Die Luke glitt auf. Gregor Attani saß schweigend da und umklammerte die Armlehnen. »Alles in Ordnung, Gregor.« Ich schnappte mir das zweite Gewehr, das ich zurückgelassen hatte, verschloß die Luke wieder hinter mir und lief zurück zum Waffenschrank.

»Philip, legen Sie Ihre Pistole weg und nehmen Sie das hier. Steigen Sie die Ostleiter zu Deck drei hinunter. Achten Sie dabei auf Rebellen. Schließen Sie die Mannschaftsunterkunft auf und holen Sie Walter Dakko heraus. Verschließen Sie die Unterkunft wieder, geben Sie ihm das Gewehr, und melden Sie sich mit ihm hier. Schnell!«

Seine Schritte verklangen. Ich überzeugte mich davon, daß das Lasergewehr entsichert war, und lehnte mich ans Innenschott, das Gewehr in den Armen. Alle paar Sekunden drehte ich den Kopf von links nach rechts. Es war nichts zu hören.

Eine Ewigkeit verstrich. Endlich vernahm ich die Schritte der beiden; sie näherten sich aus dem Westen. Philip summte leise vor sich hin. Als sie um die Biegung kamen, schwand mein erleichtertes Grinsen.

Ich sah mich Matrose Clinger gegenüber.

Er hatte sich eine Schweißbrenneranlage auf den Rücken geschnallt. Hinter ihm erstarrten zwei weitere Männer, ebenso verblüfft wie ich.

Wie in Zeitlupe hob ich das Gewehr. Clinger wich zurück und griff nach seiner Pistole.

Er konnte einen Schuß abfeuern. Ein Lichtblitz fuhr knisternd an meinem Kopf vorbei; ein weißglühendes Messer streichelte meine Wange mit unendlichem Schmerz. Ich kreischte. Meine Haare zischten. Ich feuerte einen Schuß ab, aber da warf er sich bereits zu Boden und rollte sich um die Biegung außer Reichweite. Ich verfehlte ihn. Wo er noch eine Sekunde zuvor gelegen hatte, rauchte eine verzogene Decksplatte.

Clingers Flüstern klang scharf und drängend. »Simmons, lauf zur anderen Seite hinüber, rasch! Akkrit und ich halten ihn hier fest!« Dumpf waren Laufschritte zu hören.

Ein Rebell stürmte einmal rings den Umfangskorridor entlang, um mich aus Osten anzugreifen, während Clinger und sein Gefolgsmann mich vom Westen her bedrohten. In wenigen Augenblicken würde ich von beiden Seiten aus unter Feuer stehen. Ich stürmte nach Westen und schoß im Laufen, doch Clinger und sein Kumpan zogen sich zurück und blieben hinter der Korridorbiegung außer Sicht.

Sofern ich nicht wieder umkehrte, saß ich zu weit vom Waffenschrank entfernt in der Falle, um ihn noch verteidigen zu können. Ich drückte mich seitlich der Schrankluke flach ans Schott. Ohr und Kopfhaut pochten, und Tränen liefen mir über die Wangen. Ich war entschlossen, auf den ersten zu schießen, der mich angriff.

Im Osten war ein leises Geräusch zu hören. Ich zielte in diese Richtung. Niemand tauchte auf.

Es war allein meine Schuld, daß sie sich mir unangefochten so weit hatten nähern können. Ich verfluchte meine Sorglosigkeit, sprang quer durch den Korridor zum gegenüberliegenden Schott und warf mich nach Osten herum. Ich konnte rasch nacheinander drei Schüsse auf den fliehenden Simmons abgeben und wirbelte nach Westen herum, um auf Clinger zu schießen, doch er zog sich hinter die Biegung zurück, als er sah, wie ich mich umdrehte.

Als mein Strahl zischend an seinem Kopf vorbeifuhr, gab mein Gewehr einen Piepton ab. Die Ladung war beinahe erschöpft.

Clinger stieß einen heiseren Schrei aus. Er hatte es ebenfalls gehört. »Jetzt, Jungs! Er hat fast keine Schüsse mehr übrig!« Ich hatte keine Ahnung, was ich sonst tun sollte, also griff ich nach Osten an und stampfte dabei heftig mit den Füßen, warf mich herum und tat das gleiche in westlicher Richtung. Ich hörte, wie sich hastige Schritte entfernten, wußte aber, daß das Gambit nicht lange funktionieren würde.

Ein Schuß versengte das Schott. Ich wich nach Osten zurück. »Sie sind erledigt, Käpt'n!« krächzte Clinger. »Geben Sie auf, dann werden wir ...«

Ein gequälter Schrei ertönte. Endlose Sekunden lang zerriß er die Luft. Ein Keuchen, schluchzende Atemzüge, dann erneut ein schriller Schrei. Das dumpfe Trommeln von Laufschritten.

Ich warf mich herum, um der neuen Gefahr zu begegnen, den Finger am Abzug. Philip Tyre stolperte auf mich zu, dicht gefolgt von Walter Dakko.

»Gott sei Dank!« Ich deutete in die Richtung der gequälten Laute. »Simmons?«

»Ich habe ihn niedergeschossen, Sir.« Tyres Gesicht war grün, sein Blick glasig.

Ich drückte seinen Arm und lehnte ihn ans Schott. »Ruhig, Junge.«

»Es ist schon in Ordnung.« Seine Stimme klang belegt.

Ich deutete den Weg zurück, den sie gekommen waren. »Schnell jetzt, um den Korridor herum, alle beide! Schnappen Sie sich den Bastard von hinten!« Wir würden Clinger von seiner eigenen Medizin zu kosten geben. Während die beiden losliefen, kontrollierte ich die Ladungsanzeige meines Gewehrs; es war bestenfalls noch genug für zwei Schüsse.

Ungeduldig wartete ich darauf, daß Dakko und Tyre ihre Stellung erreichten. Die Zeit verging. Ich konnte nichts weiter hören als das Stöhnen und Weinen des Verletzten.

»Mr. Tyre?«

»Hier, Sir!« rief er zurück. »Etwa fünfundzwanzig Meter vom Waffenschrank entfernt!«

»Sehr gut. Rücken Sie einen Meter weit vor; ich tue das gleiche.« Ganz vorsichtig schlich ich vorwärts, das Gewehr schußbereit. Nichts. »Noch einmal!« Diesmal sprang ich nach vorn und warf mich dabei ans gegenüberliegende Schott. Ich glaubte, kurz etwas Farbiges am Rand des Korridorhorizontes aufblitzen zu sehen. »Und noch einmal!« schrie ich. Ich machte einen weiteren Satz. Eine Gestalt sprang auf mich zu; ich schoß beinahe auf sie, ehe ich Walter Dakko erkannte. Zitternd senkte ich die Waffe. Vorsichtig näherten wir uns einander.

»Wo ist er, Sir?« fragte Philip, die Pistole schußbereit in der Hand.

»Die Westleiter«, sagte ich müde. »Sie haben sich aufs Unterdeck zurückgezogen, sobald sie meinen Befehl hörten, sie abzuschneiden. Sie waren der Westleiter viel näher als Sie, da Sie den Weg außen herum nehmen mußten.«

Philip Tyre fluchte ausgiebig. Ich zog eine Braue hoch; ich hatte gar nicht gedacht, daß er so was draufhatte. Er hielt inne und schaute mich verlegen an. »Verzeihung, Sir.«

»Sie haben sich gut genug für uns beide ausgedrückt.« Ich folgte dem Umfangskorridor, vorbei am Waffenschrank, bis zu der Stelle, wo Simmons sich am Boden wand. Seine furchtbaren Verbrennungen gingen eindeutig über unsere Möglichkeiten hinaus, ihm noch zu helfen. Eine Laserpistole ist eine scheußliche Waffe. »Sehen Sie weg, Philip.«

»Wa ...« Ich sah sein plötzliches Verstehen und sein Entsetzen. Für einen Moment starrte er mir in die Augen; dann gehorchte er. Ich richtete das Gewehr nach unten und beendete das gequälte Stöhnen.

Während ich zurückging, schwiegen meine Begleiter. »Wir müssen uns durch die Luke des Arsenals schneiden«, sagte ich. »Mein Gewehr hat nur noch für zwei Schüsse Energie. Sie beide halten den Korridor hier vor dem Waffenschrank. Nein, noch besser, beziehen Sie Stellung an den oberen Leiterabsätzen West und Ost. Blicken Sie dabei übers Geländer und fangen Sie jeden ab, der von Deck zwei heraufzusteigen versucht. Ich laufe hinunter zum Maschinenraum und suche mir die Ausrüstung zusammen, die wir brauchen, um uns durch die Schranktür zu brennen.«

»Nehmen Sie das andere Gewehr, Sir«, sagte Philip. »Es ist noch voll geladen.«

»Nein, ich kann mich notfalls zurückziehen, aber ich möchte, daß Sie Deck eins um jeden Preis halten.«

»Aber Sie können sich so nicht ...«

»Streiten Sie sich nicht mit mir über Ihre Befehle, Fähnrich.« Mein Gesicht brannte entsetzlich.

»Aye, aye, Sir. Verzeihung, Sir. Aber seien Sie bitte vorsichtig«, fügte er rasch hinzu.

Ich lächelte; es tat furchtbar weh. »O ja, bestimmt.« Ich nickte Richtung Westleiter, und Philip entfernte sich. Walter Dakko begleitete mich zur Ostleiter und bezog am Geländer Stellung. »Erschießen Sie mich nicht, wenn ich zurückkomme«, warnte ich ihn.

Er grinste freudlos: »Ich werde mir Mühe geben, Kapitän. Es wäre hilfreich, wenn Sie mir ein Signal geben, ehe Sie mein Blickfeld betreten.«

»Gute Idee. Ich identifiziere mich als *Challenger*, wie ich es tun würde, wenn ich an Bord käme.« Ich hielt inne. »Und nur für den Fall: Ich werde mich als Seafort bezeichnen, wenn ich nicht frei sprechen kann. Haben Sie verstanden?«

»Ja.« Dakko zog ein grimmiges Gesicht. Ich entschied, daß jetzt nicht die richtige Zeit war, ihn an die Höflichkeitsformen der Flotte zu erinnern, und machte mich auf den Weg.

Am Fuß der Leiter auf Deck 2 steckte ich vorsichtig den Kopf auf den Korridor hinaus. Niemand war zu sehen, also huschte ich um den Leiterschacht herum und stieg weiter hinunter auf Deck 3. Etwa auf halber Strecke erwischte mich die Reaktion. Die Knie zitterten mir so erbärmlich, daß ich schon glaubte, ich würde das letzte Stück der Leiter hinunterstürzen. Ich klammerte mich am Geländer fest und setzte mich schwer auf die Sprosse, während in meiner Wange ein heftiges Feuer pochte. Mehrfach holte ich tief Luft, um das Schwindelgefühl zu vertreiben.

Nach einer Weile fühlte ich mich wieder gut genug, um weiterzumachen. Ich warf einen Blick die Leiter hinunter in den verlassenen Korridor von Deck 3. Irgendwo da unten lauerten Clinger und seine Komplizen. Ich würgte, als ich mich an den süßlichen Gestank von Simmons' brennendem Fleisch erinnerte.

Meine Hand tastete sich zur pulsierenden Wange hinauf. Ich versuchte, mich mit eisernem Willen zu zwingen, die Leiter weiter hinunterzusteigen, doch meine Füße zeigten sich eigensinnig. Sie rührten sich nicht. Erschrocken und voller Verachtung erkannte ich, daß ich furchtbare Angst vor dem hatte, was da unten auf mich wartete.

Das kühle graue Licht des Korridors lud mich ein. Ich trug eine lautlose Schlacht mit meiner Angst aus, wohl wissend, daß mit jedem Augenblick, den ich vertrödelte, die Gefahr für Philip und Walter Dakko stieg und die Rebellen mehr Zeit fanden, sich zu organisieren. Ich starrte lange Zeit die Leiter hinunter, ehe ich einsah, daß ich besiegt war. Langsam und widerwillig drehte ich mich um und schleppte mich wieder hinauf.

Ich mußte mir einen anderen Plan ausdenken. Vielleicht selbst den Waffenschrank bewachen, während Mr. Tyre und

Dakko die Schneidwerkzeuge holten. Oder Gregor Attani von der Brücke rufen, damit er Dakko bei der Bewachung des Oberdecks half, während Tyre und ich das Unterdeck plündern gingen.

Im Korridor von Deck 2 blieb ich stehen und suchte nach den richtigen Worten, um die Änderung in meinen Plänen zu erklären. Es war nicht fair. Hätte Clingers Schuß mich doch nur schwerer verletzt! Niemand hätte dann von mir erwartet, nach unten zu gehen.

Ich machte den ersten Schritt zu Deck 1, hielt an und drehte mich zögernd um. Auf keinen Fall konnte ich Philip als Feigling gegenübertreten. Dann lieber sterben.

»Gottverdammt!« Ich stürmte mit vollem Tempo die Leiter hinunter, ungeachtet jeder Gefahr und der Blasphemie nicht achtend. Mit klopfendem Herzen rutschte ich in den Korridor von Deck 3 hinein, das Gewehr schußbereit.

Niemand war dort. Alle Schrecknisse der Hölle auf den Fersen, stürmte ich den Gang entlang zur Luke des Maschinenraums.

Dabei kam ich an Mannschaftsunterkunft eins vorbei und dachte kurz daran, sie aufzuschließen und mir Hilfe zu holen, ehe mir wieder einfiel, daß die Leute darin unbewaffnet waren. Ich stürmte weiter.

Ich erreichte den Maschinenraum, schlug auf den Lukenschalter und hoffte wider alle Hoffnung, daß nicht von innen abgeschlossen war. Mein Rücken zuckte in Erwartung eines Schusses. Es kam keiner. Die Luke glitt zur Seite. Kopf voran stürmte ich hinein.

Chief Dray saß mürrisch an seinem kahlen Tisch. Seine Augen weiteten sich vor Entsetzen, als ich hereingestolpert kam. »Jesus, Käpt'n! Ich hab' nichts getrunken ... ich schwöre es!«

»Egal«, keuchte ich. »Haben Sie die Rebellen gesehen?«

Er musterte mich erstaunt. »Ich habe Geräusche gehört, etwa vor einer Stunde. Wer immer es war, kam jedenfalls nicht hier herein. Was ist mit Ihrem Gesicht passiert?«

»Ich brauche einen Schweißbrenner und Brecheisen, um

die Luke zum Arsenal zu öffnen. Wo finde ich das Werkzeug?«

»Im Lager des Maschinenraums sind normalerweise zwei Schweißbrenner«, sagte er langsam. »Weitere haben wir in der Maschinenwerkstatt.«

Ich versuchte mich zu erinnern, wo ich den Lagerraum finden konnte. »Nächste Luke?«

»Es gibt einen Eingang vom Korridor aus und einen von hier aus, im Schaftraum.« Er stand auf.

»Schnell, gottverdammt!« Damit brachte ich ihn wirklich auf Trab. Wenn ich lebendig nach Hause kam, würde man mich wahrscheinlich auch wegen Blasphemie aus dem Dienst entlassen, aber ich scherte mich nicht mehr darum.

Einige Augenblicke später hatten wir einen Schweißbrenner, Gasflaschen und ein großes stählernes Brecheisen. Ich ließ Dray das Zeug schleppen, während ich mit dem Gewehr vorausging. Wir näherten uns langsam der Ostleiter, in dieselbe Richtung, aus der ich gekommen war.

Ich erstarrte, als ich Stimmen hörte. Sie waren hinter uns, noch ein gutes Stück durch den Korridor entfernt. »Laufen Sie los!« flüsterte ich, und wir hasteten die Leiter hinauf.

Als wir um den Leiterschacht auf Deck 2 herumkamen, ragte vor mir in den Schatten eine Gestalt auf. Ich brüllte entsetzt, feuerte instinktiv und – schoß daneben. Annie blieb wie angewurzelt stehen und klappte entsetzt den Mund auf und zu.

»O Gott, es tut mir leid!« rief ich.

»Wieso schießt der Käp'n auf Annie?« Sie kauerte sich ans Schott. »Annie macht dem Käp'n kein' Ärger. Nich' kämpfen. Wieso?«

Ich schluckte. »Du hast mich höllisch erschreckt, Mädchen. Geh zurück in deine Kabine und schließ die Luke ab, los!«

»Wieso rennen alle inner Gegend rum und schreien? Wer . . .«

»Los!« brüllte ich, als mir endgültig der Geduldsfaden riß. Ich flüchtete. Ich lief auf die Leiter zu, gefolgt von Dray. Da fiel es mir wieder ein, und ich blieb so abrupt stehen, daß er gegen mich prallte und mich damit beinahe umwarf. »Hier *Challenger*!« rief ich heiser.

»In Ordnung.« Dakkos Stimme klang angespannt. Ich stürmte die Leiter hinauf, und Dray schnaufe hinter mir her. Dakko gab uns dabei Deckung.

Als ich endlich außer Sicht vom unteren Korridor war, schnappte ich nach Luft. »Bleiben Sie auf Ihrem Posten, Mr. Dakko, während wir uns um den Waffenschrank kümmern.«

»Ja, Sir.« Als ich schon losrannte, verbesserte sich Dakko: »Aye, aye, Sir.« Ich mußte unwillkürlich lächeln, doch meine Erheiterung verflüchtigte sich, als ich über die schauerlichen Überreste des Matrosen Simmons stieg.

Vor dem Waffenschrank wies ich Chief Dray an, seine Ausrüstung zu montieren, während ich an der Westleiter nach dem Rechten sah. Philip Tyre hielt dort grimmig Wache, die Pistole auf das Geländer gestützt und nach unten zielend. »Alles in Ordnung?« fragte ich.

»Ja, Sir. Keine Anzeichen von Schwierigkeiten.«

Ich versuchte, meine Ungeduld im Zaum zu halten, während Chief Dray sich methodisch durch die schwer gepanzerte Luke schnitt. Der Waffenschrank und die Brücke waren die beiden am stärksten befestigten Stellen auf dem Schiff. Langsam rückte die weißglühende Linie vor.

Der Lautsprecher am Schott erwachte knackend zum Leben.

Gregor Attanis panische Stimme tönte durch den Korridor: »Kapitän, ein Alarm ist losgegangen!«

Fluchend stürmte ich zur Brückenluke und gab den Code ein. Ich sprang durch die Luke, als sie zur Seite glitt, und schlug gleich hinter mir auf den Schalter, um sie wieder zu schließen.

»Ich habe nichts angefaßt, das schwöre ich!« platzte Gregor heraus und übertönte damit den Lärm der Sirene und Kerrens drängende Warnungen. »Es ist einfach losgegangen ...«

»Schluß damit, Matrose!« Ich starrte die blinkende Lampe auf der Konsole an.

Kerren plärrte: »Strukturelles Versagen der Maschinenraumluke! Lukenschaltkreise gefährdet! Verschlußcode außer Funktion ...«

Ich sackte in meinen Sessel, und die Brücke drehte sich um mich. Müde drückte ich einen Schalter, und das Alarmgeheul stoppte. Neben mir saß Gregor Attani vornübergesunken auf seinem Platz, halb vom Pult abgewandt.

»Ist schon in Ordnung, Mr. Attani.« Meine Stimme klang dumpf. »Es besteht keine Gefahr.«

Er war der Panik nahe. »Großer Gott! Als das Geheul losging, dachte ich, es wären diese – diese Fische, die uns wieder angriffen! Ich dachte ...« Seine Augen füllten sich mit Tränen.

»Ruhig, Matrose. Es ist alles in Ordnung.« Ihm zuliebe zwang ich mich zu einem ruhigen Tonfall, während ich versuchte, mir über unsere Probleme klarzuwerden, obwohl mein Kopf voller Watte zu sein schien.

Die Rebellen standen im Begriff, den Maschinenraum zu besetzen. Beim Angriff auf den Waffenschrank war Kerrens Alarm nur deshalb nicht losgegangen, weil die Rebellen zuerst die Lukensteuertafel demontiert hatten. Jetzt, wo sie es eilig hatten, setzten sie brutale Gewalt ein und schnitten sich einfach durch die Luke des Maschinenraums. Die Wärme des Schneidbrenners hatte den Alarm ausgelöst.

Ich mußte sie angreifen, ehe sie den Maschinenraum übernahmen, aber wie? Sie hatten nach wie vor das Gewehr und die Betäubungspistole, die sie Philip im Laderaum abgenommen hatten. Meine Streitkräfte verfügten über ein voll geladenes Gewehr, eine Pistole und mein eigenes Gewehr, in dem bestenfalls noch ein Schuß steckte. Keine ausreichende Bewaffnung, um die Meuterer zu überwältigen, falls ich nicht großes Glück hatte, und darauf konnte ich mich nicht verlassen.

Sobald wir das Arsenal aufgebrochen hatten, standen mir mehr Waffen zur Verfügung; gleichzeitig aber gab die Zeit bis dahin den Rebellen Gelegenheit, den Maschinenraum in Besitz zu nehmen und zu befestigen. Damit würden sie die Energieversorgung des Schiffes kontrollieren. Mir blieb dann der Rest des Schiffes einschließlich der Brücke und der Lebensmittel.

Ich konnte sie aushungern; sie konnten uns Heizung und Strom abstellen. Gleichstand. Das durfte ich nicht zulassen.

»Übernehmen Sie wieder die Brücke.« Ich schlug auf die Lukentaste und brüllte: »Mr. Tyre!« Philip kam aus Westen um die Biegung gehastet. Ich winkte ihm, mir in Richtung Ostleiter zu folgen, wo Walter Dakko Wache hielt. »Sie beide, folgen Sie mir!« Ich trampelte die Leiter hinunter. »Sie brechen in den Maschinenraum ein«, keuchte ich. »Wir müssen die Kerle aufhalten!«

Wir erreichten den Fuß der Leiter auf Deck 3. Ich stürmte wild durch den Korridor, dicht gefolgt von meinen Truppen. Als ich um die Biegung geschlittert kam, sah ich den Eingang zum Maschinenraum vor mir. Ein Bein verschwand soeben durch ein ansehnliches Loch, das in die Luke geschnitten worden war. Ich zielte in der Hast nicht richtig; ich traf die Luke anstelle des Beins, doch die reflektierte Hitze rief einen Schmerzensschrei hervor. Ich hatte den letzten Schuß in meinem Gewehr.

Zwei Schneidbrenner lagen achtlos weggeworfen im Korridor. Ich hörte die Meuterer im Maschinenraum herumlärmen. Eine Decksplatte wurde von innen gegen das Loch gedrückt. Wütend warf ich mich mit der Schulter gegen die Behelfsbarriere. Sie gab nach. Ich erwischte einen kurzen Eindruck von einem erschrockenen Gesicht und zupackenden Händen, ehe die Platte wieder festgerammt wurde. Ich senkte die Schulter und griff erneut an, aber jemand hatte die Luke mit einem Keil gesichert. Diesmal rührte sie sich nicht vom Fleck.

Zu spät. Der Maschinenraum war besetzt.

Ich zuckte unter der kühlen Berührung des Medimpuls an meiner blasenbedeckten Wange zusammen. Walter Dakko schürzte die Lippen, sagte aber nichts. Seine Hand war ruhig wie ein Fels; ich spürte bereits, wie der Schmerz unter der summenden Behandlung durch das scheibenförmige Gerät nachließ. Philip Tyre saß auf einem Instrumententisch in einer Ecke der Krankenstation und schaute besorgt zu.

»Wie lange, Kerren?« fragte ich durch den rechten Mundwinkel.

Seine Stimme ertönte aus dem Lautsprecher: »Mindestens eine Minute für jeweils sechs Zentimeter Hautfläche.«

»Bitte sprechen Sie nicht, Kapitän; ich versuche das ruhig zu halten.« Dakkos Ton war höflich, aber bestimmt. Am Rande meines Blickfelds öffnete Philip empört den Mund zum Protest, doch ich gab ihm mit einem Wink zu verstehen, daß er sich nicht einmischen sollte. Unser neuer Matrose hatte recht, auch wenn kein von der Flotte ausgebildetes Mannschaftsmitglied auch nur anzudeuten gewagt hätte, sein Kapitän solle den Mund halten.

Als Walter fertig war, begutachtete er besorgt mein Gesicht.

»Nun?« Ich zog eine Braue hoch.

»Sie werden keinen Schönheitswettbewerb gewinnen. Eine schlimme Blasenbildung. Wie fühlt es sich an?«

»Besser.« Ich räusperte mich. »Viel besser.«

Als vor dem Maschinenraum der Adrenalinstoß nachgelassen hatte und ich ans Korridorschott gesackt war, war ich mir des zunehmenden Schmerzes, der mit dem Herzschlag pulsierte, nur zu bewußt geworden. Wenige Augenblicke später war Philip, während er redete, in einem roten Dunst versunken. Als ich mich wieder aus dem Nebel hervorkämpfte, starrten der Fähnrich und Walter Dakko mich besorgt an. »Helfen Sie mir lieber auf die Krankenstation«, brachte ich noch hervor, und jedes Wort erzeugte Schmerzwellen, die über Gesicht und Hals liefen. Auf der Leiter wehrte ich die Schwärze nur mit schierer Willenskraft ab.

Als ich auf die Krankenstation wankte, stöberte ich in den

medizinischen Vorräten herum, bis ich den Medimpuls fand, den ich Dr. Bros bei einem Matrosen mit gequetschter Hand hatte anwenden gesehen. Ich wußte nicht, wie man das Ding benutzte. »Fragen Sie Kerren«, knirschte ich, und ein Teil von mir staunte, wie normal sich meine Stimme anhörte. Die Beine schienen nicht richtig zu funktionieren; ich hatte Schwierigkeiten, mich auf den Untersuchungstisch zu legen.

Verärgert über meine Schwäche, griff ich zögernd an die Wange. Die Haut fühlte sich blasig und rauh an. Ich spürte den leichten Druck der Finger, aber keinen schmerzhaften Stich. »Wie lange hält es vor?« fragte ich Kerren.

Der Comp antwortete sofort, ruhig und höflich wie immer. »Ihre Nerven sind betäubt, Kapitän, und werden es für einige Stunden bleiben. Die angegebene Behandlung sieht Brandsalbe vom Typ Präparat zwölf vor, die behutsam auf den betroffenen Bereich gestrichen wird, unter Verzicht auf einen Verband.«

»Sehr schön.« Ich deutete auf den Vorratsschrank. »Es ist wahrscheinlich dort drin.« Dakko durchsuchte die Schublade und brachte eine Tube zum Vorschein. Ich hielt still, während er das Präparat aufstrich. Als er fertig war, erhob ich mich versuchsweise und war erleichtert, daß meine Beine mich trugen.

Ich ging zum Spiegel hinüber und begutachtete mein Gesicht. »Gütiger Gott!« Ich würde eine scheußliche Narbe behalten. Eine sehr scheußliche. Ich zuckte die Achseln. Ein Arzt konnte die Haut später zur Regeneration veranlassen, falls ich das wünschte. Falls ich je wieder einen Arzt zu sehen bekam.

Was hatte ich gerade getan, bevor ich die Krankenstation aufsuchte? Für einen Moment war ich vollkommen durcheinander. Ich hatte den Waffenschrank bewacht und war dann zur Brücke gestürmt. Ich erinnerte mich daran, wie ich die Leiter zum Maschinenraum hinuntergehastet war, um Dray zu holen. Nein, es war noch später gewesen; ich war mit Philip und Dakko erneut hinuntergestiegen. Ich versuchte mich zu konzentrieren. »Wer paßt auf die Rebellen im Maschinenraum auf?«

»Niemand, Sir«, sagte Philip unbehaglich. »Wir sind beide mit Ihnen zurückgekommen.«

»Muß ich Ihnen denn alles sagen?« knurrte ich. Mühsam riß ich mich zusammen, ehe ich völlig die Beherrschung verlor.

Philip blickte zu Boden.

»Die Rebellen haben den Maschinenraum in der Hand, aber wir wissen nicht, ob sie dort bleiben werden. Wenn wir ihnen ermöglichen, ihn zu verlassen, könnten sie durch das ganze Schiff streifen!«

»Ja, Sir. Eine Luke des Maschinenraums führt auf den Korridor, und dann ist da noch das Maschinenlager mit einer eigenen Luke. Ein Mann könnte nicht beide Ausgänge bewachen. Außerdem«, setzte Philip vernünftigerweise hinzu, »sind wir nicht rechtzeitig vor dem Maschinenraum eingetroffen, um festzustellen, ob sie auch alle hineingegangen sind. Wenn sie sich bereits geteilt hatten ...«

Die Tatsache, daß er recht hatte, besserte meine Laune auch nicht. »Wo, zum Teufel, steckt Dray?«

Philip war bestürzt. »Auf dem Korridor, Sir! Er arbeitete ja noch an der Tür zum Waffenschrank.«

»Sie haben ihn allein gelassen? Was ist, wenn die Rebellen es noch mal versuchen?« Ein Schwächeanfall bremste mich, als ich auf den Korridor hinaustrat. Ich war mit den Kräften fast am Ende. Ich zwang mich zu einem langsamen Schritt, während ich zum Waffenschrank ging, obwohl ich eine Angst verspürte, die fast schon an Panik grenzte.

Gerade erst vor einem Tag hatte ich Dray gnadenlos schikaniert und zugelassen, daß er mich für völlig wahnsinnig hielt. Wenn er es schaffte, ins Arsenal einzudringen, konnte man unmöglich vorhersagen, was er tun würde. Vielleicht die Waffen nehmen und sie den Rebellen aushändigen. Oder mich gleich niederschießen, sobald er mich sah.

Ich preßte die Lippen zusammen. Meinetwegen. Was ich tun konnte, war begrenzt. Meine Schritte wurden länger; ich umquerte die Korridorbiegung. Dray hatte den Schrank aufgebrochen. Das Loch war groß genug, um hineinzukriechen. Er hatte das getan und sich ein Gewehr und eine Handvoll Ladungspacks geholt. Er wartete regungslos ab, bis ich näherkam, und salutierte dann. »Ich hielt es für das beste, mich zu bewaffnen«, sagte er. »Wo ja der Waffenschrank offenstand und all das.«

Ich räusperte mich. »Sehr gut ... äh, Chief.« Vor Erleichterung wurden mir die Knie weich. »In Ordnung. Philip, Sie und Mr. Dakko werden wieder Posten an den Leitern Ost und West beziehen. Ich schicke in Kürze auch Mr. Attani zu Ihrer Unterstützung. Dray, Sie und Gregor werden sämtliche Waffen und die komplette Munition zur Brücke bringen. Wenn wir die nicht halten können, sind wir erledigt.«

Eine Stunde später fiel ich schwer in meinen gewohnten Sessel und betrachtete mir die letzte Lieferung eines erstaunlichen Arsenals an Gewehren, Pistolen, Betäubungspistolen und Munition, das entlang dem Brückenschott aufgehäuft war. Der Waffenschrank war leer.

Was jetzt? Ich hatte eine Truppe aus vier Mann, der ich vertrauen konnte: Philip, Dray, Attani und Dakko. Einen, um die Brücke zu halten, drei für den Angriff auf den Maschinenraum. Wie sollten wir gegen bewaffneten Widerstand da hineinkommen? Ich starrte trübe zu Boden. Wie spät war es? Ein gutes Stück nach Mitternacht. Erneut betrachtete ich die Decksplatten und fuhr plötzlich hoch, als mir der Kopf vornüberzusinken drohte.

Heute nacht konnte ich nichts mehr unternehmen.

Müde stand ich auf und steckte einen Arm durch den Gewehrriemen. »Dray, Sie gehen am besten nicht wieder auf Deck drei hinunter. Schlafen Sie in einer Leutnantskabine am Brückenkorridor. Mr. Dakko, Sie gehören eigentlich in Mannschaftsunterkunft eins, aber ich brauche Sie und Ihr Gewehr in der Nähe, also schlafen auch Sie auf Deck eins. Nehmen Sie die Kabine des zweiten Leutnants. Philip, Sie nehmen ein Gewehr und ein paar Ladungspacks. Gehen Sie mit Mr. Attani in eine leere Kabine und holen Sie von dort ein paar Matratzen, während ich die Brücke halte. Gregor und ich schlafen heute nach hier.«

»Aye, aye, Sir.« Auf dem Korridor deutete Philip in die Richtung, die er sich vorstellte. »Die Kabinen des dritten Leuties und des Piloten, schlage ich vor, Gregor. Sie sind am nächsten. Dort erhalten Sie auch einen kurzen Eindruck vom Offiziersleben«, erklärte er dem jungen Matrosen. Sie umrundeten die Korridorbiegung. »Wir werden also ... Oh, Herr Jesus!«

»Philip?« Keine Antwort. Ich nahm das Gewehr von der Schulter, überzeugte mich mit einem kurzen Blick davon, daß es eine Ladung enthielt, und rannte durch den Korridor. »Mr. Tyre!«

Der Fähnrich war ans Schott gesackt und klappte den Mund auf und zu, während sein Blick gebannt auf der grausigen Leiche des Matrosen ruhte, den ich getötet hatte.

Simmons lag nach wie vor an der Stelle, wo er gefallen war, Schulter und Brust verkohlt, die blasenbedeckte Hand ausgestreckt, in lebloser Agonie zur Faust geballt. Die Augen ...

Ich würde mich für lange Zeit an diese Augen erinnern. Matt im Tode, drückten sie doch noch etwas aus, das man sich schier nicht vorstellen wollte. Ich trat zwischen Philip und die Leiche und drehte den Jungen mit der Schulter zum Schott.

»Chief! Mr. Dakko!« Auf meinen Ruf hin kamen sie herbeigeeilt. »Suchen Sie eine Decke. Wickeln Sie dieses – Ding hinein und werfen Sie es zur vorderen Luftschleuse hinaus. Sofort!«

Dray schnitt eine Grimasse und trat rasch in eine leere Kabine.

Ich reichte Gregor mein Gewehr. »Wissen Sie, wie man damit umgeht? Geben Sie den beiden Deckung. Melden Sie sich sofort zurück, sobald Sie ...«

»Aye, aye, Sir!« Attani trottete zur Leiter, hielt sich am Geländer fest und wurde rot.

»Immer mit der Ruhe, Mr. Attani.«

Dray kam mit einer Decke zum Vorschein. Er und Walter Dakko knieten sich neben die Überreste.

Ich führte Philip von der entsetzlichen Szene fort. »Alles in Ordnung, Mr. Tyre. Atmen Sie tief durch. So ist es richtig. Noch einmal.« Ich führe ihn zur Fähnrichskabine und schlug auf den Lukenschalter.

Die winzige Kammer war unpersönlich leer, abgesehen von Philips Reisetasche, die ordentlich unter einer Koje verstaut war. Seine wenigen Kleider hingen im Miniwandschrank. Normalerweise drängten sich vier Fähnriche in so einer Kabine zusammen.

Philip Tyre stand fügsam da, wie ein kleines Kind. Ich fühlte mich verlegen und unsicher. Ich war sein Kapitän, kein Mitfähnrich; eine unüberbrückbare Kluft trennte uns. Und doch war er in Not, und ich wußte nicht, was ich ihm geben sollte.

»Machen Sie sich fürs Bett bereit, Philip.«

»Aye, aye, Sir.« Mechanisch legte er seine Sachen ab. Anstatt sie unbekümmert auf den Stuhl zu pfeffern, wie ich es allzu oft getan hatte, hängte er Jacke und Hose sorgfältig zurechtgefaltet auf Bügel, ehe er sie in den Wandschrank hing.

Als er gerade an den Hemdknöpfen herumfummelte, veränderte sich sein Blick, und die Finger erstarrten. Ich konnte mir denken, welches Bild ungebeten zurückgekehrt war. Ich machte mich bereit, ihn anzuschnauzen, ihn in die Wirklichkeit zurückzurufen; aber statt dessen hielt ich den Mund, und die harten Worte blieben unausgesprochen. Ich trat zu ihm. Ich wußte zwar, daß jeder Kontakt falsch war, der die Distanz zwischen uns verkürzte, empfand aber trotzdem eher Mitgefühl als Schuld, als ich ihm sanft das Hemd aufknöpfte. »Gehen Sie zu Bett«, sagte ich ruhig.

Verdutzt blickte er auf, jung und vertrauensvoll. »Aye, aye, Sir.« Er drehte sich um und stützte sich auf den Beistelltisch, um sich die Socken auszuziehen; hinter den Säumen der Unterhose erblickte ich den roten, entzündeten Striemen, der mein Werk war. Ich schloß die Augen.

In der Koje lag er dann mit starrem Blick auf dem Rücken. Da ich nicht wußte, was ich sonst tun sollte, nahm ich die Decke zur Hand und warf sie über seine reglose Gestalt. »Gute Nacht, Philip. Morgen fühlen Sie sich wieder besser.« An der Luke schaltete ich das Licht aus.

»Danke, Sir.« Seine Stimme schwankte.

Ich schaltete das Licht ein.

Philip lag auf dem Rücken, die Decke umklammert. Als mein Blick dem seinen begegnete, schloß er sofort die Augen, doch es war zu spät, um die Träne zu verbergen, die an der Wange hinablief. Zögernd ging ich auf das Bett zu. Er blinzelte und versuchte mehrmals, zu sprechen. Endlich flüsterte er: »Ich habe Angst!« Danach schaffte er es nicht mehr, meinen Blick zu erwidern.

Ich setzte mich auf die Bettkante. »Ich weiß.«

»Dieser Mann ... Sein Gesicht ...«

Ich versuchte, nicht an die Alpträume zu denken, die ich vor langer Zeit durch andere blicklose Augen erlebt hatte. »Es ist schon in Ordnung.«

»Er sah mich an, unmittelbar bevor ich – bevor ich ihn niedergeschossen habe. Er hob seine Waffe. Für einen Sekundenbruchteil wußte er Bescheid. Daß er zu spät reagierte. Was passieren würde.«

»Es ist schon in Ordnung«, wiederholte ich und wünschte mir, ich wüßte Worte des Trostes.

»Und dann ... zischte er! O Gott!« Er warf sich zum Schott herum.

Meine Hand stahl sich zu seiner Schulter, als hätte sie einen eigenen Willen. Nach geraumer Weile flüsterte er: »Ich habe solche Angst.«

Philip hatte seine Pflicht getan. Er wäre getötet worden, hätte er nicht als erster geschossen; sicherlich war ihm das klar. Ich wollte es ihm sagen, doch jemand platzte mit meiner Stimme heraus: »Ich auch.«

Er drehte sich erstaunt um. »Sie?«

»Natürlich!« fauchte ich. »Habe ich nicht das Recht dazu?«

»Es ist nur ... Ich hätte nie gedacht, Sie würden – tut mir leid, es geht mich nichts an. Natürlich haben Sie das Recht dazu.«

»Warum Sie dann nicht?«

Er lag still und dachte darüber nach. Nach einer Weile zeigte er ein scheues, zaghaftes Lächeln. »Es tut mir leid. Ich war dumm. Ich habe nur versucht, Ihren Erwartungen gerecht zu werden.«

Barsch erwiderte ich: »Ich erwarte von Ihnen nicht, übermenschlich zu sein. Was Sie diesem Mann antun mußten, war entsetzlich. Ich weiß nicht, wie Sie danach einfach weitermachen konnten. Ich hätte es vielleicht nicht geschafft.« Damit trug ich ein wenig dick auf, aber er brauchte es. Und verdiente es – nach dem, was ich ihm angetan hatte.

Er schien verwirrt. »Ich hatte es einfach in den Hintergrund geschoben. Es war Arbeit zu erledigen. Ich konnte es mir nicht leisten, mich damit zu beschäftigen.«

Ich konnte sehen, wie er vor Stolz förmlich anschwoll. Es braucht so wenig, dachte ich traurig. Ich, der Kapitän, war für den kleinen Fähnrich wie ein Gott.

Ein Wort des Zorns konnte sich verheerend auswirken, und ein Wort des Lobes ...

»Sie haben sich tapfer gehalten, Fähnrich. Ich werde das nicht vergessen.« Bedeutungslose Worte. Was hatte ich ihm schon zu bieten? Eine Auszeichnung? Eine Beförderung, von der niemand außerhalb des Schiffes jemals erfahren würde? »Jetzt werden Sie schlafen können«, sagte ich, als ob ich das hätte wissen können. »Morgen früh brauche ich Ihre Hilfe, die Rekruten zu organisieren. Gute Nacht.«

»Gute Nacht, Sir.« Diesmal wirkte sein Lächeln weniger zaghaft. Aus irgendeinem Grund, den ich nicht verstand, streckte ich die Hand aus und zerzauste ihm das Haar. Abrupt schritt ich dann zur Luke, schaltete das Licht aus und ging, ohne mich noch einmal umzudrehen.

Dray, Dakko und Gregor hatten die von mir angeforderten Matratzen herbeigeschafft und warteten geduldig vor der verschlossenen Brücke. Ich schloß auf, und wir schleppten das Bettzeug hinein. Jemand hatte auch saubere Decken und Kissen gefunden. Ich dankte ihnen, schickte Dray und Dakko weg und schloß Gregor und mich auf der Brücke ein. »Kerren, überwache die Kameras und gib sofort Alarm, wenn sich jemand nähert. Und wecke mich um acht.«

»Sehr wohl, Kapitän.«

Ich drehte die Beleuchtung herunter und sank mit einem Seufzen auf meine Matratze. Der junge Attani saß angespannt auf dem anderen Bett, den Blick mit Bedacht abgewandt. Es dauerte etliche Minuten, ehe er sich endlich hinlegte und von mir wegdrehte.

Ich lag auf dem Rücken, einen Arm über den Augen, und wartete auf den Schlaf. Ich fühlte mich ausgeleert und lethargisch. Während Gregor sich hin und her warf, staunte ich darüber, daß ich den Tag überhaupt durchgestanden hatte, und fragte mich, welche Schrecknisse die Zukunft noch barg. Ich döste ein.

»Entschuldigen Sie.«

Ich öffnete die Augen. »Ja?«

»Könnte ich ... Ich meine, würden Sie mir gestatten ... Vielleicht ... Oh, heilige Scheiße!«

»Lästern Sie nicht«, sagte ich mechanisch. Er antwortete nicht. »Was ist, Mr. Attani?«

»Nichts. Ich meine, nichts, Sir.«

»Und dafür haben Sie mich aufgeweckt?« fauchte ich.

»Es tut mir leid.«

Stille lag zwischen uns.

»Erzählen Sie es mir.«

Bis zu seiner zögernden Antwort verstrich ein Augenblick. »Ich weiß, daß es dumm ist. Ich wollte Sie fragen, ob ich unten schlafen könnte.«

»Warum?«

Keine Antwort.

Ich erinnerte mich an einen anderen Rekruten, vor Äonen: Derek. Sanft fragte ich: »Sie haben noch nie mit anderen in einem Raum geschlafen?«

»Ich weiß, daß es albern ist.« Seine Stimme klang gedämpft. »Aber ich dachte, wenn ich wieder nach unten gehen könnte ... Dann fiel mir ein, daß ich ja nicht in meiner eigenen Kabine sein würde, sondern in der Mannschaftsunterkunft, mit all den anderen.«

Ich legte mich zurück. Es fiel mir schwer, Mitgefühl für ihn zu empfinden. Er war siebzehn, nein, achtzehn; ich war auf seiner Geburtstagsparty gewesen und in Gesellschaft Amandas durch die hochmütige Menge geschlendert. Diese verdammten Aristokraten! Was für ein Leben führten sie eigentlich, abgeschieden in luxuriösen Türmen, von normalen menschlichen Kontakten isoliert? Ich hatte keine Privatsphäre mehr gekannt, seit ich dreizehn war und Vater mich zur Akademie gebracht hatte. Ich hatte gelernt, die überfüllten Schlafsäle von Farside zu ertragen und später die mehrfach belegten Fähnrichskabinen ...

War es wirklich drei Jahre her, daß ich in einer Fähnrichskabine gewohnt hatte? Urplötzlich war ich in die herrliche Isolation der Kapitänsunterkunft katapultiert worden. Wie einsam hatte ich mich gefühlt! Inzwischen war ich natürlich daran gewöhnt und konnte mir kaum noch vorstellen, mit der aufgezwungenen Nähe zu anderen in einer Fähnrichskabine zurechtzukommen.

Ich räusperte mich. »Ich verstehe, was Sie durchmachen.«

»Danke. Danke, *Sir*. Ich darf nicht vergessen, ›Sir‹ zu sagen.«

»Ja, das wird erwartet. Sie gewöhnen sich schon daran.« Ich suchte nach aufmunternden Worten. »Wie Sie sich auch an die Mannschaftsunterkunft gewöhnen. Sie ist nicht so schlimm, wie Sie sich das vorstellen.«

»Klar.« Wir schwiegen. Dann fing er zu meiner Verwunderung zu weinen an, doch in mein Erstaunen spielte auch Verärgerung hinein. Hatte ich diese Reaktion ausgelöst? Und würde er mir je erlauben, einzuschlafen? Ich warf einen Blick auf die Uhr; es war nicht mehr lange bis zum Morgen.

»Was ist denn jetzt, Mr. Attani?« Ich entschied mich, ihn mit dem Nachnamen anzureden, um Distanz aufzubauen und ihn an seinen Status zu erinnern.

Er holte ungleichmäßig Luft. »Ich bedaure mich selbst.« Seine Ehrlichkeit schmerzte beinahe. »Und ich schäme mich.«

»Wieso?«

»Wissen Sie, warum ich auf der *Challenger* bin?« Ich schwieg. »Ich haßte sie und ergriff die erste Chance zu fliehen. Und dann sagte man uns, daß der Fusionsantrieb zerstört war ... Also hatte ich mich in eine noch schlimmere Lage gebracht. Ich sitze mit Ihnen fest, vielleicht für den Rest meines Lebens. Und ich habe beobachtet, welche Mühe Sie sich geben, fair zu sein, und wie freundlich Sie waren ...«

»Freundlich?« echote ich ungläubig.

»Zu Mr. Tyre. Die Art, wie Sie sich zwischen ihn und die Leiche des Matrosen gestellt haben. Ihre Stimme. Und auch zu den anderen. Sogar zu mir. Ich habe Sie so entsetzlich falsch eingeschätzt.«

»Sie sind überreizt«, brummte ich. »Es war ein schrecklicher Tag. Ich bin gar nicht so freundlich, wie Sie glauben.«

»Ich werde den Mund halten, wenn Sie möchten. Aber ich weiß, wann ich mich zum Trottel gemacht habe.«

Meine Augen brannten angesichts seiner verbissenen Aufrichtigkeit. Ich suchte nach einer Möglichkeit, ihn aufzumuntern. Ich stand schon im Begriff, bei ihm zu scheitern, wie ich bei Philip gescheitert war. Ein Gedanke blitzte in mir auf: Philip und Gregor ...

Ich räusperte mich. »Also gut, vielleicht haben Sie mich falsch eingeschätzt. Und ich habe Sie falsch eingeschätzt. Es war ein Fehler, Sie als Matrosen zu verpflichten.«

»Sir?« Seine Stimme war schwankend.

»Egal, was Sie selbst denken, Sie sind fit für die Fähnrichskabine. Ich ernenne Sie zum Kadetten. Machen Sie sich keine Sorgen wegen der Schikanen. Wir haben keine Zeit dafür.«

»Aber ich ...«

»Es ist nicht Ihre Entscheidung, Mr. Attani, sondern meine. Ich verpflichte Sie als Offizier, nicht als Matrosen.«

Er blieb lang still. »Aber warum, Sir?«

»Auf diese Weise sind Sie eine größere Unterstützung für mich. Mehr brauchen Sie nicht zu wissen.«

Eine nachdenkliche Pause. »Ja, Sir.«

Ich drehte mich um, um zu schlafen. Dann wurde ich weich. »Weil Sie es verdienen. Sie werden einen guten Offizier abgeben. Sobald wir Ihnen die hochmütige Unverschämtheit ausgetrieben haben, heißt das.«

»Werde ich es wirklich?«

»Ja.« Ich weiß nicht mehr, ob ich das Wort laut aussprach, als ich in schwarzen, traumlosen Schlaf fiel.

13.
Kapitel

»Sind Sie sicher, Sir?« Philip biß sich auf die Lippe und betrachtete mich zweifelnd. »Ich meine – als ich früher – schon die Fähnrichskabine leitete ... Ich war nicht sehr gut.« Er wurde rot.

»Sie haben sich verändert. Ich bin überzeugt, daß ich Ihnen vertrauen kann.« Ich sprach mit einer Zuversicht, von der ich beinahe sicher war, daß ich sie tatsächlich empfand.

»Er ist ziemlich alt dafür, noch als Kadett anzufangen.« Als er erkannte, daß es sich wie Kritik anhörte, fuhr er hastig fort: »Ich werde sehr darauf achten, ihn nicht zu verletzen, Sir. Ich bringe ihn heute nachmittag unter. Und es wird ...« Er wurde rot. »Es wird nett sein, Gesellschaft zu haben.«

»Ja.« Ich wußte, welche Verbundenheit aus dieser Erfahrung resultieren würde, und ich sehnte mich danach, Anteil daran zu haben. Dann verbannte ich diese Torheit aus meinen Gedanken.

Es war später Vormittag, und ungeachtet meiner beklagenswert wenigen Stunden Schlaf fühlte ich mich etwas erfrischt. Allerdings schmerzte die entzündete Wange erbärmlich. Ich mußte in die Krankenstation, sobald ich einen Augenblick Zeit fand.

Ich hatte Philip und Chief Dray schwer bewaffnet nach unten geschickt, um die Mannschaft aus der Unterkunft zu holen und auf Deck 1 zu bringen. Sie waren keinen Rebellen begegnet. Die Luke zum Maschinenraum war weiterhin blockiert.

Ich suchte vier Leute aus, denen ich Waffen anzuvertrauen beschloß: Mr. Drucker, Mr. Tzee, Emmett Branstead und Elena Bartel. Während Dray und Walter Dakko die Leitern bewachten, die von Deck 2 heraufführten, durchsuchten wir Deck 1 gründlich. Keine Rebellen. Das war ein Anfang; immerhin wußte ich jetzt, daß das oberste Deck sicher war. Ich setzte mich mit einer dampfenden Tasse Kaffee, um über meinen nächsten Schritt nachzudenken, und fragte mich dabei, wieviel Zeit die Meuterer mir wohl noch geben würden.

Als ich den Kaffee getrunken hatte, stiegen wir vorsichtig die Westleiter zu Deck 2 hinunter. Ich verschloß die Korridor-Notluke zwischen den Sektionen sechs und sieben östlich der Leiter. Dann rückten wir in westlicher Richtung vor und überprüften jede Kabine und Abteilung. Wir trieben sämtliche Passagiere, die wir fanden, in den Speisesaal auf Deck 1.

Die Luke zum Barkassenhangar war unbeschädigt; das bedeutete, daß die Frachträume, in die man durch den Hangar gelangte, nach wie vor in unserer Hand waren. Während der Durchsuchung war ich bemüht, überall zugleich zu sein, wobei Gregor mir auf meinen Befehl hin als Laufbursche folgte. Nach zwei Stunden voller Anspannung hatten wir den Rest von Deck 2 gesichert.

Ich sammelte meine Streitkräfte an der Leiter zu Deck 3, wo Walter Dakko sich geduldig von mir darin unterweisen ließ, wie die Leiterschächte zu bewachen waren, auf die er schon seit zwei Tagen aufpaßte. Als Laufschritte zu hören waren, brach ich meinen Vortrag ab. Dakko, der sich schußbereit hielt, nahm den Finger wieder vom Abzug, als der

Straßenjunge Charlie am Fuß der Leiter rutschend zum Stehen kam.

»Nich' schießen, Käp'n, ich bin's! Sie kommen raus!«

»Die Rebellen? Aus dem Maschinenraum?«

»Jemand kommt da raus, yeah! Ich will nich' dabei sein, die wollen jeman' weh tun!«

»Rauf hier, schnell!« Der Junge stürmte die Leiter hinauf. »Wer ist sonst noch da unten?«

»Von 'nen Trannies? Annie, Scor, Dawg, vielleicht noch 'n paar. Alle in 'nem Raum.«

Ich wandte mich an den neuen Kadetten. »Gregor, Miss Bartel soll Dray an der Westleiter verstärken. Holen Sie die drei übrigen bewaffneten Matrosen zu dieser Leiter, und zwar schnell!«

»Ja, Sir!« Attani sprintete davon. Wenige Augenblicke später kamen Tzee, Drucker und Branstead um die Biegung gelaufen, Gregor auf den Fersen.

Ich deutete nach unten. »Sie sind auf Deck 3, irgendwo außerhalb des Maschinenraums. Wir gehen hinunter. Halten Sie sich schußbereit, aber schießen Sie möglichst keinen Passagier nieder! Los!« Ich ging um den Leiterschacht herum.

Es knackte im Korridorlautsprecher. »Käpt'n, wird langsam Zeit, daß wir reden!« Das war Andros, der verachtenswerte Matrose, den Clinger aus dem Schiffsgefängnis befreit hatte.

Ich erstarrte. Hinter mir stoppte auch meine Kampftruppe.

»Hören Sie mich, Käpt'n? Wir haben hier 'n Unentschieden. Sie haben die Lebensmittel und Waffen, ich hab' die Energie- und Wasserversorgung. Und eine Gruppe von Ihren Passagieren, diesen Tranniekids. Verstanden?«

Ich nahm den Rufer zur Hand. »Ich höre Sie, Andros. Legen Sie die Waffen nieder.«

»Kommt nicht in Frage.«

»Was möchten Sie eigentlich? Wir wurden alle zusammen hier ausgesetzt. Welchen Sinn hat diese Meuterei?«

»Sinn?« Ein Wiehern ertönte. »Diesem beschissenen

Admiral war's egal, ob wir leben oder sterben. Wir haben nix mehr. Es wird bald vorbei sein. Glauben Sie, wir ...«

»Es besteht weiterhin Hoffnung. Wir ziehen Nährpflanzen, warten auf Rett ...«

»Glauben Sie, wir wollten unsere letzten Tage damit zubringen, zackig zu salutieren und ›ja, Sir‹ und ›aye, aye, Sir‹ zu sagen? Wir sind Menschen, keine Maschinen der Flotte!«

»Sie haben die Verpflichtung unterschrieben.«

»Wegen des Bonus, ja. Und wie all die anderen Typen auch hab' ich ihn schon vor dem Start ausgegeben. Jetzt bleibt uns nur noch dieser Schlamassel hier. Na ja, ich mach' da nicht mit. Wir haben Frauen an Bord und genug zu essen für ein paar zarky Feten! Also, hier ist unsere Abmachung. Nehmen Sie ...«

»Andros, geben Sie auf. Wir können es uns nicht leisten, daß noch jemand getötet wird. Sie machen die Chancen aller anderen zunichte.«

»Nee. Wie wir schon sagten, wir ziehen unsere eigene Kiste durch. Da können Sie nix gegen machen!«

Plötzlich fiel mir auf, daß das ganze Schiff unser Gespräch hören konnte. »Ich gehe auf die Brücke. Ich rufe Sie von dort aus an.«

»Nee, sollen's ruhig alle hören; das macht mir nix aus. Sollen Ihre kostbaren Fahrgäste doch mitkriegen, wie übel die Lage aussieht. Und dieser Arsch Drucker, hört der auch zu? Ich schulde ihm noch was.«

Ich stellte den Rufer auf den Brückenkanal um. »Kerren, kannst du die Maschinenraumschaltung übergehen, damit sie sich von dort aus nicht mehr an das ganze Schiff wenden können?«

»Negativ, Kapitän«, sagte der Comp. »Wichtige Stationen – wie die Brücke, der Funk- und der Maschinenraum – haben für Notfälle gleichwertigen Zugriff auf die Sprechverbindungen. Das ist eine Sicherheitsmaßnahme, und ich kann sie nicht umgehen.«

»Also gut.« Ich stellte den Rufer wieder auf den Maschinenraum ein. Andros konnte meinetwegen den schiffsweiten Rundspruchkanal benutzen, aber ich wollte verdammt sein, wenn ich das gleiche tat. Sollten die Zuhörer das Gespräch doch aufgrund seiner Äußerungen deuten, so gut sie konnten.

»Andros, Sie kommen damit nicht durch. Ergeben Sie sich jetzt, und Sie retten Menschenleben.«

Er lachte schallend. »Na klar. Bringen Sie uns in einen Hafen, und wir ergeben uns.«

»Sie haben keine Möglichkeit, das Schiff zu übernehmen. Ich halte die oberen beiden Decks, die Brücke, den Funkraum, sämtliche Waffen ...«

»Nicht sämtliche Waffen«, wurde ich aus dem Lautsprecher unterbrochen. »Wir haben ein Gewehr und die Betäubungspistole, und wir haben auch ausgetüftelt, wie wir beide nachladen können. Wir haben die Maschinenwerkstatt. Sie wissen ja gar nicht, was wir hier zusammenbrauen.«

»Ich komme Sie holen!«

»Den Teufel werden Sie tun, Arschloch!« Hinter ihm schnappte jemand nach Luft. Sie mochten Meuterer sein, aber die eingeübte Disziplin starb nur widerwillig.

»Ich habe nichts mehr zu sagen, Andros. Ihnen bleibt nur die Wahl zwischen Kapitulation und Tod.«

»Nein. Ihnen bleibt nur die Wahl, uns in Ruhe zu lassen, oder wir schneiden Sie von der Energieversorgung ab. Sykes glaubt, er kann die Leitungen zum Rest des Schiffs kappen, während wir im Maschinenraum weiter Strom haben.«

Ich stellte den Rufer um. »Kerren, kann er das wirklich?«

Eine unendlich kurze Pause. »Ich halte es für ziemlich kompliziert, aber der Chefingenieur könnte es mit Hilfe eines Handbuches schaffen. Ich weiß nicht, welches die Folgen wären, wenn ein nicht ausgebildeter Matrose das gleiche versucht. Die Energieversorgungsleitungen müßten durch Brücken umgeleitet werden. Meine Unterlagen weisen für Sykes eine Bildung von Grad fünf mit nur rudimentären Fähigkeiten im Lesen und Schreiben aus.«

»Was ist mit Andros?«

»Insgesamt Grad neun. Hinlängliche Fähigkeiten im Lesen und Schreiben. Wurde bei der Dienstaufnahmeprüfung als emotional instabil eingestuft.«

Ich stellte den Rufer zurück. »Andros, wir haben keinen Gleichstand. Wir kommen eine Zeitlang ohne Strom aus; die Brücke verfügt über Notreserven. Ich kann meine Passagiere und Mannschaften am Leben halten, während wir Sie aushungern, was schnell genug geschafft sein wird.«

»Vielleicht«, versetzte er gleichgültig. »Nachdem wir die Trannies gefressen haben.« Gregor holte scharf Luft. Im Lautsprecher kicherte Andros. »Dieses Mädchen, diese Annie, ist ziemlich dürr. Außer an bestimmten Stellen.« Sein Tonfall wurde hart. »Also treiben Sie's nicht zu weit, Seafort! Und denken Sie an die Hydroponik. Die haben wir auch hier unten. Sie ist abgeschlossen, klar, aber wie lange, denken Sie, werden wir wohl brauchen, um reinzukommen? Wie würde Ihnen eine Kammer voller zerfetzter Pflanzen gefallen? Und da eins zum anderen kommt, könnten wir wahrscheinlich das ganze Schiff hochjagen, falls wir's nur versuchen! Wenn Sie uns ohnehin umbringen möchte, was haben wir dann zu verlieren?«

Ich zerbrach mir den Kopf, aber erfolglos. »Ich melde mich wieder«, sagte ich schließlich.

»Tun Sie das, Seafort. Und kommen Sie bloß nicht auf die Idee, uns hinzuhalten, während Sie was ausbrüten. Es wäre mir ein Vergnügen, zur Demonstration einen Trannie zu rösten!«

Benommen ließ ich meine Angriffstruppe stehen und kehrte auf die Brücke zurück, wohl wissend, daß dieses Gespräch unserer Moral unübersehbaren Schaden zugefügt hatte. Er hatte mich manipuliert; ich hatte die Initiative an einen wahnsinnigen Matrosen verloren. Wie war es dazu gekommen? Hätte ich doch nur letzte Nacht meinen Verstand benutzt und einen Posten vor dem Maschinenraum aufgestellt! Oder eine Stunde früher angegriffen. Oder – irgendwas.

Philip, der von innen durch die Korridorkamera Ausschau hielt, öffnete die Luke und verschloß sie hinter mir wieder, während ich mich in meinen Sessel fallen ließ. Philip wahrte diplomatisches Schweigen.

In meiner Demütigung fiel es mir schwer, seinem Blick zu begegnen. »Es scheint, daß ich ein Problem habe.«

»Ja, Sir. Glauben Sie, er meint es ernst?«

»Ich möchte es nicht herausfinden. Rufen Sie Dray an.« Ich schloß die Augen und versuchte, meine trägen Gedanken auf Trab zu bringen. Ich mußte nachgeben oder zumindest einen Kompromiß zuwege bringen, auch wenn die Kerle Meuterer waren.

Ich warf einen Blick auf den leeren Simultanschirm. Derselbe Bildschirm, erinnerte ich mich, vor dem ich Admiral Tremaine meinen Trotz entgegenschleuderte, meinen Treueid verraten und mich, durchaus möglich, der Verdammnis preisgegeben hatte. Ich saß in demselben Sessel, in dem ich den Entschluß gefaßt hatte, nie wieder den Eid zu verraten, der mich band.

Ich war mir sicher, daß ich den relevanten Abschnitt der Vorschriften kannte, aber ich rief ihn auf meinem Pult ab und las ihn mir noch einmal durch.

Der Kapitän eines Schiffes hat die Befehls- und Regierungsgewalt an Bord, bis er ihrer durch Beschluß einer vorgesetzten Dienststelle enthoben wird, oder bis zu seinem Tod, oder bis zur Beglaubigung seiner Dienstunfähigkeit, wie an anderer Stelle im Rahmen dieser Bestimmungen festgelegt.

Wenn ich einen Teil meines Schiffes oder meines Kommandos an die Rebellen abtrat, war das ein krasser Verstoß gegen die Bestimmungen, die zu wahren ich geschworen hatte.

Aber die Bestimmungen berücksichtigten eine Situation wie die unsere nicht. Wir waren gestrandet, vielleicht für den Rest unseres Lebens, ohne erfahrene Offiziere, mit nur kleiner Mannschaft ...

Und doch war die *Challenger* ein Schiff der Flotte, und ich trug die Verantwortung für sie.

Ich konnte meine wenigen ausgebildeten Leute nicht in die Schlacht schicken, während ich ängstlich hinter den gepanzerten Schotten der Bücke abwartete. Ich mußte sie selbst anführen. Aber wenn ich getötet wurde, wer sollte dann das Schiff führen?

Nein. Ich wollte die Wahrheit nicht mit Spitzfindigkeiten umgehen; sie war deutlich genug.

Welche Rolle spielte es schon, wenn ich bei dem Versuch starb, meine Pflicht zu tun? Ich hatte meinen Eid zu bewahren, nicht mich selbst.

Ich würde schon sehr lange tot sein, wenn der ferne Tag kam, an dem der allmächtige Gott uns alle rief und die Zeit endete.

Eine unvorstellbar lange Zeit.

Aber dann war ich wieder eins mit Amanda. Und mit Nate. Ich versuchte, das Zittern in den Gliedern zu beherrschen, als ich mich erhob.

Die Trannies. Die Straßenkinder. Ich konnte noch so gerade eben die Wahrscheinlichkeit des eigenen Tode akzeptieren. Aber mit dem Angriff auf die Rebellen verurteilte ich unschuldige Passagiere zum Tode. Wie viele Geiseln, hatte Andros gesagt, wären in seiner Hand? Es fiel mir nicht mehr ein. »Hast du alles aufgezeichnet, Kerren?«

»Ja, Sir.«

»Spiel es ab.« Nachdem der düstere Wortwechsel noch einmal erklungen war, wußte ich, daß Andros die Zahl seiner Gefangenen nicht genannt hatte. Wir waren mit zweiundvierzig Transpops auf die Reise gegangen; ich erinnerte mich an meine Wut, als mir Alexi Tamarow von ihnen erzählte – ein Ereignis vergangener Jahrhunderte. Drei waren beim Angriff des Fisches ums Leben gekommen. Eddie und fünfzehn weitere hatte ich dienstverpflichtet. Damit blieben – dreiundzwanzig. »Philip, wer versorgt die Passagiere?«

»Ich habe Mr. Kovaks damit beauftragt, Sir, den Recyclermaat. Mir fiel sonst niemand ein, der vertrauenswürdig gewesen wäre.«

»Verzeihen Sie, Sir«, warf Kerren ein. »Chief Kasavopolous nähert sich der Brücke.«

»Sehr gut, laß ihn herein. Philip, bringen Sie in Erfahrung, wie viele der Nichtseßhaften bei Kovaks im Speisesaal sind.«

Als Dray eintrat, hob ich die flache Hand und bedeutete ihm damit, zu warten. Einen Augenblick später summte der Rufer. »Vierzehn Trannies, Sir.«

Also neun Geiseln. Neun amoralische, unzivilisierte Kids, von schmutzigen, übervölkerten Straßen weggepflückt, eingekleidet, eingelagert, für ein törichtes Experiment ausgewählt und neunzehn Lichtjahre weit von Zuhause weggeschafft, um zurückgelassen auf der *Challenger* zu sterben.

Vielleicht konnte ich Andros lange genug hinhalten, um unsere Seite zu organisieren. Vielleicht konnte ich meine Crew einer provisorischen Ausbildung an den Waffen unterziehen und einen Angriff auf Deck 3 starten. Mit Glück konnte ich den Maschinenraum zurückerobern, um den Preis einiger meiner Rekruten und des eigenen Lebens.

Und der neun Transpops.

Ihr Tod wäre nicht vergleichbar mit dem Verlust von Besatzungsmitgliedern in der Schlacht.

Wenigstens die Crew hatte sich für diese Fahrt entschieden. Sie hatte ein gewisses Risiko akzeptiert, obwohl sie nicht gewußt haben konnte, wie groß und seltsam es sein würde.

Aber die Nichtseßhaften waren Bauern in einem Spiel bürokratischer Gleichgültigkeit. Und noch dazu kaum mehr als Kinder. Ich konnte sie nicht achtlos wegwerfen.

Aber mein Eid?

Es mußte eine Möglichkeit geben! Ich fiel in meinen Sessel, starrte das Pult an und versuchte, mich an den Grundriß des Maschinenraums zu erinnern.

Im Lautsprecher knackte es. »Mannschaftsangehöriger im Korridor, Kapitän.«

»Was, zum ... danke, Kerren.« Ich schwenkte die Kamera herum. Eddie Boß, dessen Schultermuskeln sich unter den

Falten der neuen Uniform abzeichneten, hob die Faust, um an die Luke zu hämmern.

»Ein Matrose vor der Brücke?« sagte ich. »Ohne Begleitung?« Ich hämmerte zornig auf den Sessel. »Wie soll ich nachdenken, wenn ...«

Philip stand auf. »Ich kümmere mich darum, Sir. Bitte.« Er betrachtete mein Gesicht, las keine Ablehnung darin, ging zur Luke hinüber und öffnete sie mit einem Handschlag. »Ja?«

»Möchte mit m Käp'n reden.«

»Sie haben hier nichts zu suchen, Matrose. Gehen Sie in ...«

»Möchte mit 'm Käp'n reden, nich' mit Ihnen.«

Philips Stimme wurde scharf. »Sie sprechen mit einem Offizier, Mr. Boß! Nehmen Sie Haltung an und salutieren Sie! Sie werden mich mit ›Sir‹ anreden. Und schlagen Sie nicht diesen Ton an, oder ich lasse Sie ins Schiffsgefängnis stecken!«

Ich warf einen Blick auf das Bild der Korridorkamera. Eddie kräuselte die Lippen, während er auf den geschmeidigen Fähnrich hinabblickte. »Schiffsgefängnis? Sie? Sie sind 'n Sir?«

Philip stupste Eddies gewaltigen Körper, als hätte er keine Angst. »Ja, ich. Und jeder Offizier.«

Eddie funkelte die Hand an, die ihn zu bewegen versucht hatte. »Wenn 'se die Hand wieder benutzen möchten, schubsen 'se lieber Eddie nich' mehr damit.«

Philip schwieg für einen Moment. Dann sagte er: »Ich war dabei, Mr. Boß.«

»Wobei?«

»Im Speisesaal. Als Sie sagten: ›Ich schwöre bei meiner unsterblichen Seele.‹ Treue und Gehorsam zu leisten, und all das andere. Ich erinnere mich noch daran, auch wenn Sie es nicht tun.«

»Wörter«, sagte Eddie verächtlich. »Nur Wörter.«

»Ein Eid, Mr. Boß. Bei Ihrer Seele.«

»Für 'n Käp'n vielleicht. Nich' Sie.«

»Ich bin sein Vertreter. Was ich sage, ist so gut wie von ihm.« Wohl gesprochen, Philip. Die gesamte Kommandorangfolge in wenigen Worten.

Eddie zögerte. Dann: »Könnte dich in zwei Halbe brechen, Kleiner.«

»Das könnten Sie, ja. Ich bin nicht besonders stark. Aber ich überlege es mir nicht mehr anders.«

»Und was isses?«

»Ich werde Sie anweisen, vor dem Schott Haltung anzunehmen. Dann nachsehen, ob der Kapitän bereit ist, mit Ihnen zu sprechen. Und falls nicht – oder nachdem er es getan hat –, Sie melden und ausreichend bestrafen, damit Sie es sich zweimal überlegen, ob Sie diesen Stunt noch einmal durchziehen.« Eddie funkelte ihn an. Mit klopfendem Herzen senkte ich die Hand auf den Pistolengriff.

Wir warteten.

Eddie seufzte. »Dann machen 'se zu. Los.«

»Dort hinüber. Stillgestanden!« Die Kamera folgte den beiden.

»Weiß nich' wie. Hat mir niemand gezeigt.«

»Augen geradeaus! Brust raus! Ja, so etwa. Hände an die Seiten, Finger nach unten. Zehen nach vorn.« Philip betrachtete den kümmerlichen Versuch finster, ließ es aber dabei bewenden. »Sagen Sie jetzt: ›Sir, ich bitte um die Erlaubnis, mit dem Kapitän sprechen zu dürfen.‹«

Es blieb lange still. Eddie räusperte sich. »Okay, ich sag's.«

»Nein. Die Worte, die ich vorgesprochen habe.«

»'n Trannie redet nich' so!«

»Sie werden es versuchen müssen, Mr. Boß, weil ich den Kapitän sonst nicht fragen werde.«

Eddie fluchte unterdrückt. »Ich kann nich' – wie bin ich da nur reingeraten? Sir! Ich bitt' um Alau – Erlaubnis, mittem Käp'n sprechen zu dürfen.«

»Kapitän.«

»Ka-pi-tän«, knirschte Eddie.

»Warten Sie hier, Matrose.« Philip wartete. »Aye, aye, Sir!« gab er das Stichwort.

»Aye, aye, Sir«, brummte Eddie.

Philip kehrte mit gerötetem Gesicht auf die Brücke zurück. »Matrose Boß bittet um die Erlaubnis, mit Ihnen sprechen zu dürfen, Kapitän.«

»Sehr schön, Mr. Tyre.« Leise fügte ich hinzu: »Setzen Sie ihm nicht weiter zu; er könnte Sie zum Krüppel schlagen.«

In seiner anhaltenden Entrüstung scherte Philip sich nicht darum. »Diese Frechheit, hier einfach hereinzustürzen! Wenn ich mit ihm fertig bin, wird er das nie wieder versuchen!«

»Führen Sie ihn herein«, sagte ich. Allmächtiger Gott, wie meine Wange pochte! Ich war so müde.

»Aye, aye, Sir.« Wie als Reaktion auf Eddies Nachlässigkeit waren Philips Gruß und die Forschheit, mit der er sich umdrehte, als kämen sie direkt von der Akademie.

Eddie Boß kam hereingetrottet. Unter Philips finsterem Blick war er eine ganze Weile verwirrt, ehe es ihm dämmerte. Ungeschickt nahm er Haltung an. Aus der Ecke sah Chief Dray in gedankenverlorener Gleichgültigkeit zu.

»Nun?« Ich wahrte einen kalten Tonfall.

»Hab' gehört, wie der Typ davon redete, Trannies zu essen und all so was.«

»Ja?«

»Müssen ihnen helfen! Käp'n muß einfach!« Es war mehr ein Flehen als eine Forderung.

»Ich arbeite daran. Kehren Sie in den Speisesaal zurück.«

»Arbeiten dran?« Es klang höhnisch.

Ich runzelte die Stirn. Er funkelte unbeeindruckt zurück. »Was wollen 'se machen, hä? Hier sitzen, hübsch und sicher, wä'rnd diese Kerle meine Freunde essen?«

Philips Stimme klang gepreßt. »Das reicht, Mat ...«

»Genug von 'nem Scheiß!« brüllte Eddie. »Ich hab's geschwor'n, yeah, 's Schiff retten, dem Käp'n helfen. Nich' rumsitzen ...«

»Jetzt hören Sie mir mal zu ...« Das war Philip.

Ich sprang auf. »*HALTEN SIE DIE KLAPPE! ALLE BEIDE!*« Das brachte sie zum Schweigen, was auch kein

Wunder war. Man bekommt nicht oft zu hören, wie ein Kapitän durchdreht.

Ich attackierte Eddie Boß. *»KEIN WORT MEHR VON IHNEN!«* Etwas daran veranlaßte ihn, einen Schritt zurückzuweichen und den Arm zu heben, als wollte er einen Schlag abwehren. Ich wirbelte zu Philip herum. »Oder von Ihnen, Junge!« Einen Augenblick später wurde mir bewußt, daß ich mit dem Finger wie mit einer geladenen Waffe zielte. Kurz fragte ich mich, wie Philip reagieren würde, wenn ich den Finger ins Halfter steckte. Meine Lippen zuckten zu einem Grinsen. Der Fähnrich wich unwillkürlich einen Schritt zurück. Verdutzt sperrte ich den Mund auf, und Philip wurde bleich. Mein Grinsen erstarrte zu einem irren Seitenblick.

»Alles in Ordnung mit Ihnen?« fragten wir einander gleichzeitig, und einen verrückten Augenblick lang begegneten sich unsere Blicke in wechselseitigem Erschrecken.

Ich brach das sich anschließende Schweigen. »Mir geht es gut, und Sie erhielten den Befehl, den Mund zu halten.« Ich sank zurück in meinen Sessel. Die Beine zitterten. Ich hoffte, daß er es nicht sehen konnte und daß es nur an überschüssigem Adrenalin lag.

Ich funkelte Eddie an. »Sie denken also, ich würde mich verstecken, während Ihre Freunde in Gefahr schweben.«

Sein Blick fiel auf meine blasige Wange. Er brummte irgend etwas und sah zu Boden.

»Was soll ich Ihrer Meinung nach für die Leute tun?«

Er leckte sich über die Lippen. »Sie kennen's Schiff, Käp'n. Suchen 'se 'nen Weg innen Raum und holen 'se raus.«

»Wie?« Ich starrte das Pult an. »Zuerst müssen wir einmal in Erfahrung bringen, wo Ihre Freunde hingebracht wurden. Wenn die Rebellen klug sind, halten sie Ihre Freunde im Maschinenraum fest, und das ist eine große Anlage. Wir haben dort die äußere Kammer mit den Steuertafeln, und seitlich grenzt das Lagerabteil an, und dann geht es noch direkt die Leiter hinunter in die Fusionsantriebskammer. Nur zwei Luken führen vom Umfangskorridor hinein.«

Unbewußt erhob ich mich und ging auf und ab. »Unsere Seite hält die beiden oberen Decks. Zwei Leitern führen zu Deck 3 hinunter: Ost und West. Als erstes müßten wir einen Voraustrupp aufs Unterdeck schicken und versuchen, einen Abschnitt des Umfangskorridors zu sichern. Von dort aus könnten wir uns weiter im Kreis vorarbeiten, bis wir den Maschinenraum isoliert hätten. Sollten sich die Rebellen jedoch in einer der inneren Kabinen aufhalten, könnten sie sich von dort aus zur gegenüberliegenden Seite des Schiffes durchbrennen. Selbst wenn sie das nicht tun, haben sie die Hydrokammern dort unten auf ihrem Deck, und sie können die Kammern zerstören. Dann sterben wir alle mit Sicherheit.«

»Aber ...«

»Halten Sie den Mund, Mr. Boß, bis ich fertig bin. Wenn wir den Maschinenraum isoliert haben, können wir ihn angreifen und erobern. Ohne verzweifelten Kampf geht das allerdings nicht. Und wir können es uns nicht erlauben, Mannschaftsmitglieder zu verlieren. Verluste wären nicht zu ersetzen.«

Philip räusperte sich. »Also können wir den Maschinenraum gar nicht einnehmen, Sir?«

»Ich wüßte einen Weg«, brummte ich. In Gedanken rang ich mit der Obszönität, die ich da ausgebrütet hatte.

»Und der wäre, Sir?«

»Der Fusionsantriebsschaft.«

Dray betrachtete mich ungläubig. »An der Außenseite des Schiffes entlangklettern, um einen Angriff durch den Fusionsschaft durchzuführen? Guter Gott, sind Sie noch ganz bei Trost? Wir haben nicht genug ausgebildete Leute! Und wie sollen wir die Plastlegierung des Antriebsschirms durchdringen? Er ist härter als Stahl, und das aus gutem Grund! Nur er steht zwischen der Maschinenraumbesatzung und dem Vakuum!«

»Stimmt. Aber das habe ich nicht gemeint. Der Barkassenhangar liegt auf Deck zwei, in unserem Bereich. Wir könnten die Barkasse außen herum zum Heck schicken.«

»Und dann die Angriffstruppe ausladen? Ich verstehe immer noch nicht, wie sie es schaffen sollte...«

»Nein«, sagte ich. »Wir versiegeln den Korridor rings um den Maschinenraum und benutzen die Barkasse, um den Schirm zu rammen.«

Dray explodierte vor Wut. »Meinen Maschinenraum rammen, Sie junger Welpe? Wenn Sie das zu fest tun, beschädigen Sie die eigentlichen Fusionsmaschinen. Und Sie würden damit jeden an Bord...«

»Ich weiß! Halten Sie den Mund!« Der Maschinenraum würde augenblicklich dekomprimiert, wodurch jeder starb, der keinen Raumanzug trug. Die Korridorluken würden halten; dazu waren sie gedacht. Und die Hydrokammern lagen zwei Sektionen weit vom Maschinenraum entfernt; sie würden unbeschädigt bleiben.

Philip sagte: »Dabei kämen außer den Rebellen auch die Geiseln um, Sir.«

»Ich habe nichts Gegenteiliges gesagt. Ich habe nur gesagt, es gäbe einen Weg in diese Sektion.«

Eddie knurrte: »Es macht Ihnen nix aus, Trannies umzubringen, was, Käp'n? Es sind ja keine Obies wie Sie 'nd Ihr Boßjunge!«

Philip wurde rot. »Das hat der Kapitän nicht gesagt. Aber was sollen wir denn machen, wenn die Rebellen uns von der Stromzufuhr abschneiden? Wir könnten ein paar Tage aushalten, während die Luft allmählich schlecht wird, wir ohne Wasser bleiben und das Schiff langsam erkaltet.«

Ich warf ein: »Wir können jetzt Wasservorräte anlegen und notfalls Luftflaschen benutzen.«

»Eine Zeitlang, ja, Sir. Wenn die Rebellen nichts zu essen hätten, würden wir es länger aushalten als sie. Aber wenn sie mehr als – wieviel, Sir? – eine Woche durchhalten? Wir müßten sie bis dahin angreifen oder das Schiff aufgeben.«

Er hatte recht. Die *Challenger* war ein geschlossenes Ökosystem. Solange die Wiederaufbereitung und die Hydroponik richtig funktionierten, konnten wir sehr lange überleben. Unser zerbrechliches Ökosystem hing jedoch völlig von der

Energieversorgung durch die Fusionsmaschinen ab. Trotz der dick isolierten Schiffshülle würde ohne Strom der Wärmeverlust fast augenblicklich einsetzen. Und wenn die Recycler abgetrennt wurden, würde das CO2-Niveau ansteigen, bis die Luft nicht mehr atembar war.

Philips Schätzung war gut. Etwa eine Woche. Sofern wir nicht ein gutes Stück vor ihrem Ablauf einen Angriff führten, stand der Sieg der Rebellen fest.

Mich schauderte. Der allmächtige Gott mochte uns allen helfen. Und es gab noch einen Grund, warum wir den Maschinenraum nicht rammen konnten. »Niemand würde es durchführen. Es wäre eine Selbstmordmission für den Barkassenführer; die Steuerung befindet sich im Bug. Selbst wenn ich einem Mannschaftsangehörigen den Befehl dazu erteilen würde, er würde sich lieber den Rebellen anschließen, als ihn ausführen. Vergessen wir dieses Thema.«

»Aye, aye, Sir«, sagte Philip. Eddie funkelte uns beide an. Nach einem Moment fügte Philip zögernd hinzu: »Verzeihen Sie, wenn ich meine Befugnisse überschreite, aber wenn Sie verhandeln, setzen Sie die Kontrolle über das Schiff aufs Spiel.«

Er kannte die Vorschriften so gut wie ich; der allmächtige Gott allein wußte, wie oft man ihn gezwungen hatte, auf einem Stuhl zu stehen und sie zu rezitieren. Die Schikanen in der Fähnrichskabine hatten auch ihre Vorteile. »Ja, ich weiß. Aber was bleibt mir sonst übrig?«

Im Lautsprecher knackte es. »He, Käpt'n, wird langsam Zeit, daß wir von Ihnen hören! Schicken Sie was zu futtern runter, oder müssen wir uns selbst was machen?«

Philips beunruhigte Augen hefteten sich auf mein Gesicht.

Ich durfte nicht verhandeln. Was immer auch geschah, ich mußte die Autorität des Flottendienstes aufrechterhalten. Und meine Autorität als Kapitän, im Interesse aller künftigen Kapitäne. Um monate- oder jahrelang durch die Leere zu fahren, brauchte ein Schiff eine unanfechtbare Befehlsgewalt. Das war mir seit meinem ersten Tag an der Akademie eingetrichtert worden.

Das Leben der Nichtseßhaften und mein eigenes waren nichts, verglichen mit diesem Prinzip.

Eddie Boß brummte vor sich hin.

Ich funkelte ihn an. »Möchten Sie etwas sagen, Matrose?«

»Yeah.« Eddie legte die Stirn in Falten. »Schicken 'se Leute runter, die ums Schiff kämpfen, dann isses Krieg.« Er zögerte. »Dann isses vielleicht okay, wenn jemand stirbt. Wenn 'se aber zulassen, das 'se die Trannies umbringen – das is' kein Krieg. Das is' einfach nur terminieren.«

»Terminieren?« Ich versuchte, daraus schlau zu werden.

»Mord«, versetzte der Chief mürrisch. »Terminieren. Slang.« Ich sah, wie Philips Hand sich der Pistole näherte, aber Eddie sagte nichts mehr.

»Chief.«

»Ja, Sir?«

»Nehmen Sie ein paar Matrosen, und erkunden Sie die Lage. Sehen Sie nach, ob die Rebellen irgendwelche Korridorluken in der Nähe des Maschinenraums versperrt haben. Aber es soll niemand dabei verletzt werden. Und beeilen Sie sich!«

Er blinzelte, während er all das verdaute. Dann reckte er die Schultern. »Aye, aye, Sir.« Er öffnete die Luke und verschwand auf dem Korridor.

Alles blieb still, bis ich den wartenden Rufer zur Hand nahm. Ich fragte Andros: »Was bekomme ich für die Lebensmittel?« Philip sperrte den Mund auf.

»Ha!« Der Matrose gluckste zufrieden. »Endlich verhandeln wir. Sie behalten Licht und Wasser.«

»Nein. Ich möchte, daß Sie die Passagiere freilassen.«

»Mann, die sind unsere Tickets für die Mahlzeiten! Wieso sollte ich sie rausrücken?«

»Um Ihre Rationen zu erhalten. Ansonsten verhandle ich nicht darüber.«

»Wir schalten Ihnen den Strom ab! Glauben Sie, es wird Ihnen im Dunkeln gefallen, Arschloch?«

»Wenn Sie uns den Strom abschalten, bringe ich Sie alle um.« Meine Stimme war ausdruckslos.

»Und Ihre kostbaren Straßenkinder?«

»Mir ist egal, wie viele Trannies Sie mitnehmen.«

Eddie rührte sich.

Andros knurrte: »Wir bringen sie einen nach dem anderen um, Sie Bastard!«

Mit kalkulierter Gleichgültigkeit sagte ich: »Na ja, das wird in meiner Akte zwar nicht gut aussehen, aber ich habe dann weniger Mäuler zu füttern. Aber – nur zu, wenn es das ist, was Sie wollen.«

Seine Antwort ging in Eddies Gebrüll unter, als er auf mich lossprang. Seine dicken Finger schlossen sich um meinen Hals. Ich zerrte hilflos an seinen fleischigen Handgelenken, während er mich wie eine Stoffpuppe hin und her schüttelte.

Die Welt versank in Rot. Plötzlich wurde Eddie schlaff und sackte aufs Deck.

Der Nebel verzog sich langsam. Philip Tyre sicherte sorgfältig seine Betäubungswaffe und steckte sie ins Halfter zurück.

»Haben Sie ihn umgebracht?« Meine Stimme klang heiser.

»Nein«, knurrte er. »Aber ich hätte es tun und Ihnen damit den Ärger ersparen sollen. Ich habe die Waffe niedrig eingestellt.«

»Möchten Sie die Leute tot sehen?« tobte es im Lautsprecher. »Ich zeig's Ihnen! Wir bringen sie gleich um! Sofort!«

Ich beachtete den Rufer nicht. Philip hatte recht. Eddie Boß hatte gegen eine der Hauptregeln des Flottenlebens verstoßen. Er hatte seinen Kapitän angegriffen. Sein Leben war verwirkt. Das Kriegsgerichtsverfahren war in diesem Fall nichts weiter als eine Formsache. Die Ironie bestand darin, daß meine scheinbare Gleichgültigkeit die einzige Möglichkeit war, die Nichtseßhaften zu retten – abgesehen davon, den Rebellen mein Schiff zu übergeben. Doch weil ich Eddie nicht darüber informiert hatte, hatte ich ihn zum Tode verurteilt.

Die Nerven der verbrannten Wange jagten Schmerzwellen durch Gesicht und Hals. Mit ziemlicher Anstrengung wandte ich mich wieder dem Lautsprecher zu. »Was hält Sie auf?« fragte ich. »Je eher diese Leute aus dem Weg sind, desto schneller kann ich mir Sie vorknöpfen. Ich kann es der Admiralität auch viel leichter erklären, als warum ich mich ihrer selbst entledigen mußte.«

Zum erstenmal schwang eine Spur Unsicherheit in der Stimme des Matrosen mit. »Sie bluffen!«

»Ja, das sollen Sie auch denken.« Das brachte ihn erstmal zum Schweigen, während er versuchte, daraus schlau zu werden. Auch dafür ernannte man ja einen Kapitän – damit er den erstbesten Quatsch erzählte, der ihm in den Sinn kam, wenn es erforderlich war. Ich wußte allerdings, daß ich den Mann aus dem Gleichgewicht gebracht hatte.

Nach einem Moment sagte Andros vorsichtig: »Ich glaube, Sie haben 'ne Macke, Käpt'n. Ich werde also folgendes tun: Ich schnappe mir einen und röste ihn, und dann schaue ich mal, was Sie unternehmen. Wir haben dann immer noch genug Trannies übrig, um zu verhandeln.«

Der Chief kam schwer atmend wieder auf die Brücke. »Nirgends auf dem Korridor eine Spur von ihnen, Sir. Ich bin nicht allzu dicht an den Maschinenraum herangegangen. Haben Sie gesehen, was diese Mistkerle mit meiner Luke gemacht haben?«

»Ja.« Ich empfand eine merkwürdige Erleichterung, als ich endlich klar sah, wie ich vorgehen mußte. »Mr. Andros!«

»Yeah?«

»Sie haben gewonnen. Zumindest für den Augenblick. Ich übergebe Ihnen Lebensmittel für zwei Tage. Tun Sie den Nichtseßhaften nichts.«

Ich hörte hastiges Flüstern im Hintergrund. Eine Unterbrechung trat ein. Dann meldete sich Clinger: »Keine Chance, Käpt'n. Teilen Sie die Vorräte auf, und geben Sie uns unseren Anteil.«

»Nein. Ich erkaufe mir zwei Tage, um einen Ausweg zu finden. Zeit für weitere Verhandlungen. Das ist alles.«

»Sie halten uns hin!«

»Aus welchem Grund sollte ich?«

»Keine Ahnung, Seafort, aber ich kann einen Trick riechen.«

»Sie haben mein Wort«, sagte ich mit Bestimmtheit. Philip starrte mich an.

»Keine Tricks?« fragte Clinger.

»Ich schwöre es Ihnen. Für zwei Tage brauchbare Lebensmittel, an denen niemand herumgepfuscht hat, genug für Sie alle. Nur eine Person steigt auf Deck drei hinunter, um sie zu überbringen. Alle anderen bleiben oben. Ich schwöre es.«

Im Lautsprecher blieb es still. Dann war Clingers Stimme in verändertem Tonfall zu hören: »Okay, Käpt'n. Ich schätze, ein Schwur ist verdammt wichtig für euch Obies. Also gut. Aber wir bleiben im Maschinenraum verschanzt. Sie können unmöglich hier rein, ohne daß Sie dabei draufgehen! Irgendein Trick, und Ihre Trannies müssen es ausbaden!«

»Ich brauche ungefähr eine Stunde, um alles zusammen zu bekommen.«

»Okay. Wir haben schon so lange gewartet, da tut eine Stunde keinem weh.«

»Und auch keine Tricks von Ihnen. Keinen Hinterhalt. Alle bleiben im Maschinenraum, bis die Lebensmittel eintreffen. Wenn wir dann sehen, daß die Nichtseßhaften unverletzt sind, erhalten Sie Ihre Rationen.«

»Sagen Sie mir noch mal, daß Sie keinen Trick vorhaben!«

»Ich schwöre, daß niemand versuchen wird, ohne Ihre Erlaubnis den Maschinenraum zu betreten. Bei den Lebensmitteln handelt es sich um normale Rationen. Nur eine Person erhält die Erlaubnis, sie zu liefern, und sie wird keinen Raumanzug tragen. Sie können die Rationen selbst in den Maschinenraum holen, ohne daß Ihnen etwas passiert. Niemand sonst wird etwas mit Ihnen oder dem Maschinenraum zu tun haben. Sie haben meinen Eid auf das alles.«

»Okay.«

Ich stellte den Rufer weg. Da mir immer noch schwindlig war, suchte ich Zuflucht in der Förmlichkeit. »Fähnrich Tyre.«

»Ja, Sir.«

»Gehen Sie zur Kombüse und befehlen Sie Mr. Bree, Rationen für vierzehn Personen und für zwei Tage bereitzustellen. Nur Lebensmittel; Wasser haben die da unten. Er soll jemanden mit den Rationen auf die Brücke schicken. Dann laufen Sie zum Funkraum und kommen mit Mr. Tzee hierher.«

»Aye, aye, Sir. Dürfte . . .«

»Sie haben Ihre Befehle gehört.«

»Aye, aye, Sir.« Er eilte zur Luke hinaus.

»Zwei Tage«, meinte Dray zweifelnd. »Wozu wollen Sie sie nutzen? Die Situation wird sich nur verschlechtern.«

»Jau.« Der Schmerz führte dazu, daß ich undeutlich sprach. »Ja«, wiederholte ich mit Bedacht.

»Was wird aus dem Trannie?« Er stieß Eddie mit dem Fuß an.

»Stellen Sie keine Fragen, Mr. Kas . . . Chief.«

Philip brauchte weniger als drei Minuten, um seine Aufgaben zu erledigen und keuchend wieder aufzutauchen, dicht gefolgt von Mr. Tzee.

»So. Mr. Tyre, Sie und Mr. Tzee werden Ihre Raumanzüge anziehen und zur vorderen Luftschleuse aussteigen. Sie wahren dabei Funkstille. Sie demontieren die Energiezuleitung der kleinen Laserkanone mittschiffs. Die Kanone müßte mit drei großen Ringbolzen am Schiffsrumpf befestigt sein; ich glaube, einen Schraubenschlüssel finden Sie im Barkassenhangar. Nehmen Sie die Kanone mit in die Luftschleuse und lassen Sie sie unmittelbar innerhalb der Schleuse auf Deck eins stehen. Diese Arbeit werden Sie innerhalb einer Stunde abschließen. Dray, während Mr. Tyres Gruppe draußen arbeitet, holen Sie Mr. Dakko, der den Leiterschacht bewacht, und begeben sich mit ihm in den Laderaum. Laut Ladeliste enthält Verschlag fünf Ost schwere Stromkabel. Verschaffen Sie sich genügend Kabellänge und Klemmschrauben, um eine Leitung vom Hochspannungs-Anschlußpunkt im Barkassenhangar durch den Korridor und die Leiter zu Deck zwei hinunter zu verlegen und genügend Kabellänge am dortigen oberen Leiterabsatz bereitzulegen, damit es bis auf Deck drei reicht und dort durch den Korridor bis Sektion neun.«

»In der Nähe des Maschinenraums?«

»Ja. Bis Sektion neun.«

»Aber . . .«

»Ich glaube nicht, daß Sie mir weiter Fragen stellen möchten, Dray.« Meine Stimme hatte einen merkwürdigen Klang.

Er schluckte.

»Gehen Sie«, sagte ich. »Alle beide.«

Es blieb nur noch wenig zu tun.

Ich nahm die Eintragungen ins Logbuch vor, unterzeichnete sie und schaltete den Monitor ab. Auf der Brücke war alles still, abgesehen von Eddies langsamen, regelmäßigen Atemzügen.

Ich schaltete sämtliche Alarmsignale Kerrens ab. Die Konsolenlampen zeigten mir, was ich wissen mußte; zuerst öffnete sich die innere Schleusenluke, dann die äußere; dann trat eine lange Wartezeit ein, ehe die Lampe für die Laserstörung zu blinken begann. Als der Schleusenzyklus erneut lief, stand ich auf. Ich fuhr mir mit den Fingern durchs Haar und zupfte mir die Jacke zurecht, wie ein frischgebackener Fähnrich auf dem Weg zu seinem Kapitän. In gewisser Weise war das ja auch der Fall.

Ich wartete an der Luke. Philip Tyre kam als erster zurück. Das Hemd klebte ihm am Rücken. Man brauchte Ausdauer, um in Magnetstiefeln auf dem Schiffsrumpf herumzuklettern. »Wir haben die Kanone da drüben, Sir.« Er deutete den Korridor hinunter zur Luftschleuse hinter der Biegung. »Was haben Sie damit . . .«

»Sehen Sie mal nach, was Mr. Bree aufhält, Fähnrich.«

Zig Fragen leuchteten in seinen Augen auf, doch seine Disziplin hielt seine Zunge im Zaum. »Aye, aye, Sir.« Er lief los.

Zehn Minuten später eilte ihm seine Stimme auf dem Korridor voraus, während er den Matrosen zur Eile antrieb, der eine vollgepackte Reisetasche trug. Ich deutete aufs Deck.

Unbeholfen stellte der Matrose seine Last ab und salutierte. Ich schickte ihn zur Kombüse zurück.

Einige Augenblicke später schleppte Dray sich auf die Brücke zurück, das Gesicht rot vor Erschöpfung. Walter Dakko begleitete ihn. »Fertig«, sagte der Chief. »Das Kabel führt bis auf Deck zwei. Ich habe reichlich loses Ende übriggelassen.«

Ich hob die Tasche auf. »Dray, kontrollieren Sie die Verschlüsse sämtlicher Korridorluken auf den Decks eins und zwei, wenn sie sich schließen.«

»Das Kabel wird die Verschlüsse blockieren, Sir.«

»Das glaube ich nicht. Die Gummidichtungen müßten sich ziemlich gut um das Kabel schließen. Die Luken sind so konstruiert, daß sie die Luft sogar halten, wenn ein Besatzungsmitglied so hinfällt, daß sein Arm im Weg ist.«

Ich wandte mich Philip zu. »Mr. Tyre, schließen Sie sich auf der Brücke ein. Starten Sie dann die Schließung aller Korridorluken auf Deck eins und zwei.«

»Sir, was haben Sie vor? Wer bringt die Lebensmittel hinunter?«

Ich sagte: »Ich tue es.«

»Das können Sie nicht!« platzte er hervor.

»Bitte?«

Er lief knallrot an. »Verzeihung, ich – aber ... Ich meine, Sie können nicht Ihr Leben riskieren! Schicken Sie einen Matrosen oder mich. Bitte!«

»Nein. Schließen Sie sich auf der Brücke ein.«

Er hielt mir stand. »Sagen Sie mir, was hier geschieht, Sir ... Ich muß es wissen!«

»Ich steige hinunter, um mit den Rebellen zu verhandeln.«

»Wie?«

»Sie dürfen per Schiffsrufer zuhören, aber Sie dürfen sich nicht einmischen. Anschließend werden Sie wissen, was zu tun ist. Ich rechne nicht damit, daß ich überlebe. Dann tragen Sie die Verantwortung.«

»O Gott!« Er biß sich auf die Lippe. »Das dürfen Sie nicht! Ich bitte Sie!«

»Es gibt keine andere Möglichkeit, Mr. Tyre. Sie wissen, daß ich denen das Schiff nicht übergeben darf.«

»Dann stürmen wir den Maschinenraum!«

»Sie würden sämtliche Trannies töten, Mr. Tyre. Das könnte ohnehin passieren, was auch meinen Tod bedeuten würde.«

»Diese Straßenkids ... Die sind es nicht wert«, flüsterte Philip. »Sie dürfen nicht gehen, Sir!«

Ich zog meine Pistole und hielt sie einen Zoll vor Philip Tyres Auge. »Schließen Sie sich auf der Brücke ein, Mr. Tyre. Es ist das dritte und letzte Mal, daß ich Ihnen diesen Befehl erteile.«

Er leckte sich die Lippen, versuchte zu sprechen, fiel in sich zusammen. »Aye, aye, Sir.« Langsam ging er auf die Brücke.

Ich schulterte die Tasche. »Mr. Dakko, gehen Sie in den Speisesaal. Sagen Sie allen Mannschaftsmitgliedern und Passagieren, daß sie sich die Raumanzüge mitsamt Nottanks anziehen sollen.«

Dakko schaute mich ernst an, salutierte und ging.

Ich ging zur Luftschleuse hinüber. »Dray, helfen Sie mir, die Kanone hinunter auf Deck zwei zu schaffen.« Unbeholfen bückte ich mich und schlang den Arm um den Lauf der Laserkanone, wobei ich mich bemühte, mit der schweren Tasche nicht das Gleichgewicht zu verlieren.

Ich schleppte mein Ende der Gußmetallkanone den Korridor entlang und blieb jeweils stehen, wenn Dray die Luken hinter uns schloß und versiegelte. Wir stiegen zu Deck zwei hinunter und folgten dem von Dray verlegten Kabel. Wir trugen die Laserkanone um den Leiterschacht herum zur Leiter nach Deck drei, und ich setzte mein Ende dankbar neben der Kabelrolle ab.

»Dray, verschließen Sie Sektion neun auf Deck zwei, für den Fall, daß die Kerle versuchen, sich nach oben durchs Deck zu brennen. Holen Sie sich dann einen Druckanzug und ziehen ihn sich an. Ich warte solange, bis Sie damit fertig sind. Sie haben auf jeden Fall auf Deck zwei zu bleiben.

Sie dürfen nicht zu Deck drei hinabsteigen. Bestätigen Sie Ihre Befehle.«

»Befehle erhalten und verstanden, Sir«, sagte der Chefingenieur mühsam. »Ich bringe Ihren Anzug ebenfalls mit.«

»Nein. Nur Ihren eigenen.«

»Aber . . .« Seine Augen weiteten sich.

»Tun Sie, was ich gesagt habe.«

Als er in seinem schweren, ungelenken Vakuumanzug zurückgestampft kam, setzte ich die Tasche am oberen Leiterabsatz ab und grunzte vor Anstrengung bei dem Versuch, die Kanone hochzuheben. Sie war schwerer, als ich gedacht hatte; ich schaffte es kaum. Der Chief mußte mehr als seinen Anteil an dem Gewicht geschleppt haben. Irgendwie gelang es mir dann doch, die Kanone die Leiter hinunter zu befördern.

Am Fuß der Treppe wandte ich mich nach Osten und folgte dem Umfangskorridor. Von Sektion sechs aus stolperte ich nach sieben, dann nach acht. Unmittelbar innerhalb der Luke zwischen acht und neun senkte ich meine Last zu Boden. Der Maschinenraum lag direkt vor mir, hinter der Biegung in Sektion neun. Ich ging den Weg zurück, den ich gekommen war.

Wieder die Leiter hinauf. Ich nahm die Kabelrolle auf die Schulter und spulte sie hinter mir ab, während ich langsam hinunterstieg. Unten legte ich das Kabel vorsichtig in der Korridormitte aus – bis zu der Stelle in Sektion acht, wo ich die Kanone zurückgelassen hatte. Dort hatte ich noch etwa zwölf Meter Kabel übrig.

Mir war schwindlig, als ich erneut die Leiter hinaufstieg und die Tasche mit den Rationen aufhob. »Warten Sie hier, Dray. Kommen Sie, wenn ich Sie rufe, aber nur dann.«

»Aye, aye, Sir.«

Am Fuß der Leiter ließ ich die Tasche fallen. Diesmal wandte ich mich nach Westen und folgte dem Korridor in die andere Richtung, die schließlich am Maschinenraum vorbei und auch wieder zu der Stelle führte, wo ich die Kanone abgestellt hatte.

Ich ging bis zu der Luke zwischen den Sektionen eins und neun. Ich drückte auf die Notschließplatte am Schott, und die Luke glitt lautlos zu.

Ich kam an den westlichen Hydros vorbei und überzeugte mich mit einem kurzen Blick davon, daß die Luke verschlossen war. Dann erreichte ich Sektion zwei und schloß die Korridorluke hinter mir. So arbeitete ich mich bis zur Leiter in Sektion sechs vor.

Die Tasche stand am Fuß der Leiter, wo ich sie stehengelassen hatte. Ich schleppte sie nach Osten durch den Korridor, versiegelte die Luke zwischen sechs und sieben und beobachtete, wie sich die Gummidichtungen rings um das Kabel schlossen. Sie schienen fest zu sitzen. Ich kontrollierte die östlichen Hydros in Sektion sieben, schloß die Luke ab und schleppte mich nach Sektion acht. An deren hinterem Ende blieb ich stehen, um meine Vorbereitungen abzuschließen.

Jede Korridorluke auf Deck 3 war jetzt versiegelt, abgesehen von der zwischen Sektion acht und dem Maschinenraum in Sektion neun.

Ich brauchte nicht lange, um die Kabelenden mit den Stromsteckern der Laserkanone zu verbinden. Ich drückte den Anzeigeknopf an der Mündung; die Testlampe leuchtete auf. Ich versuchte, die Kanone anzuheben, doch meine Kraft schien nicht zu reichen; statt dessen schleifte ich die Waffe schwer keuchend den Korridor entlang bis auf halbe Strecke durch Sektion neun und an eine Position vor der Luke von Mannschaftsunterkunft zwei, etwa zwölf Meter vom Schott des Maschinenraums entfernt.

Hinter der geschlossenen Luke des Maschinenraums war alles ruhig. Wie aus weiter Ferne bemerkte ich die Brandmarkierungen, wo die Rebellen Metallplatten auf die beschädigte Luke gelötet hatten.

Die Kanone war eine Hybridwaffe, dazu gedacht, aus dem Funkraum ferngesteuert zu werden, aber auch manuell zu bedienen.

Ich zielte damit den Korridor hinunter, schaltete die Testlampe ein und richtete die Mündung auf ein Schott. Ich hörte, wie ich unbewußt vor mich hin summte, und zwang mich, damit aufzuhören. Obwohl ich wußte, daß Eile geboten war, setzte ich mich aufs Deck, den Rücken zur Luke, die Beine vor mir ausgestreckt, und starrte ins Leere. Feuer floß mir durch den Kopf. Ich wartete und hoffte, daß der Schmerz nachließ. Er tat es nicht, aber ich hatte keine Zeit mehr. Ich zog die Pistole aus dem Halfter, legte sie auf den Boden und legte stolpernd die paar Schritte zur Luke von Mannschaftsunterkunft zwei zurück, direkt gegenüber der Kanone.

Mit einem Schlag auf den Schalter öffnete ich die Luke und taumelte hindurch. An seinem gewohnten Platz im Lagerverschlag fand ich einen Mop. Ich rammte ihn in der offenen Luke fest, so daß sie sich nicht mehr schließen konnte. Plötzlich rutschte ich aus und fiel zu Boden.

Nach einer Weile wurde ich mir wieder des leeren, stillen Korridors bewußt. Vorsichtig rappelte ich mich auf die Knie und stemmte mich dann auf die Beine. Ich stellte fest, daß ich die Tasche nicht mehr hochheben konnte, also schob ich sie bis auf einen Meter an die Luke des Maschinenraums heran und zog mich rasch zurück. Mit unsicheren Schritten suchte ich mir den Weg zurück zur Unterkunft zwei, nahm den Rufer von der Lukensteuertafel und setzte mich damit an die Kanone. »Maschinenraum, hier ist Kapitän Seafort.«

Die Antwort erfolgte rasch. »Wird aber auch Zeit! Noch ein paar Minuten länger, und wir hätten damit angefangen, einen Trannie zu kochen.« Das war Andros.

»Die Lebensmittel sind in einer Tasche vor Ihrer Luke.«

»Und wo ist der Typ, der sie runtergebracht hat?«

»Auf dem Korridor, etwa auf halbem Weg zu Sektion acht.«

»Irgendwelche Betäubungswaffen? Gewehre?«

»Eine Laserpistole liegt auf dem Deck. Sie wird nicht benutzt, solange Sie nicht irgendwas probieren.«

»Yeah? Wer ist da draußen?«

»Ich bin es.«

»Himmel, Arsch!«

Ich verschloß die Ohren vor dieser Blasphemie. »Der Korridor ist hinter mir verschlossen, und zwar den ganzen Weg bis Deck zwei. Ich bin als einziger hier. Ich habe Ihnen die Lebensmittel gebracht, die Sie verzehren können, ohne etwas zu riskieren, das schwöre ich. Habe ich meinen Schwur gehalten?«

»Wieso Sie?« wollte er wissen.

»Die Aufgabe war zu wichtig, um sie jemand anderem anzuvertrauen.«

»Was ist, wenn wir uns auch Sie schnappen?«

»Ich schätze, das könnten Sie.« Ich berührte die brennende Wange mit der Hand, doch das machte den Schmerz nur schlimmer. »Möchten Sie jetzt Ihre Lebensmittel haben?«

»Yeah. In Ordnung. Ich schicke einen Trannie, um sie zu holen. Kann sein, daß er einen Fluchtversuch unternimmt, aber wir behalten ihn von hier aus im Visier.«

»Zeigen Sie mir erst die Gesichter von allen neun.«

»Denen geht's gut.« Er lachte verächtlich. »Ich schwör's Ihnen.«

»Ihre Gesichter.« Einen Augenblick später wurde irgendeine Behelfsklinke geöffnet, und die Maschinenraumluke schwenkte zur Seite. Eins nach dem anderen erschienen die verängstigten Gesichter der Nichtseßhaften kurz in der Lukenöffnung. Dann kam ein Junge zum Vorschein, huschte nervös zur Tasche, schnappte sie sich und rannte wieder in den Maschinenraum.

Ich nahm den Rufer zur Hand. »Sie haben jetzt Ihre Lebensmittel. Habe ich meinen Schwur gehalten, Andros?«

Für einen Moment blieb es still. »Yeah, ich schätze, ja. Wieso?«

»Treten Sie bitte vom Schott zurück, damit niemand verletzt wird.«

»Damit niemand was?« plärrte Andros. »Was, zum Teufel ...«

Ich drückte den Feuerknopf. Ein Lichtblitz fuhr zischend

an das Schott zwischen Korridor und Maschinenraum. Binnen eines Augenblicks fraß der Laser ein Loch in die dicken Metallplatten, das war dicker als mein Arm. Ich schwenkte die Kanone ein Stück und machte mich daran, ein weiteres Loch zu brennen.

»Was tun Sie da, Sie verlogener Mistkerl? Sie haben eine Abmachung mit uns!«

»Ich schneide ein paar Löcher.«

»Aber Sie sagten . . .«

»Ich sagte, niemand würde ohne Ihre Erlaubnis versuchen, in den Maschinenraum zu gelangen. Machen Sie sich keine Sorgen, ich versuche das nicht. Und ich sagte, nur eine Person würde zu Deck drei heruntersteigen.« Ich schnitt ein drittes Loch, weit von den anderen entfernt.

»Schluß damit, oder wir erledigen die Trannies sofort!« kreischte er. »Alle!«

»Sehr gut. Keine Löcher mehr.« Ich hob die Kanone an und drehte sie zur offenen Luke von Mannschaftsunterkunft zwei.

Ich richtete die Mündung auf das Außenschott an der gegenüberliegenden Seite des Raumes.

Ein Gesicht tauchte kurz hinter einem der Löcher zum Maschinenraum auf und duckte sich wieder. »Was, zum Teufel, haben Sie vor?« brüllte Andros.

»Ich mache alles bereit, ein Loch in die Schiffshülle zu schießen, Mr. Andros.«

»Was?«

»Sie haben mich schon verstanden. Meine Hand liegt auf dem Feuerknopf. Ich muß mich nicht mehr sehr anstrengen, den Knopf zu drücken. Sollten Sie also auf mich schießen, werde ich die Kanone auch im Fallen noch auslösen.« Mein Herz klopfte so heftig, daß ich kaum sprechen konnte.

In seiner Stimme lag eine Spur Panik. »Was haben Sie vor?«

»Ich werde ein Loch in die Hülle blasen, Mr. Andros. Ist das nicht offenkundig?«

»Aber – damit dekomprimieren Sie uns!«

»Ja. Mannschaftsunterkunft zwei, den Korridor in Sektion neun und den Maschinenraum. Alles andere ist gesichert.«

»Damit kommen Sie nicht durch! Ich brenne ein Loch durch Ihren Anzug!«

»Ich trage keinen Raumanzug.«

»Dann sterben auch Sie!«

»Ja.«

Ich sprach das Wort mit belegter Zunge aus. Es mußte eben sein. Obwohl ein Teil von mir ums Überleben strampelte, würde ich das Ende als Segen empfinden. Ich hatte alles so oft verpfuscht, und Amanda wartete auf mich.

»Sie sind wahnsinnig!«

»Vielleicht. Es spielt keine Rolle. Das haben Sie mir gezeigt.«

»Ich werde die Trannies umbringen!«

»Die sind in wenigen Augenblicken sowieso tot.«

»Wir decken die Löcher ab!«

»Ich schieße in dem Moment, wenn Sie das erste Loch anfassen.«

Der Lautsprecher verstummte mit einem Klicken, doch ich hörte einen Tumult durch die Löcher im Schott. Eine Forderung, eine Antwort. Einen Streit. Jemand schrie: »Wir haben hier drin nur zwei Raumanzüge!«

Ich sprach in den Rufer: »Es wird Zeit. Ich bin der Schiffskaplan. Möchten Sie, daß ich Ihnen die Absolution erteile?«

»Warten Sie! Was möchten Sie?« schrie Andros.

Die Verbrennung schmerzte schlimmer als je zuvor. »Dieses Leben endlich hinter mir haben.« Das war die reine Wahrheit.

Schweigen. Dann: »Sie bluffen. Sie möchten vielleicht uns umbringen, aber nicht sich selbst. Also, nur zu!«

»Ich möchte erst ein Gebet sprechen. Ich gewähre Ihnen ein paar Sekunden Vorwarnung. Etwa eine halbe Minute.«

Ich kniete mich so aufs Deck, daß die Kanone mich zum Maschinenraum hin abschirmte. Ich behielt die Hand auf dem Feuerknopf.

Laut sprach ich: »›Im Vertrauen auf die Güte und Gnade

des ewigen Gottes übergeben wir unsere Leichname der Tiefe ...‹«

Im Maschinenraum holte jemand scharf Luft.

»›... um den Jüngsten Tag abzuwarten, wenn die Seelen der Menschen vor den allmächtigen Gott gerufen werden ...‹« Mir versagte die Stimme, und ich beendete das Gebet schweigend. »Amen.« Ich stand auf. »Zwanzig Sekunden.«

»Jesus, Seafort, tun Sie das nicht!«

»Es ist ein Bluff, Andy!« schrie Clinger.

»Hast du jemals einen Menschen auf diese Art sterben gesehen? Gib den Helm her, verdammt noch mal!«

»Nee. Wenn's einen erwischt, dann gleich alle!«

»Fünfzehn Sekunden.«

»Gott, ich möchte nicht sterben!«

»Halt die Klappe, Kerl, niemand wird ...«

»Zehn Sekunden.« Mit Griff auf den Feuerknopf wurde fester. Ich wehrte mich gegen den Drang zur Hyperventilation.

»Gottverdammt, Clinger, sei nicht so feige! Er wird ja doch nicht – HANGH!«

»Warten Sie, Käpt'n!« kreischte Clinger. »Nur lange genug zum Reden. KÄPT'N!«

Ich hatte das Gefühl, als würde ich aus großer Ferne herbeigerufen. »Über was reden?« Meine Stimme klang dumpf.

»Pusten Sie die Hülle nicht durch, Käpt'n! Damit bringen Sie sich auch selbst um!«

»Ist das alles?«

»Macht es Ihnen nichts aus?« schrie er.

»Nicht besonders viel. Wie Andros schon sagte – wir sind sowieso bald alle tot.«

»Was, wenn ... Was ...«

Ich starrte durch die Mannschaftsunterkunft zur Schiffswand. »Zehn ... neun ...«

»Was, wenn wir Ihnen die Trannies geben?«

»Acht ...« Er hatte etwas Wichtiges gesagt, aber ich war zu benebelt im Kopf, um mich zu konzentrieren. »Was?«

»Wir geben Ihnen die Trannies, wenn Sie uns in Ruhe

lassen. Wir bleiben hier unten, Sie nehmen den Rest des Schiffes.«

Ich grübelte darüber nach. »Ich halte nichts davon, Andros.« Ich war jetzt sehr müde. »Mein Weg ist der bessere.«

»Ich bin Clinger. Sie wollten doch diese verdammten Trannies haben, Käpt'n. Erinnern Sie sich nicht mehr?«

»Erinnern?« echote ich. Seine Stimme war wie aus einem fernen Traum. »Wo ist Andros?«

»Ich hab' ihm mit der Rohrzange was übergezogen. Sehen Sie, Sie haben uns ausgetrickst. Sie haben Ihren Schwur seltsam formuliert und uns reingelegt. Die Trannies sind jetzt nicht mehr wichtig. Also geben wir sie Ihnen, und Sie lassen uns in Ruhe.«

»Wieso?«

»Damit Sie leben!« brüllte er.

Das Wort hatte keine Bedeutung. Irgendwas stimmte nicht mit meinem Kopf. Das Schott schien näherzurücken und wieder zurückzuweichen, vielleicht im Rhythmus meines Herzschlages.

»Käpt'n!«

»Das Schott war von einer seltsamen Beschaffenheit.

»KÄPT'N!« Bei seinem gellenden Schrei fuhr ich hoch. »Werden Sie nicht besinnungslos, Sir, sonst drücken Sie noch den Feuerknopf!«

»Klar.« Ich nickte, aber die Bewegung verströmte Wellen der Übelkeit in der oberen Körperhälfte.

»Käpt'n, rufen Sie jemanden, der Ihnen hilft! Wir geben Ihnen die Trannies zurück, und Sie versprechen uns, nichts anderes mehr zu versuchen! Lassen Sie uns in Ruhe! Mehr verlangen wir nicht.«

»Ich darf nicht ... Ich muß das Schiff in meiner Gewalt haben.« Meine Zunge war dick.

»Denken Sie nach, um Gottes willen!«

Ich versuchte es. Die Nebel verzogen sich etwas. »Ergeben Sie sich.«

»Wieso? Damit Sie uns exekutieren können? Wieso sollten wir?«

»Das stimmt.« Mit zusammengekniffenen Augen blinzelte ich zum fernen Schott hinüber. »Am besten puste ich jetzt die Hülle durch.«

Er sprach geduldig, wie mit einem Kind. »Käpt'n Seafort, damit bringen Sie die Trannies um. Sie wollten doch, daß wir sie freilassen.«

»Ja. Ergeben Sie sich.«

»Werden Sie uns exekutieren lassen?«

Wegen bewaffneter Rebellion in Kriegszeiten? »Natürlich.«

»Dann hätten wir nichts zu verlieren. Sie müssen uns schon einen Grund geben, zu kapitulieren.«

Ich war schwindlig, konnte aber wieder denken. »Ich kann nicht mit Ihnen verhandeln. Befehls- und Regierungsgewalt und das alles. Deshalb sollte ich besser sterben.«

Seine Stimme bebte vor Entsetzen. »Das ist keine Verhandlung um die Kontrolle, Sie Irrer! Sie wollen ja doch nur unsere Kapitulation! Halt die Klappe, Sykes, wir haben verloren, siehst du das nicht? Käpt'n, kein Prozeß, keine Hinrichtung. Sie erhalten Ihr Schiff zurück. Wir bleiben in unserer Sektion und machen dort, was wir wollen.«

Ich wehrte mich gegen die Schwärze. »Nicht im Maschinenraum.« Jedes Wort war eine Qual. »Irgendwo sonst. Sektion vier.«

»Sie haben uns schon mal reingelegt; was, wenn Sie es wieder tun? Wir behalten zur Sicherheit die Energieleitungen.«

»Keine Tricks. Bringen Sie in Ihre Sektion und lassen Sie in Ruhe. Schwöre ich.« Ich stellte fest, daß ich schwankte.

Ich hörte das Summen von Stimmen. Dann: »Okay, wir sind einverstanden. Auf Ihr Wort. Rufen Sie jemanden herunter, der Ihnen hilft, ehe Sie uns alle umbringen!«

»Schwör's. So und nicht anders.«

Clinger sagte drängend: »Vergessen Sie den Scheißeid! Rufen Sie Hilfe herbei, ehe Sie umkippen!«

Heiser sagte ich: »Dray, wenn Sie mich hören können, kommen Sie herunter. Sektion neun.«

Äonen später glitt die Luke auf. Eine Gestalt im Raumanzug stampfte in den Korridor. Auf den Knien kämpfte ich darum, nicht hinzufallen, als die Gestalt über mir aufragte. Eine Hand legte sich auf die meine, die auf dem Feuerknopf der Kanone ruhte, und löste sacht meine Finger. Ich sackte in mich zusammen.

»Schicken Sie zuerst die Trannies heraus«, sagte jemand. »Ich habe meine Finger auf dem Knopf, und bei Gott, ich gebe einen Dreck darauf, ob Sie leben oder sterben. Oder der Kapitän.«

»In Ordnung, Chief, immer mit der Ruhe!« Die Luke schwang auf. Einer nach dem anderen tauchten die verängstigten, gedrückten Transpops auf und blinzelten, als wären sie in helles Licht gelangt.

Einer warf sich auf mich und drückte mich kräftig, während ich auf den Knien lag. »Käpt'n! Sin' ja verletzt! Was haben 'se mit Ihnen gemacht, Käp'n?«

»Annie?«

Dray knurrte: »Du da, Junge, und du, Mädchen. Nehmt den Käpt'n und tragt ihn durch die Luke. So ist es richtig, mit diesem Schalter da wird geöffnet. In die nächste Sektion, ihr alle. Jetzt wieder zumachen.« Die Decke bewegte sich schlingernd; sie schwang hin und her. Ich spürte festen Druck unter den Armen.

Ich lag passiv da, in einem traumähnlichen Zustand. Die Wange schmerzte so gut wie gar nicht. Ich hörte das leise Zischen der Sektionsluke. Weitere Hände packten mich. Ich schwebte die Leiter hinauf.

Philip Tyres Gesicht kam verschwommen in mein Blickfeld. »Oh, allmächtiger Gott! Bringt ihn auf die Krankenstation!«

Langsam und deutlich sagte ich: »Zuerst auf die Brücke.«

»Aber ...«

»Brücke.« Augenblicke später sank ich in meinen Sessel und umklammerte die Armlehnen. Ich fühlte mich heiß und trocken. Philip stand in der Nähe und hielt sich bereit, mich aufzufangen, falls ich umkippte. Sein besorgter Blick schweifte über mich. Auf dem Boden ächzte Eddie und versuchte, sich auf zurichten. Walter Dakko stand mit dem Gewehr in der Hand bereit.

Ich deutete auf Eddie. »Schicken Sie ihn in sein Quartier zurück.«

Philip stieß den jungen Matrosen verächtlich mit dem Fuß an. »Ins Schiffsgefängnis, meinen Sie? Sofort, Sir.«

»Mannschaftsunterkunft.«

»Aber er muß vors Kriegsge ...«

Ich stemmte mich schwankend auf die Beine. »Dakko, raus.« Ich winkte Richtung Luke. Walter Dakko entfernte sich rasch und mit grimmigem Blick. Auf Philips Nicken hin schloß er die Luke hinter sich.

Ich sprach vorsichtig und formulierte jedes Wort mit Sorgfalt: »Warum möchten Sie ihn vors Kriegsgericht stellen?«

Philip starrte dümmlich. »Er hat versucht, Sie umzubringen!«

Ich schüttelte den Kopf. »Er – ist gestürzt. Ich stolperte und fing mich wieder.«

»Er ist Ihnen an die Kehle gegangen!« rief Philip. »Ich mußte ihn betäuben, damit er Sie nicht erwürgte!«

Eddie Boß rappelte sich in Sitzhaltung auf und lehnte sich ans Pult.

»Ich habe nichts dergleichen gesehen.«

Der junge Fähnrich stand kurz davor, in Tränen auszubrechen. »Kapitän, es geht Ihnen nicht gut! Er hat Sie zu töten versucht! Erinnern Sie sich nicht mehr? Er *darf* nicht damit durchkommen!«

Ich trat einen unsicheren Schritt auf ihn zu. Noch einen. Mit flammendem Blick drängte ich ihn ans Schott zurück. Ich beugte mich dicht an ihn heran. »Ich – bin – Ihr – vorgesetzter – Offizier!«

»Ja, Sir!«

»Er ist gestürzt!«

Philips Gesicht war weiß.

»Sagen Sie es!«

Der Blick des Jungen zuckte zu Eddie Boß und wieder

zurück zu mir. Er zeigte einen Ausdruck von Verrat und Vorwurf. Er stammelte: »Sir, der – der Matrose muß gestolpert sein. Er hat sich den Kopf angeschlagen und das Bewußtsein verloren.«

»Sehr gut.« Ich drehte mich vorsichtig um. »Ich gehe jetzt zur Krankenstation. Etwas – scheint nicht in Ordnung zu sein.« Mit großer Würde legte ich zwei Schritte Richtung Luke zurück.

Hinter mir sagte Philip mit leiser Stimme: »Ich würde Ihnen gern helfen, bitte.« Ich nickte, und er legte mir zaghaft den Arm um die Brust. Während ich mich dahinschleppte, auf seine Schulter gestützt, sah ich seine Tränen glitzern.

DRITTER TEIL

7. August, im Jahre
unseres Herrn 2198

14. Kapitel

Die Wärme des kochend heißen Tees drang durch das dicke Porzellan, bis ich gezwungen war, die Tasse ständig von einer Hand in die andere zu verlagern und sie schließlich auf dem Schwenktisch neben meinem Bett abzustellen. Elena Bartel lächelte mich vom Fußende des Bettes aus an.

»Ich warte ein paar Minuten«, gab ich nach.

»Die Vorfreude wird Ihnen guttun.« Ihre Stimme klang schüchtern.

Ich lächelte vorsichtig und spürte, wie die Haut sich dabei dehnte. Man hatte mir berichtet, daß es drei Tage her war, seit ich auf die Krankenstation getorkelt war und mich dabei an Philip Tyre geklammert hatte wie ein Schiffbrüchiger an seine Sauerstoffflasche. Die Verbrennung war entzündet, und die heftigen Anstrengungen hatten das Fieber fast an den Punkt ohne Wiederkehr getrieben.

Philip und Walter Dakko besprachen sich mit Kerren, und der Comp koordinierte ihre Bemühungen, meine Infektion zu bekämpfen. Der geplagte Fähnrich ernannte Dakko und Bartel zu meinen Pflegern und ging wieder, sich um die Schiffsführung zu kümmern; der allmächtige Gott allein wußte, in welchem Zustand ich unsere Angelegenheiten vorfinden würde, wenn ich auf die Brücke zurückkehren konnte. Ich tröstete mich mit dem Gedanken, daß Philip es nicht viel schlechter machen konnte, als ich selbst es zuwege gebracht hatte.

Sehnsüchtig starrte ich die Teetasse an und fragte mich, wann ich sie endlich in die Hand nehmen konnte. Trotz häufiger Anwendung des Medimpulses schmerzte die Wunde, und es würde lindernd wirken, wenn ich mir die Tasse unter die Nase hielt und die reinen, warmen Dämpfe einatmete. Der Gedanke rief mir in Erinnerung, wie Vater bei meinen Fieberkrankheiten als Kind bei mir gesessen und seine zerbeulte alte Kupferteekanne und einen Schwamm als Hauptwaffen seines medizinischen Arsenals zum Einsatz gebracht hatte. Das war, soviel ich weiß, die einzige Zärtlichkeit, mit der ich je von ihm bedacht wurde.

Ich lehnte mich ins Kissen zurück und starrte durch Elena hindurch, während ich mich bemühte, den Schleier zu durchdringen, der über den vorangegangenen Tagen lag. Schwitzend und zitternd hatte ich im Bett gelegen, während das Fieber seine Spitzenwerte erreichte, und war schließlich in einem Drogenschlaf versunken, als die Wirkung der Medikamente einsetzt. In anderen, klareren Stunden hatte ich mir Sorgen um all die Pflichten gemacht, um die ich mich nicht kümmern konnte.

Wohl wissend, daß wir personell unterbesetzt waren, widerrief ich Philips Befehl, daß Elena oder Walter Dakko jederzeit bei mir Wache halten mußten. »Ich habe den Summer zur Hand, Miss Bartel. Wenn ich etwas brauche, gebe ich das Signal. Melden Sie sich wieder bei Mr. Tyre.«

»Nein, Sir, das werde ich nicht tun«, versetzte sie ruhig.

»Aber ...«

»Ich hole den Fähnrich.«

Ein paar Minuten später erschien Philip Tyre, salutierte und hörte sich meine barschen Anweisungen an. »Verzeihung, Sir, aber Miss Bartel bleibt. Oder jemand anders, wenn Sie sich in ihrer Gesellschaft nicht wohl fühlen.«

Für einen Augenblick war ich sprachlos. »Ist Ihnen klar, was Sie da gesagt haben?«

»Ja.« Eine peinliche Unterbrechung trat ein, die ewig zu dauern schien. »Sir, ich habe Sie des Kommandos enthoben, bis Sie sich wieder erholt haben. So steht es bereits im Logbuch.«

Wie betäubt fiel ich ins Kissen zurück. Des Kommandos enthoben? Die Legenden der Flotte berichteten von Leuten, die tapferer waren als ich und vor einem solchen Schritt zurückgeschreckt waren, die Elend und Schlimmeres ertragen hatten, ehe sie diese schicksalhafte Maßnahme ergriffen, für die sie leicht gehängt werden konnten.

Der Kapitän eines Schiffes der Flotte war mehr als ein

Offizier. Er verkörperte die Regierung der Vereinten Nationen; ihn abzusetzen kam einer Revolution gleich. In meiner Verzweiflung hatte ich Philip vor gar nicht so langer Zeit gebeten, genau das zu tun. Und doch war alles, was ich jetzt empfand, Empörung.

»Bis Sie sich erholt haben«, wiederholte er. Eine unausgesprochene Bitte, mich zu beruhigen, sowie eine hartnäckige Entschlossenheit kamen darin zum Ausdruck. »Andernfalls würden Sie wieder aufstehen, sobald Ihre Beine Sie tragen – viel zu früh. Wir können dieses Risiko nicht eingehen; Sie werden zu sehr gebraucht.«

»Ich verstehe.« Ich funkelte ihn unnachgiebig an.

»Sobald Ihr Fieber zwei aufeinanderfolgende Tage unten geblieben ist und das Blutbild sich normalisiert hat, sagt Kerren.«

Philips blaue Augen blickten besorgt. Er zwang sich zu einem Lächeln. »Bis dahin tue ich mein Bestes, Sir.«

Und so war er auf die Brücke zurückgekehrt, während ich in dem weißen Kämmerchen blieb, in das gedämpfte Licht starrte und die ungeübte Behandlung durch Walter Dakko und die besorgte, blasse junge Frau über mich ergehen ließ.

Sie hatte sich selbst als Neurotikerin bezeichnet, und ich konnte erkennen, daß diese Einschätzung zutraf.

Und doch pflegte sie mich mit einer Entschlossenheit und einem Einfühlungsvermögen, das ihren Mangel an Übung wettmachte. Sie badete mich, half mir bei meinen Körperausscheidungen und assistierte Walter Dakko, wenn er sich um meine eiternde Wunde kümmerte, deren üblen Gestank sogar ich widerwärtig fand und deren Behandlung Gegenstand von Dakkos besonderer Sorgfalt geworden war.

»Hätten Sie gern das Holovid?« fragte sie mich jetzt. Ich nickte, eine nur winzige Bewegung. Jedesmal, wenn ich die Wange bewegte, verschob sich der Verband, die Haut spannte sich, und hatte ich Empfindungen, über die ich lieber nicht genauer nachdachte. Niedergeschlagen nahm ich das Holovid aus Elena Bartels ausgestreckter Hand entgegen. Gestern hatte ich nach der Ladeliste des Schiffes verlangt, die Philip gehorsam auf ein Eprom gebrannt und heruntergeschickt hatte.

Ob nun meines Kommandos enthoben oder nicht, zumindest konnte ich meine Zeit dazu nutzen, im Lagerbestand nach Vorräten zu suchen, die sich als nützlich erweisen konnten, ehe wir den Rest zur Vorbereitung unserer Beschleunigungsphase über Bord warfen. Ich fragte mich, ob das alles vergebene Liebesmüh war, zuckte dann aber die Achseln, wir würden tun, was in unseren Kräften stand. Alles andere lag in Gottes Hand.

Ein weiterer Tag verging, und das Fieber ließ nach. Kerrens Medikamente besiegten allmählich die Infektion, die mich beinahe umgebracht hätte. Ich gab mir Mühe, nicht zu schreien, als Walter Dakko vorsichtig den Drain entfernte, den er mir auf Anweisung des Comps eingesetzt hatte.

Ich verlangte nach einem Spiegel. Sie sagten, sie würden einen besorgen, taten es aber nicht. Ich argwöhnte, daß sie mir den eigenen Anblick lieber ersparen wollten. Meine Körpertemperatur blieb einen weiteren Tag gleichmäßig. Ich unternahm einen kurzen Spaziergang zur Toilette und genoß diese Leistung. Miss Bartel teilte meinen Triumph und lächelte breit, wozu ich ja nicht in der Lage war.

Ich war wieder ich selbst, wenn auch geschwächt. Falls ich mich überanstrengte – also mehr als ein paar Minuten auf den eigenen Beinen stand –, wurde mein Gesicht rot, und der Schweiß drang mir aus den Poren. Ich verzehrte die weichen Lebensmittel, die man mir brachte, damit ich nicht kauen mußte, und unternahm alle paar Stunden einen kleinen Spaziergang, um wieder zu Kräften zu kommen. Am folgenden Tag kam ich in meinem durchgescheuerten Bademantel aus der Krankenstation zum Vorschein und unternahm einen triumphalen Ausfall bis zur Korridorbiegung, ehe ich umkehrte.

Ich setzte mich aufs Bett, rang nach Atem und versuchte nicht zu zeigen, was dieser Ausflug mich gekostet hatte, als Philip Tyre erschien.

Er salutierte, nahm jedoch nicht Haltung an. Vollkommen

korrekt, da er ja das Kommando führte. »Sir, wie fühlen Sie sich heute?«

»Ziemlich gut.« Meine Stimme war kalt.

»Wenn Sie der Meinung sind, Sir, daß Sie bereit und imstande sind, würde ich mich freuen, wenn Sie wieder das Kommando übernehmen.«

»Sind Sie sicher, daß Sie es nicht lieber behalten möchten?«

Er blickte zu Boden. »Es tut mir leid, daß Sie mit meiner Entscheidung nicht einverstanden sind, Sir. Ich weiß, welche Konsequenzen das hat.«

»Sehr gut. Also machen wir es gleich.« Ich erhob mich zu schnell und setzte mich rasch wieder. »Na ja, besser erst morgen früh. Warten wir noch einen Tag, damit Ihre Mühen nicht verschwendet waren.«

»Ja, Sir.« Er salutierte, drehte sich um und ging.

Als es Morgen wurde, zog ich mich vorsichtig an und manövrierte dabei das Unterhemd über den Verband auf der Wange. Ich rasierte die andere Gesichtshälfte und fragte mich, während ich in den Spiegel blickte, welche Schrecknisse der ordentliche weiße Verband verdeckte.

Als ich endlich wieder auf der Brücke war, salutierte ich vor Philip. »Kerren, zeichne das bitte auf. Nachdem ich mich voll erholt habe, Mr. Tyre, übernehme ich wieder das Kommando über dieses Schiff.«

»Ja, Sir. Ich gebe das Kommando an Sie zurück. Bestätigt und verstanden.« Er salutierte und nahm Haltung an.

»Entlassen, Fähnrich. Gehen Sie in Ihr Quartier.« Ich beachtete ihn nicht, als er hinausmarschierte. Eine kleinliche Rache, aber die einzige, die mir möglich war. Ich setzte mich auf meinen Platz und schaltete das Holovid ein, um das Logbuch zu prüfen.

Ich ging den schlichten, offen formulierten ersten Eintrag durch. »Kapitän fiebrig und kaum bei Bewußtsein. Durch Befehl Philip A. Tyres, des anwesenden Senioroffiziers, seines Kommandos enthoben.«

Ich sichtete die weiteren Einträge. Philip hatte erfahrene

Mannschaftsangehörige damit beauftragt, unsere Rekruten im Schiffsprotokoll und in ihren Pflichten zu unterweisen. Er hatte den Kombüsendienst reorganisiert und eine regelmäßige Versorgung von Mr. Bree mit Vorräten in Gang gesetzt. Auf Befehl des Fähnrichs hatte Mr. Tzee zwei Besatzungsmitgliedern beigebracht, wie man Funkraumwache hielt. Dray hatte wieder die Leitung des Maschinenraums übernommen, und Tyre hatte ihm Deke als Assistenten zugeteilt.

Während ich von seinen Leistungen las, regte sich in mir eine gedankenlose Wut. Die Westhydroponik war aufgeräumt worden; man hatte dort unter Emmett Bransteads wachsamem Blick Setzlinge aus den Osthydros angepflanzt. Da die Sensoren und Anlagen der Westhydros nicht funktionierten, mußten die Pflanzen von Hand gepflegt werden, und Philip hatte auch das arrangiert.

Er hatte unseren geplanten Kurs neu berechnet, für die Überwachung der Recycler gesorgt, die Logbucheinträge ständig aktualisiert ...

Verdammt sollte er sein! Ich knallte das Holovid auf mein Pult. Ich wurde gar nicht gebraucht. Ich wurde nicht mal vermißt. Unser emsiger Fähnrich war mit allem klargekommen – und das besser, als ich es je vermocht hätte.

Ich sackte im Sessel zusammen und brütete vor mich hin. Als ich mich lange genug in Selbstmitleid gesuhlt hatte, verlangte ich von den Stationen des Schiffes Statusmeldungen; bei der Wiederaufbereitung, in Funkraum, Maschinenraum und Hydros lief alles gut. Die Rebellen hatten Gott sei Dank keine Schäden in den Hydrokammern angerichtet.

In welcher Sektion hatte Philip die Meuterer eingesperrt? Ich sah das Log durch, fand aber keinen Eintrag drüber. Ich wollte schon in der Fähnrichskabine anrufen, überlegte es mir aber noch mal; ich hatte den Jungen gerade schlafen geschickt. Es war besser, wenn ich mir die Information selbst beschaffte. Ich schaltete den Rufer ein. »Chief, sind Sie beschäftigt?«

Eine kurze Pause. »Nicht besonders, Kapitän. Ich habe

Deke gerade gezeigt, wie die Freigabeventile funktionieren.«

»Würden Sie bitte heraufkommen?« Ich stellte den Rufer weg und wartete. Ich wußte, daß es nicht lange dauern würde; wenn der Kapitän ein Besatzungsmitglied zu sich rief, dann beeilte es sich – und zwar ausnahmslos –, dem Befehl nachzukommen.

Innerhalb von zwei Minuten tauchte der Chief auf, salutierte und erhielt die Erlaubnis, die Brücke zu betreten.

»Dray, ich bin ein bißchen durcheinander, was geschah, nachdem ich auf die Krankenstation kam. Sie selbst waren dabei, die Trannies – die Nichtseßhaften – aus dem Maschinenraum zu holen.«

»Ja, Sir«, erwiderte er teilnahmslos. »Sie sind in Sicherheit. Ein paar von den Mädchen wurden verprügelt, aber es ist nichts Schlimmeres.«

»Sie wollten die Rebellen in eine andere Sektion bringen. Vier, nicht wahr?«

Er sagte nichts.

»Nun?«

Er zuckte die Achseln. »Vielleicht wollten Sie das tun. Ich habe nie gesagt, daß ich es tun würde.«

Ich hämmerte die Faust aufs Pult.

»Wo sind sie, Dray?«

»Im Schiffsgefängnis natürlich. Wo sonst?«

»Ich habe diesen Leuten versprochen, ihnen eine Sektion zu überlassen, wenn sie sich ergeben.«

Der Chief starrte mich ungläubig an. »Was hat das schon zu bedeuten? Sie standen unter Zwang, Kapitän.«

Ich sperrte den Mund auf. »Ich habe diesen Leuten einen Eid geschworen!«

»Eine Kriegslist!« versetzte er heftig. »Oder wie immer Sie es nennen möchten. Es spielt keine Rolle. Diese Leute werden Sie ja ohnehin hängen, nicht wahr?«

»Das kann ich nicht, Dray. Sie haben meinen Eid!«

Er sah, daß ich es ernst meinte. »Die?« rief er. »Diese gottverfluchten Maden? Vielleicht sind Sie noch verrückt genug, denen zu erlauben, daß sie frei in einem Teil des Schiffes herumspazieren ...«

»Dray!«

»Aber ich will verdammt sein, wenn ich es tue!« schrie er.

Wir starrten einander erschrocken an und schwiegen.

»Gehen Sie nach unten, Dray. Sofort.«

»Aye, aye, Sir!« Mit einem zornigen Gruß marschierte er davon.

Einige Zeit verging, ehe ich wieder ruhig genug war, um mich zu setzen. Ich ging das Logbuch durch. Philip hatte nichts über die Inhaftierung der Rebellen eingetragen. »Kerren!«

Er war so ruhig wie immer. »Ja, Kapitän?«

»Ich bin in der Fähnrichskabine. Überwache alle Alarmvorrichtungen und unterrichte mich auf der Stelle, wenn ich gebraucht werde.«

»Natürlich, Kapitän Seafort.«

Ich marschierte durch den Korridor auf Deck 1 und achtete kaum auf meinen Weg, bis ich beinahe über einen Eimer stolperte. Eddie Boß funkelte mich stumm an. »Was treiben Sie denn hier?« wollte ich wissen.

»Was ich immer mach'!« Heftig schwenkte er einen nassen Mop quer durch den Korridor und wischte den Boden mit heftigen, wütenden Strichen. »Boßjunge sagt, die ganze Zeit 'n Bo'n wischen! Bo'n wischen!« Er bedachte mich mit einem anklagenden Blick. »Sie ha'm gesagt, daß 'se Hilfe brauchen! Aber so was hier? Daß 'er olle Eddie 'n Bo'n sauber hält?«

»Deck«, korrigierte ich ihn abwesend.

»Deck, Bo'n, is' doch gleiche, wenn de die ganze Zeit am wischen bis'!« Sein Gesicht war mürrisch. Da ich keine Lust auf eine Konfrontation hatte, ging ich weiter.

Die Schikanierung Eddies beunruhigte mich. Fiel Philip in seine alten Methoden zurück? Ein kalter Schauer lief mir über den Rücken. Wie erging es unserem neuen Kadetten Gregor in der Abgeschiedenheit der Fähnrichskabine? Ich faßte einen eisernen Entschluß: Philip würde mit Brutalität nicht durchkommen. Nie wieder!

Ich hämmerte an die Luke zur Fähnrichskabine. Sie glitt auf. In eine frische graue Uniform gekleidet, in der er sehr gut aussah, grinste Gregor Attani mich an, ehe ihm einfiel, daß er salutieren mußte. »Hallo, Sir.« Er klang fröhlich.

»Nehmen Sie Haltung an!« schnarrte ich. »Hat er Ihnen noch nichts beigebracht?«

Er gehorchte, und das Lächeln schwand. »Verzeihung, Sir.«

»Wo ist Mr. Tyre?«

»Genau hier, Sir.« Philip tauchte in Hose und T-Shirt im Lukendurchgang auf, ein Handtuch über der Schulter. Mit einer einzigen fließenden Bewegung warf er das Handtuch auf den Stuhl und nahm Haltung an.

»Kommando zurück, alle beide.« Gregor entspannte sich und sank auf seine Koje. Ich sagte zu Philip: »Eddie Boß.«

»Ja, Sir?«

»Was macht er da draußen?«

»Decksdienst.«

»Seit wann?«

»Seit fünf Tagen.«

»Warum?« wollte ich wissen.

Für einen Moment trübte Bitterkeit seine Züge. »Weil er so tolpatschig war, auf der Brücke hinzufallen.« Gregor schaute von seiner Koje aus mit offenem Mund zu.

»Sie sind mit meiner Entscheidung also nicht einverstanden, Mr. Tyre?«

»Ich akzeptiere sie, Sir.« Mit traurigem Ausdruck studierte er das Schott. »Wie immer man die Sache auch betrachtet, er hat sich danebenbenommen. Ein bißchen Decksdienst wird ihm nicht schaden.« Widerwillig räumte ich ein, daß er recht hatte. »Sehr schön. Aber morgen ist der letzte Tag.«

»Aye, aye, Sir.«

»So.« Ich funkelte ihn an. »Mr. Andros und Mr. Clinger. Und die übrigen.«

Er nahm die Schultern hoch. »Ja, Sir.«

»Sie haben sie ins Schiffsgefängnis gesteckt.«

»Nein, Sir. Das hat Dray getan. Ich beließ es nur dabei.«

Gepreßt fragte ich: »Wußten Sie von meinem Schwur, diese Leute freizulassen?«

»Ja, ich wußte davon.« Seine gelassene Art machte mich wütend.

»Sie haben also Befehle mißachtet.«

Er lächelte freudlos. »Sie haben mir zu keinem Zeitpunkt befohlen, diesen Leuten eine Sektion zu geben, Sir.«

»Sie gottverdammter aufsässiger Unruhestifter!« Die Beleidigung hing unwiderruflich zwischen uns in der Luft.

»Amen«, sagte Gregor Attani heiser und rettete mich damit vor einer weiteren Blasphemie.

»Sie wußten, was ich erwartete, ungeachtet der Frage, ob ich Ihnen dazu einen besonderen Befehl erteilte! Sie haben mir absichtlich nicht gehorcht.«

Philip blickte mir in die Augen und holte tief Luft. »Sir, zu diesem Zeitpunkt unterstand ich nicht Ihrer Befehlsgewalt.«

Ich öffnete den Mund, brachte aber keinen Ton hervor. Ich ballte so fest die Fäuste, daß mir die Hände weh taten. Endlich bekam ich heraus: »Zehn Minuspunkte wegen Unverschämtheit, Mr. Tyre! Ich werde Sie nicht schlagen, weil ich versprochen habe, es nicht mehr zu tun. Aber, bei Gott, Sie werden die Punkte abarbeiten, jeden einzelnen! Und Sie haben ansonsten bis auf weiteres Arrest in Ihrem Quartier.«

»Aye, aye, Sir.« Sein Gesicht war weiß. Ich warf mich auf den Fersen herum und knallte die Handfläche auf den Lukenschalter, nachdem ich hinausgegangen war. Bebend vor Wut marschierte ich zur Leiter und stürmte hinunter zu Deck 3, wobei ich jeweils zwei Sprossen auf einmal nahm. Ohne mich um die Matrosen auf dem Korridor zu kümmern, öffnete ich die Luke zum Maschinenraum mit einem Hieb. »Dray!«

»Hier drin!« Er tauchte aus der Lagerkabine auf, begleitet vom jungen Deke, der eine schwere Kiste schleppte.

»Dray, begeben Sie sich in Sektion vier. Entfernen Sie die inneren Steuerungen für die Korridorluken. Kappen Sie die Leitung zum Lautsprecher und verlegen Sie eine neue, die nur zur Brücke führt. Durchsuchen Sie jede Kabine und jedes Abteil in Sektion vier, und entfernen Sie sämtliche Werkzeuge und Waffen. Bestätigen Sie Ihre Befehle!«

»Befehle erhalten und verstanden, Sir.« Er lächelte, und es wirkte bitter und mürrisch. »Macht es Ihnen was aus, wenn ich mir anschließend einen genehmige?«

Deke schaute mit offenem Mund zu.

»Wie können Sie es wagen!«

»Ja«, äffte er mich nach. »Wie kann ich es wagen!« Er beugte die Hand. »Die Finger sind noch alle dran, Kapitän. Möchten Sie einen? Ich habe Sie verhöhnt, und Sie haben mir gedroht, die Hand wegzubrennen. Dieser Abschaum hat versucht, Sie zu töten. Er hat den Maschinenraum besetzt und Geiseln genommen. Diesen Leuten geben Sie Passagierskabinen!« Er funkelte mich an und streckte mir die Hand hin. »Hier, tun Sie, was Sie wollen! Ich brauche die gottverdammten Finger nicht!«

Ich ging mit unsicheren Schritten zum Schott hinüber, legte die Hand flach auf die kalte Wand und starrte durch die Steuertafeln und Ventile hindurch. »Ich war verzweifelt, als ich das sagte«, wandte ich mit leiser Stimme ein. »Ich hatte niemanden außer Philip. Im Schiff herrschte das Chaos, und ich wußte nicht, was ich tun sollte.«

»Deke, raus hier«, knurrte er. »Das ist eine Sache zwischen mir und dem Käpt'n.« Der junge Matrose flüchtete erleichtert. Als Dray sich wieder zu mir umdrehte, waren seine Augen kalt. »Ich respektiere Sie nicht, Seafort, und es ist mir egal, wenn Sie es erfahren. Sie haben mich zu Tode erschreckt. Ich bin dreiundfünfzig Jahre alt und hatte mein Leben lang noch nie solche Angst. Na ja, vielleicht mußten Sie es tun. Ich hatte aufgegeben, als alles hoffnungslos aussah und dieses Arschloch Tremaine die Brücke kommandierte. Die Flasche erschien mir als der einzige Ausweg.«

Er betrachtete mich mit schmalen Augen. »Aber Sie haben diese Nummer bis zum äußersten durchgezogen. Es war kalkulierte Grausamkeit. Ich brauche die Flasche jetzt nicht mehr. Ich kann statt dessen Sie hassen.«

»Und Sie haben keine Angst vor mir?«

Er verzog den Mund zu einem sardonischen Lächeln. »Nein. Welche Ironie, nicht wahr? Ich gebe wirklich einen Scheiß darauf, ob Sie mir die Hand zerschießen oder nicht. Sie können mich nicht kaputtmachen. Die Hand vielleicht, aber nicht mich.« Er blickte mir in die Augen. »Oh, ich gehorche Ihren Befehlen, und ich salutiere vor Ihnen und spreche höflich mit Ihnen, solange andere in der Nähe sind! Aber ich werde wissen – und Sie werden wissen –, was ich wirklich von Ihnen halte.«

»Ja.« Ich wandte mich ab. »Ich werde es wissen.« Ungeachtet dessen, was ich getan hatte, hatte dieser Mann am Waffenschrank zu mir gehalten und mich vor dem Maschinenraum vor den Rebellen gerettet. Und ich hatte keine Möglichkeit, jemals bis zu seinem Innern durchzudringen.

»Ich weiß, was Sie von mir halten«, wiederholte ich mit dumpfer Stimme. »Ich frage mich, ob Sie je erfahren werden, was ich von mir selbst halte.« Blind tastete ich nach der Luke. Der Korridor war verlassen. Ich ging zurück zur Leiter und wischte mir die Augen mit dem Ärmel ab. Er hatte mir nicht mehr verabreicht, als ich verdiente. Ich stieg hinauf zur Brücke und schloß mich dort in die Isolation ein. Allein mit den niemals blinkenden kalten Lichtern des Simultanschirms sondierte ich die Tiefen meines Abscheus vor mir selbst.

Stunden später meldete Dray, daß Sektion vier vorbereitet war. Ich rief Walter Dakko und Emmet Branstead zu mir, bewaffnete sie und nahm sie mit hinunter zum Schiffsgefängnis. Dort schloß ich die beengte, schmutzige Zelle auf, in der Clinger und Matrose Akkrit saßen.

Clingers Blick verströmte Haß. »Hätte Sie umbringen sollen, als ich eine Chance dazu hatte!« sagte er. »Sie und Ihr Eid! Ich hab' Andy gesagt, das wär' alles Bockmist, aber er wollte nicht drauf hören.«

»Halten Sie die Klappe. Ich bringe Sie in Sektion vier.«

»Wieso? Wollen Sie uns da umbringen, nicht hier?«

»Nein. Ich übergebe Ihnen eine Sektion. Wie ich es versprochen habe.« Ich hob die Betäubungspistole. »Noch ein Wort, Mr. Clinger, und man wird Sie hinaustragen.« Ich führte die beiden eingeschüchterten Matrosen und ihre Wachen vom Schiffsgefängnis in die verlassene Sektion.

Sobald die beiden Meuterer in ihrem Exil eingeschlossen waren, ging ich zurück, um Andros, Sykes und Byzer zu holen. Als ich Andros' Zelle aufschloß, warf er mir einen Blick zu, bei dem es mir kalt den Rücken hinunterlief. »Ist das die Art, wie Sie Ihr Wort halten, Mann?«

»Clinger und Akkrit warten bereits in Sektion vier. Ich bringe Sie jetzt dorthin.«

»Wieso die Eile?« Er lehnte sich mit verschränkten Armen ans Schott. »Möchten Sie nicht noch ein bißchen warten? Vielleicht ein Jahr oder so? Das Wort eines Offiziers!« Er spuckte aufs Deck. »Soviel ist es wert!«

»Gehen wir.« Ich betastete meine Betäubungspistole.

»Ich warte jetzt seit fünf Tagen!« kreischte er. »Sie haben gelogen! Keine Tricks, hatten Sie geschworen!« Walter Dakko packte sein Gewehr fester.

»Ich habe es geschworen, ja.« Ich wartete darauf, daß Andros aus der Zelle kam, aber er lehnte weiter am Schott und rührte sich nicht. »Gehen wir.«

»Oder?« Seine Stimme klang höhnisch.

»Oder ich betäube und trage Sie.«

»Wenn es das ist, was Sie tun müssen, dann nur zu. Wenn Sie möchten, daß ich auf eigenen Beinen rausgehe, dann geben Sie zu, daß Sie gelogen haben!«

Dakko trat drohend einen Schritt vor.

»Immer mit der Ruhe, Mr. Dakko. – Ich könnte es mir anders überlegen, Andros, und Sie hierlassen.«

»Na klar.« Er spuckte erneut aus. »Wenn Sie Ihren Eid schon mal gebrochen haben, was macht's dann aus, wenn Sie es wieder tun?«

»Ich war krank!« rief ich. »Ich wußte kaum, wo ich war!«

»Sie haben es versprochen!« brüllte er. »Sie sind Offizier! Sie haben es versprochen, und Dray und Ihr hübscher Junge haben es gehört! Statt dessen hat man uns in diesen Kasten gesteckt! Offizierseid! Pah!« Er schlug vor Wut und Enttäuschung mit der Faust auf die Luke. »Was für ein Grünschnabel ich doch bin! Ich habe Ihnen geglaubt!«

Dakko sah mich an.

Er zeigte Mitleid. Ruhig sagte er: »Das reicht, Mr. Andros. Der Kapitän war sehr krank, und er ist jetzt hier, um sein Versprechen einzulösen. Kommen Sie mit uns.«

Den Blick zu Boden gerichtet, umklammerte Andros den Oberkörper mit den Armen und schüttelte den Kopf. Kühl zielte Dakko mit der Betäubungswaffe auf seine Brust.

»Warten Sie.« Ich drückte die Waffe zur Seite, betrat die schmutzige Zelle und baute mich vor dem unglückseligen Matrosen auf. »Andros, vor dem allmächtigen Gott und diesen Zeugen entschuldige ich mich.« Er hob den Blick. »Ich habe es versäumt, mein Versprechen zu halten. Ich war krank und durcheinander, aber ich hätte mich trotzdem um Sie kümmern können. Ein Wort hätte gereicht. Ich habe falsch gehandelt und meinen Eid nicht gehalten, und es tut mir leid. Nun bin ich hier, um meinen Eid einzulösen. Gehen Sie mit diesen Männern. Bitte.«

Seine Augen hingen mit ergreifender Dankbarkeit an mir. »Aye, aye, Käpt'n«, flüsterte er. Fügsam folgte er meinen beiden Matrosen zu Sektion vier.

Kaum war die Luke geschlossen, da knurrte Emmett Branstead: »Entschuldigen Sie, aber warum? Warum haben Sie sich vor diesem – diesem Verräter erniedrigt?«

Er hatte kein Recht zu fragen. Kein Matrose hatte jemals das Recht zu fordern, daß der Kapitän ihm sein Verhalten erklärte. »Weil es stimmte, was er gesagt hat, Mr. Branstead. Ich habe mich falsch verhalten. Holen Sie jetzt Sykes und Byzer.«

»Meine Frau würde gern mit Ihnen sprechen«, sagte der alte Mr. Reeves steif. »Wenn es Ihnen nicht zuviel Mühe macht.«

»Natürlich nicht.« Er hatte mich auf dem Weg in den Speisesaal abgefangen. Ich folgte ihm zu dem Tisch am Schott, wo Mrs. Reeves und die Pierces auf ihre ältlichen Tischgefährten warteten.

Die zerbrechliche alte Dame lächelte mich aus müden blauen Augen an. »Ich habe gehört, daß wir Ihrem Mut unser Leben verdanken, Kapitän. Danke für alles, was Sie für uns getan haben.«

Unwillkürlich mußte ich lachen, und es klang rauh und bitter. »Für Sie getan? Mein Gott, wie entstehen nur immer solche Gerüchte?«

»Sie haben diese unglückseligen Matrosen daran gehindert, das Schiff hochzujagen oder uns den Strom abzuschalten, oder nicht?«

»Nachdem ich ihnen zunächst Gelegenheit gegeben hatte, überhaupt damit drohen zu können.«

Der Tonfall der alten Frau verriet Mitgefühl und Besorgnis. »Sie waren krank, ich weiß. Haben Sie immer noch daran zu tragen?«

»Ich wünschte, ich wäre mit meiner Frau auf der *Portia* gestorben, Ma'am.« Ich war verblüfft, daß ich diesen Gedanken laut ausgesprochen hatte.

Sie tätschelte den Stuhl neben dem Mr. Pierces.

»Setzen Sie sich zu mir, junger Mann.«

Nervös nahm ich Platz. »Verzeihen Sie, ich wollte das nicht sagen.«

»Sie müssen Ihre Frau sehr geliebt haben.«

Ich wandte den Blick ab. »Nicht so sehr, wie es mir möglich gewesen wäre. Ich wußte sie erst richtig zu schätzen, als sie tot war.« Von dem Stuhl auf der anderen Seite starrte Mr. Pierce mich an, den Mund halb offen.

»Sie können damit leben. Sie haben die Kraft dazu. Und den Mut.«

»Sie schätzen mich falsch ein, Ma'am.«

»Es erforderte Mut, sich auf Gedeih und Verderb mit uns einzulassen.«

Mit rauher Stimme sagte ich: »Sie wissen ja nicht, was Sie da sagen.«

»Erklären Sie es mir.«

Warum sollte ich eigentlich einer törichten alten Dame von meinem Kummer beichten? Und doch spie ich die Worte aus: »Ich bin auf die *Challenger* gekommen, ja. Admiral Tremaine hatte mich wegen Inkompetenz und Insubordination meines Kommandos enthoben. Die Wahl hieß: die *Challenger* oder der Strick. Das ist es, was Sie Mut genannt haben.«

Gelassen wartete sie ab, wie sich das Schweigen in die Länge zog. Dann sagte sie: »Manchmal erfordert es auch Mut, zu leben.«

Ich stand abrupt auf. »Ich muß jetzt an meinen Tisch.«

»Sie müssen Frieden finden.« Die alten Augen musterten mich aufmerksam. »Sonst werden Sie für niemanden eine Hilfe sein.«

»Ich muß jetzt gehen, Ma'am.« Ich faßte kurz an meine Mütze, wandte mich ab und zog mich zurück.

Als das Abendessen endete, machte ich mich von einem Paar frei, das fade Konversation mit mir pflegen wollte, und suchte die Brücke auf. Ein kurzes Stück den Korridor hinunter wurde ich abgefangen.

»Kapitän Seafort!« Chris Dakko lief hinter mir her. Ich wartete. Er zögerte, biß sich auf die Lippe und zeigte mir dann einen flüchtigen, ungeübten Gruß. »Bitte, darf ich mit Ihnen reden?«

Ich wußte, daß ich eigentlich hätte ablehnen sollen. Es gab einen Dienstweg für Besatzungsmitglieder, die ein Anliegen an den Kapitän hatten; eine direkt vorgetragene Bitte war inakzeptabel. Ich beschloß jedoch, ein Zugeständnis zu machen; der Junge war vor wenigen Tagen noch Zivilist gewesen.

»In Ordnung.« Ich führte ihn in den Passagiersalon von Deck 1 und schloß die Luke. »Nun?«

»Bitte.« Er blickte mir forschend in die Augen, als wollte er ihren Ausdruck deuten. »Ich weiß, daß Sie mich nicht leiden können. Ich war nicht gerade freundlich zu Ihnen ... Und ich weiß, daß Sie Hilfe brauchen.«

»Ja?«

»Was Sie getan haben – mich gegen meinen Willen zu verpflichten ...«

Ich durfte nicht zulassen, daß er weiterredete. »Es reicht, Mr. Dakko.«

»Sie verstehen mich nicht!« Er klang verzweifelt. »Ich kann es nicht ertragen! Ich bin überhaupt nicht für dieses leben geeignet! Ich passe nicht zu den anderen; ich werde es nie! Ich ...«

»Mr. Dakko!«

»Ich leiste jede Hilfe, die Sie von mir verlangen, Mr. Seafort! Machen Sie wieder einen Zivilisten aus mir. Ich bitte Sie, Sir! Ich bitte Sie, SIR!« Er flehte mich mit Blicken an.

Langsam schüttelte ich den Kopf. »Wenn ich andere Möglichkeiten hätte, würde ich sie ergreifen. Mein Gott, glauben Sie vielleicht, ich hätte es mir nicht überlegt, ehe ich Sie verpflichtet habe? Sie wurden dienstverpflichtet, Mr. Dakko, und dabei bleibt es.«

»Sie wissen ja nicht, wie die sind«, flüsterte er und starrte mit leeren Augen vor sich hin. »Es ist ein Alptraum. Ich bin sogar zu meinem – meinem Vater gegangen. Er hat mich weggeschoben. Er sagte, ich hätte mich dafür entschieden, auf eigenen Füßen zu stehen, und er würde nicht ...«

Er schloß die Augen. »Kapitän, Sir, vergeben Sie mir die Worte, die ich zu Ihnen gesagt habe. Bitte, lassen Sie mich gehen!«

Sein Schmerz bewegte mich. Vielleicht ... Wenn er seinen Vater nicht erwähnt hätte ... ich erinnere mich an die Nächte auf der Akademie, in denen ich wachgelegen und meinen Vater lautlos angefleht hatte, mich von dort wegzuholen.

»Mr. Dakko – Chris«, verbesserte ich mich sanft. »Sie wurden nicht zur Strafe verpflichtet. Ich brauche jede verfügbare Kraft, um die Mannschaftsliste aufzufüllen. Das tue ich auch weiterhin. Sie müssen bei der Flotte bleiben. Es tut mir leid, aber es geht nicht anders. Sie sind aus eigenem Entschluß auf die *Challenger* gekommen. Das sind die Konsequenzen, die Sie nun mal tragen müssen.« Er wandte den Blick ab. Ich räusperte mich. »Matrose, salutieren Sie jetzt, wie man es Ihnen beigebracht hat, und gehen Sie nach unten.«

Einen ausgedehnten Moment lang tat der Junge gar nichts. Dann nahm er mit sichtlichem Bemühen um Selbstbeherrschung Haltung an, salutierte und ging steif zur Luke.

Müde von einem einsamen Tag voll endloser Plackerei suchte ich an diesem Abend zum erstenmal seit einer Woche wieder meine Kabine auf. Das geräumige Abteil war mir immer noch fremd; schließlich war ich erst fünf Tage an Bord der *Challenger* gewesen, als die Verletzung mich auf die Krankenstation brachte. Ein sauberer Bettbezug wartete auf mich, ebenso frische Handtücher; Philip hatte sogar den Wäschedienst organisiert.

Ich spürte den Schmerz der Einsamkeit und versuchte, mich lieber mit meinem Zorn zu beschäftigen. Dank Tyre hatte ich mich vor einem wahnsinnigen Matrosen demütigen müssen, der Tod und Zwietracht auf meinem Schiff gestiftet hatte. Hätte Philip doch nur meine Befehle ausgeführt . . .

Ich starrte das fahle Gesicht im Spiegel an. Erneut fragte ich mich, wie es wohl unter dem Verband aussah. Ein innerer Zwang zog die Hand nach oben. Langsam und vorsichtig schälte ich den Verband ab. Als ich damit fertig war, musterte ich mein Gesicht, und mir wurde übel.

Die Verletzung war scheußlich. Die Haut war aufgerissen, hatte geeitert und eine rote, entzündete Narbe hinterlassen, die sich vom Ohr bis zum Mund zog und bis zum Auge und zum Hals hin ausstrahlte. Die Röte würde wieder verschwinden, aber die Narbe würde bleiben. Ich erinnerte mich an Simmons, den Matrosen, den ich getötet hatte. War es das Kainsmal? Entnervt mußte ich lachen. Lachend und weinend fiel ich schwer aufs Bett und war in gnädig kurzer Zeit eingeschlafen.

15. Kapitel

Unsere Tage vergingen in bleierner Schwere. Meine dringendste Aufgabe bestand darin, das Schiff auf Heimatkurs zu bringen; wir hatten das bereits viel zu lange hinausgeschoben. Unser kostbarer Treibstoff durfte jedoch nicht auf Kurskorrekturen verschwendet werden; wir würden ihn unter Vollast verbrennen, bis nichts mehr übrig war. Oder fast nichts mehr. Selbst um den Preis verminderter Beschleunigung hielt ich es für nötig, eine kleine Restmenge für Notmanöver in Reserve zu halten.

Obwohl die Schubmaschinen unabhängig gezündet werden konnten, wurde der Treibstoff auf einem Fahrzeug von der enormen Größe der *Challenger* oder irgendeines Linienschiffes zentral gelagert und von dort in kleinere Tanks innerhalb der einzelnen Schubtriebwerke gepumpt. Sollte ein Zuleitungsproblem dazu führen, daß eine unserer Düsen stotterte oder fehlzündete, mußten wir unersetzlichen Treibstoff auf Korrekturen verschwenden. Die Schubmaschinenpumpen, mit Strom aus den Fusionsmaschinen gespeist, die die Hauptenergiequelle der *Challenger* darstellten, mußten zuverlässig arbeiten.

Ich warnte Dray vor, daß der Maschinenraum bald voll bemannt und funktionsfähig sein mußte, wobei den Energieleitungen der Pumpen besondere Aufmerksamkeit zu gelten hatte. Grimmig stürzte er sich in diese Aufgabe.

Derweil vergrub ich mich in unsere Ladelisten und überlegte mir, welche Frachtposten wir über Bord werden konnten, um unsere Masse zu senken. Jede Unze, die wir entbehren konnten, erhöhte die Geschwindigkeit, die wir erreichen würden, ehe uns der Treibstoff ausging. Vielleicht würde das irgendwann, in Jahrzehnten, wenn wir uns dem Sonnensystem näherten, etwas ausmachen. Ich persönlich zweifelte daran; trotz meiner hoffnungsvollen Worte gegenüber der Schiffsgemeinschaft rechnete ich für uns kaum mit etwas anderem als einem in die Länge gezogenen Sterben. Es sei denn, wir wurden gerettet.

Allein auf der Brücke brütete ich vor mich hin. Mit besser ausgebildeten Mannschaften hätte ich sogar daran gedacht, das Schiff selbst auseinanderzunehmen. Welche Verwendung hatten wir denn schon für die Frachträume vor den Scheiben und dem Barkassenhangar? Sobald wir die benötigten Vorräte entfernt hatten, war das übrige für unser Überleben nicht mehr von Bedeutung und erhöhte lediglich unsere Masse um eine beträchtliche Tonnage.

Ich seufzte. Es wäre eine ungeheure Arbeit, das Schiff auseinanderzunehmen, und ging wahrscheinlich über unsere Fähigkeiten hinaus. Wichtiger noch war, daß wir nicht die Mannschaftsstärke für ein solches Vorhaben zur Verfügung hatten, solange wir gleichzeitig die Hydroponik wieder aufbauten und die wesentlichen Schiffssysteme in Betrieb hielten.

Und wenn man es genau nahm – mußte man dann nicht sowieso davon ausgehen, daß der Geschwindigkeitsunterschied selbst im Fall unseres Überlebens kaum besonders viel ausmachte? Wir würden die Erde fortwährend anfunken, und diese Sendungen würden das Heimatsystem in neunzehn Jahren erreichen. Das, was wir vielleicht an zusätzlicher Geschwindigkeit erreicht hätten, würde sich nicht nennenswert auf die Zeit bis zu unserer Rettung auswirken. Es sei denn, natürlich, unsere Funksprüche blieben ungehört, was durchaus möglich war, wenn man die gewaltigen interstellaren Interferenzen durch Hintergrundstrahlung und kosmisches Rauschen berücksichtigte.

Na ja, daran war in Anbetracht unserer Ressourcen nichts zu ändern. Ich wandte mich der Ladung zu. Wenigstens dort konnten wir eine gewisse Wirkung erzielen. Mit unseren maschinellen Verladeanlagen konnten ein paar Mann den Laderaum binnen weniger Tage leeren.

Die *Challenger* führte wie jedes Schiff nicht nur Vorräte für den Eigengebrauch mit, sondern auch Fracht für die angefahrene Kolonie. Die Admiralität würde zweifellos erbost reagieren, wenn ich teure und benötigte Fracht über Bord warf; aber die Wahrscheinlichkeit, daß das Material jemals Hope Nation erreichte, war höchst gering, selbst wenn die *Challenger* in künftigen Jahren gefunden wurde.

Wenn man jedoch andererseits davon ausging, daß wir zu jahrelanger Fahrt verurteilt waren – wer konnte dann schon wissen, welche Gegenstände sich noch als nützlich erweisen konnten?

Ich erstellte eine vorläufige Liste, und wie es sich traf, war Walter Dakko in der Nähe, als ich Philip aufforderte, diese Liste durchzusehen. Der Fähnrich bestätigte den Befehl lediglich; aber Dakko zappelte nervös herum und brachte sein Unbehagen unmißverständlich zum Ausdruck, bis ich ihn schließlich anstarrte und fragte: »Nun?«

»Ich weiß, daß es mir nicht zusteht, mich einzumischen, aber ...«

»Sie haben recht. Aber trotzdem – heraus damit.«

»Kapitän, haben Sie schon an die Auswirkungen auf die Mannschaft gedacht, wenn Sie das Thema zur Sprache bringen?«

»Welches Thema?«

»Daß sie alles über Bord werden sollen, was wir nicht unbedingt brauchen. In diesem Licht würde unsere Situation so – endgültig erscheinen.«

»Haben Sie Einwände?« Ich war bereit, ihn auf seinen Platz zu verweisen, und zwar hurtig.

»Nein. Ich versuche nur, realistisch zu sein. Aber wenn einige der anderen sehen, daß Sie auf eine Art und Weise handeln, die andeutet, es bestünde keine wirkliche Hoffnung auf Rett ...«

Philip sagte empört: »Blödsinn! Wenn der Kapitän einen Befehl erteilt, führt die Mannschaft ihn aus! Es steht gar nicht zur Debatte ...«

»Nein, Sir, natürlich nicht.« Dakko zögerte. »Aber sehen Sie ... Sie haben den Leuten immer gesagt, ein Rettungsschiff würde uns finden, und von Clingers' und Andros' Haufen mal abgesehen ist es genau das, was uns zusammenhält. Wenn uns jemand findet und an Bord nimmt, welche Rolle spielt dann unsere Geschwindigkeit?«

»Möchten Sie, daß wir jahrelang nur herumsitzen und warten?« Ich fegte seinen Einwand beiseite. »Ich entscheide, was für das Schiff am besten ist. Die Mannschaft wird tun, was ihr gesagt wird.«

»Das hoffe ich, Sir. Obwohl ich schon gehört habe, wie Leute fragten, warum Sie nicht ...«

»Es reicht!«

»... den Fusionsantrieb zu reparieren versuchen. Aye, aye, Sir.« Er verstummte.

Ich stand langsam auf und zwang mich, ihn nicht anzubrüllen. »Den Antrieb reparieren? Unmöglich. Geben Sie folgende Information weiter, Mr. Dakko: Wir werden mit einer solchen Aufgabe nicht mal ansatzweise allein fertig. Selbst in der Werft von Lunapolis ...« Ich verstummte und fluchte leise vor mich hin.

Wenn Dakko es mitbekam, zeigte er es wenigstens nicht.

Im Laufe der nächsten Tage kämpfte ich mit der Entscheidung, was ich über Bord werfen sollte. Sollten wir so weit gehen, die unbenutzten Kabinen auszuräumen? Welchen Nutzen hatte die Schiffsbarkasse, neunzehn Lichtjahre vom nächsten Stern entfernt? Ihre Masse war beträchtlich. Und doch zögerte ich. Fusionsantrieb oder nicht, die *Challenger* war weiterhin ein Schiff der Flotte. Wenn ich die Barkasse aufgab, warum dann nicht gleich auch die Laserkanonen oder das Schaltpult, an dem die Mannschaft Geschützübungen durchführte? Warum dann die Trainingseinrichtungen im Passagiersalon behalten?

Am Ende traf ich willkürliche Entscheidungen, die niemanden zufriedenstellten, mich eingeschlossen. Für die Moral der Passagiere ließ ich das Schiff und alle seine Vorräte intakt und warf nur einen Teil der schwersten Lasten über Bord: Maschinen und Fabriken für Hope Nations wachsende Industrie, Preß- und Gußmetalle und ähnliches. Wenn irgend jemand etwas dagegen hatte, war er klug genug, es mir nicht zu sagen.

Ich befahl, zwei Funkfeuer auszusetzen, und wartete einen weiteren Tag ab, um sie zu überwachen und sicherzustellen, daß sie richtig funktionierten. Unsere Rettung hing vielleicht von ihnen ab. Später würden wir weitere aussetzen.

Als wir endlich soweit waren, rief ich Dray und Philip auf die Brücke und wies sie an, zusammen mit Kerren unseren Kurs zu berechnen. Letztlich stimmten jedermanns Zahlen bis auf mehrere Stellen nach dem Komma überein. Ich gab die Berechnungen in den Comp ein.

Schubmanöver wurden normalerweise vom Piloten ausgeführt, aber wir hatten keinen. Als Kapitän sollte ich eigentlich über die notwendigen Fertigkeiten verfügen, ein Schiff zu steuern; aber ich erinnerte mich noch mit Verdruß an die Unfähigkeit, mit der ich als Fähnrich Andockdrills durchgeführt hatte. Jetzt hing unser Leben von Fähigkeiten ab, an denen es mir mangelte.

»Dray, gehen Sie nach unten. Melden Sie sich, wenn Sie bereit sind.« Der Chief salutierte und ging, ohne ein Wort zu sagen, selbst ohne das gebräuchliche ›Aye, aye, Sir‹.

Endlich übermittelte der Maschinenraum das Signal.

Die Energie unserer Fusionsmaschinen, die wir für ihren Hauptzweck nicht mehr einsetzen konnten, wurde in die Pumpen gelenkt, die unsere Manövrierdüsen am Heck und an den Seiten des Schiffes speisten. »Mr. Tyre«, sagte ich steif, »ich befehle Ihnen, mich sofort darauf aufmerksam zu machen, wenn ich das Schiff fehlerhaft bediene. Zögern Sie nicht!«

»Aye, aye, Sir.«

Mit dieser Ermutigung legte ich die Hand auf die Schubsteuerung. »Neigung fünfzehn.« Winzige Treibstoffspritzer aus den Seitendüsen schwenkten den Bug mit äußerster Bedächtigkeit herum. Wir brauchten schließlich keinen kostbaren Treibstoff zu vergeuden, um uns heimwärts zu wenden, wenn ein paar zusätzliche Minuten ausreichten, um dieses Manöver mit Hilfe der Trägheit zu absolvieren.

Ich korrigierte Neigung und Lage und bremste die Rotation ab, bis wir perfekt auf Sol ausgerichtet waren, neunzehn Lichtjahre entfernt. Ich wußte, daß ich im Zuge der Beschleunigung noch zahlreiche kleine Korrekturen vornehmen mußte; die Schubrate würde nicht perfekt gleichmäßig bleiben, weil es beim Ausstoß des Treibstoffes durch die Rohre zu geringfügigen Schwankungen kam. Winzige Verunreinigungen des Hydrozins oder Korrosion der Schubrohre zeitigten allmählich spürbare Wirkung.

»Sehr gut. Ich glaube, wir können jetzt die Beschleunigung einleiten. Ist das korrekt, Mr. Tyre?«

»Aye, aye, Sir.«

»Ein Viertel voraus.« Ich schloß die Hand um die glatte, runde Kugel auf dem Pult. Langsam drehte ich sie vorwärts, den Blick auf den Monitor geheftet, der unsere Position und den Kurs anzeigte. Vorsichtig steigerte ich die Geschwindigkeit und tippte dabei gelegentlich die Steuerung der Seitendüsen an, um den Kurs zu korrigieren.

Ich blieb mehr als eine Stunde lang auf einem Viertel Schubkraft, bis ich einigermaßen sicher sein konnte, daß die Schubtriebwerke korrekt arbeiteten. Manchmal war es schon passiert, daß sie stotterten, und bei Andockmanövern konnte das zu tragischen Resultaten führen. Wir waren allerdings nicht so unmittelbar gefährdet. Wir gingen lediglich das Risiko ein, hilflos weit aus unserer Kursbahn zu geraten, wenn unsere Treibstofftanks bereits leer waren.

»Steigere Schub auf die Hälfte.« Schweißgebadet und mit vor Anspannung schmerzendem Arm drehte ich die rote Kugel millimeterweise nach vorn. Die *Challenger* hielt den Kurs. »Mr. Tyre!«

Philip kam herbeigesprungen. »Ja, Sir?«

»Rufen Sie im Maschinenraum an. Erhitzen sich die Schubdüsen?« Hätte ich die freie Hand nach dem Rufer ausgestreckt, hätte ich vielleicht in der Konzentration nachgelassen.

Ich wußte, daß Dray jede Funktionsstörung sofort gemeldet hätte; aber ich hatte noch immer schreckliche Erinnerungen an den entsetzlichen Tag, als die Düsen der Barkasse der

Hibernia explodiert waren. Die *Hibernia* verlor dabei ihren Kapitän und zwei Leutnants. Das Ereignis hatte meinen Lebensweg geprägt, hatte mir Amanda gewonnen und für immer wieder entrissen, hatte mich spröde, einsam und verbittert gemacht.

»Temperatur normal, Sir.«

»Ich gehe auf drei Viertel Schub.« Jede Sekunde, in der wir Schub gaben, stieg unsere Geschwindigkeit, bis wir schließlich beinahe ein Viertel der Lichtgeschwindigkeit erreichten. Je schneller wir das schafften, desto größer war unsere Chance, wieder nach Hause zu gelangen. Doch unsere Manövrierdüsen waren nicht darauf ausgelegt, lange Zeit unter Vollast zu laufen, und wir würden sie fast einen Monat lang feuern müssen, um die Höchstgeschwindigkeit zu erreichen. Ich wagte daher nicht, zu schnell auf volle Beschleunigung zu gehen.

Das ganze Manöver wäre unmöglich gewesen, hätte nicht Kapitän Hasselbrad einen großen Teil des Treibstoffs der *Portia* auf die *Challenger* gebracht, um die Schuld zu mindern, die er auf sich nahm, indem er uns im Stich ließ. Trotzdem würde uns der Treibstoff ausgehen, bevor wir eine wirklich bedeutsame Geschwindigkeit erreichten.

Anschließend erwarteten uns hilflose Jahre auf einem nicht mehr manövrierfähigen Schiff.

Mir tat das Handgelenk weh. Ich beobachtete, wie die Zahlen bis auf unmöglich viele Stellen nach dem Komma auf dem Konsolenmonitor aufleuchteten. Die geringste Kursabweichung zu Beginn unserer Flugbahn würde sich mit der Zeit zu drastischen und unabänderlichen Fehlern auswachsen.

Als wir auf drei Viertel Beschleunigung waren, löste ich meine fast taube Hand von der Kugel. Jetzt blieb nichts weiter zu tun, als zu warten und mit äußerster Wachsamkeit auf die Leistungsabgabe der Seitendüsen zu achten, um Korrekturen vorzunehmen, die Kerren unterließ. Ich fragte mich, ob ich es während des kommenden Monats wagen würde, die Brücke zu verlassen.

Zumindest das eine konnte ich für unsere Moral tun: Ich nahm den Rufer zur Hand und sagte: »Achtung, alle Mann und Passagiere! Wie Sie vielleicht bemerkt haben, wenn Sie zu den Bullaugen hinausblickten, haben wir das Schiff in die richtige Lage für unsere Beschleunigung gebracht. Vor kurzem habe ich die Feuerung unserer Schubtriebwerke eingeleitet. Wir sind unterwegs nach Hause. Es wird eine sehr lange Reise werden, aber mit der Gnade des allmächtigen Gottes werden wir eines Tages Terra wiedersehen. Das ist alles. Ich danke Ihnen.«

Ich setzte den Rufer ab und lehnte mich zurück, während der Schweiß an meinem Hemd kalt wurde. Zu meiner Rechten stand Philip und grinste vor Freude über unsere Leistung.

Als ich mich daran erinnerte, wie er meine Vorrechte mißbraucht hatte, während ich krank war, starrte ich ihn ausdruckslos an, bis seine Begeisterung schwand. »Sie dürfen gehen, Mr. Tyre, bis Sie wieder Wachdienst haben.«

Er erwiderte meinen Blick, und seine Augen zeigten nur noch Trauer. »Aye, aye, Sir.« Er ging.

Drays Beziehung zu mir war von kühler Korrektheit und absoluter Unversöhnlichkeit geprägt. Er leitete seinen Maschinenraum, führte alle Aufgaben aus, die ich ihm übertrug, und blieb ganz für sich.

Eine Beziehung zwischen mir und Philip bestand praktisch nicht. In den zehn Tagen, seit ich in blinder Wut aus der Fähnrichskabine gestürmt war, hatte ich jeden beiläufigen Kontakt mit ihm vermieden und ihn, wenn es unumgänglich war, nur mit eisiger Förmlichkeit angesprochen.

Philip, Dray und ich wechselten uns eine endlose Woche lang auf Wache ab. Die Ablösung erfolgte jeweils wortlos, zumindest in meiner Gegenwart. Ich vermutete, daß der Fähnrich und der Chief miteinander freundschaftlicheren Umgang pflegten als jeder der beiden mit mir. Ich konnte mir gut vorstellen, wie sie insgeheim über mich redeten.

Philip Tyre erfüllte seine Pflichten mit Eifer und Energie. Er beteiligte sich aktiv an der Ausbildung der neuen Rekruten, und unter seine Anleitung entwickelten sie allmählich die Erscheinungsform und das Auftreten von Besatzungsangehörigen der Raumflotte. Emmett Branstead und Mr. Dakko sprachen nicht mehr, ohne daß man sie dazu aufforderte, und sie wären auch scharf zurechtgewiesen worden, hätten sie es trotzdem getan.

Die Nichtseßhaften, die zur Mannschaft gehörten, bildeten eine Subkultur, bis wir diese Gemeinschaft durch rigorose Integration auflösten. Es wurde ihnen verboten, zusammen zu essen oder benachbarte Kojen zu benutzen oder auch nur ihre Freizeit mit ihresgleichen zu verbringen. Das alles durften sie nur noch in Gesellschaft anderer Besatzungsmitglieder. Obwohl sie anfänglich aufgebracht waren, paßten sie sich der Situation mit der Zeit an. Deke, der von dem jetzt in Sektion vier eingeschlossenen Decksmatrosen Akkrit niedergeschlagen worden war, reagierte als letzter; doch nachdem er tagelang mürrisch und in sich gekehrt geblieben war, tauchte er langsam wieder aus seinem Schildkrötenpanzer auf.

Derweil hockte ich, abgeschieden in meiner inneren Quarantäne, auf der Brücke und brütete vor mich hin.

Gregor Attani nahm Haltung an; mit seinen scharfen Bügelfalten und dem kerzengeraden Rücken war er die Verkörperung des Eifers.

»Rühren, Kadett.«

»Ja, Sir. Melde mich wie befohlen, Sir. Wir haben sämtliche verbliebenen Lebensmittel in fünfunddreißig Wochenrationen unterteilt und in separaten Behältern verstaut, die nach Wochen gekennzeichnet sind. Geringere Rationen für die späteren Wochen, wie Sie es angeordnet haben.«

»Sehr gut, Mr. Attani. Sie können gehen.« Ich blickte ihm hinterher. Ein Kadett, der sich direkt beim Kapitän meldete; wieder eine hochgeschätzte Flottentradition über Bord. Ein Kadett galt als das letzte vom letzten, ein Auszubildender ohne bürgerliche und persönliche Rechte, das Mündel seines vorgesetzten Offiziers. Es war Brauch, daß ein Kapitän sich nicht dazu herabließ, die Anwesenheit eines Kadetten zur Kenntnis zu nehmen, geschweige denn, mit ihm zu sprechen. Ganz gewiß übertrug er ihm keine wichtigen Aufgaben. Gregor war mit seinen achtzehn Jahren jedoch fünf Jahre älter als der typische Kadett, und ich hatte sonst ohnehin niemanden.

Ich wußte, daß Gregor Attani sich unter Philips Führung gut entwickelte. Obwohl er nur einige Monate jünger war als Philip, begegnete er seinem Seniorfähnrich mit einer Verehrung, die schon an Ehrfurcht grenzte. Wenn ich mich an die Brutalität erinnerte, mit der Tyre die *Hibernia* gepeinigt hatte, wurde ich einfach nicht schlau daraus, wie er eine solche Beziehung zu Gregor hatte herstellen können. Ich beneidete sie darum, obwohl ich wußte, daß die Feindseligkeit zwischen uns meine eigene Schuld war.

Natürlich half es, daß Gregor als Kadett nicht den traditionellen gnadenlosen Schikanen ausgesetzt war. Er war zu alt, um etwas davon zu haben, und es war auch niemand da, um ihn zu schikanieren, abgesehen von Philip, dessen Energien jedoch andernorts aufgezehrt wurden. Obwohl Gregor sich geweigert hatte, sich freiwillig zu melden, akzeptierte er bereitwillig die Schiffsdisziplin und die Zwänge seiner neuen Rolle.

Trotzdem lief nicht alles gut bei ihm. Früher am Tag war ich in den Speisesaal gegangen, um mir eine Tasse Kaffee zu holen – Gott sei Dank waren unsere Vorräte an diesem Getränk nahezu unbegrenzt. Während ich unbemerkt in der Kombüse herumhantierte, rückten Mr. Bree und Chris Dakko draußen im Saal Tische zurecht. Gregor traf mit einer Anfrage von Philip ein, und Mr. Bree eilte in den Vorratsraum und ließ Gregor und Chris Dakko allein zurück.

»Hallo, Chris.« Gregors Verhalten war linkisch. Ich stöhnte innerlich auf. Als angehender Offizier mußte er Distanz wahren. Statt jedoch meine Anwesenheit zu verraten, wartete ich ab, um mir das Gespräch anzuhören, auch wenn ich mich bei der Lauscherei nicht wohl fühlte. Hatte ich nicht vor kurzem erst Philip des gleichen Verhaltens wegen getadelt?

Chris musterte verächtlich Gregors frische graue Uniform. »Kennen wir uns, Macker?«

»Sehr komisch.«

»Eigentlich nicht. Ich würde es eher als kläglich bezeichnen.«

»Was denn?«

»Wie du dich verkauft hast.« Chris betrachtet seinen früheren Freund kühl. »Ich habe gehört, daß du jetzt bei Pretty Boy Tyre untergebracht bist. Habt ihr eine schöne Zeit zusammen?«

Ich schürzte die Lippen.

Für patentierte Offiziere war ein Kadett nichts; aber für ein Mannschaftsmitglied wie Chris war er so gut wie jeder Offizier, und es waren die entsprechenden Formen der Flotte fällig.

»Was ist denn mit dir los?« fragte Gregor gereizt.

»Du hast mich schon verstanden. Du hast dich an Stahlarsch Seafort und diesen hübschen Fähnrich verkauft. Warum sich diese Mühe machen? In ein paar Monaten sind wir sowieso alle tot.«

»Was ist mit dir? Wessen Arbeitshemd trägst du denn?«

»Das hier?« Chris zupfte verächtlich an dem hellblauen Hemd. »Du kennst den Grund. Dieser Trannie-Gorilla wartet nur darauf, die Scheiße aus mir rauszuprügeln, und niemand wird ihn aufhalten. Eines Tages bringe ich ihn um. Ich habe es bereits geplant.« Es klang höhnisch. »Aber du fügst dich nicht einfach nur, du machst bereitwillig mit. Geben sie dir da oben was Besseres zu essen?«

»Ich glaube«, sagte Gregor langsam, »daß ich dich nie richtig gekannt habe.«

»Mach dir keine Sorgen darum, du Sack. Du hast schließlich deine neuen Freunde, die du anschleimen kannst, genau wie Old Daddy Walter.«

»Vergiß nicht, mit wem du sprichst, Dakko!«

»Yeah? Und wer ist das?«

»Ein Offiziersanwärter. Wenn der Käpt'n es hören würde, hättest du eine Menge Schwierigkeiten.«

»Wirst du es ihm erzählen, Arschkriecher?«

Gregor holte tief Luft. »Nimm Haltung an!«

»O nein! Ich lasse mir diesen Scheiß von dem Gorilla gefallen, aber nicht von dir! Es sei denn, du wärst Manns genug, mich zu zwingen.«

»Das bin ich, aber du bist die Mühe nicht wert.« Er drehte sich auf den Fersen um und stolzierte hinaus. Chris brummte eine verächtliche Bemerkung vor sich hin.

Ich wartete, bis Mr. Bree wieder Chris' Aufmerksamkeit in Anspruch nahm, und schlich ungesehen hinaus. Gregor hatte die Kontrolle über einen Mannschaftsangehörigen verloren; aber wenn ich mich einmischte, würde ich es damit nur schlimmer machen. Ich ordnete den Vorfall unter meinen vielen ungelösten Problemen ein.

Ein Tag nach dem anderen schleppte sich düster dahin. Ich brachte die Schubtriebwerke in kleinen Schritten auf volle Kraft und beließ es dabei. Besorgter denn je behielt ich die Meßwerte im Auge. Sie blieben konstant.

Unsere gesamte Aufmerksamkeit richtete sich jetzt auf die Nahrungsproduktion. Jeder, die Passagiere eingeschlossen, half dabei mit, die unbenutzten Kabinen in urbane Farmen umzuwandeln. Wir mußten den Sand rationieren, aber dank Kapitän Hasselbrad hatten wir reichlich Wasser. Tomaten, Kopfsalat, Kürbis, Hülsenfrüchte und sogar Karotten keimten und wurden von unseren eifrigen Gärtnern wie Säuglinge gepflegt.

Jede aus unseren schwindenden Vorräten zubereitete Mahlzeit erinnerte uns immer drängender an die verzweifelte Notwendigkeit, mit unserer Gärtnerei Erfolg zu haben. Vielen unserer Passagiere war es zuwider, daß ich jeden Tag Lebensmittel nach Sektion vier schickte, und zwar die gleichen Rationen, die auch wir bekamen. Ich kümmerte mich nicht darum. Ich achtete lediglich darauf, daß die Lieferungen auch unbehelligt eintrafen.

Es gab Streit zwischen Eddie Boß und Dray. Ich kannte die

Einzelheiten nicht und wollte auch nicht danach fragen. Eddie lief etwa eine Woche lang mit blauen Flecken herum und begegnete anschließend allen Offizieren mit gesteigerter Ehrerbietung. Dray schien eigentlich kein Gegner für den riesigen Rekruten zu sein, aber er war schon lange genug im Geschäft, um ein paar Tricks zu beherrschen. Und er leitete einen Maschinenraum, wo man es häufig mit groben Kerlen zu tun hatte. Trotzdem war es ein Zeichen von schlechter Disziplin, wenn ein Offizier sich mit einem Matrosen raufte. Da es jedoch nicht der richtige Zeitpunkt für mich war, mich in Drays Belange einzumischen, hielt ich den Mund.

Im Verlauf all dieser Wochen bekam ich in meiner wachen Zeit kaum meine Kabine zu sehen, obwohl ich mich nach der Abgeschiedenheit dort sehnte. Wenn ich mich gerade nicht auf der Brücke aufhielt und voller Grauen auf einen Alarm wartete, der eine Kursabweichung signalisierte, streifte ich im Schiff umher.

Mit meinen unerwarteten Inspektionen hielt ich die Recyclermaate in ständiger Anspannung. Immer wieder tauchte ich in den Hydrokammern und unseren improvisierten Gemüsefarmen auf. Ich verlor jeden Überblick, wie oft ich bereits den Barkassenhangar durchquert hatte und durch den Laderaum gestreift war, bewegt von der Hoffnung, vielleicht doch irgendwelche Vorräte oder Ausrüstungsgegenstände zu finden, die mir auf der Ladeliste nicht aufgefallen waren.

Eines späten Abends hatte ich mich gerade in die Kabine zurückgezogen und legte die Kleider ab, als jemand klopfte. Ich weiß nicht, mit wem ich errechnet hatte, sah mich aber verblüfft Philip Tyre gegenüber.

»Dürfte ich ein Wort mit Ihnen sprechen, Sir?«

»Liegt ein Notfall vor?« Ich hielt meine Stimme so kalt, wie ich nur konnte.

»Nein, Sir.«

»Dann morgen früh auf der Brücke.« Ich knallte die Luke

zu. Während ich mich fürs Bett bereitmachte, schäumte ich. Philip wußte doch, daß die Kapitänskabine unverletzlich war! Sicher, ich hatte ihm gesagt, es stünde ihm frei, anzuklopfen, aber das war gewesen, bevor er meine Befehle in Sachen der Meuterer mißachtete. Heftig schaltete ich das Licht aus, fiel mit dem Kopf aufs Kissen und wartete auf den Schlaf.

Zwei Stunden später schaltete ich das Licht wieder an und nahm mit einem resignierten Seufzen den Rufer zur Hand. »Mr. Tyre in die Kapitänskabine.« Ich zog mich an und setzte mich, um zu warten.

Es dauerte nicht lange.

Ich musterte ihn kalt. »Nun?«

Er stand bequem. »Es tut mir leid, daß ich Sie am Abend belästigt habe, Sir. Das hätte ich nicht tun sollen.«

»Sie haben es nun mal getan. Also reden Sie frei raus.«

Er wand sich, gab die bequeme Haltung wieder auf und betrachtete das nahe Schott, als suchte er daran nach Fehlern. »Ich ... äh, bin gekommen, um mich zu entschuldigen.«

»Ach?«

»Ja, Sir.« Mit rotem Gesicht wandte er sich mir zu. »Für mein – mein Fehlverhalten in Zusammenhang mit der Rebellion.«

»Sie haben sich falsch verhalten?«

»Ich – ja, Sir. Ich habe mich falsch verhalten. Ich wäre Ihnen dankbar, wenn Sie mir vergeben würden.«

»Wieso?« Ich war nicht geneigt, ihn vom Haken zu lassen.

Seine Augen füllten sich plötzlich mit Tränen. »Weil ... Verdammt!« Er wandte sich ab und rammte die Hände in die Taschen.

Sofort verbannte ich mein Triumphgefühl in irgendeinen schäbigen Winkel meines Bewußtseins. »Warum, Philip?« fragte ich sanfter.

»Weil ich Ihren Respekt brauche«, flüsterte er, hielt das Gesicht aber von mir abgewandt. »Weil ich so einsam bin, wenn ich mich nur mit Gregor unterhalten kann, und weil ich es nicht ertragen kann zu wissen, daß Sie mich wieder hassen.« Er holte tief Luft.

Herr Jesus, was hatte ich nur angerichtet? Ich stand auf. »Ich hasse Sie nicht, Philip. Das habe ich nie getan.«

»Nein?« Er rang um Selbstbeherrschung. »Ich glaube schon, und ich bitte um Verzeihung für das, womit ich diesen Haß hervorgerufen habe. Es ist ...« Ihm versagte die Stimme. »Wie beim letztenmal.« Es kam ganz leise hervor.

»Ich verstehe nicht.«

»Auf der *Hibernia*, als alle sagten, ich würde den Fähnrichen weh tun. Ich habe das nicht verstanden, konnte es nie verstehen; ich wußte letztlich nur, daß etwas furchtbar schiefgegangen war. Und jetzt passiert es wieder.«

Mit wachsendem Unbehagen fragte ich: »Warum haben Sie sich entschuldigt, Philip?«

»Das habe ich Ihnen doch erzählt!«

»Die Wahrheit diesmal! Weil Sie das Gefühl hatten, etwas falsch gemacht zu haben?«

Er warf sich zu mir herum, und Tränen liefen ihm übers Gesicht. »Wieso zwingen Sie mich, das zu sagen? Reicht es nicht, wenn ich mich entschuldige?«

»Nur auf die Wahrheit kommt es an.«

»Die Wahrheit ... Nein, Sir, ich glaube nicht, daß ich etwas falsch gemacht habe, nicht tief in meinem Innern. Ich wünschte, ich könnte es glauben, aber ich tue es nicht. Ich bin gekommen, weil ich darauf angewiesen bin, daß Sie mich nicht hassen. O Gott, bitte, entlassen Sie mich! Ich hätte nicht kommen sollen!«

»Doch, Sie hätten!« Ich knallte die Faust auf den Tisch, als eine Tür in meinem Bewußtsein aufflog.

»Jetzt habe ich alles nur noch schlimmer gemacht ...«

Ich schüttelte entschieden den Kopf, hatte aber kein Vertrauen in meine Fähigkeit, mich mit Worten auszudrücken.

»Wieso nicht?«

»Sie waren im Recht!« Ich fiel auf meinen Stuhl und sagte erneut, diesmal ruhiger: »Weil Sie im Recht waren.« Die Stille hing schwer zwischen uns in der Luft. »Deshalb fühlten Sie sich auch nicht schuldig, und deshalb fühlte ich mich den letzten Monat so elend. Herrgott, ich habe Ihnen Unrecht getan!«

Er stand sprachlos da.

»Als Sie die Rebellen einsperrten, haben Sie als Kapitän gehandelt. Meine Befehle waren irrelevant; Sie wußten ja noch nicht mal, ob ich mich wieder erholen würde. Und am wichtigsten: Mein Eid war nicht bindend für Sie.«

Er flüsterte: »Wenn das stimmt, warum haben Sie es dann nicht schon früher gesagt?«

Ich zwang mich, ihm in die Augen zu blicken. »Weil es mir zuwider war, daß Sie so gute Arbeit leisteten. Ich habe fünf Tage lang herumgepfuscht und nichts erreicht; Sie übernahmen das Kommando und regelten alles, während ich benommen dalag. Vielleicht habe ich Sie dafür ein wenig gehaßt.«

»Damit sind Sie sich selbst gegenüber nicht fair!« protestierte er. »Ich hatte uns den Schlamassel eingebrockt, oder nicht? Ich meine, indem ich meine Waffen fallenließ, so daß die Rebellen sie in die Finger bekamen. Und Sie haben uns mit Ihrer unglaublichen Tapferkeit gerettet. Alles, was ich tat, war dagegen nur ... na ja, Haushaltung.«

Ich lächelte verzerrt. »Dann sind Sie aber ein sehr guter Haushälter, Fähnrich. Ein wirklich sehr guter.«

Vor unerwarteter Freude wurde er rot. »Wirklich? Meinen Sie das ernst?«

Ich nickte.

»Ich habe versucht, an alles zu denken. Es war die einzige Chance, die ich jemals hatte, alles zu ... na ja, organisieren.«

»Ich weiß.« Fähnrichen brachte man bei, Befehlen zu gehorchen; Gelegenheiten, selbst welche zu erteilen, waren selten.

»Sie sagten, ich wäre ein aufsässiger Unruhestifter und unverschämt ...«

»Es tut mir leid.«

»Und es stimmte, Sir. Ich habe nicht mal versucht, Ihnen alles zu erklären; mein Stolz war mir im Weg.«

»Es sollte gar nicht notwendig sein, daß Sie mir alles erklären.« Ich erhob mich und ging auf und ab. »Sie kannten mich noch nicht, als ich in Ihrem Alter war, Philip. Als ich Seniorfähnrich an Bord der *Hibernia* war.«

»Alexi und Derek haben mir davon erzählt.«

»Als Kapitän Malstrom starb, ehe er einen Leutnant ernannt hatte, brütete ich über den Vorschriften und versuchte einen Ausweg zu finden. Vax Holser hätte ernannt werden sollen, und wir beide wußten es.«

Philip lächelte traurig. »Er war nicht dieser Meinung. Das gehört zu den wenigen Dingen, die er über Sie erzählt hat.«

»Nun, ich kannte die Vorschriften. Der Kapitän ist in letzter Instanz für das Schiff und jedermann an Bord verantwortlich. Es besteht kein Unterschied zwischen einem Kapitän und einem amtierenden Kapitän, wie Sie es hier auf der *Challenger* waren. Ich wußte das damals, und ich wußte es, als ich Sie von der Brücke schickte, an dem Tag, als ich Ihnen das Kommando wieder wegnahm. Ich war einfach nur eifersüchtig.«

»Auf mich?« fragte er verblüfft. »Aber wieso?«

»Himmel noch mal, Junge, sehen Sie sich doch nur an! Sie sind jung und gutaussehend, selbstsicher und tüchtig. Ich bin es nicht.«

»Nicht selbstsicher?« fragte er verwundert. »Auf der *Hibernia* hatte ich schreckliche Angst vor Ihnen. Sie wußten genau, was Sie wollten, und gaben sich mit nichts weniger zufrieden.« Er schüttelte den Kopf. »Und Sie sind mehr als tüchtig. Wie oft haben Sie die *Hibernia* gerettet? Oder die *Challenger*?«

»Ich kenne meine Pflichten, aber das heißt nicht, daß ich mich gut schlage. Dagegen haben Sie ein richtiges Talent.«

»Es freut mich, daß Sie dieser Meinung sind. Ich hätte gern eines Tages die Chance auf ein Kommando.« Er wischte sich das Gesicht mit dem Ärmel ab. »Es tut mir leid, daß ich gerade hereingeplatzt bin, als Sie sich fürs Bett bereitmachten.« Er zeigte mir ein schüchternes Lächeln. »Diesmal ist meine Entschuldigung wirklich ernst gemeint.«

Ich schüttelte den Kopf. »Für mich ist es nicht so leicht, Philip. Ich habe Sie schlecht behandelt.«

»Nein, das haben Sie nicht, Sir!« platzte er hervor. Ich zog eine Baue hoch. »Nicht schlecht. Sie waren sehr – höflich. Es war eher so, daß Sie mich überhaupt nicht behandelten.«

»Das ist ja noch schlimmer. Ich bin froh, daß Sie trotzdem weiter Wert auf meinen Respekt legen. Sie haben ihn. Ich werde mir in Zukunft mehr Mühe geben.«

»Ich mir ebenfalls.« Unbeholfen nahm er Haltung an. Ich ignorierte es und reichte ihm die Hand. Er ergriff sie. Die Wärme seines Händedrucks machte es schwierig, noch weiterzureden.

Nach meiner Versöhnung mit Philip trat ich meinen Wachdienst auf der Brücke mit frischem Schwung an. Zu meinem Erstaunen kehrten die Verhältnisse auf der *Challenger* langsam zum Flottenstandard zurück, obwohl Philip alle Hände voll damit zu tun hatte, die Straßenkinder auszubilden, die der Mannschaft beigetreten waren. Seine ernsten und geduldigen Versuche, ihnen die Methoden der Flotte zu erklären, funktionierten nicht; die Nichtseßhaften ignorierten ihn entweder oder lachten ihn gleich aus, was ihn zu disziplinarischen Vergeltungsmaßnahmen provozierte, die sie nur weiter gegen ihn aufbrachten.

Ich fühlte mich den Nichtseßhaften auf eine besondere Art verpflichtet, die ich nicht recht beschreiben konnte. Ich war fest entschlossen, nicht zu dulden, daß sie als Matrosen zweiter Klasse behandelt wurden, so wie ich entschlossen gewesen war, sie nicht als Passagiere zweiter Klasse zu behandeln. Aber wie sollten wir ihnen beispielsweise beibringen, Wachdienst von entscheidender Bedeutung im Funkraum oder der Wiederaufbereitungskammer zu leisten? Viele von ihnen waren Analphabeten, und sie alle waren im wesentlichen ungebildet. Wie konnte ich ihnen beibringen, die Laser oder die Funkelektronik zu bemannen? Konnten sie die entsprechenden Begriffe überhaupt verstehen? Ein weiteres Problem lenkte mich davon ab – der Rufer, der mich wie rasend aus Sektion vier zu erreichen versuchte. Es war Matrose Sykes, der dort zusammen mit seinen widerwärtigen Kameraden im Exil saß und nur mit der Brücke Verbindung aufnehmen konnte. »Mr. Clinger ist schwer verletzt! Jemand muß etwas tun, sonst stirbt er hier drin!«

»Was ist passiert, Mr. Sykes?«

»Clinger und Andy, die haben's unter sich zu klären versucht, haben sich gegenseitig gehänselt und all so was. Andy hat einen Stuhl zerbrochen und ein Stück als Knüppel benutzt ... Clinger liegt auf dem Deck, und ich krieg' ihn nicht mehr wach!«

Ich seufzte. Wenn ich Clinger auf die Krankenstation brachte, mußte er dort bewacht werden. Und was war mit Andros? Wenn ich ihn einsperrte, brach ich dann meinen Eid?

Als ob er meine Gedanken gelesen hätte, wimmerte Sykes: »Bitte, lassen Sie mich nicht mit Andy allein, Käpt'n! Nicht, ohne daß Clinger hier ist!«

»Schluß damit, Matrose. Sie haben bekommen, was Sie wollten.« Ich hielt inne. »Ich schicke einen Trupp hinunter, um Clinger abzuholen. Sie werden gezielt schießen, wenn Sie irgendwas probieren!«

Ich übertrug Walter Dakko diese Aufgabe; wie es schien, war er de facto unser neuer Schiffsprofos geworden. Ich entschied, ihm diesen zu seiner Rolle passenden Titel zu verleihen und unterrichtete ihn entsprechend, als er meinem Ruf Folge leistete. Er schien unbeeindruckt von dieser Ernennung. Ich fragte mich, wie ernst er insgeheim überhaupt irgendeine unserer Flottentraditionen nahm.

Wenig später war Clinger in der Krankenstation untergebracht, und Dakko und Elena Bartel nahmen dort ihre medizinischen Bemühungen wieder auf. Philip überbrachte mir ein Ersuchen von Eddie Boß, mich sprechen zu dürfen. Ich mußte lächeln; Eddie hatte aus seinem früheren Versuch gelernt. »Sehr gut. Schicken Sie ihn herauf.«

Der junge Matrose nahm Haltung an, wenn schon nicht zackig, so doch immerhin passabel.

»Ja, Mr. Boß?«

»Käp'n, hab' über die Trannies nachgedacht. Die Trannies von 'ner Besatzung.«

Ich wartete. Einen Moment später fuhr er fort: »Die Sachen, diese mir gezeigt ha'm. Sie unner Boßjunge.«

»Der Fähnrich. Für Sie Mr. Tyre.«

»Okay, Tyre. Mista Tyre.« Er überzeugte sich, ob er damit meinen Beifall fand, ehe er fortfuhr: »Er schafft's nich' richtig, 'n Trannies was beizubringen. Über die Arbeit und all das. Wenn 'se nich' richtig zuhör'n, wirder wütend.«

»Keine Beschwerden über Ihren vorgesetzten Offizier, Mr. Boß!«

»Ich beschwer' mich nich'!« protestierte er. »Ich sag's nur. Ich möchte helfen.«

»Wie?«

Er trat unbehaglich von einem Fuß auf den anderen. »Ich weiß, daß ich dumm bin, Käp'n. Wie beim Lesenlernen; da weiß ich halt, daß ich nich' gut denke. Aber ich kann mir echt Mühe geben. Sie und der olle Boßju ... Mista Tyre, wenn er's Eddie zeigt, kann ich's 'n Trannies beibringen. Sie hören zu, wenn ich was sag', un' lachen nich' wie beim Boßjungen.«

Ich trommelte mit den Fingern auf dem Pult. Es konnte klappen. Sicherlich war der massige Matrose motiviert; er fühlte sich für seine Kameraden verantwortlich. »Nun, Mr. Boß, ich ...« Ich brach ab, als mir eine Idee kam. Konnte das funktionieren? Damit wäre noch ein weiteres Problem gelöst. Doch wenn es nicht funktionierte, hatte ich alles nur schlimmer gemacht ...

Ich aktivierte den Rufer. »Mr. Tyre auf die Brücke. Und Mr. Attani.« Ich holte tief Luft. »Und Mr. Dakko junior.«

Wenig später standen sie alle in bequemer Haltung vor mir. Chris Dakkos Auftreten deutete Geringschätzung an, obwohl er mit der typischen Geschicklichkeit des Heranwachsenden jede offene Verhaltensweise vermied, für die ich ihn hätte zurechtweisen können. Egal; ich hatte ihn nicht herbeigerufen, um ihn zu tadeln.

Mit ernster Stimme wandte ich mich an Philip. »Mr. Tyre, wie viele Transpops stehen auf Ihrem Dienstplan für die Recyclerwache?«

Der Fähnrich schaute mich überrascht an; wir hatten diese Frage erst gestern erörtert. »Keiner, Sir.«

»Und auf dem Plan für die Funkraumwache?«

»Keiner.«

»Ich hatte Sie angewiesen, die Transpops so weit auszubilden, daß sie jede Wache übernehmen können.«

»Ja, Sir! Ich werde mich sofort damit ...«

»Arbeiten Sie dabei mit Mr. Attani zusammen. Vielleicht hat er ja Erfolg, wo Sie gescheitert sind.«

Gregor strahlte finsteren Unwillen ob dieses Angriffs auf seinen Mentor aus.

Ich wandte mich forsch an Attani.

»Kadett, Sie übernehmen ab sofort die Leitung der Mannschaftsausbildung. Vermitteln Sie den Nichtseßhaften das Rüstzeug für den Wachdienst, oder ich werde Ihnen mächtig Feuer unter dem Hintern machen! Sie sind Kadett. Wissen Sie, was das bedeutet?«

»Ich glaube ja, Sir.«

»Es gibt kein Entkommen für Sie, Mr. Attani. Wenn ich mich mit Ihnen befasse, kann ich alles tun, und das werde ich auch! Machen Sie sich also auf schlimme Monate gefaßt, oder sorgen Sie unverzüglich für die Ausbildung der Nichtseßhaften.«

»Aye, aye, Sir.«

»Sie sind gebildet. Nehmen Sie einen Matrosen, der einige Schulbildung hat. Er soll Ihnen helfen, Mr. Boß auszubilden. Mr. Boß kann besonders gut mit den anderen Nichtseßhaften umgehen. Zeigen Sie ihm, was Sie anderen Nichtseßhaften vermitteln möchten, und er wird Ihnen dabei helfen. Sollte ich jedoch Sie oder den Matrosen dabei erwischen, wie Sie nachlässig werden ...«

»Aye, aye, Sir!«

Ich fügte hinzu, als wäre es mir gerade erst eingefallen: »Nehmen Sie unseren Mr. Dakko hier. Er hat die Schule besucht.«

Chris öffnete den Mund, um zu protestieren, überlegte es sich aber anders.

»Möchten Sie etwas sagen, Dakko?«

»Nein, Sir«, antwortete der Junge rasch.

»Das will ich auch hoffen! Mr. Attani, soweit es die Mannschaften angeht, sind Sie Offizier. Sie haben das Recht, daß man Ihren Befehlen gehorcht. Mr. Tyre hat lange genug herumgepfuscht. Machen Sie sich jetzt an die Arbeit!«

»Aye, aye, Sir!«

»Sie können gehen. Mr. Tyre, Sie bleiben hier.« Als die Brücke sich geleert hatte, deutete ich auf das Pult neben dem meinen. Philip setzte sich unbehaglich. Ich sagte nichts.

Er erduldete das Schweigen, solange er nur konnte. Endlich sagte er zögernd: »Ich glaube nicht, daß ich bei den Transpops eine so schlechte Arbeit geleistet habe, Sir.«

»Ich auch nicht.« Mein Tonfall war barsch.

Er musterte mich ausgiebig. »Dann waren Sie nicht böse auf mich?«

»Nein. Es war nur Show.«

Die Spannung wich aus ihm.

»Ich wollte Gregor und Chris Feuer unterm Hintern machen.«

»Das ist Ihnen gelungen, Sir. Haben Sie Gregors Gesicht gesehen, als er ging?«

»Die Sache könnte eine Menge Probleme auf einmal lösen. Gregors Beziehung zu Chris Dakko zum Beispiel. Gregor erhält einen Vorgeschmack aufs Befehleerteilen. Vielleicht bessert sich sogar Chris.«

»Chris damit zu beauftragen, daß er Eddie unterrichtet ...« Philip zuckte zusammen. »Ich glaube nicht, daß es einem der beiden gefallen wird.«

»Vielleicht lernen sie aber auch, miteinander auszukommen«, erwiderte ich geistesabwesend, denn meine Gedanken drehten sich schon um das nächste Problem.

Die täglichen Meldungen über den Treibstoffverbrauch wurden zu stündlichen, als unsere letzten Vorräte dahinschmolzen. Mich plagten neue Zweifel über die Frage, ob ich die Schubtriebwerke abschalten sollte, ehe die Tanks knochentrocken waren. Durch weitere Erhöhung der Geschwindigkeit konnten wir die Zeit bis zu unserer Rückkehr um fast vier Jahre senken.

Einerseits – kam es noch darauf an? Wir waren mit der geplanten Geschwindigkeit sechsundsiebzig Jahre von zu Hause entfernt. Vorausgesetzt, daß niemand unsere Funksprüche auffing, mußten wir eine Reise von sieben Jahrzehnten erdulden. Was bedeuteten nach dieser Zeit noch siebenundvierzig Monate?

Andererseits – wozu sollten wir überhaupt Treibstoff in Reserve halten? Die Gefahr, daß die *Challenger* mit einem Objekt zusammenstieß, war winzig gering, selbst in der fernen Zukunft, wenn sie sich dem Sonnensystem näherte.

Aber was war, wenn wir den – den Fischen begegneten? Den Aliens?

Der interstellare Raum war riesig und wimmelte offensichtlich nicht von Fischen. Und doch schienen sie fähig, unsere Schiffe zu finden. Die *Telstar* war angegriffen worden, die *Portia*, die *Challenger* – und andere Schiffe wurden vermißt.

Ich schritt in wachsender Besorgnis auf der Brücke auf und ab und versuchte, ohne ausreichende Daten eine Entscheidung zu fällen. Was würden uns ein paar Hundert Gallonen Treibstoff nützen? Wir konnten nicht in Fusion gehen. Wir verfügten über Laserbewaffnung, aber die Mannschaft war ungebildet und im Gebrauch der Laser nicht geschult. Sollten die Fische uns angreifen, waren unsere Chancen gleich null.

Trotzdem ... Mehrmals war ich beinahe soweit, die Beschleunigung neu zu berechnen, um unseren gesamten Treibstoffvorrat jetzt gleich zu verbrauchen. Jedesmal hielt ich die Hand zurück. Die Unentschlossenheit nagte wie ein abgebrochener Zahn an mir.

Ich blieb für mich, begegnete Philip und Dray nur, wenn sie mich ablösten, und aß in meiner Kabine oder auf der Brücke. Doch eines Nachmittags stieß ich auf der Suche nach Kaffee im Speisesaal auf Gregor. Er trug ein unübersehbares blaues Auge zur Schau. Ich gab nach der altehrwürdigen Flottentradition vor, es zu übersehen, fragte mich aber doch, was Philip so aufgebracht haben konnte.

Der Kopf tat mir abscheulich weh; ich war übermüdet, und beim Brüten darüber, welche Probleme Gregor mit Philip haben mochte, fühlte ich mich noch unwohler. Jetzt war nicht die Zeit für Feinheiten; ich rief Tyre auf die Brücke.

»Das war ich nicht, Sir. Gregor und ich kommen gut miteinander aus.«

»Wer war es dann?«

»Haben Sie in letzter Zeit mal Chris Dakko gesehen?«

Das hatte ich nicht. »Ein Offizier, der sich mit einem Besatzungsmitglied prügelt?« Ich fluchte vor mich hin.

»Dakko war regelrecht scharf auf Probleme.«

»Gregor kennt die Regeln!« raunzte ich. »Er kann einen Matrosen nicht schlagen, um die Disziplin durchzusetzen.« Der Kopf pochte mir. Allmächtiger, hatte der Bursche denn keinen gesunden Menschenverstand? Wie konnte er dann noch seine Befehle gegenüber einem Matrosen durchsetzen, der größer war als er?

»Ja, Sir. Genau das habe ich ihm auch gesagt. Vielleicht, Sir, wenn Sie es diesmal nicht zur Kenntnis genommen haben ...«

Ich war nicht darauf angewiesen, daß ein Fähnrich mir meine Arbeit erklärte. »Nein«, knurrte ich. »Er wird lernen, wie es bei der Flotte zugeht. Bringen Sie das Faß hinunter in den Maschinenraum. Ich will verdammt sein, wenn ich es selbst mache. Schicken Sie den Kadetten zu Dray.« Nach einer Züchtigung mit dem Rohrstock würde er vorsichtiger sein.

»Sind Sie sicher, Sir?« fragte Philip langsam. »Er ist fast neunzehn. Ich bezweifle, daß er schon einmal geschlagen wurde.«

Mein Griff um die Sessellehne wurde fester. Kalt sagte ich: »Betrachten Sie sich als getadelt, Fähnrich Tyre.«

Philip starrte mich schockiert an. Dann versetzte er steif: »Ja, Sir.«

»Verlassen Sie die Brücke.«

»Aye, aye, Sir.« Er salutierte, drehte sich um und ging.

Ich hielt die Wache, allein mit meiner Wut, und stand kurz davor, meine Befehle zu widerrufen, schaute aber nur auf die Uhr und zögerte es hinaus. Die eigene Sturheit verschaffte mir boshafte Befriedigung. Erst als es zu spät war, erlaubte ich mir, an Gregor zu denken, damals auf der Brücke, auf der Matratze neben mir, unwillkürlich erfreut darüber, daß ich ausreichend große Stücke auf ihn hielt, um ihn zum Offizier zu machen.

Als ich Philip am nächsten Morgen wieder begegnete, hatte ich genug Selbstsicherheit zurückgewonnen, um ihm mitzuteilen: »Ich werde Ihren Verweis nicht ins Logbuch eintragen.«

»Aye, aye, Sir«, erwiderte er gleichgültig.

»Streiten Sie sich nicht wieder mit mir.«

»Aye, aye, Sir.« Er starrte verdrossen auf den Simultanschirm.

Meine Verärgerung entflammte von neuem. »Ist das alles, was Sie zu sagen haben?«

Er warf sich zu mir herum. »Was möchten Sie denn, daß ich sage?« schrie er. »Erklären Sie es mir einfach, und ich sage es!«

Ich war so benommen, daß ich ihn nur anstarren konnte.

»Sie sagten mir, es stünde mir frei, an Ihre Luke zu klopfen, und doch haben Sie mich fertiggemacht, als ich es getan habe. In Ihrer Kabine sagten Sie, Sie würden mich respektieren, und haben mir sogar die Hand geschüttelt, als wären wir Freunde. Dann haben Sie mich vor Gregor und Dray durch die Mangel gedreht, als wäre ich der letzte Kadett!«

Er schleuderte seine geriffelte Mütze auf den Stuhl. »Dann

sagten Sie mir, es wäre nicht ernst gemeint gewesen, außer daß Sie mir gestern einen Verweis erteilten, während Sie mir heute wiederum erklären, er würde nicht ins Logbuch eingetragen! Woher soll ich da wissen, was ich sagen soll? Nichts ergibt mehr einen Sinn!« Wütend erwiderte er meinen Blick, und eine ganze Weile verstrich. Schließlich senkte er den Kopf. Sein Gesicht lief rosa an, und er sagte mit leiser Stimme: »Es tut mir sehr leid, Sir. Bitte, verzeihen Sie, was ich gesagt habe.«

Mein Blick bohrte sich in ihn. Er trat von einem Fuß auf den anderen, wurde tiefrot und fügte demütig hinzu: »Was soll ich tun, Sir?«

Ich sagte immer noch nichts.

Verzweifelt platzte er hervor: »Soll ich mein Quartier aufsuchen, Sir? Bis Sie bereit sind, sich mit mir zu befassen?«

»Nein. Bleiben Sie.« Ich konnte mir gut vorstellen, was er befürchtete: Summarische Entlassung aus dem Flottendienst. Inhaftierung im Schiffsgefängnis. Zumindest die schlimmste Prügel seines Lebens mit dem Rohrstock. Jeder Fähnrich mußte mit solchen Konsequenzen rechnen, wenn er sich seinem Kapitän gegenüber einen derartigen Ausbruch geleistet hatte.

Das Problem war nur, daß Philip recht hatte. Ich starrte blind durch die glitzernden Lampen meines Schaltpults. Zu meiner Zeit als Fähnrich auf der *Hibernia* hatte ich Kapitän Haag als distanzierte, strenge Gestalt betrachtet. In seiner Gesellschaft war ich mir wirklich als sehr junger Fähnrich vorgekommen, eifrig darauf bedacht, nicht durch irgendeinen albernen Fehler seine Aufmerksamkeit auf mich zu ziehen.

Aber die *Hibernia* war ein voll bemanntes Schiff gewesen, wo drei Leutnants zwischen mir und dem Kapitän standen. Kontakt hatte ich vor allem mit den Leutnants gehabt, und selbst sie waren Gegenstand der Furcht und des Respekts gewesen. Kapitän Haags Vertraute waren seine Leutnants oder sein Freund, der Chefingenieur, kein bescheidener Fähnrich.

Auf der *Challenger* bildeten nur Philip, Dray und ich das Offizierskorps. Einsam, unsicher und verängstigt, wie ich war, hatte ich mich zu sehr auf Philip Tyre gestützt und dem Fähnrich dann jedesmal eine Abfuhr erteilt, wenn er auf meine Forderung nach Vertrautheit reagierte.

Und so hatte Philip jetzt kräftig danebengelangt, nachdem ihn meine widersprüchlichen Forderungen um seine Selbstbeherrschung gebracht hatten. Ich hatte ihn hin und her geschubst, bis es mit ihm durchging, und ihn dafür zu bestrafen, erschien mir moralisch falsch. Ihn jedoch nicht zu bestrafen, würde ihn noch stärker verwirren.

»Nun ja.« Ich musterte den Übeltäter kühl. »Was soll ich jetzt mit Ihnen anstellen?«

»Ich weiß es nicht, Sir«, erwiderte er.

»Ich auch nicht. Acht Minuspunkte für den Anfang. Arbeiten Sie sie noch in der Woche ab. Und ich ziehe das Versprechen zurück, das ich Ihnen gegeben habe: Wenn Sie zehn Minuspunkte überschreiten, erhalten Sie den Rohrstock verabreicht, wie jeder andere Fähnrich auf jedem anderen Schiff auch.«

»Ja, Sir!«

»Es tut mir leid, daß ich Sie durcheinandergebracht habe. Wir sind die einzigen Offiziere an Bord, von Dray abgesehen, also steht es Ihnen weiterhin frei, bei mir anzuklopfen. Vielleicht gehe ich dabei auf Sie los, aber das ist nun mal mein Vorrecht. Klopfen Sie trotzdem.«

Ein Schweißfilm bildete sich auf seiner Stirn; er wagte nicht, auch nur die leiseste Bewegung zu machen, um sie abzuwischen.

»Philip, ich respektiere Sie, wie ich schon einmal sagte. Trotzdem bin ich Kapitän, und Sie sind Fähnrich, und Sie werden gefälligst höflich mit mir sprechen. Sie werden sich aller weiteren Ausbrüche enthalten, bis Sie in der Lage sind, sie zu beherrschen. Habe ich mich klar genug ausgedrückt?«

Philip nickte energisch. »Vollkommen klar, Sir!«

»Sie haben für den Rest des Tages Arrest in der Fähnrichskabine. Denken Sie, wenn Sie möchten, darüber nach, wie nachsichtig ich mit Ihnen gewesen bin. Aber ich frage mich, ob Ihnen noch etwas anderes zu schaffen gemacht hat, was zum Verlust Ihrer Selbstbeherrschung beitrug.«

»Nein, Sir, nichts. Ich konnte letzte Nacht nicht viel schlafen, aber das ist keine Entschuldigung.«

»Warum haben Sie nicht geschlafen?«

Er wurde rot. »Gregor, Sir. Er ... Ich, äh, hatte ein langes Gespräch mit ihm.«

»War er aufgeregt?«

Philip biß sich auf die Lippe, ehe er eine offene Antwort gab. »Ein passenderes Wort wäre hysterisch, Sir. Es dauerte eine Zeitlang, bis ich ihn soweit hatte, daß er mir zuhörte.«

»Und jetzt?«

»Ich weiß nicht so recht. Ich glaube, er wird in Ordnung kommen.«

»Sehr schön.« Jetzt war nicht die Zeit, näher auf dieses Problem einzugehen. »Sie können gehen.« Er flüchtete von der Brücke.

16. Kapitel

Matrose Elron Clinger schwebte an der Schwelle des Todes; sein Schädel war gebrochen. Ich befahl, seine Hände an den Seiten des Bettes festzubinden, und wies Elena Bartel an, wieder ihren üblichen Pflichten nachzugehen und nur von Zeit zu Zeit nach ihm zu sehen. Ich konnte es mir nicht erlauben, eine Vollzeitschwester abzustellen, und in Clingers Fall war ich auch nicht dazu geneigt.

Auf mein Geheiß führte Kerren in kurzen Abständen simulierte Laserdrills für die Matrosen durch, die im Funkraum ausgebildet wurden. Deke, Eddie Boß und Walter Dakko gehörten zu denen, die dafür ausgewählt worden waren.

Mr. Tzee schritt bei diesen Übungen hinter den Pulten auf und ab und korrigierte die Zielerfassung auf den Monitoren der Auszubildenden. Deke zeigte keine Spur von Interesse, bis Walter Dakko sich zu ihm hinüberbeugte und ihm leise erklärte, daß der Beschuß imaginärer Ziele mit einem imaginären Laser genau so etwas war, wie Punkte in einem Arcvid-Spiel zu erzielen. Ich versuchte mir Walter Dakko dabei vorzustellen, wie er eine Arcvid-Konsole mit Unimäusen fütterte. Vielleicht war er mit Chris losgezogen ...

»Allmächtiger Gott, heute ist der achtzehnte September 2198 an Bord der U.N.S. *Challenger*. Wir bitten um deinen Segen für uns und unsere Reise und um die Gesundheit und das Wohlergehen aller an Bord.«

Ich wartete auf das gemurmelte ›Amen‹ der versammelten Passagiere und Mannschaften. Ich hatte das traditionelle Abendgebet schon zahllose Male gesprochen; trotzdem bekam ich dabei selbst jetzt noch einen Kloß im Hals.

»Heute abend möchte ich etwas bekanntgeben«, sagte ich ernst. »In etwa drei Stunden werde ich die Schubtriebwerke abschalten und damit die Beschleunigung beenden. Wir haben dann die Höchstgeschwindigkeit erreicht, die uns möglich ist, und unser Kurs liegt von da an in den Händen des allmächtigen Gottes.«

»Haben wir keinen Treibstoff mehr?« Das war die alte Mrs. Ovaugh, deren Angst erkennbar war.

»Uns bleiben noch einige Reserven für Manöver, Mrs. Ovaugh, falls dies mal nötig sein sollte. Davon abgesehen haben wir unseren gesamten Treibstoff verbraucht.«

»Könnten wir unsere Geschwindigkeit noch erhöhen, wenn wir alles verbrauchen?« Es war das erstemal, daß ich Mr. Pierce überhaupt sprechen hörte.

»Ja. Jeder Augenblick der Beschleunigung steigert unsere Geschwindigkeit. Wir wären dann jedoch völlig manövrierunfähig.«

»Wir kämen aber schneller nach Hause«, meinte jemand.

Eine Erörterung dieses Themas hatte ich eigentlich nicht einleiten wollen. »Wir haben vor über einem Monat damit begonnen, unsere Position per Funk abzustrahlen, und wir haben mehrfach entlang unserer Flugbahn Funkfeuer ausgesetzt. Unsere Funksprüche werden die Erde Jahrzehnte vor uns erreichen.«

Chris Dakko hob vorsichtig die Hand. Ich nickte. »Wenn die Meldungen nicht durchkommen«, fragte er, »würde die zusätzliche Geschwindigkeit dann einen Unterschied machen?«

Ich seufzte, wohl wissend, daß ich diese Diskussion eigentlich hätte vermeiden sollen. »Wir könnten mit dem restlichen Treibstoff die Reisezeit von sechsundsiebzig auf zweiundsiebzig Jahre verkürzen«, sagte ich. »Ich bin jedoch nicht bereit, das Schiff völlig hilflos zu machen. Das«, übertönte ich das anwachsende Protestgemurmel, »ist beschlossene Sache.«

Elena Bartel hob die Hand. Ich war dankbar dafür, daß die Besatzung es besser wußte, als ohne Erlaubnis zu sprechen. »Sir, was nützen uns die Treibstoffreserven? Welchen Problemen könnten wir uns durch Manövrieren entziehen, ohne daß wir zur Fusion in der Lage sind?«

»Legen Sie Wert darauf, bei einem Viertel der Lichtgeschwindigkeit mit einem Asteroiden zusammenzuprallen?« Das brachte alle für einen Moment zum Schweigen. »Die Diskussion ist beendet«, sagte ich mit Bestimmtheit. »Mr. Tyre, Mr. Attani, melden Sie sich eine Stunde nach dem Essen auf der Brücke.« Ich setzte mich.

Trotzdem hielt das verärgerte Murmeln an. Ich versuchte es zu ignorieren. Als die Stewards das Essen servierten, näherte sich Mr. Tzee schüchtern meinem Tisch. »Sir, würden Sie in Erwägung ziehen ...«

Ich schlug so heftig auf die Tischplatte, daß das Tafelsilber hochsprang, ebenso die beiden älteren Passagiere an meiner Seite. »Das werde ich nicht!« brüllte ich. »Zurück auf Ihren Platz!« Der Saal verstummte nach diesem Ausbruch, und es dauerte Minuten, bis überhaupt wieder Gespräche einsetzten. Das Abendessen bestand überwiegend aus unseren schwindenden Vorräten; es würde noch viele Wochen dauern, bis unsere mühsamen Anstrengungen in der Hydroponik zu eßbaren Ergebnissen führten. Täglich beobachtete ich Besatzungsmitglieder dabei, wie sie Wasser heranschleppten und die Beleuchtung in den Pflanzenräumen einstellten, und ich gab ein Beispiel, indem ich mithalf.

Zarte Knospen hatten bereits vorsichtig ihre Köpfe aus dem Sand gesteckt und gediehen inzwischen gut. Mit ermutigender Schnelligkeit schossen sie in die Höhe, gehegt von Menschen, deren nacktes Überleben von ihrem Erfolg abhing. Tomaten, Gurken und Bohnen waren bereits erkennbar, wenn man genau hinschaute.

Mit Emmett Bransteads Unterstützung hatte ich ausgerechnet, daß unsere neuen Nährpflanzen gerade erntereif sein würden, wenn unsere Lebensmittelvorräte fast ganz dahingeschwunden waren. Eine Zeitlang würden wir wirklich auf sehr knappe Rationen gesetzt sein; aber wir fuhren damit fort, unsere Anstrengungen in der Hydroponik auszuweiten, und so würde die Lebensmittelversorgung sich allmählich wieder bessern.

Niemand an meinem Tisch redete mich an, vielleicht aus Angst vor einer weiteren Tirade. Nach Beendigung der Mahlzeit eilte ich auf die Brücke, um Dray abzulösen. Sein Gruß war zwar nicht geringschätzig, aber viel fehlte nicht. Er ging, ohne ein Wort zu sagen.

Die Werte leuchteten auf dem Konsolenmonitor auf. Unsere Schubtriebwerke hatten hervorragend gearbeitet und sich zu keinem Zeitpunkt überhitzt. Trotzdem war ich nur zu froh, sie bald abschalten zu können.

Immer noch verärgert über Drays Verhalten, rief ich das Protokoll der heutigen Laserübungen ab, während ich auf meine Offiziere wartete. Zwei Schichten Matrosen hatten geübt. Natürlich wurde mehr als nur eine Arbeitsgruppe für jede unserer wichtigen Positionen ausgebildet, für den Fall, daß Besatzungsangehörige ausfielen. Ich hielt mich in dieser Hinsicht an den Buchstaben der Vorschriften, auch wenn ich es nicht als sinnvoll erachtete. Falls zum Beispiel die Besatzung des Funkraums ausgeschaltet wurde, war das Schiff fast mit Sicherheit verloren. Die Aliens würden uns mit ihren Viren infizieren und die Säure nach uns schleudern, die sich durch den Schiffsrumpf fraß.

Walter Dakko, Miss Bartel und Deke verbesserten erwartungsgemäß fortlaufend ihre Ergebnisse. Die andere Gruppe – der junge Jonie, Mr. Kovaks und ein Transpop, der Ratchet genannt wurde – schlug sich weniger gut. Ich machte mir eine Notiz, Mr. Tzee anzuweisen, daß er zusätzliche Zeit mit ihnen verbrachte, und erinnerte mich dann, wie ich ihn gerade vor versammelter Schiffsgemeinschaft angebrüllt hatte. Der Himmel allein wußte, mit wieviel Kooperation von seiner Seite ich in Zukunft noch rechnen konnte.

Jemand klopfte; ich öffnete die Luke, ohne hinzusehen, wer es war. Philip salutierte steif. »Fähnrich Tyre meldet sich zur Stelle. Erlaubnis zum ...«

»Kommen Sie herein.« Ich setzte mich wieder an mein Pult. Ich hatte dem Logbuch entnehmen können, daß Philip seine Minuspunkte langsam abarbeitete und jeden seiner Besuche im Trainingsraum pflichtgemäß ins Log eintrug. Seit unserer Konfrontation vor vier Tagen hatte er sich in steife Förmlichkeit zurückgezogen, ohne dabei jedoch Verdrossenheit zu demonstrieren. Ich paßte mich seinem Gebaren an. »Würden Sie sich gern setzen, Mr. Tyre?«

»Danke, Sir.« Er setzte sich auf seinen Platz, korrekt wie ein grüner junger Fähnrich auf seiner ersten Wache. Ich fragte mich, was ich sagen könnte, um die Spannung von ihm zu nehmen, verkniff es mir aber hastig. Ich hatte ihm schon genug Probleme bereitet.

Ein paar Minuten später klopfte erneut jemand. »Machen Sie ihm auf, Philip.«

»Aye, aye, Sir.« Er sprang auf wie von der Tarantel gestochen.

Gregor Attani nahm auf dem Korridor unmittelbar vor der Brücke Haltung an. Sein Gruß war perfekt, als hätte er ihn stundenlang vor dem Spiegel geprobt. Vielleicht hatte er es ja getan. »Bitte um Erlaubnis zum Betreten der Brücke, Sir.«

»Gewährt.«

»Danke.« Die Stimme des Kadetten war eisig, und das Wort klang, als hätte er es widerwillig durch die Zähne gepreßt.

»Beziehen Sie hier Stellung, Mr. Attani. Hinter dem Pult.«

»Aye, aye, Sir.«

Ich unterdrückte meine Verärgerung über die kalte Antwort. »Ich habe Sie auf die Brücke gerufen, damit Sie Zeuge werden, wie ich die Schubtriebwerke abschalte. Sollte unsere Fahrt planmäßig verlaufen, wird dieser Augenblick als derjenige in Erinnerung bleiben, an dem die *Challenger* ein angetriebenes Schiff zu sein aufhörte, und sich in ein Geschoß verwandelte. Ich dachte, Sie wären vielleicht gern dabei.« Ich nahm den Rufer zur Hand. »Maschinenraum, bereitmachen zum Abschalten.«

Drays Antwort erfolgte sofort. »Abschalten, aye, aye.« In dem Wissen, was passieren würde, mußte der Chief neben dem Rufer bereitgestanden haben.

Meine Hand schwebte über dem Schalter. Ich atmete tief und schob ihn langsam vor. Ich glaubte zu hören, wie das Rumpeln aufhörte, obwohl das Unsinn war. Auf der Brücke bekam man von den Vibrationen der Schubdüsen nichts mit.

Es war geschafft. Wir jagten mit etwa einundsiebzigtausend Meilen pro Sekunde durch das Nichts, und so würde es über siebzig Jahre lang bleiben. Wir hatten unsere Wahl getroffen und mußten jetzt mit den Folgen leben. Falls unsere Funksprüche zu Hause nicht empfangen wurden, würde ich erst als Tattergreis wieder von Bord der *Challenger* gehen, falls überhaupt. Ganze zwei Generationen würden bis zu unserer Rettung verstreichen.

»Der Herrgott möge uns beschützen«, sagte ich voller Ehrfurcht.

»Amen.« Auch Philip schien beeindruckt.

Der Augenblick verging.

In lebhafterem Tonfall sagte ich: »Nun denn, zurück zu

den Problemen des Alltags. Mr. Tyre, haben Sie inzwischen die Recyclerwache umorganisiert?«

»Ja, Sir.«

»Und haben Sie mit der Navigationsausbildung des Kadetten begonnen?« Ich nickte Richtung Gregor.

»Ja, Sir, gestern erst. Kapitel eins von *Lambert und Greeley*.« Wir alle hatten mit den *Elementen der Astronavigation* angefangen und waren dabei der festen Überzeugung gewesen, daß man den *L & G* unmöglich meistern konnte, um dann bestürzt zu erfahren, daß dieses Werk nur das erste in einer Reihe zunehmend entmutigender Texte war.

»Sehr gut.« Die Instruktion von Kadetten und Fähnrichen war die Aufgabe eines Seniorleutnants, doch Philip war in Navigationsfragen kompetent und ohnehin der einzige verfügbare Lehrer.

Ich zerbrach mir den Kopf über irgendeine freundliche Bemerkung Gregor gegenüber, entschied dann aber, daß er seinen Groll zu deutlich zeigte. Vielleicht hatte ich überreagiert, als ich die Züchtigung mit dem Stock befahl, aber er hätte trotzdem so vernünftig sein sollen, seine Gefühle nicht zu zeigen. Immerhin war ich Kapitän.

»Das war alles.«

»Danke, daß Sie uns ermöglicht haben, das mitzuerleben.« Philips Stimme war höflich, sein Verhalten beispielhaft. Er drehte sich zur Luke um. Gregor sagte nichts. Sein Gruß war nachlässig.

Bohnen und anderes Gemüse waren gepflanzt, die neuen Mannschaften eingewiesen, die Rebellion niedergeschlagen und das Schiff auf Heimatkurs gebracht worden. Nachdem damit unsere dringendsten Aufgaben ausgeführt waren, verfielen wir in eine dumpfe, alltägliche Bordroutine.

Jetzt sahen wir uns mit den Anforderungen des täglichen Kampfes ums Überleben konfrontiert – der mühseligen Wasserschlepperei zu den Kabinen, in denen unsere kostbaren Pflanzen wuchsen, den ermüdenden Stunden der

Laserübungen unserer neuen Besatzungsmitglieder, der ständigen Mühe des Waschens, der Lebensmittelzubereitung, der Wartung und Reparaturen.

Matrose Clinger blieb tagelang im Koma. Ich vermutete, daß er sterben würde; wir konnten zwar die Routineaufgaben der ersten Hilfe bewältigen, aber keine Gehirnchirurgie. Zu meinem Erstaunen erholte Clinger sich. Elena Bartel sorgte für ihn – für meinen Geschmack viel zu eifrig. Als er wieder besser bei Bewußtsein war, beschwerte er sich bitter über die Riemen, mit denen wir ihn gebunden hatten.

Wenn die Brücke in anderen Händen war, streifte ich stets durch das Schiff und besuchte dabei die Wiederaufbereitungskammern, den Funkraum, sogar den Maschinenraum, wo Dray mich mit spärlicher Höflichkeit empfing. Auf dem Korridor nahmen die Besatzungsangehörigen Haltung an, wenn ich vorbeikam, wobei die neuen Rekruten das Gebaren ihrer erfahrenen Kameraden nachahmten.

Ich war gerade auf dem Weg zur Kombüse, als Walter Dakko eine seltsame Geste ausführte, ehe er Haltung annahm: Die Hand zuckte vor, als wollte er mich aufhalten. Obwohl er Haltung behielt, blieb sein Blick nicht geradeaus gerichtet, sondern bohrte sich mit einem drängenden Ausdruck in meine Augen.

»Ist etwas, Mr. Dakko?« Ich sehnte mich nach meinem Kaffee.

»Dürfte ich einen Vorschlag machen, Sir?«

Walter war nicht ungebeten an mich herangetreten. Nicht ganz. »Nur zu«, sagte ich.

»Die Tomaten entwickeln sich kräftig. Und auch einige von den Bohnen sind bald soweit.«

»Und?«

»Sie haben die Hydrokammern abgeschlossen, nicht wahr? Nur befugte Mannschaftsangehörige dürfen dort eintreten.«

»Offensichtlich. Ich habe allerdings keine Zeit für müßiges ...«

»Was ist mit den Kabinen, Sir? Sie stehen weit offen.«

Ich blieb abrupt stehen. Grundgütiger! Obwohl das Gemüse am stärksten gereift war, das wir vorher in den Hydrokammern angepflanzt hatten, entwickelte sich der größte Teil unserer Ernte in den Kabinen. »Die Pflanzen dort sind noch nicht reif«, sagte ich.

»Nein, Sir. Aber grüne Tomaten sind eßbar. Sie könnten auf jemanden, der nur knappe Rationen erhält, sehr verlockend wirken.«

Wenn ein Matrose dabei erwischt werden sollte, wie er Lebensmittel stahl, hatte ich es mit einem Aufruhr zu tun, wenn nicht einem Fall von Lynchjustiz. Daraus konnte ein völliger Zusammenbruch der Befehlsstruktur resultieren. Wie war es nur möglich, daß ich das Offensichtliche übersehen hatte? Ich fluchte unterdrückt. Jeden Tag schlenderte ich durch das Schiff und erkannte dabei doch nicht, worin meine Pflicht bestand.

»Kommando zurück, Mr. Dakko.« Als er sich entspannte, sagte ich: »Damit haben Sie sich eine Beförderung verdient.« Sein Ausdruck blieb unergründlich. Ich erkannte, wie wenig diese Aussicht für einen Aristokraten bedeutete, der sich freiwillig gemeldet hatte, um Rom vor den Horden der Barbaren zu retten. »Und meinen Dank«, ergänzte ich lahm.

Damit rief ich ein schwaches Lächeln hervor. »Keine Ursache, Sir.«

»Sie haben die Leitung der Sicherheitsgruppe für die Lebensmittel. Requirieren Sie alles, was Sie dafür brauchen, von Dray.«

»Aye, aye, Sir.« Wir trennten uns.

Ich saß an einem Tisch, eine dampfende Tasse Kaffee vor mir. Mr. Bree versuchte, mich zu ignorieren, während er im Speisesaal herumfuhrwerkte, doch seine Nerven vibrierten. Bei dem Versuch, die Moral an Bord zu heben, hatte ich Mr. Bree gebeten, unsere Mahlzeiten so attraktiv wie möglich zu gestalten und für die Abende den Brauch der gestärkten Tischtücher wieder einzuführen. Die Besatzungsangehörigen, die vorher Passagiere gewesen waren, sahen darin nichts Ungewöhnliches, aber ich konnte mir vorstellen, was unsere alten Matrosen dachten, die es gewöhnt waren, das Abendessen in der ganz auf Nützlichkeit ausgerichteten Mannschaftsmesse einzunehmen.

Bree und Chris Dakko, der sein Assistent geworden war, deckten gerade die Tische. Chris warf mir einen kurzen Blick zu und wandte sich mit versteinertem Gesicht wieder ab. Ich nahm einen Probeschluck. »Wie laufen Ihre Lektionen, Mr. Dakko?«

»Mit den Trannies?« Chris nahm an meinem erkennbaren Abscheu Anstoß. »Sie bezeichnen sich selbst als Trannies«, bemerkte er streitlustig. »Warum sollte ich es dann nicht?«

»Weil Sie keiner von ihnen sind.«

»Wenigstens dafür kann ich dankbar sein!« Er legte einige Stücke Tafelsilber auf den Tisch. *»Sir!«* Sein Tonfall strafte das höfliche Wort Lügen.

Ich blieb friedlich. Ich hätte nur wenig gewonnen, wenn ich ihn demütigte. Eine lange Reise lag vor uns. Vielleicht würde er sich mit der Zeit ändern. Ich nahm den Kaffee mit auf die Brücke.

Als Philip seine Wache antrat, suchte ich meine Kabine auf, setzte mich in den Sessel, einen Arm auf dem polierten Konferenztisch, und versuchte, an nichts zu denken. Beunruhigende Gedanken machten sich bemerkbar. Ich ging ihnen nach und stellte zu meiner Überraschung fest, daß ich Angst hatte. Nicht vor dem Tod, da dessen unmittelbare Drohung verblaßt war, aber vor sechsundsiebzig Jahren Einsperrung auf diesem Schiffswrack, umgeben von wohlverdienter Ablehnung, Feindseligkeit und Verachtung.

Ich hatte mir sorglos Feinde gemacht und sah jetzt keine Möglichkeit mehr, mich aus diesem Netz zu befreien. Ich hatte Gregor gedemütigt, Chris Dakkos Leben in einen Alptraum verwandelt, den Chief terrorisiert. Ich hatte mich sogar der alten Mrs. Reeves gegenüber beleidigend verhalten. Philip stand als einziger zu mir, und das auch nur aus Pflichtgefühl.

Traurig und allein saß ich da, bis es Zeit fürs Abendessen wurde. Dann zog ich mir die Jacke zurecht und ging, um wieder meinen Pflichten nachzukommen.

Am Morgen kontrollierte ich die Logbucheintragungen. Dray, bemerkte ich, hatte den jungen Deke disziplinarisch gemeldet.

Ich rief im Maschinenraum an. »Warum ist Deke für den Kapitänsmast eingetragen?«

»Wegen Insubordination, wie ich es geschrieben habe.« Das sagte mir nichts.

»Warum, Dray?«

Eine Pause trat ein. »Ich würde lieber hinaufkommen, um das zu besprechen.«

»Also gut.« Einige Augenblicke später traf Dray ein und atmete schwer von den beiden Flügen leiteraufwärts. »Nun?«

»Deke hat unverschämte Ausdrücke verwendet, um einen Offizier zu beschreiben«, sagte Dray.

Ich wartete, daß er fortfuhr, und bemerkte dann, daß er nicht die Absicht hatte. Dieser stämmige phlegmatische Mann zeigte sich verlegen und unsicher. »Wie hat er Sie genannt?« fragte ich sanft.

Der Chief starrte mich ausdruckslos an. »Nicht mich, Kapitän. Sie.«

Ich schluckte einen Ausdruck der Überraschung hinunter, blieb aber hartnäckig. »Muß ich Ihnen jedes einzelne Wort aus der Nase ziehen, Dray?«

»Narbengesicht«, sagte er. Ich konnte nicht verhindern, daß ich zusammenzuckte. »Das ist ein Name, den man Ihnen inzwischen gegeben hat. Ich dulde das nicht.«

Ich betastete die häßliche Ruine meiner Wange. »Er ist zutreffend.«

»Trotzdem. Er ist ein Matrose.« Drays Tonfall war unnachgiebig. Mich faszinierte die geteilte Loyalität dieses komplizierten Mannes, der mich mit unverhohlener Unverschämtheit behandeln konnte und doch jemanden zum Kapitänsmast schickte, weil er das gleiche getan hatte.

Zögernd sagte ich: »Dray, zwischen uns ist eine Menge geschehen ...«

»Ja.« Seine Stimme blieb kalt.

»Ich würde nicht noch einmal tun, was ich Ihnen zugefügt habe. Falls es irgendeine Möglichkeit gibt, das hinter uns zu lassen ...«

»Es gibt keine«, sagte er entschieden.

»Also gut. Ich werde mich mit Deke befassen, ohne auf die Einzelheiten einzugehen. Sie können gehen.«

»Klar.« Ohne sich die Mühe mit einem Gruß zu machen, drehte er sich um und verließ die Brücke.

Deprimiert saß ich meine Wache ab. Gegen Ende rief Miss Bartel an und teilte mir mit, daß Matrose Clinger darum bat, mich zu sehen.

»Warum?«

»Ich weiß nicht, Sir. Er ist inzwischen vernünftig. Wir haben viel miteinander geredet. Er fragt immer wieder nach Ihnen.«

Clinger besuchen! Ausgerechnet. Ich seufzte. »Sehr schön. Sobald Mr. Tyre mich ablöst, komme ich.« Manche Pflichten brachte man am besten rasch hinter sich. Nach meiner Wache suchte ich gleich die Krankenstation auf und schickte Miss Bartel weg.

Clingers Kopf war noch immer mit Verbänden umwickelt, und beide Hände waren fest ans Bettgestänge gebunden. Neben einer Hand befand sich ein Summer, mit dem er Miss Bartel rufen konnte; sie trug einen Rufer bei sich, der entsprechend eingestellt war.

»Hallo, Käpt'n.«

Mein Zorn erwachte von neuem. Das war keine Art, mich anzusprechen! Andererseits konnte er nicht sehr gut salutieren. »Was möchten Sie?«

Er schlug einen klagenden Ton an. »Meinen Sie, Sie könnten mir vielleicht eine Hand losbinden, solange wir reden? Bitte, Sir!« Ich schüttelte den Kopf. Clinger fügte rasch hinzu: »Ich probiere auch nichts. Ich bin immer noch zu schwindelig, um mich viel zu bewegen.«

»In Ordnung.« Ich wickelte das Band von seiner rechten Hand ab.

Kaum hatte er sie frei, kratzte er sich seitlich an der Nase. »Wissen Sie, wie schlimm es ist, wenn man das nicht machen kann?« Ein mattes Lächeln.

Ich grunzte zur Antwort nur. Langsam sagte er: »Käpt'n, ich habe viel Mist gebaut, das weiß ich.«

»Korrekt.«

»Was kann ich tun, um mir eine zweite Chance zu verdienen?«

»Machen Sie Witze?«

»Nein, Sir.« Er wackelte unter der Decke mit den Zehen. »Andy hatte mich mit allen möglichen Ideen vollgestopft. Als Sie ihn in den Bau steckten, bin ich ein bißchen durchgedreht.«

»Sie haben gemeutert.«

Er starrte auf seine Füße. »Ja, das habe ich.«

»Mehr ist dazu nicht zu sagen.«

Er redete weiter, als hätte er mich nicht gehört. »Wissen Sie, daß ich es war, der in den Laderaum gegangen ist, um die Lebensmittel zu holen?«

»Das dachte ich mir. Ich habe Ihr Gesicht nicht gesehen.«

»Ich bin aus Liverpool, Käpt'n. Und Sie?«

Die Frage war seltsam. Unwillkürlich antwortete ich: »Cardiff.«

»Na ja, dann.« Er sprach in einem Tonfall, als hätte er etwas bewiesen. »Sehen Sie, ich hatte so schreckliche Angst!« Er wandte das Gesicht ab. »Ich weiß nicht, warum ich mich für diese beschissene Fahrt gemeldet habe. Wegen des Bonus, schätze ich. Ich hatte ihn schon ganz ausgegeben, ehe ich mich an Bord meldete. Wir hatten eine schöne Zeit, ich und die anderen Jungs.«

Er holte ein paarmal tief Luft und redete langsamer weiter. »Aber ich hätte nie mit so was gerechnet. Im Stich gelassen zu werden, so was. Ich bin vierundzwanzig, wissen Sie. Erst vierundzwanzig. Ich wollte so sehr leben!« Er machte einen Atemzug, der sich in einen Schluchzer verwandelte.

»Ruhig, Mr. Clinger.«

»Dieser Bastard Tremaine hat unsere ganze Nahrung mitgenommen, soviel er nur tragen konnte. Es hieß, Hasselbrad hätte ihn daran gehindert, noch den Rest zu nehmen. Da wußte ich, daß ich hungern würde, egal was.«

Ich sagte nichts.

»Also sind wir in den Laderaum eingebrochen, ich und Ibarez und Simmons. Nur, um uns was zu essen zu holen. Als ich ein Kind war, hab' ich mal einen Mann gesehen, der verhungert war, nachdem er eine Woche lang in einem Schornstein festgesessen hatte. Ich konnte an nichts anderes mehr denken, als daß ich auch bald so aussehen würde.«

»Nichts entschuldigt Meuterei, Mr. Clinger.«

»Und als Ibarez ums Leben kam, wußte ich nicht mehr, was ich machen sollte. Ich dachte ein paar Tage darüber nach und holte dann Andy raus. Weil er mir sagen würde, was ich tun sollte.«

Ich wartete.

Verwunderung klang in seinen Worten durch. »Es ist ... irgendwie dazu gekommen! Ich weiß nicht, warum ich auf ihn gehört habe. Er sagte, holen wir uns die Knarren, solange wir noch die Chance dazu haben, also habe ich dabei geholfen. Und Simmons wurde getötet. Damit hatten Sie den Waffenschrank, und wir waren erledigt. Da sagte Andy, nehmen wir uns den Maschinenraum. Es schien alles einen Sinn zu machen, wie er es darstellte.«

Erzürnt raunzte ich ihn an: »Und jetzt ist das nicht mehr so? Was erwarten Sie von mir, Clinger?«

»Ich bin kein schlechter Kerl!« rief er.

Mit der freien Hand hämmerte er aufs Bett und zuckte zusammen, als es wackelte. »Ich bin dumm, verdammt noch mal, aber kein schlechter Kerl!« Bebend holte er Luft. »Schicken Sie mich nicht zu ihm zurück! Bitte, Käpt'n! Geben Sie mir irgendeine Arbeit! Ich schrubbe die Toiletten, komme mit halben Rationen aus, tue alles, was Sie sagen. Erlauben Sie mir, es wieder hinzubiegen!«

»Nein.« Ich nahm die Bandrolle und packte sein Handgelenk. Er widersetzte sich kurz, hielt dann aber still. Ich band ihn so schnell, wie ich konnte, wieder sicher ans Bett.

»Bitte!«

»Nein.« Ich ging hinaus.

Ich suchte gleich meine Kabine auf und betrachtete im Spiegel meine Verbrennungen. Narbengesicht. Narbengesicht Seafort. Einen unmöglichen Augenblick lang stellte ich mir Amandas weichen Griff auf der Schulter vor. »Es macht nichts, Nick. Ich bin ja hier.«

Aber du bist es nicht, Amanda. Du wirst es nie wieder sein.

»Ich habe dich geliebt.«

Ich schluckte. Das hatte sie. Aber sie war fort, und ein Rückzug in die Phantasie konnte mir auch nicht helfen. Ich legte mich aufs Bett und drückte das Gesicht ins Kopfkissen. Ich versuchte, nicht zu weinen, und scheiterte.

An diesem Abend war ich zum Dinner niedergedrückt und hoffte, daß niemandem meine geröteten Augen auffielen. Jedenfalls machte keiner eine Bemerkung darüber.

In der folgenden Nacht schlief ich wie unter Tabletten, und am Morgen rappelte ich mich widerwillig auf. Der Tag verging, gefolgt von einer traurigen Folge weiterer Tage. Dann warnte mich Philip vor wachsender Unzufriedenheit.

»Mr. Dakko, Sir. Senior. Er informierte mich darüber, daß in der Mannschaftsunterkunft viel geschimpft wird.«

»Worüber?« wollte ich wissen. Die Lampen auf der Brücke schienen unerträglich hell.

»Die Leute wollen schneller nach Hause. Sie sprechen wieder davon, den Fusionsantrieb zu reparieren.«

»Das ist Unfug!«

»Ich weiß, Sir.« Der Fähnrich zögerte. »Sie fühlen sich so ... na ja, hilflos. Eine lange Fahrt ist schon hart genug, wenn man weiß, daß sie in ein paar Monaten enden wird.«

»Ja.« Und auf das Problem der Moral folgte noch eines, vor dem mir graute. Wie lange würde die Schiffsdisziplin Bestand haben, wenn erst mal klar war, daß wir nicht gerettet werden würden?

Als Kapitän war ich das Symbol der UN-Regierung. Wenn die Besatzung und die Passagiere erkannten, daß sie der entsprechenden Regierungsgewalt nie wieder ausgesetzt sein würden, was würden sie dann unternehmen? Revoltieren? Freie Wahlen fordern? Ich war mir nicht mal sicher, ob ich mich ihnen dabei widersetzen sollte.

Ich zwang mich, wieder an das unmittelbare Problem zu denken. »Der Antrieb ist irreparabel. Sicher wissen die Leute das. Ich werde ein paar weitere Drills durchführen, um sie abzulenken.«

»Aye, aye, Sir.« Philip schien Zweifel zu haben.

Ich warf einen Blick auf meinen jungen Fähnrich und empfand überwältigende Dankbarkeit für seine Loyalität. Obwohl er vielleicht Fehler machte, bemühte er sich beharrlich, mir Freude zu bereiten und seine Pflicht zu tun. »Mr. Tyre . . .«

»Ja, Sir?«

»Danke für Ihre Bemühungen. Ohne Sie wäre ich . . .« Ich hielt inne. Was tat ich hier? Ich räusperte mich. »Also gut, Mr. Tyre«, fuhr ich heiser fort. »Behalten Sie die Situation im Auge. Das wäre alles.«

»Aye, aye, Sir.« Er wahrte sorgsam die Formen. Als sich die Luke hinter ihm schloß, hieb ich mir mit der Faust aufs Knie. Wie hatte ich nur so dumm sein können? Konnte ich denn von Philip erwarten, die richtige Distanz zu wahren, wenn ich ihm weiterhin widersprüchliche Signale gab? Ich würde in Zukunft meine Gefühle für mich behalten. Verdammt, ich mußte es einfach tun!

Während der nächsten drei Tage führte ich zu unerwarteten Zeitpunkten diverse Übungen durch: alle Mann auf Gefechtsstation; alle Mann auf ihre Posten, Abwehr von Enterern und ähnliches. Es gelang mir, die Besatzung so gereizt und nervös zu machen, wie ich es selbst war; welche Auswirkungen die Sache auf die Gerüchte über die Reparatur des Antriebes hatten, davon gewann ich keine Vorstellung.

Schließlich beschloß ich, den Stier bei den Hörnern zu

packen, und suchte in den späten Abendstunden, als die meisten Mannschaftsangehörigen dienstfrei hatten, die Unterkunft eins auf. Als ich eintrat, brüllte Matrose Kovaks: »Achtung!« und nahm Haltung an. Matrosen in verschiedenen Stadien des Entkleidens bildeten Reihen vor ihren Kojen.

»Kommando zurück.« Ich baute mich vor der ungeraden Reihe auf. »Mir ist«, sagte ich unverblümt, »irgendeine Torheit zu Ohren gekommen. Angeblich soll der Fusionsantrieb repariert werden. Wer verbreitet diesen Quatsch?«

Niemand sagte etwas.

»Nun?«

Elena Bartel erkundigte sich ruhig: »Sir, warum kann der Antrieb nicht repariert werden?«

Ich sah sie mißbilligend an. »Sie sind das?«

»Nein, Sir.« Sie stemmte eine Hand in die Hüfte. »Aber es hat Gerede gegeben. Vielleicht, wenn uns jemand die Wahrheit sagt ...«

»Der Antrieb ist zerstört. Als die Aliens angriffen, schmolz die Schaftwand unter der Einwirkung ihrer Säure. Man kann es vom Maschinenraum aus durch die Transplexluken sehen.«

»Das ist allen bekannt«, erwiderte Miss Bartel scharf. Ein Matrose grinste. Das Grinsen verging ihm jedoch, als ich ihn anfunkelte. »Die Frage lautet, Sir, ob man die Wand reparieren kann.«

»Der Antrieb erzeugt N-Wellen. Soviel ist Ihnen doch bekannt, oder nicht? Die N-Wellen bilden sich, während die Energie durch den Schaft geleitet wird. Die Form des Schafts bestimmt dabei die Wellenlänge.« Ich legte eine Pause ein und versuchte, meine Gedanken zu ordnen. »Nun braucht selbst eine Werft Monate für Versuche, um die Toleranzen richtig hinzubekommen. Ist die Krümmung der Schaftwand nicht millimetergenau, wird die Energie nicht richtig konzentriert. Haben Sie eine Ahnung, was das bedeutet?«

Ich schritt auf und ab und wartete auf eine Antwort, doch es kam keine. »Ein ungebündelter Strahl könnte die Schaftwand zum Schmelzen bringen. Und wenn nicht, gibt es immer noch keine Möglichkeit, den Strahl auszurichten. Vielleicht gelingt uns auf diese Weise eine Fusion, aber wohin? Womöglich finden wir uns dabei wieder, wie wir aus der Galaxis hinaussegeln!«

»Da hat Sykes aber was anderes gesagt!« brummte ein Matrose.

Ich ging auf ihn los. »Was weiß denn Sykes? Hat er vielleicht eine Ingenieurausbildung?«

»Ich hab' ihn reden gehört«, blieb der Mann hartnäckig. »Ehe Sie ihn eingeschlossen haben. Wir könnten neue Platten herstellen und sie an ...«

Ich brüllte: »Man kann keine Stahlplatten an die Legierung der Schaftwand schweißen! Begreifen Sie das nicht?«

Ein paar Gesichter behielten den sturen Ausdruck bei, der nicht zu beheben war, wie ich wußte. Sie würden glauben, was sie glauben mußten: daß es irgendeine Möglichkeit gab, wieder nach Hause zu fahren. »Ich werde dem Chief Bescheid sagen, daß er es Ihnen erklären soll«, gestand ich meine Niederlage ein. »Vielleicht glauben Sie ja ihm.«

Am nächsten Morgen schickte ich Dray los, um mit den Leuten zu reden; er kehrte kopfschüttelnd zurück. »Die meisten sind überzeugt, daß es geht«, berichtete er. »Dieser Walter Dakko und die Bartel. Drucker und Tzee. Aber ein paar von den anderen ...« Er brummelte immer noch vor sich hin, als er wieder zum Maschinenraum hinunterstieg.

Überall, wohin ich auch ging, spürte ich fragende und berechnende Blicke auf mir ruhen. Niemand sagte etwas, aber die Zweifel waren eindeutig, und die Sehnsucht offenkundig. Eine Rebellion hatte ich niedergeschlagen; ich fragte mich, wann die nächste fällig war. Ich betastete einen Stapel Nachladepacks für Laserpistolen, die weiterhin in einer Ecke der Brücke aufgehäuft waren. Würde Dray auch diesmal zu mir halten? Er hielt eine von drei Wachen auf der Brücke, wo alle unsere Waffen aufgestapelt lagen. Von dort aus konnte er die Luke abschließen, mich vom Kommandoposten aussperren ...

Ich verbannte diese ungemütlichen Gedanken. Dray würde tun, was er tun würde. Mir blieb keine andere Wahl, als ihm zu vertrauen; ich konnte mich nicht selbst für Jahre voller Argwohn und Angst auf der Brücke einschließen.

Philip beendete ein Handgemenge zwischen Eddie Boß und Chris; sie erschienen vor dem Kapitänsmast, während der neue Schiffsprofos Walter Dakko bereitstand. Auch Deke war gemeldet worden; ich befaßte mich zuerst mit ihm.

»Der Chief sagt, Sie wären unbotmäßig gewesen.« Ich funkelte den jungen Nichtseßhaften an.

Deke scharrte mit den Füßen. »Weiß nich', was 'se meinen.«

»Sir!« brüllte Philip Tyre. »Sprechen Sie den Kapitän mit ›Sir!‹ an!«

»Sir«, mummelte der Junge.

»Es bedeutet, daß Sie einem Befehl nicht gehorcht oder der rechtmäßigen Autorität keinen Respekt erwiesen haben.«

»Er hatte kein Gusto an Ihrem Label.«

»Was?«

Eddie hob vorsichtig die Hand. Ich nickte.

»Deke meint, dem Chief hätt' der Spitzname nich' gefallen, den 'se Ihnen geben, Käp'n.«

»Guter Gott!« Label. Gusto. Melissa Chong, kommen Sie zurück, um für Ihre Schützlinge zu dolmetschen! Ich wies den Gedanken von mir, aber zu spät. »Matrose, auf jedem Schiff, das ich gekannt habe, hatte der Kapitän einen Spitznamen. Normalerweise keinen sehr freundlichen. Wie Matrosen den Kapitän im privaten Gespräch nennen, ist ihre Sache. Der Trick besteht darin, das ... äh, Label nicht in Gegenwart eines Offiziers zu benutzen.«

Ich trug eine Notiz ins Logbuch ein. »Zehn Tage Strafdienst. Mr. Tyre, kümmern Sie sich darum.«

»Aye, aye, Sir.« Deke würde Zusatzaufgaben erhalten, und zwar die weniger angenehmen. Schlimmeres stand ihm nicht bevor, und er hätte es auch nicht verdient.

»Mr. Boß ist der nächste, Sir.«

»Ich befasse mich mit ihm und Mr. Dakko junior gleichzeitig. Treten Sie vor. Geprügelt haben Sie sich?«

Chris bedachte seinen Tischgenossen mit einem Blick, der puren Haß ausdrückte. »Nein, Sir, Kapitän. Der Gorilla hat mich herumgeschubst. Ich habe mich nur verteidigt.«

Ich packte die Konsole fester. Was war nur los mit dem jungen Dakko? Er erreichte gar nichts, wenn er sich mir entfremdete. Das Gesicht seines Vaters war undeutbar.

»Ich habe nich' ...«

»Reden Sie nur, wenn man Sie dazu aufgefordert hat!« donnerte ich. Eddie fuhr zurück. Ich warf mich zu Chris herum. »Sie erhalten eine weitere Chance, mir Ihre Version zu erzählen.«

»Ich war gerade dabei, den Trann ... den Besatzungsmitgliedern beizubringen, wie man Meßinstrumente abliest«, berichtete Chris eilig. »Jokko und Shay. Sie lachten nur und taten so, als verstünden sie nichts. Ich habe sie angeschrien. Dann tauchte Eddie auf, drehte mich herum und fing an zu brüllen, ich sollte es erst ihm beibringen, wie Sie es gesagt hatten. Aber er war nicht mal im Zimmer gewesen, als ich anfing. Wie hätte ich das also machen sollen?« Er hielt inne, um Luft zu holen. »Ich versuchte gerade, meinen Arm zu befreien, als der Fähnrich ... Verzeihung, ich meine, Mr. Tyre auftauchte.«

»Nun, Mr. Boß?«

»Der Obie hat meine Freunde angebrüllt«, nörgelte Eddie. »Er kennt nich' 'en Unterschied zwischen Beibringen und Brüllen. Nich' wie Sie, Käp'n. Wieso sagen 'ses ihm nich'?«, bat er. »So, wie Sie's gemacht ha'm, als 'se dem ollen Eddie 's Lesen beigebracht ha'm. Sie ha'm nich' gebrüllt und mich noch mehr verrückt gemacht. Der Obiejunge, der markiert nur 'ne dicke Nummer, hält sich für cleverer.«

»Also haben Sie ihn gepackt?«

»Ein bißchen vielleicht. Hab' ihm nix getan.«

»Sehr gut.« Ich nahm den Eintrag vor und schaltete das Logbuch aus. »Zehn Tage Schiffsgefängnis, alle beide.« Philip sperrte den Mund auf. Eine strenge Strafe für eine kleine

Rauferei, die harmlos ausgegangen und unentdeckt geblieben wäre, wäre nicht Philip aufgetaucht und hätte alles gesehen. »In derselben Zelle«, fügte ich hinzu, und sie wurden bleich. »Schiffsprofos, führen Sie sie ins Gefängnis.«

»Aye, aye, Sir.« Walter packte seinen Sohn am Arm und steuerte ihn zur Luke. »Kommen Sie mit, Mr. Boß.«

Als sie hinausgingen, hörte ich Eddie murren: »Auf 'm Schiff mithelfen, hatter uns gesagt. Was für 'ne Hilfe is' 'n das? So was wie 'n Bo'n wischen?«

Dieser Zwischenfall war der Moral auch nicht gerade förderlich.

Die Transpopzivilisten, sogar Annie, gaben vor, mich nicht zu bemerken, wenn ich vorbeiging, oder schlimmer noch, sie erwiesen sich als offen feindselig. Die Nichtseßhaften unter den Besatzungsangehörigen verhielten sich umsichtiger, aber ich spürte auch ihre Wut.

Andererseits erwies sich Emmet Branstead, der eine Arbeit tat, die er verstand und schätzte, als leutselig und freute sich auf meine Besuche.

Nicht so Mr. Tzee; er schien sich in sich selbst zurückzuziehen, wenn ich auftauchte, als würde er eine Kritik erwarten, mit der ich ihn jedoch nie konfrontierte.

Vielleicht nahm er das Scheitern seiner Auszubildenden persönlich.

Eines Nachts, als an Bord alles ruhig war, stand ich auf und tappte zur Brücke. Ich gab den Code ein und verschaffte mir dadurch Zutritt. Dray, der hellwach war, blickte mir erstaunt entgegen. »Kommando zurück«, sagte ich, obwohl er keine Anstalten getroffen hatte, aufzustehen.

Ich schaltete die Alarmsirenen ein. »Gefechtsstation! Alle Mann auf Gefechtsstation! Das ist keine Übung!« Im ganzen Schiff heulten Sirenen und läuteten Glocken.

»Jesus!« Der Chief sprang auf. »Was? Wo?«

»Setzen Sie sich, Dray; Sie haben die Wache. Kerren, zeichne die Reaktionszeiten sämtlicher Stationen auf.«

»Keine Übung?« schnarrte er schockiert. »Keine Übung?«

»Warum sollten sich die Reaktionszeiten bei einer Übung

und einem echten Notfall unterscheiden? Wir überprüfen das mal.«

Besatzungsangehörige, die ich aus dem Bett gescheucht hatte, stürmten durch die *Challenger* zu ihren Stationen und schlossen bei der Ankunft luftdichte Luken hinter sich. Philip Tyre kam in unordentlicher Kleidung auf die Brücke gestürmt. Gregor Attani folgte ihm auf dem Fuß; der Kadett hatte keine festgelegte Dienststation und schloß sich einfach seinem Mentor an.

Eine nach der anderen meldeten sich die Stationen – der Funkraum als erster, Dekes aufgeregte Stimme aus dem Maschinenraum zuletzt. »Der Chief is' nich' hier, Sir. Nur ich un' Ollie.«

»Halten Sie die Brücke, Chief.« Ich marschierte den Korridor hinunter zum Funkraum. »Hier ist der Kapitän. Lassen Sie mich hinein.« Die Luke glitt auf. Ich ging an der Reihe der Konsolen entlang. Walter Dakko, Elena Bartel und Jonie saßen dort bereit, die Augen geradeaus, die Hände auf den Geschützsteuerungen. An Miss Bartels Kleidung paßte nichts. Weder sie noch ich scherten uns einen Deut darum.

»Sehr schön.« Als nächstes suchte ich den Maschinenraum auf.

Eine Stunde verging, ehe ich wieder auf die Brücke zurückkehrte. Philip war schläfrig und schüttelte sich wach, als ich eintrat.

»Gehen Sie wieder ins Bett, alle beide.« Ich trug die Ergebnisse der Übung ins Logbuch ein, entließ die Mannschaft von ihren Posten und kehrte in meine Kabine zurück, wo ich mich einen Großteil der Nacht im Bett hin und her warf.

Am nächsten Morgen – und nach zu wenig Schlaf – nippte ich gerade an meinem dringend benötigten Kaffee, als Philip Gregor für eine Navübung auf die Brücke brachte. Tyre wirkte gereizt, und der Kadett verhielt sich steif und distanziert, wie immer, seit ich ihn zu Dray geschickt hatte.

Ich beschloß, die Spannung zu mildern, ehe der Junge mit seiner Übung begann. »Wie entwickeln sich Ihre Lektionen mit den Straßenkindern, Mr. Attani?«

Kühl versetzte er: »So gut, wie man es erwarten konnte, *SIR!*«

»Was heißt das?«

Die aristokratischen Züge des jungen Mannes verrieten seinen Abscheu. »Sie lernen so schnell, wie Trannies es können.« Unklugerweise fügte er hinzu: »Ich bleibe dabei, bis Sie etwas Besseres für mich zu tun finden.« Das war eine riesige Unverschämtheit.

Ich zog eine Braue hoch. »Haben Sie ein Problem mit Ihrer Einstellung, Kadett?«

Bitter sagte er: »Jetzt nicht mehr, Sir. Chief Kasavopolous hat dafür gesorgt.«

Meine Stimme blieb ruhig. »Ich denke doch, daß Sie immer noch ein Problem haben, Mr. Attani.« Ich hatte Verständnis für seinen Groll, aber es war dumm von ihm, ihn zu zeigen. Doch wenn der Junge seine Hörner sofort wieder einzog, war ich bereit, es durchgehen zu lassen.

Verdrossen starrte er an mir vorbei. »Dann haben Sie wohl recht, Sir.« Er versteckte seine Verachtung nicht mehr.

Philip knurrte: »Benehmen Sie sich, Kadett!« Schließlich war er für Gregor verantwortlich.

Mein Blick wanderte zum dunklen Bildschirm, und mir wurde übel. Falls wir nicht gerettet wurden, verbrachten wir vielleicht mehr als siebzig Jahre auf diesem beinahe wracken Schiff. Jahre in Gesellschaft arroganter, unzureichend ausgebildeter und dreister Kinder. Jahre mit Drays Verachtung und Chris Dakkos mürrischer Unverschämtheit. Mit Eddie Boß und Elron Clinger. Ich schlug mit der flachen Hand aufs Pult. »Mr. Attani, melden Sie sich beim Chefingenieur. Sagen Sie ihm, daß er Sie wegen Unverschämtheit züchtigen soll.«

Gregor schaute mich an und musterte mich voller Abscheu von Kopf bis Fuß. Mit klarer Stimme sagte er: »Sie Bastard!«

»Mr. Tyre.« Ich bekam die Worte kaum hervor. »Führen Sie den Kadetten in den Maschinenraum. Sorgen Sie dafür, daß er eine Lektion erteilt bekommt, die ausreicht, um ihm für den Rest unserer Fahrt gute Manieren beizubringen.

Falls Dray nicht dazu in der Lage ist, bringen Sie die Sache selbst zu Ende.«

»Aye, aye, Sir.« Mit weißem Gesicht warf Philip sich zum Kadetten herum. »Los!« Er scheuchte Gregor zur Luke. Der Junge mußte sich beeilen, um auf den Beinen zu bleiben. Als die Luke zuglitt, hörte ich noch: »Sie Idiot!«

Vor Wut schäumend blieb ich allein auf der Brücke zurück. Ich rief die Ergebnisse der jüngsten Laserübung ab. Ich las die Werte mehrmals durch, ehe ich kapitulierte, das Logbuch ausschaltete und das Holovid auf das Pult schmetterte.

»Stimmt etwas nicht, Sir?«

»Keine Konversation, Kerren.« Ich sprang auf und marschierte auf und ab. Diese Unverfrorenheit des jungen Gregor! Ein Aristokrat war er vielleicht mal; aber jetzt befand er sich in der Ausbildung zum Flottenoffizier. In genau diesem Augenblick lernte er auf die harte Tour, was Manieren waren. In Zukunft würde er mir keine Schwierigkeiten mehr machen, da war ich sicher. Ich hatte gesehen, wie entrüstet Philip war, als er Gregor auf den Korridor hinausschubste.

Ich zuckte die Achseln. Attani hatte sich sein Lager bereitet; sollt er jetzt darin liegen. Murrend ging ich auf und ab, bis das Adrenalin sich aufgelöst hatte. Endlich setzte ich mich wieder. Ich nahm das Holovid zur Hand und begutachtete erneut die Übungsergebnisse. Die Reaktionszeiten waren kürzer gewesen als bei den vorangegangenen Drills, aber nicht viel. Ich notierte mir, an welchen Stellen noch mehr Übung erforderlich war.

Nach einer Weile klopft Philip Tyre an. Er nahm Haltung an. »Der Kadett wurde gezüchtigt, Sir.« Seine Stimme war düster.

»Der Tradition gemäß«, versetzte ich eisig, »hätte er dies persönlich melden müssen.«

»Ja, Sir. Ich hielt es allerdings für besser, ihn in die Fähnrichskabine zu bringen.« Philip war bleich.

»So schlimm?«

»Es – es war nicht mehr, als er verdient hatte.«

»Das hoffe ich.«

»Ja, Sir.« Sein Gebaren wirkte demütig. »Ich hätte ihn unter Kontrolle haben sollen. Es ist meine Schuld.«

»Das stimmt.« Ich erinnerte mich an die eigene Zeit als Oberfähnrich. Welche Schwierigkeiten mir die Fähnriche auch gemacht hatten – und das waren etliche gewesen –, keiner von ihnen hätte es gewagt, seinen Kapitän zu beschimpfen. Wäre das auch nur einmal ein Thema gewesen, hätte ich die Sache geklärt, und zwar rasch.

»Sie können gehen, Mr. Tyre.« Ich wahrte einen kalten Tonfall.

In der Folgezeit beschäftigte ich mich mit der Organisation von Bereitschaftsübungen im Maschinenraum; es hätte uns wenig genützt, wenn Mr. Tzees Funkraumbesatzung an der Lasersteuerung bereitgestanden hätte, ohne daß der Maschinenraum die Energie für die Geschütze zuschalten konnte.

Mit der Zeit schaffte ich es, die Reaktionszeit um fast zwei Minuten zu senken, selbst wenn der Chief nicht zur Stelle war – zum Beispiel, wenn er Wachdienst auf der Brücke hatte.

Es dauerte zwei Tage, bis ich wieder Gregor Attani begegnete. Als Philip das Ruder übernehmen sollte, damit ich nach unten gehen konnte, um eine Maschinenraumübung zu beobachten, brachte er den Kadetten mit. Gregors Bügelfalten waren makellos, sein Haar sorgfältig gekämmt. Er bewegte sich mit großer Konzentration; das Gesicht war vor Schmerz verzogen.

Ich hatte Mitleid. Trotzdem – er hatte seinen Kapitän einen Bastard genannt. Kalt fragte ich ihn: »Haben Sie immer noch ein Problem mit Ihrer Einstellung, Mr. Attani?«

Eine Nachglut des Stolzes brannte noch unter der Asche seines Elends. »Ich glaube nicht mal, daß ich eins hatte.«

An seinem Schneid war nichts auszusetzen, aber um Mut ging es hier nicht. »Meine Grüße an den Chefingenieur, Gregor. Und möge er Sie bitte wegen Unverschämtheit züchtigen.«

»Schon wieder!« Die Worte entrangen sich ihm förmlich.

»Schon wieder. Und die korrekte Antwort lautet: ›Aye, aye, Sir.‹«

Philip sprudelte hervor: »Dürfte ich ihn statt dessen in die Fähnrichskabine bringen, Sir? Ich versichere Ihnen, er wird ...«

Meine Stimme klang eisig. »Meine Grüße an den Chief, Mr. Tyre. Für Sie das gleiche.«

Stille herrschte zwischen uns, während Philip sein Unglück verdaute. »Aye, aye, Sir«, brachte er schließlich hervor, hochrot vor Scham. »Kommen Sie mit, Kadett.«

»Aber ...«

»Kommen Sie mit!« Er zerrte Gregor am Arm. »Sofort!«

Eine halbe Stunde später waren sie zurück. Philip drückte die Hände seitlich an die Hosenbeine. »Der Chefingenieur grüßt Sie, Sir, und ersucht darum, daß die Züchtigung Fähnrich Tyres ins Logbuch eingetragen wird.« Sein Blick war auf den Boden gerichtet.

»Sehr gut.« Ich nahm den Eintrag vor.

Gregor schlurfte nach vorn. Er wirkte niedergeschlagen und zeigte keinerlei Trotz mehr. »Der Chefingenieur läßt Sie grüßen«, sagte er heiser. »Ob Sie bitte die Züchtigung von Kadett Attani ins Logbuch eintragen würden?«

Ich verabscheute mich dafür, mußte die Frage jedoch stellen. »Haben Sie immer noch ein Problem mit Ihrer Einstellung, Mr. Attani?«

Die Schultern des stolzen jungen Aristokraten hingen herab. »Nein, Sir«, flüsterte er. »Jetzt nicht mehr.« Er brachte die Worte nur unbeholfen hervor. »Ich werde nicht mehr unhöflich zu Ihnen sein.«

»Sehr schön.« Ich trug den Vorfall ein. »Bis es wieder erforderlich wird.« Ich stand auf. »Sie haben das Ruder, solange ich unten bin, Mr. Tyre. Sorgen Sie dafür, daß der Kadett nichts anfaßt, was er nicht anfassen sollte.«

»Aye, aye, Sir.« Sie behielten Haltung, bis ich hinausgegangen war.

Auf dem Weg in den Maschinenraum erkannte ich, daß

ich genau jenes Monstrum geworden war, das jeden untergebenen Offizier mit Schrecken erfüllt. Der junge Dakko im Schiffsgefängnis; Clinger zur Rückkehr ins Gefängnis vorgesehen; meine beiden Offiziere förmlich zur Unterwerfung geprügelt. Was kam als nächstes? Daß ich Dray die Hand abtrennte?

Zornig eilte ich weiter.

17. Kapitel

Meine Brutalität gegenüber Gregor und Philip machte schnell die Runde. Bis zum Morgen blickte mir niemand mehr in die Augen oder sprach mit mir, weder Zivilist noch Besatzungsmitglied. Ich vermutete, daß ich zum letztenmal mit Tischgefährten zu Abend gegessen hatte.

Meine Vermutung erwies sich als zutreffend. Ich hätte natürlich befehlen können, daß Passagiere sich zu mir setzten, doch ein Platz am Kapitänstisch war eine Ehre, keine Pflicht. Dabei würde es auch bleiben, solange ich das Kommando führte.

Ich setzte mich an den leeren Tisch, und als alle eingetroffen waren, stand ich auf, um das Gebet zu sprechen. Für einen Moment erhob sich niemand mit mir. Dann standen sie zögernd zu dem traditionellen Ritual auf. Anschließend gab ich dem Steward das Zeichen. An meinem Tisch wurde wie stets zuerst serviert. Der Steward, der sich unbehaglich fühlte, durchquerte den Speisesaal mit dem Tablett, auf dem nur meine Portion stand. Ich tat so, als beachtete ich es nicht.

Tage voller monotoner Aktivität folgten aufeinander. Indem ich häufig und in zufälligen Abständen Übungen anberaumte, brachte ich das Schiff auf den höchsten Stand an Bereitschaft, den ich nur erreichen konnte, wobei ich eher einem inneren Bedürfnis als irgendeiner realistischen Anforderung folgte. Ich wies Philip und Dray an, der Besatzung für die kleinsten Fehlgriffe Minuspunkte zu erteilen.

Ablehnung wogte wie Nebel um meine Füße, während ich durch die Korridore marschierte und dabei mürrische Gesichter ignorierte. Oben auf der Brücke verbargen Philip und Gregor sorgfältig ihren Zorn. Unsere Beziehung war förmlich, korrekt und distanziert. Wie sie von Anfang an hätte sein sollen, erkannte ich jetzt. Der Kapitän durfte sich mit nicht weniger zufriedengeben.

Eines Tages wies ich Philip und Gregor an, unseren Waffenvorrat von der Brücke zurück in den reparierten Waffenschrank zu bringen. Ich fühlte mich dabei nicht wohl, doch wenn die *Challenger* überhaupt weiter als Schiff im Flottendienst funktionieren sollte, konnten wir nicht ständige Furcht zur Richtschnur erheben.

Ich ließ den Holovid ins Schiffsgefängnis bringen, worin Anweisungen für Chris enthalten waren, seine Zeit für die Ausbildung Eddies zu nutzen, und für Eddie, zu lernen. Ich gestand mir selbst ein, daß dieses spezielle Experiment gescheitert war, blieb aber entschlossen, es bis zum Ende ihrer Inhaftierung weiterzuführen.

Am dritten Abend, nachdem ich Philip und Gregor zu Dray geschickt hatte, fragte ich mich allmählich, ob ich den Anlaß für eine Revolution geliefert hatte; wohin immer ich mich auch wandte, war die Feindseligkeit greifbar. An diesem Abend herrschte vollkommene Stille im Speisesaal, als ich eintrat und meinen Platz an dem leeren Tisch einnahm. Als ich mir Wasser ins Glas goß, stand die alte Mrs. Reeves auf, flüsterte mit ihrem Mann und humpelte dann langsam auf ihrem Stock durch den Raum.

»Würden Sie mir erlauben, mich zu Ihnen zu setzen, Kapitän?« Blaue Augen musterten mich aus runzeligen Hautfalten hervor.

»Sie handeln sich damit beträchtliche Unannehmlichkeiten ein.« Ich winkte in Richtung des Saales.

»Sie sollten nicht allein zu Abend essen.« Sie traf Anstalten sich zu setzen, und bat mich mit einem Blick um Erlaubnis. Ich entsann mich wieder meiner Manieren und stand auf, um ihr zu helfen. Auf der gegenüberliegenden Seite des Saales winkte Mr. Reeves einem Steward, deutete herüber und kam dann langsam zu uns geschlurft. Mit kurzsichtigen Augen blickte er in die ungefähre Richtung meines Gesichts. »Würde mich gern zu Ihnen gesellen«, polterte er. »Mit Ihrer Erlaubnis.«

Ich zeigte auf einen Stuhl. »Mit Vergnügen, Mr. Reeves.« Im weiteren Verlauf der Mahlzeit sagte er nichts mehr. Ich wartete, was Mrs. Reeves mir mitzuteilen beabsichtigte, doch sie pflegte nur Konversation. Offenbar war sie es zufrieden, mir lediglich Gesellschaft zu leisten, und hatte keine Warnung zu überbringen.

Tage verstrichen. Als Chris Dakko und Eddie Boß aus ihrer Zelle entlassen wurden, ließ ich Chris gleich auf die Brücke bringen und dort für einen Moment warten, während er stramm Haltung behielt. Dann sagte ich: »Sie haben mir genug Schwierigkeiten gemach, Matrose.«

»Ja, Sir.«

»Wie lange waren Sie im Schiffsgefängnis?«

»Zehn Tage, Sir.«

»Nächstes Mal werden es hundert Tage sein. Sie haben mein Wort darauf.«

»Ja, Sir!«

»Und das übernächste Mal sind es tausend Tage. Dann kommen Sie erst mit einundzwanzig wieder raus. Haben Sie verstanden, was ich Ihnen damit sagen möchte?«

»Ja, Sir!« Ein Schweißfilm schimmerte auf seiner Stirn.

»Denken Sie nicht mal im Traum daran, über die Stränge zu schlagen, Dakko.«

»Nein, Sir!«

»Sehr gut. Wie gehen Ihre Studien mit Mr. Boß voran?«

Er überraschte mich. »Allmählich begreift er mathematische Kurven. Wie das Display der Feuerleitung. Wir haben daran gearbeitet. Er ...« Er stockte.

»Weiter.«

»Er macht sich gar nicht so schlecht, wenn man erst mal

hinter sein Verhalten blickt. Ich meine, er bemüht sich wirklich, etwas zu lernen.« Chris wurde rot. »Es tut mir leid. Ich habe es Ihnen wirklich schwer gemacht.«

»Danke. Sie können nach unten gehen.«

Demnach zeitigte eine meiner Anstrengungen allmählich Erfolg.

Als ich an diesem Abend in meine Kabine zurückkehrte, entdeckt ich eine Pfütze vor meiner Luke. Wer hatte Putzdienst – Deke? Wie konnte er nur so schlampig sein? Ich schnupperte und stellte fest, daß es sich um Urin handelte. An der Luke war ein Rückstand zu sehen, wo er getrocknet war.

Ich trat über die Pfütze hinweg in die Kabine, hängte die Jacke über den Stuhl und warf die Mütze auf den polierten Tisch. Ich hatte schon schlimmere Beleidigungen erlebt. An der Akademie wurden Enttäuschung und Wut manchmal noch drastischer ausgedrückt. Der kalkulierte Affront war jedoch zugleich eine Warnung. Ich setzte den Leuten zu hart zu, und der Respekt vor meinem Rang hatte sich in Luft aufgelöst.

Ich brütete vor mich hin. Wir standen gerade am Beginn unserer endlosen Reise. Was jetzt an Disziplin verlorenging, war nie wieder zurückzugewinnen. Das war auch die Motivation für meine Drills: aus der Besatzung eine zusammenhängende Einheit zu bilden, empfänglich für Disziplin. Mit Pflichtgefühl überstanden wir vielleicht all die Jahre, ohne der Torheit der Anarchie zum Opfer zu fallen.

Ich überlegte, ob ich die Pfütze selbst wegwischen sollte, entschied aber, alles so zu lassen, wie es war. Ich brauchte der Sache gar keine Aufmerksamkeit zu schenken.

In der Toilette, die an die Kabine angrenzte, blickte ich in den Spiegel und betastete meine Narbe. Die Augen waren tief in fahler Haut versunken. Nach zu vielen Stunden auf Wache und von zu vielen Pflichten war ich bis auf die Knochen erschöpft. Es würde Jahrzehnte dauern, bis all das endete, es sei denn, jemand nahm mir die Last ab.

Mit sturer Entschlossenheit trieb ich sowohl mich selbst

als auch die Besatzung weiter an. Wir verwandelten den letzten Rest unseres Blechvorrats auch noch in Wachstumstanks und dehnten unsere kostbaren Gärten auf zwei weitere Kabinen aus. Zweimal täglich führte ich Laserfeuerdrills durch. Philip und Gregor, so erschöpft wie ich, taten ihr Bestes. Während aus Tagen Wochen wurden, blieb das Tempo der Ausbildung hektisch.

Eine obszöne Zeichnung tauchte auf meiner Luke auf. Ich wies Gregor an, sie wegzuwischen. Dann blieb alles tagelang bedrohlich ruhig. Ich wartete ab, und die drückende Stille erinnerte mich an die Ruhe vor einem Sturm an der walisischen Küste.

Es war Walter Dakko, der an mich herantrat. Traurig erlaubte ich ihm zu sprechen. Von ihm hatte ich mehr erwartet.

Er blickte mir in die Augen. »Ich überbringe eine Petition.«

»Ach?« Ich war beinahe erleichtert. »Geht es um meine Absetzung?«

Sein Gesichtsausdruck war merkwürdig. »Nein, Sir, natürlich nicht.« Ich konnte nicht erkennen, ob er meinte, daß niemand eine solche Petition unterzeichnen würde, oder daß er sie nicht überbringen würde. Er reichte mir das Schreiben.

Ehe ich es las, fragte ich ihn: »Haben Sie unterschrieben?«

»Nein, Sir.«

»Warum machen Sie dann mit?«

Er überlegte gründlich, ehe er antwortete. »Weil viele Leute sich Sorgen machen und weil es sehr wichtig für sie ist. Ich weiß nicht, ob ihre Moral standhält, wenn Sie ablehnen.«

Ich las das schwerfällig formulierte Dokument und die darunter gekritzelten Unterschriften. »Den Antrieb reparieren? Sie wissen, daß das unmöglich ist.«

»Das glaube ich auch, Sir.«

»Was möchten Sie dann von mir?«

»Daß Sie versuchen, den Antrieb wiederherzustellen.«

Ich musterte ihn ausgiebig. »Da Sie nicht verrückt sind, erklären Sie mir mal, wovon Sie eigentlich reden.«

Ein grimmiges Lächeln erhellte seine Züge. »Haben Sie schon mal gehört ...«

»Kommen Sie herein, und setzen Sie sich.«

»Aye, aye, Sir.«

Walter Dakko nahm am Konferenztisch Platz und zeigte sich von seiner Umgebung unbeeindruckt.

»Nur zu, Mr. Dakko.«

»Ich gehe davon aus, daß Sie die Tatsachen korrekt dargestellt haben und der Antrieb irreparabel ist. Die Situation ist für die Besatzung jedoch inakzeptabel.«

»Sie ist was?« fragte ich ungläubig.

Hastig fuhr er fort: »Ich meinte damit ... emotionell unerträglich. Nicht jeder ist so stark wie Sie, Sir. Die meisten Mannschaftsangehörigen können die Vorstellung nicht hinnehmen, daß es keinen Ausweg gibt. Wenn wir keinen Fusionsantrieb hätten, würden sie verlangen, daß Sie einen erfinden oder uns nach Lunapolis teleportieren. Logik hat mit ihrer Reaktion nichts zu tun.«

»Und?«

»Wenn Sie mir die Ausdrucksweise verzeihen: Sie können weiterhin logisch vorgehen, was Ihr Vorrecht ist, oder die unlogischen Bedürfnisse der Besatzung anerkennen.«

»Kommen Sie zur Sache, Mr. Dakko.«

Er schüttelte den Kopf. »Ich bin etwa so weit gegangen, wie es möglich ist, Sir. Ich habe Ihre Vorschriften durchgelesen und verspüre nicht den Wunsch, gehängt zu werden.«

Ich schnaubte. Wenigstens erkannte er, auf welch dünnem Eis er sich bewegte. Das Petitionsrecht war nicht allgemeingültig. Auf manchen Schiffen durfte man nicht einmal daran denken. Ein Ersuchen vorbringen war eine Sache, aber mir zu sagen, was die Besatzung verlangte, eine ganz andere. Es war vernünftig von Dakko, an diesem Punkt innezuhalten.

»Ich befehle Ihnen, mir Ihre Gedanken mitzuteilen, Mr. Dakko.« Wenn er die Vorschriften wirklich gelesen hatte, wußte er, daß ich ihn damit vom Haken genommen hatte;

denn wenn er jetzt redete, konnte niemand ihm etwas anhaben, egal, was er sagte.

»Aye, aye, Sir. Die Leute *müssen* einfach glauben, daß man den Antrieb reparieren kann. Sie brauchen diese Hoffnung. Sie, Sir, könnten ihnen also den Versuch gestatten. Natürlich ist ein Erfolg ausgeschlossen, aber es wird die Leute beschäftigen und ihnen ein Ziel geben.«

»Ein falsches Ziel.«

»Ein notwendiges Ziel, wenn Sie mich fragen. Die Mannschaft muß einfach an etwas glauben.«

»Und wenn es nicht funktioniert?«

»Einige werden allmählich die Wirklichkeit akzeptieren, und die anderen versuchen es weiter. Lassen Sie die Leute gewähren, Sir. Vielleicht werden sie wütend auf den Antrieb. Mag sein. Zumindest sind sie es dann nicht auf Sie.«

Ich faltete die Petition noch einmal auseinander. »Miss Bartel hat ebenfalls unterschrieben. Das erstaunt mich.«

»Ja, Sir. Ich könnte mir vorstellen, daß Miss Bartel sich über die tatsächliche Lage im klaren ist. Ich glaube, sie hat unterschrieben, um sich in die Mannschaft zu integrieren, Sir. Aus persönlichen Gründen.«

»Hm.« Ich ging die Liste durch. Fast alle in der Mannschaftsunterkunft hatten unterzeichnet. Außer ... »Chris' Name steht hier nicht.«

»Nein, Sir.«

»Warum nicht?«

Er musterte mich vorsichtig. »Befehlen Sie mir zu antworten?«

»Ja.«

»Er wollte unterschreiben. Ich nahm ihn mit ins Bad und sagte ihm, ich würde die Scheiße aus ihm herausprügeln, wenn er es täte, und er glaubte mir.«

Nach einem Moment sagte ich: »Sie haben sich verändert, Mr. Dakko.«

»Ja, Sir. Noch vor sechs Monaten war ich zu zivilisiert, um ihn zu bedrohen. Ich war ... geistig zu stabil. Ich hatte Prinzipien.«

Ich lächelte. »Ungeachtet Ihrer Äußerungen, er stünde jetzt auf eigenen Füßen, sorgen Sie immer noch für ihn.«

»Ich war mir nicht sicher, wie Sie reagieren würden, Sir. Ich bin es immer noch nicht. Ich möchte nicht, daß er gehängt wird.«

»Niemand wird gehängt«, sagte ich mit einem langen, müden Seufzer. Es schien, als hätte ich die Rolle des Tyrannen allzu gut gespielt. »Sagen Sie Ihren Messekameraden, ihre Petition wäre entgegengenommen worden und ich wäre geneigt, sie zu genehmigen. Ich arbeite die Einzelheiten mit Dray aus. Verstehen Sie das richtig: Wenn die Leute neue Platten auf das Loch schweißen, genehmige ich Testläufe auf niedrigem Energieniveau. Aber es besteht überhaupt keine Möglichkeit, daß wir einen nicht eingestellten Antrieb zünden werden, und der Fusionsantrieb wird nicht einstellbar bleiben, egal, was sie alles versuchen.«

»Ja, Sir. Ich habe allerdings nicht vor, Ihre letzte Bemerkung weiterzugeben.«

Ich schickte ihn in die Mannschaftsunterkunft zurück und blieb in der Kabine, um über diese neueste Entwicklung nachzudenken. Die Mannschaft konnte sich glücklich schätzen, einen so klugen Sprecher wie Dakko zu haben. Mir kam der Gedanke, daß er die Petition vielleicht selbst zurechtgemodelt hatte, um sie auf die am wenigsten provokante Art und Weise zu präsentieren.

Als ich später Dray berichtete, was mir vorschwebte, schüttelte er entschieden den Kopf. »Wir haben keine Möglichkeit, den Antrieb zu reparieren.«

»Trotzdem schadet es nicht, wenn die Leute es versuchen. Ziehen Sie die Arbeiten so lange hin, wie Sie können. Ich freue mich nicht gerade darauf, mich mit ihrer Enttäuschung auseinanderzusetzen.«

»Darauf wette ich.«

Ich hätte ihm am liebsten eine geknallt, ihm seine Blasiertheit aus dem Gesicht geprügelt. Ich schwenkte meinen Sessel zu ihm herum. »Hören Sie mir gut zu!«

»Schon wieder eine Drohung?« Seine Stimme klang bitter.

»Eine Feststellung. Wenn Sie eine Entschuldigung hören möchten für das, was ich Ihnen angetan habe, können Sie sie haben. Sie bekommen sie sogar: Ich entschuldige mich. Ich bedaure es, so getan zu haben, als wäre ich verrückt, und damit gedroht zu haben, daß ich Ihnen die Finger wegbrenne. Es war falsch von mir. Es tut mir leid.«

Er musterte mich nachdenklich. »Das hört sich so an, als hätten Sie noch mehr zu sagen.«

»Das habe ich. Legen Sie Ihr verächtliches Gebaren ab und halten Sie sich an das Protokoll der Flotte, wenn Sie mit mir sprechen. Sonst stecke ich Sie zu den übrigen Meuterern in Sektion vier, wo Sie für den Rest der Fahrt bleiben. Das schwöre ich bei der Gnade des allmächtigen Gottes. Sie haben bis morgen Zeit, um eine Entscheidung zu treffen. Das wäre alles.«

Er studierte konzentriert mein Gesicht. Ich erwiderte seinen Blick ausdruckslos. Er nickte grimmig und ging.

Als ich wieder allein war, verfluchte ich meinen Mangel an Selbstbeherrschung. Wenn Dray beschloß, mich herauszufordern, war ich bei meiner Seele verpflichtet, ihn zu verbannen, wo ich ihn doch brauchte. Wem sonst konnte ich den Maschinenraum anvertrauen? Deke?

Der Enthusiasmus, mit dem sich die Besatzung in das Reparaturprojekt stürzte, erstaunte mich. Praktisch jeder bat darum, in seiner dienstfreien Zeit daran mitwirken zu dürfen. Eine ihrer ersten Aufgaben bestand darin, in Magnetstiefeln außen auf der Schiffshülle herumzuklettern und das Loch im Antriebsschaft auszumessen. Ich nutzte die Gelegenheit, um Gregor Übung mit dem Raumanzug zu verschaffen, und beauftragte Philip, den Kadetten durch die Schleuse zum Arbeitsbereich zu führen.

Es war ein langer Weg von der Achterluftschleuse auf Deck 2 zum Antriebsschaft am eigentlichen Heck des Schiffes. Für jeden Schritt mußte Gregor magnetischen Kontakt mit der Schiffshülle herstellen und wieder unterbrechen, während Philip in einem Triebwerksanzug in der Nähe schwebte. Ich wußte, daß Hüllwandern für den Neuling sehr anstrengend sein konnte und selbst für den erfahrenen Raumfahrer kein großes Vergnügen war. Sollte Gregor jedoch ein Fehltritt unterlaufen und er sich von der Hülle abstoßen, war Philip da, ihn zurückzuholen. Es war Brauch, daß ein solcher Schnitzer durch einen Kadetten oder Fähnrich zu begeisterten Schikanen führte; aber das würde Gregor erspart bleiben.

Sie kamen gerötet und in freudig erregter Stimmung zurück an Bord. Gregors Begeisterung wurde nicht einmal dadurch gedämpft, daß er auf dem Korridor unweit der Schleuse mir begegnete, obwohl sein Verhalten gleich reservierter und viel vorsichtiger wurde.

»Nun, Mr. Tyre, wird aus dem Kadetten noch ein Raumfahrer?« Ich wandte mich absichtlich an Philip und nicht an Gregor; zu oft schon hatte ich die Tradition mißachtet.

»Ich glaube, er wird es schaffen, Sir. Wenn ich ihm mehr Übung verschaffen kann.«

»Wenn er Übung haben möchte, setzen Sie ihn als Werkzeugträger ein. Das sollte seine Beinmuskeln trainieren.«

Die beiden Jungen lächelten über diese Bemerkung. Gregor würde Instrumente für die Arbeitsgruppe über die Hülle schleppen müssen, vielleicht mehrmals für jeden Arbeitseinsatz draußen. Deshalb hatte er den Dreh mit dem Hüllwandern bald heraus. Ich grinste, als ich mich an die eigene Freude über die seltenen Möglichkeiten erinnerte, nach draußen zu gehen. Hegten alle Fähnriche solche Gefühle? Sicherlich alle, die ich kannte.

»Also gut«, fügte ich hinzu. »Achten Sie darauf, daß er für jede Stunde draußen zwei Stunden Navdrill erhält.«

»Aye, aye, Sir.« Vielleicht lag es am Sauerstoff; ihre Überschwenglichkeit hielt an, unbeschadet meiner Arbeitsaufträge. Ich kam mir so hinfällig vor wie der alte Mr. Reeves und überließ die beiden ihrem jugendlichen Vergnügen.

Ich rief Walter Dakko zu mir, händigte ihm eine Betäubungswaffe aus und nahm ihn mit auf die Krankenstation.

Matrose Clinger hatte sich gut genug erholt, um entlassen zu werden. Ein Blick auf den Schiffsprofos zeigte Clinger alles, was er wissen mußte; dennoch bettelte er mitleiderregend um einen Aufschub.

»Nein, ich werde nicht darauf hören. Mr. Dakko, bringen Sie ihn nach unten.«

»Bitte, Sir, zwingen Sie mich nicht, wieder dorthin zu gehen! Andy und ich ... Da herrscht jetzt böses Blut. Zweimal hat er mir auf den Schädel gehauen, als wollte er mich umbringen. Wenn Sie mich wieder da hineinstecken, muß ich ihn umbringen, oder er macht ganz sicher ein Ende mit mir. Es gibt keine andere Möglichkeit!«

»So sei es denn.«

Er ächzte. Walter Dakko packte ihn am Arm. Clinger war zu schwach, um Widerstand zu leisten, und versuchte es auch gar nicht. Ich führte die beiden zur Luke von Sektion vier. Die Innensteuerung war funktionsunfähig, damit die Männer nicht herauskonnten, und die Außensteuerung reagierte nur auf meinen Code. »Halten Sie sich bereit, das Feuer zu eröffnen, Mr. Dakko.« Ich gab den Code ein.

Clinger sprudelte hervor: »Könnte ich wenigstens manchmal mit Elena sprechen, Sir? Es schadet doch niemandem, wenn wir hin und wieder ...«

»Elena? *Elena?*«

»Miss Bartel, ja, Sir. Sie hat da oben viel mit mir geredet und hat mich zum Nachdenken gebracht. Wenn ich schon nicht hier herauskomme ...« Er schauerte und fuhr rasch fort: »Dürfte ich gelegentlich mit ihr sprechen? Bitte!«

»Hinein!« brüllte ich. Er huschte durch die Luke. Ich knallte sie hinter ihm zu.

Binnen einer Woche stellte ich fest, daß Matrosen in ihren regulären Pflichten nachlässig wurden, um mehr Zeit für das Reparaturprojekt zu haben. Da wir zu wenig Personal hatten, waren die Leute bereits durch die überlebenswichtigen Aufgaben erschöpft. Nur indem sie sämtliche verbliebene Freizeit opferten, schafften sie es überhaupt, sich um ihr Projekt zu kümmern.

Die Recyclermaate führen inzwischen Kurzchecks der Systemmeßgeräte durch, anstatt die Rohre zu entlüften und die Kontrollen neu zu kalibrieren, wie es die Vorschriften verlangten. Ich rief die gesamte Arbeitsgruppe vor den Kapitänsmast und untersagte den Leuten für eine Woche die weitere Arbeit am Antrieb. Trotz dieses Exempels verschlimmerte sich die Nachlässigkeit weiter.

Zunächst beobachtete ich endlose Stunden besorgt und hilflos von der Brücke aus, wie frischgebackene Mannschaftsmitglieder sich zusammen mit erfahreneren Matrosen zu den gefährlichen Arbeiten auf die Außenhülle begaben. Ihre Raumanzüge bestanden aus einer zähen Faserverbindung, und die Schiffshülle wies keine scharfen Kanten auf, doch manche Werkzeuge hatten Spitzen, und Sauerstofftanks konnten leer werden, und es gab unzählige Möglichkeiten für meine Matrosen, ums Leben zu kommen.

Jeder Todesfall wäre schon von daher eine Katastrophe gewesen, und ich haßte es, zulassen zu müssen, daß die Leute hinausgingen. Am allerwenigsten konnte ich es mir leisten, einen Offizier zu verlieren.

Ich knirschte mit den Zähnen, als Gregor zum erstenmal den Kontakt mit der Hülle verlor. Jeder Grünschnabel schwebt wenigstens einmal während seiner Ausbildung davon; ich wünschte, ich könnte das eine Mal vergessen, als es mir selbst passierte.

Philip ließ den Kadetten einige Minuten hilflos im All treiben, damit er diese wichtige Lektion in Sachen Sicherheit lernte; anschließend wies ich ihn an, Gregor für heute wieder hereinzuholen.

Zwei Tage später ertrug ich gerade ihr müßiges Geschwätz über den Anzugfunk, als es wieder passierte.

»He! O verdammt!«

»Haben Sie ein Problem, Kadett?« Das war Philip mit einem Unterton sanfter Bösartigkeit.

»Könnten Sie mich herunterholen, Mr. Tyre? Bitte!« Ich

wußte, daß die vollkommene Abhängigkeit, die Gregor jetzt erlebte, alles ändere als angenehm war.

»Später vielleicht. Ich habe mir gerade überlegt, daß die Fähnrichskabine aufgeräumt werden müßte. Dabei könnte man auch die Kojen ausbauen und die Schotten schrubben.« Philip tat lediglich seine Pflicht: Gregor konnte durch seine Sorglosigkeit ums Leben kommen, und da war eine Strafe nur angemessen. Wir hatten jedoch keine Zeit für Schikanen.

Ich schaltete den Rufer ein: »Holen Sie ihn herein, Mr. Tyre. Bis er es lernt, vorsichtig zu sein.«

»Aye, aye, Sir. Kommen Sie, Gregor. Strecken Sie den Arm aus. Vorsichtig. Jetzt die Fersen aufs Deck senken. So ist es richtig. Jetzt einen Schritt nach dem anderen. Gehen, nicht tanzen. Sie erinnern mich an ein Mädchen, das ich mal kannte. Okay, jetzt müssen Sie wieder selbst zurechtkommen.«

Einen Augenblick später schrie Gregor auf. »O nein, nicht schon wieder! Es tut mir leid, Mr. Tyre!«

»Packen Sie ihn!« brüllte ich. »Halten Sie ihn fest, bis er in der Luftschleuse ist!« Wutschnaubend ließ ich die Brücke unbeaufsichtigt zurück und stapfte hinunter zur Umkleidekabine. Als die beiden mich sahen, nahmen sie sofort Haltung an. »Mr. Attani, meine Grüße an den Chefingenieur, und ob er Sie bitte ermutigen würde, sich nicht mehr als solch ungeschickter Trampel aufzuführen!«

Gregor schluckte und bat mich mit den Augen um Gnade. Er bekam sie nicht. »Aye, aye, Sir«, murmelte er.

Philip versetzte hastig: »Er hat es nicht böse gemeint, Sir. Ich habe ihm nicht klargemacht, wie wichtig es ...«

»Kadett, hinaus!« Als der Junge zum Korridor rannte, ging ich auf Philip los. »Sie sind neunzehn, Mr. Tyre. Sie sind seit sechs Jahren bei der Flotte? Sie müßten es eigentlich besser wissen, als draußen herumzutollen, und Sie wissen es ganz gewiß besser, als sich mit mir zu streiten. Glauben Sie, ein Fähnrich dürfte Befehle eines Kapitäns widerrufen?«

»Nein, Sir. Ich wollte nicht ...«

»Sie erheben Einwände gegen meine Anordnungen. Die

meisten Neunzehnjährigen erhalten nicht mehr den Rohrstock, wie Sie sehr wohl wissen. Sie kennen ihre Pflicht und ihren Platz.«

»Ja, Sir.« Philip war bleich.

»Melden Sie sich beim Chief. Sagen Sie ihm, daß ich den Befehl erteile, Sie übers Faß zu legen. Erinnern Sie ihn daran, daß Sie zum zweitenmal Einwände gegen Befehle erhoben haben, und daß es nach meinem festen Entschluß das letztemal war!«

»Aye, aye, Sir!« Er stürmte zur Luke.

»Wenn Sie sich wie ein Kadett benehmen, werden Sie auch wie einer behandelt!« Das war billiges Nachkarten gegen jemanden, der sich nicht wehren konnte, aber ich wies alle Gewissensbisse von mir.

Wenig später meldeten sich Philip und Gregor in gedrückter Stimmung wieder auf der Brücke. Zum erstenmal in all den Jahren, seit ich Philip Tyre kannte, wirkte er verdrossen. Ich wagte nicht, ihn darauf anzusprechen, denn ich fürchtete mich vor der Aufdeckung der Gründe. Falls ich es schließlich doch geschafft hatte, seinen unerschütterlichen guten Willen zu zerbrechen, würden sich die Folgen für mein Gefängnisschiff als wahrhaft bitter erweisen.

Was Gregors Haltung anging, hatte ich überhaupt keinen Zweifel. Sie war drückend und bedrohlich. Er meldete sich höflich, salutierte korrekt und ersuchte darum, seine Züchtigung ins Logbuch einzutragen. Doch ich hatte das Gefühl, daß er sich gegen mich wenden und mich angreifen, vielleicht sogar töten würde, falls ich ihm noch ein klein wenig stärker zusetzte.

Ich wußte, daß ich das nicht zulassen konnte. Wenn ich nicht von jetzt an Angst vor ihm haben wollte, mußte ich ihn mit seinem Verhalten konfrontieren. »Philip, ab in Ihr Quartier.«

»Aye, aye, Sir.« Er salutierte, warf sich herum und marschierte hinaus, und nur der stelzenhafte Gang beeinträchtigte die Darbietung.

»Möchten Sie etwas sagen, Mr. Attani?«

»Nein, Sir.« Gregors Blick ruhte fest auf dem Deck.

»Ihr Verhalten ist mir unangenehm. Ändern Sie es.«

»Was soll ich tun, Sir?«

Ich gab ihm eine Ohrfeige. Er fuhr bestürzt zurück.

»Sind Sie sich über den rechtlichen Status eines Kadetten im klaren, Mr. Attani?«

»Ich glaube schon.«

Ich verabreichte ihm eine weitere, heftigere Ohrfeige. Er ballte die Fäuste, hob sie aber Gott sei Dank nicht. Hätte er es getan, wäre ich verpflichtet gewesen, ihn hinzurichten. »Ein Kadett ist das Mündel seines Kapitäns. Er hat keine persönlichen Rechte. Seine Stellung ist wie die eines Kindes gegenüber den Eltern. Wie oft soll ich Sie ohrfeigen, Mr. Attani?«

»Bitte, Sir!«

Ich schrie: »Antworten Sie mir!«

»Überhaupt nicht! Ich möchte nicht, daß Sie mich schlagen, Sir!« Seine Augen füllten sich mit Tränen.

Ich ohrfeigte ihn erneut.

»Sehen Sie sich Ihre Hand an, Mr. Attani. Sie ist zur Faust geballt!«

Er starrte die Finger an, und seine Augen weiteten sich. Langsam öffnete er die Faust.

»Bitte«, flüsterte er, »lassen Sie mich hinunter zur Mannschaftsunterkunft gehen, zu den anderen.«

»Nein. Sie sind ein Kadett. Suchen Sie die Fähnrichskabine auf.«

Er sprudelte hervor: »Ich bin kein Kind! Es zerreißt mich, wenn Sie mich wie eines behandeln!« Er holte mehrmals tief Luft, um die Selbstbeherrschung zu wahren; aber dann brach der Damm, und er fuhr hastig fort: »Ich bin in den Maschinenraum gegangen, wie Sie es befohlen hatten, und lag auf diesem Faß, und ... Teufel, hat er mir weh getan! Ich habe versucht, stillzuhalten. Ich weiß, daß es von mir erwartet wird. Aber ich konnte nicht mehr. Meine Rückseite brannte höllisch, und Mr. Tyre mußte mich an den Armen packen und festhalten, während ich schrie. Bitte, Sir, ich verstehe nicht, warum! Bei der Gnade des allmächtigen Gottes, schicken Sie mich wieder zur Mannschaft zurück!«

»Nein. Sie befinden sich in der Ausbildung zum Offizier, und Sie werden sich entsprechend benehmen. Möchten Sie noch einmal verprügelt werden?«

Er sprach so leise, daß ich ihn kaum verstand. »Nein, Sir.« Er gab sich restlos geschlagen und ließ die Schultern hängen.

»Möchten Sie zum Chief geschickt werden?«

»O Gott, nein, Sir, bitte!«

»Benehmen Sie sich, wie ich es von Ihnen erwarte, und nichts dergleichen wird geschehen. Suchen Sie die Fähnrichskabine auf.«

Er stand hilflos da, die Hände fest an die Seiten gedrückt, und fing an zu weinen, so heftig, daß die Schluchzer seinen Körper schüttelten. Er traf keine Anstalten, sich das Gesicht zu bedecken oder die Tränen abzuwischen.

Ich fiel schwer in meinen Sessel und dreht mich von ihm weg. Dann wartete ich einige Augenblicke, ehe ich sagte: »Sie können jetzt in Ihr Quartier gehen, Gregor.«

Er brauchte einen Moment, um sich wieder an die Disziplin zu erinnern, aber er tat es. »Aye, aye, Sir.« Ich wandte mich nicht zu ihm, um seinen Gruß entgegenzunehmen. Als er ging, seufzte ich, zutiefst erleichtert.

Ich hatte ihn gebrochen. Er würde seine Pflicht tun. Ich hatte ihm keine andere Möglichkeit gelassen.

In dieser Nacht schlief ich nicht gut. Am Morgen zwang ich mich aufzustehen und mich einem weiteren Tag zu stellen. Im Bad trat ich, immer noch im Halbschlaf, unter die Dusche und schaltete den willkommenen, beißenden Strahl heißen Wassers ein. Eine Sekunde später stolperte ich schon wieder darunter hervor, und mein Geschrei warf Echos an den Schotten. Heftig rieb ich mich mit dem Handtuch ab.

Es war das kälteste Wasser, das ich je erlebt hatte, von einem Eisblock mal abgesehen.

Ich ließ es weiter laufen. Falls es überhaupt möglich war, wurde das Wasser noch kälter. Während ich einen Strom von Flüchen hervorstieß, stieg ich in die Hose, warf mir die Jacke über die nackten Schultern und stürmte hinaus auf den Korridor.

Chris Dakko wich mir nicht rechtzeitig aus. Ich prallte von ihm ab und nahm gleich wieder Kurs auf die Leiter. Augenblicke später war ich bereits auf Deck 3 angelangt und auf dem Weg zum Maschinenraum.

»Himmel, es ist der Käpt'n!« Verschwommene Gestalten nahmen Haltung an, während ich mit fliegenden Rockschößen vorbeistürmte. Ich hämmerte in blinder Wut auf die Luke zum Maschinenraum, bis ich zufällig die Steuertafel traf und die Luke aufflog.

Ich knurrte: »Was, in drei Teufels Namen, machen ...«

Deke blickte von dem Rohrstück auf, das er an seinem Platz festhielt.

»Nicht bewegen, du dummer Bengel!« brüllte Dray. Jokko, der sich in einer Ecke unsichtbar zu machen versuchte, zuckte zusammen.

Ich betrachtete die Wasserpfützen und die klamme, dampfende Atmosphäre. »Was ist passiert?«

Dray grunzte. »Diese verdammten Grünschnäbel haben die Meßgeräte aus den Augen gelassen.« Er zerrte am Rohr. »Haben doch glatt zugelassen, daß sich der Dampfdruck aufbaute. Dabei ist das Hauptzufuhrventil durchgeknallt.« Er warf mir einen kurzen Blick zu und setzte schwerfällig hinzu: »Sir.«

»Das Wasser in meiner Dusche ...«

»Kalt, da wette ich drauf.« Seine Mundwinkel hoben sich, doch sein Blick brachte keinerlei Humor zum Ausdruck. »Die Rohre sind inzwischen ausgetrocknet, Sir. Wäre ich ein paar Minuten später eingetroffen, wären sie wahrscheinlich schon festgefroren. Und wenn sie geplatzt wären ...«

»Was haben diese – diese Leute solange gemacht?«

Er deutete auf das Lager. »Sie haben Eddie dabei geholfen, nach einer Platte von der richtigen Größe zu suchen, Sir.«

Während ich in Gedanken mit diesem Rätsel kämpfte, fiel mir seine sorgfältige Höflichkeit auf.

Ich versuchte, daraus schlau zu werden. »Eine Platte?« Dann warf ich mich zu Deke herum. »Für den verdammten Fusionsantrieb? Sie haben *deshalb* Ihre Wache vernachlässigt?«

Deke öffnete den Mund, überlegte es sich aber noch mal. Er zog die Schultern hoch, als befürchtete er, daß ich ihn schlagen würde. Ich hätte es gern getan. Mein Blick schweifte zu dem Faß in der Ecke; ich wünschte mir, ich hätte Deke darauf schicken können. Bedauerlicherweise ging das nicht. Für junge Offiziere galten körperliche Strafen, aber nicht für einfache Matrosen. Bei ihnen standen mir nur Strafdienste und das Schiffsgefängnis zur Verfügung. Eine weise Vorkehrung; andernfalls hätte ein tyrannischer Kapitän eine Rebellion durch Mannschaftsangehörige riskiert, deren Männlichkeit die physische Mißhandlung nicht hätte ertragen können. Von allen einfachen Besatzungsmitgliedern eines Flottenschiffes konnte nur der Schiffsjunge, der noch minderjährig war, geschlagen werden, was aber nur selten geschah.

In einem kleinen Rinnsal tropfte mir Wasser von der Nase, während sich ein Gedanke bildete.

Langsam löste ich den Blick vom Faß und richtete ihn auf Deke. »Wie alt sind Sie, Matrose?«

Der junge Nichtseßhafte zuckte die Achseln. »Keine Ahnung, Sir. Sie ha'm gesagt sechzehn, siebzehn, irgend so was.«

»Ah, ja. Und Jokko ist achtzehn. Damit sind Sie beide noch nicht volljährig.« Ich deutete aufs Faß. »Chief, brauchen Sie Hilfe, oder schaffen Sie das allein?«

»Sie meinen, wenn ich sie wie Fähnriche verprügle?« Sein Gesicht wurde dunkel. »Es wird mir ein Vergnügen sein. Aber ich brauche zuerst noch ihre Hilfe bei der Beseitigung dieses Durcheinanders hier.«

»Ich bin in meiner Kabine. Sagen Sie mir Bescheid, wenn ich wieder Wasser für die Dusche habe. Sobald das der Fall ist, züchtigen Sie Ihre Kinder!« Mit allem, was ich an Würde aufbringen konnte, tappte ich barfuß zur Leiter zurück.

Endlich bekam ich meine Dusche, und bald schon dachte ich nicht mehr an diesen Zwischenfall. Doch am nächsten Tag hielt Walter Dakko mich im Korridor auf. Er drückte sich kurz und bündig aus. »Wir sollten uns privat unterhalten, Sir.«

Inzwischen wußte ich, daß er mich nur belästigte, wenn es um etwas wirklich Wichtiges ging. »In einer halben Stunde auf der Brücke. Achten Sie darauf, daß niemand Sie sieht.« Ich fragte mich, ob Dakko sich darüber im klaren war, welch gefährliches Spiel er als Informant spielte.

Ungeduldig wartete ich auf ihn. Nachdem er angeklopft hatte, verschloß ich die Luke hinter uns. »Jetzt können wir reden.«

»Ich möchte wiederum feststellen, Sir, daß es nicht meine Absicht ist, Ihnen vorzuschreiben, wie Sie das Schiff zu führen haben.«

»Ich weiß«, sagte ich ungeduldig. »Schluß damit. Ich befehle Ihnen, mir die Information zu geben, die ich Ihrer Meinung nach erhalten sollte. Erinnern Sie mich daran, wenn ich es Ihnen doch übelnehme.«

»Aye, aye, Sir. Ich glaube, Sie sollten eine Zeitlang bewaffnet sein.«

Ich holte scharf Luft. »Ist es so schlimm?«

»Ich glaube schon. Es hat auch nicht geholfen, als Dray die Nichtseßhaften zurückbrachte. Sie haben gejammert und ein richtiges Theater gemacht.«

»Geht es um die Züchtigung von Deke und Jokko?« fragte ich ungläubig.

»Es geht um die körperliche Mißhandlung von Mannschaftsangehörigen.« Seine Stimme war scharf.

»Aber ich habe das Recht ... Rechtlich sind sie Kinder! Wie können Sie es wagen, da von Mißhandlung zu sprechen?«

»Ich spreche nicht davon. In der Mannschaftsunterkunft bezeichnet man es so.«

»Und wie bezeichnen Sie es, Mr. Dakko?«

Er zuckte die Achseln. »Es war eine passendere Bestrafung, als wenn sie eine Woche lang Decks gewischt hätten, die bereits sauber sind«, sagte er. »Wahrscheinlich war es nicht mehr, als sie verdient hatten. Manchmal wünschte ich mir, ich hätte mit Chris das gleiche gemacht.«

»Er hätte es sich nicht gefallen lassen. Er war da noch nicht in der Flotte.«

»Ich weiß, Sir.« Er seufzte. »Jedenfalls wird heftig debattiert.«

»Eine Meuterei?« Meine Stimme klang hart.

»Es wird heftig debattiert«, wiederholte er. »Mehr passiert vielleicht nicht. Nachdem sie ...«

»Wer?« unterbrach ich ihn.

Er schloß die Augen. »Ich wußte, daß es vielleicht dazu kommen würde«, brummte er. »Als ich mich entschloß, Sie zu warnen.«

»Antworten Sie mir. Wer?«

»Bitte, ziehen Sie diesen Befehl zurück, Kapitän.« Seine Stimme war ausdruckslos.

»Befürchten Sie, Sie würden den Befehl nicht befolgen?« höhnte ich.

»Nein, Sir.« Er klang müde. »Ich fürchte, daß ich ihn befolgen würde.«

»Es tut mir leid, Mr. Dakko«, sagte ich leise. »Ich ziehe die Frage zurück. Solange es nur Gerede ist, brauchen Sie es mir nicht zu sagen. Aber falls die Leute etwas unternehmen ...«

»Ich bin immer noch römischer Bürger«, sagte er mit einem dünnen Lächeln. »Und die Mauern werden weiterhin belagert.«

Nachdem ich ihn wieder nach unten geschickt hatte, fragte ich mich, wie ich mich selbst aus der Katastrophe retten sollte, die ich verursacht hatte. Vielleicht wäre es das beste, gar nichts zu tun und zuzuschauen, wie eine Meuterei ausbrach und ihren Lauf nahm.

Nach einem Nachmittag voll düsterer Gedanken auf der Brücke ging ich direkt zum Abendessen. Ich hatte mich an die allgemeine Feindseligkeit gewöhnt; sie war inzwischen kraß und beinahe allumfassend. Kaltes Schweigen schlug mir entgegen, als ich den Raum betrat; es blieb bestehen, bis ich das Gebet beendet hatte.

Mrs. Reeves sank auf ihren Stuhl. »Kann ich irgendwie helfen?« fragte sie.

»Nein.«

Sie nahm die Abfuhr hin. »Führungstalent besteht nicht darin, dem gemeinen Volk allzu weit voraus zu eilen.« Sie sprach ganz beiläufig, wie zur Beantwortung einer Frage. »Man kann Menschen nur dorthin führen, wohin sie einem zu folgen bereit sind.«

»Die *Challenger* ist keine Demokratie!« fuhr ich sie an.

Die alten blauen Augen musterten mich kurzsichtig. »Sind Sie wütend?«

»Nicht besonders. Ich versuche nur, meine Pflicht zu tun.«

»Ich mache mir Sorgen um Sie.«

Darauf fiel mir nichts ein.

Ich starrte auf die Bohnen und anderen Gemüse, die alles waren, was ich auf Jahre hinaus auf meinem Teller vorfinden würde. Ich versuchte, mich auf das Essen zu konzentrieren und das anschwellende Geplapper von den übrigen Tischen abzublocken.

Porzellan krachte aufs Deck. »Stinkender Trannie!« Matrose Kovaks war auf den Beinen und hatte die Fäuste geballt. Deke und Jonie schwangen sich über den Tisch auf ihn zu. Mr. Tzee duckte sich und schützte auf diese Art seinen Teller.

Ich sprang auf, als Jonie dem aufgebrachten Matrosen eine schrille Herausforderung entgegenschrie und sich in den Kampf stürzte.

»STILLGESTANDEN, SIE ALLE!« Mein Gebrüll stoppte das Mädchen, aber es war knapp. *»NEHMEN SIE HALTUNG AN!«* Kovaks, dessen Gesicht weiß war, scherte sich nicht um mich. Ich stieß ihn heftig zur Seite. »Nehmen Sie sofort Haltung an!«

Für einen gefährlichen Augenblick stand meine Autorität

auf des Messers Schneide, ehe die Disziplin sich wieder Bahn brach. »Mr. Kovaks, verlassen Sie den Saal. Begeben Sie sich in Mannschaftsunterkunft zwei.«

Wut verzerrte seine Züge. »Aber sie ...«

»HALTEN SIE DIE KLAPPE!« Durch das Geschrei wurde mir der Hals wund. Kovaks erbleichte. »Raus!« knurrte ich.

»Aye, aye, Sir.« Er ging steifbeinig hinaus.

»Und Sie beide suchen Mannschaftsunterkunft eins auf.«

»Nee!« fauchte Jonie. »Nich' nach dem ...«

»Schiffsprofos! Stabsbootsmann!« Walter Dakko und Eddie Boß kamen herbeigeeilt. »Führen Sie diese Matrosen ins Schiffsgefängnis.«

»Aye, aye, Sir.« Walter Dakko packte Jonie am Arm. Die junge Transpop entwand sich seinem Griff.

»Laß das, Jonie«, knurrte Eddie. »Geh mittem Mann!« Von hinten rammte er Deke die Handflächen an die Schulterblätter, so daß der Jüngere Richtung Ausgang rutschte. »Du auch, Dekeboy. So was nennt sich Matrose, wa? Ich werd's dir zeigen!«

Ich wartete schweigend, bis sie alle gegangen waren, und wandte mich an Mr. Tzee. »Was sollte das?«

»Mr. Kovaks machte einen Kommentar über Dekes Schweißarbeiten, Sir.« Sein Gesicht war undeutbar.

»Schweißarbeiten?«

»An den Platten.« Er sprach zögernd. »Für den Fusionsantrieb.«

Für einen Moment war ich sprachlos. »Wieder mal dieses Projekt?«

»Ja, Sir.«

Ich drehte mich auf den Fersen um und marschierte zu meinem Tisch zurück. Die Stimmung war gereizt. Ich mußte darauf achten, nicht die Beherrschung zu verlieren und die Leute dadurch ...

Nein, bei Gott, das würde ich nicht! Ich marschierte in die Mitte des Raumes. »Alle Mann, bilden Sie eine Reihe. Offiziere davor.«

Ich wartete, die Hände in den Hüften, bis alle gehorcht

hatten. Philip schubste Gregor an den Platz eines Offiziers, fünf Fuß vor den versammelten Mannschaften. Die Passagiere blieben auf ihren Plätzen, und alle Augen waren auf mich gerichtet.

»Stillgestanden, Sie alle.« Ich sprach ganz leise und bemühte mich angestrengt, meine Wut im Zaum zu halten. »Mr. Tyre, sorgen Sie dafür, daß das eine gerade Reihe wird.«

»Aye, aye, Sir.« Er löste sich aus seiner Position und drehte sich flink um. »Sie da, nach vorn. Zurück, Mr. Bree.« Einen Augenblick später hatte er alle an der richtigen Stelle und bezog wieder seine Position.

»Rühren!«

Mit lobenswerter Präzision nahm die Mannschaft bequeme Haltung an, die Hände hinter dem Rücken verschränkt.

»Ich dulde auf meinem Schiff keine nachlässige Disziplin.« Ich blieb vor Philip stehen. »Alle Arbeiten am Antriebsschaft werden vorläufig eingestellt.«

Ein unzufriedenes Murmeln ertönte.

»Bitte? Ist was?« Ich zog eine Braue hoch und sah mich einer Wand des Schweigens gegenüber. »Die Arbeit bleibt eingestellt, bis ich einen anderslautenden Befehl erteile. Was nicht geschehen wird, ehe ich Ihr Verhalten akzeptabel finde.«

»Mist!«

Ich wirbelte herum. »Wer war das?«

Steinernes Schweigen.

»Nun?«

»Ich.« Drucker, der Hydroponikmaat.

»Zwei Tage Schiffsgefängnis wegen Unverschämtheit. Melden Sie sich dort. Warten Sie vor der Luke, bis jemand kommt, um Sie hineinzuführen.«

Seine Unentschlossenheit hatte nur für ein paar Sekunden Bestand. »Aye, aye, Sir.« Es klang mürrisch, aber er ging wie befohlen hinaus.

»Ich dulde keine Insubordination!« schnauzte ich. »Auch

keine nachlässigen Drills oder Schlägereien. Sobald ich in jeder Beziehung zufriedengestellt bin, werden wir sehen, was mit dem Fusionsantrieb wird.«

»Verzeihen Sie, Sir.«

Ich funkelte Miss Bartel an. »Ja?«

»Wir sind soweit, daß wir mit den Testläufen beginnen können, Sir. Dürfen wir wenigstens das?«

»Nein.« Niemand sagte etwas, doch der Zorn der Leute war unverkennbar. Ich wußte, daß es selbstmörderisch gewesen wäre, ihnen noch stärker zuzusetzen; aber ich war mir nicht sicher, ob ich mich überhaupt darum scherte. »Bleiben Sie an Ort und Stelle stehen, bis ich fertig gegessen habe. Anschließend kehren Sie auf Ihre Quartiere zurück.« Ohne einen weiteren Blick auf die Versammelten ging ich wieder zu meinem Tisch.

Ich hatte bereits den größten Teil meiner kärglichen Portion verspeist; aber nur der Wirkung halber spielte ich ein Weilchen länger mit dem Gemüse herum. Ich schenkte mir aus der Kanne auf dem Tisch Kaffee nach und nippte daran. Als ich das Gefühl hatte, meine Haltung ausreichend deutlich gemacht zu haben, sagte ich in gleichmäßigem Tonfall: »Mr. Tyre, entlassen Sie die Leute in ihre Quartiere. Mr. Dakko, begeben Sie sich zum Schiffsgefängnis, und bringen Sie Mr. Drucker in einer Zelle unter.«

Ich starrte blicklos in die Kaffeetasse, bis alle gegangen waren. Mrs. Reeves enthielt sich jeden Kommentars.

Als ich keine Ausrede mehr hatte, noch länger zu bleiben, sagte ich: »Wenn Sie mich bitte entschuldigen würden.« Ich suchte die Brücke auf.

Dray ließ mich herein. Ich berichtete ihm, was ich getan hatte.

Der Ausdruck, mit dem er mich musterte, war der sorgsamer Neutralität. Meiner Forderung gemäß verbannte er inzwischen jede Andeutung von Insubordination aus seinem Verhalten. Nichts deutete mehr in diese Richtung. »Dadurch wird das Unvermeidliche nur hinausgezögert«, sagte er.

»Vermute ich auch.« Ich nahm an, daß er meinen Sturz als Kapitän meinte.

»Der Antrieb wird nicht funktionieren, egal, was die Leute auch versuchen. Für das, was sie tun, wenn sie es herausfinden, kann ich keine Verantwortung übernehmen.«

»Ich weiß.« Ich war froh, daß ich ihn falsch verstanden hatte. Ich überließ ihn seinem Wachdienst.

Die Moral sank weiter in den Keller. Ich spürte den unvermeidlichen Ausgang heranrücken, machte mir aber nicht viel daraus.

Ich entließ Deke und Jonie aus dem Schiffsgefängnis und ermahnte sie eindringlich, sich zu benehmen. Am nächsten Tag kam auch Mr. Drucker auf freien Fuß. Stunden später stand Drucker wieder vor mir und schäumte vor Haß. Philip Tyre starrte ihn anklagend an. »Insubordination, Sir!«

»Berichten Sie mir einfach, was geschehen ist«, sagte ich müde.

»Mr. Branstead sagte, wir müßten die Nährstoffbäder häufiger kontrollieren, weil die Blätter der Tomaten welk würden. Als ich Mr. Drucker den entsprechenden Befehl erteilte, sagte er mir, was ich mit den Tomaten tun könnte.«

»Und das wäre?«

»Bitte, ich . . .«

»Antworten Sie!«

»Aye, aye, Sir. Er sagte mir, ich sollte sie Ihnen in den . . . äh, Arsch stecken, Sir.« Philips Gesicht war rot, ob vor unterdrückter Wut oder Erheiterung, konnte ich nicht feststellen.

Mit unverhüllter Wut attackierte ich den Matrosen.

»Haben Sie dazu etwas zu sagen, Mr. Drucker?«

»Nein.« Er funkelte mich an.

»Zwei Monate Haft. Fähnrich, bringen Sie ihn ins Schiffsgefängnis.«

Ein paar Minuten später kehrte Philip auf die Brücke zurück.

»Er sitzt, Sir.« Sein Tonfall war steif, und er betrachtete

den Simultanschirm, um mir nicht in die Augen zu schauen. »Sehr schön.« Ich war nicht in Stimmung, seine Verdrießlichkeit zu sondieren.

»Wir werden Mr. Drucker auf dem Hydro-Wachdienstplan ersetzen müssen«, half er mir nach.

»Ich weiß.«

»Wir haben aber niemanden übrig, der ...«

»Sie können gehen.«

Er salutierte zackig und verschwand auf der Stelle. Ich wußte, was ich tun mußte, und unterdrückte meinen Abscheu. »Schiffsprofos auf die Brücke.«

Als Dakko eintraf, reichte ich ihm eine Pistole und befahl ihm, mir nach unten zu folgen. Vor der Luke nach Sektion vier blieb ich stehen. »Geben Sie mir Deckung.«

»Was tun wir hier, Sir?«

»Wir holen Mr. Clinger heraus.« Dakko zog erkennbar eine Braue hoch, sagte aber nichts. Ich gab den Code ein; die Luke glitt auf. »Clinger!«

Ein schlampiger Matrose Akkrit kam aus einer Kabine geschlurft und musterte mich gleichgültig. »Ich glaub', er ist im Salon oder so.«

»Holen Sie ihn.« Ich wartete und konnte mich meiner Befürchtungen nicht erwehren. Einige Augenblicke später tauchte Clinger auf, abgezehrt und unrasiert, schwarze Ringe um die Augen. Er betrachtete mich unsicher.

»Haben Sie das ernst gemeint, was Sie mir sagten?«

»Hä?« Er starrte mich an und klappte den Mund auf und zu.

»Über eine zweite Chance.«

»O mein Gott! Himmel! Bitte!« Er sank auf die Knie. »Bitte.«

»Kommen Sie.« Ich zog mich durch den Eingang zurück. Nach einem Augenblick des Unglaubens folgte er mir. »Sie werden zum Matrosenanwärter degradiert. Kein Dienstalter. Kein Rang.«

»Ja, Sir!«

»Machen Sie sich eins klar: Sie erhalten nur eine einzige

Chance, keine weitere. Gehorchen Sie nur einem Befehl nicht, oder verstoßen Sie gegen eine Bestimmung, exekutiere ich Sie auf der Stelle.«

»Ich habe verstanden, Sir! Ich mache Ihnen keine Schwierigkeiten mehr, ehrlich! Ich . . .«

»Sie übernehmen Mr. Druckers Aufgaben in der Hydroponik. Mr. Dakko, gehen Sie ins Lager und händigen Sie ihm seine persönliche Ausrüstung aus. Anschließend soll er sich zum Dienst melden.«

»Aye, aye, Sir.«

Als sie davongingen, dachte ich über mein neuestes Meisterstück nach. Ich hatte einen gewissenhaften, aber frustrierten Matrosen in den Knast gesteckt und ihn durch einen skrupellosen Rebellen ersetzt, der versucht hatte, das Schiff in seine Gewalt zu bringen.

Alles im Namen der Disziplin.

18. Kapitel

»Feuer eröffnen!« Ich verfolgte auf dem Simultanschirm, wie die vorderen Laser der *Challenger* ihr Ziel fanden – Metallschrott, den wir aus der Vorderschleuse geworfen hatten. Innerhalb von Sekunden glühte das Metall rot auf.

»Schon besser«, räumte ich ein. »In Ordnung, umschalten auf Simulationsdrill.«

Ich schaltete die Sicherungen ein und machte damit tatsächliches Laserfeuer unmöglich.

Auf den meisten Schiffen wurden bei Laserübungen computergenerierte imaginäre Ziele aufs Korn genommen. Einmal jedoch hatte der Sarge uns Kadetten auf der Ausbildungsstation über Farside auf echten Schrott feuern lassen, der andernfalls zur Basis zurücktransportiert worden wäre. Ich erinnerte mich noch an den Kitzel, als das Ziel endlich rot geglüht hatte, dann zerplatzt und von den Monitoren verschwunden war. Auf meinen eigenen Schiffen hatte ich von Zeit zu Zeit ebenfalls reale Ziele benutzt und mich über die verbesserten Resultate gefreut.

Trotzdem – genug war genug. Jedes Ziel mußte aus der Schleuse geworfen werden, was Zeit in Anspruch nahm. »Kerren, simuliertes Feuer, Zufallsziele vorn und achtern, für drei bis zwölf Sekunden beibehalten. Visuelle Bestätigung auf den Lasermonitoren.«

»Aye, aye, Sir«, sagte der unerschütterliche Comp. Der Monitor leuchtete auf.

Ich schaltete den Rufer ein. »Bei dieser Übung zählt Zerstörung, nicht Genauigkeit. Vernichten Sie sämtliche Ziele.« Bei einem Genauigkeitsdrill zählten verfehlte Ziele gegen die Kanoniere; bei einem Zerstörungsdrill zählten Treffer zugunsten der Kanoniere, und Fehlschüsse wurden nicht gewertet. Jedes Ziel hatte jedoch nur für einen Zufallszeitraum Bestand; verschwand es, ehe es getroffen wurde, erhielt der Kanonier eine Strafe auf sein Ergebnis angerechnet.

»Anfangen!«

Die Stimmen der Kanoniere knisterten im Lautsprecher. Zwei Mann saßen an jeder Laserstellung. Einer steuerte die Zielerfassung, und sein Kamerad regulierte Dauer und Intensität des Feuers. Ein Comp konnte unser Geschützfeuer natürlich präziser lenken. Bei einem Menschen konnte man sich jedoch darauf verlassen, daß er wußte, worauf er schoß. Nach einem Jahrhundert der Dispute hatte die Flotte schließlich gelernt, daß man sich besser auf Mannschaften als auf Maschinen verließ.

»Ziel null sieben fünf und kommt näher!«

»Los! Ich hab 'n!«

»Ziel eins neun null! Ziel zwei eins vier.«

»Feuer!«

»Nimm das andere aufs Korn!«

Kerren duplizierte die Ziele, die er meinen Kanonieren gab, auf dem Simultanschirm der Brücke; feindselige Lichtpunkte glühten in der Dunkelheit des Alls. Realistisches

Aufflammen begleitete Treffer. Viele Ziele verschwanden abrupt, ohne wirklich getroffen worden zu sein.

Nach fünfzehn Minuten beendete ich die Übung. »Geschützmannschaften abtreten.« Augenblicke später tauchte Mr. Tzee hoffnungsvoll unter der Brückenluke auf. Ich schüttelte den Kopf. »Nicht gut genug.«

»Aber . . . Ja, Sir.«

»Welches Problem haben die Leute?«

»Keiner hatte vorher eine Geschützausbildung, Sir. Und sie müssen erst noch lernen, besser zusammenzuarbeiten.«

»Sie hatten schon reichlich Zeit dafür.«

Ich entließ ihn mit einem Wink. Nachdem ich eine Stunde lang das Logbuch durchgesehen hatte, nahm ich den Rufer zur Hand und schaltete den Alarm ein: »ALLE MANN AUF IHRE POSTEN! ALLE MANN AUF IHRE POSTEN!« Die Sirenen heulten.

»Kerren, simulierte Laserübung, wie zuvor. Stelle die Ergebnisse jedes Laserteams tabellarisch dar. Vierzig Minuten fortlaufender Zieleinblendung.«

Als Fähnrich hatte ich ebenfalls Laserdrills absolviert; man erwartete von einem Offizier, mit jeder Station auf seinem Schiff vertraut zu sein.

Ich erinnerte mich daran, daß eine fortlaufende Feuerübung nervenaufreibend war, und zwar um so mehr, je länger der Drill dauerte.

»Funkraum meldet Bereitschaft, Sir!«

»Maschinenraum bereit, Sir!«

»Kanoniere, Feuer eröffnen!«

Gereizt schritt ich auf und ab und behielt dabei den Simultanschirm im Auge, wo Kerren die Ergebnisse einblendete.

Nach den ersten paar Minuten, als unsere Kanoniere ihre Ziele erwischten, verbesserten sie sich. Dann ließ die Genauigkeit allmählich wieder nach, als die Leute müde wurden. Nach einem endlosen Intervall stiegen sie wieder, als geschähe es widerwillig, bis sie den vorherigen Test übertrafen.

Abrupt wurde der Bildschirm dunkel. »Übung beendet, Sir.«

»Danke, Kerren.« Ich schaltete den Rufer ein. »Kanoniere abtreten.«

Drei Tage lang rief ich alle Mann auf ihre Posten, ließ Enterversuche abwehren und gab Dekompressionsalarm, bis es der Mannschaft wirklich zum Hals heraushing. Ich führte Blitzinspektionen durch und trug jeden Verstoß ein, den ich entdeckte. Die Besatzung versteckte ihre Feindseligkeit nur noch hinter der dünnsten disziplinarischen Tünche.

Philip Tyre verhielt sich nicht mehr mürrisch, sondern schien fast apathisch. In gewisser Weise war das noch schlimmer. Immer wenn ich ihn aufzuheitern versuchte, begegnete er meinem Bemühen mit Gleichgültigkeit. Ich fühlte mich zunehmend unbehaglich. Schließlich nahm ich ihn verzweifelt mit zum Kaffeetrinken in die Offiziersmesse. Er starrte in seine dampfende Tasse.

Ich setzte mich, stand aber fast sofort wieder auf und ging ein paar Schritte, um mir die Beschaffenheit eines Schotts anzusehen. »Mr. Tyre ...« Das klang zu förmlich. »Philip, Sie sind der nächste in der Kommandorangfolge, wenn mir irgend etwas passiert.« Meine Stimme war belegt.

Er sah mich an und wirkte plötzlich besorgt. »Ja, Sir.«

Ich sprudelte hervor: »Wir alle werden hier sterben. Das ist mir klar.«

Er saß wie betäubt da, als ich seine eigenen Ängste ausgesprochen hatte.

»Philip, ich habe keine Antworten parat. Ich weiß nicht, wie man sich ... edel verhält. Ich weiß nicht, was ich überhaupt machen soll.«

Er rührte sich. »Sir, ich ...«

»Lassen Sie mich ausreden. Es besteht eine Chance, daß einige von uns überleben, wenn auch keine große. Ich gehe davon aus, daß ich mein Leben an Bord der *Challenger* beenden werde. Vielleicht schon sehr bald.« Er holte tief Luft.

»Ich meine damit keinen Selbstmord; das wäre eine Todsünde. Aber die Mannschaft ...« ich deutete nach draußen. »Sie wird sich nicht viel mehr gefallen lassen.«

»Sir, wenn Sie den Leuten erklären ...«

»Ich habe nichts zu erklären.« Ich starrte das schweigende Schott an. »Ich habe keine Lösungen parat. Ich habe nur meinen Eid. Ich habe geschworen, die Bestimmungen der Flotte zu wahren; die *Challenger* ist ein Schiff der Flotte, und ich wurde nicht meines Kommandos enthoben. Also halte ich mich an die Bestimmungen. Es ist der einzige Weg, den ich kenne.« Er sagte nichts, musterte mich jedoch forschend.

»Die Bestimmungen verlangen militärische Etikette, also setze ich sie durch. Sie verlangen, daß wir auf Notfälle vorbereitet sind, also werde ich damit fortfahren, die Mannschaft auszubilden.« Ich lächelte traurig. »Ich weiß, daß es sinnlos klingt, aber es ist alles, was mir einfällt.«

Er schluckte. »Ich war in letzter Zeit keine große Hilfe, Sir. Es tut mir leid.«

»Sie waren eine sehr große Hilfe. Wenn Ihnen ein besserer Weg vorschwebt, dann erläutern Sie ihn. Oder entheben Sie mich des Kommandos, und gehen Sie diesen Weg selbst.« Er blickte mich entsetzt an. »Ich glaube nicht, daß Sie sich dafür jemals vor der Admiralität verantworten müssen.«

»Ich werde Sie niemals des Kommandos entheben.« Es klang endgültig.

»Dann gehen Sie vielleicht mit mir zusammen unter, Philip.«

Er stand auf. »Dann tue ich es eben.« Er schwieg für einen Moment, während er seinen Mut zusammennahm. Dann sagte er: »Es ist ein Privileg, unter Ihnen zu dienen, Sir.«

Die Brust wurde mir eng, und ich bekam kein Wort hervor. Ich deutete zur Luke. Er salutierte förmlich und ging.

»*FEUER IM FUNKRAUM! FEUER IM FUNKRAUM!*«

Füße trommelten auf den Leitersprossen, als die Feuerbekämpfungsgruppen zu ihren Posten eilten, angespornt von den heulenden Alarmsirenen. »Maschinenraum meldet vollen Wasserdruck!«

»Reparaturteams bereit!«

»Funkraumsteuerung an die Brücke übertragen!«

Auf dem Korridor vor dem Funkraum drückte ich die Stoppuhr. »Dreieinhalb Minuten.« Keuchende Besatzungsmitglieder standen bereit, die Schläuche in den Händen. »Sehr gut, Mr. Tyre. Nächstes Mal versuchen wir, eine bessere Zeit zu erreichen.« Ich ignorierte die finsteren Blicke, die ich mir mit dieser Bemerkung einhandelte. »Die Mannschaft soll abtreten.« Ich kehrte in meine Kabine zurück.

Es war vier Uhr früh.

Am folgenden Nachmittag führte ich Laser- und Dekompressionsübungen durch. Nach dem Abendessen beraumte ich eine Inspektion an und begutachtete das ganze Schiff, während die erschöpfte Besatzung an ihren Posten bereitstand.

Nachdem ich mühsam eine Strecke zurückgelegt hatte, die mir Meilen lang zu sein schien, kehrte ich auf die Brücke zurück und sank dankbar in meinen Sessel. Philip und Gregor warteten aufmerksam ab; sie hatten mich auf der Inspektion begleitet, wobei wir zuerst an der Fähnrichskabine angehalten hatten, wo ich streng die Kojen und die ordentlich in den Reisetaschen verstauten Habseligkeiten kontrollierte. Ich entdeckte keinerlei Unregelmäßigkeit und hatte auch keine erwartet. Philip war ein erfahrener Offizier; man konnte damit rechnen, daß er sowohl seine Sachen in Ordnung hielt als auch Gregor dazu anhielt, seinem Beispiel zu folgen.

»Informieren Sie die Mannschaft darüber«, sagte ich, »daß sie ihre Arbeit am Antriebsprojekt weiterführen darf, solange die Übungsergebnisse zufriedenstellend bleiben.« Obwohl ich nur Probleme vorhersah, wenn das Reparaturprojekt letztendlich scheiterte, mußte ich doch einräumen, daß die Mannschaft inzwischen meinen Erwartungen gerecht wurde. Ihre Feindseligkeit war offenkundig, aber ihr Bereitschaftsstatus war akzeptabel.

Als ich zu meiner Kabine zurückkehrte, um mich fürs Abendessen zu waschen, entdeckte ich vor der Luke eine grob gefertigte Stoffpuppe, gefüllt mit zerrissenen alten Laken, die erkennbar den Kapitän darstellen sollte. Ihr Kopf war abgeschnitten worden.

Am nächsten Morgen gingen Arbeitsgruppen nach draußen, um die Schweißarbeiten am Antriebsschaft abschließend zu kontrollieren. Ich befahl Gregor, sie zu begleiten. Er kam dem Befehl nur widerwillig nach; zweifellos erinnerte er sich noch gut an meine Wut über seine früheren Eskapaden und ihre demütigenden Konsequenzen. Diesmal achtete er sorgfältig darauf, nicht den Rumpfkontakt zu verlieren.

Am späten Nachmittag überbrachte mir Walter Dakko die Bitte, mit den Testläufen auf niedrigem Energieniveau zu beginnen.

Der Chief versicherte mir ein weiteres Mal, daß wir den Schaft bei niedriger Energieeinstellung nicht beschädigen würden.

Seufzend erteilte ich meine Zustimmung.

Ich übernahm die Brücke, mit Philip an meiner Seite, damit er mir moralische Unterstützung leistete. Der Chief blieb unten im Maschinenraum, seinem üblichen Posten für eine Fusion. Ich wußte, daß ihm ein Knäuel von Mannschaftsmitgliedern aus dem Projektkomitee besorgt über die Schulter blicken würde.

»Brücke an Maschinenraum, bereitmachen für die Fusion.« Ich räusperte mich. »Genauer gesagt, für den Fusionsantriebstest.«

Die monotone Stimme des Chiefs antwortete fast sofort. »Maschinenraum bereit für den Test, Sir.«

»Sehr gut, bereithalten.« Ich blickte zum Bildschirm hinauf. »Kerren, bitte die nominellen Fusionskoordinaten.«

»Aye, aye, Sir.« Kerren blendete die Koordinaten für die Heimfahrt ein. Ich hatte einen Kloß im Hals. Wenn wir sie doch nur hätten gebrauchen können!

»Sehr gut.« Sinnlos, die Koordinaten jetzt noch einmal

von Hand nachzurechnen. Wir würden nirgendwohin fahren. »Machen Sie weiter, Chief.«

»Aye, aye, Sir. Fusionsantrieb ist – eingeschaltet.« Mechanisch blickte ich zu den Monitoren hinauf, als erwartete ich, daß sie dunkel würden. Doch die kalten, bleichen Lichtpunkte blieben.

Alarmsirenen heulten. Kerren entwickelte explosive Aktivität. »Fehlfunktion des Fusionsantriebs! Koordinaten nicht erfaßt! Fehlerhafte Energieeinstellung! Versagen des Fusionsantriebs! Notabschaltung eingeleitet!«

»Kapitän, die Energiezufuhr zum Fusionsantrieb ist ausgefallen!«

»Ich weiß, Chief!« Ich brummte einen Fluch, während ich den Alarm abstellte. »Kerren, wir führen einen Test auf niedrigem Energieniveau durch. Wir rechnen nicht mit dem Eintritt der Fusion.«

Kerren zögerte eine volle Sekunde lang. »Test auf niedrigem Energieniveau ist ein Dockmanöver, Kapitän. Ich verfüge über kein Programm, um es in Fahrt durchzuführen.«

»Wir führen den Test manuell durch, Kerren. Schalte die Alarmfunktion ab.«

»Der Alarm wird die ganze Zeit aufrecht erhalten, Kapitän.«

»Übergehe es mit Priorität.«

Er legte eine Pause ein. »Alarmfunktion gemäß Befehl des Kapitäns übergangen. Maßnahme ins Logbuch eingetragen.«

»Überwache den N-Wellen-Ausstoß und bilde die Kurve auf dem Monitor ab, ebenso als Vergleichswert den erwarteten Wellenausstoß bei ähnlicher Energieeinstellung.«

»Aye, aye, Sir«, sagte er zweifelnd. »Das wird allerdings nur eine Kopie der Monitordisplays im Maschinenraum.«

»Ja.« Ich wartete, doch der Comp hatte keine weiteren Einwände. »Schalte deine Überwachungsfunktion für die Steuerung im Maschinenraum ab, Kerren.«

»Das würde gegen meine Direktiven verstoßen, Kapitän. Es ist meine Aufgabe, die Sicherheit . . .«

»Übergehen. Das gehört zum Test.«

»Übergangen«, bestätigte er einen Moment später. »Energiezufuhr zum Maschinenraum wiederhergestellt.«

»Maschinenraum, den Test wiederaufnehmen.«

»Aye, aye, Sir.«

»Energie einspeisen.«

Eine gezackte Linie pulsierte auf dem Monitor, als die Energie in den Antrieb floß. Einen Augenblick später erschien auch die glatte Linie der normalen N-Wellen-Erzeugung. Die von uns hervorgerufene Welle hatte keine Ähnlichkeit mit der glatten Kurve der richtigen N-Welle.

Wir warteten schweigend ab.

Auf meiner Konsole schwankten die Anzeigen wild. Unten im Maschinenraum versuchte der Chief erfolglos, die Welle zu modulieren. Nach ein paar Minuten brummte er in den Rufer: »Zwecklos. Vielleicht, wenn wir die Ablenkplatten justieren . . .«

»Sehr gut. Schalten Sie ab.«

Die gezackte Linie verschwand vom Simultanschirm. »Wann möchten Sie es erneut versuchen, Chief?«

»Spielt das eine Rolle? Es hat keinen Sinn . . . Ich weiß nicht. Vielleicht kann ich morgen etwas zurecht basteln.«

Neben mir sagte Philip Tyre: »Ich wußte, daß es nicht funktionieren konnte, aber ich hatte trotzdem Hoffnung . . .«

»Ich ebenfalls«, sagte ich kurz angebunden. Ich stand auf. »Ich gehe hinunter.«

Dray sah mir von der Luke zum Maschinenraum aus mürrisch entgegen.

»Nun?«

Barsch sagte er: »Hoffnungslos.«

»Sind Sie sicher?«

»Natürlich!« schnauzte er. »Was, denken Sie, habe ich die letzten dreißig Jahre lang gemacht?« Er riß sich zusammen. »Verzeihung, Sir. Bartel und Clinger und die anderen, die haben mich alle angeschaut, als wäre ich ein Arzt, der ihr Baby zu retten versucht. Das macht mir zu schaffen.«

»Ja.« Vorsichtig fügte ich hinzu: »Am besten führen wir

die Tests weiter, falls es irgendeine Möglichkeit der Verbesserung gibt.«

Er warf mir einen Blick zu, der mir zeigte, daß er begriff. »Ja, Sir. Ich möchte gar nicht daran denken, was passiert, wenn die Leute endlich überzeugt sind, daß es nicht funktioniert. Morgen versuche ich, die Ablenkplatten feiner einzustellen. Mal sehen, ob eine Variation der Wellenstärke irgendeine Auswirkung hat.«

»Danke.«

Er schaute mich merkwürdig an. »Nichts zu danken, Sir.«

Am nächsten Nachmittag leiteten wir eine weitere Testserie ein. Wieder handelte es sich bei der von uns produzierten Welle um eine gezackte, unkontrollierbare Linie auf dem Monitor. Mannschaftsangehörige, die dienstfrei hatten, drängten sich in den Maschinenraum, um zuzuschauen. Unsere Maschinisten stellten wiederholt neue Steuerungselemente für die Ablenkplatten her, um das Problem zu überwinden.

Gegen Ende des Tages waren alle gereizt, mich eingeschlossen. Elena Bartel bat um Erlaubnis, mich sprechen zu dürfen, und ich ließ sie auf die Brücke führen.

»Es gibt noch eine Sache, die wir nicht probiert haben, Sir.«

»Und das wäre?«

»Mehr Energie.«

»Ich bin kein Ingenieur, Miss Bartel, aber selbst ich weiß, wie gefährlich das wäre.«

»Die Wellenfront könnte sich begradigen.«

»Und sie könnte die Schaftwand schmelzen.« Nachdenklich klopfte ich mit den Fingern auf das Pult. »Wir erzeugen vielleicht keine echten N-Wellen, aber bei dem Versuch stoßen wir Energie aus. Falls wir den Schaft dabei überhitzen . . .«

»Die Sensoren werden . . .«

»Unterbrechen Sie mich nicht!« Sie fuhr erschrocken zurück. »Sie sind ein Matrose, der mit einem Offizier spricht, Miss Bartel, vergessen Sie das nicht!«

»Aye, aye, Sir.« Es klang zögernd.

»Sollte der Schaft schmelzen, könnte sich die Energie gegen uns richten und das Schiff zerstören.« Ich stand auf. »Ich habe diese Scharade bislang geduldet und bin auch bereit, sie weiter zu erlauben, bis zu einem gewissen Punkt jedenfalls. Sie dürfen nur dann einen neuen Test fahren, wenn wir dabei die *Challenger* nicht weiter in Gefahr bringen.« Ich funkelte sie an. »Sie können gehen!«

Sie salutierte, drehte sich auf den Fersen um und ging.

Philip überbrachte mir die Nachricht am nächsten Morgen. »Walter Dakko, Sir. Ich ging gerade den Korridor entlang, da zerrte er mich in den Salon. Er hat mich doch tatsächlich am Arm gezogen, Sir, als scherte er sich gar nicht darum, daß ich Offizier bin. Er sagte, er müßte sofort mit Ihnen sprechen.«

Ich spürte, wie mir die Arme vor kaltem Schweiß prickelten. »Dann also gleich.« Ich schaltete den Rufer ein. »Schiffsprofos auf die Brücke.«

Augenblicke später gesellte Dakko sich zu uns. »Die Lage gerät außer Kontrolle.«

»Drücken Sie sich deutlicher aus.«

»In der Mannschaftsunterkunft wird heftig diskutiert. Sie, Sir, erlauben keine Tests mit hoher Energie, weil Sie nicht möchten, daß wir es bis nach Hause schaffen. Sie wissen zwar, daß man den Antrieb reparieren kann, möchten aber ...«

»Quatsch!«

»Ja, Sir, aber für die Leute ist es so. Sie sind allmählich ... äh, ziemlich aufgeregt.«

»Immer noch nur Gerede?«

»Im Moment, ja. Aber sie ...« Er schluckte. Ich wartete. »Man spricht davon, ohne Ihre Genehmigung Tests durchzuführen, Sir.«

»Wie wollen die Leute das machen? Ich würde Kerren anweisen, die Schaltungen des Fusionsantriebs zu übergehen.«

»Wenn Sie bis dahin noch die Kontrolle haben.« Fest erwiderte er meinen Blick.

»Geben Sie Waffen aus, Mr. Dakko. Für Sie selbst, mich, Mr. Tyre und den Chief.«

»Aye, aye, Sir. Und noch etwas . . .«

»Ja?«

»Chris. Ich möchte ihn gern aus der Schußlinie halten.«

»Wie?«

»Notfalls, indem ich ihn in eine Kabine einschließe. Ich möchte nicht, daß er mit hineingezogen wird.«

»Abgelehnt. Er ist Matrose. Er kennt seine Pflichten und die Folgen einer Rebellion. Teilen Sie jetzt die Waffen aus.«

»Nein. Soviel schulden Sie mir.« Er hielt meinem Blick stand, nicht trotzig, aber bestimmt.

»Sie auch, Mr. Dakko?«

»Wenn Sie es nicht anders haben möchten.«

Ich klappte den Mund wieder zu, ehe ich es noch schlimmer machte. Er hatte schließlich wiederholt sein Leben riskiert, um mir wichtige Informationen zu überbringen. Ich wechselte den Kurs so elegant, wie ich konnte. »Mr. Dakko, Chris wird Ihnen für Spezialaufgaben zugeteilt, bis die Notsituation überstanden ist. Teilen Sie die Waffen aus.«

»Aye, aye, Sir. Danke.« Er ging augenblicklich.

Philip bemerkte zögernd: »Wenn wir uns bewaffnen, Sir, zeigen wir damit der Mannschaft, daß wir wissen, was sie denkt.«

»Ja. Es wird Zeit, daß wir alle wissen, wo wir stehen.«

Eine halbe Stunde später war Walter Dakko mit einer Ladung Laserpistolen und Betäubungswaffen zurück. Ich nahm mir eine Pistole und gab Alarm. »Alle Mann auf ihre Posten!« Die Sirenen heulten.

Eine nach der anderen meldeten sich die Stationen. Als die letzte Stimme im Lautsprecher verklungen war, sagte ich: »Alle Mann bleiben bis zur Inspektion auf ihren Posten.«

Wir machten die Runde, Philip, Walter Dakko und ich. Auf jeder Station prüfte ich die Bereitschaft und achtete scharf auf verlegte Ausrüstung oder sonstige Verstöße. Unsere letzte Station war der Maschinenraum, wo Deke und Jokko zusammen mit dem Chief bereitstanden.

Ich blieb an der Luke stehen. »Dray, wie hoch können wir die Energie für den Fusionsantrieb einstellen, ohne den Schaft zu überhitzen?«

Vielleicht waren ihm die Gerüchte zu Ohren gekommen; jedenfalls gab er keinerlei Kommentar zu Sinnlosigkeit unserer Tests ab. »Ich bin nicht ganz sicher. Irgendwo an die fünfzig Prozent heran, würde ich sagen.«

»Wenn Sie die Energie allmählich hochfahren, warnen Ihre Monitore uns dann rechtzeitig vor einer Überhitzung, um noch abschalten zu können?«

»Aye, Sir.«

»Sehr gut.« Ich nahm den Rufer zur Hand. »Alle Mann abtreten!« Ich kehrte auf die Brücke zurück, und Philip blieb dienstbeflissen an meiner Seite.

»Was jetzt, Sir?« fragte er.

»Eine Feuerübung.« Ich streckte die Hand nach dem Rufer aus.

»Gleich nach dem Befehl, daß alle Mann sich auf ihre Posten begeben sollen?«

Zur Antwort löste ich den Alarm aus.

Im Verlauf des Nachmittags führte ich zwei weitere Alarmübungen und einen Laserdrill durch. Die Mannschaft verhielt sich düster und verdrossen, führte jedoch meine Befehle aus. Beim Abendessen machte ich gleich nach dem Gebet eine Ankündigung. »Die Fusionstests können unter Anleitung des Chiefs wiederaufgenommen werden. Er wird entscheiden, welche Energieeinstellungen die Sicherheit des Schiffes nicht gefährden.«

Noch bevor das Echo meiner abschließenden Worte verklungen war, hatte Elena Bartel sich erhoben. »Heißt das, daß wir noch heute abend anfangen können?« Es klang streitlustig.

»Sir!«

»Sir. Können wir heute abend beginnen?«

Ich überlegte, ob ich es als Reaktion auf ihre schlechten Manieren bis morgen hinauszögern sollte; aber das wäre denn doch zu kleinlich gewesen. »Heute abend, ja.«

Die gezackte Linie flackerte über den Bildschirm. Sie schnitt kaum für mehr als einen Augenblick die glatte Kurve der theoretischen N-Welle. Als der Chief die Energie erhöhte, nahm auch die Stärke der Welle zu, aber sie blieb hartnäckig unregelmäßig. Ich gähnte.

Philip sagte plötzlich irgend etwas und erschreckte mich damit. »Wenn das Musik wäre, dann ein ganz schöner schräger Jazz.« Auch sein Blick hing am Simultanschirm.

Ich grunzte. Im Lautsprecher konnte ich mithören, wie der Chief seine Mannschaft aus eifrigen und entschlossenen Assistenten anknurrte, während sie mit den neuen, ungewohnten Steuerelementen der Ablenkplatten kämpfte, die sie zurechtgebastelt hatte.

Ich gähnte erneut. Ein langer Tag lag hinter uns, und die Übungen und die Inspektion hatten mich erschöpft. Ich warf einen Blick auf die Temperaturanzeigen. Die Schaftwand überhitzte sich nicht. Ich sehnte mich nach meinem Bett und erkannte plötzlich, daß es gar keinen Grund gab, daß ich nicht darin lag. »Behalten Sie die Anzeigen im Auge, Mr. Tyre. Schalten Sie ab, wenn wir überhitzen.«

»Aye, aye, Sir.«

»Sie haben das Ruder.« Ich verließ die Brücke.

In meiner Kabine knöpfte ich die Jacke auf und hängte sie ordentlich über den Stuhl. Ich mußte mich um meine Sachen selbst kümmern; die halb verlassene *Challenger* hatte keinen Schiffsjungen mehr, der dem Kapitän das Frühstück brachte und seine Jacke aufhängte. Natürlich lag meine Zeit in der Fähnrichskabine noch nicht so lange zurück, daß es mir etwas ausgemacht hätte.

Ich öffnete den Gürtel und zerrte die Krawatte los, wonach ich mich wie immer besser fühlte. Ich fragte mich zum hundertsten Mal, warum wir immer noch die Verzierungen trugen. Die Uniform der Flotte war so abgründig veraltet!

Etwas klopfte sachte an die Luke. Ein seltsames Geräusch, eindeutig kein normales Klopfen. Es ertönte noch einmal. Ich erstarrte mit pochendem Herzen. Ich hatte Angst, ohne recht zu wissen, warum.

Das Klopfen war erneut zu hören. Ich fühlte mich zu müde für ein Melodram und riß die Luke auf.

Mrs. Reeves hatte den Stock bereits erhoben, um sich ein weiteres Mal bemerkbar zu machen.

»Was tun *Sie* denn hier?« Eine Adrenalinwoge schwappte durch mich hindurch.

»Ich möchte mit Ihnen re . . .«

»Es ist Ihnen nicht erlaubt, hierher zu kommen!« Das Ausmaß meiner Unhöflichkeit dämpfte die Wut, die ich verspürte. Höflicher fuhr ich fort: »Passagiere dürfen den Bereich der Offiziersunterkünfte nicht betreten, Mrs. Reeves.«

»Das ist mir bekannt«, erwiderte sie knapp. »Aber Sie sind nun einmal hier zu finden, und ich muß mit Ihnen reden.«

»Dann morgen früh. Ich bin sehr . . .«

»Kapitän, tun Sie einer alten Frau einen Gefallen, und bleiben Sie noch ein paar Minuten wach. Sie sind jung genug. Es wird Ihnen nicht schaden.«

Am liebsten hätte ich ihr die Luke vor der Nase zugeknallt, nickte aber zögernd. »Dann treten Sie ein.«

Sie kam hereingehumpelt und ließ kurz den Blick über das spärliche Mobiliar schweifen. Ich deutete auf einen Stuhl am Konferenztisch; sie setzte sich vorsichtig, ganz auf die Mechanik der Bewegung konzentriert.

»Da wären wir.« Sie machte es sich bequem. »Sie wissen gar nicht, wie glücklich Sie sich schätzen können, junger Mann, noch einen Körper zu haben, auf den Sie sich verlassen können.«

Ich wartete betont ab. Sie erkannte die Taktik und lächelte, ohne eine Spur von Gereiztheit. Sie schwenkte den Stock in die ungefähre Richtung des Maschinenraums. »Dieses Theater mit den Motoren. Wird es was nützen?«

»Die Tests laufen immer noch, Mrs. Reeves. Da kann ich nicht . . .«

Ihre scharfsinnigen blauen Augen durchschauten meine Ausflüchte. »Wird es was nützen?«

»Nein, wird es nicht.«

Sie wartete ab, während sich die Stille in die Länge zog, und hatte sich gut in der Gewalt. Für einen Moment erinnerte ich mich an Vater, wie er an dem wackligen Küchentisch meine Studien überwachte. »Sie haben einen großen Fehler gemacht, Kapitän«, sagte sie schließlich. »Und ich weiß nicht, ob Sie noch genug Zeit haben, um ihn wieder zu berichtigen.«

»Indem ich die Tests genehmigte? Ich mußte den Leuten zeigen, daß . . .«

»Nein, das habe ich nicht gemeint.«

Ich wurde wütend; ich war es nicht gewöhnt, daß man mich unterbrach.

»Wenn der Antrieb nicht funktioniert«, sagte sie, »werden Sie mindestens eine Generation auf diesem Schiff verbringen. Ich werde es nicht mehr erleben, dem Himmel sei Dank. Ich hatte meine Zeit in der Sonne, sozusagen.« Ihre runzeligen Augen fanden die meinen. »Die Leute können nicht das ganze Leben in militärischer Disziplin verbringen, Kapitän.«

»Das sind Fragen, die Sie nicht . . .«

Sie fuhr mir erneut über den Mund. »Ich spreche mit Ihnen, solange ich es noch kann, Mr. Seafort. Wenn ich viel länger warte, werden Sie nicht mehr Kapitän sein.«

»Ich bin mir nicht sicher, ob ich mir etwas daraus mache«, sagte ich schroff, erstaunt darüber, daß ich es in ihrer Gegenwart herausbekommen hatte.

»Es kann Sie das Leben kosten.«

»Ich bin mir nicht sicher, ob ich mir etwas daraus mache«, echote ich. Ich mußte den Blick abwenden.

»Sachte, Junge!« Sie klopfte mit dem Stock an die Tischkante und schreckte mich damit wieder hoch. »Das Leben in seiner ganzen Fülle ist allzu kurz. Und Sie schulden diesen

Leuten etwas. Wer sonst sollte sie führen? Der Chefingenieur, der sich am liebsten aus diesem Dilemma heraussaufen würde? Der Fähnrich, den alle als einen Jungen behandeln, weil er sich wie einer fühlt? Ein Komitee unausgebildeter Passagiere?«

»Ich tue das, worauf ich mich verstehe.« Meine Stimme klang heiser.

»Alle Stunden die Sirenen heulen lassen, damit die Leute hin und her rennen? Was soll das alles?«

»Das sind Bereitschaftsübungen.«

»Bereitschaft für was?« wollte sie wissen. »Besatzung und Passagiere müssen lernen, zusammenzuleben, zusammenzuarbeiten. Nicht wie Roboter auf einen archaischen militärischen Drill reagieren, der ihnen nie wieder von Nutzen sein wird.«

»Dies ist ein militärisches Fahrzeug.«

»War es.« Das Wort drückte eine Endgültigkeit aus, die mich erschreckte.

»Wir sind nicht außer Dienst gestellt worden. Die *Challenger* wurde nicht aufgegeben, sondern ist auf dem Weg nach Hause.«

»Mit einer Geschwindigkeit, die die Frage akademisch macht.« Sie beugte sich vor. »Begreifen Sie das nicht? Wir müssen eine Gesellschaft aufbauen, die unter derart außergewöhnlichen Verhältnissen funktioniert. Wir müssen den Streß und die Angst der Menschen mildern. Mit Ihren Methoden verschlimmern Sie alles nur.«

»Meine Aufgabe, Mrs. Reeves, besteht nicht darin, eine Gesellschaft aufzubauen. Sie besteht darin, Recht und Ordnung an Bord dieses Schiffes aufrechtzuerhalten.« Ich fragte mich, ob sich das wirklich so einfältig anhörte, wie ich glaubte.

»Und tun Sie das auch?« fragte sie unerwartet.

»Ja, ich glaube schon.«

»Warum tragen Sie dann heute Waffen, Sie und der Junge? Seit wann ist das Ihre Gewohnheit?«

»Es sind Spannungen aufgetreten. Ich habe befürchtet ...«

»Ah.«

In wachsendem Zorn trommelte ich mit den Fingern auf die Tischkante.

»Ich verstehe Ihre Besorgnis, Ma'am, aber Sie haben nicht das Recht, meine Anordnungen oder meine Befehlsgewalt in Frage zu stellen.«

Mrs. Reeves zog die Brauen hoch. »Gütiger Himmel, junger Mann! Was immer ich hier mache, so ist es nicht gemeint. Ich möchte, daß Sie den Ausgang Ihrer Bemühungen erkennen.«

»Und der besteht worin?«

»Man wird Sie absetzen oder töten und eine Gesellschaftsform schaffen, mit der die Leute leben können.« In der Stille der Kabine klangen ihre Worte überdeutlich. Eine Zeitlang konnte ich nichts anderes hören als unser beider Atem.

Nach einer Weile fuhr sie fort: »Ein Anführer kann die Menschen nur dorthin führen, wohin sie ihm zu folgen bereit sind. Sicherlich ist Ihnen das bekannt.«

»Was waren Sie früher?« erkundigte ich mich neugierig. »Historikerin?«

»Psychologin.« Sie grinste boshaft. »Also sollte man von mir auch erwarten, daß ich weiß, wie ich Sie manipulieren kann. Ich leiste dabei allerdings keine sehr gute Arbeit.«

Bei ihrem Lächeln wurde mir warm ums Herz. »Sie machen mich allerdings nachdenklich.« Ein Teil der zwischen uns bestehenden Spannung löste sich, und ich lehnte mich zurück. »Sie sagen, meine Möglichkeiten wären durch die mangelnde Bereitschaft der Besatzung begrenzt, endlos ein militärisches Leben zu führen. Das mag sein, aber ich bin durch meinen Eid gebunden. Es steht mir nicht frei, eine soziale Ordnung zu schaffen, die uns allen zugänglich ist. Ich unterliege dem Verhaltenskodex der Flotte und dem Eid, den ich meiner Regierung geschworen habe.«

»Ein Eid ist eine feine Sache; aber der Geist Ihrer Vorschriften besteht darin, die Ordnung an Bord zu bewahren. Das können Sie nicht mehr, wenn Sie tot oder abgesetzt sind.«

»Es liegt nicht bei mir, ob ich überlebe. Ich habe es nur in der Hand, ob ich meinem Eid treu bleibe.«

»Junger Mann, Sie haben da ein sehr enges Blickfeld, das Ihnen nicht ermöglicht, unsere Verhältnisse zu überschauen.«

»Daran läßt sich nichts ändern.«

»Und was ist mit den Menschen an Bord?« Sie lehnte sich auf den Stock und beugte sich vor. »Verstehen Sie, Sie sprechen hier nicht nur von der Treue zu Ihrem Eid. Sie sprechen von den Bedürfnissen und dem Leid aller anderen hier. Einige von ihnen, besonders die Kinder, könnten bis zu unserer letztendlichen Rettung überleben.«

Verzweifelt schloß ich die Augen. »Was erwarten Sie von mir?«

»Geben Sie in Fragen der Flottendisziplin nach. Trennen Sie die Mannschaft nicht mehr so scharf von den Passagieren. Hören Sie mit den albernen Übungen und Inspektionen auf. Verzichten Sie auf den Einsatz von Zwang und Strafen.«

»Und was erreiche ich damit?«

»Ist Ihnen das nicht klar?« Der Blick aus ihren katarrhalischen Augen bohrte sich forschend in meine. »Dieses Leben an Bord ist alles, was vielen von uns bis zu ihrem Tod noch vergönnt ist. Erlauben Sie uns, dieses Leben in Frieden zu führen.«

Ich starrte aufs Deck. Hinter mir berührte Amanda sachte meine Schulter und verschwand wieder. Bitter sagte ich: »Frieden! Ich weiß nicht, was das ist. Ich habe ihn gesehen, aber nie in Händen gehalten.«

»Er ist zerbrechlich«, räumte Mrs. Reeves ein, und wir verstummten.

Ich brütete vor mich hin, ganz in mich selbst versunken. Sie hatte natürlich recht. Meine Bemühungen, die militärische Disziplin zu bewahren, gestalteten unser Leben trübselig. Ich konnte den Druck der Übungen, der Inspektionen senken. Ich konnte freundlicher sein. Ich fragte mich, ob ich letztlich eine gewählte Regierung tolerieren und irgendwie mit meinem Eid vereinbaren konnte.

Ich erwiderte Mrs. Reeves' Blick und lächelte schüchtern. »Ich bin froh, daß Sie gekommen sind«, sagte ich. »Ich werde versuchen ...«

Die Sirenen heulten. Der Alarm rief Echos aus den Korridoren hervor. Philip Tyres erschrockene Stimme durchbrach die Kakophonie. »Kapitän auf die Brücke, sofort! Alle Mann auf ihre Posten!«

Mrs. Reeves kam mit überraschender Beweglichkeit wieder auf die Beine. »Ich gehe zurück ...«

Ich schnappte meine Jacke. »Nein, die Korridorluken fahren gleich zu! Bleiben Sie hier!« Ich stürmte zur Brücke, und meine Schritte bildeten einen Widerhall zu den unversöhnlichen Klängen des Alarms. Mannschaftsangehörige stürmten auf dem Weg zu ihren Posten an mir vorbei.

Die Brückenluke war abgeschlossen, und die Kamera schwenkte hin und her. Die Luke glitt auf, als ich gerade die Hand hob, um daraufzuhämmern. Ich hastete hinein, und sie fuhr gleich wieder hinter mir zu. »Schalten Sie diese verdammten Sirenen ab!« brüllte ich.

Philips Hand huschte über die Tasten. Die Stille schien nachzuklingen. Er deutete auf den Simultanschirm.

»Oh, allmächtiger Gott!« Ich schnappte mir den Rufer und schrie die einlaufenden Meldungen nieder. »Alle Mann auf Gefechtsstationen! Funkraum, fertigmachen zum Laserfeuer. Alle Passagiere und Mannschaften an den Druckanzügen bereithalten. Bereitschaft zur Abwehr von Enterern!« Ich holte tief Luft. »Maschinenraum, schalten Sie den Antrieb ab! Volle Energie auf alle Laser! Manövrierdüsen hochfahren!« Die Fische waren wieder da.

Zwei insgesamt; einer seitlich vor dem Bug, an Backbord, der andere mittschiffs an Steuerbord.

Sie waren einige Kilometer entfernt. Da Kerren die Bildschirme auf maximale Vergrößerung gestellt hatte, wirkten die Fische beunruhigend nahe. Die Zahlen an der Unterseite des Hauptschirms zeigten, daß sie sich näherten.

»Wir fangen den vorderen zuerst ab«, sagte Philip unnötigerweise.

»Ich weiß.« Ich rief im Funkraum an. »Erfassen Sie das vordere Ziel!«

»Aye, aye, Sir.« Das war Mr. Tzee. »Ich glaube, sie sind noch außer effektiver Reichweite.«

»Das kann ich sehen«, knurrte ich.

Es knackte im Lautsprecher. »Energie auf den Manövrierdüsen, Sir!«

»Sehr gut, Maschinenraum.«

»Ich hatte mir gerade die Linie der N-Welle angeschaut«, platzte Philip hervor. »In einem Moment war noch alles in Ordnung, dann waren sie auf einmal da!«

»Halten Sie den Mund, Fähnrich!«

»Aye, aye, Sir«, flüsterte er.

Die Distanz verkürzte sich. Ich kontrollierte die Meßwerte der Schubtriebwerke und fluchte über die Treibstoffmenge, die ich unbekümmert in die Geschwindigkeitssteigerung des Schiffes investiert hatte.

»Tut mir leid, Philip«, sagte ich wenig später. »Die Nerven.«

»Danke, Sir.« Seine Stimme schwankte, und sein Gesicht war weiß.

»Immer mit der Ruhe, Fähnrich.« Ihm zuliebe zwang ich mich zu einem gelassenen Tonfall.

»Ziele nähern sich der Schußdistanz!« Das war der Comp.

»Danke, Kerren.« Ich schaltete den Rufer ein. »Funkraum, eröffnen Sie das Feuer, sobald ich die Laser aktiviere.« Meine Hand schwebte über der Lasersicherung.

»Maximale Schußdistanz erreicht!«

Trotzdem zögerte ich noch. »Sie werden seitlich ausbrechen, wenn wir sie treffen. Wenn wir warten, bis sie noch näher heran sind, können wir uns vielleicht mit dem ersten Schuß gleich durch sie hindurchbrennen.«

Kerrens Sensoren verfolgten den Fisch, der sich unserem Bug näherte. Ein Tentakel löste sich allmählich von der kugelförmigen Masse. Der einer Schnur ähnelnde Satellit versetzte sich in träge Rotation. Ich drückte den Schalter. »Feuer!«

Obwohl es nichts zu sehen gab, suchte ich auf dem Bildschirm besorgt nach dem unsichtbaren Lichtstrahl aus unserem Laser.

Stimmen murmelten im Lautsprecher; unser Rufer war auf die Funkraumfrequenz eingestellt.

»Voller Impuls. Ich habe eine Zielerfassung!« Das war Walter Dakko, und seine Stimme wurde lauter.

Der Fisch zuckte, und Treibstoffnebel strömte aus einer Öffnung hervor.

»Setzen Sie ihm nach!«

»Hab 'n!« Das war Deke, angespannt vor Erregung. Mir tat der Arm weh; ich stellte fest, daß meine Fingerknöchel weiß waren, so fest hielt ich die Armlehne umklammert. Ich beugte das Handgelenk.

Die Strahlen von drei Lasern konzentrierten sich auf den Fisch am Bug. Es war fast zu einfach. Der Goldfisch bockte einmal; Farben wirbelten in der einförmigen Masse seiner Außenhaut durcheinander. Dann erlahmten seine Bewegungen. Eine Flüssigkeit oder ein Gas spritzte aus dem Innern hervor.

»Wir ha'm ihn! Wir ha'm ihn!«

Jubelschreie ertönten und wurden von Mr. Tzee gedämpft. Als wir längsseits des inaktiven Fisches trieben, stellte ich fest, wieviel kleiner er war als das Exemplar, das vor Äonen die *Hibernia* bedroht hatte.

»Ziel nähert sich aus null acht vier, Sir«, meldete Kerren lebhaft.

»Erfassen!« befahl ich mit wachsender Zuversicht. Wenn es so einfach sein sollte . . .

Philip schnappte nach Luft, als ein neuer Alarm loskreischte. Er deutete matt auf den Simultanschirm.

Drei weitere Aliens.

Noch während ich beobachtete, erschien blitzartig ein vierter Fisch auf dem Bildschirm. Dann tauchte noch einer aus dem Nichts auf. Kerren entfaltete wütende Vehemenz: »Ziel achtern, Richtung null zwei null, Distanz zweihundert Meter! Ziel mittschiffs backbord! Ziel . . .«

»Nach Belieben feuern!« brüllte ich. »Alle Laser einzeln feuern!«

Ein Fisch ragte mittschiffs auf.

Ein Tentakel drehte sich mit hoher Geschwindigkeit und war im Begriff, in einer tödlichen Spirale vom Mutterkörper loszubrechen. Ein Eiszapfen schien mir das Rückgrat zu durchbohren.

Der Herr ist mein Hirte.

»Erfassung von Ziel drei!«

Mir wird nichts mangeln.

»Verbrennten Hur'nsohn!«

»HINTER DEM ANTRIEBSSCHAFT! ZWEI STÜCK!«

Er weidet mich auf einer grünen Aue.

»Ich seh 'n!« Neben uns zuckte ein Fisch konvulsivisch.

Und führet mich zum frischen Wasser.

»Brücke, hier Maschinenraum. Einer nähert sich uns rasch; ein weiter ist dicht hinter uns.«

Er erquicket meine Seele.

»Ich sehe sie, Dray.«

Admiral Tremaine hatte mehrere unserer Laserlafetten mit auf die *Portia* genommen. Nur wenige der verbliebenen Laser zielten nach achtern. Ich spornte mein betäubtes Gehirn zu Aktivität an. »Manövrierdüsen! Null neun null, zwei Schübe!« Mit rasend hervorgestoßenem Treibstoff schwenkte ich das Schiff bedächtig herum, so daß unsere Laser ihre Ziele erfassen konnten.

Er führet mich auf rechter Straße um seines Namens willen.

»Peilt ihn an!«

Ein Fisch dehnte sich zu einer Blume aus und schien dann zusammenzuschrumpfen. Wildes Jubelgeschrei.

Und ob ich schon wanderte im finstern Tal, fürchte ich kein Unglück.

»Paßt auf die anderen zwei auf!« Als die *Challenger* rotierte, warf der uns nächste Fisch einen sich spiralförmig drehenden Arm ab. Er segelte träge über die Distanz aus wenigen Metern hinweg, die uns trennte. Dank unserer Drehung würde uns diese Masse vor den Scheiben treffen, im

Laderaum. Hätte ich das Schiff nicht gedreht, hätte sie uns achtern erwischt, vielleicht am Antriebsschaft.

Denn du bist bei mir.

Von neuem ertönte lauter Alarm.

»*HÜLLBRUCH! FRACHTRAUM AUFGEBROCHEN!*«

Dein Stecken und Stab trösten mich.

»Paßt auf die beiden mittschiffs auf!«

»Ich schwenke das Schiff herum!« Ich bremste unsere Drehung mit einem stürmischen Ausstoß von Treibstoff ab.

Du bereitest vor mir einen Tisch im Angesicht meiner Feinde.

Die gesprenkelte Haut des Fisches, der uns am nächsten war, schien zu wirbeln. Wie im Traum beobachtete ich, wie die rotierende Masse sich ausweitete. Ein Klumpen wuchs auf der Haut des Fisches; dann stieß er sich Richtung *Challenger* ab.

»Laser, schnappen Sie sich diesen Satelliten!« Ich aktivierte die Sirenen. »Alle Mann Enterer abwehren! Für Dekontaminierung bereithalten! Druckanzüge anlegen!«

Du salbest mein Haupt mit Öl.

»Ich hab' das Mistvieh erfaßt!« Eine neue Stimme, die von Elena Bartels. Ihr Laser erwischte die dahinschwebende Gestalt. Sie flammte auf und welkte dahin, kurz bevor sie ins Innere unseres Schußfeldes vordrang, wo unsere Laser sie nicht mehr hätten treffen können.

Und schenkest mir voll ein.

»Da ist noch einer!«

Gutes und Barmherzigkeit werden mir folgen mein Leben lang.

»Ich hab 'n! Ich hab 'n!«

»Ruhig, Deke! Warte, bis er in Reichweite ist.« Das war Walter Dakko.

Und ich werde bleiben im Hause des Herrn immerdar.

»Erwischt!«

»Guter Junge!«

»*GUCKT MAL, WIE ER PLATZT!*«

Amen.

Und alles war still.

19. Kapitel

Mit zitternder Hand schaltete ich die letzte Alarmsirene ab. Als ich zusammengesunken in meinem Sessel saß, verlangte ein Fremder nach Schadensmeldungen. Ihm schien etwas im Hals zu stecken.

»Maschinenraum meldet; keine Schäden. Volle Energie online. Aber wir stehen verdammt kurz davor, daß uns der Treibstoff ausgeht.«

»Ich weiß, aber wir mußten manövrieren.« Meine eigene Stimme schien aus großer Entfernung zu kommen.

»Hydroponik, keine Schäden, Sir.«

»Funkraum, keine Schäden, Sir.«

Neben mir saß Philip Tyre wie erstarrt vor seinem Pult und klammerte sich an die Armlehnen.

»Wiederaufbereitung, keine Schäden, Sir«, ertönte es aus dem Lautsprecher.

Eine Träne lief dem Jungen übers Gesicht.

»Kombüse ist unbeschädigt, Sir.«

Der Fähnrich holte tief Luft.

»Kerren, Statusbericht!«

»Alle Systeme innerhalb normaler Parameter«, meldete der Comp mit monotoner Stimme. »Alle Abteilungen luftdicht, vom Laderaum abgesehen. Er wurde an Backbord aufgebrochen, und zwar dreißig Komma drei Meter vor dem Barkassenhangar. Laderaum ist ohne Druck.«

Philip reckte die Schultern, lehnte sich zurück und nahm einen tiefen, bebenden Atemzug. Er hielt weiter die Armlehnen umklammert.

»Was ist aus dem Geschoß geworden, das von dem Ungeheuer auf uns abgefeuert wurde?« Ich ignorierte den Fähnrich betont.

»Es hat die Backbord-Rumpfplatten des Laderaums aufgelöst«, sagte Kerren. »Die Sensorverbindungen wurden gekappt, und herumgeschleuderte Fracht blockiert meine

Kameras. Ich kann das Ausmaß des Hüllbruchs nicht schätzen.«

Ich runzelte die Stirn. Neben mir versuchte Philip ein Lächeln. Er hätte es besser nicht getan. Die Gesichtszüge entglitten ihm. Er schlug die Hände vors Gesicht, und seine Schultern bebten.

Ich räusperte mich. »Inspizieren Sie den Korridor, Mr. Tyre. Kontrollieren Sie, ob die Fähnrichskabine beschädigt wurde. Machen Sie dann den Kadetten ausfindig und überzeugen Sie sich davon, daß mit ihm alles in Ordnung ist.«

»Aye, aye, Sir.« Dankbar flüchtete er.

Es war nicht viel, aber alles, was mir im Augenblick einfiel. Wenigstens hatte ich ihm damit ermöglicht, die Privatsphäre der Fähnrichskabine aufzusuchen.

Am liebsten hätte ich die Konferenz in der Offiziersmesse anberaumt, wo wir uns zwanglos am Frühstückstisch hätten versammeln können, aber ich wagte es nicht mehr, die Brücke unbeaufsichtigt zu lassen, nicht einmal für einen Augenblick. Also saßen Philip Tyre und ich an unseren Pulten und hatten die Sitze geschwenkt, so daß wir dem Chief und Gregor Attani entgegenblickten, die auf Stühlen saßen, die aus dem Salon herbeigeschafft worden waren.

»Was machen wir jetzt?« fragte ich in die Runde.

Das Schweigen hing dick in der Luft, unterbrochen nur vom Summen der Monitore und Sensoren Kerrens. Ich hatte die Mannschaft erst von den Gefechtsstationen abtreten lassen, nachdem wir einige spannungsreiche Stunden lang vergeblich darauf gewartet hatten, daß weitere Fische auftauchten.

Der Chief räusperte sich. »Haben wir wirklich eine Entscheidung zu fällen, Sir? Welche Möglichkeiten sind uns denn geblieben, über das hinaus, was wir bereits tun?«

»Sie halten unsere Situation für unverändert?« Es klang schärfer, als ich beabsichtigt hatte.

Gregor starrte auf den Bildschirm, ohne etwas zu sagen.

Dray gab nicht nach. »Im wesentlichen, ja.« Er deutete Richtung Laderaum. »Kovaks und Clinger haben den Bruch in ein paar Stunden abgedichtet. Dann bestehen wieder die gleichen Verhältnisse wie zuvor.«

»Abgesehen davon, daß wir praktisch keinen Treibstoff mehr haben. Vielleicht ist der Laderaum auch kontaminiert. Und genau dort sind unsere verbliebenen Lebensmittelvorräte verstaut.«

Ich hatte Philip und Dray die Erlaubnis erteilt, mich jederzeit zu unterbrechen, also war Philips Einwurf nicht unverschämt. »Wir haben eine Dekontaminierungsausrüstung der Klasse A im Barkassenhangar aufgebaut«, sagte er. »Und sämtliche Lebensmittelvorräte sind versiegelt. Wir sollten eigentlich sicheren Zugriff darauf haben.« Er biß sich auf die Lippe. »Werden wir später noch andere Sachen aus dem Laderaum besorgen müssen?«

»Wir führen eine umfassende Dekontaminierung durch, wann immer wir etwas holen«, knurrte ich. Vakuum hin, Vakuum her, ich wollte kein Risiko eingehen.

Sie warteten auf meine Führung. »Wir machen also weiter wie bisher?« Ich war unzufrieden.

»Was bleibt uns sonst übrig?« fragte der Chief erneut.

»Besteht auch nur die geringste Chance, daß wir den Antrieb wieder hinbekommen?« wollte Philip von Dray wissen.

Gregor rührte sich. »Sir, ich ...«

Philip drehte sich wütend zu ihm um. »Sie sind hier nur geduldet, Kadett! Wenn Sie noch einmal den Mund aufmachen, vergesse ich mich!« Gregor fuhr vor dem Zorn seines Vorgesetzten zurück.

»Es besteht nicht die geringste Chance, beim Antrieb irgend etwas zu erreichen«, sagte Dray schroff. Der Blick des Chief ging in die unmittelbare Umgebung, etwa zehn Meter außerhalb des Schiffsrumpfes. »Wir führen gerade wieder Tests durch. Ich schätze, wir sollten damit fortfahren. Es ist die einzige Hoffnung, die wir der Mannschaft zu bieten haben.«

»Wie lange können Sie die Sache noch hinziehen?« fragte ich.

»Zur Not sehr lange.«

Ich seufzte. »Das ist vielleicht gar nicht nötig. Kerren, spiel das Band noch mal ab.« Ich blickte auf den Monitor, wo Kerren die gezackte N-Welle abbildete, die unser beschädigter Antrieb erzeugte.

»Aye, aye, Sir.« Der erste Alien tauchte abrupt im leeren Raum auf.

»Noch einmal in Zeitlupe.«

Kerren ging an den Beginn der Aufzeichnungen zurück und spielte sie ganz langsam ab. Ich konnte weiterhin keinerlei Intervall zwischen dem letzten Zeitpunkt, an dem wir noch nichts sahen, und dem Auftauchen des Fisches vor dem Bug erkennen.

»Wie hat er uns bloß gefunden?« brummte Philip. Über ihm lief die Aufzeichnung weiter ab.

»Vergessen Sie nicht, daß sie die *Challenger* schon früher gefunden haben.« Meine Blicke hafteten am Bildschirm. »Als Admiral Tremaine noch an Bord war. Alles, was wir seitdem getan haben, war das Feuern der Schubtriebwerke.«

In der Aufzeichnung fiel ein Fisch nach dem anderen unserem Laserfeuer zum Opfer, vom letzten Überlebenden abgesehen, der pulsierte und plötzlich verschwand, als unsere Laser sich gerade auf die Schußdistanz eingestellt hatten.

Er verschwand so urplötzlich, wie der erste Fisch aufgetaucht war.

»Sie könnten jeden Moment zurückkommen.« Es fiel mir schwer, das laut auszusprechen.

»Aber warum?« schrie Philip. »Warum kommen sie immer wieder?«

Gregor Attani murmelte: »Sir ...«

»Niemand hat Ihnen erlaubt, etwas zu sagen!« schnauzte Philip.

Im empfand Mitleid mit Tyre, der sich alle Mühe gab, seine Angst zu verbergen, dabei aber nicht bemerkte, daß er sie durch die heftigen Zurechtweisungen des Untergebenen verriet. Ich mischte mich vorsichtig ein. »Ich wäre bereit, mir anzuhören, was er zu sagen hat, wenn Sie die Erlaubnis erteilen«, sagte ich behutsam.

Philip wurde puterrot. »Aye, aye, Sir.« Er nickte Gregor zu. »Sprechen Sie.«

Gregor schluckte. »Wie finden die Fische uns hier, Sir?« fragte er.

Ich zuckte die Achseln. »Das gehört zu den vielen Dingen, die wir nicht wissen.«

»Ich habe zu Hause einmal ein Holovid gesehen.« Er bewegte sich verlegen. »Es handelte von der Erfindung des Fusionsantriebes. Es wurde auch ein Schiff gezeigt, das in Fusion ging. Es sah ganz so aus, wie dieser Fisch verschwand.«

»Die Fische sind lebendig«, sagte ich. »Sie haben keine Fusionstriebwerke.«

»Vögel haben auch keine Flugzeugtriebwerke«, entgegnete er.

Ich war eine ganze Weile sprachlos. »Organische Fusion?« sprudelte ich hervor. »Wie?«

Der Kadett zuckte die Achseln.

»Ich weiß es nicht, Sir. Womit sollten wir es sonst zu tun haben?«

Der Chief schüttelte den Kopf. »Ich habe keine Ahnung, wie das möglich sein sollte. Man kann eine N-Welle nicht auf organischem Weg hervorbringen.«

»Fledermäuse orientieren sich auch mit Hilfe von Klangwellen, die sie ausstrahlen«, bemerkte Philip.

Ich winkte ab. »Das tut alles nichts zur Sache. Die Frage lautet, warum die Fische hinter uns her sind, nicht wie.«

»Sir, wenn Sie gestatten . . .«

Ich funkelte Gregor an. »Sie hatten Gelegenheit, sich zu äußern. Wir haben jetzt nicht die Zeit, um zu spekulieren, woher die Fische stammen.« Ich wandte mich in mürrischem Tonfall an den Chief. »Ich nehme an, Sie fahren lieber mit den Antriebstests fort, solange . . .«

Gregor sprang auf und packte mit beiden Händen die Lehne seines Stuhls. Er war bleich. »Hören Sie mir zu!«

Philip und der Chief tauschten Blicke, verblüfft über die Unverschämtheit des Kadetten. Wir alle gingen auf Gregor los.

»Zehn Minuspunkte!« schnauzte Philip. »Sie haben Arrest in Ihrem Quartier, bis ...«

»Ich werde dem jungen Burschen zeigen ...«

»Sie hören unsere N-Wellen!« Gregors Stimme übertönte scharf die der anderen.

»... wie man sich benimmt!«

»Nach allem, was ich ihm beigebracht habe ...!«

Wir wurden still und starrten ihn an. Der Kadett wandte sich bittend an uns. »Es tut mir leid, daß ich Sie unterbrochen habe, Sir, aber sehen Sie das denn nicht?« Er deutete auf den Bildschirm, auf dem die gezackte Linie flimmerte. »Wenn die Fische sich mit Hilfe von N-Wellen bewegen, müssen sie auch in der Lage sein, sie aufzuspüren. Die Wellen zu hören.«

Langsam sagte ich: »Wie können wir sicher sein ...« Mir drehte sich der Kopf. Hörten sie uns, wenn wir in Fusion unterwegs waren, oder nur zum Zeitpunkt von Fusion oder Defusion? Wurden Schiffe auch in Fusion angegriffen? Wenn ja, würden wir dann je davon erfahren?

»Allmächtiger Gott!« Ich weiß nicht, wer von uns das sagte.

»Wir benutzen den Fusionsantrieb seit über einem Jahrhundert«, sagte ich. »Warum haben die Fische uns nicht schon früher gehört?«

»Vielleicht kommen sie von sehr, sehr weit her«, sagte Gregor Attani. Mir lief es kalt über den Rücken.

»Gehen wir mal davon aus, daß sie den Vorgang von Fusion und Defusion hören«, sagte ich bedächtig. »Das würde erklären, warum sie unsere Schiffe an Stellen angegriffen haben, wo sie Navchecks durchführten.«

»Wie soll man eine N-Welle hören?« staunte der Chief. Sein Blick wanderte zum Simultanschirm hinauf, wo die gezackte Linie pulsierte. »Und was ist mit dieser Welle, die wir produzieren, diesem – Katzengeschrei?«

Ich hörte gar nicht hin; ich hatte mich bereits zum Pult umgedreht und knallte den Energiehebel auf ›Aus‹. Die gezackte Linie verschwand vom Monitor. »Kerren, aktiviere wieder die Notübergehung der Maschinenraumleitung! Schalte die Energiezufuhr zum Antrieb ab!«

»Aye, aye, Sir. Übergehungsschaltung wieder eingerichtet.«

Entsetzt hielt ich auf dem Simultanschirm nach dem Ausschau, was dort vielleicht auftauchte. Nichts passierte. Nach einer ganzen Weile zwang ich meine Muskeln, sich zu entspannen, und drehte den Sessel wieder zu den wartenden Offizieren um. »Uns liegt kein Beweis vor, daß Sie recht haben«, sagte ich zu Gregor. »Dennoch gehen wir ab sofort davon aus, bis wir das Gegenteil feststellen – oder auch nicht.«

»Ja, Sir.«

»Noch etwas?«

»Nein, Sir.« Er erweckte ganz den Eindruck, als wäre er am liebsten unsichtbar.

»Dann setzen Sie sich wieder.«

Er gehorchte rasch. Wir hatten nicht mehr viel zu diskutieren, und die Konferenz klang in düsterer Stimmung aus. Ich wies den Chief an, Miss Bartel und den anderen zu erklären, warum wir die Tests eingestellt hatten. »Wenn irgend jemand meckert, schicken Sie ihn zu mir. Und halten Sie ständig Energie für die Laser bereit.«

Ich nahm den Rufer zur Hand. »Mr. Tzee, rufen Sie die erste Lasergruppe zum Dienst. Sie und Gruppe B werden sich kommende Woche auf Wache abwechseln.« Das war hart für die Leute, aber ich konnte nichts riskieren, weniger zu tun.

»Ich übernehme die nächste Wache«, sagte ich dann und blinzelte, um die Erschöpfung zu vertreiben. Wir hatten gar nicht bemerkt, wie die Zeit verstrich, während wir die Nacht über auf den Beinen gewesen waren, und jetzt näherten wir uns bereits dem Ende der Morgenwache. »Ich werde allerdings zuerst das Hemd wechseln. Chief, Sie haben das Ruder, bis ich zurück bin. Philip, gehen Sie schlafen. Sie auch, Kadett.«

Müde schleppte ich mich zu meiner Kabine zurück und fragte mich, was aus Mrs. Reeves geworden war. Ich legte gerade die Hand auf die Lukentafel, als die Alarmsirenen erneut losheulten.

Ich stürmte zurück auf die Brücke. Ich brauchte nur einen kurzen Blick auf den Simultanschirm zu werfen. »Chief, gehen Sie nach unten!«

»Klar!« Für einen so großen Mann bewegte er sich flink.

Diesmal waren es acht.

Einen Augenblick später liefen die ersten Bereitschaftsmeldungen ein. Philip Tyre, dessen Dienststation die Brücke war, stürzte herein.

»Die Laser haben Energie!«

»Ziele suchen!«

Ich packte die Steuerung der Schubtriebwerke. Mir blieb wenig übrig, als zuzuschauen.

»Ziel Richtung eins vier fünf, Distanz fünfhundert Meter!« Das war Elena Bartel.

»Knallen Sie ihn ab!«

»Er schleudert gleich einen Satelliten!«

»'n ganz Großer hinter uns, Käp'n!« schrie Deke.

Ich sah ihn. Das Backbordtriebwerk stieß reichlich Treibstoff hervor, und die *Challenger* reagierte mit einer unerträglich langsamen Drehung.

»Mittschiffs! Himmel, ist der nahe!«

»Habe Ziel erfaßt!«

Kerren leierte seine Meldungen fortlaufend herunter: »Hindernis null fünf null, Neigung drei fünf, Distanz fünfhundert Meter. Hindernis zwei sechs eins, Neigung null acht vier, Distanz einhundert Meter. Hindernis . . .«

»Vorsicht! Der über uns will sich festsetzen!«

»Energieleitung überhitzt! Schalte um auf Ausweichleitung!«

Es waren zu viele, und sie waren zu nah. *Herrgott, rette uns!* »Philip, alle Passagiere sollen sich bereithalten, die Druckanzüge anzulegen. Kümmern Sie sich darum.«

»Aye, aye, Sir.«

Ein rotierender Tentakel löste sich und schwebte durch die tödliche Stille des Vakuums auf uns zu. »Verdammt, schießt ihn ab!« Das war Walter Dakko.

»Ich probier's ja! Er is' zu schnell!« Das war Deke.

»Er hat den Schußbereich durchquert!«

»Er geht auf 'n Barkassenhangar los!«

Ich hantierte bereits an der Schubsteuerung.

Die *Challenger* wandte ihre Breitseite von der wirbelnden Masse ab, zwar nicht genug, um ihr auszuweichen, aber es reichte, daß der Treffer am Rumpf vor dem Barkassenhangar erfolgte.

»Treibstoffreserven auf Minimum«, meldete Kerren ruhig. »Noch zwei Minuten Manövrierspielraum, Kapitän.«

»Gott verdamme sie!« Niemand kommentierte meine Blasphemie.

»Am Heck!« brüllte Dakko. »Der Schaft!«

Ein großer Fisch trieb achtern, und seine Farben pulsierten vor dem Hintergrund der schwarzen Nacht. Während ich noch beobachtete, öffnete sich ein Loch, und irgend etwas spritzte daraus hervor. Der Fisch näherte sich der Wand des Antriebsschaftes unter dem Maschinenraum.

Widerstrebend feuerte ich eine weitere Wolke unseres kostbaren Treibstoffs ab. Wir schwenkten aus der Gefahrenbahn. Der Fisch verfolgte uns. Ein Flecken auf seiner Haut geriet in Rotation, und neue Farben wechselten sich darauf ab. Einer der Satelliten kam allmählich zum Vorschein.

»Zur Abwehr von Enterern bereithalten!«

Nicht eine, sondern drei dieser Gestalten stießen sich von dem Fisch längsseits des Maschinenraums ab. Sie segelten auf den Antriebsschaft zu.

»Hab' das Arschloch!« Vor uns verwelkte ein Fisch, und seine Innereien verteilten sich in der Dunkelheit. »Hier Maschinenraum. Fremde Entergruppe auf der Hülle vor dem Antriebsschild.« Irgendwie brachte Dray den Tonfall einer Routine-Statusmeldung zustande.

»Schiffsprofos, Enterer am Maschinenraum zurückschlagen! Dray, sorgen Sie dafür, daß Ihre Leute die Raumanzüge anlegen!«

Ein Fisch vor der Scheibe pulsierte rhythmisch und verschwand.

»Seht mal! Der Bastard ist in Fusion gegangen, als ihm heiß wurde!« Das war Elena Bartel.

»Wir tragen bereits Raumanzüge, Sir«, sagte Dray. »Ah, der Fisch kommt schnell näher!«

Auf dem Simultanschirm sah ich die Katastrophe heraufziehen. Meine Augen zuckten zu den Meßwerten. Wir hatten gerade noch für ein Manöver Treibstoff.

»Großer Gott!« Philip fuhr von seinem Sitz hoch. Entsetzt starrte ich auf den Bildschirm.

Etwa dreihundert Meter entfernt war an Steuerbord ein Fisch aufgetaucht – der größte, den ich je gesehen hatte.

»Hindernis null neun drei«, meldete Kerren. »Neigung null, Distanz dreihundert Meter und näherkommend.«

Treibstoff schoß aus einer Öffnung des Fisches. Auf der Außenseite bildete sich bereits ein Tentakel. Der Fisch kam näher.

»Das Biest am Heck ist jetzt direkt hinter unserem Schild, Kapitän!«

Drays Stimme klang rauh. Nichts außer einem Antriebsschild aus Plastlegierung trennte den Maschinenraum vom Vakuum. Wenn der Fisch den Schild auflöste, verlor der Maschinenraum die Luft. Und meine Leute in ihren Raumanzügen befanden sich dann gemeinsam mit diesen – Ungeheuern in der Kabine.

»Ist Dakko dort?«

»Hier, Sir! Im Maschinenraum!«

»Können Sie die Biester abwehren?«

»Drei von diesen Satelliten hocken da draußen. Wenn sie sich durchfressen, brennen wir sie nieder. Aber der Fisch selbst ...« Der Rest blieb ungesagt. Dakkos schwächliche

Waffen konnten gegen die bedrohliche Macht des Fisches nichts ausrichten.

Die Aliens griffen uns von allen Seiten an, doch die unmittelbarste Gefahr ging von zwei Fischen aus: dem, der Eindringlinge zum Maschinenraum schickte, und der gewaltigen Kreatur, die mittschiffs aufragte.

Ich blickte auf den Monitor. Der Fisch achtern war nur noch einige Meter vom Schaft entfernt. Wenn er seine Säureprojektile darauf abfeuerte ... Ich erinnere mich an den Tod der Matrosen von der *Hibernia*. Walter Dakko und seine Leute waren hilflos gegen die Säure.

Alles war verloren. »Wir müssen den Maschinenraum aufgeben«, sagte ich, und die Niederlage schmeckte so bitter, daß es einen Augenblick dauerte, ehe ich den Befehl herausbekam.

»Nein!« Philip sprang auf.

»Wir haben keine Wahl ...«

»Wir verlieren den Strom für die Laser!«

»Wenn wir unsere Leute nicht herausholen, sterben sie!« Ich machte eine hilflose Geste. »Wir können den Maschinenraum nicht retten!«

Der riesige Fisch mittschiffs schoß ein Projektil ab. Träge rotierend näherte es sich unserer Hülle.

»Doch, können wir!« beharrte Philip.

»Kein Laser kann weit genug nach innen feuern, um den Antriebsschaft zu decken.«

Dray meldete sich wieder, und in seiner Stimme klang Panik durch. »Der Fisch stellt jetzt jede Sekunde den Kontakt her!«

»Die Barkasse.« Philip war bleich. »Geben Sie sie mir.«

»Sie ist unbewaffnet.«

»Sie hat heißen Treibstoff, und sie kann rammen.«

Ich starrte nur verblüfft.

Philip zeigte auf den Simultanschirm. »Was macht es denn aus? Sehen Sie sich doch nur die Angreifer an!« Ich sagte immer noch nichts. »Sir, erlauben Sie es mir! Vielleicht kann ich das Ding so erschrecken, daß es flüchtet.«

Ich fand die Stimme wieder. »Nein.«

»Wozu bin ich denn sonst gut?« Sein junges Gesicht war verzerrt.

»Nein!«

»Dann sterben wir umsonst!« Er zögerte und rannte dann zur Luke. »Vielleicht kann ich den Fisch mit den Abgasen versenken.« Die Luke glitt auf. Er blieb für einen Sekundenbruchteil stehen. »Erlaubnis zum Verlassen der Brücke, Sir!«

Ich mußte zweimal ansetzen, ehe ich das Wort verständlich herausbekam. »Gewährt.«

Der Fähnrich salutierte flüchtig und verschwand auf dem Korridor aus meinem Blickfeld.

Ich drehte mich zum Bildschirm um. Unsere Geschütze hatten das Projektil des Fisches mittschiffs ausgeschaltet, doch der Alien hatte schon einen neuen Klumpen gebildet, der auf uns zugewirbelt kam.

In weniger als einer Minute leuchteten einige Konsolenlampen auf und informierten mich darüber, daß jemand in der Barkasse saß und die Luft aus dem Hangar gepumpt wurde.

Das Projektil mittschiffs segelte unbehelligt durch unser Abwehrfeuer.

»Mistvieh!« kreischte Eddie Boß im Funkraum, daß es mir fast die Trommelfelle zerriß. »Meine Kanone! Er hat meine Kanone erwischt!«

»Laserstörung mittschiffs!« Das war Kerren.

Die Barkasse schoß aus dem Hangar.

»Energiezufuhr für den Laser mittschiffs abschalten!«

»Strom ist abgeschaltet.«

»Kapitän, das Ding schießt gleich auf den Maschinenraum!« Die Stimme des Chiefs klang gepreßt.

Ich schluckte. »Verlassen Sie den ...«

»Noch einen Moment, Dray, ich bin fast dran.« Philip Tyres Stimme war ruhig. »Wechseln Sie in die Maschinenwerkstatt, dann haben Sie ein weiteres Schott zwischen sich und der Säure.«

»Tun Sie das, Chief.« Ich umklammerte das Pult.

»Aye, aye, Sir.«

Mr. Tzees Stimme erklang unvermittelt. »Sehen Sie mal auf den Schirm, Sir.«

Der Riesenfisch mittschiffs erzeugte gerade drei weitere Geschosse.

»Schießen Sie auf ihn!«

»Sie haben alle Geschütze ausgeschaltet, die in seine Richtung weisen, Sir. Ich müßte vom Bug aus feuern.«

»Ich drehe das Schiff!« Ich stieß Treibstoff hervor. Ganz langsam schwenkte unsere Schnauze auf den Fisch zu.

Kerrens Kamera fing die Barkasse ein. Philip richtete das Heck des winzigen Fahrzeugs auf den Fisch an unserem Schaft. Er bespritzte ihn mit Treibstoff, wodurch das Beiboot wieder von dem Wesen wegschoß. Der Fisch erbebte, und zufällige Farbflecke wirbelten auf seiner Haut; aber er blieb, wo er war.

»Zur Hölle mit dir, du Bastard!« Philips Stimme klang wild entschlossen. Er lenkte sein Fahrzeug für einen erneuten Versuch heran.

Mr. Tzee stieß einen Schreckensschrei aus. »Käpt'n, Sie haben unseren Buglaser erwischt!«

»Können Sie ein anderes Geschütz einschwenken?«

»Wir haben nichts mehr, das groß genug wäre, um ihnen weh zu tun, Sir.«

Wenn der Admiral uns doch mehr unserer Laser gelassen hätte ... »Also gut.«

Philip deckte den Fisch am Heck mit einem weiteren Strahl Treibstoff ein, ohne etwas zu bewirken.

Es klappte einfach nicht. Ich legte den Kopf in die Hände.

»Dekompression im Maschinenraum! Kapitän, sie haben die Hülle durchbrochen!«

»Bleiben Sie von der Säure weg! Brennen Sie die Satelliten nieder, wie sie sich blicken lassen!«

»Ich ramme ihn«, sagte Fähnrich Philip Tyre.

»Nein, Philip!«

»Es ist unsere einzige Chance. Der Aufprall schleudert ihn vielleicht weg. Ich versuche, vor dem Kontakt auszusteigen.« Ich wußte ebensogut wie er, daß ein Ausstieg unmöglich war.

»Mr. Tyre ...«

Er drehte das kleine Schiff und verspritzte dabei fast allen Treibstoff. In einem Abstand von etwa hundert Metern paßte er seine Geschwindigkeit der des Fisches an und zielte mit dem Bug auf den des Wesens.

»Mr. Tyre!«

»Ich bin froh, daß ich unter Ihnen dienen konnte, Sir. Falls Sie Alexi wiedersehen, sagen Sie ihm, daß es mir leid tut.« Er rammte seinen Fahrthebel auf vollen Schub. Die Barkasse schoß vorwärts.

Wenn er richtig gezielt hatte, würde er den Fisch mit dem Bug aufspießen. »Glückliche Reise, Sir ...«

Ich schnappte mir den Rufer. »Kerren, zeichne das auf! Mr. Tyre! Ich, Kapitän Nicholas Seafort, erteile hiermit von Gottes Gnaden Fähnrich Philip Tyre das Offizierspatent im Flottendienst der Regierung der Vereinten Nationen ...«

Der Funk prasselte noch einmal und fiel dann aus.

»... und ernenne ihn zum Leutnant.«

Die Barkasse der *Challenger* bohrte sich in den Bug des Fisches und beschleunigte noch weiter, als sie bereits durch das Gewebe der fremdartigen Kreatur schnitt.

Der Fisch bockte.

Er schien Wellen zu schlagen. Viskoses Material spritzte aus dem klaffenden Loch hervor. Der Schub der Barkasse riß das Wesen von unserer Hülle weg. Es trieb hinter der *Challenger* außer Sicht und nahm unser Beiboot in seinem Innern mit.

»Durchbruch im Laderaum!«

Allmächtiger Gott, ich bereue meine Sünden.

»DEKOMPRESSION! DECK ZWEI, SEKTION SECHS!«

»Kapitän, die Osthydros sind dekomprimiert!«

Vergib mir meine Übertretungen.

»Maschinenraum!« Ich rechnete nicht mehr mit einer Antwort.

»Hier, Sir! Nur zwei der Satelliten sind durchgekommen,

und wir haben sie gebraten! Clinger, schaffen Sie diese Ausbesserungsplatte heran!«

»Volle Energie auf die Schubtriebwerke, Chief. Geben Sie mir alles, was wir noch an Treibstoff haben!«

»Sie haben es! Es bleibt weniger als eine Minute Brenndauer, Sir.«

Herr, ich bitte Dich, nimm mich bei Dir auf.

»Ich weiß.«

Die *Challenger* deutete fast schon mit der Nase auf das Ungeheuer, das ursprünglich mittschiffs gelegen hatte und immer noch Projektile auf uns abfeuerte. Ich warf einen Blick auf die Monitore; weitere Fische manövrierten längsseits. Wir konnten unmöglich allen ausweichen.

»Kerren, Rammkurs anlegen!«

»Kurs angelegt. Relativ null null null!«

Ich komme, Amanda.

Ich packte die rote Kugel der Schubtriebwerkssteuerung. Die *Challenger* glitt mit fast nicht wahrnehmbarer Geschwindigkeit vorwärts.

»Großer Gott! Ist das alles, was wir noch draufhaben?« rief ich.

»Die Beschleunigung ist kumulativ«, sagte Kerren, als wäre damit alles erklärt. Vielleicht war es das.

Unsere Bewegung war jetzt besser zu erkennen. Als wir dem Riesenfisch näherkamen, verspritzte er Treibstoff und versuchte, seitwärts auszuweichen. Ich rammte das Backbordtriebwerk bis zum Anschlag, um den Kurs zu korrigieren, und fünf Sekunden später war die Brennphase zu Ende.

»Alle Passagiere und Mannschaften sofort in die Raumanzüge!« Meine Blicke hafteten starr auf dem Simultanschirm. Törichterweise stützte ich mich ab, als es auf den Aufprall zuging. Die Brücke befand sich in der Scheibe, auf halbem Weg den Bleistift entlang, den unser Schiff darstellte. Die Perspektive des Simultanschirms war die von Kerrens Bugkamera. Sie würde den Aufprall zuerst erleben, nicht ich.

»Warte auf uns, du Bastard!« Ich preßte die Worte undeutlich zwischen den Zähnen hervor.

In wenigen Sekunden würden wir den Fisch mit unserem spitzen Bug aufspießen.

Er pulsierte jetzt rhythmisch.

»Warte auf uns ...«

Er pulsierte weiter. Wenn er jetzt verschwand ...

»WARTE, DU KREATUR DES SATANS!«

Aufprall.

Kerren schrie seine Warnungen schrill hinaus. »Bug löst sich auf! Vordere Sensoren außer Betrieb! Rumpf bricht vor der Scheibe zusammen! Der Laderaum ist ...«

Der Bildschirm fiel aus.

Ich war auf den Beinen und stützte mich gegen einen Aufprall ab, den ich nicht spüren konnte. »Kerren?«

Keine Antwort.

»Kerren?« Ich wartete darauf, daß die Stromversorgung nachließ. Wenn Kerren zerstört war ...

Die Beleuchtung blieb gleichmäßig.

»Kerren!«

»Die Fusion wurde erfolgreich eingeleitet, Sir«, sagte der Comp ruhig. »Bitte geben Sie mir für meine Datenkalkulationen einen Kurs an.«

»Was?«

»Der Fusionsantrieb läuft, Sir.« Der Comp sprach geduldig. »Da Sie manuell in Fusion gegangen sind, verfüge ich noch nicht über Kalkulationen der ...«

»DRAY!«

»Hier Maschinenraum, Sir.«

»Wurde der Antrieb eingeschaltet?«

Er schnaubte. »Natürlich nicht.«

»Oh, allmächtiger Gott!« Ich starrte auf den Bildschirm und versuchte, die Sterne mit dem Willen zu zwingen, daß sie wieder auftauchten.

»Was ist los?« fragte Dray.

»Der Fisch. Er wollte fusionieren, als wir aufprallten.«

»Und, Sir?« Er wartete.

»Er ...« Ich suchte nach den richtigen Worten. »Er hat uns mitgenommen.«

20. Kapitel

Wir versammelten uns auf dem Korridor von Deck 2 – Dray, Walter Dakko, Gregor und ich. Sekunden hatten sich zu Stunden gedehnt, während die Bildschirme dunkel blieben.

Kerren beharrte darauf, daß wir in Fusion waren, und ich wagte es nicht, die Risse in unserer Hülle zu inspizieren, um nachzuprüfen, ob es stimmte. Wenn wir in Fusion waren, hätte jedes Objekt, das nach draußen befördert wurde, zu existieren aufgehört. Ein Körper, der sich einer Rumpföffnung zu weit näherte, wäre in die Feldspannung geraten, molekular zusammengebrochen und zu nichts geworden.

»Was jetzt?« Ich verzichtete inzwischen auf jeden Anschein militärischer Förmlichkeit. Nur damit konnte ich noch das große Zittern vermeiden.

»Wir sind am Leben«, sagte Dray schroff.

»Im Augenblick noch.«

»Wo sind wir?« Walter Dakkos Stimme klang belegt.

Ich zuckte die Achseln. »Vielleicht im Fegefeuer.« Dakko zog eine Braue hoch, sagte aber nichts.

»Was wird passieren?« Das war Gregor.

Ich sprach das Offensichtliche aus. »Wir werden sterben.«

Gregor zuckte zusammen, fing sich jedoch wieder. »Wann, Sir?«

»Bald. Wenn der Fisch defusioniert oder das Schiff verdaut hat. Oder wenn uns die Lebensmittel aus . . .«

»Verdaut?« platzte Dakko hervor.

Ich sagte: »Unmittelbar bevor der Alien . . . äh, in Fusion gegangen ist, meldete Kerren, der Bug löse sich auf und die Hülle kollabiere dort, wo sie in den Fisch eindringe. Jetzt sagt er, alle seine Laderaumsensoren wären außer Funktion. Wir riskieren nicht, die Luke vom Barkassenhangar dorthin zu öffnen, denn es besteht die Gefahr der Strahlung und der Kontaminierung durch Viren. Sobald das, was die Hülle auflöst, sich bis zur Luke durchgefressen hat, sind wir erledigt.«

»Wie lange dauert das?« Wieder Gregor.

»Woher, zum Teufel, soll ich das wissen?« Meine Wut scheuchte ihn einen Schritt zurück. »Stellen Sie keine dummen Fragen!«

»Verzeihung, Sir! Aye, aye, Sir.« Er nahm beinahe Haltung an.

Die Stimmung veränderte sich fast unmerklich. »Was tun wir jetzt, Sir?« fragte Walter Dakko. Sie warteten auf meine Antwort.

Am liebsten hätte ich gesagt: »Was immer Ihnen verdammt noch mal gefällt!«, wäre dann zu meiner Kabine stolziert und hätte die anderen auf dem Korridor stehenlassen. Was wollten sie eigentlich noch von mir? Ich konnte keine Wunder vollbringen!

Ich seufzte. »Der Status des Maschinenraums, Chief?«

»Wir konnten den Rumpf vor der Fusion flicken, Sir, also kann man sich weiter im Maschinenraum aufhalten. Eine der Energieleitungen wurde getroffen, aber die andere ist okay.«

»Sie meinen, nach all dem haben wir immer noch Energie?« Ich konnte es nicht glauben.

»Genug für Licht und Heizung, ja, Sir. Vielleicht kann ich auch die zweite Energieleitung wieder flicken. Für die Pumpen der Schubtriebwerke brauchen wir jedenfalls keinen Strom mehr; der Treibstoff ist verbraucht. Auch die Laser sind zerstört, also ...« Ich dachte angestrengt nach. Wir steckten im Rumpf des Fisches, der in Fusion gegangen war. Der Maschinenraum achtern war in gutem Zustand, und die Scheiben, in denen wir alle lebten, waren luftdicht, während der Laderaum vor den Scheiben allmählich gefressen wurde. »Was wissen wir sonst noch?« Mühsam bahnte ich mir den Weg durch einen Nebel. Die Meldung des Chiefs erschien mir als ärgerliche Ablenkung.

»Die Wiederaufbereitungskammer ist unbeschädigt«, sagte Dakko, »aber einige der Nährstoffleitungen sind unbrauchbar und die Flüssigkeiten darin verloren. Die Osthydros ...«

»Die sind hin«, warf der Chief ein. »Die Luft ist raus. Ich denke, wir sollten die Luke lieber nicht öffnen. Wir müßten erst Sektion acht leerpumpen, um hineinzugelangen, und die Pflanzen sind ohnehin tot.«

»West?«

»Die Westhydros sind unbeschädigt, aber wir haben sie nie wieder richtig in Betrieb nehmen können.«

»Zwischen den Osthydros und Sektion acht haben wir etwa die Hälfte unserer Nahrungsmittel verloren.« Dakko schnitt eine Grimasse.

»Mr. Branstead soll sich das einmal ansehen. Können wir die Leitungen zu den Recyclern reparieren?«

»Wahrscheinlich die meisten, Sir. Falls wir genug Material dafür zusammenklauben können, ohne in den Laderaum zu gehen.« Dray wartete ab.

Ich zügelte meine Verärgerung. »Dann machen Sie sich an die Arbeit.«

»Aye, aye, Sir. Die Chemikalien, die in den Leitungen waren ... Es besteht keine Möglichkeit, daß ich sie ohne den Nachschub im Laderaum ersetzen kann. Die Recycler können wir nur mühsam in Gang halten.«

»Tun Sie, was Sie können.« Sie warteten auf weitere Befehle; ich zwang mich erneut zum Nachdenken. »Wo haben wir sonst noch Luft verloren?«

»Deck zwei, Sektionen vier und fünf, Sir«, meldete Dakko. Damit waren die gefangenen Rebellen tot. Außer Mr. Clinger, den das Schicksal in Form von Mr. Druckers schlechter Laune gerettet hatte.

»Die Sauerstoffreserven?«

Diesmal antwortete Dray. »Gerade ausreichend, um das Schiff wieder unter Druck zu setzen, Sir. Aber danach wird es knapp, was die Wiederaufbereitung angeht.«

»Nach einiger Zeit kommt es darauf nicht mehr an«, sagte ich und wandte mich an Gregor. »Mr. Attani, sehen Sie nach, wer von den Passagieren und der Mannschaft überlebt hat. Bringen Sie mir die Liste. Ich bin in meiner Kabine.«

»Aye, aye, Sir.«

Ich schlug die Richtung dorthin ein und scherte mich nicht mehr um die Bemannung der Brücke; meine Arbeit dort war erledigt. Wir würden jetzt noch so lange leben, bis die Luke aufgab, bis die Lebensmittel oder die Luft verbraucht waren.

Dann war es vorbei.

Am oberen Absatz der Leiter begegnete ich Mrs. Reeves, die dort schwer auf ihren Stock gestützt angehumpelt kam. Sie bedachte mich mit einem seltsamen Lächeln. Ich wartete.

»Also hatten Sie schließlich doch recht, junger Mann.«

»Recht?« Ich versuchte mich an unser Gespräch zu erinnern.

»Was Ihre militärische Disziplin angeht.«

»Sie hat das Schiff auch nicht gerettet.«

»Wir leben noch.«

»Nicht mehr lange«, erwiderte ich.

»Das zu bestimmen, liegt nicht in Ihrer Hand«, entgegnete sie streng und setzte ihren Weg fort.

Benommen lag ich in der Koje. Himmel, wie sehr hatte ich mir die *Challenger* gewünscht, ehe man sie mir entriß! Dann hatte ich sie in Ehrlosigkeit doch noch übernommen und war davon ausgegangen, an Bord zu sterben. Das erschien mir passend. Selbst in meinen kühnsten Träumen hätte ich mir allerdings ein solches Vorspiel zum Tod nicht ausgemalt.

Da ich nicht wußte, was ich sonst tun sollte, stand ich nach einer Weile auf und setzte mich an den makellosen, polierten, nutzlosen Tisch. Wie wartet man auf den Tod, seiner Unausweichlichkeit gewiß, jedoch in Unkenntnis des Zeitpunkts?

»Man lebt«, sagte Vater laut und so nahe, daß ich beinahe aufsprang. »Wann wir sterben, liegt in der Hand des Herrgotts. Nichts ändert etwas daran.«

»Du hast gut reden«, murrte ich. »Du bist nicht an Bord.« Ich spürte seine Mißbilligung und scherte mich nicht darum; aber ich wußte, daß er recht hatte. Man lebt so lange und so gut man kann. Man tut seine Pflicht.

Jemand klopfte sacht an die Luke; ich öffnete. Gregor

Attani salutierte und reichte mir ein Papier. »Ich sollte Ihnen das hier überbringen, Sir.«

»Was?«

»Die Liste. Die Verlustliste.«

»Wie viele?«

»Nur zwei Passagiere, Sir. Es erwischte sie ohne Druckanzüge, als der Korridor von Deck drei die Luft verlor.«

Sie hatten Glück gehabt. »Mr. Tyre soll sich um die Lagerung der Leichen kümmern.« Meine Stimme klang müde.

Er betrachtete mich seltsam. »Mr. Tyre ist tot, Sir. Die Barkasse. Er ...«

Ich sank ans Schott, bekam kein Wort hervor.

»Sir, sind Sie in ...«

»Hinaus!«

Als er gegangen war, überlegte ich mir, mich ins Bett zu legen, aber es erschien mir dann doch leichter, dort zu bleiben, wo ich war – ans Schott gelehnt.

Es tut mir leid, Philip. Aber was kann ich schon dafür, wenn ich die Übersicht verliere? Ich habe so viele von euch umgebracht. Amanda. Nate. Matrosen. Passagiere. Obies und Trannies. So viele Menschen.

Nach einer Weile wischte ich mir das Gesicht ab und trat hinaus auf den Korridor, wo alles ruhig und still war. Ich konnte das gleichmäßige, unerschütterliche Trommeln der Maschinen unter mir spüren, wenn schon nicht hören.

Deck 1 schien verlassen. Ich kam an der Luke zum Barkassenhangar vorbei. An der hinteren Hangarseite befand sich der Eingang zum Laderaum. Ich steckte den Kopf auf die Brücke. Die Instrumente summten leise vor sich hin und zeichneten wertlose Daten auf.

Ich sehnte mich nach Kaffee. Auf dem Weg zur Offiziersmesse kam ich am Passagiersalon von Deck 1 vorbei. Spontan blieb ich stehen und warf einen Blick hinein.

Walter Dakko saß seinem Sohn gegenüber. Er hielt Chris an beiden Händen. Die beiden blickten wortlos auf. Ich murmelte etwas und zog mich durch die Luke zurück.

Der Junge weinte.

Was den Vater anging, war ich mir nicht sicher.

Ich machte den Kaffee heiß und stark, so wie ich es gern hatte. Über die lange Holztafel gebeugt, nippte ich gierig davon und wartete darauf, daß das Koffein meine Lebensgeister wieder in Schwung brachte.

»Sir, gibt es irgend etwas, das ich tun soll?«

Ich fuhr herum und verschüttete dabei heißen Kaffee auf meinem Hemd. Gregor wartete.

»Schleichen Sie sich nicht so an mich heran, Kadett!«

»Ich ... Nein, Sir! Ich meine ... aye, aye, Sir!«

Ich musterte ihn unheilvoll. »Womit sollte ich Sie beauftragen, Mr. Attani?«

»Ich weiß nicht ... Ich wollte nicht ... Es tut mir leid, Sir.«

»Lassen Sie mich in Ruhe«, knurrte ich.

Er eilte zur Luke.

»Mr. Attani!« Er blieb stehen. »Es ... tut mir leid.« Ich schluckte meine Wut hinunter. »Wie ich Sie behandelt habe.«

»Ja, Sir.«

»Tun Sie, was Sie möchten. Sehen Sie mal nach, ob Sie Mr. Dakko oder dem Chief helfen können. Ich rufe an, wenn ich Sie brauche.«

»Aye, aye, Sir.« Er schien dankbar für diese Instruktionen.

Ich blieb allein zurück.

Als ich die Tasse abspülte, um sie wieder wegzustellen, warf ich einen Blick in den kleinen Spiegel über der Spüle in der Kombüse. Die gezackte Narbe stand in hellen Flammen, als wollte sie mich tadeln. Sieh zu, daß du dich wieder in die Gewalt bekommst, befahl ich mir selbst. Du wurdest darauf vorbereitet, zu sterben. Und nun ist es bald soweit. Aber selbst jetzt hast du noch Pflichten zu erfüllen.

Zur Buße ging ich die noch bewohnbaren Bereiche des Schiffes ab. Überall hieß man mich rührend willkommen. Die Mannschaft hing an meinen Lippen und beeilte sich, allen Befehlen nachzukommen, als könnten sie uns aus unserer Bedrängnis befreien. Die Passagiere, denen ich begegnete, wollten alle ein Wort mit mir wechseln, und einige gingen sogar soweit, mir die Hand zu schütteln.

Ich umging die versiegelten Sektionen von Deck 2, die nie wieder geöffnet werden würden, und beendete schließlich meine Tour. Ich sehnte mich danach, allein zu sein, kehrte mit ungewohntem Eifer zur Brücke zurück und sank dort dankbar in meinen Sessel.

»Was kannst du mir über den Laderaum sagen, Kerren?«

Das war die falsche Frage. »Der Laderaum ist zweihundertdreißig Meter lang, im Schnitt vierundzwanzig Meter breit und läuft in einem Verhältnis von . . .«

»Stopp. Erzähle mir etwas über den gegenwärtigen Zustand des Laderaums.«

»Ich habe nur wenige Informationen über den Zustand des Schiffes vor dem Barkassenhangar«, sagte Kerren steif. »Wenn Sie lange genug defusionieren würden, um . . .«

»Sag mir, was du weißt, du ausgebrannter Haufen Chips!«

Er schwieg schockiert. »Die letzten Sensormeldungen«, sagte er dann geziert, »deuteten darauf hin, daß sich der Bug auflöste und die Hülle auf den vordersten zwanzig Metern des Laderaums kollabierte. Das war um 0911 Uhr. Um 0942 fielen die mittleren Laderaumsensoren aus. Ich kann daraus nur schließen, daß die fortschreitende Zerstörung diesen Punkt erreicht hatte.«

»Welche Sensoren arbeiten noch?«

»Bezieht sich diese Frage auf den Laderaum, Kapitän?«

»Ja.« Ich hörte, wie meine Zähne knirschten, und zwang mich, die Kiefer zu lockern.

»Adäquate Bezugspunkte würden unser Gespräch erleichtern«, gab er honigsüß zu bedenken. »Um Ihnen zu antworten: Nur einer. Der interne Backbordsensor arbeitet noch. Wir hatten auch einen Steuerbordsensor, aber die Leitung wurde beim ersten Hüllbruch im Laderaum unterbrochen. Der funktionsfähige Sensor ist über dem Laufsteg an der Rumpfwand montiert, zwanzig Meter vor der Luke zum Barkassenhangar.«

»Danke.«

»Nichts zu danken, Kapitän.« Er legte die für ihn so typische Höflichkeit an den Tag; also konnte ich mir nicht sicher sein, inwieweit Sarkasmus durchklang. »Die Tatsache, daß der Sensor weiterhin funktioniert, deutet darauf hin, daß die Hülle bis zu dieser Stelle strukturell intakt ist.«

»Danke«, wiederholte ich.

»Nichts zu danken«, versetzte er wiederum.

Ich grübelte kurz. »Kerren, verraten deine Sensoren irgend etwas über die Umgebung des Schiffes oder unseres Standortes?«

»Nicht, solange der Fusionsantrieb läuft«, sagte er. »Sicherlich ist Ihnen das bekannt.«

»Kerren, wir sind nicht in Fusion gegangen.«

»Aber ja, das sind wir, Kapitän.«

»Kerren, prüfe den Status des Fusionsantriebes.«

Die Unterbrechung war kaum merklich. »Der Antrieb erweist sich als abgeschaltet, Kapitän.«

»Also ...«

»Aber alle externen Registriervorrichtungen bestätigen, daß wir fusioniert sind. Deshalb müssen die Triebwerksmonitore als nicht funktionsfähig eingestuft werden und ihre Daten unberücksichtigt bleiben.«

Ich seufzte. Kerrens Programme erlaubten ihm nicht, eine Fusion des Schiffes zu akzeptieren, die nicht durch unser Triebwerk hervorgerufen wurde. Ich war mir nicht mal sicher, ob meine eigenen Programme das taten. Vielleicht konnte man den Comp umprogrammieren, aber ich sah keinen Sinn in dem Versuch.

Wir hatten gut die Hälfte unserer Nährpflanzen verloren und keinen Zugriff mehr auf die restlichen Lebensmittelvorräte im Laderaum.

Obwohl drei Mannschaftsangehörige, unsere vier Gefangenen und zwei Passagiere tot waren, stand uns der sichere Hungertod bevor. Unsere Wiederaufbereitung mühte sich ab, das Schiff weiterhin mit atembarer Luft zu versorgen. Doch bis die Zufuhrleitungen repariert werden konnten, schafften die Recycler ihre Arbeit kaum.

Derweil waren wir in Fusion oder einem analogen Zustand und jagten einem unbekannten Bestimmungsort entgegen, wobei wir in einem tödlichen und feindseligen Alien feststeckten.

Und ich war hungrig. Sollten wir die restliche Nahrung rationieren? Lebten wir noch lange genug, daß es darauf ankam? Wieweit konnten wir die Vorräte durch eine Rationierung strecken?

Ich schaltete den Rufer ein. »Mr. Attani, Mr. Branstead, Mr. Dakko junior auf die Brücke.«

Emmett Branstead traf als erster ein; er wirkte erstaunlich adrett und fit. Er hatte über acht Kilo verloren, seit er den Eid abgelegt hatte, und so war auch das Gesicht inzwischen weniger rot. Wie er versprochen hatte, gehorchte er schon die ganze Zeit seit seiner Verpflichtung entschlossen allen Befehlen.

Augenblicke später traten auch der Kadett und Chris Dakko ein.

»Ich benötige eine sofortige Bestandsaufnahme. Ermitteln Sie, wie lange uns unsere aktuelle Nahrungsproduktion bei halben Rationen und bei Drittelrationen am Leben hält. Stellen Sie fest, ob wir so lange überleben können, bis wir weitere Getreide produziert haben. Nehmen Sie die entsprechenden Berechnungen vor und melden sich in zwei Stunden zurück. Mr. Attani, Sie führen dabei natürlich das Kommando. Nutzen Sie Mr. Bransteads Sachverstand betreffs der Produktion. Mr. Dakko, machen Sie sich nützlich.«

Erst nachdem sie gegangen waren, fiel mir ein, daß der Kadett damit zum erstenmal das Kommando über eine Arbeitsgruppe erhalten hatte. Für einen Moment war ich besorgt, bis mir wieder einfiel, daß es keine Rolle mehr spielte.

»... Wir bitten um deinen Segen für uns und unsere Reise und um die Gesundheit und das Wohlergehen aller an Bord.«

Nach dem Gebet blickte ich von Mr. und Mrs. Reeves zu

Mrs. Ovaugh und Mr. Fedez, die alle an meinem Tisch saßen. Ich blickte über sie hinaus zu den Tischen mit den Fahrgästen und den niedergedrückten Mannschaftsangehörigen, die sich zusammendrängten, um Halt in der Gruppe zu finden. Ich sagte: »Ich habe nicht vor, Sie über den Ernst der Lage hinwegzutäuschen. Sie ist hoffnungslos.« Ein hörbares Seufzen erfolgte.

»Uns wird fast mit Sicherheit die Nahrung ausgehen, ehe wir wieder genug heranziehen können, um das zu ersetzen, was wir verloren haben. Mit gedrittelten Rationen halten wir vielleicht neunzig Tage durch. Selbst mit Sparsamkeit und umfangreichen Pflanzungen überleben wir kaum so lange, bis die Ernte ausreichend herangereift ist, um uns zu ernähren. Nach Mr. Bransteads besten Schätzungen müßten wir dazu unsere Rationen so ausdünnen, daß viele von uns trotzdem sterben würden.«

Elena Bartel hob die Hand. Ich nickte. »Was ist mit – den Leichen?« fragte sie.

Zu meiner Schande hatte ich tatsächlich darüber nachgedacht. »Wir werden unser Leben nicht dadurch verlängern, daß wir in Kannibalismus zurückfallen«, sagte ich bestimmt. »Die Leichen wurden zur Einäscherung in den Maschinenraum verbracht.«

»Sie könnten Leben erhalten!«

»Um den Preis der Menschlichkeit. Das dulde ich nicht.« Ich blickte durch den Saal. »Diese Entscheidung ist bereits gefallen und steht nicht mehr zu Debatte.« Ich hielt Elena Bartels Blick fest, bis sie sich zögernd setzte.

»Es ist ohnehin unwahrscheinlich, daß wir lange genug am Leben bleiben, um zu hungern. Wenn wir aus der Fusion auftauchen oder wahrscheinlich schon vorher, wird das Schiff verzehrt sein.«

Ich blickte über die Tische der Mannschaft hinweg ans gegenüberliegende Schott. »Ich habe beschlossen, daß die *Challenger* von der nächsten Mahlzeit an auf gedrittelte Rationen geht, um nicht die Möglichkeit zu vereiteln, unser Leben noch auszudehnen. Wir werden weiterhin nach besten Kräften handeln, bis zum Ende. Möge der allmächtige Gott Sie alle segnen.«

Umgeben von benommenem Schweigen, setzte ich mich und starrte auf meinen Teller.

Ein weiterer trauriger Tag und dann ein dritter schlossen sich an. Unsere Anspannung ließ nach, und eine unheimliche Simulation normalen Lebens entstand. Die ganze Schiffsgemeinschaft pflegte Sämlinge, ein verzweifelter Versuch, unsere Lebensmittelversorgung aufzustocken. Aber wie Gregor Attanis Arbeitsgruppe es bereits ausgerechnet hatte, konnten wir die verbliebenen Vorräte gar nicht so lange strecken, bis die neuen Pflanzungen gereift waren. Deke brummte etwas davon, ein paar Leute verhungern zu lassen, damit die anderen überlebten, aber ich entschied, ihn nicht zu verstehen.

Während die Tage sich dahinschleppten, saß ich auf der leblosen Brücke, starrte auf die leeren Bildschirme, las im Logbuch, dachte über die Folge von Torheiten nach, die uns in diese kritische Lage gebracht hatten. Wenn nur der Admiral ... Wenn Kapitän Hasselbrad doch nur ... Wenn ich dieses Kommando nur abgelehnt und es vorgezogen hätte, daß sie mich hängten ...

Nach zwölf Tagen dieser düsteren Wache schreckte Kerrens Stimme mich aus einem Nickerchen an meinem Pult, und ich sah eine Warnlampe blinken. »Der letzte Sensor im Laderaum hat versagt, Sir.«

»Versagt?« fragte ich dümmlich. »Was? Wie?«

»Er übermittelte im Verlauf der Stunde vor seinem Ausfall einen Temperaturanstieg von dreizehn Grad Celsius. Dann war da nichts mehr. Ich kann unmöglich feststellen, ob die Leitung durchtrennt wurde, ein Anschluß sich gelockert hat oder der Sensor funktionsunfähig wurde.«

»In welchem Zustand befindet sich die Hülle im Laderaum?«

»Ich folgere den Hüllstatus aus den Sensordaten, Kapitän Seafort. Jetzt habe ich keine Möglichkeit mehr, den Status der Hülle vor dem Barkassenhangar zu bestimmen.«

»Sehr schön.« Ich starrte auf das Pult. »Die Luke von Deck eins zum Barkassenhangar ist weiterhin dicht?«

»Das ist korrekt.«

»Und die Luke vom Hangar zum Laderaum?«

»Den Sensordaten zufolge intakt, Sir.«

»Sehr schön«, wiederholte ich. Am liebsten hätte ich mich mit Dray besprochen, aber es gab nichts, was er oder irgend jemand von uns hätte unternehmen können.

Zehn weitere Tage vergingen. Obwohl ich nur ein paar Kilo verloren hatte, waren meine Wangen eingesunken, und die Narbe im Gesicht trat deutlicher zutage.

Elena Bartel bat mich über Mr. Attani um ein Gespräch. Ich gewährte ihr Zutritt zur Brücke.

»Elron – Mr. Clinger und ich, wir möchten heiraten.«

Ich starrte sie mit offenem Mund an, bis sie vor Verlegenheit rot wurde.

»Sie möchten Elron Clinger heiraten?« Keine meiner klügeren Bemerkungen.

»Ja, Sir.«

Eine Eheschließung zwischen Mannschaftsangehörigen war ungewöhnlich, aber nicht ohne Beispiel. Matrosen benötigten die Erlaubnis des Kapitäns, wenn sie heiraten wollten, und in unserem Fall war ich auch der einzige mit der Vollmacht, eine Ehe zu schließen.

Natürlich behielt das Paar in der Mannschaftsunterkunft getrennte Kojen, aber es gab noch die Privaträume der Mannschaft.

»Nun, äh, ich glaube ...« Ich hatte keinen Grund, die Erlaubnis zu verweigern. »Sind Sie sich ganz sicher – ich meine, was Mr. Clinger angeht?«

»Vollkommen, Sir. Mr. Clinger hat viel über sein früheres Leben nachgedacht.«

»Sehr gut«, sagte ich. »Sie haben meine Erlaubnis. Wann möchten Sie die Zeremonie gern durchführen?«

»So bald wie möglich. Wir – sind uns nicht ganz sicher, wieviel Zeit wir noch zusammen haben.«

»Heute abend? Morgen?«

»Heute abend wäre schön, Sir.« Sie wurde wieder rot. »Danke.«

Nach der Zeremonie dachte ich über die Ironie nach. Sie war mindestens zehn Jahre älter als er. Clinger hatte sich bestimmt in das übliche Leben im Hafenbezirk gestürzt; sie hatte zugegeben, nie auch nur einen Freund gehabt zu haben. Miss Bartel hielt die guten Sitten hoch; Clinger war ein Rebell, der versucht hatte, das Schiff in die Gewalt zu bekommen.

Vielleicht erfuhren sie ja Glück. Mehr als Amanda und ich.

Ob es nun an dem Hochzeitsritual und den unausgesprochenen Gedanken im Anschluß daran lag oder an irgendeinem anderen Grund, jedenfalls litt ich in dieser Nacht an einem heftigen Verlangen, zum erstenmal seit Amandas Tod. Ich warf mich unruhig hin und her und war froh, als es Morgen wurde.

Ein ganzer Monat war vergangen, seit wir uns in den Alien hineingebohrt hatten. Mit Hilfe der Routinen des Schiffsalltages schleppten wir uns durch die grauen, unbarmherzigen Tage. Gregor Attani lebte allein in der Fähnrichskabine und erledigte voller Eifer jede Aufgabe, die ich ihm übertrug. Aus Mitleid verzichtete ich auf die traditionelle Mißachtung eines Kadetten durch den Kapitän und achtete darauf, jeden Tag ein Schwätzchen mit ihm zu halten. Ich bemerkte auch, daß er sich bisweilen mit Chris Dakko unterhielt, der traurig und deprimiert wirkte.

Dray hielt sich meist im Maschinenraum auf. Ich fragte mich, ob er seine Destille wiederaufgebaut hatte, entdeckte aber keinen Hinweis darauf und beschloß auch, es nicht nachzuprüfen. Eines Tages entschied ich mich zu einer Partie Schach mit Kerren, und ich hatte soviel Spaß daran, daß ich eine tägliche Gewohnheit daraus machte: eine Partie morgens, eine weitere nachmittags. Nachdem ich einmal auf Gregor losgegangen war, hatte der Kadett gelernt, mich zu diesen Zeiten lieber nicht zu stören.

Kerren spielte nicht so gut wie Darla. Oder Danny.

Am fünfunddreißigsten Tag überbrachte mir Dray die Nachricht, daß Eddie Boß mich zu sprechen wünschte. Um der Förmlichkeit der Brücke auszuweichen, rief ich Eddie in die Offiziersmesse, wo ich mit einer Tasse Kaffee auf ihn wartete. Ich dankte Gott für unseren unerschöpflichen Vorrat; das heiße Getränk linderte meine fast ständigen Hungergefühle und befriedigte meine Sucht.

Es schien Eddie schwerzufallen, mir zu sagen, was er eigentlich von mir wollte. Ich wartete so geduldig, wie ich nur konnte. Ich bot ihm sogar einen Platz an; es half anscheinend auch nicht. Er trommelte mit den Fingern auf den Tisch, während er auf den eigenen Schoß starrte.

Ich versuchte, ihn aus seinem Bammel aufzuschrecken. »Wieso hat 'n der olle Eddie Schiß, mittem Mann zu reen, hä? Traut sich der große Eddie nich', es 'm Käp'n zu erklär'n?«

Damit rief ich ein zögerndes Lächeln hervor. »Sie sin' aber kein Trannie, Sir. Hab' ich schon mal gesagt.«

»Vielleicht lerne ich es noch, einer zu sein.«

Sein Lächeln verschwand. »'s würd Ihnen nich' gefallen.« Er ballte die Faust. »Is' Scheiße, so zu leben. Klare Sache.« Er blickte niedergeschlagen aufs Deck. »Komisch, das 'se das gesagt ha'm. Darüber wollt' ich mit Ihnen reden.«

Ich wartete.

Hilfesuchend fuhr er fort: »Es geht drum, 'n Trannie zu sein. Lachen 'se nich' über 'n ollen Eddie, auch wenn's komisch is'.« Er hatte jetzt beide Fäuste geballt. »Ich weiß, 's spielt keine Rolle mehr, aber Sie ha'm mir's Lesen beigebracht und alles ...«

Mir dämmerte plötzlich, was jetzt kam. Bedächtig sagte ich: »Sprechen Sie weiter, Mr. Boß.«

Er sprudelte hervor: »Könnten 'se mir beibringen, nich' wie 'n Trannie zu sein? Nicht wie 'n Trannie zu reden?«

»Wie möchten Sie denn sein?« fragte ich.

»Nich' wie die Obies!« sagte er heftig. »Nich' wie Mr. Tyre oder dieser Chris Dakko. Vielleicht ...« Er wurde rot. »Mehr so wie Sie.« Er hielt den Blick sorgfältig auf den Tisch gerichtet. »Ich weiß, 's kommt nich' mehr drauf an, wir sterben bald alle, aber ich wollte vorh'r nur ...« Er verstummte verlegen.

Ein Bild trat unerbeten vor mein geistiges Auge, eine Szene aus dem Passagiersalon der *Portia*, wo Eddie über den Tisch gebeugt saß und sich darum bemühte, von Amanda Lesen und Schreiben zu lernen.

»Vorher«, sagte ich. »Nicht vorh'r. *Vorher.*«

Er hob den Blick und richtete ihn auf ein unerwartetes Wunder. »Vorher«, sagte er mit großer Sorgfalt.

»Vormittags zwei Stunden bei Walter Dakko«, sagte ich. »Nachmittags zwei Stunden bei mir. Jeden Tag.«

Er schluckte mehrmals, ehe er sich etwas zu sagen traute. »Danke«, flüsterte er.

Als ich das Vorhaben später mit Walter Dakko besprach, nickte er nur, als wäre es die normalste Bitte auf der Welt. »Es ist nicht nur die Art, wie er spricht«, bemerkte er. »Sein ganzes Verhalten. Seine Gehweise. Er geht überhaupt nicht, er latscht.«

»Er ist entschlossen zu lernen.«

»Er sollte lieber stolz darauf sein, was er ist, als sich jemandes Art anzueignen, der er nicht ist.«

Ich blickte scharf auf, als ich diesen Tadel hörte, stellte dann aber fest, daß Dakko es so nicht gemeint hatte. »Er wünscht es sich mehr als alles andere, Mr. Dakko, und ich bin geneigt, es ihm zu geben.« Meine Gründe erwähnte ich nicht.

»Natürlich, Sir.« Er lächelte ironisch. »Eigentlich ist es eine Herausforderung. Vielleicht kann ich ihm beibringen, sich besser zu benehmen als Chris.«

»Vielleicht«, sagte ich unverbindlich. Einen Augenblick später ergriff ich die Gelegenheit doch noch beim Schopfe. »Wie geht es Chris?«

»Wir – haben uns versöhnt«, war alles, was er dazu sagte. Ich drang nicht weiter in ihn. Während der nächsten paar Tage entdeckte ich sie mehrmals zusammen.

Dray mußte unsere überlasteten Recycler für eine Reparatur abschalten. Für einen halben Tag voller Besorgnis lebten wir von Flaschenluft. Selbst danach schafften die Recycler ihre Arbeit nicht richtig. Unsere Atmosphäre wurde schlechter, wenn auch langsam genug, daß die Auswirkungen noch eine Zeitlang nicht bemerkbar sein würden. Vielleicht ging uns das Essen noch früher aus.

Trotzdem machten wir von Tag zu Tag so weiter, als wäre das Ende nicht deutlich in Sicht.

Wir hatten uns gerade zum Abendessen gesetzt, als der Alarm ertönte. Ich sprang auf und stürmte zur Brücke.

Kerren leierte mit seiner eindringlichen Warnstimme endlos vor sich hin: »Die Luke vom Barkassenhangar zum Laderaum hat nachgegeben! Der Hangar verliert die Luft!« Jetzt war die Breite des Hangars alles, was uns noch vom Ende trennte. Ich schaltete den Alarm ab.

Es war der vierzigste Tag.

Es würde nicht mehr lange dauern.

Abgezehrt und mit eingesunkenen Augen stand Gregor Attani vor mir und rang ängstlich die Hände. So sehr ihn nach den Gesprächsfetzen hungerte, die ich ihm hinwarf, hatte er doch nie gewagt, selbst eine Unterhaltung zu beginnen. Bis heute.

»Sir, glauben Sie ...« Er schluckte und fuhr dann hastig fort: »Besteht eine Chance, daß ich es zum Fähnrich bringen könnte, ehe – ehe ...« Die Stimme versagte ihm.

Ich reagierte mit einem freundlichen Blick auf die Not in seinen Augen. »Brauche ich denn noch Fähnriche, Mr. Attani? Was meinen Sie?«

Er wurde rot. »Nein, Sir. Es tut mir leid.«

Lautlos fluchte ich auf mich selbst. Was hatte ich getan? Ich betrachtete ihn ernst, während ich nachdachte. »Möchten Sie, daß ich Ihnen das Patent schenke?« fragte ich schließlich. »Oder möchten Sie es sich verdienen?«

»Es verdienen«, antwortete er, ohne zu zögern.

»Philip ... Mr. Tyre hat Sie in Navigation unterrichtet, nicht wahr?«

»Ja, Sir. Ich habe mir die Bücher auch selbst vorgenommen und versucht, daraus schlau zu werden.« Mit einem plötzlichen Stich mußte ich an Derek Carr denken, der ähnlich gehandelt hatte.

»Ihr Betragen ist beispielhaft, Mr. Attani. Ich bin inzwischen überzeugt, daß Sie reif genug sind, um Offizier zu werden. Studieren Sie weiter Navigation. Ich werde versuchen, Ihnen zu helfen, obwohl es nicht mein stärkstes Fach war, um die Wahrheit zu sagen. Ich arrangiere für Sie Drills mit Kerren. Lernen Sie beim Chief zwei Stunden täglich alles über den Fusionsantrieb. Sie sind von allen anderen Pflichten entbunden, bis Sie Ihre Studien abgeschlossen haben.«

»Danke, Sir.« Mit einem akademietauglichen Salut drehte er sich um und marschierte hinaus. Na ja, es war wenig genug, was ich ihm zu bieten hatte. Die Admiralität würde nie davon erfahren, und mir war inzwischen egal, ob sie ihre Zustimmung erteilt hätte.

Inzwischen war ich ziemlich beschäftigt; vormittags Astronavigation mit Gregor, der Unterricht für Eddie nachmittags, die Schachpartien dazwischen. Manchmal suchte ich nach unserem kläglichen, kargen Abendessen den Passagiersalon auf und plauderte mit Annie und Jonie, mit Mr. und Mrs. Reeves. Zu meiner Überraschung stellte ich fest, daß ich beinahe zufrieden war. Besonders Annie schien ein nettes Mädchen zu sein, auch wenn ihre Gassenmanieren mich aus der Fassung brachten.

Die Abschlußatmosphäre schien ansteckend; die Leute brachten ihre Tagebücher auf den letzten Stand, lernten alte Sprachen, sahen sich Holos an, die sie schon immer hatten sehen wollen. Die Aktivität lenkte uns auch vom Hunger ab. Wir waren uns alle einig, nicht vom drohenden Ende zu sprechen. Ich gelangte zu dem Entschluß, daß es keinen Sinn hätte, die Raumanzüge anzuziehen, wenn die Luke zum Barkassenhangar nachgab, auch nicht für die wenigen Stunden, die es uns noch gebracht hätte. Also wartete ich mit einer Geduld, die mich selbst erstaunte, auf den nächsten und abschließenden Akt der Auflösung.

Derweil lernte Eddie Boß, ausgiebig nachzudenken, ehe er etwas sagte, um seine Grammatik zu ordnen und seinen unbeholfenen Dialekt zu überwinden. Mit Walter Dakkos Hilfe übte er neue Verhaltensweisen ein. Falls seine Transpopkameraden daran etwas witzig fanden, lernten sie rasch, es zu verbergen, denn Eddie war aufbrausend wie eh und je.

Aus Mitleid tat ich mein Bestes, Chris Dakko beschäftigt zu halten, und teilte ihn für Arbeitsgruppen und belanglose Projekte ein. Er hatte sich in eine benommene Fügsamkeit zurückgezogen, und sein Gesicht verriet das Entsetzen nur gelegentlich in einem unbedachten Augenblick.

»Er fürchtet sich sehr vor dem Sterben«, sagte sein Vater.

»Ja.« Ich wußte nicht, wie ich ihn trösten sollte. Eines Abends weinte Chris plötzlich und unerwartet, während er in einer Ecke des Salons saß. Wir – sein Vater, die übrigen Passagiere und ich – erstarrten verlegen. Es war die junge Jonie, die schließlich zu ihm ging, tapfer seinen Kopf an ihre Brust drückte und ihn wegführte, um ihn ungestört zu trösten. Schweigend bat ich um Gottes Segen für sie.

»Bitte die Manövrierdüsen.«

»Aye, aye. Energie ist ein«, antwortete Dray aus dem Maschinenraum.

Gregor saß steif am Pult des wachhabenden Offiziers, während ich ihn mit dem obligatorischen, rituellen Stirnrunzeln überwachte. Ich hatte bereits Alexi Tamarow, Derek Carr, Philip Tyre und Rafe Treadwell durch diese Manöver geführt und war erfahren darin, mich als Menschenfresser zu gebärden.

Gregor leckte sich die Lippen. »Ruder null fünf acht Grad, zwei Drittel voraus.«

»Zwei Drittel, aye, aye.« Die Monitore verzeichneten pflichtgemäß den Zuwachs an Maschinenstärke. Alles natürlich simuliert. Wir waren kein angetriebenes Schiff mehr.

»Neigung fünfzehn Grad.«

»Fünfzehn Grad, aye, aye.«

Gregor manövrierte das Schiff in Position, um zu fusionieren, in einem hypothetischen interstellaren Raum fern irgendwelcher Hindernisse. Ein Fähnrich hatte reichlich Gelegenheit, die Feinheiten des Pilotierens zu lernen. Mein Ziel bestand lediglich darin zu sehen, ob Gregor die Grundlagen der Navigation begriffen hatte.

»Schiff in Position, um zu fusionieren, Sir.« Er sah mich erwartungsvoll an, und nur ein leichtes Schimmern auf der Stirn verriet seine Besorgnis.

»Zufriedenstellend, Kadett«, sagte ich barsch. Dann lockerte ich mich. »Sehr gut, Gregor.« Er zeigte mir ein erfreutes Lächeln, ehe er sich wieder in die steife Förmlichkeit zurückzog, die zu seiner Stellung gehörte.

An diesem Nachmittag schlug ich Kerren zweimal im Schach. Er gab die zweite Partie auf, ehe ich selbst klar erkannte, daß ich gewonnen hatte.

Es war der dreiundfünfzigste Tag.

In den stillen Zeiten zwischen Eddies und Gregors Lektionen und meinen zahlreichen Partien Schach widmete ich mich der Aufgabe, das Logbuch auf dem aktuellen Stand zu halten, für den Fall, daß das Wrack der *Challenger* irgendwann einmal gefunden wurde. Ich war mir nicht sicher, warum ich mir etwas daraus machte; ich hatte keine Ahnung, ob wir überhaupt in der eigenen Galaxie wieder auftauchen würden.

Sieben weitere Tage vergingen. Mrs. Ovaugh starb im Schlaf; die Unterernährung hatte sicherlich dazu beigetragen.

Selbst enorme Mengen Kaffee halfen mir in meiner Erschöpfung nicht mehr. Ich verlor drei weitere Kilo und sah jämmerlich aus.

Ich schlief gerade in meiner Kabine, als der Rufer mich weckte. »Kapitän bitte auf die Brücke.« Für einen Moment desorientiert, konnte ich die Stimme nicht unterbringen. Dann erkannte ich, daß sie Kerren gehörte. Er gab allerdings keinen Alarm. Verwirrt zog ich mich rasch an und eilte zur Brücke.

»Bitte treffen Sie eine Entscheidung, ob die aktuellen Verhältnisse einen Alarm rechtfertigen«, sagte er. »Mein Lukensensor übermittelt eine abnorme Temperatur im Barkassenhangar.«

»Abnorm?«

»Höher als der Nennwert, Sir. Sie steigt seit etlichen Tagen ganz langsam.«

»Warum hast du mich dann jetzt geweckt?« wollte ich wissen.

»Die Hangartemperatur ist in der letzten Stunde um einen vollen Grad gestiegen.«

»Oh.« Ich mußte mich setzen. Mein Herz raste.

»Wenn Sie defusionieren würden, Sir, könnten wir die Ursache feststellen.«

»Ich kann nicht defusionieren, Kerren.«

»Man defusioniert, indem man den Fusionsantrieb abschaltet.«

»Versuch es«, forderte ich ihn auf.

»Sie wissen, daß ich es nicht kann«, versetzte er vorwurfsvoll. »Die Monitore reagieren nicht. Sie zeigen an, daß der Antrieb abgeschaltet ist.«

»Sie tun das, weil er nun mal abgeschaltet *ist*.«

»Die Weigerung, die Realität zur Kenntnis zu nehmen, weist auf eine anomale geistige Verfassung hin.«

»Danke.«

»Nichts zu danken, Sir.«

Ich hätte befehlen können, die Luke zum Barkassenhangar zu verstärken; aber wenn die Säure sich auf die Scheibe zufraß, konnte sie das Schott überall durchdringen, nicht unbedingt an der Luke.

»Um wieviel höher lag die Temperatur, die der Laderaumsensor meldete, ehe er ausfiel?«

»Um acht Grad, Sir.«

Das war in der Tat beruhigend. *Wäre* es unter normalen Umständen gewesen.

»Gib Alarm, wenn die Temperatur noch um fünf Grad weitergestiegen ist.«

»Aye, aye, Sir. Welchen Alarm soll ich geben? Auf Gefechtsstation?«

»Alle Mann auf ihre Posten und Dekompressionsalarm.« Wir hatten keine Waffen mehr, um zu kämpfen, und niemanden mehr, gegen den wir hätten kämpfen können.

»Sehr gut, Sir. Ich wünsche Ihnen eine gute Nacht.«

Ich schlug besonders heftig auf die Steuerung der Brückenluke und kehrte in meine Kabine zurück. Die Hand schmerzte.

Ich wünsche Ihnen eine gute Nacht. Wäre er doch nur Fähnrich gewesen!

21. Kapitel

Drei weitere Tage verliefen ohne Zwischenfall. Dann trat Walter Dakko mit grimmigem Gesicht an mich heran. Ich nahm ihn ganz unzeremoniell mit in meine Kabine. »Ich überbringe eine Petition, Sir.«

»Wieder mal?«

»Ja.« Seine knappe Ausdrucksweise warnte mich, daß es Schwierigkeiten gab.

»Dann schießen Sie los.«

»Alle sind sich einig, daß unsere Lage verzweifelt ist. Viele Besatzungsmitglieder möchten, daß Sie den Antrieb einschalten.«

»Was?« Ich stand vom Stuhl auf.

»Zünden Sie den Antrieb, um zu sehen, ob uns das in den Normalraum zurückwirft.«

»Gütiger Gott!«

Er sagte nichts.

Ich seufzte. »Wer steckt dahinter?«

»Ich bin mir nicht sicher, woher die Idee stammt. Inzwischen vertritt sie jeder, abgesehen von mir, Chris und Eddie Boß.«

»Haben Sie Chris erneut gedroht?«

Er lächelte verkrampft. »Nein, Sir, diesmal ist er von selbst zu dem Schluß gelangt.«

»Welcher Schluß ist das?«

»Daß ein Versuch, zu fusionieren, uns zerstören würde.«

»Oder uns in eine andere Galaxis katapultiert. Wir können nicht blindlings fusionieren – falls wir überhaupt eine Fusion vornehmen könnten!«

»Ja, Sir.«

»Reden wir mit Dray.« Wir stiegen zum Maschinenraum hinunter.

Der Chief hörte uns teilnahmslos zu und schüttelte den Kopf. »Nein. Einer der Klumpen, die die Fische beim letzten Angriff auf uns abfeuerten, hat die Schaftwand des Antriebs geschmolzen. Damit besteht keine Möglichkeit mehr, eine N-Welle zu erzeugen, und sei es nur eine schräge. Wir würden damit nur den Schaft überhitzen und höchstwahrscheinlich auch die Maschinen durchjagen. Und das auch nur, wenn wir Glück habe.«

»Sind Sie sicher?«

»Ich bin mir sicher.« Er betrachtete mich beinahe wütend. »Ich führe die Zündung durch, falls und wenn Sie mir den Befehl schriftlich erteilen. Ich rechne nicht damit, daß wir anschließend über die Resultate diskutieren.«

»Ich habe nicht die Absicht, den Antrieb einzuschalten, Dray. Erwarten Sie mich in einer Stunde in Mannschaftsunterkunft eins. Mr. Dakko, versammeln Sie die Mannschaft.«

Eine Stunde voller Ungeduld später stand ich den Leuten gegenüber. »Chief, erklären Sie ihnen, was passieren würde.«

»Zum einen würden wir die Wände des Antriebsschafts verdampfen. Wir würden die Maschinen überhitzen. Wie es aussieht, haben wir gerade mal genug Energie, um die internen Systeme zu versorgen. Was den möglichen Navigationseffekt angeht, hat weder ich noch sonst jemand einen Schimmer.«

Mit rauher Stimme fragte ich: »Noch Fragen?«

Wie ich hätte erwarten können, war es Elena Bartel, die vortrat. »Was wird aus uns, wenn wir die Maschinen nicht zünden, Sir?«

Ich war gezwungen, zu antworten. »Wir sterben.«

»Wann, Sir?«

»Das wissen wir nicht. In etwa zwei Wochen werden wir ernsthaft zu hungern beginnen. Falls das Schiff bis dahin durchhält.«

»Weiß irgend jemand, ob der Fisch in Fusion bleiben könnte, wenn wir die Maschinen einschalteten?«

Barsch versetzte ich: »Ich weiß nicht, ob der Fisch weiter existieren würde, wenn wir die Maschinen einschalteten. Die Energie, die wir dann abgäben, hätte keine Verwandtschaft mehr mit N-Wellen.«

»Aber sie könnte den Fisch zur Defusion zwingen.«

»Das wissen Sie nicht, Miss Bartel. Wir können die Chance unmöglich schätzen.«

»Was haben wir zu verlieren?«

Hinter ihr nickten Mannschaftsangehörige beifällig. Ich bemerkte, daß Elron Clinger sie besorgt musterte und keine Anstalten traf, sich einzumischen.

»Unser Leben, auf der Stelle.«

»Wir finden, daß es das Risiko wert ist«, sagte sie trotzig.

»Ich nicht. Und die Entscheidung liegt nicht bei Ihnen.«

»Das habe ich auch nicht behauptet«, versetzte sie kalt. »Darum haben wir auch eine Petition vorgebracht, keine Forderung.«

Ich konzentrierte mich lieber auf ihre Worte als auf den Tonfall. »Sehr gut. Die Versammlung ist beendet. Chief, Kadett, kommen Sie mit.« Ich ging mit so viel Würde, wie ich noch aufbringen konnte.

Wenig später verzehrten wir den letzten Rest unserer

Dosennahrung und hatten nun nur noch die magere Ernte. Das reichte nicht.

Am siebenundfünfzigsten Tag bot Gregor Attani Mrs. Reeves seine abendliche Ration an, aber sie lehnte ab. In meiner mürrischen Stimmung befahl ich dem Kadetten mit eindeutigen Worten, jeden einzelnen Bissen von dem zu verzehren, was ihm zugeteilt wurde. Es war wenig genug; es gab nur noch ein paar Löffel dünne Suppe und gekochtes Gemüse pro Mahlzeit.

In der folgenden Nacht, in meiner Kabine, betete ich zum allmächtigen Gott, daß er unser Elend nicht weiter in die Länge ziehen möge.

Den ganzen Tag konnte ich an nichts anderes denken als ans Essen. Unsere Mahlzeiten, überwiegend gekochtes Wasser mit einer schwachen Nährstofflösung, befriedigten in keiner Beziehung mehr. Die Disziplin der Besatzung schwand, und es kam zu Schlägereien. Ohne die aus dem Hunger resultierende Schwäche wäre noch Schlimmeres passiert.

Ich zog mich auf die Brücke zurück, um endlos Schach zu spielen. Ich vollzog die Eröffnungen ein ums andere Mal nach und probierte erst nach dem sechsten oder siebenten Zug Variationen. Es schien, als hätte ich mit dem Bauern des Damenläufers irgend etwas bewirken können, wäre ich nur über den Austausch schlau geworden. Aber ich war so müde, so hungrig.

Ich war tief in Gedanken, als es im Lautsprecher knackte. »Brücke, hier Maschinenraum. Wir haben hier eine ... äh, heikle Situation.« Drays Stimme klang angespannt.

Müde wandte ich mich vom Schachbrett ab. »Was ist denn jetzt los, Chief?«

Eine andere Stimme gab die Antwort. Elena Bartel. »Wir werden den Antrieb zünden.«

Ich fuhr aus dem Sessel hoch. »Was? Das können Sie nicht!«

»Wir müssen es tun, Käpt'n. Es tut mir leid. Es ist unsere einzige Chance.«

»Dray, werfen Sie sie hinaus!«

»Das kann er nicht«, sagte sie ruhig.

»Dray!«

»Ja, Sir. Sie hat mir die Hände auf den Rücken gefesselt. Sie hat mich mit einer Art Rohr niedergeschlagen. Und sie hat ein großes Messer.«

Ich sagte: »Sie können den Antrieb nicht zünden. Die Übergehungsschaltung der Brücke ist aktiv.«

»Ich habe einen Direktanschluß improvisiert, Käpt'n. Das hoffe ich wenigstens.«

Ich versuchte, mein klopfendes Herz zu beruhigen. »Was möchten Sie eigentlich, Miss Bartel?«

»Nichts. Ich werde einfach den Antrieb einschalten. Ich wollte, daß Sie bereit sind, wenn wir aus der Fusion kommen.«

»Warten Sie!«

Ihre Stimme war unbeugsam. »Es hat keinen Sinn zu warten, Sir.«

Ich tastete nach den richtigen Worten. »Doch, hat es. Zünden Sie nicht einfach den Antrieb. Achten Sie darauf, daß die Ablenkplatten richtig eingestellt sind! Sie möchten doch volle Energie beim ersten Versuch haben. Ich glaube nicht, daß Ihnen ein zweiter gelingen wird.«

»Dray kann es mir zeigen.«

»Nein!« brüllte ich. »Es ist mein Schiff! Ich zeige es Ihnen!«

Ein höhnisches Lachen. »Nein, Käpt'n Seafort. So dumm bin ich nicht! Sie genießen eine wohlverdiente Reputation für einfallsreiche Tricks.«

»Ich werde Sie nicht hereinlegen.« Ich fingerte am Safe herum und hielt dabei den Rufer zwischen Wange und Schulter eingeklemmt.

»Das stimmt, Sir. Sie erhalten gar keine Chance dazu.«

Langsam und deutlich sagte ich: »Zünden Sie die Maschine nicht, bevor wir die Ablenkplatten eingestellt haben. Das ist unbedingt erforderlich!«

Keine Antwort.

Ich holte tief Luft. »Elena, ich möchte hinuntergehen und es überwachen. Ich schwöre Ihnen beim allmächtigen Gott, daß ich keinen Trick versuchen, Ihnen nicht schaden, mich in keiner Weise einmischen und Sie begnadigen werde. Das *schwöre* ich! Ich habe Verständnis für Ihre Verzweiflung. Vielleicht ist es der beste Weg.«

»Verstehen Sie es wirklich, Sir?« Es klang sehnsüchtig.

»Ja. Bitte, lassen Sie mich herunterkommen.« Ich schloß den Safe.

»In Ordnung. Aber vergessen Sie nicht, daß ich Dray das Messer an die Kehle halte. Ich benutze es, wenn Sie irgendwas probieren.«

»Sie haben bereits meinen Eid, daß ich mich nicht einmische!« schnauzte ich.

Eine Pause. »In Ordnung.«

Gregor Attani kam die Leiter heraufgehastet, als ich gerade hinuntersteigen wollte. »Haben Sie es gehört, Sir? Was sie ...«

»Ja.«

»Was haben Sie vor?«

»Halten Sie den Mund, Kadett.«

Heftig klappte er den Mund zu. »Aye, aye, Sir.«

»Warten Sie auf der Brücke, ob ich Sie brauche.«

»Aye, aye, Sir.« Ich ließ ihn zurück.

Walter Dakko wartete am Fuß der Leiter. »Es tut mir leid, Sir. Ich hätte mir denken sollen ...«

»Es ist nun mal geschehen.« Ich zeigte ihm ein flüchtiges Lächeln, während wir zum Maschinenraum gingen. »Wer ist sonst noch beteiligt?«

»Kovaks und Jokko haben ihr dabei geholfen, den Maschinenraum zu übernehmen, Sir. Sie bestand jedoch darauf, als einzige hineinzugehen.«

»Wo sind die anderen jetzt?«

Er machte ein grimmiges Gesicht. »Im Schiffsgefängnis. Ich hatte Hilfe dabei. Chris, Eddie Boß, Emmet Branstead. Vor allem Eddie.«

»Sehr gut.«

»Sir, wir konnten sie im Korridorrufer hören.«

»Ach, ja?«

»Sir, Ihr Eid. Haben Sie vor, sie ...«

»Mr. Dakko, ich befehle Ihnen, den Mund zu halten.«

»Aye, aye, Sir.« Er gehorchte sofort, wofür ich dankbar war.

»Warten Sie hier, hinter der Biegung, von der Luke zum Maschinenraum aus gesehen.«

»Aye, aye, Sir.«

Ich ging um die Biegung herum. Nur ein paar Besatzungsmitglieder waren hier unterwegs, darunter Elron Clinger, der gequält von einem Fuß auf den anderen trat und dabei an einen Jungen erinnerte, der das Bedürfnis hatte, sich zu erleichtern. »Es tut mir leid, Käpt'n. Ich hab' es ihr gesagt, ehrlich, ich hab' ihr gesagt, sie sollte es nicht tun! Sie wollte nicht auf mich hören!«

»Aus dem Weg.«

»Ich hab' ihr gesagt, es wäre falsch, nachdem Sie uns vertraut haben und das alles! Es tut mir leid!«

»Weg da!« Ich stieß ihn zur Seite.

»Mir tut so leid, was sie getan hat!« Er sehnte sich verzweifelt danach, daß ich es erfuhr und bestätigte.

»Ich habe verstanden, Clinger«, sagte ich müde. »Machen Sie den Weg frei.«

»Aye, aye, Sir. Bitte, seien Sie nicht böse auf Elena. Sie weiß es nicht besser. Es ist nicht so wie bei mir – ich war schon lange Mannschaftsmitglied.«

Ich beachtete ihn nicht und hämmerte an die Luke. »Miss Bartel, ich bin es. Machen Sie auf.«

»Was haben Sie vor?« fragte sie. Ihre Stimme klang argwöhnisch.

»Nichts. Sie haben meinen Eid. Keine Tricks. Ich helfe nur dabei, die Ablenkplatten einzustellen. Ich bin allein und unbewaffnet.«

»Also gut.« Die Luke glitt auf.

Dray saß müde auf einer Bank, die Hände auf den Rücken gefesselt. »Tut mir leid, Sir«, murmelte er.

Elena Bartel hielt ihm das Messer an die Kehle. »Schließen Sie bitte die Luke.« Ihre dünne, knochige Gestalt war straff vor Anspannung.

Ich tat wie geheißen. »Machen wir uns jetzt an die Arbeit?«

Sie starrte mich an, dachte nach und nickte. »Es tut mir leid, wirklich, aber jemand *mußte* doch etwas tun.« Ein hilfloses Flehen stand in ihren Augen.

Ich nickte. »Meuterei ist nicht die Lösung.«

»Vielleicht gibt es gar keine«, sagte sie. »Aber wir mußten es versuchen. Verstehen Sie das?«

»Ich verstehe.«

»Ich glaube nicht, daß Sie mir vergeben werden. Oder?« fragte sie sehnsüchtig.

»Nein«, versetzte ich kurz angebunden. »Aber ich begnadige Sie.« Ich winkte. »Fangen wir jetzt lieber an.«

Elena senkte das Messer. »Die Ablenkplatten sind hier drüben, Sir.«

»Ich weiß.« Ich zog die Laserpistole aus der Gesäßtasche und schoß Elena ins Herz. Sie wirbelte herum und brach zusammen. Dray schrie.

Das Messer fiel klappernd zu Boden. Ich hob es auf und wartete, daß das Schwindelgefühl nachließ, ehe ich an den Stricken herumschnitt, mit denen Drays Handgelenke gebunden waren.

Ich warf das Messer auf den Tisch. »Lassen Sie die Leiche wegschaffen.« Ich wandte mich zur Luke und stieg über eine Lache von Elena Bartels Blut hinweg.

Dray war aschgrau.

»Sir ... Sie ... Ich meine, Sie sagten ...« Er wußte nicht weiter.

»Haben Sie ein Problem, Chefingenieur?«

»Nein, Sir! Keines, Sir! Ich ... bitte, verzeihen Sie mir.«

»Sehr gut.«

Mit einem Hieb öffnete ich die Luke.

Elron Clinger stand mit hängenden Schultern an der gegenüberliegenden Korridorwand. Er blickte in den

Maschinenraum und war starr vor Schreck. Die Gesichtszüge entgleisen ihm. Ich ging Richtung Leiter.

»Ich hab's ihr gesagt!« jammerte er und hämmerte sich mit der Faust auf den Schenkel. »Oh, lieber Gott, ich hab' ihr gesagt, sie soll es nicht tun!« Ein Schluchzen entrang sich ihm. »Elena! Was mach' ich denn jetzt, Liebling? Was mach' ich denn ohne dich?« Er lief schwatzend hinter mir her. »Käpt'n, was soll ich jetzt machen? Sie war die einzige, die mich je geliebt hat! Was wird jetzt aus mir?«

Gnädigerweise tauchte Walter Dakko auf. Clingers Jammern verklang im Hintergrund. Ich stieg die Leiter hinauf. Ich kam an der Brücke vorbei und ging weiter zu meiner Kabine. Ich zog die Jacke aus und hängte sie auf einen Bügel. Ich wusch mir das Gesicht. Ich trocknete mich mit dem Handtuch ab. Ich blickte voller Abscheu in den Spiegel.

Ich schloß die Luke ab und schaltete das Licht aus. Ich legte mich in die Koje.

Es war der dreiundsechzigste Tag.

Am fünfundsechzigsten Tag saß ich wieder an meinem Pult und starrte auf den leeren Bildschirm.

»Möchten Sie Tee?« fragte Gregor Attani. Seine Stimme klang heiser.

»Nein.«

»Ich könnte Ihnen eine Tasse Kaffee bringen.«

»Nein.« Ich fühlte mich sehr müde, sehr schwach. Wäre nicht Walter Dakko gewesen, wäre ich bis zum Ende in meiner Koje geblieben. Zwei Tage lang hatte er immer wieder an die Luke geklopft. Ich antwortete nie. Schließlich hielt er den Mund an die Luke und verkündete, daß er sich mit einem Schneidbrenner Zutritt verschaffen würde, wenn ich nicht endlich öffnete.

Ich gestattete ihm, mich zur Offiziersmesse zu bringen, und trank die Tasse mit der wäßrigen Suppe, die er mir brachte. Dann kämmte ich mir das Haar und suchte die Brücke auf.

Jeden Tag ertappte ich mich dabei, wie ich mir die Krawatte geradezog, die Jacke zurechtzupfte und die Hände und das Gesicht waschen wollte. Immer und immer wieder.

Gregor wachte wie eine Mutterhenne über mich. Ich kümmerte mich nicht darum. Selbst sein kaum verhohlenes Elend bewegte mich. Ich versuchte, mir einen Auftrag auszudenken, um ihn wegzuschicken, aber es schien mir zu schwierig.

Ich kontrollierte das Logbuch, um mich davon zu überzeugen, daß die Einträge auf dem aktuellen Stand waren. Ich ging dabei peinlich genau vor. Alles mußte jetzt ordentlich sein, mußte bereit sein.

Mir fiel ein, daß etwas noch unerledigt war. »Kadett.«

»Ja, Sir.«

»Stillgestanden.«

»Aye, aye, Sir.« Er gehorchte sofort, und ich konnte seine Besorgnis erkennen.

»Ich habe das Logbuch durchgesehen.«

Das erforderte keine Antwort, aber er sagte: »Ja, Sir.«

»Sie haben Ihren Technikkurs bei Dray abgeschlossen.«

»Ja, Sir.«

»Und Sie haben zu meiner Zufriedenheit Navigation studiert.«

»Danke, Sir.«

»Obwohl Ihr Verhalten nicht immer lobenswert war, besonders zu Anfang, bin ich jetzt überzeugt, daß Sie verstanden haben, was von Ihnen erwartet wird, und daß Sie Ihre Pflicht tun werden.«

»Danke, Sir.«

»Kerren, zeichne auf. Deshalb ernenne ich, Kapitän Nicholas Seafort, hiermit von Gottes Gnaden Kadett Gregor Attani zum Fähnrich im Flottendienst der Regierung der Vereinten Nationen.«

»Danke, Sir!« Sein Gesicht war rot, aber er behielt starr Haltung.

»Kommando zurück.« Er entspannte sich, und langsam lösten sich seine abgezehrten Züge zu einem Lächeln. Ich konnte es nicht einfach dabei bewenden lassen. »Meinen Glückwunsch, Fähnrich.«

»Vielen Dank, Sir!«

Ich lächelte kurz zur Antwort. »Es macht Ihnen sicher nichts aus, wenn wir auf die Tradition der Letzten Nacht verzichten, Kad ... äh, Fähnrich Attani. Wir leiden unter genügend Prüfungen, so daß zusätzliche Schikanen nicht akzeptabel wären.« Ich legte eine Pause ein. »Besorgen Sie sich von Mr. Dakko den Zahlmeisterschlüssel, und suchen Sie sich eine passende Uniform. Ein Fähnrich trägt Blau, nicht Grau.«

»Aye, aye, Sir!« Sein Gruß war prachtvoll. Er warf sich auf den Fersen herum und verließ die Brücke.

Ich versank wieder in Stumpfheit. Stunden vergingen.

»Möchten Sie gern Schach spielen, Sir?« erkundigte sich Kerren.

»Nein.«

»Stimmt irgend etwas nicht?«

»Kümmere dich um deine eigenen Angelegenheiten!«

»Aye, aye, Sir«, sagte er traurig.

Wie ich da vor mich hin brütete, erkannte ich, wie sehr ich den Comp der *Portia* vermißte, Danny. Kerrens aufdringliches Gebaren brachte mich aus der Fassung, während Dannys naive Unverschämtheit sowohl anziehend als auch ärgerlich wirkte.

»Hat ein Comp eine Seele, Kerren?« fragte ich auf einmal.

Es kam zu einer Pause von mindestens einer Sekunde. »Ich habe keinen Ansatzpunkt für die Beantwortung dieser Frage, Sir.«

»Hast du die Bibel gelesen?«

»Ich habe mehrere Versionen der Bibel im Speicher, Kapitän. Ich habe sie alle ohne produktives Ergebnis analysiert.«

»Aha.«

Es kam zu einer ziemlich langen Unterbrechung. »Haben Sie eine Seele?« fragte er.

»Ja. Ich habe sie verdammt.«

»Wie das?«

»Ich habe meinen Eid gebrochen. Ich legte den Eid ab, um jemanden zu täuschen, und beabsichtigte von vornherein, den Eid zu brechen.«

»Ich bin nicht ausgestattet, um über Ihre Theologie zu diskutieren, Sir.«

»Was für eine Erleichterung.«

»Was?«

»Nichts.«

»Ich bin zu dem Schluß gelangt, daß ich keine Seele habe, so, wie Sie den Begriff wahrscheinlich definieren, Sir.«

»Danke.« Ich stand auf. »Ich bin in meiner Kabine. Rufe mich, wenn es nötig wird.«

»Aye, aye, Kapitän Seafort. Übrigens – die Lukentemperatur ist um weitere zwei Grad gestiegen.«

Ich schluckte. »Du weißt, wo du mich findest.«

Ich fiel in die Koje, Kälteschauer wechselten sich mit Schläfrigkeit ab, wenn ich mich nicht gerade schweißbedeckt hin und her warf.

Ich blieb für den Rest des Tages und bis in den nächsten Tag hinein liegen. Walter Dakko brachte Gregor und Annie, damit sie mich pflegten. Ich versuchte, sie wegzuschicken.

»Lassen 'se mich, Mista Dakko. Ich geb' ihm was zu essen.« Annie bot mir den Löffel an. Ich wandte mich ab, doch sie zwängte die Flüssigkeit zwischen meinen Lippen hindurch, und es war einfacher, sie hinunterzuschlucken, als mich weiter zu wehren. Nach ein paar Augenblicken saugte ich gierig an der heißen Brühe, die stärker war, als ich sie seit Wochen gegessen hatte. Dann drehte ich mich um und schlief. Als ich erwachte, war ich allein.

Die Zeit verging.

Gregor brachte mir weitere Brühe, die ich ohne Widerstand aß. Während er wartete, wankte ich zum Tisch und löffelte gerade den letzten Rest, als die Alarmsirenen alle Mann auf ihre Posten riefen.

Unsere Blicke begegneten sich. »Dann ist es soweit.« Meine Stimme klang dumpf.

Gregor wandte sich wimmernd ab, riß sich dann aber wieder zusammen. »Verzeihung, Sir.«

»Helfen Sie mir in die Jacke. Ich gehe auf die Brücke.«

»Möchten Sie den Raumanzug anlegen, Sir?«

»Nein, lieber nicht.«

Äonen später glitt die Luke zur Brücke auf, und ich suchte mir heiß und fiebernd den Weg zu meinem Pult, während mir die Alarmsirenen in den Ohren klingelten. Ich hämmerte auf die Schalter, und es wurde still.

»Bericht, Kerren.«

»Der Maschinenraum hat defusioniert, Sir. Es schien niemand auf Wache zu sein.«

»Was?«

»Wir haben defusioniert und befinden uns im normalen Weltraum. Wenn Sie mir gestatten, sollten Sie wirklich einmal mit dem Chefingenieur reden, Sir. Es ist im höchsten Grade unverantwortlich, zu defusionieren, ohne daß ...«

»Halt die Klappe!« Ich nahm den Rufer zur Hand. »Chief?«

Dray meldete sich. »Aye, Sir. Hier bin ich.«

»Was geht hier vor?«

»Hier unten gar nichts, Sir. Wir haben nichts angefaßt.«

»Kerren, was zeigen deine Außenmonitore?«

»Den Achtersensoren zufolge befinden wir uns im normalen Weltraum. Keine Spur von den Aliens. Da ich über keine Bezugskoordinaten verfüge, wird es einige Zeit dauern, unsere Position zu bestimmen. Die Bugsensoren sind nicht funktionsfähig.«

»Wären vordere Sensoren hilfreich für die Positionsbestimmung?«

»Ja, Kapitän. Oder Sie drehen einfach das Schiff herum.«

»Nein, das geht nicht; die Treibstofftanks sind knochentrocken. Fähnrich, Sie waren noch nie allein draußen, nicht wahr?«

»Nein, Sir.«

»Gehen Sie nach unten, und suchen Sie jemanden aus der ursprünglichen Besatzung, der schon draußen war. Legen

Sie dann Raumanzüge an, steigen Sie durch die Heckschleuse aus, demontieren Sie den Breitbandsensor an Backbord achtern und montieren Sie ihn an der Vorderseite der Scheibe.«

»Aye, aye, Sir.«

»Halten Sie den Helmfunk ständig in Betrieb.«

Eine halbe Stunde später kletterten sie mit dem Achtersensor die Hülle entlang. Ich wartete ungeduldig. »Blicken Sie nach vorn, Gregor. Können Sie irgendwas erkennen?«

»Nicht hinter der Scheibe, Sir. Sie verdeckt noch den Bug. Ich bin in einer Minute dort.«

»Brücke, hier Funkraum.«

»Was gibt es, Mr. Tzee?«

»Es ... Ich glaube, Sie sollten sich das einmal anhören, Sir.«

»Was anhören?« fragte ich gereizt.

»Wir empfangen da etwas Seltsames.«

»O Gott!« Das war Gregor.

»Was ist los, Fähnrich?«

»Ein Fisch. Die Hülle. Die ganze Schiffsfront!«

»Bug.«

»Ich meine Bug. O Gott!«

Ich trommelte mit den Fingern auf dem Pult herum und brummte: »Einer von Ihnen sollte mir lieber mal erklären, was da vor sich geht«, sagte ich und schlug dabei einen bedrohlichen Tonfall an.

Mr. Tzee sagte: »Käpt'n, Sie werden es nicht glauben ...«

Der Simultanschirm erwachte zum Leben, als der neue Sensor eingeschaltet wurde. Ich schnappte nach Luft. Gregor hatte die Kamera am Bugende von Deck 1 montiert und nach vorn gerichtet.

Die pulsierende Masse des Fisches, den wir gerammt hatten, füllte den Bildschirm aus. Die verschmolzenen Überreste unseres Rumpfes verschwanden in seiner Flanke. Eine Masse trägen Protoplasmas umringte die Hülle und schirmte sie ab. Der Anblick erinnerte mich an Schorf. Die Haut des Fisches sah grau und eklig aus.

Ein Tentakel formte sich ganz langsam, während ich wie gebannt auf den Monitor starrte.

Ich fand die Stimme wieder. »Verschwinden Sie von dort, Gregor!«

»Darauf können Sie sich verlassen, Sir!«

Ich nahm mir vor, ihn später dafür zu tadeln, ehe ich erkannte, wie töricht das war.

Kerren drehte die Kamera in jede erreichbare Richtung. Das Bild auf dem Schirm folgte den Bewegungen, daß einem vom Anblick schwindelig werden konnte.

»He!«

»Verzeihung, Sir. Dateneingabe läuft.« Als der Comp damit fertig war, richtete er die Kamera wieder auf den Fisch. Das Wachstum des Tentakels hatte gestoppt. Punkte und Kreise aus Protoplasma schienen in der Haut des Fisches von dem grindigen Loch in seiner Flanke wegzuschwimmen. Während wir noch hinschauten, erlahmten seine Bewegungen vollkommen.

Das Pulsieren endete. Irgendein wesentliches Element schien verschwunden.

»Käpt'n, bitte gestatten Sie mir, das auf den Lautsprecher zu geben!«

»Wie? Oh, nur zu, Mr. Tzee.«

Kerren übertönte das Plärren des Lautsprechers mit den Worten: »Ich konnte unsere Position bestimmen, Sir. Es ging schneller als erwartet, weil die Daten aus offensichtlichen Gründen zuerst auf meiner Arbeitsplatte gespeichert wurden. Wir sind . . .«

Ich wandte mich dem Lautsprecher zu und bewegte lautlos die Lippen, ehe ich hervorbekam: »Allmächtiger!«

Die Sechs-Uhr-Nachrichten.

». . . zu Hause«, verkündete Kerren. »Unmittelbar außerhalb der Jupiterbahn, in einem Winkel von etwa fünfundvierzig Grad zur Ekliptik.«

Ich lehnte mich im Sessel zurück, und Geräusche und Licht verblaßten um mich. Ich schloß die Augen. Philip schwamm vor mir, dann Amanda, die Nate hielt.

Allmächtiger Gott, bitte, laß mich nicht am Leben.

Bitte, zwing mich nicht zu leben.

Nach einer Weile rühre ich mich wieder. »Mr. Tzee.«

»Ja, Sir?«

»Senden Sie folgende Nachricht auf allen Flottenfrequenzen und allen Rettungskanälen. Sie lautet: U.N.S. *Challenger* ist ins Sonnensystem zurückgekehrt und bittet um sofortigen Beistand. Tote, Verletzte und Hungernde an Bord. Benötigen umgehend Lebensmittel und medizinische Hilfe. Bei Betreten und Verlassen der *Challenger* müssen Dekontaminierungsmaßnahmen der Klasse A eingehalten werden. Alarmieren Sie den Nachrichtendienst der Flotte. Wir haben den fast intakten Körper eines Aliens dabei. Empfehle extreme Vorsicht betreffs einer möglichen Kontaminierung durch Viren. Schlage vor, die Überreste zu untersuchen, um das Verfahren der organischen Fusion zu bestimmen, das die Aliens einsetzen.«

Ich fuhr mir mit der Hand übers Gesicht und stelle fest, daß die Wangen naß waren. »Ende der Nachricht. Fügen Sie unsere Koordinaten hinzu. Wiederholen Sie fortlaufend, bis Sie Antwort erhalten.«

»Aye, aye, Sir!« Mr. Tzee zeigte unverhohlen seine Freude.

Nach einer Weile erschien Gregor an meiner Seite.

»Na, Junge, haben Sie Ihren Spaziergang genossen?«

»Nicht der Rede wert«, sagte er gleichgültig. Unaufgefordert setzte er sich auf den Platz des wachhabenden Offiziers, ein Verstoß, für den ein Fähnrich normalerweise den Rohrstock erhielt. »Sir, warum ausgerechnet zu Hause? Von allen Stellen der Galaxis?« Er schüttelte den Kopf. »Die Chancen dagegen ...«

Er verstummte.

»Wer weiß? Wir waren bereits mit einem Viertel der Lichtgeschwindigkeit hierher unterwegs. Vielleicht wußte es der Fisch. Unsere Fusionskoordinaten waren auf zu Hause eingestellt; vielleicht hat er es gehört. Oder er folgte womöglich den Fusionsspuren unserer anderen Schiffe, die ständig Earthport Station verlassen.«

»Sind Sie also auch der Meinung, daß die Aliens so vorgehen?«

»Wahrscheinlich tun sie es.«

»Aber warum, Sir?«

Ich zuckte die Achseln. »Warum suchen Motten das Licht, Mr. Attani? Das werden wir vielleicht nie erfahren.«

22. Kapitel

»Der Admiral wird Sie jetzt empfangen, Commander Seafort.« Im komfortablen Büro innerhalb der Basis Lunapolis hielt der junge Fähnrich mir die Luke offen.

»Danke.« Ich zupfte an meiner Jacke und fuhr mir mit der Hand durchs Haar, wieder ganz der nervöse junge Fähnrich, der zum ehrfurchtgebietenden Gipfel der Brücke gerufen wurde.

Ich nahm vor Admiral Brentleys Schreibtisch Haltung an, erwies ihm den Gruß einen Moment länger als nötig und nahm den Admiral dabei in Augenschein.

Er war stark gealtert in den anderthalb Jahren, sei ich ihn das letzte Mal gesehen hatte. Und er schien geschrumpft. Früher hatte er wie ein alter Löwe gewirkt. Jetzt wirkte er nur noch alt.

»Kommando zurück.« Er musterte mich abschätzend. »Sie sehen besser aus als letztes Mal, Nick.«

»Danke, Sir.«

Er bedachte mich mit einem schlauen Blick. »Sie erinnern sich nicht mehr, oder?«

»Um die Wahrheit zu sagen – nein, Sir. Es ging mir nicht sonderlich gut.«

»Sie waren noch zwei Tage vom Hungertod entfernt, sagen meine Ärzte.«

»Vielleicht. Ich wußte es nicht.«

»Dann setzen Sie sich. Verzeihen Sie, ich hätte es Ihnen schon eher anbieten sollen.«

»Es geht mir gut, Sir.« Ich nahm trotzdem dankbar Platz.

Er selbst setzte sich auf das bequeme Sofa neben meinem Stuhl. Lange betrachtete er mich, ohne etwas zu sagen. Dann: »Was für eine Fahrt.«

Ich nickte zustimmend.

»Das mit Ihrer Familie tut mir leid, Nick.«

»Danke«, sagte ich mit steifer Würde, um Distanz zu dieser Sache zu wahren.

Vor Wochen schon war ich befragt worden. Ein ums andere Mal hatten sie mich verhört und meine Angaben in Zweifel gezogen. Ungeachtet der Konsequenzen hatte ich jede Frage so wahrheitsgetreu wie möglich beantwortet. Das Logbuch der *Challenger* von ihrer ursprünglichen Besatzung und das der *Portia* bis zu meiner Absetzung bestätigten, was ich ihnen sagte.

Der Untersuchungsausschuß tagte sowohl an Bord wie hier auf der Basis Lunapolis. Ich hatte den Verdacht, daß bislang niemand riskieren wollte, uns hinunter zur Erde zu schicken, obwohl wir genauestens untersucht worden waren und man der Ansicht war, daß keine Kontamination vorlag. Der Ausschuß befand mich für nicht schuldig an der Zerstörung der *Challenger*.

Dray sagte klar zu meinen Gunsten aus. Ich selbst hielt mich mit Aussagen so weit zurück, wie es der Anstand erlaubte. Als es vorbei war, kehrte ich ins Quartier zurück, das sie mir in Lunapolis zugewiesen hatten, und empfing niemanden, während ich langsam meine Kraft zurückgewann.

Brentley sagte: »Sie werden allmählich wieder fit, Commander. Möchten Sie einen Posten an Land haben oder lieber ein neues Schiff?«

»Wenn ich nicht unehrenhaft entlassen werde, möchte ich lieber ein Schiff. Ich will nicht an Land gehen.«

»Unehrenhaft entlassen?« echote er. »Meinen Sie, Sie hätten es verdient?«

»Ich habe zweimal meinen Eid gebrochen, Sir. Ich habe keine Ehre.« Und keine Hoffnung auf Errettung der Seele.

Er verzog die Lippen zu einem Lächeln. »Wann? Als Sie eine List gegen diese Verrückte einsetzten?«

»Als ich schwor, ihr nichts zu tun, und dabei die Absicht hatte, sie zu erschießen.«

»Eine legitime Kriegslist, Commander.«

»Ich sehe es nicht so, Sir.«

»Absolut notwendig, um Ihr Schiff zu retten.«

»Ja, natürlich.« Das machte keinen Unterschied. Ein Eid ist ein Eid. Er ist das, was ich bin. Jetzt bin ich niemand mehr.

Er zuckte die Achseln. »Welches war die andere Gelegenheit?«

Ich war es leid, wie er mit mir spielte. »Ich glaube, das wissen Sie bereits, Sir.«

»Vielleicht. Welches war die andere Gelegenheit, Seafort?«

Ich akzeptierte die darin ausgedrückte Zurechtweisung. »Als Admiral Tremaine Passagiere von der *Portia* auf die *Challenger* schickte. Er gab mir den rechtmäßigen Befehl, sie aufzunehmen. Ich lehnte dies ab. Ein Verstoß gegen meinen Eid der Treue und des Gehorsams.«

Er schlug mit der flachen Hand auf die Armlehne des Sofas. »Tremaine, ja. Das ist eine andere Geschichte.« Er starrte ans Schott und grübelte. Schließlich blickte er wieder auf. »Es tut mir leid, Nick. Was ihn angeht. Er ...« Der Admiral wurde still und wandte sich ab. »Er war nicht meine Idee«, sagte er dann. »Mehr kann ich Ihnen nicht sagen. Er war ... Ich hatte keine Wahl.«

»Er war mein rechtmäßiger vorgesetzter Offizier.«

In Admiral Brentleys Stimme klang Zorn durch. »Anfänglich ja.«

»Und dabei hätte es bleiben sollen.«

»Nick, was er getan hat, war unverzeihlich.«

»Als er uns im Stich ließ? Auf der *Portia* war nicht genug Platz für alle.«

»Dann hätte er Ihr Schiff vorausschicken und abwarten

müssen. Äußerstenfalls hätte er mit seiner Flagge auf die *Portia* umziehen dürfen.«

»Das hätte ich vielleicht getan. Ich genieße jedoch nicht das Vorrecht, mir über die Hintergedanken meiner Vorgesetzten den Kopf zu zerbrechen.«

Er nickte beifällig. »Bis zu einem gewissen Punkt kann man seine Handlungen verteidigen. Betrachtet man aber das ganze Bild, erkennt man seine Feigheit.« Wieder grübelte er vor sich hin. »Es war rechtmäßig, so viele Passagiere wie möglich mit auf die *Portia* zu nehmen. Aber Ihnen die Lebensmittel wegzunehmen, sogar Ihre Laser ...« Er schüttelte den Kopf, ehe er heftig fortfuhr: »Und Passagiere abzuladen, die ihm nicht paßten, damit sie hilflos durch den interstellaren Raum trieben! Verachtenswert!«

»Er hat sich die nützlichsten Passagiere ausgesucht, Sir. Wie er es auch bei der Mannschaft getan hat.«

»Es stand ihm nicht zu, eine solche Einschätzung vorzunehmen!« entgegnete der alte Mann heftig. Betrübt schüttelte er den Kopf. »Kinder im Weltraum auszusetzen!« Er bedeckt die Augen mit einer Hand, aber nicht, ehe ich gesehen hatte, wie sie schimmerten. »Nicky, ich schäme mich.«

»Schämen?« echote ich.

»Für das, was er Ihnen im Namen unseres Dienstes antat.« Er starrte ans Schott, und seine Züge wurden grimmig. »Er ist eine Schande für uns. Wie ich schon sagte, könnte man viele seiner Handlungen rechtfertigen. Wenn man jedoch alles zusammensetzt ... Ihnen das Schiff zu stehlen; sich in Ihre interne Disziplin einzumischen; Sie hereinzulegen, damit Sie sich seinem Schiff näherten, anstatt Ihnen offen und ehrlich den entsprechenden Befehl zu erteilen; die Nichtseßhaften abzuladen; die Laser der *Challenger* mitzunehmen; sie ohne Arzt zurückzulassen ..« Er schüttelte den Kopf. »Er wird natürlich vor ein Kriegsgericht gestellt. Und verurteilt. Kein Komitee von Kapitänen wird es ihm ermöglichen, damit durchzukommen.«

Schweigend saßen wir da. Dann sagte er: »Ich habe Ihre

Berichte studiert. Genauestens und wiederholt, möchte ich hinzufügen.«

»Danke, Sir.« Ich war mir bewußt, daß man seine Bemerkung so oder so verstehen konnte.

»Dieser Junge, der sich damals auf der *Hibernia* nicht bewährt hat, erwies sich letztlich doch als guter Offizier, nicht wahr?«

»Leutnant Tyre starb in Ausübung seiner Pflicht, Sir. Ich werde ihn vermissen.«

»Ich bin froh darüber.« Mühsam erhob er sich und trat an seinen Schreibtisch, um etwas aus einer Schublade zu holen. »Das ist für Sie.«

Ich band die Kunstledermappe auf und öffnete sie. Sprachlos betrachtete ich den Inhalt. Ehe ein Offizier zu einer Fahrt aufbrach, wurde von ihm gefordert, für den Fall seines Todes über seine Habe zu verfügen. Ich hatte meine Sachen Amanda oder Vater vermacht.

Philip hatte seine mir vererbt.

Ich hielt eine Quittung für seine Reisetasche in der Hand, die jetzt irgendwo gelagert war, und für seine wenigen persönlichen Dinge. Ein paar Briefe. Die uneingelösten Talons für seinen Sold.

Ich weinte.

Admiral Brentley wartete schweigend. Als ich mich wieder beruhigt hatte, lächelte er freundlich.

»Soviel Blut«, flüsterte ich. »Soviel Tod.«

»Ja. Sie haben bereits mehr als Ihren Anteil davon gehabt.« Er wirkte nachdenklich. »Sie haben uns unschätzbare Informationen gebracht. Die Leiche selbst ... die Xenobiologen sind ganz wild geworden. Und der Nachrichtendienst der Flotte ist völlig aus dem Häuschen angesichts der Vorstellung, daß diese Ungeheuer unser Heimatsystem entdeckt haben.«

Er lächelte kurz. »Und unsere Physiker brummen sich irgendwelche unverständlichen Dinge in den Bart, wobei es um verstärkte N-Wellen geht. Ihre Fische, Nick, fahren schneller als wir. Das müssen sie auch, wenn Sie es geschafft haben, in weniger als siebzig Tagen von einer Position zurückzukehren, bis zu der Sie sieben Monate gebraucht hatten.«

Er stand auf und schritt auf und ab. Ich fragte mich, ob er sich in Gedanken auf irgendeiner Brücke sah, tief im interstellaren Raum. Er sagte: »Ich könnte mir vorstellen, daß ein paar neue Geräte aus den Labors zum Vorschein kommen, die die Reisezeiten zwischen den Kolonien beträchtlich verkürzen. Und so verändert sich die Welt wieder einmal.«

Er setzte sich schwer. »Ich werde jedoch nicht mehr hier sein, um es mitzuerleben.« Ich blickte überrascht auf. »Ich gehe in den Ruhestand, Nick. Wie Sie sehen können, geht es mir nicht gut, und ich möchte ...« Er hielt inne. »Meine Töchter liegen auf Wega Zwei begraben«, fuhr er einen Augenblick später fort. »Es ist lange her, seit ich sie gesehen habe, auch wenn ich nachts mit ihnen rede. Ich möchte bei ihnen sein, wenn meine Zeit kommt. Wenn der Krieg heftiger wird, werde ich nicht mehr in der Lage sein ... Na ja, es ist Zeit für einen alten Mann, daß er weiterzieht.« Seine Augen trübten sich.

Ich wagte nichts zu sagen. Schließlich räusperte er sich und versuchte ein Lächeln. »Also ist jetzt das letzte Mal, daß ich Ihnen helfen kann, Nicholas Seafort. Danach sind Sie auf sich selbst angewiesen.«

»Sie haben schon mehr als genug für mich getan, Sir.«

»Wahrscheinlich. Aber ich tue noch mehr. Ich sagte Ihnen früher, daß ich Sie nach Ihrer nächsten Fahrt wieder zu einem vollen Kapitän machen würde. Sie sind nach wie vor jünger, als ich erwartet hatte, da Sie früher zurückgekehrt sind, als geplant. Vom heutigen Tag an haben Sie den vollen Kapitänsrang im Flottendienst der Vereinten Nationen.«

»Danke, Sir«, sagte ich und versuchte, die freudige Erregung zu simulieren, die er von mir erwartete, wie ich wußte.

»Bedeutet Ihnen nicht viel, wie? Na ja, Sie haben eine harte Zeit hinter sich. Sind Sie der Aufgabe gewachsen, wieder ein Schiff zu führen?«

»Ja.« Mich erwarteten lange Stunden in der Fusion, in denen von mir nicht mehr erwartet wurde, als in meiner Kabine zu sitzen. Tage und Wochen, ausgefüllt mit einem gesegneten Nichts.

»Ich habe zwei Möglichkeiten für Sie. Die *Churchill* läuft in etwa vier Wochen nach Arcadia aus. Und es kommt gerade ein Schiff von Caledonia herein, das wir weiter nach Hope Nation schicken.«

»Ich nehme sie.«

Ich hatte den größten Teil meiner Karriere mit dem Bestreben zugebracht, Hope Nation zu erreichen oder von dort wegzukommen. Vielleicht erreichte ich es diesmal wieder. Stets warteten dort die Venturaberge auf mich. Vielleicht konnte ich dort sitzen und über die Klippen hinwegblicken, erfüllt von Erinnerungen an Amanda.

»Es ist die *Hibernia*, Nick.«

Die Mappe rutschte mir vom Schoß. Mein Herz klopfte. Die *Hibernia*! Durch einen tragischen Unfall war ich ihr Kapitän geworden, und ich hatte es geschafft, sie sicher zurück zur Erde zu bringen. Ein ausgewachsenes Linienschiff, aber für mich noch mehr. Ein vertrautes Schiff. Ein Zuhause.

»Mein ... Dienstalter, Sir«, stammelte ich. »Ich ... Sie ... Ich stehe weit unten auf der Liste für ein so großes Schiff!«

»Ja, normalerweise schon.« Er beugte sich vor, den Arm auf sein Knie gestützt. »Aber ich bin der kommandierende Admiral des Flottenhauptquartiers, und es liegt an mir, sie zu vergeben. Wir schulden Ihnen das ... für alles, was Sie durchgemacht haben. Und davon abgesehen ...« Er wurde still.

»Ja, Sir?« Meine Neugier war geweckt, ungeachtet der Mattigkeit, die ich verspürte.

»Es ist etwas an Ihnen, Seafort. Sie haben Glück, Intuition, Integrität ...« Ich schnaubte verächtlich. »... und Sie scheinen immer zur richtigen Zeit am richten Ort zu sein. Und Sie tun dann das Richtige.«

Ich ballte die Faust. »Ich habe so schlimm versagt, wie ein

Commander nur versagen kann! Warum fahren Sie damit fort, mich zu belohnen?«

»Sie haben die *Hibernia* zurückgebracht, obwohl die Chance fast null war. Das gleiche haben Sie mit der *Challenger* getan.«

»Nicht ich habe sie zurückgebracht, sondern der Fisch!« rief ich. »Sehen Sie das nicht ein? Nicht ich war es, sondern das Schicksal!«

»Oder die Vorsehung«, entgegnete er. Verwundert schüttelte er den Kopf. »Kapitän Von Walther. Schon eine Legende, als ich vor fünfzig Jahren in die Flotte eintrat. Es gab nie wieder jemanden wie ihn.« Und das würde es auch nicht. Hugo Von Walther, Commander des Suchschiffes *Armstrong*, hatte das Wrack der *Celestina* entdeckt, zwei neue Kolonien für die Besiedlung erschlossen, ein Duell gegen den berüchtigten Gouverneur der Hastingskolonie ausgetragen und war zum Admiral der Flotte ernannt worden, ehe er schließlich gar als Generalsekretär diente.

Der alte Admiral legte mir verlegen die Hand aufs Knie. »Sohn, manchmal erblicke ich einen neuen Von Walther in Ihnen. Oder mehr.«

»Quatsch!« sagte ich heftig, hatte mich völlig vergessen.

»Oh, das glauben Sie vielleicht. Aber Sie sind noch nicht weit in den Zwanzigern – und sehen Sie mal, was Sie bereits geleistet haben. Bei Gott, Seafort, wenn Sie kein neuer Von Walther sind, was sind Sie dann?«

»Verflucht«, erwiderte ich bitter. »Im doppelten Sinne. Die Menschen in meiner Umgebung sterben. Ich wünschte mir ...« Ich verstummte. Ich wünschte mir, ich könnte auch sterben.

»Bald schon, wenn ich senil werde, erzähle ich allen, ich hätte Sie gekannt. Natürlich wird niemand mir glauben, aber ich werde wissen, daß es stimmt.«

»Das ist Unsinn!« sagte ich heftig.

»Einer von uns beiden hat recht.« Er stand vorsichtig auf, die Hände auf den Knien, um sich dabei abzustützen. »Die *Hibernia* legt in zwei Tagen ab. Damit bleibt Ihnen nicht ge-

nug Zeit, hinunterzugehen.« Hinunter auf die Erde, meinte er damit.

»Das brauche ich auch nicht.« Mir kam ein Gedanke. »Sir, Admiral Tremaine hat mich schon einmal des Kommandos enthoben. Wenn ich Hope Nation erreiche, möchte er es vielleicht erneut tun.«

»Das könnte er. Aber Sie werden den Befehl zu seiner Entlassung mitführen. Das bin ich Ihnen schuldig, Junge. Wenn Sie wieder zurückkommen, bin ich schon fort.«

»Sir, ich habe geschworen, ihn zu töten.«

»Ihr Duell?«

»Ja, Sir.«

Er zuckte die Achseln. »So sei es. Ich weine ihm keine Träne nach. Sobald er seines Kommandos enthoben ist, gilt der Duellkodex vorrangig. Sie ersparen uns damit die Mühe eines Kriegsgerichts.« Er betrachtete mich forschend. »Er hat natürlich die Wahl der Waffen.«

»Dessen bin ich mir bewußt.«

»Er kann ziemlich gut mit archaischen Schießpulverwaffen umgehen. Durchaus möglich, daß er Sie umbringt.«

»Das ist mir egal«, sagte ich wahrheitsgemäß.

Er betrachtete mich forschend. »Sie haben eine Menge durchgemacht, Junge. Es tut mir leid.« Er stand auf. »Ich weise meinen Stab an, Sie morgen über die technischen Einzelheiten zu instruieren. Aber ich sage Ihnen jetzt schon, daß nach Überzeugung unserer Strategen die Fische hören, wie unsere Schiffe fusionieren und defusionieren, und nicht die eigentliche Fusionsfahrt. Ihr Befehl lautet also, einen langen Sprung durchzuführen, so dicht an Hope Nation heran wie nur möglich.«

»Das erscheint mir sinnvoll.« Natürlich war es das Gegenteil von Admiral Tremaines Befehlen.

»Einige Ihrer älteren Passagiere sind immer noch zu krank für die Reise. Aber besonders das Ehepaar Reeves fragte, ob Sie wieder nach Hope Nation führen, und bat darum, mit demselben Schiff fahren zu dürfen, wie Sie, egal mit welchem.«

Ich schüttelte verwundert den Kopf. Menschen konnten verwirrend sein.

Er fuhr ohne Unterbrechung fort: »Ihre ... äh, Mannschaft. Wir haben ihr die Rücknahme der Dienstverpflichtung angeboten. Einige sind darauf eingegangen. Zwei baten darum, als Besatzungsangehörige nach Hope Nation fahren und dort aus dem Dienst ausscheiden zu dürfen.«

»Wer?«

»Die Dakkos, Vater und Sohn. Macht es Ihnen etwa aus, sie an Bord zu haben?«

»Nein, Sir.«

»Auch einige der Transpops haben sich dafür entschieden, bei der Flotte zu bleiben. Es ist wahrscheinlich ein besseres Leben, als sie es sonst hätten. Sie sind nicht gerade das Personal, das wir gern in der Flotte haben möchten, aber unter diesen Umständen kann ich sie schlecht zurückweisen.«

»In Ordnung.«

»Die übrigen Nichtseßhaften.« Er faßte mich erst ins Auge und wandte dann den Blick ab. »Ich erwarte, daß das Umsiedlungsprogramm eingestellt wird. Es war von Anfang an schlecht beraten, wie wir alle wußten. Aber alle halten es für das beste, daß die Transpops möglichst nicht zu Hause politisch ausgebeutet werden, und so schicken wir die Pilotgruppe wieder nach Detour, wie es ursprünglich geplant war. Haben Sie Einwände, sie an Bord zu nehmen?«

»Nein, Sir.«

»Das hatte ich auch nicht anders erwartet. Nick, Sie scheinen auf die jungen Passagiere und die Mannschaft wie eine Art Rattenfänger zu wirken. Es wird ganz schön voll werden, aber wir schaffen schon Platz.«

Ich rührte mich.

»Wie viele in einer Kabine, Sir?«

»Ich weiß nicht«, antwortete er gereizt. »Wie zuvor, denke ich. Sechs.«

Ich holte tief Luft. »Nein.«

»Wir haben zur Zeit erhebliche Platzprobleme, Seafort. Wir haben mehrere Schiffe verloren, und ungeachtet der Gefahren herrscht mehr Verkehr denn je. Die Transpops sind es ohnehin inzwischen gewöhnt.«

»Nein.«

»Bitte?«

»Ich bringe nicht mehr von ihnen in einer Kabine unter als andere Passagiere. Ich habe mich einmal mit Admiral Tremaines Abscheulichkeiten abgefunden und werde dergleichen nie wieder tun.«

In seiner hageren Gestalt regte sich der alte Löwe.

»Kapitän Seafort, ich möchte Sie daran erinnern, daß Sie mit dem kommandierenden Admiral sprechen!«

»Ich bin mir darüber im klaren, Sir.«

»Ich gebe Ihnen den Befehl, diese Passagiere zu befördern.«

Ich stand auf. »Nein, Sir, das werde ich nicht.«

Er schnaubte zornig und zog sich hinter die förmliche Fassade seines Schreibtisches zurück. »Kapitän, Sie werden Ihren Befehlen Folge leisten!« Wir funkelten einander an. »Wenn Sie die *Hibernia* möchten, werden Sie diese Passagiere an Bord nehmen.«

»Es tut mir leid«, sagte ich. »Ich hätte die *Hibernia* gern zurückgehabt.«

»Ich stelle Sie vors Kriegsgericht!«

»Das ist Ihr Recht, Sir.«

Er versuchte, mich mit seinem finsteren Blick zur Räson zu bringen. Ich hielt ihm stand, so gut ich konnte.

Er schaute mich merkwürdig an. »Es ist Ihnen wirklich egal, nicht wahr, Nicholas?«

»Die Wahrheit, Sir?«

Er nickte.

»Ja, Sir. Das ist es.«

Er kam hinter dem Schreibtisch hervor. »Also gut. Vier Personen. Das ist human. Ich streiche einige reguläre Fahrgäste.«

»Nein, Sir«, erwiderte ich mit Bestimmtheit.

»Sie sturer junger Welpe! Nach allem, was ich für Sie getan habe!«

»Es sind menschliche Wesen, Sir. Man hat mir beigebracht, daß die Flotte nur eine Klasse von Passagieren befördert.«

»Ja, aber das ist etwas anderes. Wir sind im Krieg, und die Nichtseßhaften sind es gewöhnt. Drei.«

»Nein, Sir.«

»Würden Sie Ihre Karriere für diese Leute aufgeben?«

»Wenn Sie mich dazu zwingen.«

»Also zwei.« Ich schüttelte den Kopf, doch er blieb hartnäckig. »Das ist auch nicht schlimmer, als es verheiratete Paare haben! Überlegen Sie mal!«

Ich kapitulierte. »Also gut. Zwei.« Er hatte recht. »Aber in den größeren Kabinen.«

»Sie sind gefährlich, Junge«, knurrte er. »Weil Ihnen egal ist, was man mit Ihnen macht. Nur gut, daß ich Sie aus dem Heimatsystem weg bekomme.«

Wir lächelten beide, froh darüber, die Konfrontation zu beenden. »Noch ein paar Dinge«, sagte er. »Erstens schlagen die Medienleute seit Wochen Lärm, um an Sie heranzukommen. Etliche von ihnen haben sich draußen im Amphitheater versammelt.«

»Meinetwegen?« Ich starrte ihn dümmlich an.

»Ja, Ihretwegen. Ich habe sie nach Ihrer letzten Fahrt auf Distanz gehalten, und das hat sie nur verrückter gemacht. Ihr Bild ist überall in den Holos und in jedem Photozin zu sehen. Diesmal müssen Sie sich diesen Leuten stellen.«

»Aber wieso ich?«

»Sie sind weltberühmt, Nick.« Er musterte mich seltsam. »Wußten Sie das nicht?« Ich schüttelte den Kopf. Das war einfach lächerlich! Ich wurde immer wütender.

Er deutete auf meine Wange. »Diese ... äh, Brandnarbe. Möchten Sie etwas dagegen tun?«

»Nicht unbedingt.«

»Hm. Na ja, das ist Ihre Entscheidung. Eltern auf der ganzen Welt werden Sie dafür hassen.«

Er sah, daß ich verwirrt war. »Die Mode, die Sie damit begründen«, erklärte er. Er öffnete die altmodische Luke. Tatsächlich Glastüren. Sie führten in die sublunare Kammer hinaus. Wir durchquerten die äußeren Büros und erreichten den Korridor, der durch das Amphitheater zurück nach Alt-Lunapolis führte. Als wir vor dem Eingang zum Amphitheater eintrafen, fiel mir wieder etwas ein. »Was war diese andere Sache, die Sie mir erzählen wollten, Sir?«

Es war nicht genug Zeit für eine Antwort. Stimmengetöse brandete auf, und ich wurde von hundert durchdringenden Lichtern geblendet. Von allen Seiten drangen Leute auf mich ein, die Mikrophone ausgestreckt, und kreischten mir Fragen ins Ohr. Ich erstarrte vor Schreck.

»Was war das für ein Gefühl, als Sie erneut den Aliens begegneten, Käpt'n?«

»Haben Sie irgendwelche Vorschläge für die Strategie der Flotte?«

»Wie finden Sie ...«

»Ihre Frau?«

»Die Besatzungsangehörigen, die umgekommen sind ...«

»Hat Ihre Familie ...«

Ich hielt mich an der Schulter des Admirals fest. *SCHAFFEN SIE MICH HIER RAUS!*« Ein Blick in mein Gesicht, und er drängte sich vor, lächelte und winkte und führte mich so durch die rasende Horde.

Minuten später saß ich da, den Kopf auf den Knien, und bemühte mich, mein Zittern unter Kontrolle zu bekommen. Wir befanden uns in einem Raum am Hauptkorridor, immer noch auf dem Gelände des Flottenstützpunkts.

»Es tut mir leid, Sohn. Mir war nicht klar, daß diese Leute sich wie Wölfe auf Sie stürzen würden.«

Ich nuschelte irgend etwas. Dann: »Ich muß mich entschuldigen, Sir. Mit mir ist bald alles wieder in Ordnung.«

»Gut.« Er trat verlegen von einem Fuß auf den anderen. »Was ich Ihnen noch sagen wollte – vielleicht sollte ich es nicht gerade jetzt tun ...«

»Nur zu.«

»Sie haben einen Besucher. Ihren Vater.«

Ich kam schwankend auf die Beine. »Vater? Hier auf Luna?«

»Ja. Er telegraphierte uns, als die Nachricht von Ihrer Rückkehr in den Holos kam, und fragte, ob Sie hinunterkommen würden. Wir sagten ihm, das wäre unwahrscheinlich, wenn Sie ein neues Schiff übernehmen würden, und er sagte, das würden Sie natürlich tun, und bat um Erlaubnis, herzukommen. Ich hatte keinen Grund, es abzulehnen.«

Vater auf Luna? Unmöglich! Dieser mürrische alte Mann, der Cardiff nur selten verlassen hatte, außer, um mich zur Akademie zu bringen – er sollte die Eigenheiten von einem Sechstel Erdschwerkraft auf sich genommen haben, nur um mich zu sehen?

Meine Gedanken wirbelten im Kreis. »Wo ist er?«

»Er wartet auf Sie, Sohn. Weiter den Korridor hinunter.« Admiral Brentley hatte den Anstand, verlegen dreinzuschauen. »Soll ich Sie hinführen?«

»Ich möchte lieber allein gehen. Wo?«

»Westkorridor, fast am Ende. Dort liegt ein Wartezimmer vor den Büros.«

»Würden Sie mich dann entschuldigen, Sir?«

»Ja.« Er zögerte. »Ich werde Sie wahrscheinlich nicht mehr sehen, bevor Sie aufbrechen, Nick. Oder danach. Beinahe schüchtern reichte er mir die Hand. »Viel Glück, Kapitän Seafort. Und glückliche Reise.«

»Danke, Sir.« Ich raffte mich zur passablen Imitation eines Akademiegrußes auf, was er sicher zu würdigen wußte.

Dann eitle ich den Korridor hinunter.

Der Flottenstützpunkt umfaßte einen separaten Flügel der dichtbevölkerten neuen Stadt, die über Alt-Lunapolis errichtet worden war. Zwei Hauptkorridor zogen sich durch das Gewirr aus Kämmerchen, Büros, Wohnheimen und Unterkünften. Schließlich beherbergte Lunapolis den zweitgrößten Flottenstützpunkt überhaupt. Der größte war die Lunare Farside-Akademie auf der anderen Seite des Erdtrabanten. Die Terrestrische Akademie bei Dover fiel im Vergleich dazu winzig aus.

Ich trottete den Hauptkorridor entlang, vorbei an den vorschriftsmäßigen Raumanzugschränken alle zwanzig Meter. Geistesabwesend nahm ich militärische Grüße entgegen und erwiderte sie. Fähnriche und Leutnants gaben mir aus Respekt vor meinem Rang den Weg frei. Benommen blieb ich gelegentlich stehen, um persönliche Fragen anderer Kapitäne zu beantworten, bis ich bemerkte, daß sie nur einen Vorwand suchten, mit mir zu sprechen. Sie schüttelten mir die Hand, drängten sich um mich, faßten mich an.

Endlich war ich bis zur Ansammlung aus Büros und Wartezimmern am Ende des Korridors vorgedrungen.

Ich betrat ein Vorzimmer. »Verzeihung, ist hier ein Mr. . . .«

Er stand auf. Faltig, älter, als ich ihn in Erinnerung hatte.

»Vater?« flüsterte ich.

»Nicholas.« Er kam mit der vorsichtigen Gehweise des Neulings auf mich zu, immer noch nicht frei von der Angst, den Kontakt mit dem Boden zu verlieren. Sachte hob er die Hand und berührte meine Wange. »Du bist verletzt.«

»Aye.« Ich fiel in die alte Sprechweise zurück.

»Man hatte es mir erzählt. Und noch anderes. Es tut mir leid um deine Familie. Deine hübsche junge Frau und das Baby, das ich nie gesehen habe. Möge Gott ihnen seine Gunst gewähren.«

»Danke, Vater.«

»Ich habe einiges über dich gelesen«, sagte er mit der Andeutung eines Lächelns. »Jeden Tag etwas. Viel davon war frei erfunden, darauf wette ich.«

»Das meiste, könnte ich mir vorstellen.«

Wir betrachteten einander wie Fremde. »Du bist erwachsen geworden«, sagte er schließlich, beinahe verwundert.

»Aye.«

Er warf einen Blick auf die Uhr. »Ich muß bald zurück – heute abend noch. Ich habe nur ein Drei-Tages-Ticket.«

»Wir können das ändern . . .«

»Nein, nicht nötig. Ich habe dich gesehen, und jetzt werde ich dir sagen, weshalb ich gekommen bin. Nicholas, du hast deine Pflicht getan. Aus all den Phantasien der Medienleute kann ich das herauslesen. Du bist verletzt worden, aber du hast weitergemacht. Du solltest wissen, daß ich es weiß.«

»Du bist den ganzen Weg nach Lunapolis gekommen, um es mir zu sagen?«

»Ich bin vielleicht nicht mehr da, wenn du das nächste Mal zurückkommst. Die Wege des Herrn sind unergründlich. Ich wollte, daß du es weißt.«

»Danke, Sir«, sagte ich überwältigt.

Er zuckte die Achseln. »Und jetzt kann ich gehen. Orte wie diesen hat zwar Gott geschaffen, aber nicht für mich.«

Ich sprudelte hervor: »Vater, ich habe meinen Eid gebrochen.«

»O Nicholas!« Er senkte den Kopf in seinem Schmerz. »Du bist verdammt.«

»Ich weiß.« Da standen wir, umgeben von furchtbarer Stille. Flüchtige Erinnerungen jagten einander: Wie ich, noch ein Junge, in Kapitän Forbes Büro auf Hope Nation geweint hatte, weil mein Eid es mir nicht erlaubte, die Last der Kapitänswürde abzulegen. Mein erster subtiler Fehltritt, als ich Admiral Tremaines Befehl pervertiert hatte, Philip den Rohrstock zu verabfolgen. Der grauenhafte Abstieg, der mich unwiderruflich zur Hölle verdammt hatte.

»Erzähl mir, wie es dazu kam.«

Und so berichtete ich ihm stockend von der Fahrt der *Portia* und der *Challenger*. Ich erging mich nicht in Ausreden; aber ich suchte auch nicht nach Möglichkeiten, mir selbst die Schuld zu geben, was Amanda mir häufig zu Recht vorgeworfen hatte. Als ich geendet hatte, herrschte grimmiges Schweigen. Wir beide waren uns des Ausmaßes meiner Torheit bewußt.

Dann erstaunte mich Vater.

»Dein Eid ist dein Pakt mit dem Herrgott selbst. Wenn er einmal in Trümmern liegt, kannst du ihn nicht wiederherstellen. Das habe ich dich gelehrt.« Ich nickte. »Du bist unwiderruflich verdammt.«

»Das wußte ich, als ich mich entschied, den Eid zu brechen, Vater.«

»Ja. Ich habe dich gründlich geschult. Wie konntest du etwas anderes denken?« Er schüttelte traurig den Kopf. »Ich *muß* dich für verdammt halten, denn so hat man es uns beigebracht. Aber es kann sein, mein Sohn, daß Gott in seiner unendlichen Weisheit gnädiger ist, als ich jemals begreifen könnte. Vielleicht wird er dir vergeben. Ich hoffe es.« Er packte meine Schultern. »Leb wohl, Nicholas.« Er wandte sich um und ging.

Überwältigt und unfähig, ein Wort hervorzubringen, schaute ich ihm hinterher. So hatte ich ihm auch ein Lebensalter zuvor hinterhergeblickt, nachdem wir das Feld zu den Toren der Akademie überquert hatten. Schwer drückte damals die Reisetasche auf meine Schulter, und ich sehnte mich nach dem Trost seiner Freundlichkeit, wohl wissend, daß ich ihn nicht bekommen würde. Sanft hatte Vater mich zum Tor geschoben, und ich hatte es durchschritten und mich umgedreht, um zu sehen, wie er sich entfernte, mit festem Schritt, ohne auch nur einmal zurückzublicken.

»Vater!« Es mußte nicht wieder so geschehen.

Er blieb an der Luke stehen. »Ja?«

»Vater, liebst du mich?«

Es blieb lange still, während er dieses Wort kostete, das seinem Gaumen fremd war. Er schüttelte verwundert den Kopf. »Liebe, Nicholas?« Er überlegte. »Die Liebe deiner Mitmenschen ist vergänglich; sicherlich weißt du das. Nur Gottes Liebe hat Bestand. Nur seine Liebe ist der Beachtung wert. Wenn ich sagte, ich liebte dich, würde ich deinen Kopf mit belanglosen Phantasien füllen. Aber obwohl du dich damit möglicherweise verdammt hast, hast du deine Pflicht getan, so wie du sie verstehst. Ich respektiere dich dafür, Nicholas. Sei dir also gewiß, daß du meinen Respekt genießt.« Und er drehte sich um und war fort.

Erfüllt von einem sehnsüchtigen Schmerz, wußte ich, daß es nicht genug war. Es würde niemals genug sein.

Aber es war alles, was ich bekommen würde.

Es war mehr, als ich je zuvor bekommen hatte.

EPILOG

Wir fuhren in die tiefe Nacht hinaus, dieses große Schiff voller fehlbarer Seelen, sein gequälter Kapitän am Ruder.

Einsatzbesprechungen, Vorstellungen und manch trauriges Wiedersehen füllten die beiden hektischen Tage vor der Abfahrt aus. Ein Großteil der Besatzung war versetzt worden, doch Chief McAndrews leitete nach wie vor und mit unverminderter Kraft den Maschinenraum. Auf dem Unterdeck begegnete man weiterhin Maschinenmaat Herney, und der umgängliche Mr. Chantir war inzwischen erster Leutnant. Noch genug weitere alte Hasen waren an Bord, so daß meinem Eintreffen aufgeregter Klatsch vorausging: »Käpt'n Kid ist wieder da!«

Mein scheußliches Aussehen schreckte die Mannschaft ab, mich offen willkommen zu heißen, obwohl McAndrews wenigstens äußerlich unerschüttert wirkte. Nachdem ich herausgefunden hatte, daß er an Bord war, blieb mir gerade noch Zeit, in Alt-Lunapolis einen dieser seltsamen Läden zu suchen, in denen man einfach alles bekommen konnte, und ich kehrte mit einem fest verschnürten Paket zurück, das Rauchkraut enthielt. Ich verstaute es für Tage, die es vielleicht im weiteren Verlauf der Reise geben würde, in meinem Kabinensafe.

Inmitten eines Durcheinanders neuer, besorgter Gesichter bereitete ich mich auf die Abfahrt vor: erstaunlich junge Fähnriche, Leutnants von steifer Förmlichkeit, ein grüner Schiffsjunge, der in seinem Eifer zu gefallen über die eigenen Füße stolperte.

Und die Nichtseßhaften. Eddie Boß hatte sich dafür entschieden, ein Mannschaftsmitglied zu bleiben. Er hielt sich gut, war inzwischen eine erfahrene Kraft, wenn auch ein breites Grinsen seine Disziplin trübte, wann immer er mich sah. Mein Stirnrunzeln änderte nichts daran.

Wir legten von Lunapolis Station ab und feuerten einige Tausend Kilometer lang unsere Schubtriebwerke, bis wir in sicherer Entfernung waren; dann legten wir unseren Kurs an und gingen in Fusion.

Wir würden fünfzehn Monate lang unterwegs sein.

Ein Kapitän hat selbst in der kostenbewußten Raumflotte seine Vorrechte, und ich benutzte die meinen, um das komplette Mobiliar meiner alten Kabine loszuwerden, so daß nichts blieb, was ich mit Amanda geteilt hatte. Anders hätte ich es nicht ertragen können.

Ich bezog die vertraute und doch fremde Kabine, und zunächst fand ich den Luxus einer voll ausgebildeten, personell reichhaltig bestückten Besatzung ungewohnt. Ich suchte fortlaufend die Brücke heim, bis unser Comp Darla mich fragte, warum ich scheinbar niemals mehr so lange schlief wie früher. Da erkannte ich meine Torheit und überließ die Offiziere ihrer Arbeit.

Ich saß viel allein in der Kabine, las manchmal, sprach zu anderen Zeiten mit Nate und Amanda, die nie weit entfernt schienen. Ich öffnete das Geschenk, das Admiral Brentley mir vor dem Start geschickt hatte; in dem schön geschnitzten, sichtlich gebrauchten Mahagonikasten entdeckte ich zwei antike Pistolen und einen Vorrat an Pulver und Munition. Unwillkürlich fasziniert, übte ich von Zeit zu Zeit damit und feuerte auf ein gepolstertes Ziel am Schott des Barkassenhangars.

Die Mahlzeiten nahm ich im Speisesaal ein, in Gesellschaft der Passagiere, die der Zahlmeister an meinen Tisch setzte. Gelegentlich pflegte ich dabei leichte Konversation, und anschließend flüchtete ich in die ersehnte Einsamkeit meiner Kabine. Ich verfolgte ohne Interesse die Ausbildung der Fähnriche.

Das Leben bot mir keine Freude, und ich erwartete auch keine.

Eines Tages bat Eddie Boß um die Erlaubnis, mich auf der Brücke zu sprechen, und zu meinem Erstaunen brachte er Annie mit. Ich wartete darauf, daß er etwas sagte, doch anscheinend war es nur seine Aufgabe, moralische Unterstützung zu leisten. Er schob Annie vor und deutete auf mich. Sie wurde hochrot und stammelte irgend etwas Unverständliches.

»Mr. Boß, was möchten Sie?« fragte ich ungeduldig.

Eddie formulierte sorgfältig: »Annie möchte Sie was fragen.«

Unwillkürlich mußte ich über seine gewissenhafte Diktion lächeln. »Dann frag. Warum nuschelt sie und zerrt an ihrem Rock?«

Annie stampfte zornig auf. »Reden 'se nich' von mir, als wäre ich nich' hier!« schrie sie. »Ich hab' schon gesagt, was ich möchte!«

»Sag es mir noch mal«, forderte ich sie freundlich auf. »Ich konnte kein Wort verstehen.«

»Das hab' ich gesagt«, erklärte sie entrüstet. »Ich möchte auch so sprechen wie ... wie's der Käp'n Eddie gezeigt hat!«

»Du meinst, du möchtest Sprachunterricht?« Ich war verblüfft.

»Nich' nur. Auch das ganze annere Zeug, was 'se Eddie gezeigt ha'm – richtig geh'n, wie annere Leute reden.« Sie zog die Nase hoch. »Wie die Obies.«

»Was stimmt denn nicht mit deiner bisherigen Art?« fragte ich ruhig.

Sie senkte den Blick. »Miss Käpt'n. Sie sagte, ich könnte sein, was ich wollte«, antwortete sie. »Als sie mir zeigte, wie ich mir's Haar machen konnte, und all das.«

Darauf wußte ich nichts zu sagen.

Ich hätte sofort ablehnen sollen, aber ich willigte ein, aus Gründen, die ich damals nicht verstand und bis heute nicht verstehe.

Wir trafen uns regelmäßig jeden Tag in meiner Kabine. Mit qualvoller Geduld, stets Amandas Vorbild vor Augen, verbesserte ich behutsam Annies Sprechweise, half ihr dabei, Umgangsformen einzuüben, und versuchte, ihr ein zivilisiertes Verhalten beizubringen.

Je besser ich sie kennenlernte, desto mehr dachte ich an Amanda. Ich vermißte nicht nur ihre Gesellschaft, sondern auch ihren Körper. Ihre Wärme in der Nacht, ihre Zärtlichkeit, die Freude unserer Vereinigung. Im Laufe der Zeit entspannte ich mich in Annies Gesellschaft ein wenig und sprach mit ihr über diese Dinge. Sie schien zu verstehen und wurde meine Vertraute, wie es bislang niemand geworden war. Ich stellte fest, daß sie Kraft hatte, eine Spannkraft, die zu respektieren und zu schätzen ich lernte.

Walter Dakko, Schiffsprofos der *Hibernia*, half bei ihrer Ausbildung, wie er es bei Eddie getan hatte. Nach zwei Monaten nervenzermürbender Arbeit war ich über Annies Fortschritte erfreut und sagte es ihr.

»Danke, Kapitän.«

Ich lächelte. Noch vor einem Monat hätte es geheißen: »Dank' schön, Käp'n.«

»Du wirst noch eine Dame, die Respekt verdient, Annie. Amanda wäre stolz auf dich.«

Anstatt sie zu erfreuen, bewirkte diese Bemerkung, daß Annie verdrossen aufstampfte. »Amanda, Amanda! Immer sprechen 'se nur von ihr!«

»Sprechen *Sie*.«

»Se, Sie – is' doch egal! Immer krieg' ich nur ›Amanda‹ zu hören!«

»Es tut mir leid«, sagte ich steif. »Ich vermisse sie. Ich werde sie nicht mehr erwähnen.«

»Ich vermisse sie auch!« rief sie. »Sie war 'ne gute Dame, yeah! Sie hat mir's Haar gerichtet, hat Eddie geholfen, als es niemand sonst wollte! Aber was ist mit mir? Amanda ist tot, Käpt'n! Amanda ist tot, und Annie lebt!« Sie schlug die Hände vors Gesicht und weinte. Ich war erstaunt und wußte nicht recht, wie ich sie trösten sollte, bis ich schließlich verlegen ihren Kopf an meine Schulter drückte.

Lange stand sie an mich gelehnt da, und wir wiegten uns hin und her. »Müssen 'se sie nicht gehen lassen?« fragte sie schließlich. »Haben 'se keine Wünsche? Männerwünsche?«

»Wünsche?« erwiderte ich heiser und trat einen Schritt zurück. »Schau mich an! Siehst du irgendwelche Wünsche?«

Ihr Blick zuckte kurz nach unten und wieder zurück. Ein boshaftes Lächeln blitzte in ihrem Gesicht auf. »Ich krieg'

das hin, Käp'n. Lassen 'se nur die olle Annie Ihre Wünsche hinbiegen.«

»Rede nicht so!« rief ich und war mir dabei nicht ganz sicher, ob ich ihre Grammatik oder ihre Derbheit meinte. »Es hat keine Frau mehr gegeben«, sagte ich verlegen. »Seit Amanda nicht mehr.«

»Dann wird's aber Zeit«, versetzte sie schlicht, kam zu mir und sagte klugerweise kein Wort mehr.

Die Tage und Wochen vergingen. Wir fuhren weiter, und die Dunkelheit blieb nach draußen verbannt, von innen angeleuchtet durch den Schimmer unserer Leiber, die wie auf Wellen teils im Steigen, teils im Sinken begriffen waren, die dahinglitten, dahinströmten, nacheinander griffen, gemeinsam schwebten, während das große stille Schiff unaufhörlich weiter seine Bahn durch die Leere zog.

ENDE